KB031414

전등삼종(상)

剪燈三種

Three Books of Cutting Candle Romance

지은이 구우(瞿佑, 1347~1433)는 원말명초의 격동기를 살았던 문인이다. 錢塘(절강성 항주) 사람으로 자를 宗吉이라 한다. 어려서 재주를 보여 주목을 받았으나 과거시험에 실패하여 지방에서 訓導나 教諭를 지내다가 후에 南京太學의 助教와 修國史를 맡았다. 그러다 周憲王府의 右長史가 되었지만 뜻밖에 詩禍를 입어 하북성 保安에서 귀양살이를 하다가 18년 만에 사면되었다. 87세를 일기로 杭州에서 죽었다. 저술이 거의 없어지고 『存齋遺稿』·『樂府遺音』·『歸田詩話』 등을 남기고 있으며 만년에 손수 교정한 전기소설 『剪燈新話』가 널리 전해져 그의 명성이 천하에 알려졌다.

지은이 이정(李禎, 1376~1452)은 자를 昌祺라고 한다. 廬陵(강서성 吉安) 사람인데 永樂 초기에 進士 급제하고 翰林庶吉士로 발탁되어 『영락대전』 편찬에도 참여했다. 하지만 곧 京師에서 밀려나 廣西布政使가 되었고 다시 모종의 원인으로 하북 房山으로 좌천된다. 이러한 역경 속에서 그는 전기소설을 접하게 되고 자신의 포부와 울분을 드러낸다. 『柔柔傳』을 읽고 『賈雲華還魂記』를 지었고 『剪燈新話』에 자극받아 『剪燈餘話』를 완성하였다. 「剪燈二種」은 합본으로 간행되어 널리 퍼졌다. 후에 스스로 벼슬에서 물러나 고향에 은둔하다가 77세를 일기로 죽었다.

지은이 소경첨(邵景詹)은 『覓燈因話』의 서문에만 그 이름이 나오기 때문에 상세한 생애를 알 수 없다. 萬曆 연간의 문인으로 필명이 自好子였으며 자신의 서재 遙青閣에서 『전등신화』를 읽고 뒤를 이을 전기소설이란 의미로 명명하였다고 했다.

교주자 주릉가(周楞伽)는 현대소설 작가로서 고전소설의 정리와 연구에도 많은 성과를 남겼다. 『剪燈新話外二種』 이외에 『西湖二集』·『裴鉶傳奇』·『唐代小說選譯』 등이 있다. 그는 상해사변을 배경으로 장편소설 『煉獄』을 1935년 말에 발표하여 큰 반향을 얻은 바 있다.

옮긴이 최용철(崔溶澈)은 고려대학교 중문과를 졸업하고 國立臺灣大學에서 『청대 紅樓夢學 연구』로 박사학위를 취득했다. 현재 고려대학교 중어중문학과 교수로 있다. 저술로는 『중국소설사의 이해』(공저)·『鍾離葫蘆』(번역)·『金鰲新話의 판본』(편저) 등이 있다.

전등삼종(상)

1판 1쇄 발행 2005년 10월 30일
1판 2쇄 발행 2007년 09월 30일

지은이 / 구우 · 이정 · 소경첨
교주자 / 주릉가
옮긴이 / 최용철
펴낸이 / 박성모
펴낸곳 / 소명출판
출판고문 / 김호영
등록 / 제13-522호
주소 / 137-878 서울시 서초구 서초동 1621-18 (란빌딩 1층)
대표전화 / (02) 585-7840
팩시밀리 / (02) 585-7848
somyong@korea.com / www.somyong.co.kr

값 34,000원

ISBN 89-5626-182-2 94820
ISBN 89-5626-181-4 94820(전2권)

소명출판

축간사(祝刊辭)

최용철(崔溶澈) 교수의 『전등삼종(剪燈三種)』이 다년간의 연구와 번역 작업 끝에 마침내 출간되었다. 전공자의 한 사람으로서 여간 반가운 일이 아니다. 최용철 교수는 일찍이 1990년 『청대홍학연구(淸代紅學硏究)』로 중국에서 이른바 '홍학(紅學)'이라고 불리는 『홍루몽(紅樓夢)』의 전통적인 연구에다 한국 · 일본 등의 홍학 자료를 보태어 새롭게 추가함으로써 국제적인 명성을 얻은 바 있다. 이후 최교수는 간단(間斷)없이 중국소설 연구에 몰입하면서 특히 중국 명대의 전기소설(傳奇小說)인 『전등신화(剪燈新話)』류의 연구에 관심을 기울이다 일차적 소득으로 크게 얻어진 것이 『금오신화(金鰲新話)』 초간본인 소위 '조선간본(朝鮮刊本)'의 발굴이다. 조선간본이 세상에 햇빛을 보기 전까지는 일본에서 간행된 소위 '내각본(內閣本)'이 『금오신화』의 귀중한 초간본의 역할을 담당해 왔다. 그러므로 최교수의 『금오신화』 조선간본의 발굴이야말로 일본으로부터 한국의 자존심을 한껏 세워 놓은 것이고, 이를 중심으로 『금오신화』의 '조선간본(尹春年刊本) → 내각본(承應本) → 대총본(大塚本, 明治本)'의 판본 계열을 조직화하여 『금오신화의 판본』을 온전하게 이룩할 수 있도록 하였던 것

이다.[1]

이번에 소명출판에서 간행되는 『전등삼종』은 전기소설의 일종인 구우(瞿佑)의 『전등신화』와 이정(李禎)의 『전등여화(剪燈餘話)』 및 소경첨(邵景詹)의 『멱등인화(覓燈因話)』를 통칭하는 합성 명칭이다. 명대(明代) 초기에 구우의 『전등신화』가 나오면서 당시 문단에 커다란 반향을 일으켰고 곧이어 이정의 『전등여화』가 지어지고 다시 만력(萬曆) 연간에 소경첨의 『멱등인화』가 뒤를 이으면서 중국에서 이 세 작품은 동시에 묶여지기 시작하였다.

최교수의 『전등삼종』은 이들 세 작품을 차례대로 우리말로 옮겨 놓았고 각 작품마다 원문과 주석을 꼼꼼히 덧붙여 놓아 전공 연구자들도 편리하게 활용할 수 있게 하였다. 별도로 작성한 방대한 편폭의 '작품 해설'에서 『전등삼종』의 창작과 전파의 항목을 설치하여 우선 중국 명대의 전기소설의 부흥 상황을 밝히고 각 작품의 작자 및 주제와 사상, 창작 동기, 판본의 간행과 전파 등에 관하여 구체적으로 서술하였다. 또한 『전등삼종』의 전파와 영향에 관련된 상세한 연표를 제시하면서 한국과 일본 및 베트남에서의 전파와 수용, 간행, 영향 등의 사항을 일일이 밝혀 놓아 『전등신화』를 중심으로 동아시아 전기소설의 전파 양상을 일목요연하게 살펴볼 수 있게 안배하였고 관련 자료를 영인으로 첨가하여 연구자를 위한 좋은 참고가 될 수 있도록 하였다.

본서 출간의 중요한 의의는 우선 일반 독자를 위한 『전등삼종』의 번역에 있지만 또한 전공자를 위해 친절하게 제시한 원문과 난해한 구절에 대하여 관련 자료를 일일이 찾아 첨가한 주석도 소중한 성과라고 할 수 있다. 『전등신화』의 경우는 국내에서 기존에 번역본이 있었지만 『전등여화』와 『멱등인화』의 경우는 처음으로 번역 발표되는 작품이어서 더욱 의미가 있을 것으로 본다.

---

1) 최용철 편, 『금오신화의 판본』, 국학자료원, 2003 참조.

앞으로 본서의 정보를 통하여 『전등신화』를 구심점으로 중국의 전기소설은 물론 한국의 『금오신화』, 일본의 『오도기보코(伽婢子)』, 베트남의 『쥬엔끼 만룩(傳奇漫錄)』 등과 종으로 횡으로 연계된 것을 감안하여 보다 다양한 연구의 폭이 넓게 이루어질 것을 기대할 수 있다.

『전등신화』의 강렬한 충동으로 한국에서는 김시습(金時習)의 『금오신화』가 이루어져 한국소설사의 첫 장을 장식하게 되었고, 이어 『전등신화』의 방대한 주석도 역시 한국에서 나와 윤춘년(尹春年)과 임기(林芑)의 『전등신화구해(剪燈新話句解)』로 이루어져 이들은 다시 임진왜란 중에 일본으로 전출되어 아사이 료이(淺井了意)의 『오도기보코(伽婢子)』와 우에다 아키나리(上田秋成)의 『우게츠 모노가타리(雨月物語)』로 이루어졌을 뿐만 아니라 베트남에서도 역시 전기소설의 시발인 응우엔 즈(阮嶼)의 『쥬엔끼 만룩(傳奇漫錄)』을 이루게 한 것을 생각할 때, 이번에 본서의 출간은 또한 그 의의가 적지 않다고 할 수 있을 것이다.

본서는 번역본으로서 중국 전기소설의 감상에 관심 있는 일반 독자들에게도 뜻이 있지만, 본서의 중심인 『전등신화』가 한국·일본·베트남 등 동아시아를 폭넓게 휘감은 것을 생각한다면 중국 소설의 전공자는 물론 한국 소설 및 일본 소설의 전공자 내지는 비교 문화에 관심 있는 분까지도 깊은 관심을 기울일 만하다고 본다.

을유년 가을

고려대학교 명예교수 정규복(丁奎福)

교주자 서문

1.

전기(傳奇)소설은 당(唐)나라 중기에 홍기하였다가 당대 이후에는 점차 쇠퇴하였다. 송(宋)나라에 이르러 비록 계속 지어지기는 했지만 그 솜씨가 전혀 당나라 사람 같지는 않았다. 원(元)나라 때는 전기소설 작가가 겨우 손을 꼽을 만하여 청강(淸江) 송매동(宋梅洞)의 『교홍기(嬌紅記)』 정도가 정통 전기소설에 속했고 나머지는 대부분 필기(筆記)소설에 불과하였다. 그러다 명(明)나라 초기에 이르러 전기소설은 다시 홍성하기 시작하였다. 산양(山陽) 혹은 전당(錢塘) 출신으로 불리는 구우(瞿佑, 자 宗吉)의 『전등신화(剪燈新話)』가 우선 앞길을 열었고 이어서 여릉(廬陵)의 이정(李禎 : 자는 昌祺)의 『전등여화(剪燈餘話)』가 바로 그 뒤를 이었다. 그들의 작품은 제목이나 분위기에서 비록 모두가 당대 전기소설을 모방하고자 하였으나 예술기교면에서는 최고의 수준에 이르지 못했다. 노신(魯迅)이 말한 대로 "문장이 길고 취약하여 비할 바가 못 되었다"고 하는 것이다. 그러나 내용상으로 모두 연분(煙粉)이나 영괴(靈怪) 이야기에 속하고 당시 빈번했던 문자옥(文字獄)의 삼엄한 정세와 문단의 냉랭한 분위기 속에서 이러한 작품이 나올 수 있었다는 것은 당시 독자들의 이목을 집중하기에 충분하였으며 따라서 적잖은 환영을 받았다. 이에 따라 통치권의 위정자들은 인심을 미혹시킨다는 우려 속에서 이를 금지하지 않을 수 없게 되었던 것이다. 가정(嘉靖) 연간 초기에 이르러 문자옥의 통제가 다소 느슨해지자 문단은 다시 활기를 되찾기 시작하여 전기소설의 작자들이 곳곳에서 나타났다. 그러나 『종정려집(鍾情麗集)』과 같은 작품들은 내용이 외설적이고 격조가 고상하지 못하며 문필력 또한 용렬하여 『전등』 이종(二種)의 뒤를 따르기에는 역부족이었다. 다만 만력(萬曆) 연간에 소경첨(邵景詹)에 의해 만들어진 『멱등인화(覓燈因話)』는 비록 문사가 약간 떨어지기는 하지만 문필력은 나름대로 소박하고 힘 있는 데가 엿보이므로 한번 묶어볼 수 있을 것이다. 이 세 가지 전기소설은 위로는 당송 전기의 전통을 이어받고 아래로는 (청대) 『요재지이(聊齋志異)』를 이끌어내는 교량적인 역할을 담당하였으므로 문학사상 분명한 위치를 점할 수 있을 것으로 보인다.

2.

『전등신화』의 작자인 구우는 별호를 존재(存齋)라고 하는데 일찍부터 시(詩)로써 이름을 날렸다. 그는 『전등신화』 이외에도 『시경(詩經)』과 『춘추(春秋)』, 『통감(通鑑)』, 악부(樂府), 사곡(詞曲) 등에도 나름대로의 연구가 있어서 수많은 저술과 시집을 남기고 있다. 하지만 지금은 『귀전시화(歸田詩話)』, 『천기운금(天機雲錦)』, 「영물시(詠物詩)」 등 몇 가지 저술만이 세상에 전하고 있다. 일설에는 그가 열네 살 되는 해의 일화를 다음과 같이 전하고 있다. 그의 부친과 가까운 친구인 장언복(章彦復)[1]이 복건(福建)에서 찾아와서 닭 잡고 술을 차려 대접하고 있는데 그가 막 서당에서 돌아왔다. 장언복은 그의 재주를 시험하고자 술상에 올라있는 닭을 가리키며 시 한 수를 지어보라고 명하였다. 그는 즉석에서 이렇게 읊었다.

宋宗窓下對談高,	송처종(宋處宗)과 창가에서 마주보며 고담준론하였으니[2]
五德名聲五彩毛.	다섯 가지 덕(德)의 명성 오색(五色)의 깃털에 깃들었네.[3]
自是范張情誼重,	옛부터 범식(范式)과 장소(張劭)의 정의(情誼)는 두터웠거늘[4]
割烹何必用牛刀.	닭 잡는데 어찌 굳이 소 잡는 칼이 필요하리오.[5]

이 네 구절의 시에는 각각 닭에 관한 네 가지 전고(典故)가 들어 있다. 장언복은 무릎을 치고 탄복하면서 직접 계화꽃 한 가지를 그리고 그 위에 시를 한 수 써서 선물로 주었다. 시에서는 다음과 같이 노래했다.

瞿君有子早能詩,	구선생의 아드님이 어린 나이에 시를 잘 지으니
風采英英蘭玉姿.	풍채는 뛰어나고 자태는 구슬과 난초 같도다.
天上麒麟原有種,	하늘에 기린은 원래 종자가 있는 법이리니

---

1) 周楞伽의 원문에서는 張彦復으로 쓰고 있으나 이 고사가 수록된 구우의 『歸田詩話』(卷下)의 「折桂枝」 대목에서 보면 章彦復으로 되어 있다. 원문의 첫대목은 "章彦復子福建省檢校回杭過鄞. 先君置酒待之. 予適自學舍歸, 彦復卽席指鷄爲題命賦詩. 予勉成四句以呈云."이다. 『歷代筆記小說集成』(明代筆記小說, 河北敎育出版社)

2) 鷄窓 : 『藝文類聚』(卷91)에 인용된 『幽明錄』의 고사. 晉나라 兗州刺史 宋處宗이 닭 한마리를 사서 특별히 아껴 항상 창가에 두고 마주보고 얘기를 나누었는데 닭이 급기야 사람의 말을 할 수 있게 되고 서로 담론을 나누게 되어 송처종의 언변이 크게 늘었다고 하였다. 후에 계창은 서재의 의미로 쓰였다.

3) 五德 : 『韓詩外傳』(卷2)에서 옛부터 닭에는 文武勇仁信의 다섯 가지 덕이 갖춰져 있다고 했다.

4) 范張 : 東漢의 范式과 張劭를 병칭한 표현이다. 友誼가 깊어서 목숨을 걸고 信義를 지키는 친구 사이를 지칭한다. 周楞伽 글에서는 情義라고 되어 있지만 원문은 情誼라고 되어 있어서 여기에서 바로 잡았다.

5) 牛刀 : 『論語·陽貨』에 "割鷄焉用牛刀"에서 유래한다.

料應高折廣寒枝.　　언젠가는 마땅히 광한궁 계수나무 꺾을 날 있으리라.

그의 부친은 마음이 흡족하여 새로 집을 마련하고 전계당(傳桂堂)이라고 명명했다. 이는 장언복이 계화꽃을 선사한 일을 기념하면서 또한 자식이 장차 계수나무를 꺾어 과거에 합격하기를 기원하는 뜻도 담겨 있었다.

당시에 저명한 문인이었던 양유정(楊維楨)은 그의 숙조(叔祖)인 구사형(瞿士衡)과 막역한 사이였다. 하루는 양유정이 구사형을 만나러 전계당으로 찾아왔다. 구우는 그의 「향렴팔영(香奩八詠)」을 보고 즉석에서 이에 화답하는 시를 지었다. 뛰어난 시구가 연달아 터져 나오니 양유정이 크게 칭찬하면서 구사형을 보고 말했다. "이 아이는 그대 가문의 천리구(千里駒)[6]가 되겠소이다." 이로부터 구우의 이름은 더욱 널리 퍼지게 되었다.

이처럼 젊은 시절 다재다능했던 구우는 그러나 일생 동안 제대로 뜻을 펴지 못하고 불우하게 지내면서 겨우 지방의 교유(教諭)나 훈도(訓導) 등의 학관을 역임하였다. 더욱이 영락(永樂) 연간에는 마침내 시(詩)로 인해 화(禍)를 입어 옥살이를 해야 했고 하북성 보안(保安)으로 수자리를 가서 십 년이나 귀양살이를 하기도 하였다.

『전등여화(剪燈餘話)』의 작자인 이창기(李昌祺)는 관직이 구우보다 훨씬 높았다. 그는 영락 계미년(癸未年) 진사에 급제하여 한림원(翰林院) 서길사(庶吉士)를 지내고 『영락대전(永樂大典)』을 편찬하는 데에도 참여하였다. 또한 예부(禮部)주객(主客)낭중(郎中)권지부사(權知部事)로서 지방으로 전출되어 광서(廣西)포정사(布政使)와 하남(河南)포정사를 지내기도 하였다. 『명사(明史)』에도 그의 열전이 들어 있는데 그의 작품으로는 『전등여화』 외에 『운벽만고(運甓漫稿)』와 『용슬헌초(容膝軒草)』·『교암시여(僑庵詩餘)』 등이 있다. 이창기는 확실히 구우에게 푹 빠져 있던 사람이 분명하였다. 그의 『전등여화』는 거의 모두 『전등신화』를 모방하여 창작한 것이다.

---

6) 千里駒는 곧 千里馬다. 재능이 뛰어난 우수한 젊은이를 일컫는 말로도 쓰인다.

두 책의 편수가 동일할 뿐만 아니라 작품의 소재도 매우 유사한 상태다. 다만 다른 것은 장편의 서사시로 된 「지정기인행(至正妓人行)」과 제5권에 별도로 안배한 비교적 장편의 전기소설 「가운화환혼기(賈雲華還魂記)」가 있다는 점이다. 이러한 작품유형은 『전등신화』에서 보이지 않는 것이다. 또 한 가지 구우와 다른 점이 있다면 이창기는 비교적 자신의 재학(才學)을 드러내기를 좋아했다는 점일 것이다. 작품 속에 삽입되어 있는 본문과는 특별한 관련이 없는 수많은 시사(詩詞) 작품이 이를 증명한다. 그러므로 작품의 편수로는 『전등신화』와 비슷한데도 글자수로 따지면 거의 배에 가까운 분량을 보이고 있다. 그는 전인(前人)들의 시구를 모으는데 능란한 기술을 가진 인물이다. 안반(安磐)은 그의 『전등여화』 속에 모은 집구(集句)가 볼 만한 것이 있다고 지적하면서 예를 들면 "'지분으로 얼굴색을 칠하지 않고 오로지 검은 색을 물들인 옷을 한스러워 하네', '한나라 높은 관리는 모두 무덤 속에 들어가고 위나라의 산과 강은 절반이 석양에 물들었네'라는 구절은 아주 자연스런 대구를 이룬다"고 했다. 이는 결코 과장이 아니며 실제에 부합한다고 할 수 있다.

이창기는 구우처럼 미관말직이 아니고 비교적 높은 관직에 머물렀던 관계로 『전등여화』 중 '아녀자의 지분이야기나 염정담'은 당시 일부 도학자들로부터 옥에 티라는 비난을 받기도 하였다. 『열조시집(列朝詩集)』에서는 그가 죽은 뒤에 "지역의 사당에 제사지내는 일을 논의하는데 향인(鄉人)들이 그 점을 문제삼아서 모시지 않기로 했다고 하니 하얀 백옥에 작은 티끌일 뿐, 다만 한가한 정을 잠시 풀어본 것이거늘 어찌 그렇게 할 수 있는가"라고 언급하고 있다. 도목(都穆)의 『도공담찬(都公談纂)』에서도 "경태(景泰 : 1450~1456) 연간에 한옹(韓雍)이 강서(江西)순무(巡撫)로 있을 때 여릉(廬陵)지방의 선현(先賢)을 학궁(學宮)에 모셔 제사지내고자 하였는데 이창기는 『전등여화』를 지었다는 이유로 포함되지 못했다. 저술을 신중하게 하지 않을 수 없는 일이다"라고 했다. 이는 모두 당시 봉건사회의 일반적인 도학자들이 소설 같은 통속문학을 적대시하고 있었음을 보여주는 사례라고 할 수 있다.

『멱등인화(覓燈因話)』의 작자는 소경첨(邵景詹)이다. 하지만 그의 생애와 사적은 알 길이 없다. 그가 쓴 소인(小引)의 자서(自敍)에 따르면 이 책은 만력(萬曆) 20년(壬辰年), 서기 1592년에 지은 것으로 되어 있다. 모두 두 권으로 되어 있고 여덟 편의 작품이 들어 있다. 문장은 비교적 소박하고 문학적인 꾸밈과 수식이 적은 편이다. 대체로 이 시기에는 문체가 이미 팔고문(八股文)의 분위기에 젖어 있었다고 할 수 있다. 방포(方苞)가 명나라 융경(隆慶), 만력(萬曆) 시기의 문장에 대해 "생기가 없고 무기력하다[氣體茶然]"고 지적한 바, 이 작품 역시 그러하다고 할 수 있다.

이상 세 가지 전기소설은 천계(天啓) 연간의 의화본(擬話本)소설 작자들에게 상당한 영향을 끼치게 되었으며 '삼언(三言)'이나 '이박(二拍)'에는 이들 작품에서 소재를 취한 백화소설이 적지 않다.

3.

『전등(剪燈)』 이종(二種)은 중국에서 일찍부터 완전한 판본이 전해지지 않았다. 명나라 고유(高儒)의 『백천서지(百川書志)』에 저록된 『전등신화』의 편수는 완전한 수였으나 청나라 건륭(乾隆) 연간에 나온 방각본(坊刻本)에서 『전등여화』는 겨우 14편만 수록되어 있었다. 동치(同治) 연간에 출판된 『전등총화(剪燈叢話)』에 실린 이 두 책은 각각 두 권씩만 실려서 편수도 부족한 상태였다. 그러나 일본(日本)에는 경장(慶長), 원화(元和) 연간에 간행된 활자본이 남아있고 또 편수도 완비되어 있어 송분실주인(誦芬室主人)이 이를 번각하여[7] 마침내 이 두 책은 온전하게 중국으로 복귀할 수 있게 되었다. 1931년 상해 화통서국(華通書局)에서 현대식 연활자로 인쇄 간행하였지만 지금은 찾기 어려운 희귀본이 되었고 1935년 정진탁(鄭振鐸)이 생활서점(生活書店)에서 편찬한 『세계문고(世界文庫)』에는 이 두 책을 제6권에서 제9권까지 포함시킨 바 있다. 이때 『전등여화』는 건륭본으로 교감하였으나 단행본으로 간행된 바는 없었다. 신중국 이후인 1958년 상해도서관에서는 문물창고에서 『전등』 이종의 명말간본 세 책을 찾아냈는데 완전하지 않은 결본이었다. 이보다 앞서서는 아무도 중국내에 명대간본이 남아있는 줄 몰랐다. 이 세 책의 잔본은 모두 복건 건양(建陽)판본이었으며 전체의 후반부에 해당하는 것이었다. 『전등여화』 두 책에는 「무평영괴록」에서 「지정기인행」까지 들어 있으며 「지정기인행」에는 여러 사람들의 발문이 들어 있는데 다른 판본에 없는 것을 특별히 전부 추출하여 이곳에 실었으니 참고하기 바란다. 다만 건양의 마사(麻沙)판본은 원문을 제멋대로 고쳐서 비속하고 뜻이 통하지 않는 곳이 많아 실로 교감의 저본으로 삼기에는 적절하지 않다.

4.

이 책은 송분실간본을 저본으로 삼았으며 『멱등인화』는 『전등총화』에 수록된 것인데 세상에 잘 알려지지 않은 작품이기에 이 책의 권말에 포함시켰다.

『전등신화』의 부록 중에는 「추향정기(秋香亭記)」 외에 필자(즉 周楞伽)가 따로 「기매기(寄梅記)」 한 편을 덧붙여 넣었다. 이 전기소설 작품은 『고

7) 誦芬室主人은 董康이며 간행한 연도는 1917년(丁巳仲夏誦芬室刊)이다. 『전등신화』는 "剪燈新話四卷, 校日本慶長活字本", 『전등여화』는 "剪燈餘話五卷, 校日本元和活字本"으로 제목을 달았다.

금도서집성(古今圖書集成) · 규원전(閨媛典)』에 실려 있는 것으로 구우의 작품이다. 명말 첨첨외사(詹詹外史)가 편찬한 『고금정사류찬(古今情史類纂)』[8]에는 『전등』 이종의 작품들이 포함되어 있는데 「기매기」도 들어 있다. 또 『서호이집(西湖二集)』은 이 작품을 소재로 채택하여 일부 내용을 늘려서 의화본으로 만들었는데 「기매화귀요서각(寄梅花鬼鬧西閣)」이라는 제목을 달았다. 이렇게 본다면 이를 『전등신화』의 부록으로 삼는데 큰 무리는 없을 것으로 보인다. 그러나 문체를 살펴보면 구우의 다른 작품들과 아무래도 다른 분위기인 것 같다.[9]

독자들의 문언문 해독 능력과 전고에 대한 이해력을 고려하여 매 작품마다 일부 주석을 달아놓았다. 이러한 주석작업은 실로 품이 많이 드는 작업이지만 또한 누락이나 착오가 있음을 면키 어려울 것이니 독자 제현의 질정을 바라는 바이다.

주릉가(周楞伽)

1980년 10월,

1957년 초판본 원고를 근거로 다시 쓰다.[10]

8) 이 책의 실제 제목은 『情史』, 혹은 『情史類略』, 『情天寶鑑』 등이다. 周楞伽가 언급한 『古今情史類纂』의 제목은 어디에 근거한 것인지 알 수 없다.

9) 周楞伽의 개인적 판단에 의해 「寄梅記」가 『전등신화』의 부록으로 포함되었지만 최근의 연구 결과 이 작품이 瞿佑의 작품이라는 근거는 미약하기 때문에 본 번역본에서는 제외시켰다. 「秋香亭記」는 작자 자신의 경험담을 그리고 있는 작품으로 처음부터 작자에 의해 부록으로 추가된 작품이다. 실제로 周楞伽 자신도 문체상의 기법에서 瞿佑의 작품과는 다름이 있다고 실토하고 있다.

10) 이 前言은 周楞伽의 언급대로 古典文學出版社版의 前言을 근거로 새로 쓴 것인데 전체적인 체제와 내용에는 차이가 없고 일부 문투가 달라진 정도다. 당시 서명은 周夷로 하였고 시기는 1957年 5月이었다.

일러두기

1. 이 책은 『剪燈新話 · 外二種』(明 瞿佑 等著, 周楞伽 校注, 上海古籍出版社, 1981)을 저본으로 하였으며 전체 서명은 『剪燈三種』으로 고쳐 달고 분량을 고려하여 상권에 『전등신화』와 『멱등인화』를 함께 싣고 하권에 『전등여화』를 실었다.
2. 이 책에 번역된 작품은 『전등신화』 21편, 『전등여화』 22편, 『멱등인화』 8편 등 총 51편이다. 저본에 수록된 『剪燈新話』의 「寄梅記」 1편은 교주자 周楞伽의 임의적인 판단으로 추가한 것이며 瞿佑의 원작으로 볼 수 없다는 학계의 견해에 따라 제외하였다.
3. 이 책에 실린 『전등신화』의 서문은 저본에 4편만이 들어있지만 우리나라 奎章閣本 『剪燈新話句解』와 일본 內閣文庫本 『剪燈新話句解』에서 발췌하여 서문 5편과 발문 6편의 전문을 모두 수록하고 번역하였다.
4. 이 책의 수록 체제는 번역문을 앞에 두고 원문을 각 편의 뒤에 안배하였다. 작품 제목은 원문과 함께 번역문을 병기하였다. 번역문에서는 한자를 괄호 속에 병기하였으나 원문의 주석에서는 대부분 국한문 혼용을 하였다.
5. 이 책의 작품 원문은 周楞伽 교주본을 저본으로 하였으나 필요한 경우 奎章閣本 『전등신화구해』와 董康의 誦芬室刊本 『전등신화』, 『전등여화』에 근거하여 교감을 가하였다.
6. 이 책은 번역문에서 일부 필요한 경우에만 역주를 각주로 달았으며, 대부분의 경우 원문에서 저본인 周楞伽 原注를 번역하였다. 저본인 『주릉가교주본』은 [周], 규장각본 『전등신화구해』의 주석을 번역할 때는 [句]로 표기하며, 별도로 역자주는 [譯]으로 표시하였다. 주석은 간혹 중복되더라도 다른 작품의 경우에는 새로 간략하게 밝혔다.
7. 원문에 대한 校勘은 【校】로 표시하였고, 자주 인용되는 원전판본이나 주석서는 대부분 인물명이나 소장처의 이름을 중심으로 다음과 같은 줄임말을 사용하였다. 『剪燈新話句解』의 경우 교감에서 『규장각본』은 [奎], 『內閣文庫本』은 [內], 『董康本』은 [董]으로 표시했다.
8. 한자의 표기는 번역문에서 괄호 속에 넣었고 주석에서는 대부분 드러내고 간혹 어려운 글자는 괄호 속에 한글음을 넣었다. 고유명사의 독음은 한국 한자음으로 달았으며 몽고사람의 이름이라도 원음을 모르는 경우에는 '속가실리(速哥失里)'처럼 우리 한자음을 달았고 널리 알려진 경우에는 '쿠빌라이(忽必烈)'처럼 원음을 달기도 하였다.

차례

전등삼종(상)

剪燈三種

전등신화(剪燈新話) _ 구우(瞿佑)

멱등인화(覓燈因話)_소경첨(邵景詹)

剪燈新話

작품 해설

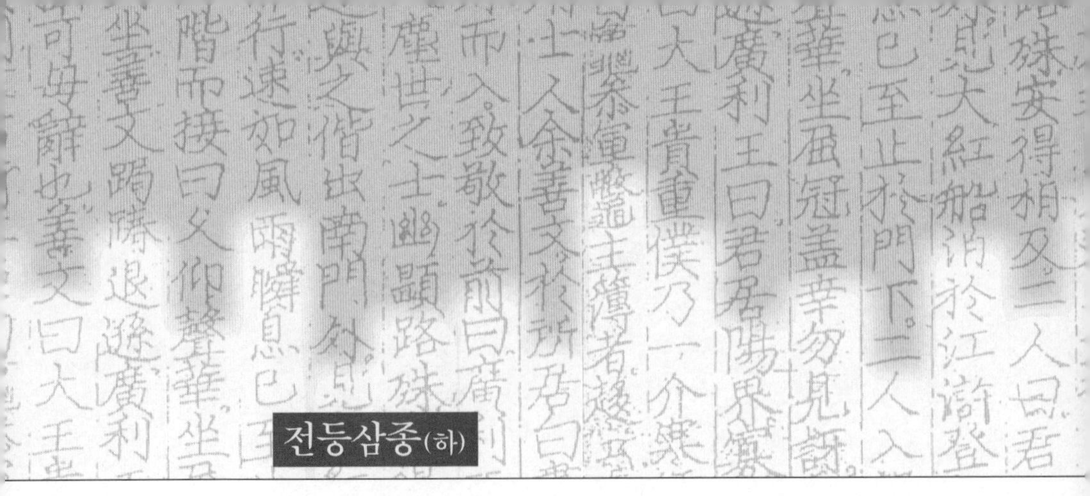
전등삼종(하)

부록

전등신화 剪燈新話

구우 瞿佑

작자소전(作者小伝)

주릉가(周楞伽)

구우(瞿佑)의 자는 종길(宗吉)이며 전당(錢塘) 사람이다. 양렴부(楊廉夫, 즉 楊維楨)가 항주를 유람할 적에 그의 숙조(叔祖)인 구사형(瞿士衡)을 찾아서 전계당(傳桂堂)을 방문한 적이 있는데 종길은 당시 열네 살이었다. 양렴부의 「향렴팔제(香奩八題)」를 보고 즉석에서 화답시를 썼는데 멋진 구절이 즐비하게 나왔다. 「화진춘적(花塵春跡)」에서 이르기를 "제비 꼬리는 운치 있게 물결을 스치고 봉황 머리는 소리 없이 달빛을 밟는다"고 했다. 「대미빈색(黛眉顰色)」에서는 "한스러움은 장창의 붓끝에서 솟아나고 봄날은 양홍의 밥상 위에서 피어오르네"라고 했으며 「금전복환(金錢卜歡)」에서는 "비단 짜는 창가에선 웃음소리 묻어나고 사과 따는 강변에선 슬픈 탄식 울려오네"라고 하였다. 또 「향협제흔(香頰啼痕)」에서는 "얼룩덜룩한 향죽(香竹)은 비 맞은 게 아니요, 점점이 흩날리는 버들솜은 봄 때문이 아니라네"라고 했다. 양렴부는 극히 칭찬하면서 구사형에게 말하기를 "이 아이는 그대 가문의 천리구(千里駒, 즉 천리마)가 되겠소이다"

라고 하면서 '신발'을 제목으로 사를 지으라 했다. 구우는 「심원춘(沁園春)」 한 수를 지어 올렸다. 양렴부는 크게 기뻐하며 시녀로 하여금 술잔을 돌리라 하고 즐겁게 마시고 돌아갔다. 홍무(洪武) 연간에 천거로 인화(仁和), 임안(臨安), 의양(宜陽)의 훈도(訓導)를 지냈으며 후에 주왕부(周王府)의 우장사(右長史)로 승진되었다. 영락(永樂) 연간에 어떤 연유로 하옥되고 보안(保安)으로 귀양을 가서 십 년 간[1] 수자리를 살았다. 홍희(洪熙) 을사년(乙巳年, 1425)에 영국공 장보(張輔)의 주청에 의하여 사면받아 그의 가숙(家塾)에서 삼 년 동안 있다가 고향으로 돌아와 얼마 후 향년 87세로 사망했다. 구우는 풍류와 취미가 남달라 저술에 『전등신화』와 『악부가사』가 있는데 사람들이 좋아하는 애틋한 감정과 열렬한 연애이야기를 많이 썼다. 그가 보안에 있을 때는 흥하(興河, 興和를 말함)를 지키지 못하여 변경지방이 쓸쓸하였다. 영락 기해년(己亥年, 1419)에는 변새(邊塞)에서 자제들을 선발하여 강불곡(降佛曲)을 부르게 하였다. 마침 정월 보름이어서 스스로 「망강남(望江南)」 다섯 수를 지어 읊조리니 듣는 사람이 모두 처연하여 눈물을 흘렸다고 하였다. 또한 「만흥(漫興)」시와 「서생탄(書生嘆)」 같은 작품은 지금까지도 가난하고 벼슬을 잃은 선비들이 늘 읊으며 동감하는 시라고 한다(『列朝詩集』 참조).

구우(瞿佑)는 자가 종길(宗吉)이며 전당 사람인데 원나라 지정(至正) 원년(1341)에 태어나서 명나라 선덕(宣德) 2년(1427)에 사망하여 향년 87세였다(梁廷燦의 『歷代名人生卒年表』 참조).

[역주: 실제로 구우(瞿佑)는 1347년 출생. 1433년 사망. 향년 87세로 인정되고 있음]

---

1) 실제로는 保安에서 18년 간을 살았음.

서문(序文)

설명

『전등신화』의 초간본이 지금까지 전해지지 않기에 이 책의 간행과정에 대한 상황은 정확하게 알 수가 없다. 다만 조선(朝鮮) 명종(明宗) 14년(1559)에 임기(林芑)가 주석본 『전등신화구해(剪燈新話句解)』를 간행하였는데 임기(林芑)는 여기에 그 동안 전해오던 중국의 서발문(序跋文) 9편을 수록하였고 이와 아울러 임기(林芑) 자신의 발문(跋文)도 실었다. 이 책은 현재 규장각(奎章閣)에 소장(所藏)되어 있으며 조선(朝鮮) 목판본(木版本)의 전형적인 모습을 보여주고 있다. 다시 5년이 지난 명종(明宗) 19년(1564) 윤춘년(尹春年)이 이 주해본에다 그간의 경위를 밝히는 글을 실어 재간행하였는데 이 판본이 日本에 전해져 복각본이 만들어졌다. 그 책의 권두와 권말에는 하야시 라산(林羅山)의 서발문이 동일한 규격과 형태로 필사 수록되어 현재 일본 내각문고(內閣文庫)에 전해지고 있다.
조선에서는 그 후에도 수많은 『전등신화구해』가 경향 각지에서 간행되어 유통되었다. 하지만 일부 판본에서 몇몇 서발문을 남겨둔 것을 제외하면 대부분의 후기판본에서는 오히려 초기의 서발문을 모두 생략해버리고 작품 원문과 주석만 판각하였다.
중국에서는 1917년에 동강(董康)이 일본으로부터 『전등신화』와 『전등여화』를 역수입하여 송분실(誦芬室) 문고로 간행한 것이 현대판본의 효시다. 그러나 여기에서는 서문의 일부만 수록하여 훗날 나온 수종의 판본에 여전히 완전한 서발문이 실리지 못하게 되는 결과를 초래했다. 아마도 동강(董康)이 原本의 근거로 사용한 일본의 장경(長慶)·원화(元和) 연간의 판본에서 이미 서발문이 적게 실렸기 때문이었을 것이다. 1957년 주이(周夷)의 교주본(校注本)에서는 권두의 서문 4편만 실렸다. 구우(瞿佑), 능운한(凌雲翰), 오식(吳植), 계형(桂衡)의 서문 네 편만 실리고 『구해(句解)』의 권두(卷頭)에 있는 김면

(金冕), 「전등신화발(剪燈新話跋)」은 누락되었다.
그리고 『구해(句解)』의 권말(卷末)에 있는 후서(後序)나 발문(跋文)은 네 편 모두 누락되었다. 1981년 상해고적출판사에서 나온 수정판 교주본에서도 상황은 동일하였다. 본 서문과 발문은 다른 곳에서는 극히 인용되는 바가 적고 국내외 번역본에서도 따로 번역되어 수록한 바가 없으므로 여기에 실어 참고가 되게 하였다.
여기서는 규장각본(奎章閣本)에 의하여 본문을 수록하고 그 번역문을 실었으며 다만 윤춘년(尹春年)의 「제주해전등신화후(題註解剪燈新話後)」와 일본 문인 림라산(林羅山)의 「제기(題記)」는 일본 내각문고에 실린 글을 인용하여 번역하였음을 밝힌다.

1. 구우(瞿佑)의 「전등신화서(剪燈新話序)」

나는 전에 고금의 기괴한 일을 편집하여 『전등록(剪燈錄)』 40권을 엮은 바 있다. 호사가(好事家)들은 각자 최근의 이야기들을 들려주었는데 오래 되었다 해도 100년을 넘지 않고 근래의 것은 불과 수년 내에 일어난 일이었다. 이런 이야기가 점점 쌓여 나날이 늘어나자 끝내는 습관이 되어 버려 그만두고 싶어도 그럴 수가 없어서 결국은 붓을 들어 기록하기에 이르렀다. 이 사연들은 기쁘기도 하고 슬프기도 하며 놀랍기도 하고 기괴하기도 한 것들인데 안타깝게도 글재주가 형편없고 글의 깊이도 천박하여 이를 펼쳐내더라도 사람들의 이목을 깜짝 놀라게 할 만큼 문장력을 발휘하는 작품이 없었다. 게다가 완성해놓고 보니 그 말이 기괴하고 또 음란하기까지 해서 책 상자 속에 감추어둔 채 사람들에게 보여주고 싶지가 않았다. 하지만 이런 소식을 듣고 찾아와 보여달라고 하는 사람들이 늘어나니 그들을 모두 막을 수는 없었다. 그래서 결국 스스로를 변명하며 다음과 같이 말하였다.

“『시경』·『서경』·『주역』·『춘추』와 같은 책은 모두 성현이 서술한 바를 적은 것으로 만세에 전해지는 대경(大經)이자 대법(大法)이 되었다. 그런데도 『주역』에는 용이 들판에서 싸운 사건이 나와 있고 『서경』에는 꿩이 솥귀에 올라 앉아 운 사건을 기재하고 있으며 『국풍』에는 남녀가 사통하는 음분(淫奔)의 시를 뽑아놓았으며 『춘추』에는 난적(亂賊)의 일을 기재하고 있는 등 이런 것을 하나하나 예로 들기가 힘들다. 내가 지금 『전등신화』를 편찬한 것이 비록 세교(世敎)에 폐를 끼치는 것이기는 하지만 혹 그렇지 않다면 권선징악과 가난하고 억울한 자를 애도하게 만드는 것에 도움이 되니 이 역시 말하는 자는 죄가 없고 듣는 자는 족히 경계할 만한 것이 아니고 무엇이겠는가."

객이 나의 이 말을 듣고 모두 일리가 있다고 여겼다. 이에 책의 서두에 적어두는 바이다.

홍무 11년(1378), 무오년 유월 초하루, 산양(山陽)의 구우(瞿佑)가 오산(吳山) 대은당(大隱堂)에서 쓰다.

明 · 瞿佑, 「剪燈新話序」

余旣編輯古今怪奇之事, 以爲『剪燈錄』, 凡四十卷矣.[1] 好事者每以近事相聞, 遠不出百年, 近止在數載,[2] 襞積於中, 日新月盛, 習氣所溺, 欲

1) 剪燈錄(전등록) : 구우가 『전등신화』에 앞서 『전등록』 40권을 편찬하였음은 1378년 본 서문을 쓰면서 처음 밝힌 사실이며 그로부터 40여 년이 지난 1421년 「重校剪燈新話後序」를 쓰면서도 재확인하고 있다. 앞서 밝힌 40권의 체제가 전집, 후집, 속집, 별집 등 총 4집으로 되었고 각 집마다 10권씩 들어 있는데 현행 『전등신화』와 마찬가지로 권당 5편씩의 작품이 들어 있다면 총 2백 편의 작품집이라고 할 수 있는 것이다. 하지만 이 두 편의 작자 자술 이외에 『전등록』의 존재 흔적은 어디에도 보이지 않는다.

2) 작품의 소재가 작자가 살아온 원말명초의 혼란한 시대적 배경을 담고 있다는 점을 작자 서문에서 스스로 강조하고 있으며 다른 서발문에서도 이 점은 강조된다. 명대 전기의 부흥은 송대 전기의 상투성을 탈피한, 이러한 시대정신의 구현으로부터 기인되었다고 하겠다.

罷不能, 乃援筆爲文以紀之. 其事皆可喜可悲, 可驚可怪者. 所惜筆路荒蕪, 詞源淺狹, 无嵬目鴻耳之論以發揚之爾. 旣成, 又自以爲涉於語怪, 近於誨淫,[3] 藏之書笥, 不欲傳出. 客聞而求觀者衆, 不能盡却之, 則又自解曰 : 『詩』·『書』·『易』·『春秋』, 皆聖筆之所述作, 以爲萬世大經大法者也; 然而『易』言龍戰於野,[4] 『書』載雉雊於鼎,[5] 『國風』取淫奔之詩,[6] 『春秋』紀亂賊之事,[7] 是又不可執一論也.[8] 今余此編, 雖於世教民彝, 莫之或補, 而勸善懲惡, 哀窮悼屈, 其亦庶乎言者無罪, 聞者足以戒之一義云爾. 客以余言有理, 故書之卷首.

洪武十一年歲次戊午六月朔日山陽[9]瞿佑書於吳山[10]大隱堂.

---

3) 작품의 기괴함과 음란함은 당시 유가적 사상이 여전히 팽배했던 사회적 배경에서 문인들에게 자유롭지 못했던 문제였다. 따라서 이 문제는 언제나 소설작가들이 넘어야 할 하나의 장애물이었다.

4) 『周易』 坤卦 上六 爻辭에 '龍戰于野, 其血玄黃(용들이 들에서 싸운다. 그 흘린 피가 흥건하다)'이란 이러한 구절이 있다. 성인을 상징하는 용이 싸운다는 것은 괴이한 일일 수도 있다.

5) 『書經』 高宗肜日序에 '高宗祭成湯, 有飛雉升鼎耳而雊(고종이 성탕에게 제사를 지내려하는데 꿩이 솥귀에 올라앉아 울었다)'라고 하였다. 신성한 제사에 쓰이는 솥에 꿩이 앉아서 울었다는 것은 괴이한 일일 수도 있다.

6) 『詩經』 國風의 鄭風에는 남녀간의 애정을 다룬 이른바 淫奔詩가 다수 실려 있다. 敎化의 수단인 시경에 음분시가 실려 있다는 것은 괴이한 일일 수도 있다.

7) 『春秋』에는 亂賊之事가 많이 기록되어 있다. 예를 들어 『좌씨전』에 의하면, 衛나라의 州吁가 衛桓公을 죽인 일(隱公 4년). 宋督이 宋殤公을 죽인 일(桓公 2년). 晋나라 潘父가 晋昭侯를 죽인 일(桓公 2년). 鄭나라 高渠彌가 鄭昭公을 죽인 일(桓公 17년) 등이 있다.

8) 聖人의 저술인 경전의 경우에도 기괴함과 음란함이 부분적으로 여전히 존재하고 있음을 강조함으로써 전기소설의 창작의 당위성을 이끌어내고자 했다.

9) 山陽(淮安)은 瞿佑의 조상이 대대로 살던 곳으로 그의 祖父시절에 이미 錢塘(杭州)으로 옮겨와 살았지만 여전히 貫籍을 山陽으로 쓰고 있다. 하지만 그의 주변에서는 전당 사람이 대부분이었고 서로 전당 사람으로 부르기도 하였다. 또 만년에는 오랫동안 保安에서 귀양살이를 했는데 스스로 錢塘을 관적으로 쓰고 있다. 『전등신화』 판본 중에는 권두의 작자 서명에 山陽과 錢塘의 두 가지 貫籍이 사용된 각기 다른 계통의 판본이 있어 주목된다.

10) 吳山은 여러 곳에 그 이름이 나오지만 瞿佑가 거주했던 지역을 감안하면 절강성 杭州 서남쪽의 있는 오산을 지칭하는 듯 하다. 子胥祠가 있으므로 胥山이라고도 한다.

2. 능운한(凌雲翰)의 「전등신화서(剪燈新話序)」

옛날 당나라 진홍(陳鴻)이 『장한전(長恨傳)』과 『동성노부전(東城老夫傳)』을 짓자, 그 당시 사람들은 그가 역사적 안목을 지니고 있다고 하면서 모두 그를 받들어 칭송하였다. 한편 우승유(牛僧孺)의 『유괴록(幽怪錄)』이나 유부(劉斧)의 『청쇄집(靑瑣集)』을 읽어보면 기이한 일들이 기록되어 있는데 이런 일이 실제로 있었는지 여부를 불문하고 창작의 체제는 뛰어나다고 생각된다. 나의 고향 친구 구종길(瞿宗吉)이 저술한 『전등신화』도 이런 류가 아니고 무엇이겠는가? 종길은 심지가 곧고 근면하며 박학다식하였을 뿐 아니라 재주 있고 총명하여 그의 문장 역시 넉넉하였다. 그의 작품이 비록 패관(稗官)의 부류에 속하기는 하지만 권선징악을 강조하고 자신을 성찰해보는 거울도 되니 세상에 도움이 되지 않는다고 말할 수는 없을 것이다. 게다가 창작의도가 기특하고 문사가 오묘하니 찬연히 일가를 이루게 되었다. 『전등신화』를 읽다보면 기쁠 때는 손과 발을 움직여 덩실덩실 춤을 추게 되고 슬플 때는 그만 책장을 덮고 주룩주룩 눈물을 흘리게 된다. 만약 구종길 본인이 옛것을 좋아하고 학문이 넓으며 문장에 능통하고 이야기에 대해 통달하지 않았다면 어찌 이런 수준에 도달할 수가 있었겠는가. 그가 지은 「추향정기(秋香亭記)」를 읽어보니 마치 원진(元稹)의 「앵앵전(鶯鶯傳)」처럼 작자의 이야기를 쓴 것으로 보이는데 과연 그러한지는 내 장차 종길에게 물어보고자 한다.

홍무 13년(1380) 여름 4월 전당(錢塘) 능운한(凌雲翰)이 서문을 적다.

明・淩雲翰, 「剪燈新話序」

昔陳鴻作『長恨傳』並『東城老父傳』,[11] 時人稱其史才, 咸推許之. 及觀牛僧孺之『幽怪錄』,[12] 劉斧之『靑瑣集』,[13] 則又述奇紀異, 其事之有無不必論, 而其制作之體則亦工矣. 鄕友瞿宗吉氏著『剪燈新話』, 無乃類是乎? 宗吉之志確而勤, 故其學也博; 其才充而敏, 故其文也贍. 是編雖稗官之類, 而勸善懲惡, 動存鑒戒, 不可謂無補於世. 矧夫造意之奇, 措辭之妙, 粲然自成一家之言, 讀之, 使人喜而手舞足蹈, 悲而掩卷墮淚者, 盖亦有之. 自非好古博雅, 工於文而審於事, 焉能臻此哉! 至於「秋香亭記」[14]之作, 則猶元稹之『鶯鶯傳』也, 余將質之宗吉, 不知果然否?

洪武十三年[15]夏四月錢塘淩雲翰序.

---

11) 陳鴻은 唐 貞元 연간의 진사출신 문인으로 『長恨歌傳』과 『東城老父傳』, 『開元升平源』 등의 전기소설을 남겼다. 白居易와 친구 사이로 元和 원년(806) 양귀비에 관한 내용을 듣고 王質夫의 요청에 의해 백거이는 「長恨歌」를 짓고 진홍은 이를 소설화하였다. 『동성노부전』은 닭싸움의 명수 賈昌의 일생을 서술한 것으로 당시 정치적 부패를 풍자했다.

12) 牛僧孺(우승유)는 당나라 때 소설가로 『玄怪錄』 10권을 편찬하였는데 『幽怪錄』이라고도 한다.

13) 靑瑣集(청쇄집) : 송대 劉斧가 편찬한 문언소설총집으로 『靑瑣高議』라고도 한다.

14) 「추향정기」를 작자의 자서전적인 작품이라고 처음으로 언명한 자는 능운한이다. 하지만 당시 여러 사람이 이미 그렇게 알고 있었던 듯 하다. 곧바로 원진의 『앵앵전』과 비유되고 있는 것은 작자의 이름이 문미에서 드러나고 있는 창작기법이라는 점에서 동일한 유사성을 찾아볼 수 있기 때문이다. 오늘날 연구자들도 이 작품을 자서전으로 보고 작자의 연보고찰에 활용하기도 한다.

15) 중국활자본 판본 중에는 이 序文의 서명연도를 洪武三十年으로 한 것도 있으나 이는 잘못된 것이다. 1917년 董康의 간행본에서 잘못된 후 오늘날 鉛印本은 모두 잘못 인용하고 있다.

3. 오식(吳植)의 「전등신화인(剪燈新話引)」

내가 종길(宗吉) 선생의 『전등신화』를 읽어보니 문체상으로는 전기(傳奇)에 속하고 창작의도는 제자(諸子)의 우언(寓言)에 상당하는 것이었다. 종길은 그 집안 대대로 학문의 연원이 깊었고 이 때문에 갖가지 전적에 대해서도 능통하였다. 사람들이 누차 명경(明經)에 천거하였지만 모친이 연로하다는 이유로 벼슬살이에 몸담지 않았다. 내 일찍이 그가 논의한 바를 접해보고 그의 저술들을 읽어보니 마치 무기 창고를 열람하고 보석 거리를 거니는 듯한 느낌이 들었으며 사람을 놀라게 하는 기이함이 있어 세상에 진기한 보물이라 할 수 있겠다. 하지만 이 편찬은 그의 무기 창고나 보석 거리의 하나에 불과할 따름이다. 이 작품을 읽는 사람은 종길의 학문적 박식함에 상고할 만한 것이 있다고 여겨주기를 바라는 마음이다.

홍무 14년(1381) 가을 8월, 전당읍상(錢塘邑庠) 진덕재(進德齋)에서 오식(吳植)이 쓰다.

明 · 吳植, 「剪燈新話引」

余觀宗吉先生『剪燈新話』, 其詞則傳奇之流, 其意則子氏之寓言也. 宗吉家學淵源, 博及群集, 屢薦明經, 母老不仕, 得肆力於文學. 余嘗接其論議, 觀其著述, 如開武庫, 如游寶坊, 無非驚人之奇, 希世之珍. 是編特武庫、寶坊中之一耳. 然則觀是編者, 於宗吉之學之博, 尙有攷也.

洪武十四年秋八月, 吳植書於錢塘邑痒進德齋.

4. 김면(金冕)의 「전등신화발(剪燈新話跋)」

나는 젊어서 홍매(洪邁)의 『이견지(夷堅志)』를 보고 일찍이 기이함에 깊이 빠진 책이라 의심한 적이 있었다. 그런데 유독 옛날과 현재에 대한 여러 가지 일은 읽을 만한 것이 되지 못한다고 생각해서 그 책을 팽개쳐두고 다시는 상세히 열람하지 않았다. 내가 특별히 자신에 대해 자긍심을 가지고 있는 것이 아니었지만 다른 사람에게 속임을 당하는 것이 두려웠기 때문이다. 홍매는 남송대에 한림학사를 맡으면서 춘추(春秋)의 필법으로 교화의 이야기와 난폭한 이야기 사이에 기탁하여 후세의 선량한 자들을 칭송하고 악한 자를 징벌하고자 하였다. 이는 교화의 방법으로 도움을 줄 수 있는 것이다. 나의 동문 친구인 구우(瞿佑)가 자신이 보고들은 바를 묶어서 책으로 만들었다. 이는 교화의 이야기나 난폭한 이야기 혹은 사람을 속인다는 설에 얽매이지 않고 스스로 동호지재(董狐之才)의 자부심을 갖고 저술의 뜻을 넓힌 것이라 보인다. 지금 종길의 학식이 풍부하고 재능이 충만하니 내가 어찌 그에게 미치랴. 그러나 이런 것으로 부끄러워하지 않고 감히 책의 권말에 쓰는 바이다.

홍무 신유년(辛酉年, 1381) 중양절(重陽節)의 하루 전날, 엄릉(嚴陵)의 김면(金冕)이 당창읍상(唐昌邑庠)의 유의서재(由義西齋)에서 적다.

비주(批注) : 임천(臨川)의 하이(何異)가 『용재수필(容齋隨筆)』의 서문에서 다음과 같이 말하였다.

나는 陳日華[曄]에게서 『夷堅十志』와 『支志』·『三支』 및 『四支』之二 등 모두 320권을 얻었다. 그 중에서 詩詞·(雜著) 藥餌·符呪와 같은 부류를 간추려 같은 부류끼리 분류하여 湖陽의 計台에서 편집 인쇄한 적이 있다. 간추려 10권이 되니 열람한 사람들이 편리하게 생각하였다. 이로 인해 나는 『夷堅志』 가운데에서 神怪에 대해 언급하지 않고 人事에 가까운 것을 취하여 사람들에게 교훈을 주고 지식을 쌓을 수 있도록 하였다. 『夷堅』이 아니면서 수록할 만한 것도 별도로 책을 만들었는데 이것도 역시 10권이 되었다. 이것이 이루어지기를 기다려 글을 덧붙이는 바이다.

明・金冕, 「剪燈新話跋」

余幼時觀洪邁『夷堅志』,[16] 嘗怪其好奇之甚. 然獨百事有於昔・於今乃不目之耶. 故置之不復詳覽. 非特自矜於已, 又恐見誣於人. 及考邁在南宋時爲內翰,[17] 春秋之筆, 寓於德暴間, 將使後世之善心者感發之, 而惡志者懲創之. 盖可補於教化之方云. 余同門友瞿宗吉輯其聞見之實, 書於簡編, 則不拘拘於德暴而誣見說, 盖亦自負董狐之才,[18] 將以擴著述之志云爾. 今宗吉學富才充, 余何企及哉. 第因不鄙, 出以見示, 故敢書於卷端.

洪武辛酉重陽前一日, 嚴陵金冕於唐昌邑庠之由義西齋寫.

批注[19] : 臨川何異序『容齋隨筆』[20]云 : 僕嘗[於]陳日華[曄]盡得『夷堅』十志與『支志』・『三支』及『四支』之二, 共三百二十卷. 就摘其間詩詞・(雜

---

16) 『夷堅志(이견지)』는 송대 洪邁가 편찬한 방대한 분량의 지괴소설집으로 宋元 이후의 설화와 희곡, 소설 등에 많은 영향을 끼쳤다. 夷堅은 『列子』에서 나온 전설적인 인물로 상고시대에 기이한 사물과 이야기들을 널리 기록했던 博物者로 알려진다.

17) 內翰(내한) : 송나라 때 翰林學士의 다른 이름.

18) 春秋시대 晋나라 史官인 董狐가 史草에 재상 趙盾이 군주를 시해한 사실을 直書하였다. 그 후 있는 그대로 사건을 기술하고 숨김이나 거리낌이 없는 필법을 董狐筆이라고 부른다.

19) 이 批注는 일본 내각문고 소장본 『전등신화구해』의 서두에 실린 것이다. 林羅山의 필적으로 된 「발문」의 빈 행간과 하단 여백에 작은 글씨로 쓰여져 있는 것인데 역시 林羅山이 따로 기록한 것으로 보인다. 여기서는 中國大百科全書出版社, 『韓國藏中國稀見珍本小說』(1997) 第二卷, 157~158면. 『剪燈新話句解』에서 교감한 내용을 수록하고 번역하였다.

20) 容齋隨筆(용재수필) : 송나라 洪邁가 편찬한 책으로 續筆, 三筆, 四筆, 五筆과 함께 모두 74권에 이른다.

著)葯餌・符呪之屬, 以類相從, 編刻於湖陽之計台,[21] 疏爲十卷, 覽者便之. 僕因此搜索『志』中, 欲取其不涉神怪, 近於人事, 資鑒戒而佐辯博, 非『夷堅』所宜收者, 別爲一書, 亦可得十卷. 俟其成也, 規以附刻於章貢可乎.

5. 계형(桂衡)의 「전등신화시병서(剪燈新話詩幷序)」

나는 창려(昌黎) 한유(韓愈)의 「모영전(毛穎傳)」을 읽은 적이 있는데 자후(子厚) 유종원(柳宗元)은 이를 뛰어난 문장으로 여기며 "용이나 뱀을 사로잡고 호랑이나 표범을 포박하려면 다급히 뿔을 잡고 조금도 쉴 틈을 주지 않아야 한다"고 했다. 옛날 문인들이 서로 추켜세우고 칭송하는 방법은 대체로 이와 같았다. 유종원이 지은 「적용설(謫龍說)」과 「하간전(河間傳)」 같은 것에 대해서도 후세 사람들은 망령되이 유종원을 음해하려는 사람이 있었다는 것을 들어보지 못하였다. 이런 이유가 어찌 선인들의 소견이 지금에 미치지 못해서이겠는가? 이것 역시 선인들의 도타운 뜻에 기인한 것이다.

내가 구종길(瞿宗吉)이 지은 『전등신화』를 읽어보니 괴이한 것을 기록한 바는 마유자(馬孺子)의 언사보다 지나치긴 했지만 그 음란함의 묘사는 「하간전」만큼 심하지 않았다. 혹자는 둘을 놓고 말참견을 하곤 하는데 어찌 속되어 고아하지 못함이 이와 같을 수 있는가. 무릇 구우(瞿佑)는 선을 찬양하고 악을 미워하며 배우는 과정과 가르치는 도중에서 문장을 읽고 짓는 일에 이목을 집중하여 듣고 본 바가 많아지고 마침내 그것이 쌓이고 풍부해지게 되었다. 하지만 시간이 오래 지나면 기억에

---

21) 국가 재정경제 사무를 관리를 최고 행정기관으로 三司의 별칭. 計省이라고도 한다.

서 잊혀질까 저어하여 그 일들 가운데서 특히 감동적이거나 징계할 만한 것을 취하여 함께 묶어 책으로 만들고 그것을 책 상자에 보관해놓고 혼자서 즐거워하였는데 이것이 구우의 본 뜻이었다. 나는 불민한 사람이라 어느 것이 맞고 그르며 무엇을 취하고 무엇을 비방해야 할지 몰랐다. 삼가 엎드려 책을 읽어보았더니 시문(詩文)과 가사(歌辭)가 다 들어 있고 내용이 기쁘기도 하고 슬프기도 하며 탄식하게도 하고 웃음이 나오게도 하였다. 구우가 학문을 함에 여력이 있어 다른 분야에도 힘을 썼다고 믿는 바이다. 구우가 내게 시를 써달라고 요청한 까닭에 고체시 한 수를 지어서 여기에 읊는 바이다.

山陽才人疇與侶,	산양의 재주꾼 구우와 더불어 벗이 되니
開口爲今闔爲古.	입을 벌리나 닫으나 고금의 일을 논한다
春以桃花染性情,	봄에는 복사꽃으로 이 내 마음 물들이고
秋將桂子薰言語.	가을엔 계화의 꽃 향기 언사에 스며든다
感離撫遇心怦怦,	만남과 이별에 가슴 울리고 울적해 하며
道是無憑還有憑.	말한 것이 근거나 있는 것인지 없는 것인지
沉沉帳底盡吹笛,	깊고 깊은 장막 저편 피리 소리 잦아들면
照照窗間宵剪燈.	등불 심지 잘라가며 창문 가를 비추는데
焂而晴兮忽而雨,	잠시 개었다가 홀연히 내리는 빗물처럼
悲欲啼兮喜欲舞.	눈물 흘리며 울다가도 기쁨에 춤을 추네
玉簫倚月吹鳳凰,	달빛 속에 옥피리 소리로 봉황을 불러보고
金柵和烟鎖鸚鵡.	쇠 울타리 안개 짙어 앵무를 가두고 있네
造化有跡尸者誰,	자연의 조화는 종적 있되 주관자가 누구이며
一念才萌方寸移.	한순간의 생각이 싹터 마음이 변하는구나
善善惡惡苟無失,	선을 상주고 악을 징계함도 잃지 않으며
怪怪奇奇將有之.	기이하고 괴이한 이야기도 갖추고 있구나
丈夫未達虎爲狗,	장부가 깨치지 못하면 호랑이도 개 되는 격
濯足滄浪塵數斗.	창랑에 발 씻으니 속세의 때가 여러 말이다
氣酣骨聳錚有聲,	기골이 우뚝하니 쟁쟁 소리 울리는 듯

脫幘目光如電走.	두건 벗은 눈빛은 번개처럼 번쩍인다
道人青蛇天動搖,	도인과 푸른 뱀이 하늘을 요동하게 하고
不斬尋常花木妖.	심상해서 자르지 않았더니 화목도 요정이라
茫茫塵海漚萬點,	망망 진해의 수만 점의 물방울
落落雲松酒半瓢.	낙락 송운에 반 바가지의 술
世間萬事幻泡爾,	세상 만사 모두가 물거품의 환상이어늘
往往有情能不死.	왕왕 사랑 깊으면 죽음도 비켜가는 법
十二巫山誰道深,	무산의 열두 봉우리 그 누가 깊다 했나
雲母屛風薄如紙.	운모로 만든 병풍은 백지처럼 얇구나
鶯鶯宅前芳草迷,	앵앵의 집 앞에는 방초만 무성하고
燕燕樓中明月低.	연연의 누각에는 밝은 달 낮게 깔렸다
從來松柏有孤操,	고래로 송백은 고고한 절개 있으되
不獨鴛鴦能幷棲.	외롭지 않은 원앙새 함께 둥지 튼다
久在錢塘江上住,	오래도록 전당의 강가에 살면서
厭見潮來又潮去.	조수가 오고 가는 장관 물리도록 보았네
燕子銜春幾度回,	연자가에 봄은 몇 번이나 찾아왔으며
斷夢殘魂落何處.	꿈에서 깬 혼백은 어디로 가야 하나
還君此編長嘯歌,	그대에게 이 이야기 읊조려 노래부르며
便欲酌以金叵羅.	술잔을 되돌려 주려해도 힘드는구나
醉來呼枕睡一覺,	술에 취해 한숨 잠에 빠졌다가
高車駟馬游南柯.	사두마차 높은 수레 타고 남가일몽 꿈꾼다

홍무 기사년(己巳年) 6월 6일 목인(睦人) 계형(桂衡)이 자미심처(紫薇深處)에서 쓰다.

明 · 桂衡, 「剪燈新話詩並序」

余觀昌黎韓子作「毛穎傳」, 柳子厚讀而奇之, 謂若捕龍蛇, 搏虎豹, 急與之角, 而力不敢暇,[22] 古之文人, 其相推奬類若此. 及子厚作「謫龍說」與「河間傳」等, 後之人亦未聞, 有以妄且淫病子厚者, 豈前輩所見有不逮今耶, 亦忠厚之志焉爾矣. 余友瞿宗吉之爲『剪燈新話』, 其所志怪, 有過于馬孺子所言, 而淫則無若「河間」之甚者. 而或者猶沾沾然置喙于其間, 何俗之不古也如是! 蓋宗吉以褒善貶惡之學, 訓導之間, 游其耳目於詞翰之場, 聞見旣多, 積累益富. 恐其久而記憶之或忘也, 故取其事之尤可以感發、可以懲創者, 彙次成編, 藏之篋笥, 以自怡悅, 此宗吉之志也. 余不敏, 則旣不知其是, 亦不知其非, 不知何者爲可取, 何者爲可譏. 伏而觀之, 但見其有文、有詩、有歌、有辭、有可喜、有可悲、有可駭、有可嗤. 信宗吉於文學而又有餘力於他歧者也. 宗吉索余題, 故爲賦古體一首以復之云.

山陽[23]才人疇與侶, 開口爲今闔爲古. 春以桃花染性情, 秋將桂子薰言語.
感離撫遇心怦怦, 道是無憑還有憑, 沉沉帳底盡吹笛, 煦煦窗間宵剪燈.
倏而晴兮忽而雨, 悲欲啼兮喜欲舞, 玉簫倚月吹鳳凰, 金柵和煙鎖鸚鵡.
造化有跡尸者[24]誰, 一念才萌方寸[25]移, 善善惡惡苟無失, 怪怪奇奇將有之.
丈夫未達虎爲狗, 濯足滄浪塵數斗, 氣酣骨聳錚有聲, 脫幘目光如電走.
道人青蛇天動搖, 不斬尋常花月妖, 茫茫塵海漚萬點, 落落雲松酒半瓢.
世間萬事幻泡耳,[26] 往往有情能不死, 十二巫山誰道深, 雲母屛風薄如紙.
鶯鶯宅前芳草迷, 燕燕樓中明月低, 從來松柏有孤操, 不獨鴛鴦能幷棲.
久在錢塘江上住, 厭見潮來又潮去, 燕子銜春幾度回, 斷夢殘魂落何處.
還君此編長嘯歌, 便欲酌以金叵羅, 醉來呼枕睡一覺, 高車駟馬游南柯.[27]

洪武己巳六月六日, 睦人桂衡書于紫薇深處.

---

22) 柳宗元의 「讀韓愈所著毛穎傳後題」에 보임.
23) 山陽(산양) : 오늘날의 강소성 淮安, 瞿佑의 先祖가 살던 곳.
24) 尸者(시자) : 尸는 주장하다, 주관하다의 의미다. 『詩經』 "誰其尸之".
25) 方寸(방촌) : 심장, 마음.
26) 【校】: [奎]에는 耳爾(尒)로 되어 있음.
27) 南柯(남가) : 唐 傳奇 『南柯太守傳』 참조. 南柯一夢.

1 수궁경회록(水宮慶会錄)

용궁의 낙성식 잔치

원나라 지정(至正) 4년 갑신(甲申)년 조주(潮州)의 선비 여선문(余善文)이 한낮에 집에서 한가롭게 앉아 있는데 갑자기 누런 두건을 쓰고 비단 저고리를 입은 역사(力士) 두 사람이 밖에서 들어오더니 앞으로 다가와 공손히 절을 하면서 말하였다.

"남해의 용왕이신 광리왕(廣利王)께서 삼가 초청하시옵니다."

여선문은 그 말을 듣고 깜짝 놀랐다.

"광리왕은 넓고 넓은 바다의 신이시고 나는 속된 세상의 한갓 선비일 뿐이며 서로가 유명이 다르고 길이 현저히 어긋나거늘 어찌 서로 상관할 리가 있겠습니까?"

그러자 두 역사가 말했다.

"선생께서는 그저 아무 사양 마시고 함께 가시기만 하면 됩니다."

여선문은 마침내 그들과 함께 남문 밖으로 나왔다. 그곳의 강가에는 이미 붉은 배가 정박하여 기다리고 있었다. 두 마리의 황룡이 이 배를 옆에 끼더니 질풍같이 날아서 순식간에 용궁에 당도하였다. 문 앞에 이르러 두 역사가 먼저 들어가 보고를 하였다. 잠시 후 들어오라고 하였다. 광리왕이 손수 계단을 내려와 맞이하였다.

"오랫동안 높은 명성을 흠모하여 왔습니다. 오늘 이렇게 외람되이 청하게 되었으니 괴이하게 여기지 마십시오."

그리고는 그를 이끌어 계단을 올라 서로 마주하고 앉도록 하였다. 여선문은 너무나 황공하여 허리를 굽신거리며 물러나 사양했다. 광리왕이 거듭 권하였다.

"그대는 인간세상인 양계(陽界)에 사시고 과인은 용궁인 수부(水府)에 있는 고로 서로 상하관계가 없으니 사양하실 필요가 없습니다."

여선문이 더욱 겸손한 말로 대답하면서 굳이 사양하였다.

"대왕께서는 존귀하고 소중하신 분이오며 소인은 벼슬 없는 일개 유생에 불과하온데 어찌 감히 이런 황송한 대접을 받을 수 있겠사옵니까?"

그때 광리왕을 곁에서 모시고 있던 원참군(黿參軍)과 별주부(鼈主簿)가 썩 나서며 이렇게 아뢰었다.

"황공하오나 손님께서 하시는 말씀이 옳은 줄로 아옵니다. 하오니 그대로 따르심이 가할 줄로 생각되옵니다. 스스로 위엄과 덕망을 깎아 체통을 잃지 않도록 하시는 것이 마땅하옵니다."

광리왕은 그 말을 따라 가운데 자리잡고 앉은 후에 오른편에 좌석을 따로 마련하여 여선문을 앉도록 했다. 그리고 말을 꺼냈다.

"이곳은 궁벽하고 누추한 곳입니다. 교룡이나 악어와 더불어 이웃하고 물고기나 게와 같은 것들과 함께 지내고 있지요. 그리하여 신의 위엄을 빛내거나 제왕의 명을 떨치지 못하고 있소이다. 이에 따로 궁전을 하나 지어 이름을 영덕전(靈德殿)이라 명명했는데 이제 공사에 필요한 목수와 재목과 석재는 모두 갖추어져 있습니다만 한 가지 부족한 것은 상량문(上梁文)입니다. 듣건대 선생께선 불세출의 재주를 업고 세상을 능히 구제할 경략(經略)을 지니고 있다고 하기에 특별히 이곳으로 받들어 모셔오게 된 것입니다. 부디 과인을 위하여 상량문을 지어 주셨으면 합니다."

그리고는 곧바로 가까운 신하에게 명하여 백옥의 벼루와 얼룩무늬 무소뿔의 붓과 하얀 교어(鮫魚)의 비단 한 장(丈)[1]쯤을 여선문 앞에 내오게 하였다. 그는 고개를 조아려 명을 받고는 곧 일필휘지하여 단숨에 글을 써 내려가니 글에는 점하나 덧붙일 곳이 없었다. 그 글은 다음과 같았다.

엎드려 살피건대 천지간에 바다가 가장 크고 인물 중에서는 신이 가장 신령스럽다고 하옵니다. 기왕에 향을 살라 배향하게 되었으니 어찌 신당의 장엄함이 없을 수 있겠사옵니까? 이리하여 새롭게 보배로운 궁전을 만들어 멋진 이름을 걸게 하였사옵니다. 용골(龍骨)을 들보로 거니 신비로운 빛이 햇살에 빛나고 고기비늘을 모아 기와로 엮었으니 상서로운 기운은 공중에 서려 있습니다. 밝은 진주와 하얀 구슬이 주렴과 창문에 줄지어 있고 청작(青雀)과 황룡(黃龍)[2]을 그린 큰 배가 접해 있습니다. 둥글게 깎아 놓은 창문을 열면 푸른 바다 빛깔이 문 앞에 들어오고 수놓은 궁전 문을 열면 구름의 그림자가 처마 밑에 드리웁니다. 비가 순조롭게 내리고 바람이 조화롭게 불어오니 남명(南溟)의 팔천여 리를 다누를 수 있사오며 하늘 높고 땅은 두터우니 후세 억만년을 드리우리다. 양자강(揚子江)이나 한수(漢水)의 물이 다 모여들고 시냇물과 호수의 물을 모두 받아들이시나이다. 바다의 신 천오(天吳)와 오색찬란한 자봉(紫鳳)새가 분분히 이르고 귀신 나라 나찰(羅刹)들도 뒤를 이어 찾아옵니다. 우뚝 솟아오른 그 모습은 노(魯)나라의 영광전(靈光殿)과 같고 아름다운 그 자태는 한(漢)나라의 경복궁(景福宮)과 다름없사오니 만형(蠻荊)을 제압하고 구월(甌越)을 이끌었으니 영구토록 장엄하고도 웅장할 것이옵니다. 하늘나라 창합문(閶闔門)에 소리쳐 아름다운 옥구슬 낭간(琅玕)을 바치나니 마땅히 좋은 노래 불러 칭송하옵니다. 여기 짧은 노래를 지어 상량(上梁)에 바치나이다.

抛梁東, 대들보의 동쪽에 바치노라

---

1) 길 : 丈. 길이의 단위로서 열 자(10尺).
2) 청작과 황룡 : 四神圖에 나오는 朱雀, 青龍과 같은 의미이나 색깔이 다르게 되어 있다.

方丈蓬萊指顧中.	방장과 봉래가 손가락 끝에 지척이다
笑看扶桑三百尺,	삼백 척의 부상나무 웃으면서 바라보니
金雞啼罷日輪紅.	금계가 울고 나자 아침해가 떠오르네

抛梁西,	대들보의 서쪽에 바치노라
弱水流沙路不迷.	약수와 유사의 길 헤맬 까닭 전혀 없네
後夜瑤池王母降,	한밤중에 요지서 서왕모가 강림하니
一雙青鳥向人啼.	한 쌍의 청조가 그 소식을 알려주네

抛梁南,	대들보의 남쪽에 바치노라
巨浸漫漫萬族涵.	큰 물결은 끝이 없어 만 겨레 품어 안고
要識封疆寬幾許?	그 경계가 어디인지 넓이는 또 얼마인지
大鵬飛盡水如藍.	대붕이 날아가다 푸른 물결 닿는 곳이라네

抛梁北,	대들보의 북쪽에 바치노라
衆星絢爛環辰極.	뭇 별들이 찬란하게 북극성을 감싸 돌고
遙瞻何處是中原?	아득히 바라보면 어드메가 중원인고
一髮青山浮翠色.	한 가닥 푸른 산에 비취색만 감도는데

抛梁上,	대들보의 위쪽에 바치노라
乘龍夜去陪天仗.	용을 타고 밤을 도와 천제 앞에 오르리라
袖中奏罷一封書,	소매 속엔 아뢸 말씀 상주문을 간직하고
盡與蒼生除禍瘴.	온갖 창생 갖은 재앙 없애 주고 말리라

抛梁下,	대들보의 아래쪽에 바치노라
水族紛綸承德化.	물에 사는 생물들이 온갖 성덕 다 입었네
淸曉頻聞贊拜聲,	맑은 새벽 아침이면 부산스런 참배소리
江神河伯朝靈駕.	강신과 하백이 하례(賀禮)하러 찾아온다.

伏願上梁之后,	엎드려 바라건대 상량(上梁)한 이후로는

萬族歸仁,	만 겨레가 용왕님 인의에 귀의하옵고
百靈仰德.	온 생령이 용왕님 덕망을 우러르소서
珠宮貝闕,	진주 궁궐과 조개 궁전엔
應天上之三光,	해와 달과 별의 빛이 비추시옵고
袞衣繡裳,	곤룡포와 비단 의상 위에는
備人間之五福.	인간의 오복을 모두 갖추시옵소서

상량문을 다 써서 올려 바치니 광리왕이 크게 기뻐하였다. 길일을 잡아 낙성식을 올리기로 하고 사자(使者)를 동쪽, 서쪽, 북쪽의 세 바다에 보내 각 용왕들을 초청하여 잔치에 오시도록 했다. 다음날 세 용왕이 모두 이르렀는데 시종들이 천승만기(千乘萬騎)를 헤아렸다. 교룡과 조개들이 앞뒤에서 날뛰고 큰고래와 곤어(鯤魚)는 좌우에서 달렸으며 물고기 머리에 귀신 얼굴을 한, 수많은 졸개들이 깃발을 세우고 창을 곧추 들고 있었었다. 그 날 광리왕은 머리에 통천관(通天冠)을 쓰고 붉은 강사포(絳紗袍)를 입었으며 벽옥의 홀(笏)을 들고 문 앞에 달려나가 영접하는데 그 예의 범절이 극히 엄숙하였다. 세 용왕은 각각 면류관(冕旒冠)을 성대하게 쓰고 보검과 패물을 근엄하게 차고 있어서 위세와 의장이 남달리 지엄하였다. 다만 그들의 복장 색깔은 각기 처하고 있는 곳에 따라 달랐다.[3] 잠시 서로 인사를 나눈 뒤에 읍을 하고 양보하면서 자리를 잡아 앉았다. 여선문도 백의(白衣)를 입은 채 궁전의 한 모퉁이에서 앉아 있다가 바야흐로 세 용왕과 함께 인사를 나누려고 하는 순간 동해의 광연왕(廣淵王)[4] 자리 뒤에 서있던 한 신하가 썩 나섰다. 그는 철관을 쓰고 긴 수염을 휘날리고 있던 적혼공(赤鯶公)이란 자인데 광리왕의 면전으로 뛰어나오더니 이렇게 말했다.

"오늘 이 자리는 대왕의 영덕전 낙성식이 있는 자리로서 특별히 세

3) 五行에 따른 五方의 色은 동쪽이 푸른색, 서쪽은 흰색, 남쪽은 붉은 색, 북쪽은 검은 색, 중앙은 노란색이다.

4) 광연왕 : 동해의 海神은 광덕왕인데 여기서 광연왕이라고 한 것은 작자의 착오이다.

용왕을 모셔다가 이처럼 성대한 연회를 여는 것이라 비록 양자강이나 한수(漢水)와 같은 큰 강의 수신(水神)이거나 이름난 하천과 호수의 우두머리라도 이 자리에는 참여할 수 없으니 그 예가 참으로 지엄함을 알 수 있습니다. 그런데 저기 백의서생으로 말석에 앉아 있는 사람은 누구이기에 이처럼 감히 당돌할 수가 있단 말입니까?"

그 말을 들은 광리왕이 설명했다.

"이 분은 조주(潮州)의 훌륭한 선비 여선문 선생이십니다. 내가 영덕전을 지음에 이 분을 불러 상량문을 짓도록 하였기에 이곳에 남아 계시도록 했던 것입니다."

광연왕이 황급히 나서서 신하를 꾸짖었다.

"문사께서 자리에 계신데 네 어찌 쓸데없는 말이 많단 말이냐, 썩 물러나거라!"

적혼공은 얼굴이 벌개져서 아래로 내려갔다. 곧이어 술이 들어오고 음악이 연주되었으며 열두 명의 미녀들이 귀고리 소리를 쨍그랑거리며 가벼운 치맛자락을 끌면서 무대로 나와 능파(凌波)의 대열로 서서 춤을 추며 능파의 노래를 함께 불렀다.

若有人兮波之中,	파도에는 사람인 듯 여신(女神)이 있어
折楊柳兮采芙蓉.	버들가지 꺾어보고 부용꽃도 따보네
振瑤環兮瓊珮,	귀고리 흔들려 패옥 소리 울려나고
璆鏘鳴兮玲瓏.	옥구슬 쟁그랑 영롱하게 소리나네
衣翩翩兮若驚鴻,	옷자락은 팔락거려 놀란 기러기 같고
身矯矯兮如游龍.	몸매는 사뿐사뿐 물에 노는 용이로다
輕塵生兮羅襪,	가벼운 먼지 일어나니 비단 버선 발걸음
斜日照兮芳容.	석양에 비치는 노을 같은 꽃다운 얼굴
蹇獨立兮西復東,	잠시 우뚝 섰다가 또 이리저리 오가며
羌可遇兮不可從.	우연히는 만나더라도 따를 수는 없구나
忽飄然而長往,	홀연 휘날리듯 멀리 떠나 가버리니

御泠泠之輕風.　　가벼운 바람을 시원하게 몰고 가시네

춤이 끝나고 다시 노래하는 어린이 사십여 명이 말쑥하게 새 화장을 하고 향기로운 소매를 휘날리면서 무대에 들어서 채련(採蓮)의 대열로 늘어서 채련의 노래를 불렀다.

桂棹兮蘭舟,　　계수나무 노를 들어 난초의 배를 젓네
泛波光兮遠游.　　반짝이는 물결 위에 멀리멀리 유람하네
捐予玦兮別浦,　　이별의 포구에다 귀고리랑 놓아두고
解予珮兮芳洲.　　꽃다운 방주에다 패물이랑 풀어두고
波搖搖兮舟不定,　　파도는 출렁출렁 이 배는 흔들흔들
折荷花兮斷荷柄.　　연꽃을 꺾어보고 연줄기를 잘라보네
露何爲兮沾裳?　　이슬은 어이하여 치마자락 적시우고
風何爲兮吹鬢?　　바람은 어이하여 귀밑머리 흩날리나
棹歌起兮綵袖揮,　　뱃노래를 불러보세 비단 소매 휘날리며
翡翠散兮鴛鴦飛.　　물총새가 흩어지고 원앙새가 날아가네
張蓮葉兮爲蓋,　　연잎을 펼쳐들면 우산으로 안성맞춤
緝藕絲兮爲衣.　　연근뿌리 실을 내면 옷을 짜도 그만 일세
日欲落兮風更急,　　해는 서산에 지고 바람은 더욱 세차니
微煙生兮淡月出.　　엷은 연기 피어오르고 흐린 달이 떠오르네
早歸來兮難久留,　　오랜 시간 머물기는 어려워 일찍 돌아가네
對芳華兮樂不可以終極.　　예쁜 꽃을 바라보며 즐거움은 끝이 없어라

두 차례의 춤이 모두 끝나자 이번에는 악어가죽의 북을 치고 옥룡의 피리를 불고 갖가지 악기가 다 연주하는 가운데 술잔이 오고 갔다. 그리하여 동쪽과 서쪽, 북쪽의 세 용왕신은 함께 큰 술잔을 들어 여선문의 앞에 올리면서 말했다.

"우리는 궁벽하고 멀리 떨어진 곳에 있어 일찍이 이런 성대한 행사를 들어본 적이 없었소이다. 오늘의 모임에서 이처럼 성대하고 위엄 있는

의식을 몸소 볼 수 있었고 더욱이 선생과 같은 대단하신 군자를 만나게 되니 그 광채가 더욱 배가되는 듯 하오이다. 이러한 성대한 잔치를 시로 지어서 용궁 수부에 전하게 한다면 그 또한 보람 있는 일이 아니겠소이까? 하실 수 있으시겠습니까?"

여선문은 청을 받고는 사양을 하지 않고 곧 「수궁경회시」 이십 운을 지어서 헌상하였다.

帝德乾坤大, 제왕의 위덕은 천지처럼 크고
神功嶺海安. 신령의 공은 산천을 안정시킨다
淵宮開棟宇, 깊은 물 속에 용궁의 신전 세우니
水路息波瀾. 물길의 거친 파도 조용히 잠 재웠다
列爵王侯貴, 귀하고 높으신 제왕과 제후 귀족
分符地界寬. 분봉하여 부절 보낸 경계가 넓다
威靈聞奕奕, 위령은 혁혁하게 빛이 나고
事業保全完. 사업은 완전하게 보존되었네
南極常通奏, 남극서 언제나 상주문이 오니
炎方永授官. 남방에 영구토록 벼슬 내리네
登堂朝玉帛, 조회에 나가 옥백을 받고
設宴會衣冠. 연회를 열어 선비들 다 모이네
鳳舞三簷蓋, 봉황은 삼층 일산 위에서 춤추고
龍馱七寶鞍. 용은 칠보의 안장을 짊어졌네
傳書雙鯉躍, 편지를 전하던 두 마리 잉어
扶輦六鼇蟠. 수레를 끌던 여섯 마리 자라
王母調金鼎, 서왕모는 금 솥에서 조리하고
天妃捧玉盤. 천비선녀 옥 쟁반을 받들었네
杯凝紅琥珀, 술잔에는 붉은 호박 빛이 서리고
袖拂碧琅玕. 소매가엔 푸른 낭간 옥빛 고와라
座上湘靈舞, 상수의 신선이 자리에서 춤추고
頻將錦瑟彈. 부지런히 금슬을 연주하였네
曲終漢女至, 곡이 끝나 한수의 여신 나타나

忙把翠旗看.　황급히 푸른 깃발 펼쳐 들었네
瑞霧迷珠箔,　상서로운 안개는 주렴에 서려 있고
祥煙遶畫欄.　상서로운 연기는 난간을 돌고 있네
屛開雲母瑩,　병풍을 펼치니 운모가 반짝이고
簾卷水晶寒.　주렴을 걷어내니 수정이 차갑구나
共飮三危露,　다함께 삼위의 좋은 이슬 마시고
同餐九轉丹.　더불어 구전의 귀한 금단 먹으니
良辰宜酩酊,　좋은 시절에 마땅히 잘 익은 술
樂事稱盤桓.　즐거움은 늘 함께 있을 것이라
異味充喉舌,　산해진미 진귀한 맛을 맛보리니
靈光照肺肝.　신비로운 광채는 간담을 비추네
渾如到兜率,　혼연히 이르러 도솔천에 닿으리니
又似夢邯鄲.　이는 또 한바탕 한단의 꿈이런가
獻酢陪高會,　이 좋은 모임에 술잔을 바치오니
歌呼得盡懽.　노래를 부르며 즐거움을 다하시라
題詩傳勝事,　시를 지어 성대한 잔치 그리려니
春色滿毫端.　봄기운이 붓끝에서 가득하여라

시를 다 적어 바치니 좌중에서 다같이 기뻐하였다. 얼마 후 해는 함지(咸池)로 떨어지고 달이 동쪽 골짜기에서 떠올랐다. 여러 용왕들은 크게 취하여 서로 기대고 부축하며 나와 각기 제 나라로 돌아가는데 말과 수레가 왁자하게 시끄러운 소리가 한참이 지나도록 그치지 않았다. 이튿날 광리왕은 특별히 따로 잔치를 마련하여 여선문에게 감사의 표시를 했다. 잔치가 파하자 유리 쟁반에 야광주(夜光珠) 열 개와 통천서(通天犀) 두 개를 담아 내오면서 글을 써준 은혜에 보답한다고 했다. 다시 두 사자에게 명을 내려 그를 집까지 배웅하도록 하였다. 그는 돌아와 자신이 얻은 모든 것을 페르시아의 상인에게 팔아 억만 금을 벌어 마침내 큰 부자가 되었다. 하지만 훗날 여선문은 공명에 뜻을 두지 않고 집을 버리고 출가하여 수도를 하면서 명산을 두루 돌아다녔는데 그 뒷일은 알 수가 없었다.

水宮慶會錄

至正[5)]甲申[6)]歲, 潮州[7)]士人余[8)]善文[9)]於所居白晝閑坐, 忽有力士[10)]二人, 黃巾繡襖,[11)] 自外而入, 致敬於前曰 : "廣利王[12)]奉邀." 善文驚曰 : "廣利洋海之神, 善文塵世之士, 幽顯路殊, 安得相及?" 二人曰 : "君但請行, 毋用辭阻." 遂與之偕出南門外, 見大紅船泊於江滸.[13)] 登船, 有兩黃龍挾之而行, 速如風雨, 瞬息[14)]已至. 止於門下, 二人入報. 頃之,[15)] 請入. 廣利降

---

5) 至正(지정) : 원나라 順帝(妥歡帖木兒)의 연호다. [句] 至正 연간(1341~1367)은 원나라 마지막 황제시대다. [譯]
6) 甲申(갑신) : 至正 4년인 1344년. [周]
7) 潮州(조주) : 옛 閩越의 땅으로 지금은 廣東省 布政司에 속한다. [句]
8) 余(여) : 余씨는 秦나라 由余의 후손이다. [句]
9) 余善文(여선문) : 주인공의 명명은 실제로 "나는 글 잘하는 선비"라는 뜻을 지니고 있다. 인간 세상에서 알아주지 않는 선비의 재주를 용왕이 먼저 알고 청한다는 내용이다. 『전등신화』의 작자는 작품에서 등장인물의 명명에 대부분 이와같은 함의를 담도록 하였다. 『전등여화』 등 훗날 전기소설에서도 그러한 방식을 따르고 있다. [譯]
10) 力士(역사) : 신화전설 속에 나오는 신의 使者. 그들은 대부분 머리에 黃巾을 둘렀기 때문에 黃巾力士라고도 하였다. [周]
11) 襖(오)는 발음이 奧이며, 비단으로 도포를 한 것이다. [句] 綉는 繡와 같은 글자다.
12) 廣利王(광리왕) : 당나라 天寶 10년 정월 조서를 내려 남해의 신 祝融을 광리왕으로 봉했다. [句] 남해 海神(용왕=祝融)의 封號. 당나라 李隆基(玄宗)는 天寶 10년에 해신을 왕에 봉하였다. 『通典』에 다음과 같은 내용이 기재되어 있다. "천보 10년 정월에 동해의 해신은 廣德王에, 남해의 해신은 廣利王, 서해의 해신은 廣潤王, 북해의 해신은 廣澤王에 각각 봉하였다(天寶十載正月, 以東海爲廣德王, 以南海爲廣利王, 以西海爲廣潤王, 以北海爲廣澤王)." [周]
13) 江滸(강허) : 물가. [句]
14) 瞬息(순식) : 瞬은 눈동자가 움직이는 것, 息은 숨을 쉬는 것이다. 즉 눈 한번 깜빡하고 숨 한번 쉬는 사이다. [句]
15) 頃之(경지) : 頃은 傾字와 같다. 頃之는 잠시 후의 뜻이다. [句]

階而接曰："久仰聲華，坐屈冠蓋,[16] 幸勿見訝." 遂延之上階，與之對坐. 善文跼蹐[17]退遜. 廣利曰："君居陽界,[18] 寡人處水府,[19] 不相統攝，可毋辭也." 善文曰："大王貴重，僕乃一介寒儒，敢當盛禮!" 固辭. 廣利左右有二臣曰黿參軍鼈主簿[20]者，趨出奏曰："客言是也，王可從其所請，不宜自損威德，有失觀視." 廣利乃居中而坐，別設一榻於右，命善文坐. 乃言曰："弊居僻陋，蛟鰐[21]之與隣，魚蟹之與居，無以昭示神威，闡揚帝命. 今欲別構一殿，命名靈德，工匠已擧，木石咸具，所乏者惟上梁文爾.[22] 側聞君子負不世之才，蘊濟時之略，故特奉邀至此，幸爲寡人製之." 卽命近侍取白玉之硯，捧文犀[23]之管，幷鮫綃[24]丈許，置善文前. 善文俯首聽命，一揮而就，文不加點. 其詞曰：

---

16) 冠蓋(관개)：使者가 머리에 쓰는 모자다. 검은색 덮개다. 「평원군전」에는 冠蓋는 魏에서 내려온 풍습이다. [句] 『史記·列傳』 참조.

17) 跼蹐(국척)：국은 구부리는 것이며 척은 조금씩 걷는 것이다. 스스로 불안해하는 모양이다. [句]

18) 陽界(양계)：천하에 四界가 있으니 天界, 地界, 水界, 陽界다. [句]

19) 水府(수부)：『太平廣記』에는 "南海 水府에 있는 仙宮이 바로 여기"라고 했다.

20) 黿參軍鼈主簿(원참군별주부)：원은 자라(鼈)보다 크다. 參軍과 主簿는 관아에 소속된 관속이다. 桓溫막하에서 王珣을 短主簿, 郗超(치초)를 髥參軍이라 부른 것과 같은 것이다. [句] 參軍은 군사의 자문을 맡은 벼슬로 諮議, 記室, 錄事에 해당하며 主簿는 문서와 장부를 담당하는 벼슬이었다. [周]

21) 蛟鰐(교악)：蛟는 용의 부류에 속하지만 뿔이 없고 네 발과 가는 목이 있으며 큰 것은 몇 아름이 된다. 알은 한두 개의 돌 항아리 같다. 鰐은 도마뱀과 비슷하지만 길이는 한 자이고 물 속에서는 사람을 삼킨다. 간혹 악어 鱷자로도 쓴다. 柳宗元의 「永州記」에는 "악어는 큰 것은 두세 자가 되고 한번에 알을 백 개 낳는다. 다 크면 뱀이 되거나 교룡이 되거나 거북이 되는 것도 있으니 영험하다"라는 문장이 있다. [句]

22) 上梁文(상량문)：당나라 말엽부터 상량문이 시작되었다. 무릇 궁전을 건립하여 대들보를 올릴 때 칭송하면서 지은 글이다. [句]

23) 文犀之管(문서지관)：무늬가 있는 무소뿔로 만든 붓대다. [句] 무늬가 있는 무소 뿔은 옛날에 진귀한 기물을 만드는데 쓰였다. 여기서 文犀管은 붓을 가리킨다. [周]

24) 鮫綃(교초)：『博物志』에서 "鮫人은 물밑에 사는데 물에서 나와 사람에게 生絲를 판다. 주인에게 그릇을 달라하여 눈물을 흘리면 바로 구슬이 되는데 가득 차게 되면 준다"고 했다. [句] 남해에서 나는 비단의 일종. 『述異記』에서는 "남해에서 교초가 나는데 일명 龍紗라고 한다. 이것으로 옷을 만들면 물에 넣어도 젖지 않는다"고 했다. [周]

伏以天壤之間, 海爲最大; 人物之內, 神爲最靈. 旣屬香火[25]之依歸, 可乏廟堂[26]之壯麗? 是用重營寶殿, 新揭華名; 挂龍骨以爲梁, 靈光耀日; 緝魚鱗[27]而作瓦, 瑞氣蟠空. 列明珠白璧之簾櫳,[28] 接靑雀黃龍[29]之舸艦. 瑣窗[30]啓而海色在戶, 綉闥開而雲影臨軒. 雨順風調, 鎭南溟[31]八千餘里; 天高地厚, 垂後世億萬斯年. 通江漢之朝宗,[32] 受溪湖之獻納.[33] 天吳紫鳳,[34] 紛紜而到; 鬼國羅刹,[35] 次第而來. 巋[36]然若魯靈光,[37] 美哉如漢景福,[38] 控[39]蠻荊[40]而引

---

25) 香火(향화) : 향을 사르고 촛불을 밝히는 것은 제사나 굿을 하는 일이다. [句]

26) 廟堂(묘당) : 南海의 신을 모시는 사당이다. 廣州의 바다에 있는데 刺史가 항상 立夏 즈음에 이르러 이곳에서 제사를 지낸다. [句]

27) 魚鱗(어린) : 「楚辭」에서 "물고기 비늘로 만든 집은 곧 龍堂이라네"라고 했다. [句]

28) 櫳(롱) : 窓자와 같다. [句]

29) 靑雀黃龍(청작황룡) : 靑雀에는 고운 빛깔의 해오라기를 그리고 黃龍에는 누런 용을 그리는데 모두 배 이름이다. 이것으로 水神을 제압한다. [句]

30) 瑣窗(쇄창) : 푸른 색으로 쇠사슬의 무늬로 만든 창이다. [句] 한나라 때 쇠사슬 모양의 무늬로 창을 만들었다고 한다. [譯]

31) 南溟(남명) : 남해바다. [周]

32) 江漢朝宗(강한조종) : 『書經 · 禹貢』에 "江水와 漢水가 바다로 흘러간다"고 했는데 그 註釋에 "봄의 알현을 조, 여름의 알현을 종이라고 하니 강수와 한수가 바다로 달려가는 것이 제후들이 임금을 찾아 알현하려는 것과 같다"고 했다. [句] 『詩經』에도 이르기를 "漢水의 저 물줄기, 바다로 모여드네(沔彼流水, 朝宗於海)"라고 했다. 여기서는 양자강과 한수가 바다로 흘러드는 것이 마치 봉건제후들이 천자를 알현하는 것 같음을 말한다. [周]

33) 獻納(헌납) : 알현하고 공물을 바치는 것이다. [句]

34) 天吳紫鳳(천오자봉) : 천오는 물의 신이다. 『山海經』에는 "천오는 호랑이 몸에 사람 얼굴을 하고 손과 발과 꼬리를 각기 여덟 개씩 가졌고 청황색"이라고 했다. 자봉은 丹穴山에 사는 鸑鷟(작악)이다. 봉황처럼 오색 빛이지만 붉은 빛이 더 많다. 杜甫의 시에 "천오와 자봉이 짧은 무명옷에 걸렸네"라고 했다. [句] 『山海經』에 이런 내용이 있다. "朝陽의 골짜기에 천오라는 신이 있는데 水神이다. 짐승의 모습으로 사람의 얼굴에 머리, 다리, 꼬리가 여덟 개씩 있는데 모두 청황색이다(朝陽之谷, 有神曰天吳, 是爲水伯. 其爲獸也, 人面, 八首, 八足, 八尾, 皆靑黃)." 자봉은 어린 봉황이다. 『山海經』에 이런 내용이 있다. "丹穴山에 鸑鷟이 사는데 봉황의 속류로 몸 전체가 오색이나 자주색을 많이 띤다(丹穴之山, 有鸑鷟, 鳳之屬也, 五色而多紫)." 여기서는 사실상 杜甫의 "天吳及紫鳳, 顚倒在裋褐"라는 시구의 의미를 차용한 것으로 천오와 자봉이 실제로 동시에 오는 것을 말한 것은 아니다. [周]

35) 羅刹(나찰) : 귀졸이다. 刹은 간혹 찰[鬼+察]로도 쓰인다. 소머리에 말의 얼굴 형상이다. [句] 사람을 잡아먹는 귀신이라고 전해오며 梵語 羅刹婆의 약칭이다. 慧琳의 『一切經音義』에 이런 내용이 있다. "나찰은 악귀이다. 사람의 피와 살을 먹으며 날아다니기도 하고 걸어다니기도 하는데 아주 무서울만큼 빠르다(羅刹, 此云惡鬼也. 食人血肉,

甌越,[41] 永壯宏規; 叫閶闔[42]而呈琅玕,[43] 宜興善頌. 遂爲短唱, 助擧修梁.

抛[44]梁東, 方丈蓬萊[45]指顧中. 笑看扶桑[46]三百尺, 金鷄啼罷日輪紅.[47]

或飛空, 或地行, 捷疾可畏也).” [周]

36) 巋(귀) : 발음은 規다. [句] 현재 음은 험준할 귀, 우뚝설 귀다.

37) 靈光(영광) : 전각이름. 노나라 恭王이 지었다. 후한 王文考의 賦 序文에서 “우뚝하다 홀로 남았구나”라고 했는데 주석에 높고 견고한 모양이라고 했다. [句] 한나라 景帝(劉啓)의 아들인 劉餘(魯나라 恭王)가 지은 것으로 유적이 지금의 山東城 曲阜縣의 동쪽에 있다. 한나라 왕실이 쇠퇴한 후 西京(장안)의 未央殿, 建章殿 등의 궁전은 모두 파손되었으나 노나라 영광전 만이 홀로 우뚝 남아 있었다고 한다. 그래서 후세에 유명한 인물이나 물건이 하나밖에 남아 있지 않은 것을 노나라 영광전이라 한다. [周]

38) 景福(경복) : 전각이름. 漢나라는 당연히 魏나라로 고쳐야 한다. 魏 明帝가 세웠다. 何平叔이 지은 부의 첫 구에 “위대하다 위나라여!”라고 했는데 주석에서 위대하다는 말은 찬미하는 말이라고 했다. [句] 魏나라 때 세운 궁전 이름. 曹叡(明帝)가 동으로 순행을 가면서 여름이 너무 더울 것을 염려하여 許昌에 궁전을 짓고는 경복전이라 하였다. 궁전이 완성되자 何晏에게 명하여 「景福殿賦」을 쓰게 하였는데 『文選』에 보인다. 여기서 한나라 때 지어졌다고 한 것은 무엇을 근거로 한 것이지 알 수가 없다. 작자가 적당히 쓴 것이지 자세히 고증한 적은 없다고 보는 것이 마땅하다. [周]

39) 控(공) : 구인하다, 제압하다의 뜻이다. [句]

40) 蠻荊(만형) : 荊州의 남쪽으로 옛 南蠻의 땅이다. [句]

41) 控蠻荊而引甌越(공만형이인구월) : 甌는 동서의 두 종족이 있다. 甌는 越과 별종이며 지금 福建의 땅이 바로 바로 이곳이다. 이 구절은 王勃의 「滕王閣序」에 나온다. [句] 이 구절은 唐代 시인 王勃의 『騰王閣序』에서 그대로 가져다 쓴 것이지만 남해의 지리적 위치로 볼 때 매우 적합하다. [周] 만형을 제압하고 구월에 인접하다. 만형은 옛날 남방의 이민족. 구월은 浙江省 永嘉縣 일대의 옛 이름이다. [譯]

42) 閶闔(창합) : 천문의 이름이다. [句] 어원의 출처는 『楚辭』다. “천제로 하여금 열고 닫으시라 하고, 창합의 문에 기대여 나를 바라보네(吾令帝閽開關兮, 倚閶闔而望予).” 창합이 천문이기 때문에 궁궐의 정문을 혹은 창합이라 한다. 일설에 의하면 초나라 사람들은 일반적으로 문을 창합이라 했으며 전적으로 천문만을 가리킨 것은 아니라고도 한다. [周]

43) 琅玕(낭간) : 구슬과 비슷한 돌이다. 한유의 시에 “구름을 밀어내고 창합에 소리쳐 진정으로 낭간을 바친다”는 구절이 있다. [句] 주옥과 비슷한 아름다운 돌. [周]

44) 抛(포) : 置와 같다. 버려 두다는 뜻이다. [句]

45) 方丈蓬萊(방장봉래) : 삼신산으로 동쪽 바닷가에 있다. 주위가 삼만 리이며 누대가 모두 금은으로 되었고 나뭇잎이나 꽃열매를 먹으면 늙지 않는다. [句] 신화전설 속에 나오는 신선이 산다는 산. 『사기』에 이런 내용이 있다. “봉래, 방장, 영주 이 삼신산은 발해에 있다. 신선과 不老不死의 영약이 있으며 황금과 백은으로 궁궐을 만들었다(蓬萊, 方丈, 瀛洲, 此三神山者, 在渤海中, 諸仙人及不死藥在焉, 以黃金白銀爲宮闕).” [周]

46) 扶桑(부상) : 東方朔의 『十洲記』에 “푸른 바다 한가운데 높이가 수천 길이나 되고 둘레가 천 아름이나 되는 神木이 있는데 두 줄기가 같은 뿌리에서 나와 서로 의지하고

拋梁西, 弱水[48]流沙[49]路不迷. 後夜[50]瑤池[51]王母[52]降, 一雙靑鳥[53]向人啼.

拋梁南, 巨浸[54]漫漫萬族涵. 要識封疆寬幾許? 大鵬[55]飛盡水如藍.

있다. 그래서 부상이라고 한다"고 했다. 『淮南子』에는 "해가 暘谷에서 나와 咸池에서 목욕하고 부상에서 떨치니 이를 날이 밝아 온다고 하는 것이다"라 했다. [句] 고대 국가의 이름. 『南史』에 중국에서 동쪽으로 2만여 리 떨어진 곳에 있으며 그 땅에서 부상목이 많이 나기 때문에 부상이라 칭했다고 나온다. 古人들은 이곳에서 해가 뜬다고 생각하였다. 과거에는 日本을 부상이라고 보았지만 지금은 鄧拓의 고증에 근거하여 멕시코를 부상이라고 보기도 한다. 『燕山夜話』에 보인다. [周]

47) 金鷄啼罷日輪紅(금계제파일륜홍) : 桃都山에 있는 나무를 桃都樹라고 한다. 나무 가지의 거리가 삼천 리나 되는데 그 위에 天鷄가 있다. 해가 떠서 이 나무를 비추면 천계가 울고 천하의 닭들도 따라 운다. [句]

48) 弱水(약수) : 『書經 · 禹貢』에 "약수가 이미 서쪽으로 갔다"고 했고 주석에서 柳宗元의 말을 인용하여 "서쪽 바다의 산에 있는 물은 사방으로 흩어지고 힘이 없어 띠끌도 가라앉는다"고 했다. [句] 지금 甘肅省의 張掖河. 『禹貢』에 이런 내용이 있다. "약수를 이끌어 합려로 이르렀다가 여파가 유사로 흘러든다(導弱水至於合黎, 餘波入於流沙)." [周]

49) 流沙(유사) : 沙州의 서쪽에 있다. 그곳 모래가 바람에 쓸려 흐르므로 유사라고 한다. [句] 사막의 옛 명칭. 그러나 『禹貢』에서 말하는 "弱水餘波入於流沙(약수의 여파가 유사로 흘러든다)"의 유사는 지금의 내몽고 자치구인 額濟納旗지방을 말한다. [周]

50) 後夜(후야) : 子夜, 즉 한밤중과 같다. [句]

51) 瑤池(요지) : 신화전설 속에서 말하는 西王母가 살았다는 곳. [周]

52) 王母(왕모) : 『神仙通鑑』에 "서왕모는 태음의 정기를 타고났다. 천제의 딸로 사람의 몸에 호랑이 머리를 하고 표범의 꼬리에 머리를 풀었다. 곤륜산의 서북쪽을 다스린다"고 했다. 『列子』에서는 "周穆王이 팔준마를 타고 곤륜산에 올라 서왕모를 청하자 西王母가 瑤池에서 잔치를 베풀었다"고 했다. [句] 서왕모는 신화전설 속에서 나오는 옛 仙人. 『穆天子傳』에선 "주나라 목왕은 신선을 좋아하여 요지에서 서왕모에게 술을 바쳤다(周穆王好神仙, 觴西王母於瑤池之上)"고 했다. [周]

53) 靑鳥(청조) : 『漢武故事』에서 "사람 머리에 새의 몸으로 푸른 옷을 입고 날아다닌다. 武帝 때 서방에서 날아오자 東方朔에게 물었더니 이 새는 서왕모의 사자이므로 곧 서왕모가 오실 거라고 했다. 잠시 후 서왕모가 나타나니 그 곁에 모시었다"고 했다. [句] 신화전설 속에서 나오는 西王母의 사자. 다리가 세 개인 까마귀로 서신을 전달하는 일 이외에 주로 서왕모에게 음식을 조달하는 일을 하였다. [周] 靑鳥를 三足烏와 동일한 것으로 본 것은 『史記 · 司馬相如列傳』에 보이는 "삼족오"에 대한 張守節의 『史記正義』에 보인다. 그는 張楫의 말을 인용하여 "삼족오는 청조다. 주로 서왕모에게 먹을 것을 구해온다"라고 했다. 그러나 상서로운 새로서의 삼족오나 태양에 살고 있는 삼족오와는 다르다. [譯]

54) 巨浸(거침) : 韓愈의 시에 "넓은 강물이 하늘가에 이른다"고 했는데 큰 강물을 말한다. [句]

55) 大鵬(대붕) : 『莊子』에 "북쪽 바다에 물고기가 있으니 鯤이라 하고 한번 변하여 새가

拋梁北, 衆星絢[56]爛環辰極.[57] 遙瞻何處是中原? 一髮青山浮翠色.

拋梁上, 乘龍夜去陪天仗. 袖中奏罷一封書, 盡與蒼生除禍瘴.[58]

拋梁下, 水族紛綸承德化. 淸曉頻聞贊拜聲, 江神[59]河伯[60]朝靈駕.

伏願上梁之後, 萬族歸仁, 百靈仰德. 珠宮貝闕,[61] 應天上之三光,[62] 袞衣[63]繡裳, 備人間之五福.[64]

書罷, 進呈. 廣利大喜, 卜日落成,[65] 發使詣東西北三海, 請其王赴慶殿之會. 翌日, 三神[66]皆至, 從者千乘萬騎, 神蛟毒蜃,[67] 踴躍後先, 長鯨[68]大鯤, 奔馳左右, 魚頭鬼面之卒, 執旌旄而操戈戟者, 又不知其幾多

되는데 鵬이라 한다. 바다의 움직임을 따라 남쪽 바닷가로 간다. [句]

56) 絢(현) : 발음은 縣과 같다. 무늬가 진 모양. [句]

57) 【校】 辰(진) : [奎]에는 宸(신). 宸極(신극)은 북극성, 하늘의 중추다. [句]

58) 禍瘴(화장) : 瘴은 원래 障으로 쓴다. 禍障은 불교용어로 魔障, 災障과 같은 의미다. [句]

59) 江神(강신) : 강물의 신. 『文選 · 江賦』에 "奇相이 강에서 도를 얻어 강에 살면서 신이 되었다"고 했다. [句]

60) 河伯(하백) : 『태평광기』에 "馮夷가 八石藥을 먹고 물의 신이 되었는데 얼굴은 사람이고 몸은 물고기였다"고 했고 『포박자』에선 "풍이가 八月 上庚日에 강을 건너다가 빠져죽자 천제가 河伯으로 명했다"고 했다. 혹자는 세 하백과 아홉 강신이라고 말한다. [句]

61) 珠宮貝闕(주궁패궐) : 「楚辭」에 "붉은 조개와 구슬의 궁궐이구나"라고 했고 주석에 "붉은 조개는 남해의 甲蟲으로 무늬가 아름다운 것"이라고 했다. [句] 신화전설 속에서 말하는 河伯이 살았던 곳으로 紫貝 껍질을 가지고 궁궐을 만들었다. 「楚辭」 구절은 "紫貝闕兮朱宮"이다. [周]

62) 三光(삼광) : 해와 달과 별의 빛이다. [句] [周]

63) 袞衣(곤의) : 곤룡의다. [句] 봉건시대 천자가 입던 곤룡포. [周]

64) 五福(오복) : 『書經 · 周書 · 洪範九疇』에 "오복은 장수, 부귀, 건강, 덕, 수명을 다하고 죽는 것"이라고 했다. [句] 壽, 富, 康寧, 攸好德, 考終命. 『尙書 · 洪範』편에 나온다. [周]

65) 落成(낙성) : 落이란 처음의 뜻이다. 궁전이 세워지면 제사를 지내는데 落이라 한다. 『左傳』에 "원컨대 그것을 제후에게 주어 낙성토록 했다"는 말이 있다. [句]

66) 三神(삼신) : 동해의 廣淵王, 서해의 廣德王, 북해의 廣澤王을 말한다. [句]

67) 蜃(신) : 발음은 信이다. 大蛤이다. 능히 기운을 뿜어 누각을 만들기도 한다. [句] 이른바 바닷가의 蜃氣樓가 바로 그것이다. [譯]

68) 鯨(경) : 큰놈은 수천 리나 되어 파도를 쳐서 우레를 만들고 거품을 뿜어 비를 뿌리기도 한다. [句]

也. 是日, 廣利頂通天之冠,[69] 御絳紗之袍, 秉碧玉之圭,[70] 趨迎於門, 其禮甚肅. 三神亦各盛其冠冕, 嚴其劍珮, 威儀極儼恪,[71] 但所服之袍, 各隨其方而色不同焉. 叙暄涼畢,[72] 揖讓而坐. 善文亦以白衣[73]坐於殿角, 方欲與三神叙禮, 忽東海廣淵王[74]座後有一從臣, 鐵冠而長鬣[75]者, 號赤魚軍 公,[76] 躍出廣利前而請曰: "今玆貴殿落成, 特爲三王而設斯會, 雖江漢之長, 川澤之君, 咸不得預席, 其禮可謂嚴矣. 彼白衣而末坐者爲何人斯? 乃敢於此唐突[77]也!" 廣利曰: "此乃潮陽秀士余君善文也, 吾構靈德殿, 請其作上梁文, 故留之在此爾." 廣淵遽言曰: "文士在座, 汝烏得多言? 姑退!" 赤魚軍 公乃赧然而下. 已而酒進樂作, 有美女二十人, 搖明璫,[78] 曳輕裾,[79] 於筵前舞凌波之隊, 歌凌波之詞[80]曰:

---

69) 通天冠(통천관): 제후의 왕관은 通天의 무소뿔로 장식을 하니 唐 憲宗의 通天御帶와 같은 것이다. [句] 진나라의 복식제도. 높이가 9촌이고 똑바르며 꼭대기 부분이 약간 비스듬하다. 元나라를 제외한 漢에서 明에 이르기까지 天子가 썼다. [周]

70) 圭(규): 瑞玉은 『書經·舜典·五瑞』의 주석에 "公이 桓圭를 잡았다"고 한 것이 바로 이것이다. [句]

71) 儼恪(엄각): 엄은 바른 것이고 각은 공경하다는 뜻이다. 『禮記』에 "위엄을 바르게 하고 공경을 바르게 한다"고 했다. [句]

72) 暄涼(훤량): 훤은 따뜻하다는 뜻이고 량은 서늘하다는 뜻으로 춥고 더운 날씨를 얘기하며 서로 위로하는 것이다. [句]

73) 白衣(백의): 옛날 관직이 없던 사람이 입던 옷.

74) 廣淵王(광연왕): 동해의 해신. 당나라 때 廣德王에 봉해졌는데 여기서 광연왕이라고 한 것은 근거를 알 수 없다. 작자의 誤記로 보는 것이 마땅하다.

75) 鬣(엽): 곧 鬚髥(수염). 『左傳』에 "楚나라의 子享公이 수염 긴 長鬣者를 재상으로 삼았다. 北齊의 許淳이 수염을 늘어뜨려 허리띠에 닿았으므로 長鬣公이라 했다"라고 되어 있다. [句]

76) 赤鯶公(적혼공): 당나라에선 잉어 鯉자와 오얏 李자가 같은 음이었으므로 잉어를 적혼공으로 불렀다. 鯶의 발음은 渾이다. [句]

77) 唐突(당돌): 唐突은 간혹 搪突[扌+突]로 쓰기도 한다. [句]

78) 璫(당): 귀고리에 달린 구슬이다. [句]

79) 【校】裾(거)는 [奎]와 [董]에서 각각 裙으로 쓰임. 옷의 자락이다. [句]

80) 凌波詞(능파사): 唐 玄宗의 꿈에 한 여자가 나타나 말했다. "소첩은 凌波池에 사는 여자이온데 원컨대 저를 위해 한 곡조 지어 주십시오." 이에 왕이 꿈을 깨서 凌波曲을 지었다. [句] 樂史의 『楊太眞外傳』에 기록이 있다. "당 明皇(唐 玄宗)께서 東都에서 낮에 꿈을 꾸었는데 한 여인이 침상 앞에서 절하며 말했다. '소첩은 凌波池의 龍女인데 폐하께선 천상의 음악에 정통하시다 하니 저를 위해 한 곡 지어 주시옵소서.' 이에

若有人[81]兮波之中，折楊柳兮采芙蓉．振瑤環兮瓊珮，璆[82]鏘鳴兮玲瓏．衣翩翩[83]兮若驚鴻，身矯矯[84]兮如游龍.[85] 輕塵生兮羅襪,[86] 斜日照兮芳容．蹇[87]獨立兮西復東，羌[88]可遇兮不可從．忽飄然而長往，御泠泠之輕風.[89]

舞竟，復有歌童四十輩，倚新妝，飄香袖，於庭下舞採蓮之隊,[90] 歌采蓮之曲[91]曰：

桂棹[92]兮蘭舟，泛波光兮遠游．捐予玦[93]兮別浦,[94] 解予珮[95]兮芳洲.[96] 波

왕께서는 꿈속에서 凌波曲을 지었다. 왕께선 꿈에서 깨어나자마자 그것을 기록하고 문무 신료들과 능파궁에서 연회를 열었는데 새로운 곡을 연주하자 연못 속에서 물결이 계속해서 일었다." [周] 능파곡은 당나라 天寶 때의 악곡 이름. [譯]

81) 若有人(약유인) : 이와 같은 사람이란 말로 곧 水神을 이른다. [句]

82) 璆(구) : 발음은 求, 본래 球로 쓰며 옥구슬을 말한다. [句]

83) 翩翩(편편) : 나는 모양. [句]

84) 矯矯(교교) : 가볍게 움직이는 모양. [句]

85) 驚鴻(경홍), 游龍(유용) : 曹植의 「洛神賦」에서 나왔다. "놀라 날아오르는 기러기처럼 날고, 마치 승천하는 용과 같다(翩若驚鴻, 宛若游龍)." 여인의 자태가 나긋나긋하니 유연한 것을 형용한다. [역주] 우리나라 고전소설 『구운몽』의 인물 狄驚鴻은 여기서 유래한다.

86) 輕塵生兮羅襪(경진생혜나말) : 모두 「洛神賦」의 구절을 쓰고 있다. [句] 曹植의 『洛神賦』에 이런 구절이 있다. "가볍고 아름다운 걸음 걸이, 비단 버선에 먼지가 이네.(凌波微步, 羅襪生塵.)" 여인의 걸음걸이가 가벼운 것을 형용한다. [周]

87) 蹇(건) : 교만한 모양. [句]

88) 羌(강) : 發語辭로 乃와 같다. [句] 蹇과 羌은 모두 문언에서의 發語辭다. [周]

89) 御泠泠之輕風(어령령지경풍) : 『列子』에 "바람을 타고 가니 맑고 좋구나. 보름이 지나면 돌아온다"고 하였다. [句]

90) 採蓮隊(채련대) : 송나라 舞隊(무용단) 중 女弟子로 된 여섯 번째 무용단. 붉고 넓은 비단 저고리를 걸치고 연분홍 치마를 입고 머리에는 쪽을 찌고 아름다운 채색 배를 타고서 연꽃을 잡고 있다. 명나라 무용단 중에도 채련대가 있었다. [周] 앞의 구절은 『宋史・樂志十七』에 나오는 말이다. [譯]

91) 采蓮曲(채련곡) : 24곡의 하나다. 高賢이 "秦川에서 불렀던 採蓮曲인데 지금 다투어 배를 저어 건널 때 부른다. 노를 가지런히 하고 피리를 길게 빼어 부르는 것이다"고 했다. [句] 樂曲 이름. 梁나라 江南弄에 「采蓮曲」이 있는데 清商曲辭에 속한다. [周]

92) 桂棹(계도) : 棹는 노[楫]다. 任昉의 『述異記』에 "木蘭은 나무이름으로 潯陽 강가에 많이 자란다. 魯班이 이를 켜서 배를 만들었다고 했다. [句]

93) 玦(결) : 玦은 가락지[環]와 같으나 약간 작고 缺損이 있다. 裁決의 의미를 취한 것이다. 「楚辭」에 "내 玦玉은 澧浦에서 사라지고 내 佩玉은 江中에서 없어졌네"라고 했

搖搖兮舟不定, 折荷花兮斷荷柄. 露何爲兮沾裳? 風何爲兮吹鬢? 棹歌[97]起兮綵袖揮, 翡翠[98]散兮鴛鴦[99]飛. 張蓮葉兮爲蓋, 緝藕絲[100]兮爲衣. 日欲落兮風更急, 微煙生兮淡月出. 早歸來兮難久留, 對芳華兮樂不可以終極.[101]

二舞旣畢, 然後擊靈鼉之鼓,[102] 吹玉龍之笛, 衆樂畢陳, 觥籌交錯.[103] 於是東西北三神, 共捧一觥, 致善文前曰 : "吾等僻處遐陬, 不聞典禮, 今日之會, 獲睹盛儀, 而又幸遇大君子在座, 光彩倍增, 願爲一詩以記之, 使流傳於龍宮水府, 抑亦一勝事也. 不知可乎?" 善文不可辭, 遂獻水宮慶會詩二十韻 :

다. [句]

94) 別浦(별포) : 南浦, 물 이름. 지금의 湖北 武昌縣에서 동쪽으로 3리 떨어진 곳에 있다. 「楚辭」에 "남포에서 미인을 떠나보내네(送美人兮南浦)"라고 했다. 양나라 江淹의 「別賦」에선 "남포에서 님을 보내니 이 슬픔을 어찌하랴(送君南浦, 傷如之何!)"고 했다. 후에 사람들은 점차로 남포를 이별의 장소로 여기게 되었다. [周]

95) 解珮(해패) : 『韓詩外傳』에 "鄭交甫는 漢皐臺 아래를 지나다가 두 여인이 玉珮 두 개를 달고 있는 것을 보았다. 정교보가 달라고 하자 두 여인은 옥패를 풀어 교보에게 주었다"고 했다. [周]

96) 芳洲(방주) : 방초가 나는 곳이다. [句]

97) 棹歌(도가) : 이는 노를 저으며 부르는 노래다. [句]

98) 翡翠(비취) : 『설문해자』에 "붉은 깃을 비, 푸른 깃을 취라고 한다"고 했고 또 "수컷을 비, 암컷을 취라 한다"고 했다. [句]

99) 鴛鴦(원앙) : 원앙은 무늬가 있는 새다. 물오리 비슷하나 털에 무늬가 있다. 암수가 서로 떨어지지 않는다. [句]

100) 藕絲(우사) : 藕는 연뿌리다. 陸放翁의 시에 '가는 허리 미인의 연뿌리 치마'라고 하여 흰 모시가 가늘고 정교함을 묘사했다. [句] 放翁은 남송시인 陸遊다. 시집에 『劍南詩稿』가 있다. [譯]

101) 樂不可以終極(낙불가이종극) : 『列女傳』에 陶答子의 처가 "즐거움이 다하면 슬픔이 온다"고 했다. [句]

102) 靈鼉之鼓(영타지고) : 鼉(악어)는 도마뱀과 비슷하다. 껍질은 단단하고 두꺼워서 북을 만들면 소리가 백 리 밖까지 들린다. [句]

103) 觥籌交錯(굉주교착) : 柳宗元의 「序飮」에 "음주자는 산가지를 들어야 한다"고 했고 韓愈의 「祭文」에도 "벌주로 받은 산가지가 많았다"고 했다. [句] 觥(gong)은 술잔이다. 籌(chou)는 벌주 놀이를 할 때 술잔을 세는 산가지. 觥籌交錯은 연회가 성황리에 진행된다는 의미로 쓰인다. [周]

帝德乾坤大，神功嶺海安．淵宮開棟宇，水路息波瀾．列爵[104]王侯貴，分符[105]地界寬．威靈聞赫弈，[106] 事業保全完．南極常通奏，炎方[107]永授官．登堂朝玉帛，[108] 設宴會衣冠．鳳舞三檐[109]蓋，龍馱七寶[110]鞍．傳書雙鯉[111]躍，扶輦六鰲[112]蟠．王母調金鼎，[113] 天妃[114]捧玉盤．杯凝紅琥珀，[115] 袖拂碧琅

---

104) 列爵(열작) : 公侯伯子男을 말한다. 당나라 때는 왕을 爵이라고도 했다. 사방의 龍神들이 왕에 봉해진 것이다. [句]

105) 分符(분부) : 竹符, 虎符, 銅符와 같은 것이다. [句]

106) 【校】弈(혁) : [奎]와 [董]에는 모두 奕자로 쓰임.

107) 炎方(염방) : 南方이다. 불에 속하므로 염방이라 했다. [句]

108) 玉帛(옥백) : 제후가 임금을 알현하려면 五玉과 三帛을 폐백으로 삼았다. [句]

109) 【校】檐(첨) : [奎]에는 簷으로 쓰임. 三檐(삼첨), 모든 지붕은 삼층으로 되어 있으므로 三檐(세 처마)라 한 것이다. [句]

110) 七寶(칠보) : 車渠[王+渠](거거), 璊瑚(문호), 琥珀(호박), 瑪瑙(마노), 火齊(화제), 良玉(양옥), 眞珠(진주) 등을 七寶라고 한다. [句] 金, 銀, 琉璃, 硨磲(거거), 瑪瑙(마노), 琥珀(호박), 珊瑚(산호) 등을 말한다. 세속에서는 대부분 일곱 가지가 합쳐져서 만들어진 물건을 七寶라고 부르는데 반드시 상술한 일곱 가지의 보물에 제한된 것은 아니다. [周]

111) 雙鯉(쌍리) : 齊 涓子가 荷澤에서 낚시를 하다가 잉어를 잡았는데 뱃속에서 하얀 비단에 古詩가 적혀 있었다. "객이 멀리 찾아오니 내게 잉어 두 마리 주었네. 동자 불러 잉어 삶으니 뱃속에 비단 글씨 나오네"라고 했다. [句] 古人들은 편지를 잉어 모양으로 묶었다. 古樂府詩에 이런 구절이 있다. "편지가 잔설과 같은데 엮어보니 한 쌍의 잉어로다(尺素如殘雪, 結成雙鯉魚)." 후에 사람들은 雙鯉를 편지의 典故로 사용하였다. [周] 雙鯉가 편지의 대명사로 쓰이는 곳은 많지만 그 유래는 자못 여러 가지다. 비단 편지를 잉어모양으로 묶었다는 설 이외에 잉어모양을 한 목판의 바닥과 뚜껑 사이에 편지를 끼워 넣어 묶었기 때문이라고도 한다. 古樂府詩에 "먼데서 오신 손님 내게 쌍 잉어를 건네주시네, 아이를 불러 삶으라 하니 그 속에서 비단 편지 얻었네(客從遠方來, 遺我雙鯉魚. 呼兒烹鯉魚, 中有尺素書)"라고 했는데 잉어목판 속에서 편지를 꺼낸 것을 말하며 고기뱃속에서 얻었다는 것은 실제로 삶은 것이 아니라 그렇게 비유한 것이다. [譯]

112) 六鰲(육오) : 『열자』에 "渤海의 동쪽에 五山(譯註 : 『句解』의 착오임)이 있다. 그런데 서로 연결되는 곳이 없어 언제나 물결을 따라 왔다 갔다 하여 신선이 天帝에게 호소하니 天帝가 그 섬들이 큰 자라 열다섯 마리로 하여금 머리를 들고 그것을 이고 있게 하였다"고 했다. [句] 『列子』에서 나온 말이다. "渤海의 동쪽에 큰 골짜기가 있고 그 가운데에 三神山 있다. 그런데 서로 연결되는 곳이 없어 언제나 물결을 따라 올라갔다 내려왔다 하여 잠시도 멎어 있지 않았다. 上帝가 그 섬들이 西極으로 흘러가 여러 성인들이 살 곳을 잃게 될까 두려워하시어 큰 자라 열다섯 마리로 하여금 머리를 들고 그것을 이고 있게 하였다. 龍伯國의 大人이 단 한 번의 낚시로 여섯 마리의 자라들을 연달아 낚아 가지고 모두 짊어지고는 돌아갔다." [周]

113) 調金鼎(조금정) : 맛을 내다라는 의미이다. 王建의 시에 "맛을 조절하니 수라가 맛있다(金鼎調和天膳美)"는 구절이 있다.

玕. 座上湘靈116)舞, 頻將錦瑟117)彈. 曲終漢女118)至, 忙把翠旗119)看. 瑞霧迷珠箔, 祥煙繞120)畫欄. 屛開雲母121)瑩, 簾捲水晶寒. 共飮三危122)露, 同餐九轉丹.123) 良辰宜酩酊,124) 樂事稱盤桓.125) 異味充喉舌, 靈光照肺肝. 渾如到

114) 天妃(천비) : 송대 興和府에 莆人 都巡檢 林願의 딸이 날 때부터 영험하여 능히 화복을 알아맞췄다. 그녀가 죽은 후에 마을사람들이 湄州의 작은 섬에 사당을 세웠다. 宣和 연간에 路允迪이 高麗에 사신으로 가다가 바다에서 풍랑을 만나 다른 배들이 다 뒤집혔는데 그의 배에만 돛대에 신령이 내려 편안히 건넜다. 원나라 天監 연간에 天妃라고 봉하였으며 지금 旅順口에도 天妃사당이 있다. [句] 해신의 이름. 송나라 莆田사람 林願의 여섯째 딸. 그녀의 오라비가 장사를 하러 갔다가 바다에서 폭풍을 만나자 그녀는 죽어서 혼백이 되어 오라비를 구해냈다. 스무 살에 죽었다. 후에 수 차례 바다에서 영험을 나타내어 항해하는 사람들이 그녀에게 기원을 하게 되었다. 원나라 至元 연간 그녀를 天妃에 봉하고는 해마다 사자를 보내 제사를 지냈다. 명나라 때 한 단계 높은 天后에 봉해졌다. [周]

115) 紅琥珀(홍호박) : 李賀의 시에 "유리 술잔에 호박같은 술이 진하구나"라고 했다. [句] 호박처럼 붉은 술. [周]

116) 湘靈(상령) : 상령은 요임금의 딸이며 순임금의 妃인 娥皇과 女英이다. [句] 신화전설 속에서 나오는 湘水의 신으로 湘君이라고도 한다. 堯임금의 딸이며 舜 임금의 妃인 娥皇과 女英을 말한다. [周]

117) 錦瑟(금슬) : 금슬은 李商隱의 시에 "금슬은 까닭없이 오십현이네"라고 나온다. 錢起의 「湘靈鼓瑟」시에는 "곡이 끝나니 사람들은 흩어지고 강위에는 푸른 봉우리만 보인다"고 했다. [句]蘇東坡는 『古今樂志』를 인용하여 다음과 같이 말했다. "금슬은 악기다. 50개의 현에 기러기발은 之자처럼 생겼으며 그 소리 또한 원망스러운 듯 하며 맑고 우아하다(錦瑟之爲器也, 其弦五十, 其柱如之, 其聲也適怨淸和)." 黃朝英의 『靖康緗素雜記』에 보인다. [周]

118) 漢女(한녀) : 『列女傳』에서 漢女는 江妃라고 했다. 두 여자가 강수와 한수에서 노닐다가 鄭交甫를 만나 패옥을 풀어주었다고 했다. 漢皐의 둘째 딸. [周]

119) 翠旗(취기) : 翠鳳旗다. 樂府에서 "깃발을 들어 그치라 하였다"했고 杜甫의 詩에선 "금 손잡이 푸른 깃발에 빛은 있는가 없는가"라고 했다. [句]

120) 【校】 繞(요) : [奎]와 [董]에는 遶로 쓰임.

121) 雲母(운모) : 『本草綱木』에 "다섯 빛깔 雲母가 있는데 지금의 石銀이다"고 했다. [句]

122) 三危(삼위) : 雍州지방에 있다. 『呂氏春秋』에 "물맛이 좋기로는 삼위의 이슬이다"고 했다. 黃山谷의 시에는 "난초의 향기는 九畹에 가득하고 이슬의 맛은 三危가 잡는다"고 했다. [句] 산 이름. 지금의 甘肅城 敦煌縣 남쪽에 있다. 세 봉우리가 우뚝 솟아 있으며 떨어질 듯이 가파르기 때문에 三危라 하였다. 舜임금이 삼위에서 苗族을 세 번 몰아냈는데 바로 이곳이다. 或者는 삼위가 西藏(티베트)에 있다고도 한다. [周]

123) 九轉丹(구전단) : 즉 黃庭經에서 말하는 八瓊丹이다. 구전이란 아홉 번 달인다는 뜻이다. [句] 道家에서 아홉 번 달여서 丹藥. 『抱朴子』에 "아홉 번 달군 단약을 삼일 먹으면 신선이 된다(九轉之丹, 服之三日得仙)"라고 했는데 이것은 方士의 거짓말이다. [周]

兜率,[126] 又似夢邯鄲.[127] 獻酢陪高會, 歌呼得盡歡.[128] 題詩傳勝事, 春色滿毫端.

詩進, 座間大悅. 已而, 日落咸池,[129] 月生東谷, 諸神大醉, 傾扶而出, 各歸其國, 車馬駢闐[130]之聲, 猶逾時不絶. 明日, 廣利特設一宴, 以謝善文. 宴罷, 以玻璃[131]盤盛照夜之珠[132]十, 通天之犀[133]二, 爲潤筆[134]之

124) 酩酊(명정) : 심하게 술취한 모양. [句]

125) 盤桓(반환) : 천천히 머뭇거리는 모양. [句]

126) 兜率(도솔) : 三十三天중에서 第一天을 도솔천이라 한다. [句] 道家에 兜率天이라고 있는데 노자가 살던 곳이라고 한다. 불가에서 말하는 忉利天이다. [周]

127) 夢邯鄲(몽한단) : 開元 연간에 呂翁이 邯鄲을 지나다가 盧生과 한 주막에 들었는데 주인이 마침 황량으로 밥을 짓고 있었다. 노생은 고달픈 삶을 하소연하였다. 여옹은 주머니에서 가운데가 뚫린 베개를 꺼내주면서 이것을 베고 자면 소원대로 영화를 얻을 것이라고 했다. 노생은 몸이 베개의 구멍으로 들어감을 느낄 뿐이었는데 머지 않아 과거에 급제하고 안팎으로 재상과 장수를 지냈다. 오십 년 동안 부귀영화를 남부럽지 않게 누리다가 홀연 기지개를 켜면서 깨어나니 여옹은 여전히 곁에 앉아 있고 황량은 아직 익지 않았다는 것이다. [句] 黃粱夢. 唐代 沈旣濟의 傳奇소설 『枕中記』에 나오는 주인공 盧生은 한단의 어느 주막에서 도사 呂翁을 만났다. 베개를 빌어 베고 잠이 들어 온갖 부귀영화를 누리는 꿈을 꾸었는데 깨어나니 주인이 짓던 기장밥이 채 익지 않았다고 한다. [周]

128) 【校】 歡(환) : [奎]와 [董]에는 懽으로 쓰임.

129) 咸池(함지) : 해가 지는 곳. 곧 濛氾. [句] 해가 져서 들어간다는 곳. 『淮南子』에 "해는 양곡에서 뜨고 함지에서 멱을 감는다(日出於暘谷, 浴於咸池)"는 내용이 있다. [周]

130) 車馬駢闐(거마병전) : 사람들이 많아 북적대는 모양. [句]

131) 【校】 玻璃(파리) : [奎]에는 玻瓈로 쓰임. 푸른 옥 소반이다. [句]

132) 照夜珠(조야주) : 『搜神記』에서 "隋侯가 큰 구렁이가 다친 것을 보고 살려주었더니 뱀이 구슬을 물고 와서 은혜를 갚았다. 구슬의 빛은 백리를 비추었다"고 했다. [句] 야광주. [周]

133) 通天犀(통천서) : 『格物志』에서 "뿔 중에서 일맥의 기운이 있고 위아래 뚫린 것을 통천서라고 한다. 닭에게 비추면 두려워서 물러난다"고 했다. [句] 물을 가를 수 있다는 무소 뿔로 아주 진귀하다. 『抱朴子』에 이런 내용이 있다. "통천서는 한 자 이상의 뿔을 구하여 물고기 모양을 조각하여 입에 물고 잠수하면 물길이 그것 때문에 열린다(通天犀, 得其角一尺以上, 刻爲魚而銜以入水, 水爲之開)."[周]

134) 潤筆(윤필) : 옛사람은 사람을 청하여 세상 살아온 덕을 기술하려고 할 때는 반드시 인사가 있었다. 이것을 윤필이라 한다. 鄭譯이 國公을 배알하자 高熲이 비꼬면서 "붓이 다 말랐겠소이다"라고 하였다. 정역은 "方岳으로 나가면 杖策을 짚고 하는 말마다 '돌아가리라'하여 글 하나 얻지 못하니 어찌 윤필을 하겠는가"라고 하였다. [句]

資, 復命二使送之還郡. 善文到家, 攜所得於波斯[135]寶肆鬻[136]焉, 獲財億萬計, 遂爲富族. 後亦不以功名爲意, 棄家修道, 遍遊名山, 不知所終.

135) 波斯(파사) : 서역의 나라이름. [句] 페르샤의 음역, 지금의 이라크 지역. [譯]
136) 鬻(죽) : 팔다(賣)의 뜻이다. [句]

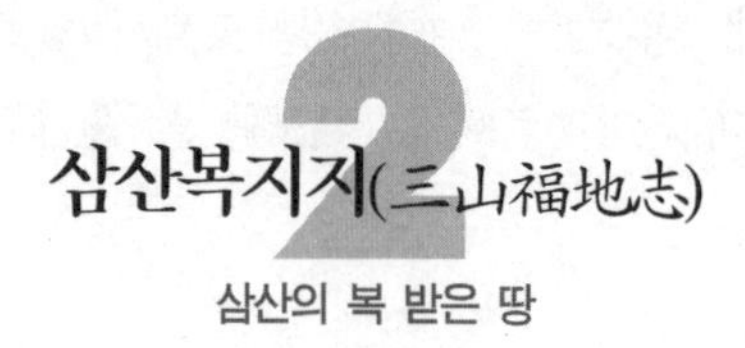

삼산복지지(三山福地志)

삼산의 복 받은 땅

원자실(元自實)은 산동(山東) 사람이다. 태어나면서부터 성품이 우둔하여 시서(詩書)에 통하지는 못하였지만 집안이 자못 풍족하고 전장(田莊)이 있어 이를 가업으로 삼고 지냈다. 같은 마을에 성이 무씨(繆氏)라는 사람이 있었는데 복건(福建) 지방에 벼슬자리를 하나 얻게 되었으나 노자 돈이 없어서 떠나지 못하고 있었다. 그가 원자실을 찾아와 은 이백 냥을 빌렸는데 평소에 같은 동네 사람으로 서로 잘 지내던 터라 차용증 같은 것은 묻지 않고 달라는 액수대로 빌려주었다. 원나라 지정(至正) 말년이 되어 산동 지방에 큰 변란이 일어나 원자실은 재산을 도적 떼들에게 모두 뺏기고 집안은 알거지가 되었다. 그때 진유정(陳有定)이 복건을 단단히 지키고 있었기에, 칠민(七閩) 지방이 모두 안정된 상태였다. 원자실은 이를 알고 처자식을 데리고 바닷길로 해서 복주(福州)로 가 무씨에게 의탁하고자 했다. 그곳에 이르니 과연 무씨는 진유정의 막료가 되어 일을 맡아보고 있어 그 위세와 권위가 당당하였고 집안도 탄탄하여 살만했다. 원자실은 크게 기뻐하였지만 환란 중에 먼길을 달려오느라 옷이 남루하고 용모도 초췌하였으므로 감히 곧바로 찾아갈 수 없었다. 우선 성내에 묵을 집을 마련하여 처자식을 안정시킨 다음 의관을 정제하고 날을 받아서 그를 찾아갔다. 가는 날 마침 무씨는 외출 중이어서 말머리에서 인사를 나누었다. 처음에는 잘 알아보지 못하다가 고향 이름을 대고 통성명을 한 뒤에야 비로소 놀라며 사죄하고 곧 안으로 데리고 들어가 손님으로 접대하였다. 그러나 한참이 지나도록 그저 차 한잔 내놓고는 그만일 뿐이었다. 다음날 다시 찾아갔더니 이번에는 술 석 잔과 다과가 고작이었고 조금도 진지하게 보살펴줄 생각이 없는 듯 하였다. 더더욱 빌려간 은 이백 냥에 대해서는 쓰다 달다 도통 말이 없었다. 원자실은 하는 수 없이 그대로 집으로 돌아왔다. 객지에 얻어 사는 집은 황량할 뿐이었고 아내는 원망하면서 그를 나무랐다.

"당신이 만리 길을 마다 않고 찾아와서는 하는 일이 도대체 무엇이란 말입니까? 지금 쓰디쓴 술 석 잔에 팔려 그래 말 한마디 꺼내보지도 못하고 그냥 나왔다니 우리는 누굴 바라보고 살란 말입니까?"

원자실은 어쩔 수 없어 다음날 다시 찾아갔다. 하지만 벌써 싫어하는 기색이 역력했다. 바야흐로 입을 열어 말을 하려는 순간 무씨가 황급히 먼저 말을 꺼냈다.

"지난번 노자 돈을 빌린 것은 여태 잊지 않고 있습니다. 다만 조그만 벼슬자리에 녹봉 또한 보잘 것이 없으니 어찌 하겠소. 옛 친구가 이렇게 찾아왔는데 어찌 은혜를 저버리기야 하겠소. 차용증을 주시면 마땅히 액수대로 조금씩이나마 갚아 드리겠소이다."

원자실은 깜짝 놀라서 말했다.

"그대와 나는 동향 사람으로 어려서부터 가까이 지냈고 친분이 있어서 급히 변통해 달라는 말을 듣고도 아무런 증서 없이 준 것인데 이제 와서 어떻게 그런 말을 하는 거요?"

그러자 무씨는 정색을 하면서 잡아뗐었다.

"증서는 분명코 있었소이다. 아마도 난리 통에 당신이 잃어버린 모양이오. 그렇다면 증서가 있건 없건 그건 따지지 않으리다. 단지 바라건대 기한 여유를 좀 주시면 힘닿는 데까지 어떻게 해보겠소."

원자실은 그저 알았다고 대답하고 나올 수밖에 없었다. 그러나 그의 말씨가 그와 같이 간교하고 배은망덕하였으니 정말이지 울화통이 터졌지만 염소가 울타리에 뿔이 걸려 오도가도 못하듯이 그야말로 이러지도 저러지도 못할 상황이었다. 한 보름쯤 지나서 다시 그 집에 찾아갔지만 오직 부드러운 말로 접대를 하기만 할 뿐 돈은 한 푼도 받을 수가 없었다. 다시 이러저러하다가 마침내 반년의 세월이 흐르고 말았다.

성내에 한 암자가 있었는데 원자실이 무씨네 집을 찾아갈 때 지나가는 중도에 있어서 매번 그 문 앞에서 쉬어가곤 했었다. 이 암자의 주지인 헌원옹(軒轅翁)은 도력이 깊은 도사인데 원자실이 오랫동안 그 앞을 왕래하는 것을 보아오다가 그와 얘기도 나누어 서로의 사정을 잘 알게 되었다.

그러던 어느 날, 때는 엄동설한의 겨울로 이제 설날을 며칠 앞둔 세모(歲暮)였다. 원자실은 너무나 궁핍하고 무료하여 무씨네 집을 찾아가 엎드려 절을 하고 울면서 통사정을 했다.

"이제 설날이 바로 코앞에 다가왔습니다. 처자식은 굶주림과 추위에 떨고 있는데 주머니는 텅 비어 땡전 한 푼 없고 집안에는 좁쌀 한 톨 남아 있지 않습니다. 지난번에 빌려 간 돈을 지금 모두 갚으라고는 감히 말하지도 않겠습니다. 다만 옛말에 한 바가지 물로 바퀴자국에서 말라 가는 붕어를 살리고 한 그릇의 밥으로 뽕나무 아래 굶어죽는 사람을 구했다고 했습니다. 조금이라도 보태어 살려 주기만 하시오. 그게 그나마 옛 친구의 은정이 아니겠소? 제발 바라건대 가련하고 불쌍하게 여겨 도와주시오!"

그리고는 땅에 엎드려 애걸했다. 무씨는 그를 부축하여 일으켜 세우더니 손가락을 꼽아 날짜를 세면서 그에게 말했다.

"앞으로 열흘이 있으면 섣달 그믐날이 되는데 그날 당신은 집에서 가만히 기다리시오. 내가 녹봉(祿俸)을 나누어 쌀 두 섬과 돈 이정(二錠)을 사람을 시켜 댁으로 보내드려 설쇠는 데 쓰도록 하겠소이다. 행여 너무 적다고 탓하지는 마시구려."

그리고는 그날 제발 출타하지 말고 집에서 꼼짝 말고 기다리라고 재삼 당부하는 것이었다. 원자실은 그저 감사하다고 말하고 돌아와 무씨의 말을 아내에게 전하며 위로를 했다.

그믐날이 되자 온 집안 식구들은 고개를 내밀고 눈이 빠지게 기다리기 시작했다. 원자실은 평상 위에 단정히 앉아 어린 아들을 동네 입구에 내보내 살펴보도록 했다. 잠시 후 아이가 헐레벌떡 달려 들어와 소리쳤다.

"어떤 사람이 쌀을 지고 이리로 오고 있어요!"

황급히 나가서 기다려보니, 그 사람은 이 집을 그냥 지나쳐버리고 돌아보지도 않았다. 원자실은 심부름꾼이 혹시 집을 몰라서 그런다고 생각하고 뒤쫓아가 물었다. 그랬더니 이렇게 대답하는 것이었다.

"이건 장원외(張員外) 댁에서 글방 선생님께 보내는 양식이올씨다."

그는 하는 수 없이 말없이 돌아섰다. 잠시 후에 어린 아들이 또 들어와 고했다.

"어떤 사람이 돈을 들고 이리로 오고 있어요!"

황급히 달려나가 마중하였다. 그러나 곧 집 문 앞을 지나치고 들어오지 않았다. 다시 뒤쫓아가서 물었더니 이렇게 답하였다.

"이건 이현령(李縣令)께서 유객(遊客)에게 보내는 돈입지요."

원자실은 머쓱하여 돌아서면서 무안하고 부끄러웠다. 이렇게 몇 차례를 되풀이하는 사이에 날이 저물고 끝내 아무런 소식도 없었다. 다음날이면 바로 설날 아침이었다. 무씨의 속임수로 인해 시간만 헛되이 보내느라 오히려 쌀 한 톨, 땔나무 한 단도 준비하지 못하고 말았다. 처자식은 서로 바라보고 엉엉 울고만 있을 뿐이었다. 원자실은 그 분을 참을 수 없어 몰래 숫돌에다 칼을 갈면서 아침이 되도록 앉아서 기다렸다. 닭이 홰를 치고 새벽을 알리는 북소리가 끝나자 집을 나서 곧장 무씨의 집으로 향했다. 문 앞에서 기다리다 그가 나오면 찔러 죽이려는 생각이었다. 이때는 아직 동이 트기 전이어서 길에는 오가는 행인도 거의 없었고 다만 암자의 헌원옹만이 촛불을 밝히고 독경을 하고 있었는데 문간을 향해 앉아 있다가 원자실이 집 앞으로 지나가는 모습을 보았다. 그런데 가만히 보니 기괴한 모습의 귀신 수십 명이 그의 뒤를 따르는 것이었다. 그 중에는 칼을 잡고 가는 귀신과 철퇴와 끌 같은 것을 들고 가는 귀신도 있었는데 모두 머리를 풀어헤치고 옷을 벗어 알몸인 상태로 그 모습이 대단히 흉악하였다. 그들이 지나고 나서 한 식경 쯤 지났을까 이번에 원자실이 되돌아오는 모습이 보였다. 그런데 이번에는 그의 뒤에 금관을 쓰고 구슬 패물을 단 선비들이 백여 명이나 따르고 있었다. 어떤 자는 일산을 쳐들고 어떤 자는 깃발을 치켜들고 모두들 화색이 도는 얼굴에 부드러운 낯빛을 하고 있어 평온하고 한가롭기 그지없었다. 헌원옹은 그러한 모습을 보면서 무슨 연고인지를 알 수 없었다. 아마도 그가 죽은 모양이라고 생각했다. 독경을 이미 마쳤으므로 황급히 쫓아가 그를 불러 세웠더니 그는 아무 탈없이 멀쩡했다. 암자로 데리고 와서 좌정하고 원자실에게 그간의 사정을 물었다.

"오늘 새벽 그대는 어디에 가고 있었기에 그리 바쁜 걸음으로 총총히 갔으며 돌아올 때는 어찌하여 그렇게 천천히 여유 있게 왔소이까? 그 사연을 한번 들어보고 싶소이다."

원자실은 감히 숨길 수 없어서 사실대로 다 말했다.

"무씨가 정말로 옳지 못하게 하는 바람에 저를 참으로 낭패스럽게 만들었습니다. 오늘 아침에는 사실 가슴에 숫돌에 간 예리한 칼을 품고 달려가 그를 죽여야 속이 시원할 것 같았습니다. 그러나 문 앞에 당도하여 홀연 스스로 생각하니 그 사람 자신은 실로 나에게 죄를 얻었다고 할 수 있겠으나 그의 처자식이야 무슨 죄가 있을까하는 생각이 들었고 더욱이 그의 노모가 집안에 계신데 지금 그를 죽여버리면 그 집의 가족은 누굴 의지하고 살아가나 하는 생각이 들더라고요. 차라리 남이 나를 저버리게 할지언정 내가 남을 저버리지 말아야겠다는 생각이 들면서 마침내 꾹 참고 돌아오게 되었던 것입니다."

헌원옹이 그 말을 다 듣고 머리를 조아려 축하의 인사를 하였다.

"이제 그대는 장차 크나큰 복록(福祿)을 얻게 되었소이다. 천지신명께서 이미 훤히 알고 계시는 것입니다."

원자실이 궁금하여 그 까닭을 물었더니 헌원옹이 대답하였다.

"그대가 오로지 한마음으로 악을 생각하고 달려갈 때는 온갖 흉악한 귀신이 뒤따라가더니 한 순간에 생각을 고쳐먹고 한마음으로 선한 생각을 하게 되니 복신이 뒤따라가고 있었지요. 그것은 그림자가 모습을 따르고 소리가 메아리로 응하는 것과 전혀 다를 바가 없소이다. 그러므로 어두운 방안에서나 창졸간이라도 결코 악을 행하려는 마음을 먹어서는 안 되며 죄를 지어 덕을 손상시켜서도 안 되는 법이지요."

그리고는 그가 보았던 것을 자세히 일러주며 위로를 하고 돈과 쌀을 조금 내주어 우선 급한 대로 쓰도록 하였다.

그러나 원자실은 시종 마음이 무겁고 답답하여 즐겁지가 않았다. 저녁 무렵이 되어 그는 삼신산(三神山) 아래 팔각정(八角井) 우물에 스스로 몸을 던졌다. 자진하려던 것이었다. 그러나 그가 물에 빠지자 갑자기 물이 갈라지며 양편으로 돌 담벼락을 깎은 듯 하였는데 가운데에 좁은 길이 있어 겨우 통행할 수 있었다. 그가 수백 걸음을 걸어 들어가자 벽이 끝나고 길이 막혔는데 그곳에서 작은 입구를 빠져나가니 천지가 밝아지고 해와 달이 비치는 것이 전혀 다른 세상의 모습이었다. 그곳에선 커다란 궁전이 보이는데 현판에는 금으로 쓴 '삼삼복지(三山福地)'라는 네 글자가 뚜렷하였다. 원자실은 위를 쳐다보며 안으로 들어갔다. 긴 낭하에는 한낮의 적막이 감돌고 있었고 옛 궁전에는 연기조차 서려 있지 않았다. 사방을 휘둘러보아도 사람의 종적이라고는 찾을 수가 없었고 오직 은은한 종소리와 경쇠소리만이 구름 밖에서 들려오는 듯 전해왔다. 원자실은 갑자기 심한 허기가 느껴져 앞으로 나아가지 못하고 피곤하여 석단(石壇) 옆에 쓰러져 누웠다. 그때 갑자기 한 도사가 푸른 옷자락을 끌고 명월의 옥패를 흔들면서 앞으로 다가와 그를 불러 깨웠다. 그리고 웃으면서 말을 건넸다.

"한림(翰林)께서는 여행의 재미를 조금은 알게 되셨습니까?"

원자실은 어리둥절하면서 두 손을 모으고 대답했다.

"여행의 재미야 진저리날 만큼이지만 저를 한림이라고 부르시는 건 어인 잘못인지요?"

그러자 도사가 엉뚱하게 이런 말을 했다.

"그대는 흥성전(興聖殿)에서 서번(西番)에 보내는 조서를 기초(起草)하여 지은 일이 생각나지 않으시는지요?"

"저는 산동의 시골사람으로 벼슬 없는 천한 사람이옵니다. 나이가 마흔이 되어도 그저 낫 놓고 기역자도 모르는 무지렁이란 말입니다. 평생을 경사(京師)에는 가 본 적도 없는데 어찌 조서(詔書)를 기초했다는 말씀을 하십니까?"

원자실이 그렇게 대꾸를 했지만 도사는 여전히 이렇게 말할 뿐이었다.

"그대는 굶주림에 시달려 지난 일을 기억할 겨를이 없을 뿐입니다."

그러면서 소매 속에서 배와 대추 몇 알을 꺼내서 그에게 주며 먹으라고 했다.

"이것은 교리(交梨)와 화조(火棗)라는 과일인데 먹으면 과거의 일과 미래의 일을 훤히 알 수 있게 됩니다.

원자실이 그것을 먹었더니 과연 머리가 맑아지면서 분명히 지난 일이 생각났다. 한림학사로 지낼 때 대도(大都)의 흥성전에서 서번에 보내는 조서를 기초한 일이 바로 어제의 일처럼 기억나는 것이었다. 그리하여 도사에게 공손히 여쭈어 보았다.

"저는 전생에 어떤 죄를 졌기에 오늘날 이러한 응보를 받았던 것입니까?"

도사가 인과를 설명했다.

"사실 그대 또한 죄가 없었소이다. 다만 재직시에 문학으로 이름 높음을 너무 자부하여 후학들을 제대로 추천하여 끌어올리지 못했던 까닭에 이승에 와서는 그대를 우둔하게 만들어 글자를 모르게 했던 것이라오. 또한 작위를 스스로 높게만 여기며 의지할 데 없는 선비들을 받아들이려 하지 않자 이승에서는 오히려 떠돌아다니며 일정하게 의지할 곳이 없도록 한 것이지요."

원자실은 오늘날 출세한 고관대작에 대해서 물어 보았다.

"지금 모 승상(丞相)은 탐욕이 끝이 없어 공공연히 뇌물을 받아먹고 있는데 훗날 어떤 죄를 받게 되는 겁니까?"

"그가 바로 무염귀왕(無厭鬼王)인지라 앞으로 지옥에 있는 열 개 화로로 그가 횡재한 재물을 모두 녹일 것이오. 그의 복도 이제 다 찼으니 마땅히 죄인으로 잡혀 옥에 갇히는 화를 당하게 될 것이지요."

도사의 대답에 원자실은 또 다른 사람에 대해 물었다.

"지금 모 평장(平章)으로 있는 사람은 군사를 잘 다스리지 못하고 양민을 살해하였으니 앞으로 어떤 응보를 받게 될 것입니까?"

"그는 바로 다살귀왕(多殺鬼王)입니다. 지옥의 병사 삼백이 모두 구리 머리에 무쇠 이마를 하고 그의 악행을 도왔는데 이제는 그의 명도 쇠락하여 마땅히 몸뚱이가 끊어지고 잘려지는 재앙을 받게 될 것입니다."

"또 모 감사(監司)는 형벌을 바로 잡지 못하고 모 군수(郡守)는 부역이 고르지 못하며 모 선위(宣慰)는 무엇을 위무(慰撫)해야 하는지도 알지 못하고 모 경략(經略)은 어느 지방을 경략해야 하는 지를 모르고 있습니다. 그러면 이들에게는 어떤 보답이 있겠습니까?"

"이들은 이미 다 잡혀서 손에는 수갑을 채우고 몸에는 큰칼을 씌웠으며 목에는 오랏줄을 걸어 썩은 살과 더러운 뼈로 죽음을 기다리는 혼령들이니 더이상 따져서 무엇하겠습니까?"

원자실은 도사의 말을 다 듣고 이번에는 무씨가 자신을 그토록 박정하게 신의를 저버린 일에 대해서 물어보았다. 도사가 말했다.

"아, 그 사람은 왕장군(王將軍)의 창고지기일 따름입니다. 그러니 어찌 재물을 마음대로 움직일 수 있겠습니까?"

도사는 계속 이어서 말했다.

"앞으로 삼 년 안에 세상의 운이 크게 변하여 막심한 재앙이 닥치게 될 것입니다. 참으로 두려운 일입니다. 그대는 좋은 땅을 잘 골라서 거처하시기 바랍니다. 그렇지 않으면 연못 속의 물고기처럼 그 화를 면키 어려울까 걱정입니다."

원자실은 더욱 공손하게 그렇다면 병화를 피할 만한 곳이 어디인지 알려달라고 사정했다.

"복청(福淸)이면 괜찮을 듯 싶군요."

그러더니 다시 말을 바꾸어서 말했다.

"아무래도 복녕(福寧)이 더 나을 것 같소이다."

그리고는 다시 원자실을 향하여 말했다.

"당신이 이곳에 온 지 오래 되었으니 식구들이 많이 기다릴게요. 이젠 돌아가시는게 좋겠소이다."

원자실이 어떻게 돌아가는지 길을 모른다고 하자 도사는 좁게 난 길 하나를 가리키며 그 쪽으로 가라고 일렀다. 그는 두 번 절을 하고 작별하였다. 한 이 리쯤 걸었을까 하는데 산 뒤에 작은 동굴이 있어 밖으로 통할 수 있었다. 그리고 나와 집에 당도하여 황급히 처자식을 데리고 복녕 마을로 들어가 산전을 개간하고 텃밭을 일구며 살았다. 그러다 쟁기질을 하는데 땅 속에서 무언가 쨍그렁 소리가 났다. 땅 속을 헤쳐보니 은전 네 정(錠)이 묻혀 있었다. 그리하여 집안 형편이 다소 좋아지게 되었다. 그 후 장사성(張士誠)은 아우 장사신(張士信)을 보내 관인을 빼앗고 강절(江浙) 우승상인 달식첩목이(達識帖睦邇)는 구금되었다. 이때 대군이 복주성을 공략하여 평장사(平章事) 진유정(陳有定)은 포로가 되고 수많은 관리들이 대부분 목이 달아났는데 그 와중에 무씨는 왕장군(王將軍)이란 자에게 살해되고 가산은 모두 그리로 귀속되었다. 손을 꼽아 헤아리니 불과 삼 년만의 일이었다. 도사의 말이 그대로 영험이 있었던 것이다.

원문 三山福地志[1]

元自實, 山東人[2]也. 生而質鈍, 不通詩書. 家頗豐殖,[3] 以田莊[4]爲業. 同里有繆君[5]者, 除得閩中[6]一官, 缺少路費, 於自實處假銀二百兩. 自實以鄉黨相處之厚, 不問其文券, 如數貸之. 至正末, 山東大亂,[7] 自實爲群盜所劫, 家計一空. 時陳有定[8]據守福建, 七閩頗[9]安. 自實乃挈妻子由海

1) 三山福地志(삼산복지지) : 본 편은 일찍이 凌濛初가 話本으로 개작하여 『二刻拍案驚奇』 제14권에 집어넣었는데 回目을 "암자 안에서 좋은 신선 나쁜 귀신을 보고, 우물 속에서 인과응보를 이야기하다(庵內看惡鬼善神, 井中談前因後果)"라고 하였다. [周]
2) 山東(산동) : 本朝(역자주 : 明朝를 말함)에 들어와 兗州(연주)와 靑州가 합쳐져 山東道가 되었다. [句]
3) 豐殖(풍식) : 화물과 재산이 증식한다는 말이다. [句]
4) 田莊(전장) : 밭가운데 집을 장원이라 하니 杜甫詩에 "신이 사는 골짜기는 열 개의 장원보다 적습니다"라는 구절이 있다. [句]
5) 繆君(무군) : 무씨는 宋繆公의 후손이다. [句]
6) 閩中(민중) : 민은 본래 南越의 別種인 蠻族이었다. 叔熊이 濮蠻으로 피난 간 뒤에 蠻人들이 일곱으로 갈라져 七閩이라 부른다. [句]
7) 山東大亂(산동대란) : 元史에 의하면 역적 劉福通 등이 군사를 일으켜 山東을 함락시켰다. [句]
8) 陳有定(진유정) : 진유정은 복건 평장사를 지냈는데 燕只不花 등을 물리쳤으므로 복건 지방이 비교적 안정되었다. [句] 陳友定이라고 해야 맞다. 福建省 福清사람으로 元末 복건성에 살았고 元의 福建行省 平章政事를 지냈다. 후에 명나라 장군 湯和, 沐英에게 패하자 자살하려 하였으나 성공하지 못하고 金陵(南京)으로 호송되었다. 끝까지 투항하지 않아 피살되었다. [周]
9) 【校】 頗(파) : [董], [奎]에는 顧로 되어 있다.

道趨福州, 將訪繆君而投托焉. 至則繆君果在有定幕下, 當道用事, 威權隆重, 門戶赫弈. 自實大喜, 然而患難之餘, 跋涉[10]道途, 衣裳藍縷,[11] 容貌憔悴,[12] 未敢遽見也. 乃於城中僦屋,[13] 安頓[14]其妻孥, 整飾其冠服, 卜日而往. 適値繆君之出, 拜於馬首. 初似不相識, 及敍鄕井, 通姓名, 方始驚謝. 卽延之入室, 待以賓主之禮. 良久, 啜茶而罷. 明日, 再往, 酒果三杯而已, 落落無顧念之意, 亦不言銀兩之事. 自實還家, 旅寓荒涼, 妻孥怨詈曰 : "汝萬里投人, 所幹何事? 今爲三杯薄酒所賣, 卽便不出一言, 吾等何所望也!" 自實不得已, 又明日, 再往訪焉, 則似已厭之矣. 自實方欲啓口, 繆君遽曰 : "向者承借路費, 銘心不忘; 但一宦蕭條, 俸入微薄, 故人遠至, 豈敢辜恩, 望以文券付還, 則當如數陸續酬納也." 自實悚然曰 : "與君共同鄕里, 自少交契深密, 承命周急, 素無文券, 今日何以出此言也?" 繆君正色曰 : "文券誠有之, 但恐兵火之後, 君失之耳. 然券之有無, 某亦不較, 惟望寬其程限, 使得致力焉." 自實唯唯而出, 怪其言辭矯妄, 負德若此, 羝羊觸藩,[15] 進退維谷. 半月之後, 再登其門, 惟以溫言接之, 終無一錢之惠. 展轉推托, 遂及半年. 市中有一小庵, 自實往繆君之居, 適當其中路, 每於門下憩息. 庵主軒轅翁者, 有道之士也, 見其往來頗久, 與之敍話, 因而情熟.

時値季冬, 已迫新歲, 自實窮居無聊, 詣繆君之居, 拜且泣曰 : "新正在邇,[16] 妻子飢寒, 囊乏一錢, 甁無儲粟. 向者銀兩, 今不敢求, 但願捐斗水而活涸轍之枯,[17] 下壺飧而救翳桑之餓,[18] 此則故人之賜也. 伏望憐之憫

10) 跋涉(발섭) : 풀밭으로 가는 것을 跋, 물건너 가는 것을 涉이라고 한다. [句]
11) 藍縷(남루) : 해진 옷이다. [句]
12) 憔悴(초췌) : 노곤한 모습이 드러난 것이다. [句]
13) 僦屋(추옥) : 僦는 借와 같다. [句] 집을 세 빌다. [周]
14) 頓(돈) : 돈은 止와 같다. [句]
15) 羝羊觸藩(저양촉번) : 숫양의 뿔이 울타리 사이에 끼어 進退兩難의 상황에 처하다. 『易經』에 나오는 말이다. [周]
16) 【校】 邇(이) : [奎]에는 邇, [董]에는 爾로 쓰임.
17) 捐斗水而活涸轍之枯(연두수이활학철지고) : 『莊子』에 나오는 寓言. 장자가 집이 가

之, 哀之恤之!" 遂匍匐[19]於地. 繆君扶之起, 屈指計日之數, 而告之曰 : "更及一旬, 當是除夕, 君可於家專待, 吾分祿米二石及錢二綻, 令人馳送於宅, 以爲過歲之資, 幸勿以少爲怪." 且又再三丁寧, 毋用他出以候之. 自實感謝而退. 歸以繆君之言慰其妻子. 至日, 擧家懸望, 自實端坐於床, 令稚子於里門覘之. 須臾, 奔入曰 : "有人負米至矣." 急出俟焉, 則越其廬而不顧. 自實猶謂來人不識其家, 趨往問之, 則曰 : "張員外之饋[20]館賓[21]者也." 默然而返. 頃之, 稚子又入告曰 : "有人攜錢來矣." 急出迓焉,[22] 則過其門而不入. 再往扣之, 則曰 : "李縣令之贐遊客者也." 憮然而慚. 如是者凡數度. 至晚, 竟絶影響. 明日, 歲旦矣, 反爲所誤, 粒米束薪, 俱不及辦, 妻子相向而哭. 自實不勝其憤, 陰礪白刃, 坐以待旦. 鷄鳴鼓絶, 徑投繆君之門, 將俟其出而刺之. 是時, 震方未啓,[23] 道無行人, 惟小庵中軒轅

난하여 監河侯에게 쌀을 빌리러 갔더니 그가 장자에게 이렇게 말했다. "조세를 거두어 들일 때까지 기다리시오. 그럼 내 틀림없이 당신에게 이백 냥을 빌려주겠소." 莊子는 벌컥 화를 내며 안색이 변하여 말했다. "내가 어제 길을 오는 도중에 나를 부르는 자가 있어 돌아보니 바퀴자국 안에 있던 붕어였소. 붕어가 나에게 말하길 '당신에게 나를 살릴 물이 있습니까? 한 말도 좋고 한 되라도 좋습니다.' 그래서 내가 이렇게 말했소. '그럼, 있구말구! 내가 남쪽 吳越로 가서 오월의 국왕에게 西江의 물을 빌려 올 테니 기다리겠느냐?' 붕어가 말했다. '나는 단지 한 말이나 한 되의 물이면 살수가 있는데 당신의 말대로 한다면 난 일찌감치 말라죽어 시장에 내다 팔릴 것입니다.'"[周]

18) 下壺飧而救翳桑之餓(하호손이구예상지아) : 『左傳』에 나오는 故事. 춘추시대 晉나라에 靈輒이라는 사람이 있었는데 翳桑 지방에 갔다가 삼 일 동안이나 굶주려 거의 죽기 직전에까지 이르렀다. 마침 재상 趙盾(趙宣子)이 사냥을 하러 나왔다가 그를 보고 어찌된 내력인지를 물어보고는 그를 가엾게 여겨 하인으로 하여금 술과 고기를 가져와 그에게 먹이게 하였다. 후에 영첩은 晉나라 靈公의 무사가 되었다. 영공은 조순을 싫어하여 무사 몇 명을 보내 그를 죽이게 하였다. 그 무사들 중에 하나가 배반을 하고는 다른 무사들과 싸워 조순을 구해냈다. 조순은 매우 이상하게 여겨 그에게 물었다. "그 무사들은 모두 나를 죽이려 온 것인데 당신은 어째서 오히려 나를 구해준 것입니까?" 무사가 말했다. "상공께서는 예상 길가에 굶주려 쓰러져 있던 사람을 잊으셨습니까?" 알고 보니 그가 바로 영첩이었다. [周]

19) 匍匐(포복) : 땅에 엎드려 손발로 함께 나아가다. [旬]

20) 【校】 饋(궤) : [奎]와 [董]은 모두 餽(궤)로 되어 있음. 餽는 餉과 같다. 『周禮』에 어른에게 음식을 올리는 것을 궤라고 한다고 했다. [旬]

21) 館賓(관빈) : 옛날 서당을 세우고 제가들을 가르치던 훈장. [周]

22) 急出迓焉(급출아언) : 迓(아)는 마중하다, 나가서 맞이하다. [譯]

翁方明燭轉經,[24] 當門而坐, 見自實前行, 有奇形異狀之鬼數十輩從之, 或握刀劍, 或執椎鑿, 披頭露體, 勢甚凶惡; 一飯之頃, 則自實復回, 有金冠玉珮之士百餘人隨之, 或擊幢蓋,[25] 或擧旗幡, 和容婉色, 意甚安閑. 軒轅翁叵測,[26] 謂其已死矣. 誦經已罷, 急往訪之, 則自實固無恙. 坐定, 軒轅翁問曰: "今日之晨, 子將奚適? 何其去之匆匆, 而回之緩緩也? 願得一聞." 自實不敢隱, 具言"繆君之不義, 令我狼狽![27] 今早實礪霜刃於懷, 將往殺之以快意, 及至其門, 忽自思曰: '彼實得罪於吾, 妻子何尤焉. 且又有老母在堂, 今若殺之, 其家何所依? 寧人負我, 毋我負人也.' 遂隱忍而歸耳." 軒轅翁聞之, 稽首而賀曰: "吾子將有後祿, 神明已知之矣." 自實問其故. 翁曰: "子一念之惡, 而凶鬼至; 一念之善, 而福神臨. 如影之隨形, 如聲之應響, 固知暗室之內, 造次[28]之間, 不可萌心而爲惡, 不可造罪而損德也." 因具言其所見而慰撫之, 且以錢米少許周其急.

然而自實終鬱鬱不樂. 至晩, 自投於三神山下八角井中. 其水忽然開闢, 兩岸皆石壁如削, 中有狹徑, 僅通行履. 自實捫壁而行, 將數百步, 壁盡路窮, 出一弄[29]口, 則天地明朗, 日月照臨, 儼然別一世界也. 見大宮殿, 金書其榜曰: "三山福地." 自實瞻仰而入, 長廊晝靜, 古殿煙消, 徘徊四顧, 闃無人踪, 惟聞鐘磬之聲, 隱隱於雲外. 饑餒頗甚, 行不能前, 困臥石壇之側. 忽一道士, 曳靑霞之裾, 振明月之珮, 至前呼起之, 笑而問曰:

---

23) 震方未啓(진방미계): 진방은 동쪽하늘. 진방미계는 동쪽하늘에 아직 동이 트지 않은 것을 의미한다.

24) 轉經(전경): 經書를 읽다. 轉은 囀과 같으며 즉 소리를 낸다는 의미다. 『淮南子·脩務訓』에 이런 내용이 있다. "진나라, 초나라, 연나라, 위나라의 노래는 소리는 다르지만 모두 연주할 수 있다(秦楚燕魏之歌, 異轉而皆樂)." 高誘의 주에 "전은 음성이다(轉, 音聲也)"라고 되어 있다. [周]

25) 幢蓋(당개): 깃발과 일산. 옛날 장군이나 자사의 儀仗. [周]

26) 叵測(파측): 여기서는 마음속으로 생각하다라는 뜻으로 쓰였다. [周] 叵(po)는 不可의 합성어. 不可測. 헤아릴 수 없다, 추측할 수 없다. [譯]

27) 狼狽(낭패): 여기서는 일이 어긋나서 매우 난처함을 뜻한다. 궁지에 빠지다. [周]

28) 造次(조차): 황급하다, 급박하다. [周]

29) 【校】弄(농): [衖]와 [衕]은 모두 衖자로 쓰임. 巷의 古字임. [句]

"翰林識旅遊滋味乎?" 自實拱而對曰 : "旅遊滋味, 則盡足矣. 翰林之稱, 一何誤乎?" 道士曰 : "子不憶草西蕃詔於興聖殿乎?" 自實曰 : "某山東鄙人, 布衣賤士, 生歲四十, 目不知書, 平生未嘗遊覽京國, 何有草詔之說乎?" 道士曰 : "子應爲飢火所惱, 不暇記前事耳." 乃於袖中出梨棗數枚令食之. 曰 : "此謂交梨火棗[30]也. 食之當知過去未來事." 自實食訖, 惺然明悟, 因記爲學士時, 草西蕃詔於大都[31]興聖殿側, 如昨日焉. 遂請於道士曰 : "某前世造何罪而今受此報耶?" 道士曰 : "子亦無罪, 但在職之時, 以文學自高, 不肯汲引後進, 故今世令君愚懵而不識字; 以爵位自尊, 不肯接納游士, 故今世令君漂泊而無所依耳." 自實因指當世達官而問之曰 : "某人爲丞相, 而貪饕不止, 賄賂公行, 異日當受何報?" 道士曰 : "彼乃無厭鬼王, 地下有十爐以鑄其橫財, 今亦福滿矣, 當受幽囚之禍." 又問曰 : "某人爲平章,[32] 而不戢軍士, 殺害良民, 異日當受何報?" 道士曰 : "彼乃多殺鬼王, 有陰兵三百, 皆銅頭鐵額, 輔之以助其虐, 今亦命衰矣, 當受割截之殃." 又問 : "某人爲監司,[33] 而刑罰不振; 某人爲郡守, 而賦役不均; 某人爲宣慰,[34] 不聞所宣之何事; 某人爲經略,[35] 不聞所略之何方,

30) 交梨火棗(교리화조) : 신화전설 속에 나오는 신선이 먹었다는 열매. 『蠡海集』에 이런 내용이 있다. "도가에서 交梨火棗라고 하는 배는 봄에 꽃이 피고 가을에 열매를 맺으며 열매의 겉은 회백색이고 안은 흰색이다. 雪梨(속이 눈처럼 부드럽고 흰 배의 일종)도 회백색을 띠므로 교리라 불렀다. 金과 木이 번갈아 있다는 뜻이다. 대추는 맛이 달고 붉은 색이며 陽에 해당하는 열매로 陽土生物이란 뜻이 있으므로 화조라 했다. [周]

31) 大都(대도) : 원나라의 수도. 지금의 北京. [周]

32) 平章(평장) : 관직 이름. 원나라 때 中書省, 行中書省에는 모두 평장을 두었는데 승상 다음의 자리다. 명나라 때 없앴다. [周]

33) 監司(감사) : 州郡을 감찰하는 관리다. [周]

34) 宣慰(선위) : 관직 이름. 원나라 때 宣慰使司를 설치하였는데 군사와 민정을 담당하였다. 明淸 양대의 守道, 巡道와 비슷하다. 明 왕조는 변방 지방에만 선위를 설치하고 토착민이 세습하게 했는데 토착민들 중에 관직이 가장 높은 자가 맡았다. [周]

35) 經略(경략) : 관직 이름. 唐나라 초 변방의 주군에 별도로 經略使를 설치하고는 절도사가 겸하게 했다. 송나라 때는 經略安撫司를 설치하였는데 한 路(송원의 지방행정단위, 지금의 省)의 군사와 민정을 담당하였다. 원나라는 그대로 이어 받았다. 명나라 때는 用兵 때 특별히 經略을 설치했는데 권한과 책임이 매우 무거웠다. 地位는 總督의 위였다. [周]

然則當受何報也?" 道士曰 : "此等皆已扭械加其身, 縲絏[36]繫其頸, 腐肉穢骨, 待戮餘魂, 何足算也!" 自實因擧繆君負債之事. 道士曰 : "彼乃王將軍之庫子, 財物豈得妄動耶?" 道士因言 : "不出三年, 世運變革, 大禍將至, 甚可畏也. 汝宜擇地而居, 否則恐預池魚之殃.[37]" 自實乞指避兵之地. 道士曰 : "福淸可矣." 又曰 : "不若福寧." 言訖, 謂自實曰 : "汝到此久, 家人懸望, 今可歸矣." 自實告以無路, 道士指一徑令其去, 遂再拜而別.

行二里許, 於山後得一穴出, 到家, 則已半月矣. 急攜妻子徑往福寧村中, 墾田治圃而居. 揮钁[38]之際, 錚然作聲, 獲瘞銀四錠,[39] 家遂稍康. 其後張氏[40]奪印,[41] 達丞相被拘,[42] 大軍臨城, 陳平章[43]遭擄,[44] 其餘官吏多不保其首領, 而繆君爲王將軍者所殺, 家貲[45]皆歸之焉. 以歲月記之, 僅及三載, 而道士之言悉驗矣.

---

36) 縲絏(유설) : 죄인을 묶는 오랏줄. [周]

37) 池魚之殃(지어지앙) : 춘추시대 송나라 성문에 불이 나자 연못의 물을 길어다 불을 껐는데 연못물이 바닥나 그 속의 물고기가 모두 말라죽었다. 후인들은 이에 다음과 같이 말했다. "성문에 불이 나니 화가 연못의 물고기에까지 미치네(城門失火, 殃及池魚)." 서로 관련되어 연좌되다라는 의미다. [周]

38) 钁(곽) : 흙을 파내는데 쓰는 농기구. 모양이 괭이와 비슷하다. [周]

39) 錠(정) : 元나라 사람은 金銀을 닷냥과 열냥을 각각 떡처럼 뭉쳐서 이름을 錠이라고 했다. 定이라 쓰기도 한다. [句]

40) 張氏(장씨) : 張士誠. [周] 여기서 장씨는 장사성의 아우인 張士信을 지칭하는 듯함. 아래 주석에서 밝히고 있음. 張士誠은 元나라 말 泰州 사람. 소금 배를 운반하는 것으로 장사를 하다가 至正 연간에 군사를 일으켜 誠王이라 칭하고 국호를 大周라 했다가 다시 吳王이라 고쳤다. 명나라 장수 徐達과 常遇春에게 체포되어 金陵(南京)으로 보내지던 중 자살했다. [譯]

41) 奪印(탈인) : 1364년 張士誠의 아우 張士信은 원나라 浙江省 右丞相 達識帖睦邇의 인장을 빼앗아 스스로 승상이라 칭했다. [周]

42) 達丞相被拘(달승상피구) : 達識帖睦邇는 원나라 浙江省 右丞相. 체포된 것은 1364년의 일이다. [周]

43) 陳平章(진평장) : 陳友定. 그가 원나라 福建省 平章政事를 지냈으므로 진평장이라 했다. [周]

44) 遭擄(조로) : 至正말년에 명나라 군사가 福建을 장악하고 平章事 陳有定(즉 陳友定)이 잡힌 일을 말한다. [句]

45) 【奎】資(자) : [奎]와 [董]에는 모두 貲로 쓰임.

화정봉고인기(華亭逢故人記)

화정에서 만난 친구

송강(松江)의 선비 중에 전씨(全氏)과 가씨(賈氏)가 있었는데[1] 두 사람 모두 문재가 뛰어나고 성격이 호탕하며 자신감에 넘쳤다. 대범하게 술을 즐기고 사소한 일에 얽매이지 않으며 늘 스스로를 유협(遊俠)이라고 자처했다.

원나라 지정(至正) 말년에 장사성(張士誠)이 절서(浙西)지방을 점거하면서 송강이 직속지가 되었다. 두 사람은 그 지역을 오고가며 큰 소리를 치고 방약무인하게 야단법석이었다. 호족이나 명문집안에서도 동정을 살피고 뒤질세라 그들의 뒤를 따랐다.

전씨는 다음과 같이 시를 한 수 지었다.

---

1) 등장인물에 전씨와 가씨가 나온 것은 중국 발음을 이용한 諧音法의 명명이다. 곧 全賈는 全假, 모두가 거짓 얘기일 뿐이라는 허구성을 드러낸다. 『홍루몽』에서 賈氏, 甄氏도 가짜와 진짜를 상징한다.

華髮衝冠感二毛, 모자 위로 솟아오른 검은머리 흰머리
西風涼透鷫霜鳥袍. 가을바람 서늘하게 도포자락 스며드는데
仰天不敢長噓氣, 하늘을 우러러 긴 탄식 한번 못해보니
化作虹霓萬丈高. 무지개로 변하여 만장 높이 오르리라

그러자 가씨도 다음과 같은 시를 한 수 지었다.

四海干戈未息肩, 사방 천지에 난리는 쉬지 않는데
書生豈合老林泉! 서생은 어찌 물러나 은거만 하리오
袖中一把龍泉劍, 소매 속 숨겨둔 용천검을 뽑아들고
撑拄東南半壁天. 동남방 무너진 반쪽 하늘 차지하리라

그들의 시는 대체로 이러했다. 사람들은 더욱 그들의 자부심을 믿게 되었다. 주원장(朱元璋)이 처음 개국할 때의 이름인 오왕(吳王) 원년(元年)에 명나라 군사가 장사성이 점거하고 있는 소주를 포위했으나 함락하지는 못했다. 마침 그때 상양(上洋) 즉 오늘날의 상해(上海) 사람인 전학고(錢鶴皐)가 군사를 일으켜 장사성을 후원하였다. 전씨와 가씨 두 사람은 스스로 옛날 엄장(嚴莊)과 상양(尙讓)으로 비유하면서 말채찍을 잡고 찾아가 모의에 참가하였다. 그리하여 가흥(嘉興) 등의 몇몇 고을은 함락시켰으나 결국에는 얼마가지 못하여 군대가 붕괴되고 모두 물에 빠져 죽고 말았다.

명 태조 홍무(洪武) 4년에 화정(華亭)의 선비 석약허(石若虛)[2]는 일이 있어 성밖으로 나와 가까운 교외로 가고 있었다. 그는 평소에 앞의 두 선비와 친분이 있었는데 갑자기 길에서 그 두 사람을 만났다. 그들은 시동 몇 명을 데리고 있었는데 그 기품이 예전과 다를 바 없었다. 석약허를 만나니 반갑게 맞으면서 인사를 했다.

---

2) 석약허 : 역시 諧音방식의 命名에 의한 것이다. 石若虛는 實若虛와 같은 발음이므로 실은 거짓에 불과하다는 뜻이다.

"석 선생 그 동안 별고 없으셨소이까?"

석약허는 그들이 이미 죽은 사람이란 사실도 까맣게 잊은 채 그들과 서로 읍을 하고 인사를 나눈 뒤 들판에 싸리나무를 깔고 앉아 오랫동안 얘기를 나누었다. 전씨가 갑자기 한숨을 휴 하고 내쉬면서 말했다.

"옛날 진(晉)나라 때 제갈장민(諸葛長民)이란 사람이 이런 말을 했었지요. 가난하고 미천하면 언제나 부귀를 생각하기 마련이고 부귀를 잡은 사람은 또 위기를 밟는다고 말입니다. 이 말이 꼭 맞는 말은 아닐 것이지요. 진실로 부귀를 흠모한다면 위기를 어찌 능히 피할 수 있겠습니까? 세상에 정녕 십만 관을 허리에 차고 학을 타고 양주자사로 날아가는 그런 일이[3] 어디 있을 수 있겠습니까? 대장부로 태어나서 좋은 명성을 내지 못할 바에는 차라리 악명이라도 천년만년 남겨야 하는 게 아닐까요? 수(隋)나라 말에 유흑달(劉黑闥)은 한동왕(漢東王)이 되었다가 패하여 죽는 순간에는 '나는 원래 고향집 채마밭에서 농사를 지었는데 고아현(高雅賢) 같은 자들 때문에 이 지경이 되었구나' 하고 후회했으니 참으로 고루하여 천고에 웃음거리로 남을 일이 아니겠습니까?"

그러자 뒤를 이어서 가씨도 말했다.

"유흑달과 같은 자를 뭐 말할 게 있습니까? 저 한나라의 전횡(田橫)과 당나라의 이밀(李密) 같은 자도 쇠 중에서 단단한 강철같은 뛰어난 자들이지요. 그러나 전횡은 처음에 한 고조(高祖)와 더불어 당당하게 황제로 자칭하다가 결국 쫓겨나 남쪽 바다의 조그만 섬으로 도망가서 살게 되었지요. 게다가 그대로 있지 못하고 왕이나 제후라도 시켜주겠다는 말에 현혹되어 동도(東都)[즉 낙양(洛陽)]로 가다가 겨우 삼십 리를 앞두고 자살하지 않았습니까? 이밀은 처음 군사를 일으켰을 때 당 고조(高祖)가 서신을 보내 축하하면서 그를 맹주로 떠받들기까지 하였지요. 하지만 후에 싸움에 지고 관내로 들어와 당나라에 항복하고서도 은근히 승상 같

3) 세 가지의 소원이 한꺼번에 다 이루어지는 것을 의미한다.

은 높은 자리를 바랐으니 그는 이처럼 무지하였습니다. 대장부가 죽으면 죽었지 어찌 남의 목구멍 아래에서 숨을 쉴 수가 있겠습니까? 한신(韓信)의 경우는 한나라를 세운 업적을 가졌으나 마침내 주멸당했고 유문정(劉文靜)은 진양(晉陽)에서 군사를 일으켜 당나라의 기반을 만들었건만 결국 살육당하고 말았습니다. 그러한 개국공신들도 그러한데 하물며 다른 일반 사람들이야 말할 게 있겠습니까?"

전씨가 다시 이어서 말했다.

"낙빈왕(駱賓王)은 이경업(李敬業)을 보좌하여 기병하고 측천무후의 죄악을 격문으로 성토했었습니다. 그러다 군사가 패하자 다시 항주 서호(西湖) 가의 영은사(靈隱寺)에 은둔하여 한가롭게 지내며 '계자(桂子)'와 '천향(天香)'의 시 구절을 읊었다고 합니다. 황소(黃巢)는 당나라 황실을 소란스럽게 하였으니 그 죄를 용서받을 수 없었겠지요. 그래서 일이 패하자 삭발하고 검은 가사를 걸치고 종적을 감추면서 '갑옷을 실컷 입다가 이제는 승복을 입는구나'라는 시를 지었답니다. 이 두 사람은 죄악을 저지른 우두머리라고 할 수 있으나 끝내는 화를 벗어났으니 가히 지모와 술수가 심오한 사람이라 할 수 있습니다."

이에 가씨가 웃으면서 대꾸했다.

"그렇다면 우리들이 참으로 부끄럽군요!"

전씨가 갑자기 말을 바꾸어 이렇게 말했다.

"옛 친구가 여기 함께 있는데 쓸데없는 다른 일로 마음을 상하게 할 필요야 없겠지요."

그러더니 차고 있던 녹색 가죽옷을 벗어 시동에게 인근 술집에서 술을 받아오도록 하였다. 술이 와서 몇 순 배 돌자 석약허가 두 사람에게 시를 청했다.

"두 분께서 평소에 지으신 시가 널리 사람들 사이에 전해지고 있는데 오늘 모처럼 만났으니 이를 기념하는 시를 좀 짓지 않으시겠습니까?"

그 말을 듣고 잠시 생각하더니 전씨가 먼저 시를 완성하여 읊었다.

幾年兵火接天涯,	몇 년이나 병란이 하늘 끝에 이르렀나
白骨叢中度歲華.	백골 쌓인 곳에서 좋은 시절 다 보내네
杜宇有冤能泣血,	두견새는 원한 있어 피눈물을 흘리고
鄧攸無子可傳家.	등유는 자식 없어 가문이 끊어졌네
當時自詫遼東豕,	요동사람 흰 돼지 바치듯 자랑했지만
今日翻成井底蛙.	지금에는 우물안 개구리 면치 못하네
一片春光誰是主,	온 세상의 봄빛은 그 누가 주인인가
野花開滿蒺藜沙.	싸움터엔 하나 가득 들꽃만 만발했네

가씨가 이어서 이렇게 읊었다.

漠漠荒郊鳥亂飛,	거칠고 황량한 성밖엔 새들만 날고
人民城郭嘆都非.	백성이나 성곽이나 제 모습이 아니네
沙沉枯骨何須葬,	모래에 묻힌 유골 다시 묻을 필요 없고
血汚遊魂不得歸.	피에 더럽힌 영혼은 돌아가지 못하네
麥飯無人作寒食,	보리밥 한 그릇도 줄 사람 없는 한식날
綈袍有淚哭斜暉.	우정 그리워 제포에 눈물짓고 노을에 우네
生存零落皆如此,	인생의 영락이 이와 같이 될 줄이야
惟恨平生壯志違.	평생에 품어왔던 장한 뜻은 어긋났네

시를 다 읊고 나자 석약허가 깜짝 놀라서 물었다.

"두 분께서는 평소에 지극히 호탕하게 시를 지었으나 오늘의 시는 매우 애절하고 감상적이니 어찌하여 예전의 것과 이리도 크게 달라졌단 말이오?"

두 사람은 서로 쳐다보기만 할 뿐 아무 말이 없다가 오로지 슬픈 얼굴을 하고 몇 번 한숨을 쉴 뿐이었다. 얼마의 시간이 지나 마시던 술이 동나고 서로 작별하여 헤어졌다. 몇 걸음 가더니 홀연 그 모습이 사라졌다. 석약허는 깜짝 놀라 비로소 그들이 죽은 지가 오래되었음을 깨달았다. 주위에는 다만 숲 속의 나뭇가지 사이로 자욱한 연기만이 가득

차 있고 고갯마루 너머로 뉘엿뉘엿 해가 넘어가고 있었다. 그때 까마귀와 까치만이 우거진 숲 사이에서 시끄럽게 지저귀고 있을 뿐이었다. 석약허는 황급히 앞마을 술집으로 달려가 아까 맡겨두고 술을 샀던 가죽옷을 살펴보니 만지자마자 그대로 산산히 부서지고 말았다. 그것은 마치 나비의 날개가 바람에 나부끼는 것만 같았다. 석약허는 그 날 밤을 술집에서 지샌 다음 이튿날 아침 일찍 황급히 집으로 돌아와 다시는 그쪽 길로 나서려고 하지 않았다.

華亭[4]逢故人記

松江士人有全、賈二子者, 皆富有文學, 豪放自得, 嗜酒落魄, 不拘小節, 每以遊俠自任. 至正末, 張氏[5]據有浙西, 松江爲屬郡. 二子來往其間, 大言雄辯, 旁若無人. 豪門巨族, 望風承接, 惟恐居後. 全有詩曰:

> 華髮衝冠感二毛,[6] 西風凉透鷫鸘[7]袍. 仰天不敢長噓氣, 化作虹霓萬丈高.

賈亦有詩曰:

---

4) 華亭(화정): 江蘇省 松江縣. 옛날 松江縣의 남쪽에 華亭谷이 있었으므로 화정이라 했다. [周] 송강은 현재 上海市에 속한다. 『句解』에서는 "古會稽郡, 今南京"이라 했다. 元代에 華亭府를 설치하였고 후에 松江府로 고쳤다. 華亭縣 등 7현을 두었다. 元代에는 江浙行省이었고 明代에는 南京(南直隸)에 속했었다. 林芑는 당시 명나라 때의 상황을 기록한 것이다. [譯]

5) 張氏(장씨): 張士誠.

6) 二毛(이모): 머리에 흑발과 백발이 섞여 있다. 대체로 노년에 접어든 사람을 가리킨다. [周]

7) 鷫鸘(숙상): 물새 이름. 생김새가 기러기와 비슷하고 깃털이 녹색을 띠며 그 가죽으로 갖옷을 만들 수 있다. [周]

四海干戈未息肩, 書生豈合老林泉[8]! 袖中一把龍泉劍, 撑拄東南半壁天.

其詩大率類是, 人益信其自負. 吳元年,[9] 國兵[10]圍姑蘇, 未拔. 上洋人錢鶴皐起兵援張氏,[11] 二子自以嚴莊,[12] 尙讓[13]爲比, 杖策[14]登門, 參其謀議, 遂陷嘉興等郡. 未幾, 師潰, 皆赴水死.

洪武四年,[15] 華亭士人石若虛, 有故出近郊. 素與二子友善, 忽遇之於途, 隨行僮僕數人, 氣象宛如平昔. 迎謂若虛曰 : "石君無恙乎?" 若虛忘其已死, 與之揖讓, 班荊[16]而坐於野, 談論逾時. 全忽慨然長歎曰 : "諸葛長民[17]有言 : '貧賤長思富貴, 富貴復履危機.' 此語非確論. 苟慕富貴, 危

---

8) 林泉(임천) : 물러나 은거하는 곳. [譯]

9) 吳元年(오원년) : 朱元璋은 1364년 吳王이라 칭하고 1367년을 오왕 元年으로 삼았다. [周]

10) 國兵(국병) : 명나라 군사. 이 글의 작자가 명나라 사람이므로 명나라 군사를 국병이라 칭했다. [周]

11) 上洋人錢鶴皐起兵援張氏(상양인전학고기병원장씨) : 이 일은 『明史』에 보이지 않는다. 『平吳錄』에도 보이지 않으며 오직 上海 사람 毛祥麟의 『對山餘墨』에 그 일을 기록한 것이 있다. 전학고는 吳越王 錢鏐의 후손으로 조부의 이름은 錢文, 아버지의 이름은 錢大倫이며 대대로 松江 남서쪽에 있는 王湖橋에 살았다. 1357년 가을 張士誠은 원나라에 항복하여 太尉를 제수받아 平江에 開府하고 전학고에게 책임을 주어 行省右丞으로 삼았다. 오왕 원년 명나라 장군 徐達이 병사를 이끌고 동으로 내려오자 전학고는 上海를 점거하고 松江을 함락시키고는 嘉定에 입성하였다. 후에 明 장군 葛俊에게 사로잡혀 京師로 보내져 피살되었다. [周]

12) 嚴莊(엄장) : 安祿山 난의 주모자. 처음에는 안록산을 위해 장부를 담당했는데 후에 점점 신임을 얻어 심복이 되었다. 여러 대장군들이 자문을 구하거나 의논할 일이 있을 때마다 모두 엄장의 의견에 따랐다. 그러나 때때로 안록산이 매질하고 모욕을 주기도 하였다. 후에 안록산의 아들 慶緖를 사주하여 안록산을 살해하도록 하였다. [周]

13) 尙讓(상양) : 黃巢의 네 명의 宰相 중 하나. [周]

14) 杖策(장책) : 채찍을 잡다. [周]

15) 洪武四年(홍무 4년) : 1371년. [周]

16) 班荊(반형) : 땅에 가시나무를 깔고 앉다. 『左傳』에 이런 내용이 있다. "초나라 사람 伍擧와 聲子는 서로 절친한 사이였다. 오거가 晉나라로 도망가려는데 성자가 鄭郊에서 만나 가시나무를 깔고 앉아 술과 음식을 먹으며 돌아가자고 말했다." [周]

17) 諸葛長民(제갈장민) : 晉나라 陽都 사람. 처음에는 桓玄의 參軍을 지냈고 후에 줄곧 豫州刺史, 淮南太守를 지냈다. 劉裕(宋 武帝)는 劉毅을 토벌하러 가면서 그에게 太尉를 감독하고 府의 일을 맡게 하였다. 그는 교만하고 탐욕스러워 백성들을 학대하였다. 유의가 주살된 후 비밀리에 亂을 도모하였다가 劉裕가 돌아오자 피살되었다. [周]

機豈能避? 世間寧有揚州鶴[18]耶? 丈夫不能流芳百世, 亦當遺臭萬年. 劉黑闥[19]旣立爲漢東王, 臨死乃云 : '我本[20]在家鋤[21]菜, 爲高雅賢[22]輩所誤至此!' 陋哉斯言, 足以發千古一笑也!" 賈曰 : "黑闥何足道! 如漢之田橫,[23] 唐之李密,[24] 亦可謂鐵中錚錚者也. 橫始與漢祖俱南面稱孤, 耻更稱臣, 逃居海島, 可以死矣, 乃眩於大王小侯之語, 行至東都[25]而死. 密之起兵, 唐祖以書賀之, 推爲盟主, 及兵敗入關, 乃望以臺司[26]見處, 其無知

---

18) 揚州鶴(양주학) : 『殷芸小說』에 이런 내용이 있다. "함께 있던 네 사람이 각자 자신의 소원을 말하였다. 첫 번째 사람은 양주 자사가 되고 싶다고 하였고 두 번째 사람은 많은 재산을 모으고 싶다고 했으며 세 번째 사람은 학을 타고 하늘로 올라가고 싶다고 했다. 그러자 마지막의 네 번째 사람이 말했다. '저는 허리에 돈 십만 관을 차고 학을 타고 양주로 날아가고 싶어요. 나의 소원은 당신들 세 사람의 소원을 모두 겸하는 것입니다.'" [周]

19) 劉黑闥(유흑달) : 貝州 漳南 사람으로 술과 도박을 좋아하였다. 隋末 李密의 수하에서 裨將을 지냈다. 이밀이 패한 후 그는 王世充에게 사로 잡혔는데 왕세충은 그를 馬軍總管을 삼아 新鄕을 지키게 하였다. 후에 李勣에 의해 체포되어 竇建德에게 바쳤는데 두건덕은 그를 장수로 삼고 漢東郡公에 봉하였다. 그는 622년 스스로 漢東王이라 칭하고 원래 두건덕이 다스리던 지역 전체를 통치하였다. 오래지 않아 李淵(唐 高祖)의 아들 秦王 李世民에게 패하여 饒陽으로 도망갔으나 그가 총관으로 봉한 崔元遜에게 체포되어 李世民에게 넘겨져 죽임을 당했다. [周]

20) 【校】 本(본) : [奎]와 [董]에는 幸자로 쓰임.

21) 【校】 鋤(서) : [奎]와 [董]에는 鉏자로 쓰임.

22) 高雅賢(고아현) : 본래 竇建德의 장관이었으나 후에 劉黑闥을 따랐다. 유흑달이 漢東王이라 칭할 당시 그를 右領軍으로 삼았다. [周]

23) 田橫(전횡) : 秦나라 사람. 본래 齊王 田氏와 동족이다. 韓信이 齊王을 깨뜨리자, 전횡이 스스로 제나라 왕에 올랐다. 漢 高祖가 項羽를 멸하자 전횡은 무리 오백 명과 海島로 들어가 살았다. 漢 高祖가 사람을 보내 그를 부르자 전횡은 두 사람을 데리고 洛陽으로 가다 삼십 리를 남겨놓고 갑자기 탄식하며 말했다. "당초에 나는 漢王과 함께 帝王이라 칭했는데 지금은 北向하여 稱臣하며 그를 알현해야 하다니 이 어찌 될 말인가!" 그러고는 곧 자살하였다. 전횡과 동행하던 두 사람은 그를 매장한 후 또한 자살하였다. 그를 따르던 무리 오백 명도 섬에서 그의 자살 소식을 듣고 한 사람도 항복하는 자가 없이 모두 자살하고 말았다. [周]

24) 李密(이밀) : 자는 玄邃. 隋나라 京兆 長安 사람. 楊玄感이 군사를 일으켰을 때 그는 막하에서 책략을 세웠다. 양현감이 실패한 후 그는 또 翟讓과 洛口를 점거하고는 魏公이라 칭했는데 江淮 이북에서 호응하지 않는 곳이 없었다. 얼마 후 王世充에게 패하여 당나라에 항복하였고 光祿卿에 봉해졌다. 그는 관직이 너무 낮은 것에 실망하여 다시 또 唐에 반역하였다가 盛世彦에게 토벌되어 참수당했다. [周]

25) 東都(동도) : 洛陽. 당나라는 낙양을 동도로 삼았다. [周]

識如此! 大丈夫死卽死矣, 何忍向人喉下取氣耶? 夫韓信[27]建炎漢之業, 卒受誅夷; 劉文靜[28]啓晉陽之祚, 終加戮辱. 彼之功臣尙爾? 於他人何有哉!" 全曰 : "駱賓王[29]佐李敬業[30]起兵, 檄武氏之惡, 及兵敗也, 復能優游靈隱, 詠桂子天香之句. 黃巢[31]擾亂唐室, 罪不容誅, 至於事敗, 乃削髮被

---

26) 臺司(대사) : 대는 三臺 즉 三公을 가리킨다. 사는 司馬, 司徒, 司空 등의 관직을 가리키는 것으로 모두 봉건시대 지위가 최고 높은 고관이다. [周] 원문은 臺司이지만 『句解』에 "丞相府를 臺司라고 칭한다"라 되어 있으므로 승상으로 번역하였다. 백화문 번역에서는 "臺, 司와 같은 높은 벼슬아치"라고 하고 있다. [譯]

27) 韓信(한신) : 漢初 淮陰 사람. 처음에는 項羽에게 투항하였는데 관직에 등용되지 않자 楚나라를 버리고 漢나라에 투항하였다. 蕭何가 그를 劉邦에게 천거하여 대장군을 제수받았다. 한신은 魏나라를 정벌하였고 趙나라를 함락시켰으며 燕나라를 항복시키고 楚나라를 공략했다. 한나라의 三杰 중 한 명이다. 후에 어떤 사람이 한신이 모반하려 한다고 고발하였다. 유방은 거짓으로 雲夢 여행을 핑계로 삼아 한신을 체포하였으나 다시 사면하여 淮陰侯에 봉했다. 결국에는 呂后에게 살해되었다. [周]

28) 劉文靜(유문정) : 자는 肇仁. 당나라 武功 사람. 隋末 晉陽의 현령을 지냈으며 李世民(唐 太宗)과는 절친한 친구 사이로 함께 군사를 일으키기로 계획했었다. 李淵은 즉위하여 그를 民部尙書에 봉하였다. 유문정은 자신의 공로가 裵寂보다 크다고 생각하였으나 지위는 오히려 그에 비해 낮아 진심으로 심복하지 않았다. 그의 집안에 자주 괴이한 일이 있어 그의 아우 劉文起는 박수무당을 불러 액막이를 하였는데 천자를 저주한다고 오해를 받아 결국에는 피살되었다. [周] 당초에는 民部로 불리던 행정기관이 당 태종(李世民)의 諱를 피하여 戶部로 바뀐다. [譯]

29) 駱賓王(낙빈왕) : 당나라 義烏 사람. 일곱 살 때 시를 지었고 문장을 매우 잘 썼으며 初唐四傑 중 한 명이다. 李敬業이 군사를 일으켜 則天武后를 칠 때 낙빈왕은 그를 위해 檄文을 썼다. 이경업의 군사가 패하자 그는 항주로 도망가서 西湖 靈隱寺에서 은거하면서 詩를 지어 다음과 같이 읊었다. "계수나무 열매가 달 속에서 떨어지니, 하늘 향기는 구름을 따라 퍼져가네(桂子月中落, 天香雲外飄)." 일찍이 宋之文과 서로 만나 그를 위해 "누각은 창해의 해를 바라보고 대문은 절강의 호수를 마주하고 있네(樓觀滄海日, 門對浙江湖)"라는 시구를 읊었다. 송지문은 그 시를 듣고 놀라며 탄복하였다. 일설에는 이경업의 군사가 패한 후 피살되었다고도 한다. 『舊唐書 · 文苑傳』에 보인다. [周]

30) 李敬業(이경업) : 당나라 개국공신 李勣의 손자. 측천무후가 즉위하여 국호를 唐에서 周로 고치자 이경업은 군사를 일으켰다. 그는 군사가 패하자 바다를 건너 高麗(즉 高句麗)로 가려 했으나 부하인 王那相에게 살해당했다. [周]

31) 黃巢(황소) : 당나라 曹州 사람. 僖宗(李儇) 재위 당시 王仙芝와 함께 농민반란을 주도했다. 농민군을 이끌고 河南, 江西, 福建, 浙東을 공격하였고 歙州, 荊州, 襄州 등 여러 주에서 그 기세를 떨쳤다. 승세를 타고 洛陽을 함락하고 潼關을 깨뜨리고는 長安을 공격하여 희종이 四川으로 도망갈 정도로 몰아 부쳤다. 황소는 이에 스스로 齊帝라 칭하였다. 후에 沙陀部落의 영수 李克用이 군사를 일으켜 그를 공격하였다. 수 차례

緇, 逃遁踪迹, 題詩云 : '鐵衣著盡著僧衣.' 若二人者, 身爲首惡, 而終能脫禍, 可謂智術之深矣." 賈笑曰 : "審如此, 吾輩當愧之矣!" 全遽曰 : "故人在坐, 不必閑論他事, 徒增傷感爾." 因解所御綠裘, 令僕於近村質酒而飮. 酒至, 飮數巡, 若虛請於二子曰 : "二公平日篇什, 播在人口, 今日之會, 可無佳制以記之乎?" 於是籌思移時, 全詩先成, 卽吟曰 :

幾年兵火接天涯, 白骨叢中度歲華. 杜宇[32]有冤能泣血, 鄧攸[33]無子可傳家. 當時自詫遼東豖,[34] 今日翻成井底蛙.[35] 一片春光誰是主, 野花開滿蒺藜沙.[36]

賈繼詩[37]曰 :

싸움에서 번번이 패하자 황소는 삭발을 하고 중이 되어 자취를 감추었다. 일설에는 그가 時溥의 추격병에게 살해되었다고도 한다. [周]

32) 杜宇(두우) : 『華陽國志』에 이런 내용이 있다. 두우는 周나라 때 四川의 왕이었던 望帝의 이름이다. 그는 일찍이 사천에 수해가 났을 때 공을 세웠으며 후에 讓位하고 西山에서 은거하였다. 죽은 후 혼백이 새로 변했는데 杜鵑이라고 하며 子規, 望帝라고도 부른다. [周]

33) 鄧攸(등유) : 자는 伯道. 晉나라 襄陵 사람. 石勒이 군사를 일으키자 그는 가족을 데리고 피난을 갔는데 아우가 일찍 죽은 터라 조카를 온전케 하기 위해 결국 자신의 아들을 버렸다. 元帝(司馬睿)는 등유를 吳郡 태수에 봉하였으며 그 후 줄곧 吏部尙書까지 지냈으나 죽을 때까지 아들이 없어 후손이 끊겼다. [周]

34) 遼東豖(요동시) : 『後漢書』중에 이 이야기가 나온다. 옛날 한 사람이 요동 지방에서 어미돼지 한 마리가 머리가 하얀 새끼를 낳은 것을 보고는 매우 기이하게 생각하여 황제에게 바치고자 했다. 그런데 河東에 이르러 길 위에 있는 돼지들이 모두 머리가 하얀 것을 보고는 부끄러워 돼지를 데리고 되돌아갔다고 한다. 이 이야기는 사람들의 견문이 좁음을 비유한다. [周]

35) 井底蛙(정저와) : 사람의 견문이 좁고 세상 물정에 어두워 흡사 우물 안 개구리처럼 단지 우물 입구로 보이는 하늘만을 보고는 하늘이 도대체 얼마나 큰 지 알지 못하는 것을 비유하는 말이다. 『後漢書』에 이런 말이 있다. "자양은 우물 안 개구리로다. 그러기에 망령되게 스스로 존대하다고 한다(子陽井底蛙耳, 乃妄自尊大)." 子陽은 公孫述의 별명이다. [周]

36) 蒺藜沙(질려사) : 전쟁터를 이름. [譯]

37) 【校】 詩(시) : [奎]에는 吟으로 쓰임.

漠漠荒郊鳥亂飛, 人民城郭嘆都非. 沙沉枯骨何須葬, 血汚游魂不得歸.

麥飯[38]無人作寒食,[39] 綈袍[40]有淚哭斜暉. 生存零落皆如此, 惟恨平生壯志違.

吟已, 若虛駭曰 : "二公平日吟詠極宕, 今日之作, 何其哀傷之過, 與疇昔大不類耶?" 二人相顧無語, 但愀然長嘯數聲. 須臾, 酒罄, 告別而去. 行及十數步, 闃[41]無所見. 若虛大驚, 始悟其死久矣. 但見林梢煙暝, 嶺首日沉, 烏啼鵲噪於叢薄[42]之間而已. 急投前村酒家, 訪其所以取質酒之裘視之, 則觸手紛紛而碎, 若蝶翅之摶[43]風焉. 若虛借宿酒家, 明早急回. 其後再不敢經由是路矣.

---

38) 麥飯(맥반) : 보리 가루에 쌀을 넣어 끓인 음식으로 매우 거칠다. 한나라 劉秀가 처음 출병했을 때 군중에 양식이 부족하자 馮異가 맥반을 지어 올린 적이 있다. [周]

39) 寒食(한식) : 淸明節 이틀 전을 한식이라 하며 이 날에는 불을 지피는 것을 禁止하였다. 춘추시대 晋나라 文公은 그가 불태워 죽인 신하 介子推를 기리기 위해서 이러한 규정을 정했다고 한다. [周]

40) 綈袍(제포) : 전국시대 范雎는 처음 魏나라 中大夫 須賈의 문객이었다. 범수는 수고와 함께 齊나라에 사신으로 갔는데 제나라 襄王은 범수에게 금과 좋은 술을 하사하였다. 수고는 범수가 위나라의 기밀을 제나라에 알려줬다고 생각하여 돌아와서는 위나라의 재상 魏齊에게 보고하였다. 위제는 크게 노하여 사람을 시켜 범수를 죽다 살아날 정도로 혹독하게 매질하였다. 범수는 이름을 張祿으로 바꾸고 秦나라로 도망가서는 재상이 되었다. 후에 수고가 사신으로 진나라에 오자 범수는 다 헤진 옷으로 갈아입고는 몰래 수고를 찾아갔다. 수고는 범수가 정말로 가난하다고 생각하여 그에게 제포를 한 벌 주었다. 후에 진나라 재상이 바로 범수임을 알고는 수고가 크게 놀라며 사죄하자 범수가 말했다. "네가 나에게 제포를 준 것은 아직 옛 친구를 그리워하는 정이 간절한 것이니 너를 용서하여 죽이지 않고 돌려보내 주겠다." 하지만 여기서 綈袍는 단지 낡은 舊袍를 가리키는 것이지 范雎의 이야기와는 무관하다. [周]

41) 【校】 闃(격) : [奎]에는 闃.

42) 叢薄(총박) : 초목이 무성하게 뒤섞여 있는 곳. [周]

43) 摶(단) : 발음은 團이며 날아오르는 모양이다. [句]

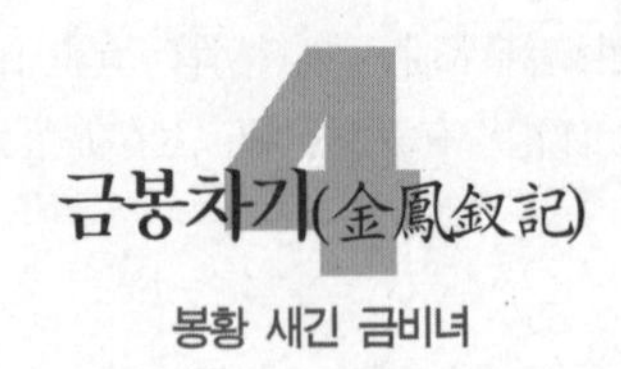

4 금봉차기(金鳳釵記)

봉황 새긴 금비녀

원나라 대덕(大德) 연간에 양주(揚州) 땅의 부자인 오방어(吳防禦)는 춘풍루(春風樓)의 근처에 살고 있었다. 방어는 무관의 벼슬이었다. 이웃에는 관직에 있는 최씨가 살고 있었는데 서로 두터운 친분으로 왕래하고 있었다. 최씨에게는 흥가(興哥)라는 아들이 있었고 오방어에게는 흥낭(興娘)이란 딸이 있는데 둘이 아직 강보에 싸여 있을 때 최씨가 딸을 며느리로 삼고 싶다고 했다. 오방어가 이를 허락하니 봉황을 아로새긴 금비녀[金鳳釵]를 증표로 주면서 언약을 하였다. 그리고 얼마 후에 최씨는 다른 지방으로 멀리 벼슬자리를 떠났는데 한번 가더니 십오 년 동안이나 일자 무소식이었다. 흥낭은 규중에서 고이고이 자라 나이 열아홉 살에 이르렀다. 그녀의 어머니가 남편에게 말했다.

"최씨 댁의 도령은 한 번 떠난 이후로 십오 년이나 되었으나 종무소식이고 우리 흥낭은 이미 자랄 만큼 자랐으니 더 이상 예전의 약조만 고집하다가 시기를 놓치게 될까 걱정이예요."

오방어가 대답했다.

"내 이미 옛 친구한테 허락한 바이고 약혼 예물까지 받아 혼약을 정하였는데 어찌 식언(食言)을 할 수 있단 말이요?"

홍낭도 최생을 기다리다 종내 오지를 않자 마음의 병이 깊이 들어 결국 병석에 누웠다가 반년만에 죽고 말았다. 부모는 통곡을 하면서 딸의 시신을 염할 때 봉황을 아로새긴 금비녀를 손에 쥐고 딸의 몸을 어루만지며 흐느껴 울었다.

"이건 너의 신랑집 예물이다. 네가 이미 가고 없으니 이를 남겨두어 무엇에 쓰겠느냐?"

그리고는 딸의 머리에 꽂아주고 장례를 지냈다.

딸을 장례 지낸 지 두 달만에 뜻밖에 최생(崔生)이 찾아왔다. 오방어는 그를 안으로 맞아들여 그간의 사정과 소식이 끊어졌던 까닭을 물었다. 최생이 대답했다.

"아버님께서는 선덕부(宣德府)의 이관(理官)으로 계시다가 돌아가시고 어머님께서도 몇 년 전에 돌아가셨습니다. 지금에서야 상복을 벗어 불원천리(不遠千里)하고 이곳에 찾아온 것입니다.

오방어는 눈물을 흘리며 말해주었다.

"홍낭이 박명하여 자네를 그리워하다가 병이 들어 불과 몇 달 전에 한을 머금고 저 세상으로 먼저 갔다네. 지금은 벌써 장례를 치루었네."

그리고 최생을 데리고 영전에 나아가 지전(紙錢)을 태우며 최생이 온 것을 고하니 온 집안이 모두 통곡을 그치지 않았다. 오방어는 최생에게 말했다.

"이미 자네 부모님도 돌아가시고 먼길에 모처럼 왔으니 우리 집에서 숙식을 하고 지내게나. 친구의 아들은 곧 내 아들이나 다름없으니 홍낭이 죽었다고 해서 남같이 생각하지는 말게나."

그리고 즉시 명하여 가져온 짐을 문간채에 딸린 작은 방에 옮겨 정리하게 하고 거기에서 거처하도록 했다. 그렇게 해서 한 보름쯤 지나 마침 청명절(淸明節)이 되어 오방어는 딸이 죽은 지 얼마 안 되는 까닭에 집안의 가족 모두가 성묘하러 가고자 했다. 흥낭에게는 본래 누이동생 경낭(慶娘)이 있었는데 올해 열일곱 살이 되었다. 이날 경낭도 함께 따라 가고 최생만이 남아 집을 보게 되었다. 저녁이 되어 다들 돌아올 때는 날이 이미 저물어 어둑어둑 할 때였다. 최생이 대문 왼편에서 영접을 하고 있는데 두 채의 가마 중에서 앞의 가마가 들어가고 뒤의 가마가 최생의 앞을 지날 때 무언가 땅에 떨어지는 것 같이 쨍그랑하는 소리가 들렸다. 그들이 다 지나가기를 기다려 급히 가서 주워보니 금비녀 하나였다. 안채로 들어가 즉시 돌려주고자 했으나 중문이 이미 닫힌 뒤여서 들어갈 수가 없었다. 그래서 자신의 행랑채 방으로 돌아와 촛불을 밝히고 홀로 앉아 곰곰이 생각에 빠졌다. 혼사가 이뤄지지 못하고 혈혈단신(孑孑單身) 외로운 몸으로 남아서 남의 집 신세만 지고 있는 것이 결코 장기적인 계책은 될 수 없음을 생각하니 몇 차례나 길고 긴 탄식이 나왔다. 그리고 막 잠자리에 들려는 순간이었다. 홀연 밖에서 달그락거리며 문을 두드리는 소리가 들려왔다. 누구냐고 물어도 대답이 없었다. 가만히 있으니 잠시 후 다시 두드리는 소리가 났다. 그렇게 하기를 세 차례, 문을 열고 내다보니 젊고 아리따운 여자가 문밖에 서 있다가 문이 열리는 것을 보고 재빨리 치마를 걷고 방안으로 들어왔다. 최생이 깜짝 놀라니 여자는 얼굴을 내리깔고 숨을 죽이면서 최생에게 조용한 목소리로 말했다.

"낭군님은 저를 모르시겠나이까? 저는 흥낭의 누이인 경낭이옵니다. 잠시 전에 가마 아래로 금비녀를 떨어뜨렸는데 낭군께서 줍지 않으셨나요?"

그렇게 말하고는 곧장 최생을 끌어당기더니 잠자리에 들려고 했다. 최생은 그녀의 부친이 자신을 후하게 대접하였던 점을 생각하고는 아주 강하게 거절하였다.

"감히 그렇게 할 수는 없습니다."

두세 번이나 그렇게 거절하였더니 여자는 갑자기 얼굴을 붉히며 노한 빛을 띠며 말했다.

"저희 아버님이 그대를 친아들이나 친조카처럼 대접하여 행랑채 문간방에 거처하도록 하였던 것인데 지금 이 야심한 밤중에 저를 이곳까지 오도록 유혹하여 무엇을 하실 작정이었습니까? 제가 당장 아버님께 일러 바쳐서 관청에 고소하고 결코 그냥 두지는 않을 것입니다."

최생은 여자의 협박이 두려워 부득이 그의 말을 따르기로 하였다. 새벽이 되자 여자는 돌아갔다. 그로부터 그녀는 매일 저녁마다 몰래 들어왔다가 아침이면 몰래 나가곤 했다. 그렇게 행랑채 문간방에 드나든 지 어언 한 달 반이 되었다. 어느 날 밤에 그녀는 최생에게 말했다.

"저는 깊고 깊은 규중에 있고 낭군께서는 문밖 행랑채에 계시니 오늘의 일은 다행히 아무도 알아차린 사람이 없습니다. 하지만 호사다마(好事多魔)라고 좋은 일에는 항상 마가 끼이게 마련이며 가기이조(佳期易阻)라고 좋은 기약에는 쉽게 장애가 생기는 법이라고 했습니다. 일단 소리와 흔적이 드러나 일이 알려지면 부친의 책망이 엄중할 것입니다. 그러면 저는 새장에 갇힌 앵무새처럼 될 것이며 오리를 치려다가 원앙을 놀라게 하는 격으로 사랑을 이루지 못하게 될 것입니다. 저는 정녕 그 죄를 달게 받겠사오나 낭군의 덕망에 누를 끼치게 되는 것이 정말 두려운 일이옵니다. 차라리 아직 일이 발각되지 않았을 때 인상여(藺相如)가 옥을 온전하게 품고 도망갔듯이 저희도 다른 곳으로 달아나 궁벽한 시골에 몸을 숨기거나 다른 먼 지방으로 종적을 감추는 것이 나을 듯 싶습니다. 그렇게 하면 편안히 해로하며 살아갈 수 있으니 헤어지지 않아도 되는 것 아니겠습니까?"

그 말을 들은 최생은 그녀의 계책이 옳다고 여겼다.

"당신의 말에도 일리가 있소. 나도 그 일을 생각하고 있었소."

그러나 최생은 홀로 외로운 신세에 평소 아는 친지도 별로 없고 비록 다른 곳으로 달아난다고 하나 막상 어디로 가야 할지 걱정이 되었다.

그러다가 일찍이 부친이 생전에 하신 말씀이 생각났다. 예전에 하인으로 있던 김영(金榮)이라는 자는 아주 신의가 두터운 사람이었는데 지금 진강(鎭江)의 여성(呂城)에서 농사를 지으며 살고 있다고 했던 것이다. 다음날 새벽 오경에 가볍게 행장을 꾸려서 집을 빠져 나와 배를 삯 내고 과주(瓜洲)를 지나서 단양(丹陽)으로 달려가 시골사람들에게 물으니 과연 김영이란 사람이 있었다. 그의 집안은 상당히 탄탄하였으며 마을의 촌장이랄 수 있는 보정(保正)을 맡고 있다고 했다. 최생은 크게 기뻐하며 곧바로 그의 집을 찾아갔다. 김영은 처음에 알아보지 못하다가 최생이 부친의 성명과 직책을 밝히고 자신의 어릴 적 이름을 말하니 비로소 알아보고는 바로 제단을 만들어 통곡하며 옛 주인을 제사지냈다. 그리고 최생을 윗자리에 앉히고는 넙죽 절을 하고 가족들에게 말했다.

"이 분은 바로 우리 옛 주인집의 도련님이시다."

최생은 그 동안의 사정과 이곳에 오게 된 까닭을 자세히 말했다. 김영은 안채를 비워 그들을 거처하게 하면서 최생을 옛 주인 섬기듯 하면서 필요한 옷이며 음식을 하나도 빠짐없이 대주었다.

최생이 김영의 집에 묵은 지 일 년이 다 되어가던 어느 날 경낭이 최생에게 말했다.

"처음에는 그저 부모의 꾸짖음이 두려워 낭군과 함께 탁문군(卓文君) 도망치듯이 집을 빠져 나왔는데 당시엔 부득이하여 그렇게 하였던 것입니다. 지금 지난 해 묵은 곡식은 없어지고 햇곡식이 다 익었으니 세월은 유수(流水)같이 빨라 벌써 일 년이나 되었습니다. 하지만 자식을 사랑하는 부모의 마음은 사람마다 있기 마련이므로 지금 돌아가면 반드시 반갑게 맞아주실 것이고 저의 잘못을 탓하지 않으실 것입니다. 하물며 부모님이 저를 낳아주셨으니 그 은혜가 더할 수 없이 큰데 어찌 영원토록 의를 끊고 살 수 있으며 돌아가 뵙지 않을 까닭이 있겠습니까?"

최생이 그 말을 따라 함께 강을 건너 양주(揚州) 땅으로 들어섰다. 그녀의 집에 곧 도착하려고 하는데 경낭이 말했다.

"제가 집을 뛰쳐 나온지 일 년이나 되었으니 낭군과 함께 들어가면 행여 부모님의 노여움을 높이 살까 두렵습니다. 낭군께서 먼저 들어가 뵙도록 하고 저는 여기에 배를 대고 기다리는 것이 낫겠습니다.

최생이 그녀의 말대로 먼저 가려는데 경낭이 다시 부르더니 봉황이 새겨진 금비녀를 건네주며 말을 이었다.

"행여나 의심하고 거절당하거든 이 물건을 꺼내 보여드리면 될 것입니다."

최생이 문 앞에 이르니 오방어가 소식을 듣고 반갑게 나와 맞으면서 오히려 고맙다는 말로 사례를 하였다.

"전에는 제대로 대접을 못하여 자네가 거처하는데 불편을 주고 말았네. 자네가 다른 곳으로 가버린 것은 전적으로 내 잘못이니 행여 너무 탓하지 말게나."

최생은 그 말을 듣고 무조건 땅에 부복하여 감히 고개를 들지도 못하고 그저 죽을 죄를 졌다고 입이 닳도록 사죄하였다.

오방어가 이상히 여기며 말했다.

"자네가 무슨 죄가 있다고 갑자기 그런 말을 하는 겐가? 자초지종을 속 시원히 밝혀 보게나."

최생은 그제야 일어나서 그간의 사정을 상세히 말했다.

"지난번 저는 방안의 장막 속에서 비밀스런 일을 행하고 말았습니다. 젊은 남녀의 뜨거운 사랑을 이기지 못하고 옳지 못한 일을 함으로써 사통의 규율을 범했습니다. 그리하여 부모님께 말씀도 못 드리고 아내로 맞이하였고 몰래 은혜를 저버리고 도망가서 궁벽한 시골에 숨어 지내면서 세월을 보내다보니 오랫동안 목소리와 얼굴도 막히고 소식 또한 전하지 못하였습니다. 비록 부부의 정이 돈독하다고는 하나 부모님의 은혜를 어찌 잊을 수가 있겠습니까? 지금 삼가 따님을 데리고 함께 근친을 왔으니 부디 깊은 정을 헤아리시어 무거운 죄를 용서해주시고 저희 부부가 해로하여 영원토록 함께 지낼 수 있도록 해주십시오. 그러시면 어르신에게는 자식을 사랑하는 은혜가 있으실 것이며 소자(小子)는 가정을 꾸려나가는 즐거움을 얻을 수 있을 것이옵니다. 이것이 저의 간절한 소망이오니 부디 어여삐 여겨 주십시오."

오방어가 그 말을 듣고 깜짝 놀라며 되물었다.

"내 딸은 와병하여 누워 있는지 벌써 일 년이나 되었으며 죽도 넘기지 못하고 돌아 누으려 해도 옆에서 도와주어야 하는 판인데 그런 일이 어찌 있을 수 있단 말인가?"

최생은 그 같은 일이 가문의 욕이 되기 때문에 일부러 다른 말을 꾸며 믿지 않고 거절하는 것이라고 생각하고는 계속 말했다.

"지금 경낭은 물가에 대고 있는 배 안에 있습니다. 사람을 보내 가마에 태워 데려오시면 곧 알게 될 것입니다."

오방어가 비록 믿으려 하지는 않았지만 집안의 하인을 시켜 달려가 보도록 했더니 갔던 사람들이 돌아와서 아무도 없다고 말했다. 그는 비로소 노하여 최생을 꾸짖으며 그 요망함을 책망하였다. 최생은 소매 속에서 금비녀를 꺼내 오방어에게 내 보이면서 해명했다. 그는 비로소 크게 놀라며 말했다.

"이것은 내 죽은 딸아이 흥낭에게 순장했던 물건이 아닌가? 이것이 어떻게 자네 손에서 나온단 말인가?"

그렇게 의혹이 커져가고 있을 때 침상에 누워있던 경낭이 갑자기 벌떡 일어나 대청 앞으로 나와 그의 아버지 앞에 절을 하였다.

"이 못난 딸 흥낭은 불행히도 일찍이 부모님의 곁을 떠나 멀리 황량한 들판에 버려진 채 있었습니다. 그러나 최씨 댁 낭군과의 인연은 끊을 수가 없었습니다. 지금 제가 여기에 온 것도 다른 뜻은 없습니다. 다만 사랑하는 누이동생 경낭과 혼인을 이어주고자 하기 때문이옵니다. 만약 저의 소청을 들어주신다면 경낭의 병은 곧바로 쾌유할 것이며 저의 말을 들어주시지 않으신다면 경낭의 명은 여기에서 끝이 날 것입니다."

온 집안 사람들이 놀라서 그의 몸을 바로 보았더니 경낭이 틀림없는

데 그 언사나 행동거지는 바로 홍낭이었다. 홍낭의 아버지가 꾸짖어 말했다.

"너는 이미 죽은 사람이거늘 어찌하여 다시 인간 세상에 나와 이처럼 어지럽히고 미혹되게 만드는 것이냐?"

홍낭이 대답하였다.

"예, 저는 틀림없이 죽었습니다. 하지만 저승에 가니 저를 죄 없다 하시면서 가두어 두지 않고 땅의 신령이신 후토부인(后土夫人)의 막하에서 상주문(上奏文)을 전달하는 일을 하도록 하였습니다. 인간 세상에서의 인연이 완전히 끝나지 않은 까닭에 특별히 한 해 동안의 말미를 주어 최씨 낭군과의 인연을 맺어 마치도록 하였던 것입니다."

홍낭의 아버지는 홍낭의 말이 애절하고 절실하여 그렇게 하겠노라고 허락하였다. 홍낭은 즉시 얼굴을 다소곳이 하고 자세를 바르게 하여 부모님께 절을 하고 다시 최생의 손을 잡고 흐느껴 울면서 작별하였다.

"부모님이 제 말씀을 허락해주셨어요. 당신은 이제 좋은 사위가 되어주시고 새 신부를 맞았다고 옛 사람을 잊지는 말아주세요."

그렇게 말을 마치고 통곡을 하더니 그대로 땅에 꼬꾸라졌다. 자세히 보니 이미 목숨이 끊어진 뒤였다. 급히 탕약을 끓여 먹이니 천천히 소생하는데 병도 다 나았고 행동도 경낭으로 돌아와 평소와 다름 없었다. 그간의 일을 물었더니 아무 것도 모른다고 하고 꿈을 깬 것 같았다.

마침내 길일을 택하여 경낭은 최생과의 혼인을 치렀다. 최생은 홍낭의 깊은 사랑에 감격하여 금비녀를 시장에 내다 팔아 이십 정(錠)의 돈을 마련하여 모두 향과 양초, 폐백을 사서 도교의 절인 경화관(瓊花觀)을 찾아갔다. 그리고는 도사들에게 부탁하여 사흘 밤낮 동안 재(齋)를 올리면서 홍낭의 명복을 빌며 그의 지극한 정성에 보답하였다.

그리고 얼마 후에 홍낭은 최생의 꿈에 나타나서 말했다.

"낭군님께서 특별히 재를 올려 저의 영혼을 제도(濟度)[1]하여 주시니 아직도 다하지 못한 정이 남아 있사옵니다. 비록 유명을 달리 하오나

실로 감복할 뿐이옵니다. 누이는 부드럽고 온화하오니 잘 보살펴 주시기 바라옵니다."

최생은 깜짝 놀라 꿈을 깨었다. 그 뒤로는 다시 나타나지 않았다고 한다. 참으로 기이한 일이 아닐 수 없다.

金鳳釵記[2]

大德[3]中, 揚州富人吳防禦[4]居春風樓側, 與宦族崔君爲鄰, 交契甚厚. 崔有子曰興哥, 防禦有女曰興娘, 俱在襁褓.[5] 崔君因求女爲興哥婦, 防禦許之, 以金鳳釵一只爲約. 旣而崔君游宦遠方, 凡一十五載, 幷無一字相聞. 女處閨闈, 年十九矣. 其母謂防禦曰:"崔家郎君一去十五載, 不通音耗, 興娘長成矣, 不可執守前言, 令其挫失時節也." 防禦曰:"吾已許吾故人矣, 況成約已定, 吾豈食言者也." 女亦望生不至, 因而感疾, 沉綿枕席, 半歲而終. 父母哭之慟. 臨斂, 母持金鳳釵撫屍而泣曰:"此汝夫家物也, 今汝已矣, 吾留此安用!" 遂簪於其髻而殯焉.

殯之兩月, 而崔生至. 防禦延接之, 訪問其故, 則曰:"父爲宣德府[6]理官[7]而卒, 母亦先逝數年矣. 今已服除,[8] 故不遠千里而至此." 防禦下淚

1) 제도: 원문은 薦拔(천발, jianba). 불교나 도교용어. 영혼을 제도하다.
2) 金鳳釵記(금봉차기): 이 편은 凌濛初가 화본으로 개작하여 『初刻拍案驚奇』 제23권에 넣었는데 회목은 "大姊魂游完宿願, 小妹病起續前緣(언니의 혼이 떠돌며 숙원을 이루고 동생은 병이 나아 앞의 인연을 잇는다)"이다. 『二刻拍案驚奇』에도 똑같은 제목과 내용이 중복되어 실려 있다. 당시 성급한 출판과정에서 나온 착오로 보인다. 沈璟은 이 이야기로 희곡 『墜釵記』를 썼다. [周]
3) 大德(대덕): 원나라 武宗의 연호다. [句] 원나라 成宗(鐵木耳)의 연호(1297~1307). [周] 실제로 大德은 성종의 연호인데 『구해』에서 착각한 것이다. [譯]
4) 防禦(방어): 무관 관직 이름. 지위는 團練使의 아래이다. [周]
5) 襁褓(강보): 아이를 업는 옷이다. 옷을 襁이라 하고 깔개를 褓라고 한다. [句] 갓난아이를 싸는 포대기. 의미가 파생되어 어린 시절을 뜻하는 말로 쓰였다. [周]
6) 宣德府(선덕부): 지금의 河北省 宣化縣. [周]

曰："興娘薄命，爲念君故，得疾，於兩月前飮恨而終，今已殯之矣." 因引生入室，至其靈几前，焚楮錢[9]以告之，擧家號慟. 防禦謂生曰："郎君父母旣歿，道途又遠，今旣來此，可便於吾家宿食. 故人之子，卽吾子也，勿以興娘歿故，自同外人." 卽令搬挈行李，於門側小齋安泊.

將及半月. 時値淸明，防禦以女新歿之故，擧家上塚. 興娘有妹曰慶娘，年十七矣，是日亦同往. 惟留生在家看守. 至暮而歸，天已曛黑，生於門左迎接，有轎二乘，前轎已入，後轎至生前，似有物墮地，鏗然作聲，生俟其過，急往拾之，乃金鳳釵一隻也. 欲納還於內，則中門已闔，不可得而入矣. 遂還小齋，明燭獨坐. 自念婚事不成，隻身孤苦，寄迹人門，亦非久計，長歎數聲. 方欲就枕，忽聞剝啄 扣門聲，問之不答，斯須復扣，如是者三度. 乃啓關視之，則一美姝立於門外，見戶開，遽搴裙而入. 生大驚. 女低容斂氣，向生細語曰："郎不識妾耶? 妾卽興娘之妹慶娘也. 向者投釵轎下，郎拾得否?" 卽挽生就寢. 生以其父待之厚，辭曰："不敢." 拒之甚厲，至於再三. 女忽頳爾[10]怒曰："吾父以子侄之禮待汝，置汝門下，汝乃於深夜誘我至此，將欲何爲? 我將訴之於父，訟汝於官，必不捨汝矣." 生懼，不得已而從焉. 至曉，乃去. 自是暮隱而入，朝隱而出，往來於門側小齋，凡及一月有半. 一夕，謂生曰："妾處深閨，君居外館，今日之事，幸而無人知覺. 誠恐好事多魔，佳期易阻，一旦聲迹彰露，親庭罪責，閉籠而鎖鸚鵡，打鴨而驚鴛鴦，在妾固所甘心，於君誠恐累德. 莫若先事而發，懷璧[11]而逃，或晦迹深村，或藏踪異郡，庶得優游偕老，不致暌離[12]也." 生頗然其計，曰："卿言亦自有理，吾方思之." 因自念零丁孤苦，素乏親

---

7) 理官(이관)：理刑官(재판관의 옛 명칭). 推官이라고도 하며 법률에 관한 일을 전적으로 담당하였다. [周]

8) 服除(복제)：三年 喪이 끝나 상복을 벗다. [周]

9) 楮錢(저전)：옛날에는 제사지낼 때 반드시 지폐를 사용하여 신령과 교감하였다. 후세에는 지폐를 없애고 지전을 쓰게 되었다. [句] 지전. [周]

10) 頳爾(정이)：얼굴이 붉어지다. [周]

11) 懷璧(회벽)：귀중한 보물을 가지고 지니다. [周]

12) 暌離(규리)：떨어지다, 헤어지다. [周]

知, 雖欲逃亡, 竟將焉往? 嘗聞父言 : 有舊僕金榮者, 信義人也, 居鎭江呂城,[13] 以耕種爲業. 今往投之, 庶不我拒. 至明夜五鼓, 與女輕裝而出, 買船過瓜洲,[14] 奔丹陽, 訪於村氓, 果有金榮者, 家甚殷富, 見爲本村保正.[15] 生大喜, 直造其門, 至則初不相識也. 生言其父姓名爵里及己乳名, 方始記認, 則設位而哭其主, 捧生而拜於座, 曰 : "此吾家郎君也." 生具告以故. 乃虛正堂而處之, 事之如事舊主, 衣食之需, 供給甚至.

生處榮家, 將及一年. 女告生曰 : "始也懼父母之責, 故與君爲卓氏[16]之逃, 蓋出於不獲已也. 今則舊穀旣沒, 新穀旣登,[17] 歲月如流, 已及朞[18]矣. 且愛子之心, 人皆有之, 今而自歸, 喜於再見, 必不我罪. 況父母生我,[19] 恩莫大焉, 豈有終絶之理? 盍往見之乎?" 生從其言, 與之渡江入城. 將及其家, 謂生曰 : "妾逃竄一年, 今遽與君同往, 或恐逢彼之怒. 君宜先往覘之, 妾艤舟[20]於此以俟." 臨行, 復呼生回, 以金鳳釵授之, 曰 : "如或疑拒, 當出此以示之, 可也." 生至門, 防禦聞之, 欣然出見, 反致謝曰 : "日昨顧待不周, 致君不安其所, 而有他適, 老夫之罪也. 幸勿見怪!" 生拜伏在地, 不敢仰視, 但稱"死罪", 口不絶聲. 防禦曰 : "有何罪過? 遽出此言. 願賜開陳, 釋我疑慮." 生乃作[21]而言曰 : "曩者房帷事密, 兒女

13) 呂城(여성) : 鎭의 이름. 江蘇省 丹陽縣 동쪽 50리에 있다. 옛날에 성이 있었는데 삼국시대 오나라 呂蒙이 지었다고 한다. [周]

14) 【校】 瓜洲(과주) : 원문에 瓜州로 되어 있으나 [奎]에는 瓜洲로 되어 있으므로 이를 따랐다. 瓜洲가 맞다. 揚子江의 나루터 이름. 揚州府에 있는데 이곳에 瓜州鎭이 있다. [句] 江蘇省 江都縣 남쪽에 있다. [周]

15) 保正(보정) : 옛날 중국에서 실행했던 保甲制度. 十甲이 一保가 되는데 보정은 한 명씩 두었다. 一保의 長을 보정이라 한다. [周]

16) 卓氏(탁씨) : 한나라 卓文君. 臨邛의 부호 卓王孫의 딸이다. 유명한 문인 司馬相如가 탁왕손의 집에서 술을 마셨는데 당시 탁문군은 남편이 죽은 지 얼마 되지 않았었다. 사마상여는 거문고를 타서 탁문군을 유혹하여 밤에 함께 도망가서 부부가 되었다. [周]

17) 舊穀旣沒(구곡기몰), 新穀旣登(신곡기등) : 묵은 벼를 다 먹으면 새로운 벼를 수확한다. 이미 일년이 지났음을 의미한다. [周]

18) 朞(기) : 朞年은 일년이다. [周]

19) 【校】 我(아) : [奎]와 [董]에 모두 之로 됨.

20) 艤舟(의주) : 배를 묶어 정박시키다. [周]

21) 作(작) : 몸을 일으키다. [周]

情多, 負不義之名, 犯私通之律, 不告而娶, 竊負而逃, 竄伏村墟, 遷延歲月, 音容久阻, 書問莫傳, 情雖篤於夫妻, 恩敢忘乎父母! 今則謹攜令愛, 同此歸寧, 伏望察其深情, 恕其重罪, 使得終能偕老, 永遂於飛. 大人有溺愛之恩, 小子有宜家之樂, 是所望也, 惟冀憫焉." 防禦聞之, 驚曰: "吾女臥病在床, 今及一歲, 饘粥[22]不進, 轉側需人, 豈有是事耶?" 生謂其恐爲門戶之辱, 故飾詞以拒之, 乃曰: "目今慶娘在於舟中, 可令人舁取[23]之來." 防禦雖不信, 然且令家僮馳往視之, 至則無所見. 方怒詰[24]崔生, 責其妖妄. 生於袖中出金釵以進. 防禦見, 始大驚曰: "此吾亡女興娘殉葬之物也, 胡爲而至此哉?" 疑惑之際, 慶娘忽於床上欻然[25]而起, 直至堂前, 拜其父曰: "興娘不幸, 早辭嚴侍, 遠棄荒郊. 然與崔家郎君緣分未斷, 今之來此, 意亦無他, 特欲以愛妹慶娘, 續其婚耳. 如所請肯從, 則病患當卽痊除. 不用妾言, 命盡此矣." 擧家驚駭, 視其身則慶娘, 而言詞擧止則興娘也. 父詰之曰: "汝旣死矣, 安得復於人世爲此亂惑也?" 對曰: "妾之死也, 冥司以妾無罪, 不復拘禁, 得隷後土夫人[26]帳下, 掌傳箋奏. 妾以世緣未盡, 故特給假一年, 來與崔郎了此一段因緣爾." 父聞其語切, 乃許之, 卽斂容拜謝, 又與崔生執手歔欷[27]爲別. 且曰: "父母許我矣! 汝好作嬌客,[28] 愼毋以新人而忘故人也." 言訖, 慟哭而仆於地, 視之, 死矣. 急以湯藥灌之, 移時乃蘇,[29] 疾病已去, 行動如常, 問其前事, 并不知之, 殆如夢覺. 遂涓吉續崔生之婚. 生感興娘之情, 以釵貨於市, 得鈔二十錠,

---

22) 饘粥(전죽) : 죽. 된 것을 饘, 묽은 것을 粥이라고 한다. [周]
23) 舁取(여취) : 여럿이 맞들고 오다. 가마에 태워 메고 오다. [周]
24) 【校】怒詰(노힐) : [奎]에는 詰怒로 글자가 바뀌어져 있음.
25) 欻然(홀연) : 홀연, 갑자기. [周]
26) 后土夫人(후토부인) : 신화전설 속에 나오는 여신 이름. 唐나라 사람의 『后土夫人傳』이 있다. [周]
27) 歔欷(허희) : 탄식하며 눈물을 흘리다. [周]
28) 嬌客(교객) : 사위. [周]
29) 【校】蘇(소) : [奎]와 [董]에는 甦자로 쓰임. 甦(소)는 옛날의 蘇자다. 새로 태어남[更生]의 뜻이다. [句]

盡買香燭楮幣, 齎詣[30]瓊花觀, 命道士建醮[31]三晝夜以報之. 復見夢於生曰 : "蒙君薦拔,[32] 尙有餘情, 雖隔幽明, 實深感佩. 小妹柔和, 宜善視之." 生驚悼而覺. 從此遂絶. 嗚呼異哉!

30) 齎詣(재예) : 물건을 싸서 보내다. [周]
31) 建醮(건초) : 제단을 세우고 기도를 하다. 재를 올리다. [周]
32) 薦拔(천발) : 불교나 도교용어. 영혼을 제도하다, 구제하다. [周]

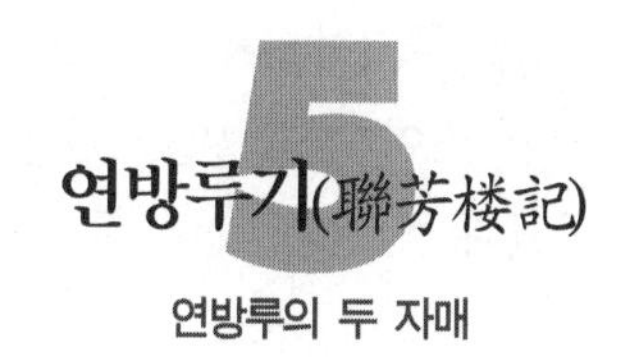

연방루기(聯芳樓記)

연방루의 두 자매

오군(吳郡)으로 불리던 소주(蘇州) 지역에 설씨(薛氏)라는 부자가 있었다. 원나라 지정(至正) 연간에 그는 창합문(閶闔門) 밖에 살면서 쌀장사로 돈을 벌고 있었다. 슬하에 두 딸이 있었는데 큰딸의 이름은 난영(蘭英), 작은딸의 이름은 혜영(蕙英)이었다. 둘 다 총명하고 어여쁘며 시부(詩賦)를 짓는 데도 재능이 있었다. 그래서 저택의 뒷마당에 누각을 지어 거처하게 하면서 이름을 난혜연방루(蘭蕙聯芳樓)라고 붙였는데 난영과 혜영 꽃다운 두 아가씨가 사는 누각이라는 뜻이었다. 마침 승천사(承天寺)의 설창(雪窗)스님이 수묵으로 난초와 혜초를 잘 그렸으므로 사방 벽에 흰 분칠을 하고 그를 모셔와서 벽화를 그리도록 하였다. 그 후로 이곳에 오르는 사람들은 마치 따뜻한 봄바람이 부는 방에 들어온 듯한 느낌을 받았다. 두 자매는 낮과 밤으로 쉬지 않고 시를 지어 이미 수백 수의 작품을 모아 『연방집』이란 제목으로 책을 묶어냈다. 호사가들은 다투어 이 시를 전하여 읊었다. 이때 절강 회계(會稽) 지방에 사는 철애

(鐵崖) 양유정(楊維禎)은 서호(西湖) 죽지사(竹枝詞)를 지어 이름을 날렸는데 그에 화답하는 사람들이 백여 명이 넘고 이를 간행하여 책방에 내다 팔기도 하여 인기가 대단하였다. 난영과 혜영 두 여자는 그것을 보고 웃으면서 말했다.

"서호(西湖)에 죽지곡이 있는데 우리 동오(東吳)에도 죽지곡이 없으란 법이 있으리오!"

그리고는 죽지곡의 문체를 본받아 「소대(蘇臺)죽지곡(竹枝曲)」 열 장을 지었다.

姑蘇臺上月團團, 고소의 누대 위엔 둥근 달이 비추고
姑蘇臺下水潺潺, 고소의 누대 아래 잔잔한 물 흐르네
月落西邊有時出, 서쪽으로 지는 달 다시 뜰 때 있으련만
水流東去幾時還? 동으로 흐르는 물 언제 다시 오려나

館娃宮中麋麋游, 서시 놀던 관와궁엔 사슴만 뛰어놀고
西施去泛五湖舟, 서시는 떠나가서 오호에 배 띄웠네
香魂玉骨歸何處? 향옥 같은 그 유골은 어디로 돌아갔나
不及眞娘葬虎丘. 호구산에 묻혀 있는 진낭만도 못하구나

虎丘山上塔層層, 호구산엔 높은 탑이 층층이 서있고
夜靜分明見佛燈, 고요한 밤중에는 불등만이 밝혀 있네
約伴燒香寺中去, 쌍쌍이 짝을 지어 향 사르러 절에 가
自將釵釧施山僧. 가져간 비녀 팔지 스님에게 시주하네

門泊東吳萬里船, 문 밖에 댄 동오의 배 길떠나는 만리배
烏啼月落水如煙, 까마귀 울고 달 지는데 물안개만 자욱해라
寒山寺裏鐘聲早, 한산사 종소리는 이른 새벽 들려오고
漁火江楓惱客眠. 수심어린 객창에 비쳐드는 고깃배 불빛

洞庭金柑三寸黃,	태호 동정산 밀감은 세 치의 황금빛
笠澤銀魚一尺長,	송강 입택의 은어는 길이가 한 자
東南佳味人知少,	동남방의 산해진미 아는 이 드물어
玉食無由進尙方.	맛있는 이 음식을 황제께 못 올리네

荻芽抽筍楝花開,	억새풀 순이 돋고 구슬나무 꽃이 활짝
不見河豚石首來,	복어와 참조기는 보이지가 않는구나
早起腥風滿城市,	이른 아침 비린내는 성안을 진동하고
郎從海口販鮮回.	낭군님은 포구에서 생선 사서 돌아오네

楊柳靑靑楊柳黃,	버들은 푸르렀다 누렇게 변해 가니
靑黃變色過年光,	푸르고 누른 것이 몇 해나 되었는지
妾似柳絲易憔悴,	이내 몸도 버들처럼 초췌하게 마르는데
郎如柳絮太顚狂.	낭군은 버들 솜인가 오락가락 날리기만

翡翠雙飛不待呼,	물총새 비취는 쌍쌍이 함께 날고
鴛鴦幷宿幾曾孤!	원앙새 잠이 드니 홀로 된 적 없어라
生憎寶帶橋頭水,	밉기만 하여라, 보대교 다리아래 물은
半入吳江半太湖.	절반은 오강으로, 절반은 태호로 가네

一綰鳳髻綠于雲,	휘휘 감은 머리 다발 구름보다 푸르고
八字牙梳白似銀.	팔자모양 상아 빗은 은보다도 하얗구나
斜倚朱門翹首立,	붉은 문간 비스듬히 기대서서 고개 빼고
往來多少斷腸人.	오고가는 많은 사람 애간장만 녹이누나

百尺高樓倚碧天,	백척이나 높은 다락 하늘 위에 우뚝 섰고
闌干曲曲畫屛連.	굽이굽이 도는 난간 그림 병풍 이어졌네
儂家自有蘇臺曲,	우리 집도 이제부턴 소대곡이 예 있으니
不去西湖唱采蓮.	서호까지 가지 않고 채련곡을 부르리라

다른 작품들도 이와 비슷하였으니 그 재주를 가히 알 만하겠다. 양철애(楊鐵崖)가 그 원고를 보고 감탄하여 손수 두 수의 시를 지어 뒤에 붙여 넣었다.

錦江只說薛濤牋, 사천 성도 금강가의 설도전만 말했더니
吳郡今傳蘭蕙篇. 소주 땅의 난혜자매 신작 시가 전해지네
文采風流知有自, 그 문채와 그 풍류가 나온 곳을 알겠으니
聯珠合璧照華筵. 구슬을 합친 듯이 꽃다운 자리 비추시네

難弟難兄并有名, 언니나 동생이나 이름 함께 드높으니
英英端不讓瓊瓊. 영영과 경경의 겨루기와 다름없네
好將筆底春風句, 붓끝에서 솟아나는 봄바람의 구절 좋아
譜作瑤箏絃上聲. 악보를 만들어서 요쟁으로 연주하리

이러한 일로 인해 두 여자의 이름은 원근에 널리 전해져 모두 반소(班昭)나 채문희(蔡文姬)가 다시 온 듯 여기고 이청조(李清照)와 주숙진(朱淑眞) 이후로는 더불어 논할 자가 없다고 했다. 그들의 누각 아래로는 창합문 밖의 관하(官河)가 내려다 보였는데 배들이 그곳을 항상 왕래하고 있었다.

이때 곤산(崑山) 사람 정생(鄭生)이란 젊은이가 있었다. 역시 지체 높은 집안의 자제로서 그 부친이 설씨 댁과 평소에 가까이 지내던 터라 그를 소주 지방에 장사를 하러 보내면서 이 집 누각 아래에 배를 대고 설씨 댁에 기거하도록 했다. 설씨는 그 부친과의 연고도 있고 서로 잘 통하는 집안의 자제로 여기고 아무 거리낌 없이 서로 왕래하도록 했다. 정생은 젊은 나이에 기품이 준수하고 성격 또한 온화하고 우아하였다. 어느 한여름 밤에 그가 뱃머리에서 목욕을 하는데 다락 위의 두 여자가 창문으로 엿보다가 여지(荔枝) 한 쌍을 아래로 던졌다. 정생은 그 뜻을 알아차렸지만 위를 쳐다보니 까마득히 높은 다락이 은하수만큼이나 멀

리 있는 듯 하였다. 몸에 날개가 달리지 않았으니 도저히 그곳에 이를 방도가 없었다. 그러다 밤은 깊어가고 사방은 더욱 고요해졌으며 달은 서산에 지고 은하수도 기울어 온 세상이 적막 속에 잠겼다. 그는 뱃전에서 무언가를 기다리듯 넋을 잃고 서 있었다. 문득 다락의 창문이 삐거덕 열리고 웃음소리가 나더니 좌우를 돌아보는 사이 두 자매는 그네 줄에 대나무 가마를 달아서 그의 앞에 내려보냈다. 정생은 그 속에 타고 올라갔다. 서로 만나보게 되니 너무나 기뻐서 아무 말도 할 수 없었다. 서로 이끌고 당겨서 침실로 들어가 비로소 그 동안 품었던 애틋한 사랑을 모두 풀었다. 언니가 먼저 시를 지어 정생에게 주었다.

玉砌雕欄花兩枝,	백옥 섬돌 조각 난간에 두 꽃송이
相逢恰是未開時,	아직은 봉오리도 안 터진 꽃이어라
嬌姿未慣風和雨,	아리따운 자태는 풍우에 미숙하니
分付東君好護持.	봄의 신이여, 부디 부드럽게 다루소서

누이도 시를 읊었다.

寶篆煙消燭影低,	향로 연기 스러지고 촛불이 낮아질 때
枕屛搖動鎭幃犀,	베개 병풍이 흔들리니 무소 뿔로 누르네
風流好似魚游水,	물에 노는 고기처럼 풍류를 즐기시니
纔過東來又向西.	방금 이리 왔다가는 곧바로 저리 가네

그렇게 새벽까지 노닐다가 다시 대나무 가마를 타고 내려갔다. 그로부터 매일 저녁 만나지 않는 날이 없었다. 두 여자는 여러 편의 시를 지었는데 여기에 다 기록할 수는 없다. 정생은 곧바로 시로 화답하지 못함을 부끄럽게 여기고 있었는데 어느 날 저녁 책상 위에 절강 소흥(紹興)의 섬계(剡溪)에서 나는 옥엽전(玉葉牋) 종이가 놓여 있기에 붓에 먹을 적셔 그 위에 시를 한 수 적었다.

誤入蓬山頂上來, 봉래산 높은 봉에 행여 잘못 왔는가
芙蓉芍藥兩邊開, 부용과 작약이 양 편으로 피어 있네
此身得似偸香蝶, 이 몸은 어쩌면 향기 찾는 나비인양
游戲花叢日幾回. 꽃밭에서 몇 번이나 오락가락했는지

두 여자는 그 시를 받아보고 너무 기뻐한 나머지 책 상자에 넣어 두고 잠을 잤다. 정생은 다시 그들의 시를 받고 싶어했다. 언니가 먼저 이렇게 읊었다.

連理枝頭幷蒂花, 연리수 나무 위에 함께 핀 두 송이 꽃
明珠無價玉無瑕. 값을 따질 수 없는 진주 같고 흠 없는 주옥이라

누이가 이어서 읊었다.

合歡幸得逢蕭史, 그리운 님 만나보고 기쁨이 넘치오나
乘興難同訪戴家. 흥에 겹다 마음대로 찾아가진 못 하누나

언니가 다시 이어서 읊었다.

羅襪生塵魂蕩漾, 비단 버선 엷은 먼지 혼백이 다 나간 듯
瑤釵墜枕鬢鬖髿. 구슬 비녀 베갯 머리 머리카락 흩어지네

누이가 끝을 맺으며 읊었다.

他時洩漏春消息, 언젠가 봄소식이 밖으로 새어나도
不悔今宵一念差. 오늘밤 이 순간은 뉘우치지 아니하리

이렇게 두 여자가 함께 율시 한 수를 엮었다. 그러던 어느 날 저녁 한밤중이 지났는데 정생이 슬픈 얼굴을 하며 말했다.

"나는 본래 떠돌아다니던 사람이었는데 그 동안 이 집에 의탁하여 잘 지내왔습니다. 오늘의 우리 일에 대해서 우리 부모님께서는 전혀 모르고 계시지요. 일단 일이 알려지고 나면 우리 사이의 은정은 막히게 될 겁니다. 그러니 낙창(樂昌)의 거울처럼 인연이 끊어질까 두려우며 연평(延平)의 명검처럼 어느 세월에나 결합될 수 있을지 걱정입니다."

말을 마치자 정생은 그 자리에서 오열하며 눈물을 흘렸다. 두 여자가 말했다.

"저희는 비천하고 고루함에도 불구하고 스스로 분명히 잘 알고 있습니다. 오랫동안 규중에서만 있었습니다만 경전과 서사에도 거칠게나마 통하고 있어 남의 담장을 뚫고 들어가는 것이 얼마나 추악한가를 모르는 바 아니며 소중하게 간직하며 감추어 둔 옥이 얼마나 값나가는 것인지도 잘 알고 있습니다. 그렇지만 달 밝은 가을밤과 꽃피는 봄날을 매번 헛되이 세월만 보내는 것이 가슴 아팠고 구름이나 물과 같이 흐르는 성정은 스스로 지킬 수가 없었습니다. 옛날 송옥(宋玉)이 남의 담장 넘어 보듯이 우리도 지난 번에 당신을 몰래 훔쳐보았고 또 옛날 변화(卞和)가 벽옥을 바치듯이 저희도 스스로 몸을 바쳤나이다. 감사하옵게도 저희를 저버리지 않으시고 각별히 저희의 뜻을 따라주셨습니다. 비록 육례를 치루지는 못하였지만 한마디 말로써 이미 언약한 것을 믿겠사옵니다. 이제 함께 잠자릴 뫼시고 즐거움을 다하며 언제까지나 의복과 두건을 받들어 모시고자 하였는데 어찌하여 돌연 이러한 말씀을 하시어 스스로 고민하시는지요? 낭군님, 낭군님! 저희는 비록 여자일망정 생각은 깊이 해 보았습니다. 언젠가 일이 알려져서 부모님의 책망이 있으시더라도 저희 소청을 들어주신다면 낭군을 곁에서 모시고 빗자루와 쓰레받기를 잡고 있을 것이며 만약 바라는 바대로 되지 않는다면 황천에 가서야 저희를 찾을 수 있을 것입니다. 결코 다른 집으로 시집가지는 않을 것입니다."

정생이 그 말을 듣고 감격을 이기지 못했다. 얼마 후에 정생의 부친은 편지를 보내 정생으로 하여금 귀향하도록 했다. 두 여자의 부친은 그가 꾸물대며 곧바로 돌아가지 않으려 하자 비로소 의심이 들었다. 하루는 누각에 올라갔다가 책 궤에서 정생이 써 준 시를 발견하고 크게 놀랐다. 하지만 일이 이미 이 지경에 이르렀는데 어찌하리오. 또 정생이 젊고 잘 생겼는데다 그 문벌 또한 서로 상대가 될 만하여 글을 써서 정생의 부친에게 보내 그 뜻을 알렸다. 정생의 부친은 그 청을 그대로 들어주어 중매를 세워 두 집안의 혼사를 논의케 하였다. 문명(問名)과 납채(納采)의 과정을 거쳐 사위로 맞아들였다. 이때 정생의 나이 스물둘이었고 언니는 스물, 누이는 열여덟 살이었다. 소주 지방 사람들이 다 그 일을 알고 있어 전해지고 있으므로 여기에 기록하였다.

聯芳樓記[1)]

吳郡[2)]富室有姓薛者, 至正初, 居於閶闔門[3)]外, 以糶米爲業. 有二女, 長曰蘭英, 次曰蕙英, 皆聰明秀麗, 能爲詩賦. 遂於宅後建一樓以處之, 名曰蘭蕙聯芳之樓. 適承天寺僧雪窗, 善以水墨寫蘭蕙, 乃以粉塗四壁, 邀其繪畫於上, 登之者藹然如入春風[4)]之室矣. 二女日夕於間吟詠不輟, 有詩數百首, 號『聯芳集』, 好事者往往傳誦. 時會稽[5)]楊鐵崖[6)]制西湖『竹枝曲』,[7)] 和者百餘家, 鏤版書肆. 二女見之, 笑曰 : "西湖有『竹枝曲』, 東

1) 聯芳樓記(연방루기) : 『南詞叙錄』에는 무명씨의 『蘭蕙芳樓記』라는 희곡이 들어 있는데 역시 이 이야기를 쓴 것이다. [周]
2) 吳郡(오군) : 蘇州. [周] 漢代에는 吳郡, 元代에는 平江路로 고쳤다가 오늘날 蘇州府라 한다. 南京에 속한다. [句]
3) 閶闔門(창합문) : 蘇州府의 서쪽 성곽 문이다. [句] 즉 閶門을 말한다. [周]
4) 春風(춘풍) : 따사롭다, 온화하다라는 의미. [周]
5) 會稽(회계) : 지금의 浙江省 紹興. [周]
6) 楊鐵崖(양철애) : 元末明初의 유명한 문인 楊維楨(廉夫)의 별호. [周]
7) 竹枝曲(죽지곡) : 「竹枝」는 원래 악부의 곡명이다. 당나라 劉禹錫이 새롭게 詞로 개

吳獨無『竹枝曲』乎?” 乃效其體, 作蘇臺『竹枝曲』十章曰：

姑蘇臺[8]上月團團, 姑蘇臺下水潺潺. 月落西邊有時出, 水流東去幾時還?

館娃宮[9]中麋鹿游, 西施[10]去泛五湖舟.[11] 香魂玉骨歸何處? 不及眞娘[12]葬虎丘.[13]

虎丘山上塔層層, 夜靜分明見佛燈. 約伴燒香寺中去, 自將釵釧施山僧.

門泊東吳萬里船, 烏啼月落水如煙, 寒山寺[14]裏鐘聲早, 漁火江楓惱

작하였으므로 일반적으로 「竹枝詞」라 부른다. 내용은 대부분 七言絶句를 가지고 풍속과 일상사를 읊었다. [周]

8) 姑蘇臺(고소대) : 吳王 夫差가 축조했다고 한다. 일설에는 吳王 闔閭가 만든 것이라고도 한다. 胥臺라고도 한다. 후인들은 고소대를 蘇州의 대명사로 사용하였다. [周]

9) 館娃宮(관와궁) : 吳王 夫差가 硯石山에 西施를 위해 지었다는 行宮. 吳人들은 미인을 娃라고 칭하였기에 미인이 사는 궁전이란 의미로 이같이 이름 붙였다. 지금의 蘇州 靈巖山위에 그 유적이 남아 있다. [周]

10) 西施(서시) : 춘추시대 越나라 苧羅山(저라산)아래 西村에서 땔감을 팔던 사람의 딸로 자색이 매우 뛰어났다. 越王 勾踐이 會稽에서 패하자 范蠡는 서시를 데려다 吳王 夫差에게 바쳐 吳나라가 越나라에 대해 우려하지 않는 틈을 타 越나라가 다시 힘을 회복할 수 있는 기회를 얻고자 하였다. [周]

11) 五湖舟(오호주) : 전하는 바에 의하면 吳나라가 망한 후 西施는 다시 范蠡에게로 돌아와서 함께 五湖에 배를 띄워 타고 갔다고 하는데 사실인지는 확실치가 않다. 吳나라가 망한 후 越나라는 배에 西施를 싣고 가 호수에 빠뜨렸다고도 한다. 杜牧의 시 「杜秋娘」에는 “西施는 姑蘇臺에서 내려가 배에서 가죽 부대 담긴 채 쫓겨났네(西子下姑蘇, 一舸逐鴟夷)”라는 구절이 있는데 바로 이 이야기를 읊은 것이다. 여기서의 鴟夷(치이, 술 담는 가죽 부대)는 伍子胥가 죽은 후 吳王이 그의 시체를 쌌던 鴟夷를 말하는 것이지 范蠡가 齊나라로 가면서 자신의 이름을 鴟夷子皮라고 했던 그 鴟夷는 아니다. [周]

12) 眞娘(진낭) : 唐代의 명기. 『雲溪友儀』에 이런 내용이 있다. “진낭은 吳나라의 미인이다. 당시 사람들이 錢唐의 蘇小小와 비교하였다. 죽어서 吳宮 옆에 묻혔다.” [周]

13) 虎丘(호구) : 산 이름. 蘇州 서북쪽 칠 리 떨어진 곳에 있다. 吳王 闔閭가 여기에 묻혔는데 삼일 후 무덤 위에 호랑이가 있었다고 해서 붙여진 이름이다. [周]

14) 寒山寺(한산사) : 蘇州 吳縣의 서쪽에 있다. 당나라 張繼의 「楓橋夜泊」 시구를 쓴 곳이다. [句] 蘇州 서쪽 십 리 떨어진 곳에 楓橋가 있다. 당나라 寒山, 拾得 두 고승이 여기에서 살았으므로 붙여진 이름이라고 한다. [周]

客眠.

洞庭[15]金柑三寸黃, 笠澤[16]銀魚[17]一尺長. 東南佳味人知少, 玉食[18]無由進尙方.[19]

荻芽抽筍楝花開, 不見河豚[20]石首[21]來. 早起腥風滿城市, 郎從海口販鮮回.

楊柳青青楊柳黃, 青黃變色過年光. 妾似柳絲易憔悴, 郎如柳絮太顚狂.

翡翠[22]雙飛不待呼, 鴛鴦幷宿幾曾孤! 生憎寶帶橋[23]頭水, 半入吳江半太湖.

一綰鳳髻[24]綠於雲, 八字牙梳白似銀. 斜倚朱門翹首[25]立, 往來多少斷腸人.

---

15) 洞庭(동정) : 太湖 안에 있는 東西 두 개의 洞庭山. [周]

16) 笠澤(입택) : 太湖. 『揚州記』에 "태호는 일명 입택이라 한다(太湖一名笠澤)"라는 문장이 나온다. 그러나 『吳地志』 및 『吳郡圖經續記』에서는 오히려 입택은 松江의 별칭으로 吳淞江이 입택인 것 같다 했다. [周]

17) 銀魚(은어) : 오늘날 사람들이 秋魚라 부른다. [句] 몸체가 둥글고 매우 가늘며 새하얗고 비늘이 없다. 생김새가 국수 가락과 비슷해 麵條魚라고도 한다. [周]

18) 玉食(옥식) : 옛날 천자가 먹었던 귀하고 맛있는 음식. [周]

19) 尙方(상방) : 옛날 황제에게 음식이나 기물을 제공하던 관리. 약를 조제하는 일을 담당했던 관리 또한 尙方이라 했다. [周]

20) 河豚(하돈) : 물고기 이름. 몸체가 둥글며 납작하고 아주 맛있다. 그러나 난소 안에 맹독이 있어서 중독된 자는 종종 죽기도 한다. [周] 즉 복어이다. [譯]

21) 石首(석수) : 물고기 이름. 黃花魚라고 부르기도 하며 속칭 黃魚라고 한다. 머리에 돌멩이 모양의 작은 혹이 두 개 있어 석수라 한다. [周] 즉 조기이다. [譯]

22) 翡翠(비취) : 새 이름. 월남 등지에서 사는 데 깃털이 아주 아름답다. [周] 물총새이다. [譯]

23) 寶帶橋(보대교) : 蘇州 동남쪽으로 십 리 떨어진 곳에 있다. 長橋라고도 하며 52개의 아치형 교각이 있다. 唐나라 때 蘇州刺史 王仲舒가 그가 두르고 있던 寶帶를 팔아 공사비용을 도왔다고 해서 붙여진 이름이다. [周]

24) 鳳髻(봉계) : 『炙轂子』에 "周文王 때에 상투 위에 翠翹花를 달고 그곳에 연분을 바른 것으로 높은 상투를 봉계라 부른다"라는 문장이 보인다. [句]

百尺高樓倚碧天, 闌干曲曲畫屛連. 儂家自有蘇臺曲, 不去西湖唱采蓮.

他作亦皆稱是, 其才可知矣. 鐵崖見其稿, 手寫二詩於後曰 :

錦江[26]只說薛濤牋,[27] 吳郡今傳蘭蕙篇. 文采風流知有自, 聯珠合璧照華筵.

> 難弟難兄[28]幷有名, 英英[29]端不讓瓊瓊.[30]
> 好將筆底春風句, 譜作瑤箏弦[31]上聲.

由是名播遠邇, 咸以爲班姬[32]·蔡女[33]復出, 易安[34]·淑眞[35]而下不

---

25) 翹首(교수) : 翹首는 곧 翹首로 바라며 기다린다는 말이다. [句]

26) 錦江(금강) : 四川省에 있는 沱江. 사천사람들은 이 강물에 비단을 빨면 빛깔과 광택이 더욱 선명해 진다고 해서 금강이라고 불렀다. [周]

27) 薛濤箋(설도전) : 薛濤는 唐代 蜀지방의 명기로 시를 잘 썼다. 만년에 浣花溪에 살면서 여도사 복식을 하고 지냈다. 진홍색의 종이를 잘 만들었는데 그것을 설도전이라 했다. [周]

28) 難弟難兄(난제난형) : 後漢 陳元方, 陳季方 형제를 가리킨다. 『世說新語』에 이런 내용이 있다. “진원방의 아들 長文은 수재였다. 계방의 아들 孝先과 각자 자기 아비의 공덕을 논하였는데 결론을 내릴 수가 없었다. 이에 太丘에게 물었더니 태구가 이렇게 말했다. ‘원방을 형이라 하기에도 어렵고 계방을 아우라 하기에도 어렵다.’” 태구는 즉 陳寔으로 원방과 계방의 아비로 일찍이 太丘長을 지낸 적이 있어 이렇게 부른다. [周]

29) 英英(영영) : 고대 여인 중에 英英이란 이름을 쓴 사람이 다섯 명 있다. ① 楊師皐의 첩. ② 張虞卿의 첩. ③ 元나라 順帝의 후궁. ④ 唐나라 楚州의 기녀 王英英. ⑤ 唐나라 명기 卓英英. 여기서는 王英英을 가리키는 것 같다. [周]

30) 瓊瓊(경경) : 고대 여인 중에 瓊瓊이란 이름을 가진 사람이 두 명 있다. ① 薛瓊瓊은 唐나라 開元 연간 궁녀로 箏을 잘 탔다. ② 馬瓊瓊은 宋나라 朱端朝의 첩. 여기서는 薛瓊瓊을 가리키는 것 같다. [周]

31) 【校】弦(현) : [奎]와 [董]에 모두 絃자로 쓰임.

32) 班姬(반희) : 班昭. 東漢의 才女. 일찍이 班固의 뒤를 이어 『漢書』를 완성하였다. 扶風 사람 曹世叔에게 출가하였으며 호는 曹大家이다. [周]

33) 蔡女(채녀) : 蔡琰. 자는 文姬이며 후한 蔡邕의 딸이다. 처음에 衛仲道에게 시집갔으나 남편은 일찍 죽고 자식이 없었다. 興平 연간 오랑캐에게 붙잡혀가 이십 년 동안 있으며 아들 둘을 낳았다. 曹操가 재물을 써서 그녀를 다시 데려왔다. 『胡笳十八拍』을 지었다. 후에 董祀에게 재가하였다. [周]

34) 易安(이안) : 李清照. 호는 易安居士이고 宋나라 禮部郞 李格非의 딸이자 湖州太守 趙明誠의 처이다. 시문에 능했고 詞로도 유명하다. [周]

35) 淑眞(숙진) : 朱淑眞. 송나라 錢唐의 才女. 저서로 『斷腸集』이 있다. 일반 평민에게

論也. 其樓下瞰官河, 舟楫皆經過焉. 崑山有鄭生者, 亦甲族,[36] 其父與薛素厚, 乃令生興販於郡. 至則泊舟樓下, 依薛爲主. 薛以其父之故, 待以通家[37]子弟, 往來無間也. 生以青年, 氣韻溫和, 性質俊雅. 夏月於船首澡浴, 二女於窗隙窺見之, 以荔枝一雙投下. 生雖會其意, 然仰視飛甍峻宇, 縹緲於霄漢, 自非身具羽翼, 莫能至也. 旣而更深漏靜, 月墮河[38]傾, 萬籟俱寂, 企立船舷, 如有所俟. 忽聞樓窗啞然有聲, 顧盼之頃, 則二女以秋千[39]絨索, 垂一竹兜,[40] 墜於其前, 生乃乘之而上. 旣見, 喜極不能言, 相攜入寢, 盡繾綣[41]之意焉. 長女口占一詩贈生曰:

玉砌雕欄花兩枝, 相逢恰是未開時. 嬌姿未慣風和雨, 分付東君[42]好護持.

次女亦吟曰:

寶篆[43]煙消燭影低, 枕屛搖動鎭幃犀. 風流好似魚游水, 才[44]過東來又向西.

至曉, 復乘之而下, 自是無夕而不會. 二女吟詠頗多, 不能盡記. 生恥

시집갔는데 남편이 촌스럽고 싫어 생활이 즐겁지 못했다. 그래서 그녀의 시사 속에는 이러한 감정이 잘 드러나 있는 구절이 많다. [周]

36) 甲族(갑족): 권문세가. 甲은 일등급이란 의미이다. [周]

37) 通家(통가): 대대로 집안끼리 절친하다. [周]

38) 河(하): 河鼓星을 가리킨다. 즉 견우성이다. [周]

39) 【校】秋千(추천): [奎]와 [董]에는 鞦韆이라 씀. 북방의 山戎族이 輕趫(가벼이 몸푸는 동작)를 익히던 것이다. 漢 武帝 때 궁중후원의 유희로 만들어 새끼줄로 매고 색실로 꼰 노끈을 매달았다. [句]

40) 竹兜(죽두): 대나무 가마. 兜는 원래 투구, 쓰개라는 뜻이지만 여기서는 『句解』의 해석을 따라 竹轎로 보았다. [譯]

41) 繾綣(견권): 두 사람의 정이 확고하여 서로 맺어진다는 의미이다. [周] 못 다한 정이라는 뜻이다. [句]

42) 東君(동군): 봄을 주관하는 신. 여기서는 남자의 대명사로 쓰였다. [周]

43) 寶篆(보전): 향. 옛날 향 조각을 篆자가 새겨져 있는 상자에 넣어 두고 향을 피우면 연기가 篆자 모양으로 피어올랐다. [周]

44) 【校】才(재): [奎]와 [董]에는 纔로 쓰임.

無以答, 一夕, 見案間有剡溪[45]玉葉箋,[46] 遂濡筆題一詩於上曰 :

誤入蓬山[47]頂上來, 芙蓉芍藥兩邊開. 此身得似偸香蝶, 游戲花叢日幾回.

二女得詩, 喜甚, 藏之篋笥. 已而就枕, 生復索其吟詠. 長女卽唱曰 :

連理枝[48]頭幷蒂花, 明珠無價玉無瑕.

次女續曰 :

合歡幸得逢蕭史,[49] 乘興難同訪戴[50]家.

長女又續曰 :

羅襪生塵魂蕩漾, 瑤釵墜枕鬢鬖髿.

次女結之曰 :

---

45) 剡溪(섬계) : 물 이름. 浙江省에 있으며 曹娥江의 상류이다. [周]

46) 【校】 箋(전) : [奎]와 [董]에 모두 牋로 쓰임. 剡溪에서 나는 종이로 매우 유명하다. [周]

47) 蓬山(봉산) : 바다에 있다는 전설적인 三神山 중 하나. 즉 蓬萊山. [周]

48) 連理枝(연리지) : 같은 뿌리에서 두 가지가 나오는 나무. 이후에 부부를 상징하는 데 쓰였다. 白居易의 시에 "땅에서는 연리지가 되기를 바랍니다(在地願爲連理枝)"라는 구절이 있다. [周]

49) 蕭史(소사) : 춘추시대 사람으로 퉁소를 잘 불어 퉁소로 봉황의 울음소리를 냈다. 秦穆王은 딸 弄玉을 그에게 시집보냈는데 그는 농옥에게 퉁소를 가르쳤다. 어느 날 부부가 함께 퉁소를 불어 용과 봉황을 불러서는 농옥은 봉황을 타고 소사는 용을 타고 하늘로 날아가 버렸다. [周]

50) 訪戴(방대) : 晋나라 왕자 猷는 山陰에 살고 있었는데 어느 날 밤 큰 눈이 막 그친 뒤 달빛이 청량하자 작은 배를 타고 剡溪로 戴逵를 찾아갔다. 그 집 문간까지 갔다가 갑자기 배를 돌려 돌아가자 하인이 그에게 물었다. "어째서 戴 어른을 뵙지 않고 가십니까?" 왕자유가 말했다. "흥에 겨워 왔다가 흥이 다 되어 돌아가니 구태여 戴逵를 만나볼 필요가 있겠는가?" 『世說新語』에 보인다. [周]

他時泄漏春消息,[51] 不悔今宵一念差.

遂足成律詩一篇. 又一夕, 中夜之後, 生忽悵然曰 : "我本羈旅, 托迹門下; 今日之事, 尊人罔知. 一旦事迹彰聞, 恩情間阻, 則樂昌之鏡, 或恐從此而遂分;[52] 延平之劍, 不知何時而再合[53]也." 因哽咽泣下. 二女曰 : "妾之鄙陋, 自知甚明. 久處閨闈, 粗通經史, 非不知鑽穴[54]之可醜, 韞櫝[55]之可佳也. 然而秋月春花, 每傷虛度, 雲情水性, 失於自持. 曩者偸窺宋玉之牆,[56] 自獻卞和之璧.[57] 感君不棄, 特賜俯從, 雖六禮[58]之未行,

---

51) 消息(소식) : 『禮記』의 주에 "陽은 살아 있으므로 息이라 하고 陰은 죽었으므로 消라고 한다"고 되어 있다. 『廣韻』에는 "音信(소식)이라 한다"라고 되어 있다. [句]

52) 樂昌鏡分(악창경분) : 陳나라가 쇠약해져 나라가 어지러울 때 太子舍人 駙馬 徐德言은 아내인 樂昌公主와 헤어질 것을 알고 거울을 반으로 쪼개어 각각 한 개씩 가지고는 어느 해 정월 십오일에 저자에서 팔기로 약속하였다. 진나라가 망한 후 악창공주는 隋나라 楊素에게 보내져 총애를 받았다. 서덕언은 만나기로 한 날짜에 경사에서 반쪽 거울을 팔고 있는 하인을 보고는 자신의 거울을 꺼내어 하나로 맞춰보고는 시 한 수를 지어 보냈다. 공주는 시를 받고는 눈물만 흘리면서 아무 것도 먹지 않았다. 양소가 그것을 알고는 서덕언을 불러 공주를 그에게 돌려보냈다. 『古今詩話』에 나온다. [周]

53) 延平劍合(연평검합) : 雷煥은 豐城 감옥에서 龍泉과 太阿 두 보검을 파냈는데 용천검은 干將을 위해 만든 것이고 태아검은 莫邪을 위해 만든 것이었다. 뇌환은 용천검은 張華에게 주고 태아검은 자신이 가졌다. 후에 장화가 賈充에게 살해되자 용천검은 襄城의 물 속으로 날아 들어갔다. 얼마 후 뇌환 또한 죽었다. 뇌환의 아들이 태아검을 차고 延平津(福建省 南平縣의 동쪽. 일명 劍津)을 건너는데 검이 갑자기 스스로 물 속으로 뛰어들었다. 사람을 시켜 건져내려 했으나 두 마리 龍이 하나는 앞에 하나는 뒤에 헤엄쳐 가는 것만이 보였다. [周]

54) 鑽穴(찬혈) : 남녀가 몰래 정을 통하는 것을 비유한다. 『孟子』에 "구멍을 뚫어 서로를 훔쳐보고 담을 넘어 서로 만난다(鑽穴隙相窺, 逾墻相從)"는 문장이 보인다. [周]

55) 韞櫝(온독) : 소중히 보관한다는 의미이다. 『論語』에 이런 내용이 나온다. "여기에 미옥이 있으니 잘 보관하고 있다가 좋은 가격이 되면 내다 파시오(有美玉於斯, 韞櫝而藏諸, 求善賈而沽諸)." [周]

56) 宋玉之墻(송옥지장) : 전국시대 楚나라 사람 宋玉은 미남자였다. 그의 집 동쪽 이웃에 한 여인이 살았는데 늘 담 너머 그를 몰래 훔쳐보았다고 한다. 『登徒子好色賦』에 나온다. [周]

57) 卞和之璧(변화지벽) : 卞和는 楚나라 사람이다. 그가 초나라 산 속에서 다듬지 않은 옥돌을 주워 厲王에게 바치니 厲王은 그가 돌을 가지고 속인다고 생각해 그의 왼발을 잘랐다. 武王이 즉위하자 변화는 또 옥을 바쳤는데 역시 돌로 보고 그의 오른 발을 잘랐다. 후에 文王이 즉위하자 그는 옥을 안고서 울었다. 文王이 사람을 시켜 옥을 다듬

諒一言之已定. 方欲同歡衽席, 永奉衣巾, 奈何遽出此言, 自生疑阻? 鄭君鄭君, 妾雖女子, 計之審矣! 他日機事彰聞, 親庭譴責, 若從妾所請, 則終奉箕帚[59]於君家; 如不遂所圖, 則求我於黃泉之下, 必不再登他門也."
生聞此言, 不勝感激. 未幾, 而生之父以書督生還家. 女之父見其盤桓不去, 亦頗疑之. 一日, 登樓, 於篋中得生所爲詩, 大駭. 然事已如此, 無可奈何, 顧生亦少年標致, 門戶亦正相敵, 乃以書抵生之父, 喩其意. 生父如其所請. 仍命媒氏通二姓之好, 問名納采,[60] 贅以爲壻. 是時生年二十有二, 長女年二十, 幼女年十八矣. 吳下人多知之, 或傳之爲掌記云.

게 하였더니 과연 보옥을 얻게 되어 이에 그것을 和氏璧이라 하였다. 『韓非子』에 보인다. [周]

58) 六禮(육례) : 옛날 婚禮의 여섯 가지 예절. 즉 納彩, 問名, 納吉, 納徵, 請期, 親迎. [周]

59) 箕帚(기추) : 당신에게 시집가 아내가 되어 당신을 위해 쓰레받기와 비를 들고 청소하기를 원한다는 의미이다. [周]

60) 問名納采(문명납채) : 옛날 혼례의 순서. 남자 집에서 사주단자를 적어 매파를 통해 여자 집에 보내고 여자의 이름을 묻는다. 여자 집에서는 다시 여자의 이름과 사주팔자를 적어 남자 집에 알려준다. 問名과 納采는 매파가 한 번에 처리하는 일이므로 문명을 납채로 보기도 한다. [周]

영호생명몽록(令狐生冥夢錄)

영호생의 저승구경

영호선(令狐譔)이란 사람은 아주 강직한 선비였다. 본래가 신령같은 것을 믿지 않고 스스로 득의만만하여 오만한 태도를 가진 사람이었다. 귀신의 변화나 저승의 인과응보에 관한 일에 대해 말이 나올 때마다 반드시 큰 소리로 나서서 말을 끊었다. 그의 이웃에 오씨(烏氏) 노인이 살고 있었다. 집안에 재산이 많은 큰 부자였는데 욕심이 끊임없고 옳지 못한 일도 선뜻 저질러 흉악하다는 소문이 자자했다. 어느 날 밤 그가 갑자기 병들어 죽었다. 그런데 죽은 지 사흘 후에 다시 깨어났다. 사람들이 까닭을 물으니 그가 이렇게 말했다.

"내가 죽은 뒤에 집안 사람들이 널리 불사(佛事)를 행하고 지전(紙錢)을 많이 태웠더니 저승 관리가 좋아하여 나를 놓아 돌아오게 된 것이다."

영호선이 그 말을 듣고 더욱 분기탱천하여 말했다.

"일찍이 나는 인간세상의 탐관오리들이 뇌물을 받고 법을 제멋대로 휘둘러서 부자들은 뇌물로 몸과 재산을 보전하고 가난뱅이는 재물이 없어 죄를 받는다고 여겼었는데 어찌하여 저승에서는 이보다 더욱 심하단 말인가!"

그렇게 한탄을 하며 저승을 비방하는 다음과 같은 시를 한 수 지었다

一陌金錢便返魂,	일백 전만 바치면 죽은 사람 돌아오고
公私隨處可通門!	공적이든 사적이든 어디든 통하는 돈
鬼神有德開生路,	귀신은 덕이 많아 살길을 열어주고
日月無光照覆盆.	일월은 억울한 사람에겐 비추지 않네
貧者何緣蒙佛力,	가난뱅이 어이하여 부처님 힘을 얻나
富家容易受天恩.	부자만이 언제나 하늘 은혜 받으리니
早知善惡都無報,	선과 악이 응보 없음 일찍이 알았으니
多積黃金遺子孫!	황금이나 많이 모아 자손한테 전하라!

시가 쓰여지자 혼자 몇 차례 읊어보았다. 그날 밤 촛불을 밝히고 혼자 앉아 있는데 홀연 두 명의 저승사자가 나타났다. 그 모습이 흉악하기 그지없었다. 곧장 그의 앞에 다가오더니 소리쳤다.

"지옥에서 명을 받고 너를 잡으러 왔노라."

영호선은 대경실색하여 얼른 자리를 피해 달아나고자 하였으나 저승사자 한 놈이 그의 옷을 잡고 다른 한 놈이 그의 허리띠를 당겨 문밖으로 몰고 나갔다. 발이 땅에 닿지도 않았는데 어느 사이 지옥에 도달해 있었다. 커다란 관청의 모습이 이승 세계의 어사대(御史臺)나 중서성(中書省)과 같았다. 두 저승사자가 영호선을 데리고 문안으로 들어갔다. 바라보니 그곳에는 궁전 위에 염라대왕이 면류관을 탁자 앞에 두고 앉아 있었다. 두 사자는 영호선을 양편에서 잡고 내려가 계단아래에 부복(俯伏)하게 했다. 그리고 전각에 올라 복명(復命)했다.

"명을 받들어 영호선을 잡아 대령하였나이다."

곧이어 대왕의 꾸짖는 소리가 들렸다.

"너는 유가(儒家)의 책을 읽으면서도 스스로 자제하지 못하고 감히 망

령되게 미친 말을 함부로 지껄여 우리 명부(冥府)를 능멸하였느냐? 마땅히 혀로 쟁기를 끌게 하는 여설(犁舌) 지옥에 넣어야겠다."

그러더니 곧 저승사자 여럿이 달려들어 그를 잡아 끌어내려고 했다. 영호선은 너무나 겁이 나고 두려워서 난간을 잡고 나가지 않으려고 안간힘을 썼다. 그러자 난간이 부러졌다. 영호선은 있는 힘을 다해 소리를 질렀다.

"저 영호선은 인간세상의 유생으로서 아무런 죄도 없이 형을 받게 되었나이다. 이는 황천(皇天)도 다 알고 있는 사실인데 부디 굽어 살펴 주옵소서!"

그리고 궁전 위를 바라보니 푸른 도포를 입고 손에는 홀(笏)을 들고 있던 자가 자신을 명법(明法)이라고 칭하면서 대왕에게 아뢰었다.

"이 사람은 남의 허물 들추기를 좋아하니 갑자기 죄를 주면 필시 승복하지 않을 것이옵니다. 먼저 스스로 범한 죄를 자백받고 그 죄를 명백히 한 연후에는 마땅히 할 말이 없게 될 것입니다."

"좋다!"

대왕이 허락을 하니 한 저승 관원이 종이와 붓을 가져와 영호선 앞에 놓고 자술서를 쓰라고 다그쳤다. 영호선은 죄가 없다고 우기면서 무엇을 자백하라는 것인지 모르겠다고 했다. 그러자 궁전 위에서 갑자기 큰 소리가 들려왔다.

"네 놈이 죄가 없다고 말한다면 '일백 전만 바치면 죽은 사람 돌아오고 공적이든 사적이든 어디든 통하는 돈'이란 말은 도대체 어느 누가 했단 말이냐?"

그제서야 영호선은 크게 깨닫고 붓을 들어 큰 글씨로 다음과 같이 자백을 했다.

엎드려 생각컨대 혼돈에서 음양의 두 기운이 생겨 처음 하늘과 땅의 형상이 나누어지고 하늘과 땅과 사람의 삼재(三才)가 생겼는데 귀신은 그 대열에 들어 있지도 않았습니다. 중고(中古) 시대 이후로 세상이 비로소 복잡다단해져서 폐백(幣帛)을 불살라 귀신과 통하고 경문(經文)을 외워 부처에게 아첨을 하게 되었습니다. 그리하여 명산대천에 모두 신령이 있게 되고 사당과 서낭에도 각각 주석(主席)하는 신령이 있게 되었습니다. 대체로 중생들이 우매하고 아둔하며 어리석고 미련하여 여기에 빠지게 됩니다. 혹은 악을 키우며 고치지 않고 혹은 흉악한 짓을 자행하여 강자는 약자를 능멸하고 부자는 가난한 자를 업신여기고 있습니다. 위로는 임금에게 충성할 줄 모르고 부모님께 효도할 줄 모르며 아래로는 친척과 이웃에 화목할 줄을 모릅니다. 재물을 탐하고 의로움을 저버리며 이득 앞에선 은혜도 잊고 맙니다. 하늘의 문은 높아 구중궁궐(九重宮闕)의 천상에서는 이를 알지 못하고 있습니다. 명부(冥府)는 더욱 깊어 지옥의 십전(十殿)이 늘어서 있습니다. 자르고 태우고 찧고 가는 여러 가지 지옥을 만들어 세우고 윤회(輪廻)와 인과응보의 조목도 구비하였습니다. 착한 사람에게는 더욱 부지런히 하도록 권하고 악한 짓을 하는 자는 징벌하여 경계하게 하였으니 가히 법 가운데 치밀한 법이고 도 가운데 지극히 공정한 도라고 할 것입니다. 그러나 지극히 위엄 있는 명령을 수행하는 데 앞을 바라보나 뒤를 살피지 못하고 총명이 미치는 바 작은 것은 살피나 큰 것은 잃고 있습니다. 가난한 자는 지옥에 들어가 갖은 재앙을 다 받고 부자는 경전을 통해 죄를 면하게 됩니다. 오로지 살맞은 새만 잡으며 배를 삼킨 고기는 빠져나가고 있습니다. 상과 벌의 규정이 마땅히 이래서는 안 될 것입니다. 저 영호선같은 사람은 삼생(三生)에 걸쳐 태어난 미천한 선비로 가난한 일개 유생일 따름입니다. 이리저리 둘러대고 버텨보아도 어린 자식들의 통곡소리 면하기는 어려울 것이고 어떻게 붙이고 발라보아도 어그러진 운명과 빗나간 시운을 구하지는 못할 것입니다. 우연히 불평 한마디 뱉었다가 이렇게 갑자기 말많다는 죄명을 얻게 되었으니 배꼽을 깨물고 후회한다고 해도 소용이 없고 꼬리를 흔들며 애걸한다고 해도 부끄러운 일입니다. 지금 저의 죄명을 책망하시며 내용을 자백 하라고 다그치시고 계십니다. 용의 비늘을 거슬리게 하였고 용의 턱밑을 더듬은 격이니 어찌 감히 삶을 구하오리까? 범의 머리를 쓰다듬고 범의 수염을 잡아당긴 격이었으니 실로 화를 면하기는 어려움을 잘 알고 있나이다. 여기까지 말씀 올리오니 부디 굽어 살펴 주옵소서!

염라대왕은 자술서를 다 보고 나더니 다음과 같이 마지막 판결을 내렸다.

"영호선의 지론은 상당히 공정하고 정당하니 죄를 주기가 어렵도다. 자신의 생각을 분명히 가지고 굽힐 줄을 모르니 억지로 굴복하게 할 수는 없는 노릇이다. 지금 진술의 내용을 보아하니 실로 이치에 닿는 바 특별히 방면하여 돌려보내 강직한 유훈(遺訓)을 세상에 보여주고자 하노라."

그리고 다시 오씨 노인을 잡아오도록 하여 옥에 가두라고 하였다. 두 저승사자에게 시켜 영호선을 집까지 배웅하도록 했다. 그는 두 사자에게 간청하였다.

"저는 바깥 세상에서 유학으로 업을 삼고 있으며 비록 지옥의 일을 들어보긴 했지만 별로 믿으려 하지 않았습니다. 지금 기왕에 이곳에 오게 되었으니 구경 한번 할 수 있겠습니까?"

두 사자가 말했다.

"구경하는 거야 별로 어렵지 않습니다. 형조(刑曹)의 녹사(錄事) 어른께 아뢰기만 하면 됩니다."

그리고는 그를 데리고 서쪽 낭하를 지나 또 다른 한 청사에 들어갔다. 그곳에는 갖가지 문서가 산더미처럼 쌓여 있고 녹사가 그 가운데 앉아 있었다. 두 사자는 영호선을 데리고 들어가 사연을 말했다. 녹사는 붉은 먹으로 공문 한 장을 써주었다. 글자체는 옛날 전서(篆書)나 주문(籀文)같은 것이어서 알아볼 수가 없었다.

영호선은 관청의 문을 나서 북쪽으로 일 리가량 걸어가니 그곳에 철옹성이 우뚝 솟아 있었다. 검은 안개가 자욱하게 끼어 있고 성문에는 지키는 자가 여럿 있었는데 모두가 소머리에 귀신얼굴을 하고 푸른색 몸통에 머리는 감색의 형상이었다. 각각 창 같은 무기를 가지고 앉아 있거나 문 좌우에 서 있기도 했다. 두 사자가 공문을 보여주니 곧바로 들여보내 주었다. 안에는 수많은 죄인들이 살가죽을 벗기우거나 찔려서 피를 흘리는 자, 혹은 심장이 도려 내지고 눈이 파내져서 고통과 원통함에 울부짖는 사람들이 있었다. 그 안을 들여다보니 곤장으로 신음하는 소리가 땅에 진동하고 있었다. 어느 한 곳에 이르니 구리기둥에 두 남녀가 묶여 있는데 야차(夜叉)가 예리한 칼날로 그 가슴을 도려내어 창자가 쏟아져 나오면 펄펄 끓는 물로 씻어내고 있었다. 이름하여 세척의 형벌이었다. 영호선이 그 까닭을 물으니 이렇게 대답했다.

"이 사람은 살아있을 때 의원이었는데 이 부인의 남편을 치료하던 중 부인과 사통하게 되었지요. 얼마 후 남편이 병사했는데 비록 두 사람이 죽인 것은 아닐지라도 정상을 살펴 죄를 정한다면 살인죄와 다름없는 거지요. 그래서 이런 업보를 받는 겁니다."

또 한 곳에 이르니 벌거벗은 비구와 비구니가 있는데 여러 귀졸(鬼卒)들이 소와 말의 가죽으로 뒤집어 씌워 모두 짐승으로 만들고 있었다. 고의로 꾸물대며 그대로 따라 하지 않으려는 자가 있자 귀졸은 쇠줄 채찍으로 후려갈겨 피가 낭자하였다. 영호선이 그 이유를 물었다. 대답은 이러했다.

"이 무리들은 세상에서 밭도 갈지 않으면서 제때 밥을 먹었고 베도 짜지 않으면서 옷을 제대로 해 입었습니다. 그런데도 규율을 지키지 않고 음욕을 탐하였으며 먹어서는 안 되는 고기반찬을 해 먹었습니다. 그래서 짐승으로 환생하도록 하여 힘을 써서 사람들에게 보답하도록 하려는 것입니다."

마지막으로 한 곳에 이르니 오국지문(誤國之門)이란 현판이 붙어 있었다. 그건 나라를 잘못 이끈 죄인들의 문이란 뜻이었다. 안에는 수십 명이 쇠로 만든 철상 위에 앉아 있는데 몸에는 쇠고랑을 차고 푸른 돌로 만든 형틀이 그들을 누르고 있었다. 두 사자는 그 중 한사람을 가리키며 영호선에게 말했다.

"저 놈이 바로 송나라 때 진회(秦檜)랍니다. 충신과 선량한 사람을 모해하고 군주를 미혹하게 하여 나라를 그르치게 하였으므로 저런 중죄를 받고 있는 것입니다. 나머지 사람들도 모두 역대에 나라를 망친 신하들입니다. 매번 왕조에 혁명이 일어나 세상이 바뀔 때마다 그들을 몰아내 독사가 그 살을 물게 하고 굶주린 독수리가 골수를 쪼아 뼈와 살이 다 문드러지게 한 다음 다시 신성한 물로 씻어내고 업보의 바람을 불어 원래의 형태로 만들어 놓는 것입니다. 이들은 억만 겁이 지나도 세상에 다시 나갈 수는 없습니다."

영호선은 이제 그만 둘러보고 집으로 돌아가겠다고 했다. 두 저승사자는 그를 집에까지 데려다 주었다. 영호선은 그들을 돌아보면서 미안한 마음으로 말했다.

"그대들이 수고스럽게 나를 전송해주었는데 아무 것도 보답할 것이 없으니 어떻게 하지요?"

"보답이라니요? 그런 건 바라지도 않습니다. 그저 다음에 또 시를 지어 우리를 수고롭게 하지나 않으시길 바랄 뿐입니다."

사자들이 대답하자 영호선도 따라 웃었다. 그리고 길게 하품을 하며 깨어나니 한 바탕 꿈이었다. 아침이 되어 이웃의 오씨(烏氏) 노인네 집을 찾아가 물어본 즉 지난 밤 삼경(三更)에 죽었다고 하였다.

令狐生冥夢錄

令狐[1]譔者, 剛直之士也, 生而不信神靈, 傲誕自得. 有言及鬼神變化幽冥果報[2]之事, 必大言折之. 所居鄰近, 有烏老者, 家貲巨富, 貪求不止, 敢爲不義, 凶惡著聞. 一夕, 病卒; 卒之三日而再蘇. 人問其故, 則曰 : "吾歿之後, 家人廣爲佛事, 多焚楮幣,[3] 冥官喜之, 因是得還." 譔聞之, 尤其

1) 令狐(영호) : 성씨이다. 畢公高의 후예다. 魏顆가 영호에 봉해져서 성씨가 되었다. [句]
2) 果報(과보) : 佛經의 疏에 "선악에 업이 있으니 果라고 하고 업으로 인해 받는 것을 報라고 한다"고 했다. [句]
3) 楮幣(저폐) : 紙錢을 말한다. [周] 옛날 제사를 지낼 때는 반드시 幣帛을 사용했으나

不忿, 曰 : "始吾謂世間貪官汚吏受財曲法, 富者納賄而得全, 貧者無貲而抵罪, 豈意冥府乃更甚焉!" 因賦詩曰 :

一陌[4]金錢便返魂, 公私隨處可通門! 鬼神有德開生路, 日月無光照覆盆.[5]
貧者何緣蒙佛力? 富家容易受天恩. 早知善惡都無報, 多積黃金遺子孫!

詩成, 朗吟數過. 是夜, 明燭獨坐, 忽有二鬼使, 狀貌獰惡,[6] 徑至其前, 曰 : "地府奉追." 譔大驚, 方欲辭避, 一人執其衣, 一人挽其帶, 驅迫出門, 足不履地, 須臾已至. 見大官府若世間臺·省[7]之狀. 二使將譔入門, 遙望殿上有王者被冕據案而坐. 二使挾譔伏於階下, 上殿致命[8]曰 : "奉命追令狐譔已至." 卽聞王者厲聲曰 : "旣讀儒書, 不知自檢, 敢爲狂辭, 誣我官府! 合付犂舌獄.[9]" 遂有鬼卒數人, 牽捽令去. 譔大懼, 攀挽檻楯不得去, 俄而檻折,[10] 乃大呼曰 : "令狐譔人間儒士, 無罪受刑, 皇天有知, 乞賜昭鑒!" 見殿上有一綠袍秉笏者,[11] 號稱明法, 禀於王曰 : "此人好訐, 遽爾加罪, 必不肯伏, 不若令其供責所犯, 明正其罪, 當無詞也." 王曰 : "善!" 乃有一吏, 操紙筆置於譔前, 逼其供狀. 譔固稱無罪, 不知所供. 忽

후세에는 紙錢을 幣帛대신 사용했다. 이것을 楮幣라 한다. [句]

4) 一陌(일맥) : 一百. 陌은 百과 통한다. [周] 一陌이란 唐나라에서 사용하던 陌錢法으로 곧 百이다. 또 八十을 일백이라 하기도 한다. [句]

5) 覆盆(복분) : 억울한 누명을 뒤집어쓰다. 상황이 동이를 뒤집어 쓴 것처럼 매우 암담한 것을 말한다. [周]

6) 獰惡(영악) : 영악하다. 사납고 독살스럽다. [譯]

7) 臺(대)·省(성) : 臺는 御史臺를 가리키며 臺院, 殿院, 察院이 이에 속한다. 省에는 또 中書省, 尙書省, 門下省이 있다. 이들을 통틀어 臺省이라 한다. [周] 한대의 상서성. 이후 정부의 중앙기구를 지칭함. [譯]

8) 致命(치명) : 여기서는 復命의 뜻이다. [譯]

9) 犂舌獄(이설옥) : 저승에는 18종의 지옥이 있다고 한다. 그러나 그 중에 泥犁地獄이란 것은 있어도 이설지옥이란 것은 없다. [周]

10) 檻折(함절) : 이것은 漢 成帝(劉驁) 때 直諫을 하던 신하 朱雲이 궁궐의 난간을 꽉 움켜잡고는 놓지 않으려고 버티다가 난간을 부러뜨린 이야기를 차용한 것이다. [周]

11) 笏(홀) : 봉건시대 신하들이 조회 때 쥐고 있던 手版. 옥이나 상아로 만들었으며 현재 京劇에서 볼 수 있다. [周]

聞殿上曰："汝言無罪, 所謂'一陌金錢便返魂, 公私隨處可通門', 誰所作也?" 譔始大悟, 卽下筆大書以供曰：

伏以混淪[12]二氣, 初分天地之形; 高下三才, 不列鬼神之數. 降自中古, 始肇多端. 焚幣帛以通神, 誦經文以諂佛. 於是名山大澤, 咸有靈焉; 古廟叢祠, 亦多主者. 蓋以群生昏瞶, 衆類冥頑, 或長惡以不悛, 或行凶而自恣. 以强凌弱, 恃富欺貧. 上不孝於君親, 下不睦於宗黨. 貪財悖義, 見利忘恩. 天門高而九重[13]莫知, 地府深而十殿[14]是列, 立銼[15]燒舂磨之獄, 具輪回[16][17]報應之科, 使爲善者勸而益勤, 爲惡者懲而知戒, 可謂法之至密, 道之至公. 然而威令所行, 旣前瞻而後仰,[18] 聰明所及, 反小察而大遺, 貧者入獄而受殃, 富者轉經而免罪. 惟取傷弓之鳥,[19] 每漏呑舟之魚.[20] 賞罰之條, 不宜如是. 至如譔者, 三生賤士, 一介窮儒, 左枝右梧, 未免兒啼女哭; 東塗西抹, 不救命蹇時乖, 偶以不平而鳴, 遽獲多言之咎. 悔噬臍而莫及,[21] 恥搖尾而乞憐. 今蒙責其罪名,

---

12) 混淪(혼륜) : 혼돈. 신화전설에 의하면 태고에는 하늘과 땅이 분리되어 있지 않고 알처럼 하늘이 땅의 겉을 싸고 있어 마치 알껍데기가 노른자를 싸고 있는 것과 같은 모양이었다고 한다. 아래 문장의 '二氣'는 陰陽을 가리킨다. [周]
13) 九重(구중) : 하늘과 황제를 비유한 말. 九重宮闕. [周]
14) 十殿(십전) : 저승에는 열 개의 궁전이 있는데 궁전마다 지옥을 주관하는 염라대왕이 한 명 씩 있다고 한다. [周]
15) 【校】 銼(좌) : [奎]와 [董]에 모두 剉로 쓰임.
16) 輪廻(윤회) : 불교 용어. 세상의 모든 중생은 인간, 귀신, 축생, 지옥 등 六道 안에서 생사를 여러 차례 거치는데 마치 수레바퀴가 회전하듯이 끊임없이 멈추지 않는다고 한다. 사람은 죽은 후 모두 저승을 거쳐 윤회하면서 다른 것으로 다시 태어나는데 인간으로 태어나기도 하고 짐승으로 태어나기도 한다고 한다. [周] 六道는 六界라고도 하며 지옥, 아귀, 축생, 修羅, 인간, 天上을 말한다. [譯]
17) 【校】 回(회) : [奎]에 廻자, [董]에 迴자로 쓰임.
18) 後仰(후앙) : 뒤로 제끼다. 아래를 살피지 못한다는 것. 전후를 잘 살피는 것은 前瞻後顧라고 해야 한다. [譯]
19) 傷弓之鳥(상궁지조) : 이전에 재난을 당한 적이 있어 늘 의심하고 두려워하는 사람. 마치 한번 화살을 맞아 다친 적이 있는 새가 활시위소리만 들어도 두려워하는 것과 같음을 비유한다. [周]
20) 呑舟之魚(탄주지어) : 형법이 지나치게 관대한 것을 배를 통째로 삼킬 만한 큰 물고기조차 그물을 빠져나갈 수 있는 것에 비유하였다. [周]
21) 噬臍莫及(서제막급) : 후회막급. 입으로 자신의 배꼽을 물어뜯지만 후회해도 이미 늦었다는 뜻. [周] 사냥꾼에게 잡힌 사향노루가 자신의 배꼽 냄새 때문에 잡혔다고 여겨

逼其狀伏. 批龍鱗,[22] 探龍頷,[23] 豈敢求生; 料[24]虎頭, 編虎鬚, 固知受禍. 言止此矣, 伏乞鑒之!

王覽畢, 批曰 : "令狐譔持論頗正, 難以罪加, 秉志不回, 非可威屈. 今觀所陳, 實爲有理, 可特放還, 以彰遺直." 仍命復追烏老, 置之於獄. 復遣二使送譔還家. 譔懇二使曰 : "僕在人間, 以儒爲業, 雖聞地獄之事, 不以爲然, 今旣到此, 可一觀否?" 二使日 : "欲觀亦不難, 但稟知刑曹[25]錄事[26]耳." 卽引譔循西廊而行, 別至一廳, 文簿山積, 錄事中坐, 二使以譔入白, 錄事以朱筆批一帖付之, 其文若篆籒不可識. 譔出府門, 投北行里餘, 見鐵城巍巍, 黑霧漲天, 守衛者甚衆, 皆牛頭鬼面, 青體紺髮, 各執戈戟之屬, 或坐或立於門左右. 二使以批帖示之, 卽放之入, 見罪人無數, 被剝皮刺血, 剔心剜目, 叫呼怨痛, 宛轉其間, 楚毒之聲動地. 至一處, 見銅柱二, 縛男女二人於上, 有夜叉以刃剖其胸, 腸胃流出, 以沸湯沃之, 名爲洗滌. 譔問其故, 曰 : "此人在世爲醫, 因療此婦之夫, 遂與婦通. 已而其夫病卒, 雖非二人殺之, 原情定罪, 與殺同也, 故受此報." 又至一處, 見僧尼裸體, 諸鬼以牛馬之皮覆之, 皆成畜類. 有趑趄[27]未肯就者, 卽以鐵鞭擊之, 流血狼藉. 譔又問其故. 曰 : "此徒在世, 不耕而食, 不織而衣, 而乃不守戒律, 貪淫茹葷, 故令化爲異類, 出力以報人耳." 最後至一處,

---

서 자신의 배꼽을 물어뜯었다는 데서 나온 이야기. [譯]

22) 批龍鱗(비용린) : 용의 아래턱에 직경이 한 척이나 되는 거꾸로 돋은 비늘이 있어 만약 그것을 건드리면 용이 크게 노하여 사람을 해칠 수 있다고 전해진다. 고위관직에 있는 사람을 노하게 하는 것을 비유한다. 『史記 · 韓非傳』에 보인다. [周]

23) 探龍頷(탐용함) : 『莊子』에 나오는 이야기. 흑룡의 턱밑에 천금 값어치가 나가는 구슬이 있는데 반드시 용이 자고 있을 때라야 구슬을 얻을 수 있다고 한다. [周]

24) 料(요) : 쓰다듬다라는 뜻. 『莊子』에 "호랑이 머리를 쓰다듬고 호랑이 수염을 땋다(料虎頭, 編虎鬚)"라는 문장이 보인다. [周] 料는 捋(날)과 같음, 잡아당기다, 쓰다듬다. [譯]

25) 刑曹(형조) : 刑部. 옛날 사법행정을 담당했던 관청을 형조라 한다. [周]

26) 錄事(녹사) : 관직 이름. 晋나라때 錄事參軍을 설치하였는데 문서와 장부의 기록을 담당하고 죄를 고발, 탄핵하였다. [周] 옛날 관청의 기록원, 서기. [譯]

27) 趑趄(자저) : 머뭇머뭇하는 모양. 앞으로 나아가고 싶으나 나아가지 못하는 모양. [周]

榜曰 : "誤國之門". 見數十人坐鐵床上, 身具桎梏,28) 以青石爲枷壓之. 二使指一人示譔曰 : "此卽宋朝秦檜也. 謀害忠良, 迷誤其主, 故受重罪. 其餘亦皆歷代誤國之臣也. 每一朝革命, 卽驅之出, 令毒虺噬其肉, 飢鷹啄其髓, 骨肉糜爛至盡, 復以神水洒之, 業風吹之, 仍復本形. 此輩雖歷億萬劫, 不可出世矣." 譔觀畢, 求回. 二使送之至家. 譔顧謂曰 : "勞君相送, 無以爲報." 二使笑曰 : "報則不敢望, 但請君勿更爲詩以累我耳." 譔亦大笑. 欠伸而覺, 乃一夢也. 及旦, 叩烏老之家而問焉, 則於是夜三更逝矣.

28) 桎梏(질곡) : 죄인의 손과 발을 묶는 형틀. 차꼬와 수갑. [周]

7 천태방은록(天台訪隱錄)

천태산의 은둔자

절강성 태주(台州) 사람 서일(徐逸)은 경사(經史)에 정통한 젊은 선비였다. 어느 해 단오를 맞아 약재를 캐러 천태산(天台山)으로 올라갔다. 함께 갔던 몇몇 사람은 산이 험악하고 오르기가 힘이 든다고 하면서 중도에서 돌아갔다. 하지만 서일은 산세가 수려하고 계곡의 물이 깨끗하며 우거진 나무숲의 그늘이 시원하여 점점 산행에 재미를 느끼는 바람에 쉬지 않고 앞으로 나아갔다. 그는 힘차게 걸으면서 기분이 좋아져 진(晉)나라 손작(孫綽)이 지은 「천태산의 노래[天台山賦]」를 큰 소리로 읊조리며 구절마다 기가 막히게 잘 그려냈다고 감탄하면서 말하였다.

"거 참 기가 막힌단 말야. 옛사람이 '적성에 물드는 노을은 표지가 되고 폭포수 흘러내려 길의 경계를 이루네'라고 하였으니 참으로 빈말이 아니었구나."

그러면서 그는 다시 몇 리쯤 산 속으로 깊이 들어갔다. 문득 저녁 해는 서산으로 넘어가고 날던 새는 숲 속 보금자리를 찾아 돌아오고 있었다. 더 나아가자니 마땅히 목적지가 있는 것도 아니고 물러나 돌아가자니 이미 시간이 너무 늦어버렸음을 깨달았다. 그래서 머뭇거리며 주저하고 있는데 홀연 계곡의 흐르는 물 위로 커다란 표주박이 하나 떠내려오는 것이 보였다. 그는 반가운 마음이 들었다.

"이곳에 사람이 살고 있단 얘기 아닌가? 그게 아니라면 도사가 사는 도관(道觀)이나 스님이 거처하는 암자(庵子)라도 있다는 뜻이겠지."

그래서 물길을 따라 계속 걸어 올라갔다. 일 리도 채 못 가서 동네 입구에 다달았다. 입구에는 커다란 돌문이 서 있는데 안으로 들어가니 널찍한 길이 훤하게 뚫려 있고 민가가 한 사오십 채 가량 보였다. 그곳에 사는 사람들은 의관이 모두 검소하고 질박하였으며 성품과 기질도 후덕하고 순박해 보였다. 돌무더기의 작은 밭뙈기와 초가지붕을 덮은 가옥에 대나무로 엮은 창문과 사립문이 있었고 집집마다 개가 짖고 닭이 울며 뽕나무와 삼이 키만큼 자라 그늘을 만들어주고 있는, 영락없는 시골의 한 마을이었다.

서일이 들어서자 사람들이 놀라워하며 물었다.

"손님께서는 누구시기에 어찌하여 우리 마을에 오시게 되었습니까?"

서일은 산 속에 약을 캐러 왔다가 길을 잃어 이곳에 오게 되었노라고 대답했다. 그들은 서로 마주 쳐다보기만 할 뿐 아무 말이 없었다. 안으로 청하여 맞이하려는 기색도 없었다. 그러자 의관을 정연하게 차려입고 유생(儒生)의 모습을 하고 명아주 지팡이를 짚은 한 노인이 나서더니 스스로 태학(太學)의 도상사(陶上舍)[1]라고 자신을 소개했다. 국자감의 감생(監生) 중에서 선발된 사람을 상사라고 이른다. 그가 서일을 향해 한번 읍을 하더니 이렇게 말했다.

"이곳은 산천이 몹시 험준하고 승냥이와 이리 떼가 울부짖고 도깨비도 항시 출몰하여 대단히 위험한 곳입니다. 지금 이미 날이 저물었는데

---

1) 도상사 : 성을 陶氏로 쓴 것에서 陶淵明을 연상시키며 아울러 이 작품이 『桃花源記』로부터 유래하였음을 보여주고 있다.

만약 저희가 손님을 문전박대(門前薄待)하여 거절한다면 이는 물에 빠진 사람을 보고도 손을 내밀어 건지지 않는 것이나 다름없겠지요."

노인은 서일을 자신의 집으로 데리고 갔다. 자리를 정하고 앉은 다음 서일이 먼저 물었다.

"저는 이곳에서 태어나 이곳에서 자라고 이곳을 오고가며 노닌 지가 아주 오래됩니다만 일찍이 이곳에 이러한 마을이 있다는 말을 듣지 못했습니다. 감히 여쭈어보고자 합니다."

상사가 이마를 찡그리면서 대답하였다.

"세상을 피하여 사는 선비나 전란을 피하여 사는 사람들은 지나간 일을 얘기할 때면 공연히 마음만 아프답니다."

서일이 그대로 가만있지 않고 굳이 그 까닭을 알려달라고 청했다. 그러자 노인은 비로소 말문을 열었다.

"우리는 송나라 때부터 이곳에 숨어 살아왔습니다."

서일이 더욱 놀라는 기색을 보였다. 노인은 그간의 사연을 모두 말하였다.

"저는 송나라 이종(理宗) 가희(嘉熙)원년에 태어났지요. 정유(丁酉)생이랍니다. 성장한 후에는 태학 안에 있는 십재(十齋) 중에서 솔리재(率履齋)에 있었고 『주역(周易)』을 강론할 때는 많은 사람들의 칭송이 자자했었지요. 도종(度宗) 때에는 국자감 좨주당(祭酒堂)에서 시험에 두 번이나 수석을 한 적이 있고 공원(貢院)의 성시(省試)에서도 한 차례 합격한 적이 있습니다. 그리하여 막 세상에 이름을 떨치고자 하였는데 불행하게도 마침 그때 황제가 붕어(崩御)하시고 태후(太后)께서 조정의 일을 섭정하시게 되었습니다. 이때 북방의 원나라 군사가 강을 건너와 세상에 큰 난리가 난 것이었습니다. 보위를 계승한 어린 황제[2]는 연호를 바꾸어 덕

2) 어린 황제 : 당시 네 살이던 태자 趙顯이 황제로 즉위하여 恭宗이 되고 연호를 德祐 원년(1275)으로 바꾸었으나 이듬해 元兵의 침공으로 母后와 함께 북으로 끌려갔다. 恭宗은 大都에서 瀛國公으로 降封되었다.

우(德祐) 원년으로 하였는데 바로 그 해에 저는 온 가족을 데리고 이곳으로 피난하였습니다. 이 마을의 나머지 사람들도 대부분 그때 함께 피난온 사람들입니다. 세월이 오래 지나고 보니 그대로 눌러 앉아 자리를 잡고 농사를 지어 곡식을 거두고 산에서 땔나무를 얻으며 우물을 파서 물 마시고 집을 지어 들어가서 쉽니다. 겨울 가고 여름 오며 해가 가고 달이 바뀌는 동안 그저 꽃 피면 봄인 줄을 알고 잎 지면 가을인 줄 알 뿐 지금이 어느 조대(朝代)인지 어느 갑자(甲子)인지도 알지 못하고 살고 있습니다."

이에 서일이 연도를 말해주었다.

"지금의 천자는 성신문무(聖神文武)이시며 원나라를 이어 새로운 세상을 열고 중화를 통일하여 국호를 대명(大明)이라고 하였습니다. 태세(太歲)는 갑인(甲寅)년으로 연호를 홍무(洪武)로 바꾼 지가 칠 년 째 됩니다."

도상사가 이어서 말했다.

"아, 그렇군요. 저는 송나라가 있는 것만 알았지 원나라의 이름을 알지 못했는데 지금 명나라가 된 것을 어찌 알 수 있었겠습니까? 원하옵건대 손님께서는 제게 이 삼대(三代) 흥망의 내력을 말씀해주시기 바랍니다. 한번 듣고 싶습니다."

그리하여 서일은 그간의 일을 말해주었다.

"송나라 덕우(德祐) 병자년(1276)에 원나라 병사가 임안(臨安)을 공격하자 세 궁궐에 계시던 사태후(謝太后)와 어린 황제 공종(恭宗), 그 모후(母后) 전태후(全太后)는 북으로 끌려갔습니다. 이 해 광왕(廣王)[3]이 해상에서 즉위하여 경염(景炎)으로 연호를 정했지만 얼마 안가 붕어하여 시호를 단종(端宗)으로 하였습니다. 그 다음에 익왕(益王)[4]이 이어 즉위했으나 원나라 군사의 핍박에 못 이겨 물에 빠져 죽고 마침내 송나라는 망하고 말았습니다. 그 해가 바로 원나라 무인년(1278[5])이었습니다. 원나라는 송

3) 광왕 : 이름은 趙昰(조하). 恭宗의 형.
4) 익왕 : 端宗의 외숙. 衛王.

나라와 합병하고 강남과 강북의 넓은 땅을 두루 합쳐 크게 넓혀서 지정(至正) 27년 정미년에 이르기까지 갑자 일주기하고도 절반을 지난 90년 만에 멸했습니다. 지금은 명나라가 개국하여 통일대업을 이룩하였으며 홍무 7년이 됩니다. 그러므로 덕우 병자년부터 셈하면 꼭 100년이 되는 셈이지요."

도상사가 그의 말을 다 듣고 나더니 자신도 모르게 눈물을 주루룩 흘렸다. 이미 밤이 깊어 산은 공허하고 사방은 고요하였으며 만물은 적막했다. 서일은 그의 집에서 취침했다. 흙벽돌 침상에 돌 베개였지만 대단히 깔끔하고 정결했다. 그러나 정신은 점점 맑아오고 차가운 기운이 뼛속까지 스며들어 좀처럼 잠을 이룰 수 없었다. 다음날 그 집에서는 닭을 잡고 기장밥을 지어 대접을 하고 질그릇에 솔잎 술을 넘치게 따라 서일에게 마시도록 했다. 도상사는 「금루사(金縷詞)」 한 곡을 지어서 직접 노래하며 술잔을 권하였다.

夢覺黃粱熟,	꿈을 깨니 황량이 익었다 했지
怪人間, 曲吹別調,	세상을 탓하랴! 노랫가락 달라지고
棋翻新局.	바둑판도 새롭게 바뀌었는 걸
一片殘山幷剩水,	세상에 남은 산천은 의구한데
幾度英雄爭鹿!	영웅들의 겨룸은 몇 차례나 있었나
算到了誰榮誰辱?	누가 이기고 누가 졌는지
白髮書生差耐久,	백발의 서생만이 참고 살아온 세월
向林間嘯傲山間宿;	숲에서 소리치고 산에서 잠드네
耕綠野, 飯黃犢.	푸른 들판을 갈고 누런 소를 먹이네
市朝遷變成陵谷,	저자거리 어느새 뫼가 되고 골이 되네
問東風,	동풍에게 물어보자
舊家燕子, 飛歸誰屋?	옛집의 제비는 누구 집에 날아갔나
前度劉郎今尙在,	지난번 유우석(劉禹錫)이 아직 있다 해도

5) 무인년 : 南宋이 실제로 멸망한 연대는 이듬해인 己卯年(1279)임.

不帶看花之福,　　꽃을 다시 볼 복은 타고나지 않았으니
但燕麥免葵盈目.　　오직 귀리와 아욱만이 눈에 가득
羊胛光陰容易過,　　세월의 광음은 쉽사리 지나는 것
歎浮生待足何時足?　뜬구름 인생에 어느 세월 만족하리오
樽有酒, 且相屬.　　술잔엔 술이 가득 서로 서로 권하세

노래를 마치고 다시 서일과 함께 송나라의 옛일을 이야기하면서 조금도 싫증내지 않고 말을 했다.

"보우(寶祐) 4년, 병진년에 이종 황제께서 친히 진사를 뽑으시는데 문천상(文天祥)의 답안이 네 번째였지만 폐하는 친히 장원(壯元)으로 삼으셨지요. 가사도(賈似道)가 승상으로 정권을 장악했을 때 서호의 갈령(葛嶺)에 집을 짓고 호화롭게 사는 바람에 '조정에는 재상 없고 호상(湖上)에는 평장(平章) 있다'는 말이 널리 전해졌지요. 황실의 종실 중의 한 사람이 영남(嶺南, 광동) 지방의 현령을 지내면서 공작 두 마리를 승상에게 선물했는데 정원의 우리에 넣어두고 보니 귀엽고 예쁘게 느껴져 선물을 한 종실을 군수로 승진시켰더랍니다. 원나라 군사가 양양(襄陽)을 포위했을 때 여문환(呂文煥)은 사람을 시켜 밀초로 봉한 비밀 서한을 보내 조정에 위급함을 전했답니다. 사자는 가사도에게 '양양이 포위된 지가 6년째나 됩니다. 성안에는 양식이 떨어져 서로 자식을 바꾸어 잡아먹고 해골을 쪼개어 땔나무로 삼는 형편이어서 성이 망하는 것은 조석에 달렸습니다. 그럼에도 승상께선 태평성대라고 천자를 속이고 계십니다. 만약 오랑캐의 말이 일단 강을 건너면 나라는 순식간에 망하는 것이니 그때 승상은 이 부귀를 어찌 오래 간직할 수 있겠습니까?'라고 말하고는 그 자리에서 스스로 목을 매고 자결하였답니다. 사당(謝堂)은 태후(太后)의 조카인지라 그 부유함이 비할 바 없어 일찍이 매일밤 손님을 청해 연회를 열었답니다. 수정으로 만든 발을 늘어뜨리고 향불을 피워 올리며 직경이 한 자나 되는 마노(瑪瑙) 쟁반에 커다란 진주 네 알을 올려두면 그 빛

이 온 방안을 환히 비추어 등불을 켤 필요가 없었다고 하지요. 놀이꾼이 노래와 만담을 해주면 수십 근 나가는 황금 칠보의 술항아리 술을 즉석에서 아낌없이 상으로 주었다고 하더군요. 사태후가 섭정을 할 때인데 꿈에 동남쪽의 하늘이 무너지니 어떤 한 사람이 떠받치고 있다가 힘을 이겨내지 못하여 넘어지고 다시 일어나기를 세 차례나 하다가 마침내 해가 땅에 떨어지더랍니다. 그런데 옆에 있던 한 사람이 그것을 손에 받쳐들고 달아났다는 거지요. 잠에서 깨어나 조정안을 다 뒤져 결국 두 사람을 찾았는데 꿈에서 본 사람과 아주 비슷하게 생겼더랍니다. 하늘을 떠받들고 있던 사람은 문천상(文天祥)이었고 해를 받치고 달아난 사람은 육수부(陸秀夫)였습니다. 두 사람은 순서를 기다리지 않고 중용되었답니다. 강만리(江萬里)는 국도(國都)를 떠날 때 사람들이 성 밖까지 따라와 배웅한 자가 천 명에 이르고 수레바퀴를 붙잡고 차마 놓지를 않다가 성문이 닫힌 후에는 들판에서 노숙한 자들도 있다고 하였습니다. 가사도는 독전(督戰)하러 나갈 때 백은으로 만든 갑옷과 진주 장식 안장을 한 천리마를 두 마리 몰고 갔는데 하나엔 도독부(都督府)의 인수(印綬)를 싣고 다른 하나엔 천자의 칙서와 상품을 싣고 노란 비단으로 그 위를 덮었답니다. 그런데 국도의 백성들이 가게문을 닫아 철시(撤市)를 하고 그 광경을 구경하고자 나왔다고 하니 출전의 성대함이 그처럼 화려한 적은 일찍이 없었을 것입니다."

노인은 이어서 당시의 여러 신하에 대해서도 다음과 같이 평했다.

"진의중(陳宜中)은 모의는 잘 했으나 결단력이 없었고 가현옹(家鉉翁)은 절개가 있었으나 융통성이 부족했으며 장세걸(張世傑)은 용기가 있었지만 과단성이 적었고 이정지(李庭芝)는 지략이 있었지만 통달하진 못했으니 가장 뛰어난 자는 문천상 한 사람이었습니다."

이와 같이 노인의 말은 수백 마디 구구절절이 사연을 담고 있으며 모두가 들을 만 했다. 이날 저녁 서일은 하룻밤 더 그곳에서 묵었다. 이튿날 아침 돌아가겠다고 하니 도상사(陶上舍)는 다음과 같은 고풍시 한 편을 지어서 전별의 기념으로 주었다.

建炎南渡多翻復, 건염 이후 남송 때엔 뒤집힌 일도 많아
泥馬逃來御黃屋. 진흙 말로 도망 나와 천자가 되었다네
盡將舊物付他人, 옛 땅과 물건들은 남의 손에 넘겨주고
江南自作龜茲國. 강남서 구자국 같은 작은 나라 만들었네

可憐行酒兩靑衣, 청의 입고 술 나르던 두 황제 가련해라
萬恨千愁誰得知! 천만가지 원한 근심 그 누가 알아주랴
五國城中寒月照, 황제 가둔 오국성엔 달빛만 차가웁고
黃龍塞上朔風吹. 변방너머 황룡새엔 삭풍만이 몰아치네

東窗計就通和好, 진회의 동창재 계책으로 화의가 통하고
鄂王賜死蘄王老. 악비(岳飛)는 살해되고 한세충(韓世忠)은 늙었네
酒中不見劉四廂, 술자리엔 사상 병마사 유기(劉錡) 보이지 않고
湖上須尋宋五嫂. 서호에서 생선국 주었던 송오수를 다시 찾으리

累世內禪罷言兵, 누대 걸쳐 제위 선양 군사 일을 파했으니
八十餘年稱太平, 팔십여 년 태평세월로 하릴없이 보내었네
度皇宴駕弓劍遠, 도종황제 붕어하사 궁과 검은 멀어지고
賈相出師笳鼓驚. 가사도(賈似道) 출정할 땐 풍악소리 요란했다.

携家避世逃空谷, 온 집안을 이끌고 깊은 산에 피난하여
西望端門捧頭哭, 서쪽으로 궁중 남문 바라보며 통곡하네
毁車殺馬斷來踪, 수레 부수고 말죽이고 온 자취 다 감추고
鑿井耕田聊自足. 우물 파고 밭을 갈며 자족하니 좋을시고

南鄰北舍自成婚, 위 아랫집 이웃끼리 절로 혼인 이루니
遺風彷彿朱陳村. 전해지는 풍속은 옛 주진촌만 같아라
不向城中供賦役, 성안으로 부역일 갈 일이 전혀 없고

只從屋底長兒孫.	오로지 집안에서 아들 손자 기르리라
喜君涉險來相訪,	험준한 산길 넘어 찾아온 이 반가웁고
問舊頻扶九節杖,	옛 얘기 물어보며 구절 지팡이 잡아보네
時移事變太怱忙,	세월은 흘러가고 세상 변화 무상하니
物是人非愈悄悵.	산천은 의구하되 인걸은 가고 없어라
感君爲我暫相留,	나를 위해 잠시 머문 그대가 고마워라
野蔌山肴借獻酬,	들나물과 산채나물 안주 차려 올리고
舍下雞肥何用買,	기르던 닭 살쪘으니 사러 갈 일이 없고
床頭酒熟不須蒭.[6]	자리 앞에 술 익으니 용수가 소용없네
君到人間煩致語,	그대 세상 나가면 사람들에 전하시오
今遇昇平樂安處,	태평스런 새 세상을 지금에야 만났다니
相逢不用苦相疑,	우리 서로 만난 일을 의심일랑 하지 마오
我輩非仙亦非鬼.	우리들도 사람이라 신도 귀도 아니라오

마침내 도상사는 동네 어귀까지 전송하고 소매를 저으며 작별을 고했다. 서일은 돌아오는 길에 오십 보마다 한번씩 대나무 가지를 꽂으며 표시해 두었다. 집에 돌아온 며칠 후에 술과 안주를 차려 동자를 데리고 그곳을 다시 찾아갔다. 하지만 겹겹이 쌓인 언덕과 산봉우리 속에서 도저히 찾을 도리가 없었으며 우거진 풀과 키 큰 나무들 사이에서 길은 나타나지 않았다. 땔나무하러 다니는 오솔길과 목동들의 산길을 오가며 찾아 헤매었지만 오로지 골짜기에서 슬피 우는 새소리와 고개 마루에서 애절하게 목을 놓고 길게 우는 원숭이 울음소리만 들려올 뿐이었다. 서일은 끝내 실망하여 슬픈 마음으로 돌아왔다. 서일은 도상사가 한 말을 곰곰히 생각했다. 그가 송나라 이종(理宗)의 가희(嘉熙) 원년인 정유년에 태어났다고 했으니 손꼽아 헤아려보면 지금 백마흔 살이 된 것이었다.

---

6) 蒭(추, chu) : 용수. 蒭子. 술 거르는 데 쓰이는 대로 만든 기구.

그런데도 얼굴은 별로 노쇠하지 않았고 언동도 자상하고 우아하였으니 기껏해야 쉰이나 예순 살 정도 된 듯 싶었으니 도를 닦은 사람들이라 그러하였는지도 모르는 일이다.

원문 天台訪隱錄

台人徐逸, 粗通書史, 以端午日入天台山[7]采[8]藥. 同行數人, 憚於涉險, 中道而返. 惟逸愛其山明水秀, 樹木陰翳, 進不知止, 且誦孫興公[9]之賦而贊其妙曰: "'赤城霞起而建標, 瀑布泉流而界道.' 誠非虛語也." 更前數里, 則斜陽在嶺, 飛鳥投林, 進無所抵, 退不及還矣. 躊躇之間, 忽澗水中有巨瓢[10]流出, 喜曰: "此豈有居人乎? 否則必琳宮梵宇[11]也." 遂沿澗而行, 不里餘, 至一弄[12]口, 以巨石爲門, 入數十步, 則豁然寬敞, 有居民四五十家, 衣冠古朴, 氣質淳厚, 石田茅屋, 竹戶荊扉, 犬吠鷄鳴, 桑麻掩映, 儼然一村落也. 見逸至, 驚問曰: "客何爲者? 焉得而涉吾境?" 逸告以入山采藥, 失路至此, 遂相顧不語, 漠然無延接之意. 惟一老人, 衣冠若儒者, 扶藜[13]而前, 自稱太學[14]陶上舍,[15] 揖逸而言曰: "山澤深險, 豺狼

---

7) 天台山(천태산): 浙江省 天台縣 북쪽에 있으며 예로부터 전해지는 말해 의하면 신선이 살던 곳이라 한다. 한나라 때 劉晨, 阮肇는 산에 들어가 약초를 캐다가 우연히 두 명의 여인을 만나 그곳에서 반년을 머물다가 집으로 돌아왔는데 이미 7대가 지난 후였다. [周]

8) 【校】 采(채): [董]에는 採로 쓰임.

9) 孫興公(손흥공): 晋나라 孫綽(손작). 손작은 會稽에 살았는데 온종일 산수를 노닐며 즐겼다고 한다. 일찍이 「天台山賦」 한 편을 지은 적이 있는데 이 문장 뒤에 나오는 '赤城' 두 구절은 「天台山賦」에 나오는 名句이다. [周]

10) 瓢(표): 바가지. 조롱박을 둘로 쪼개어 물건을 담는데 썼다. 여기서 巨瓢流出은 劉晨, 阮肇가 산에 들어가 약초를 캤던 이야기를 쓴 것이다. [周]

11) 琳宮梵宇(임궁범우): 琳宮은 도교의 사원, 梵宇는 불교의 사찰이다. [句] 절, 불사. [周]

12) 【校】 弄(농): [奎]와 [董]에는 衖자로 쓰임.

13) 藜(여): 지팡이. 명아주 줄기를 이용해 만든 것으로 가볍고 튼튼하다. [周]

之所嗥, 魑魅[16]之所游, 日又晩矣, 若固相拒, 是見溺而不援也." 乃邀逸歸其室. 坐定, 逸起問曰 : "僕生於斯, 長於斯, 游於斯久矣, 未聞有此村落也. 敢問." 上舍顰蹙而答曰 : "避世之士, 逃難之人, 若述往事, 徒增傷感耳." 逸固請其故. 始曰 : "吾自宋朝已卜居於此矣." 逸大驚. 上舍乃具迹曰 : "僕生於理宗[17]嘉熙丁酉[18]之歲, 旣長, 寓名太學, 居率履齋, 以講『周易』爲衆所推. 度宗[19]朝, 兩冠堂試,[20] 一登省薦,[21] 方欲立身揚名, 以顯於世, 不幸度皇晏駕,[22] 太後臨朝, 北兵渡江, 時事大變. 嗣君[23]改元德祐之歲,[24] 則挈家逃難於此. 其餘諸人, 亦皆同時避難者也. 年深歲久, 因遂安焉. 種田得粟, 采山得薪,[25] 鑿井而飮, 架屋而息. 寒往暑來, 日居月諸,[26] 但見花開爲春, 葉脫爲秋, 不知今日是何朝代, 是何甲子也." 逸曰 : "今天子聖神文武, 繼元啓運, 混一華夏, 國號大明, 太歲[27]在

---

14) 太學(태학) : 나라에서 세운 학교. 宋나라 때 제도로 8품 이하의 자제와 평민 중 재능이 출중한 사람만이 태학에 입학 할 수 있었다. [周]

15) 上舍(상사) : 태학생 중 가장 높은 등급. 宋나라 때의 제도. 태학에 처음 입학한 학생을 外舍라 하고 외사에서 內舍로 내사에서 上舍로 올라간다. 오늘날 상급생의 의미다. [周]

16) 魑魅(이매) : 『周禮』의 注에 "사람 얼굴에 귀신의 몸을 하고 네 발이 있고 사람 홀리기를 좋아하며 산 속의 특이한 기운으로 태어난 것이다"라고 되어 있다. [句] 요정이나 도깨비. [周]

17) 理宗(이종) : 宋나라 제14대 황제 趙昀(조윤). [周]

18) 嘉熙丁酉(가희정유) : 1237년. [周]

19) 度宗(도종) : 度宗의 이름은 趙示基, 고친 이름은 禥이다. [句] 宋나라 제15대 황제. [周]

20) 堂試(당시) : 京師에서 과거시험을 보다. [周]

21) 省薦(성천) : 禮部를 南省이라 하였다. 宋나라 때는 侍郎이 과거시험을 관장하거나 지방에 사는 선비들을 천거하여 이름을 상부에 올려 쓰도록 했으므로 성천이라 하였다. [句] 각 주에서 인재를 뽑아 省試에 추천하였다. [周]

22) 晏駕(안가) : 옛날 황제가 崩御한 것을 말한다. [周]

23) 嗣君(사군) : 왕위를 계승한 황제. 여기서는 宋나라 恭宗을 가리킨다. [周]

24) 改元德祐之歲(개원덕우지세) : 1275년. [周]

25) 【校】 采(채) : [董]에는 採로 쓰임.

26) 日居月諸(일거월저) : 즉 日月. 居와 諸는 본래 어조사로서 일, 월의 뒤에 붙여 많이 사용하였으며, 후세에는 시간의 대명사로 쓰였다. [周]

27) 太歲(태세) : 별자리 이름. 목성이다. 대략 12년이 1주기로 古人들은 목성이 운행하는

閼逢攝提格,[28] 改元洪武之七載也.[29]" 上舍曰 : "噫, 吾止知有宋, 不知有元, 安知今日爲大明之世也! 願客爲我略陳三代興亡之故, 使得聞之." 逸乃曰 : "宋德祐丙子歲,[30] 元兵入臨安,[31] 三宮[32]遷北. 是歲, 廣王[33]卽位於海上, 改元景炎. 未幾而崩, 謚端宗. 益王[34]繼立, 爲元兵所迫, 赴水而死, 宋祚遂亡, 實元朝戊寅之歲[35]也. 元旣幷宋, 奄有南北, 遂至正丁未[36], 歷甲子一周有半而滅. 今則大明肇統, 洪武萬年之七年也. 蓋自德祐丙子至今, 上下已及百歲矣." 上舍聞之, 不覺流涕. 已而山空夜靜, 萬籟寂然, 逸宿於其室, 土床石枕, 亦甚整潔, 但神淸骨冷, 不能成寐耳. 明日, 殺雞爲黍,[37] 以瓦盎盛松醪飮逸. 上舍自制『金縷詞』[38]一闋, 歌以侑觴曰 :

夢覺黃粱熟. 怪人間 · 曲吹別調, 棋翻新局. 一片殘山幷剩水, 幾度英雄爭鹿! 算到了誰榮誰辱? 白髮書生差耐久, 向林間嘯傲山間宿. 耕綠野, 飯黃犢.

차례를 이용하여 연대를 기록하였다. [周]

28) 閼逢攝提格(알봉섭제격) : 甲寅年이다. 木星이 甲에 있을 때를 閼逢이라 하고 寅에 있을 때를 攝提格이라 한다. 『爾雅』에 보인다. [周] 古甲子의 표현방식이다. [譯]

29) 洪武七載(홍무칠재) : 1374년. [周]

30) 德祐丙子歲(덕우병자세) : 1276년. [周]

31) 臨安(임안) : 南宋의 수도. 지금의 浙江省 杭州. [周]

32) 三宮(삼궁) : 謝太后, 어린 황제, 황제의 어머니 全皇后를 가리킨다. [句]

33) 廣王(광왕) : 『宋史 · 帝紀』에 의하면 益王이라 해야 한다. 端宗 趙昰(조하)를 가리킨다. [周]

34) 益王(익왕) : 『宋史 · 帝紀』에 의하면 廣王이라 해야 한다. 衛王 趙昺(조병)을 가리킨다. [周]

35) 元朝戊寅之歲(원조무인지세) : 1278년. [周]

36) 至正丁未(지정정미) : 1367년. [周]

37) 殺雞爲黍(살계위서) : 『論語』에 "子路가 삼태기를 메고 丈人을 만나자 닭을 잡고 기장밥을 해서 먹였다"라는 말이 나온다. [句]

38) 金縷詞(금루사) : 唐나라 李錡의 첩 杜秋娘이 지은 노래이다. 그 가사는 이렇다. "님에게 권하노니 金縷衣(금실로 만든 옷)를 아쉬워 마소서. 님에게 권하노니 소년 시절을 모름지기 아시워하소서. 꽃이 피어 당한 꺾임은 다만 꺾일 때를 기다린 것이거니 없는 꽃을 기다리다 부질없이 딴 가지를 꺾지 마시오." 후에 사람들이 이 시에다 노래의 곡조를 붙어서 불렀다. [句] 宋詞의 「金縷曲」, 원래 唐나라 「金縷衣」에서 나왔다. [周]

市朝遷變成陵谷. 問東風・舊家燕子, 飛歸誰屋? 前度劉郎[39]今尙在, 不帶看花之福, 但燕麥[40]免葵[41]盈目. 羊胛光陰[42]容易過, 歎浮生待足何時足? 樽有酒, 且相屬.

歌罷, 復與逸話前宋舊事, 亹亹[43]不厭, 乃言 : "寶祐丙辰,[44] 親策進士,[45] 文天祥[46]卷在四, 而理皇易爲擧首. 賈似道[47]當國, 造第於葛嶺,[48]

---

39) 前度劉郎(전도유랑) : 당나라 劉禹錫은 다시 한번 玄都觀를 유람하면서 절구 한 수를 썼는데 그 시에 "지난 번 유랑이 지금 다시 찾아왔네(前度劉郎今又來)"라는 구절이 있다. [周] 前度劉郎을 사전에서는 한번 떠났다가 다시 찾아온 사람이라고 하였다. [譯]

40) 燕麥(연맥) : 귀리. [周]

41) 免葵(토규) : 풀이름. 아욱. 논밭에서 자라며 꽃은 희고 줄기는 검붉은 색이고 끓여 먹는데 매우 미끌미끌하다. 이 두 구절은 劉禹錫의 「玄都觀詩序」에 나오는 "아욱과 귀리가 봄바람에 하늘거리네(免葵燕麥, 動搖春風)"라는 구절의 의미를 가져와 쓴 것이다. [周]

42) 羊胛光陰(양갑광음) : 시간이 짧음을 비유한 말. 『唐書』에 이런 내용이 있다. "骨利幹은 瀚海(고비 사막의 옛 이름)에 위치해 있으며 또 북으로는 바다를 건너야 한다. 낮은 길고 밤은 짧아 해질 무렵에 양고기를 삶는데 조금 익을 때 즈음 날은 이미 밝아버린다(骨利幹部, 處瀚海, 又北渡海, 則晝長夜短, 日入烹羊胛熟, 東方已明)." [周]

43) 亹亹(미미) : 이야기가 계속되어 지루하지 않다. 淸談娓娓(공리공담이 흥미진진하다)의 娓娓와 같다. [周]

44) 寶祐丙辰(보우병진) : 寶祐는 송나라 理宗(趙昀)의 연호. 丙辰은 1256년이다. [周]

45) 親策進士(친책진사) : 황제가 직접 진사를 뽑는 시험. [句]

46) 文天祥(문천상) : 자는 宋瑞, 호는 文山이며 江西省 吉水 사람이다. 宋末의 충신. 元나라 군대가 침략하자 勤王의 부름에 응하여 명을 받들고 사신으로 원나라 군영에 갔다가 붙잡혔다. 眞州(지금의 江蘇省 儀征)으로 도망쳐서는 병사를 모아 이곳저곳을 옮겨가며 싸우면서 나라의 회복을 꾀하였다. 그의 군대가 패하여 체포되었으나 굴복하지 않았다. 문천상은 「正氣歌」를 지어 자신의 의지를 드러냈으며 조금도 두려워함 없이 나라를 위해 희생하였다. [周]

47) 賈似道(가사도) : 台州 사람으로 宋末의 나라를 그르친 간신. 누이가 황제인 理宗(趙昀)의 귀비가 되자 줄곧 左丞相兼樞密使 등 고위관직을 지냈다. 元나라 군대가 鄂州(악주)를 공격하자 몰래 토지를 할양하고 납폐를 보내어 화친을 청하고는 황제에게는 오히려 악주를 포위에서 풀려나게 했다고 속였다. 度宗(趙禥)이 즉위하자 더욱 정권을 장악하여 同平章軍國事를 맡았고 魏國公에 봉해졌다. 후에 원나라 군대가 建康(南京)을 공격하여 송나라 군대가 수 차례 패하자 陳宜中이 상소를 올려 그의 죄를 탄핵하였다. 이에 가사도는 高州團練副使로 폄적되어 循州로 安置(송대에 대신을 귀양보내던 제도)되어 가던 도중에 木棉庵에서 원수인 鄭虎臣에게 살해되었다. [周]

48) 葛嶺(갈령) : 杭州 西湖 북쪽에 있다. 晋나라 葛洪이 일찍이 여기에서 丹藥을 만들었다고 하여 붙여진 이름이라고 한다. [周]

當時有'朝中無宰相, 湖上有平章'[49]之句. 一宗室任嶺南[50]縣令, 獻孔雀二, 置之圃中, 見其馴擾[51]可愛, 卽除其人爲本郡守. 襄陽之圍,[52] 呂文煥[53]募人以蠟書[54]告急於朝, 其人愬於似道曰: '襄陽之圍六年矣, 易子而食, 析骸而爨,[55] 亡在朝夕. 而師相[56]方且鋪張太平, 迷惑主聽, 一旦虜馬飮江, 家國傾復, 師相亦安得久有此富貴耶?' 遂扼吭而死. 謝堂乃太後之侄,[57][58] 殷富無比, 嘗夜宴客, 設水晶簾, 燒沉香火, 以徑尺瑪瑙盤, 盛大珠四顆, 光照一室, 不用燈燭; 優人獻誦樂語, 有黃金七寶酒甕, 重十數斤, 卽於座上賜之不吝. 謝後臨朝, 夢天傾東南, 一人擎之, 力若不

---

49) 平章(평장): 가사도의 자가 평장이다. [句] 賈似道. 그는 일찌기 同平章軍國事를 지낸 적이 있다. [周]
50) 嶺南(영남): 廣東省. 五嶺의 남쪽에 있기 때문에 붙여진 이름이다. [周]
51) 馴擾(순요): 길들이다, 순종케하다. [周]
52) 襄陽之圍(양양지위): 宋나라 度宗 咸淳 4년(1268), 元兵이 襄陽을 포위하였으나 賈似道는 앉아서 구경만 하며 구해주지 않았다. 襄陽은 6년 동안 포위되어 시달리다가 咸淳 9년(1273)에 마침내 원나라에 항복하였다. [周]
53) 呂文煥(여문환): 安豊(지금의 안휘성 壽縣)사람. 송나라 때 襄陽知府 兼 京西安撫副使를 지냈다. 咸淳 4년 元兵이 양양을 공격하자 그는 6년 동안 저항하였으나 식량이 다하고 구원병이 끊겨 원나라에 항복할 수밖에 없었다. 『宋季三朝政要』에 이런 내용이 있다. "문환은 心力을 다하여 맞서 대항하였다. 양식은 이리저리 둘러댈 수 있었으나 옷과 물품, 땔나무와 꼴은 끊긴 채 지급되지 못했다. 문환은 집을 부수어 땔깜으로 쓰고 헤어진 옷감을 바느질하여 옷을 만들었다. 매번 성을 순찰할 때마다 남쪽을 바라보며 통곡하였다. 성이 함락되어 마침내 항복하였다. 문환은 홀로 힘들게 성을 지켰으나 가사도는 앉아서 구경만 할 뿐 구해주지 않았다. 6년 뒤에 항복하니 어찌 부득이 한 것이 아니겠는가!" [周]
54) 蠟書(납서): 옛날 비밀리에 서신을 전달하던 방법. 밀랍을 작고 둥글게 만들어 蠟丸 속에 서신을 넣는다. 납환 속에 감춘 비밀 문서나 서류. [周]
55) 易子而食(역자이식), 析骸而爨(석해이찬): 자식을 서로 바꿔 잡아먹고 죽은 사람의 해골을 쪼개어 땔감으로 쓰다. 포위된 성안의 생활이 말할 수 없이 처참함을 말한 것이다. 이것은 춘추시대 宋나라 華元이 楚나라 장수 子反의 침대에 올라가 한 말이다. 『左傳·宣公十五年』에 보인다. [周]
56) 師相(사상): 賈似道는 度宗이 제위에 오르는데 공로가 있어 度宗은 가사도를 매우 존중하였다. 매번 조회 때마다 반드시 답배를 하였고 그를 師臣이라 칭하며 이름을 부르지 않았다. 史官은 가사도를 재상으로 여겨 그를 師相이라 한 것이다. [周]
57) 【校】 侄(질): [奎]와 [董]에는 姪로 쓰임.
58) 侄(질): 理宗의 황후 謝氏의 조카이다. [句]

勝, 蹶而復起者三, 已而一日墜地, 傍有一人捧之而奔, 覺而遍[59]訪於朝, 得二人焉, 厥狀極肖,[60] 擎天者文天祥, 捧日者陸秀夫[61]也, 遂不次用之. 江萬里[62]去國, 都民送之郭外者以千計, 攀轅[63]不忍捨去, 城門既闔, 多宿於野. 賈似道出督, 御白銀鎧, 眞珠馬鞍; 千里馬二, 一馱督府之印, 一載制書[64]幷隨軍賞格, 以黃帕復之, 都民罷市而觀. 出師之盛, 未之有也." 又論當時諸臣曰 : "陳宜中[65]謀而不斷, 家鉉翁[66]節而不通, 張世傑[67]勇而不果, 李庭芝[68]智而不達, 其最優者, 文天祥乎!" 如是者凡數百

---

59) 【校】遍(편) : [奎]와 [董]에는 徧으로 쓰임.

60) 肖(초) : 흡사하다라는 뜻이다. [句]

61) 陸秀夫(육수부) : 자는 君實, 宋末의 鹽城 사람. 처음에 吏部侍郎을 맡았다가 衛王(趙昺)이 즉위하자 左丞相을 맡았으며 張世傑과 함께 정권을 장악하고는 厓山에 군사를 주둔시켰다. 후에 厓山이 元兵에게 함락되자 衛王을 업고 바다에 투신하여 죽었다. [周]

62) 江萬里(강만리) : 자는 子遠, 宋나라 都昌 사람. 度宗 황제 때 左丞相을 지냈다. 성격이 엄격하고 강직하여 賈似道에게 미움을 샀다. 元兵이 이르자 물에 빠져 죽었다. [周]

63) 攀轅(반원) : 옛날 백성들은 훌륭한 관리가 관직에서 떠나려 할 때 수레 채에 매달려 잡고 못 떠나게 하였다. [周]

64) 制書(제서) : 황제의 인장이 찍혀 있는 조서. [周]

65) 陳宜中(진의중) : 자는 與權, 宋末 永嘉 사람. 恭宗 德祐 원년 知樞密院事로 右丞相을 제수받았다. 衛王이 즉위하자 다시 左丞相이 되었다. 후에 衛王이 占城(지금의 越南 남부)으로 가려하자 먼저 형세를 살피러 점성에 갔다가 결국은 그곳에 남아 돌아오지 않았다. 元兵이 점성을 공격하자 暹羅(태국의 1939년 이전의 국호)로 도망갔다가 후에 그곳에서 죽었다. [周]

66) 家鉉翁(가현옹) : 자는 則堂, 宋末 眉山 사람. 학문이 깊으며 특히 『春秋』에 정통했다. 端明殿學士, 簽書樞密院事 등의 관직을 지냈다. 元兵이 남하하자 조정에서는 천하의 수령들에게 성문을 열고 항복하라는 격문을 내렸는데 오직 가현옹만이 따르지 않았다. 황제의 명을 받들고 元나라에 사신으로 갔다가 賓館에 구금되자 밤낮으로 통곡하였다. 원나라 조정에서는 그에게 관직을 내리려 했지만 받아들이지 않았다. 원나라 成宗(鐵木耳)은 즉위한 후 그를 집으로 돌려보냈으며 處士라는 호를 하사하였다. 후에 집에서 숨을 거두었다. [周]

67) 張世傑(장세걸) : 宋나라 范陽 사람. 小校에서부터 保康軍承宣使까지 지냈으며 다시 沿江製置副使에 올랐다. 元兵이 臨安에 임박하자 두 왕을 따라 福州로 가서 簽書樞密院事를 제수받았다. 端宗이 죽고 衛王이 즉위하자 厓山으로 가서는 越國公에 봉해졌다. 張弘範이 厓山을 공격하자 그는 십여 척의 군함을 이끌고 항만으로 피하였다. 후에 다시 대륙에 오르고자 厓山에다 병사를 모으고 다시 趙氏의 후손을 찾아 황제에 옹립하려 하였으나 뜻밖에도 태풍에 배가 뒤집혀 바다에 빠져 죽었다. [周]

言, 皆歷歷可聽. 是夕, 逸又宿焉. 明旦, 告歸, 上舍復爲古風[69]一篇以餞行, 曰:

建炎[70]南渡多翻復, 泥馬[71]逃來御黃屋.[72] 盡將舊物付他人, 江南自作龜茲[73]國. 可憐行酒兩青衣,[74] 萬恨千愁誰得知! 五國城[75]中寒月照, 黃龍[76]塞上朔風吹. 東窗[77]計就通和好, 鄂王[78]賜死蘄王[79]老. 酒中不見劉四廂,[80] 湖

68) 李庭芝(이정지): 자는 祥甫, 宋末 隨縣 사람. 몸이 우람하고 건장하여 荊州元帥 孟珙가 천거하였다. 孟珙가 죽자 3년 동안 守孝하였다. 制置使參議로부터 옮겨가 兩淮를 지키고 다시 揚州를 다스렸다. 일찍이 군사를 이끌고 襄陽을 도와 范文虎에 대적하였으나 성공하지 못했다. 후에 송나라가 망하려 하자 謝太后가 조소를 내려 그에게 항복하라고 하였으나 듣지 않았다. 端宗이 즉위하여 사신을 보내 少保左丞相의 관직을 내려 그를 부르자 그는 부장 朱煥에게 揚州를 지키게 하고 떠났는데 뜻밖에 朱煥은 성문을 열고 원나라에 항복해버렸다. 그가 막 泰州에 이르렀을 때 台州의 수령 또한 성을 열고는 항복하였다. 그는 이 소식을 듣고 연못에 빠져 자살하려 하였으나 물이 얕아 죽지 못하고 揚州로 붙잡혀가 元나라에 살해되었다. [周]

69) 古風(고풍): 고체시. [周]

70) 建炎(건염): 宋나라 高宗(趙構)의 연호(1127~1162). [周]

71) 泥馬(니마): 宋 高宗(趙構)이 金에서 도망쳐 나와 崔府君의 묘에서 진흙 말을 타고 강을 건넜다고 한다. 『說岳全傳』에 보인다. [周]

72) 黃屋(황옥): 봉건시대 황제가 타던 수레. 누런 비단으로 안을 만들어 黃屋車라고 한다. 여기서는 제위에 오르다라는 의미로 해석하였다.

73) 龜茲(귀자): 龜茲國은 서쪽에 있는 오랑캐이다. 齊나라 穆提婆는 "가령 나라에서 황하 이남을 모두 잃었다면 귀자국이 될 수 있을 것이다"고 말했다. [句] 漢代 西域에 있던 고대 국가. 지금 新疆 위구르족자치구 庫車縣 지역. [周]

74) 兩青衣(양청의): 青衣는 옛날 비천한 사람이 입던 복장. 여기서는 구체적으로 宋 徽宗(趙佶)과 欽宗(趙桓)을 가리킨다. 金나라는 휘종과 흠종을 북쪽으로 인질로 끌고 가 그들에게 청의를 입히고 술을 부어 돌리게 하였다. [周]

75) 五國城(오국성): 金나라는 宋 徽宗과 欽宗을 북쪽으로 끌고 가 五國城에 감금시켰다. 지금의 黑龍江省 依蘭, 臨江 일대이다. [周]

76) 黃龍(황룡): 지금의 吉林省 農安縣 일대로 金나라 黃龍府(금나라의 도읍) 소재지이다. [周]

77) 東窗(동창): 東窗은 秦檜의 齋名이다. 秦檜는 힘써 和議를 주장했다. [句] 秦檜와 그의 부인 王氏는 동창 아래에서 岳飛를 살해할 계획을 꾸몄다. [周]

78) 鄂王(악왕): 岳飛를 말한다. 寧宗(趙擴)은 岳飛를 鄂王에 봉하고 武穆의 시호를 내렸다. [周]

79) 蘄王(기왕): 韓世忠. 宋 孝宗은 韓世忠의 사후 그를 蘄王에 봉하고 忠武의 시호를 내렸다. [周]

80) 劉四廂(유사상): 周楞伽의 註釋에서는 典故를 찾지 못해 '술 파는 사람의 이름'으로

上須尋宋五嫂.[81] 累世內禪[82]罷言兵, 八十餘年稱太平. 度皇晏[83]駕弓劍遠, 賈相出師笳鼓驚. 攜家避世逃空谷, 西望端門[84]捧頭哭. 毁車殺馬斷來踪, 鑿井耕田聊自足. 南鄰北舍自成婚, 遺風訪[85]佛朱陳村.[86] 不向城中供賦役, 只從屋底長兒孫. 喜君涉險來相訪, 問舊頻扶九節杖.[87] 時移事變太匆[88]忙, 物

잠정 간주했으나 林芑의 『句解』 集釋에선 자세히 밝히고 있다. 劉四廂은 劉錡다. 그는 成紀사람이다. 송나라 紹興 9년에 龍神衛四廂都指揮使로 발탁되었으며 누차 공을 세워 남북으로 그 위엄을 떨쳤다. 金나라의 使臣이 都高驛에 왔는데 그 부사와 술을 마시고자 했다. 그 부사는 마시려고 하지 않았다. 劉錡가 껄껄 웃으면서 말했다. "이 술잔 속에 어찌 劉四廂이 들어 있다고 안 마시려고 하는 거요?" 『宋史 · 劉錡傳』(卷366)에는 이 이야기가 보이지 않는다. 尙基淑(129頁)에 따르면 『琅琊代醉編』(18), 『宋史新編』(131), 『東都事略』(104), 『南宋書』(17), 『四朝名臣言行錄』(上, 10) 등에 관련 기록이 있다고 한다. [譯]

81) 宋五嫂(송오수) : 宋나라 周密의 『武林舊事』 제7권에 이런 내용이 기재되어 있다. "그때 생선국을 파는 宋五嫂란 사람이 있었는데 황제에게 자신은 東京사람으로 御駕를 따라 여기에 이르게 되었다고 하였다. 황제는 특별히 그가 배에 올라 기거하도록 배려하고 그가 늙은 것을 걱정하여 금전 십 문, 은전 백 문, 비단 열 필을 하사하였다. 또한 후원에 명하여 그에게 부족한 것을 대주도록 했다(時有賣魚羹人宋五嫂, 對御自稱東京人氏, 隨駕到此. 太上特宣上船起居, 念其年老, 賜金錢十文, 銀錢百文, 絹十匹. 仍令後苑供應泛索)." 같은 책 제3권 「西湖游幸」 조목에는 다음과 같은 내용이 있다. "황제가 맛을 본 이후 송오수의 생선국이 널리 알려져 사람들이 몰려드는 바람에 큰 부자가 되었다. 朱靜佳의 六言詩가 있다. '버드나무 아래 백발의 늙은 어부는 어느 해 나고 자랐는지 모르지만 지난번 군왕이 행차하셨을 적 물고기 팔아서 돈을 벌었다네.' (如宋五嫂魚羹, 嘗經御賞, 人所共趨, 遂成富媼. 朱靜佳六言詩云 : '柳下白頭釣叟, 不知生長何年, 前度郡王游幸, 賣魚收得金錢')" [周]

82) 內禪(내선) : 孝宗 · 光宗 · 寧宗의 三代가 모두 내선을 받았다. [句] 옛날 황제가 죽기 전에 太子에게 讓位하는 것을 말한다. 타인에게 물려주는 것이 아니기 때문에 內禪이라 한다. [周]

83) 【校】 晏(안) : [董]에는 宴으로 쓰임.

84) 端門(단문) : 『李尋傳』에 "端門星은 太微의 정남쪽 문이다. 그래서 천자가 계시는 궁전의 남문을 端門이라 한다"라는 문장이 보인다. [句]

85) 【校】 訪(방) : [奎]와 [董]에는 彷자로 쓰임.

86) 朱陳村(주진촌) : 江蘇省 豊縣 동남쪽에 있다. 白居易의 시에 "徐州는 옛 豊縣으로 朱陳이라는 마을이 있다네. 한 마을에 오직 두 성씨만이 살며 대대로 혼인을 하였네(徐州古豐縣, 有村曰朱陳, 一村惟兩姓, 世世爲婚姻)." [周]

87) 九節杖(구절장) : 漢 武帝가 少室山에 올라 한 여자를 만났는데 久節杖으로 높이 가르쳤다고 한다. 또 『列仙傳』에는 "王烈이 赤城老人에게 전수를 받고 久節藤杖을 짚고 걸어가면 말도 능히 미치지 못했다"라는 내용이 보인다. 杜甫의 시에는 "어찌하면 신선의 久節杖을 얻어 玉女의 洗頭盆(머리 씻던 동이)에 이르리"라는 구절이 있다. [句]

是人非愈怊悵. 感君爲我暫相留, 野蔌山肴借獻酬. 舍下雞肥何用買, 床頭酒熟不須蒭. 君到人間煩致語, 今遇昇平[89]樂安處. 相逢不用苦相疑, 我輩非仙亦非鬼.

遂送逸出路口, 揮袂而別. 逸沿途每五十步揷一竹枝以記之. 到家數日, 乃具酒醴, 攜肴饌, 率家僮輩賫往訪之, 則重岡疊嶂, 不復可尋, 豐草喬林, 絶無踪迹, 往來於樵蹊牧徑之間, 但聞谷鳥悲鳴, 嶺猿哀嘯而已. 竟惆悵而歸. 逸念上舍自言生於嘉熙丁酉, 至今則百有四十歲矣, 而顔貌不衰, 言動詳雅, 止若五六十者, 豈有道之流歟?

---

88) 【校】 匆(총) : [奎]와 [董]에는 悤으로 쓰임.
89) 昇平(승평) : 천자의 총명함을 가리켜서 하는 말이다. [句]

8 등목취유취경원기(滕穆醉遊聚景園記)

등목이 취해 놀던 취경원

원나라 연우(延祐) 연간 절강성(浙江省) 영가(永嘉)라는 곳에 등목(滕穆)이라는 젊은 선비가 살았다. 나이는 스물여섯, 평소에 풍류를 좋아하고 시를 잘 지었으므로 세상 사람들이 모두 그를 칭송하였다.

그는 전부터 임안(臨安)의 산수 경치가 매우 뛰어나다는 말을 듣고 언젠가는 유람을 한 번 가보고 싶다고 오랫동안 생각해왔었다. 그러다 마침 연우 원년(元年)인 갑인년(甲寅年)에 과거 시험이 부활했다는 소문을 듣고 고향에서 추천을 받아 성시(省試)에 응시하려고 오늘날의 항주(杭州)인 임안으로 갔다.

용금문(湧金門) 밖에 머물면서 매일같이 남고봉(南高峰)과 북고봉(北高峰) 그리고 서호(西湖) 근처의 여러 절을 두루 찾아다니며 구경했다. 그리하여 영은사(靈隱寺), 천축사(天竺寺), 정자사(淨慈寺), 보석사(寶石寺) 등의 절과 옥천(玉泉), 호포천(虎跑泉), 천룡(天龍峰), 영취봉(靈鷲峰), 석옥동(石屋洞), 냉천정(冷泉亭)과 같은 맑은 샘물, 깊은 골짜기, 그윽한 숲 속, 아슬아슬

한 절벽 등 경치 좋은 곳이라면 그의 발길이 닿지 않은 곳이 없었다.

그러던 어느 날, 때는 칠월 보름이었다. 등목은 서호 십경(十景)의 하나인 국원(麯院)에서 활짝 피어오른 연꽃을 감상하며 호수 가운데서 하룻밤 묵으려는 생각에 배를 뇌봉탑(雷峰塔) 아래에 정박시켰다. 그날 밤 달빛은 대낮처럼 밝았고 진하게 뿜어내는 연꽃의 향기는 온몸을 감싸는 듯 했다. 문득문득 커다란 물고기가 물살을 차고 뛰어오르는 소리가 들려왔고 둥지에 날개를 접고 잠자던 새들이 무엇인가에 놀란 듯 호숫가 언덕위로 울며 날아오르는 소리도 들렸다. 등목은 혼자 마신 술에 크게 취해 있었으나 누워서 잠을 청해도 잠을 이룰 수 없었다. 그는 일어나 옷을 걸쳐 입고 호수의 제방을 따라 천천히 거닐며 밤 경치를 구경하다가 어느덧 취경원(聚景園)까지 이르게 되었다. 그는 그저 발 가는 대로 아무 생각 없이 안으로 들어갔다. 그때는 이미 송나라가 멸망한 지 사십 년이나 지난 뒤여서 취경원 안의 회방전(會芳殿), 청휘각(淸輝閣), 취광정(翠光亭)과 같은 누대(樓臺)나 전각(殿閣)들은 모두 허물어져 없어졌고 다만 요진(瑤津)의 서헌(西軒) 만이 외롭게 우뚝 서 있을 뿐이었다. 등목이 이 건물에 올라 추녀 아래 난간에 기대어 잠시 쉬고 있노라니 홀연 어디선가 빼어나게 예쁜 한 여인이 시녀를 데리고 밖에서 걸어 들어왔다. 그녀의 머리카락은 바람에 날려 약간 흐트러졌고 부드러운 자태는 너무나 아름다워 마치 하늘의 선녀가 내려온 듯 하였다. 등목은 추녀 아래서 가만히 숨을 죽이고 조용히 그녀의 거동을 살폈다. 여인이 혼잣말로 처량하게 중얼거렸다.

"저 호수와 산들은 예와 다름없고 풍경 또한 아름답기 그지없으나 시절이 달라지고 세상은 바뀌었으니 사람으로 하여금 나라 망한 설움을 노래한 서리(黍離)의 슬픔을 느끼게 할 뿐이로구나"

여인은 취경원의 북쪽으로 나가 태호석(太湖石)의 큰 바위 곁에 앉아 다음과 같은 시를 한 수 읊었다.

湖上園亭好,　　호숫가 취경원 여전히 아름다워
重來憶舊游.　　또다시 찾아와 옛날을 그린다네
徵歌調玉樹,　　옥수의 곡조 맞춰 노래 부르고
閱舞按梁州.　　양주의 곡을 따라 춤을 추었네
徑狹花迎輦,　　길가에 핀 꽃은 수레를 마중하고
池深柳拂舟.　　호숫가 버들은 뱃전을 스치누나
昔人皆已歿,　　옛사람은 모두가 저승으로 갔으니
誰與話風流!　　이제와서 누구와 풍류를 즐기리오

등목은 원래가 방일(放逸)한 풍류(風流)를 즐기는 자였으므로 그녀의 모습을 처음 보면서 이미 정신을 차릴 수 없었는데 이제 시까지 읊는 것을 듣게 되자 더 이상 솟구치는 감정을 억누를 길이 없었다. 그는 곧 즉석에서 그 시에 화답하여 이런 시를 읊었다.

湖上園亭好,　　호숫가 취경원 여전히 아름다워
相逢絶代人.　　절세의 미녀를 여기서 만났도다
嫦娥辭月殿,　　달에서 내려오신 항아이신가
織女下天津.　　별에서 내려오신 직녀이신가
未領心中意,　　그대의 마음속 뜻을 아직 모르니
渾疑夢裏身.　　완연히 이 몸은 꿈속인 듯 싶어라
願吹鄒子律,　　따뜻한 기운의 추연(鄒衍) 노래 부르리라
幽谷發陽春.　　그윽한 골짜기에 새 봄이 오시려니

등목은 화답시를 다 읊은 후에 여인이 있는 쪽으로 달려갔다. 여인은 그다지 놀라는 기색도 없이 천천히 입을 열어 말했다.

"저는 낭군께서 여기 계신 줄 알고 일부러 찾아온 것이어요."

그녀의 이름을 묻자 여인은 이렇게 대답했다.

"저는 인간 세상을 떠난 지 오래 되었답니다. 스스로 사연을 아뢰고자 하나 낭군께서 놀라실까 실로 두렵사옵니다."

등목은 그 말을 듣고 그녀가 귀신이라는 사실을 알았지만 또한 아무런 두려움이 생기지 않아 다시 굳이 물어보았다. 여인은 이렇게 사연을 소개했다.

"저는 위방화(衛芳華)라고 하오며 송나라 이종(理宗) 때의 궁녀로서 꽃다운 나이 스물셋에 죽어서 이 취경원의 곁에 묻히고 말았답니다. 오늘 밤에는 연복사(演福寺)에 가귀비(賈貴妃)를 찾아뵈러 갔다가 오래 앉아 노는 바람에 그만 돌아오는 시간이 늦었던 것이어요. 그래서 낭군님을 여기서 오래 기다리시게 하였습니다."

여인은 곧 시녀에게 주안석을 준비하도록 했다.

"교교(翹翹)야. 집에 가서 자리와 술, 과일을 가지고 오너라. 오늘밤은 달빛도 이처럼 밝고 낭군님도 여기에 오시게 되셨으니 헛되이 보낼 수 없겠다. 여기서 달구경이나 하자."

시녀인 교교는 주인의 명을 받고 밖으로 나갔다. 얼마 후에 교교는 자주색 담요와 백옥에 꽃을 아로새긴 술병과 푸른 유리 술잔을 들고 들어왔다. 술맛과 향기가 특이하여 이 세상의 것 같지 않았다. 위방화는 등목과 서로 웃으면서 이야기도 하고 시도 읊었다. 여자는 말재주도 멋있고 글 솜씨도 깨끗하고 완숙한 게 예사 재주가 아니었다. 위방화는 교교에게 노래로써 주흥을 돋우라고 했다. 그러자 교교는 유기경(柳耆卿)의 「망해조(望海潮)」의 노래를 부르는 게 어떻겠냐고 물었다. 그러자 여인은 이렇게 말하였다.

"새 낭군에게는 낡은 노래가 어울리지 않는 법이야."

그리고는 즉석에서 「목란화만(木蘭花慢)」의 노래를 지어서 교교에게 노래하게 하였다.

記前朝舊事,	지난 왕조 옛일을 생각하나니
曾此地, 會神仙.	일찍이 이곳엔 신선들이 모였었네
向月地雲階,	달빛 비치는 땅, 구름 흐르는 계단

重携翠袖,	다시 푸른 빛 소매를 걷어잡고
來拾花鈿.	꽃 비녀를 줍는다
繁華總隨流水,	옛날 영화는 물결 따라 가버리고
歎一場春夢杳難圓.	아득한 일장춘몽 이룰 길이 없어라
廢港芙蕖滴露,	황폐한 포구엔 이슬 맺힌 부용꽃
斷隄楊柳垂烟.	무너진 제방엔 안개 낀 버드나무

兩峯南北只依然,	남북으로 솟아오른 봉우리 의연하고
輦路草芊芊.	천자 수레 가던 길엔 잡초만 무성하네
悵別館離宮,	슬프기 그지없어라! 별관과 이궁에
烟銷鳳蓋,	봉황 그림 어가(御駕)는 연기처럼 사라지고
波浸龍船.	천자 타신 용선(龍船)은 물결이 삼켰구나
平時玉屛金屋,	평시엔 옥 병풍에 금으로 칠한 집
對漆燈無焰夜如年.	지금은 칠 등잔에 불꺼진 밤이어라
落日牛羊壟上,	소떼 양떼 언덕엔 저녁 해가 뉘엿뉘엿
西風燕雀林邊.	제비 참새 숲 속엔 가을 바람 소슬해라

노래를 마치고 여인은 문득 눈물을 주루룩 흘렸다. 등생(滕生)은 위로의 말을 하여 마음을 풀어주면서도 은근한 말을 넌지시 던지면서 그녀의 마음을 떠보았다. 그러자 여인은 곧 일어나 사례하였다.

"저는 이미 죽은 사람으로 오래 전에 진토(塵土)가 되어 있었으나 만약 낭군을 곁에서 모실 수 있게 된다면 비록 죽은 몸이라도 썩지는 않을 것이옵니다. 하물며 낭군께서는 방금 시구를 읊어 저를 허락하지 않으셨나요? 원하옵건대 추연(鄒衍)의 노래를 불러 이 깊은 골짜기에 따스한 봄날이 오도록 해주십시오."

"방금 전에는 입에서 나오는 대로 부른 시였는데 별다른 뜻은 없었지만 어찌 그 말이 이렇게 맞아떨어질 줄을 알았겠습니까?"

등생이 그렇게 대답하였다. 얼마 후 달은 서쪽 담 너머로 숨어들고 은하수는 동편 고개 마루에 기울자 여인은 교교에게 자리를 치우게 한 뒤 등생에게 말했다.

"저희 집은 궁벽하고 누추하여 낭군이 계실 곳이 못 되옵니다. 차라리 이곳 서헌(西軒)은 그런 대로 괜찮을 것 같습니다."

그러더니 등생의 손을 잡고 함께 들어가 잠시 동침하였다. 사랑을 나눌 때 여느 산사람과 다를 바가 없었다. 날이 밝아오자 눈물을 뿌리며 헤어졌다. 한낮이 되어 등생은 취경원의 한쪽 구석진 곳을 찾아갔다. 과연 송나라 궁녀 위방화(衛芳華)의 무덤이 있었고 무덤의 왼편에 작은 흙더미가 있었으니 교교의 무덤이었다. 등생은 탄식을 하며 머뭇거리고 그곳에서 시간을 보냈다. 저녁 무렵이 되자 다시 서헌으로 찾아가니 여인이 벌써 먼저 와 있다가 그를 맞이하며 말했다.

"낭군께서 낮에 친히 찾아와 주신데 대해 감읍(感泣)하옵니다. 소첩은 밤에만 기약할 수 있으며 낮에는 기약할 수가 없어 감히 나가 뵙지 못하였습니다. 하지만 며칠만 지나면 밤과 낮의 구분 없이 낮에도 만날 수 있을 것입니다."

그로부터 밤마다 만나지 않는 날이 없었다. 한 열흘쯤 지나자 한낮에도 만날 수 있었다. 등생은 그녀를 자신의 거처에 데리고 가 함께 지냈다. 그러던 얼마 후 등생은 과거에 급제하지 못하여 동쪽으로 고향집에 돌아가고자 하였다. 여인이 함께 따라가려고 하자 등생이 물었다.

"교교는 어찌하여 따라 나서지 않는 거요?"

"소첩이 낭군을 모시고 따라가면 옛집에는 아무도 없게 되니 남아서 집을 지키려고 하는 것이옵니다."

여인이 그렇게 말하므로 등생은 그녀와 둘이서 고향으로 돌아왔다. 친척과 친지를 만나면 속여서 말했다.

"항주의 양가집에서 얻은 규수입니다."

사람들이 그의 행동거지가 부드럽고 온화하며 말솜씨가 슬기로운 것을 보고 그대로 믿고 반겼다. 여인은 등생의 집에 살면서 윗사람은 예의로 받들고 아랫사람은 은혜로 대하니 주변 이웃들에게도 모두 환심을 샀다. 더욱이 그녀는 부지런히 집안 일을 꾸려나가고 몸가짐을 단정히 하고 매사에 분수를 지키며 중문밖에는 가벼이 나서지 아니하니 모두들 등생이 내조자를 잘 얻었다고 축하하였다.

세월은 덧없이 흘러 삼년이 지나 정사(丁巳)년의 초가을이 되었다. 등생은 다시 행장을 차려 절강성에서 치르는 향시(鄕試)에 참가하고자 했다. 떠나려는 날이 되자 여인은 등생에게 이렇게 청했다.

"임안(臨安)은 소첩의 고향이옵니다. 낭군을 따라 이곳에 온 지도 벌써 삼 년이 되었아오니 이번 기회에 함께 따라가서 교교를 한번이라도 보고 싶습니다."

등생은 이를 허락하고 배를 세내어 함께 타고 곧장 전당(錢塘)으로 가서 방 하나를 빌려 짐을 풀었다. 도착한 다음날이 마침 칠월 보름날이었다. 여인이 등생에게 말했다.

"삼 년 전 이날 밤에 낭군과 만났었지요. 오늘이 마침 바로 그날입니다. 낭군과 함께 취경원에 다시 가서 옛 놀이를 이어보는 것이 어떠하겠습니까?"

등생이 그 말대로 하자고 하고 술을 가지고 그곳에 갔다. 저녁이 되자 둥근 달은 동편 담장 위로 떠오르고 남포(南浦)에 연꽃은 활짝 피었다. 이슬 맺힌 버들과 물안개 자욱한 대나무가 호숫가 언덕에서 흔들리고 있었다. 완연히 지난날의 경치와 다름없었다. 취경원 앞에 이르니 어느새 교교가 길목까지 마중 나와 절을 올리며 말했다.

"아가씨께서는 도련님을 모시고 성내를 유람하신지 벌써 삼 년이 지났습니다. 그간 인간세상의 즐거움에 흠뻑 빠져 오로지 옛날 살던 곳을 잊으셨는지요?"

세 사람이 함께 취경원으로 들어가 서헌에 이르러 자리를 잡고 앉았다. 여인은 홀연 눈물을 흘리며 등생에게 말했다.

"그 동안 낭군께서 저를 버리지 않으시어 침상에서 가까이 모실 수 있었습니다. 아직도 더 깊은 정을 다하지 못했는데 이제는 영원히 이별

해야 할 때가 온 것 같습니다."
"아니 그게 무슨 말이요?"
등생이 놀라서 묻자 여인이 대답했다.
"소첩은 본래 저승에 있는 몸으로서 오랫동안 밝은 세상에서 지냈으니 애초에 심히 옳지 못한 일이옵니다. 다만 낭군과는 전생에 인연이 있어 규율을 범하면서 서로 따르게 되었던 것입니다. 이제 그 인연이 다하였으니 스스로 물러나야만 합니다."
"아니 그렇다면 언제 떠난단 말이오?"
등생이 놀라며 다시 묻자 여인이 대답했다.
"오늘밤이 마지막이옵니다."
등생은 놀랍고 두려운 마음을 견딜 수가 없었다. 여인이 말했다.
"소첩이 끝끝내 낭군을 모시고 영원토록 즐거움을 다하고 싶지 않은 것은 아니옵니다. 하지만 정해진 운명에는 기한이 있어서 그것을 어길 수는 없사옵니다. 만일 지체하여 더 머물게 되면 중죄를 받게 되지요. 그러면 소첩에게만 손상이 아니라 낭군께도 이롭지 못한 일이옵니다. 규율을 어겨 벌을 받은 월낭(越娘)의 옛 이야기가 있음을 아시지 않으십니까?"
등생은 그 뜻을 약간은 깨달았으나 슬프고 가슴이 아파 밤이 새도록 잠을 이루지 못하였다. 산사의 종소리가 울리고 물가 마을의 닭이 홰를 치자 여인은 급히 일어나 등생과 이별을 하며 끼고 있던 옥가락지를 빼어 등생의 허리춤에 달아주었다.
"다음에라도 이걸 보시면 옛정을 잊지 않으실 거예요."
그리고 마침내 잡았던 소매를 풀고 떠나갔다. 하지만 여러 차례 자꾸 돌아보면서 머뭇거리다가 한참 뒤에는 완전히 사라졌다. 등생은 대성통곡을 하고 집으로 돌아왔다. 다음날 제물을 준비하여 다시 그녀의 무덤을 찾아가 지전을 불태우며 다음과 같은 조문(弔文)을 지어 바쳤다.

영령이시여! 그대는 태어나면서부터 맑고 아름다워 무리 중에서도 뛰어났으며 신선이나 성인과 같은 기이한 자태를 타고 나셨고 천지로부터 빼어난 정기를 받으셨나이다. 꽃보다 수려한 용모에 구슬같이 순수한 품성을 갖고 계셨나이다. 영달할 때는 천상의 황금 저택에 거처하셨지만 궁핍해서는 길가의 황폐한 무덤에 묻히셔서 소나무나 가래나무에 의지하고 여우나 토끼와 무리 지어 사셨나이다. 떨어지는 꽃잎과 흐르는 물결을 바라보고 끊어지는 빗줄기와 흩어지는 구름조각처럼 사랑을 잇지 못하고 살아오셨나이다. 중원에는 일도 많고 나라에는 임금도 없이 세월이 틈 사이를 빠져나가고 일월이 수레바퀴처럼 달려갔나이다. 하지만, 영령이시여! 그대는 소멸하지 아니하고 성정과 의식이 길이 남아 있었으며 이소옹(李少翁)의 기이한 재주를 빌지 않아도 천녀(倩女)의 혼령처럼 스스로 되돌아올 수 있었나이다. 옥갑(玉匣)에 넣었던 난새의 깃털 부채 들고 금박으로 수놓은 나비무늬 치마 입고 쨍그렁 소리나는 구슬 패물 차고 난초 향기 그윽하게 풍기며 걸으시던 그대였나이다. 함께 기뻐하고 즐기면서 늙도록 해로하고자 했건마는 어이하여 만나자 곧이어 헤어져야 하는가요? 낙수(洛水)의 여신께서 사뿐히 즈려 밟던 그 버선 신으시고 서왕모(西王母)의 요지연(瑤池宴)에 쓰던 그 술잔 잡으시던 그대였나이다. 이제는 다가가도 다시 볼 수 없고 두드려도 다시 들을 수 없는 그대. 다시는 그 만남을 이을 수 없으니 슬픔을 주체할 수 없고 누구와도 더불어 옛일을 이야기 할 수 없으니 가슴이 미어집니다. 봄바람에 버드나무 늘어진 정원도 잠가 두고 밤비에 배꽃 지는 문간도 닫아걸었나이다. 사랑의 은정이 끊어지니 하늘이 까마득하고 슬픈 원망만 맺혀지니 구름 빛이 어두워오고 목소리와 얼굴 모습 아득하여 가까이할 수 없으며 마음이 산란하여 어지럽기만 하나이다. 삼가 슬픔을 머금은 채 받들어 조상(弔喪)하나니 부디 이 글에 감응(感應)하옵기를 바라나이다. 아! 슬프고 애통하기 그지없나이다. 부디 흠향(歆饗)하시옵소서!

그 후로 여인은 다시 나타나지 않고 종적을 끊었다. 등생은 홀로 객사에 머물며 마치 아내를 잃은 양 슬퍼하였다. 과거시험의 기일이 다가왔지만 공원(貢院)에 시험보러 들어갈 마음이 일지 않아 침울한 모습으로 고향으로 돌아왔다. 친척과 친구들이 그 까닭을 묻자 비로소 그간의 사연을 모두 얘기해주었다. 그 말을 듣고 사람들은 모두 기이하게 여기며 감탄했다. 등생은 종신토록 장가를 들지 않고 안탕산(雁蕩山)에 약초를 캐러 들어가더니 다시는 돌아오지 않았다.

滕穆醉遊聚景園記

延祐[1]初, 永嘉[2]滕生名穆, 年二十六, 美風調, 善吟咏, 爲衆所推許. 素聞臨安山水之勝, 思一游焉. 甲寅[3]歲, 科擧之詔興,[4] 遂以鄕書赴薦[5]. 至則僑居[6]湧金門[7]外, 無日不往來於南北兩山及湖上諸刹, 靈隱、[8] 天竺、[9] 淨慈、[10] 寶石[11]之類, 以至玉泉、[12] 虎跑、[13] 天龍、[14] 靈鷲、[15] 石屋之

---

1) 延祐(연우) : 元나라 仁宗(愛育黎拔力八達)의 연호(1314~1320)이다. [周]
2) 永嘉(영가) : 지금의 浙江省 溫州市. [周]
3) 甲寅(갑인) : 延祐 원년인 1314년. [周]
4) 科擧之詔興(과거지조흥) : 元나라는 宋나라를 멸한 후 과거제도를 폐지하였다가 延祐 원년이 되어서야 다시 부활시켰다. [周]
5) 鄕書赴薦(향서부천) : 鄕書란 鄕試에서 치른 글이다. [句]『元史・選擧志』 제81권에 이런 문장이 보인다. "천거된 자들 중 훌륭한 성과를 남긴 사람도 있었고 남다른 재주를 가진 사람도 있었으며 언변으로 구한 사람도 있었고 글을 올린 사람도 있었다(其第名於薦擧者, 有遺逸, 有茂異, 有錄言, 有進書 ……)." 여기에서 말하는 鄕書란 아마 滕穆이 고을의 추천서를 가지고 省都로 과거를 보러 간 것을 가리키는 듯하다. [周]
6) 僑居(교거) : 나그네로 지낸다는 뜻이다. [句]
7) 湧金門(용금문) : 臨安(杭州)의 西門으로 일명 豐豫門이다. 문안에 湧金池가 있어 붙여진 이름이다. [周]
8) 靈隱(영은) : 절 이름. 옛날 杭州의 靈隱山 위에 있었다. 지금은 위치가 바뀌었다. [周]
9) 天竺(천축) : 절 이름. 杭州에 있으며 모두 세 개가 있다. 飛來峰 남쪽에 있는 것이 下天竺이고 稽留峰 북쪽에 있는 것이 中天竺이며 北高峰 기슭에 있는 것이 上天竺

洞,[16] 冷泉之亭,[17] 幽澗深林, 懸崖絶壁, 足迹殆將徧[18]焉. 七月之望, 於麯院[19]賞蓮, 因而宿湖, 泊舟雷峯塔[20]下. 是夜, 月色如晝, 荷香滿身, 時聞大魚跳躑於波間, 宿鳥飛鳴於岸際. 生已大醉, 寢不能寐, 披衣而起, 繞[21]堤觀望, 行至聚景園,[22] 信步而入. 時宋亡已四十年, 園中臺館, 如

이다. [周]

10) 淨慈(정자) : 절 이름. 옛날 杭州 南屛山 위에 있었다. 지금은 위치가 바뀌었다.

11) 寶石(보석) : 杭州 북쪽에 있는 寶石山은 葛嶺 부근으로 寶雲山의 줄기이다. 산 위에 寶石寺가 있었는지는 알려져 있지 않다. 淸代 毛奇齡의 기록에 의하면 “산 위에 탑이 있는데 寶石塔이라 했다. 후인들이 잘못 전하여 保俶塔이라고 했다(山上有塔, 名寶石塔, 後人訛爲保俶塔)”라고 한다. [周]

12) 玉泉(옥천) : 『夢粱錄』에 이런 내용이 있다. “錢塘江에서 9리 떨어진 松北에 淨空院이 있다. 北齊 때에 靈悟大師 雲超가 처음 산사를 열고 설법을 하였다. 용왕이 와서 듣고 기뻐하며 손뼉을 치자 샘이 솟았다(在錢塘九里松北淨空院. 北齊有靈悟大師雲超開山說法, 龍君來聽, 撫掌出泉).” [周]

13) 虎跑(호포) : 唐나라 元和 14년(819) 性空大師가 大慈山에 살았는데 산 위에 물이 없어 떠나려고 하였다. 그런데 갑자기 두 마리의 호랑이가 나타나 발톱으로 산을 기어오르자 산에서 샘물이 솟아 나왔는데 맛이 아주 달고 향기로웠다. 性空대사는 이에 그곳에 머물며 절을 세우고 虎跑寺라 이름지었다. [周]

14) 天龍(천룡) : 『夢粱錄』에 “嘉會門 밖 洋泮橋 남쪽에 天龍山이 있다(嘉會門外洋泮橋南有天龍山)”라는 내용이 나온다. [周]

15) 靈鷲(영취) : 杭州 飛來峰의 별칭이다. [周]

16) 石屋洞(석옥동) : 『夢粱錄』에 이런 내용이 있다. “大仁院에 石屋洞이 있는데 매우 거대하다. 집과 같은 모양에 사방 주위에 수많은 부처와 나한상이 새겨져 있다(大仁院有石玉洞, 極高大, 狀如屋, 周圍鐫刻諸佛菩薩羅漢之象).” [周]

17) 冷泉亭(냉천정) : 杭州 飛來峰 아래에 있으며 唐나라 때 세워졌다. 冷泉 두 글자는 白樂天이 쓴 것이고 亭자는 蘇東坡가 쓴 것이다. 蘇東坡가 杭州의 수령으로 있을 당시 이 정자에서 사건을 판결한 적이 있다. [周]

18) 徧(편) : 두루 다니다(周)의 뜻이다. [句]

19) 麯院(국원) : 西湖 10景 중 하나인 麯院風荷의 麯院을 일컫는다. 麴院이라고도 한다. [周] 南宋 때는 원래 麯院荷風이라고 했다. 국원은 관청의 술 빚는 도가를 지칭했는데 오늘날 洪春橋 근처에 있었다. 당시 金沙의 맑은 물이 西湖로 흘러드는 곳이어서 그 물로 술을 빚었다. 또 西湖에 연꽃이 활짝 피면 그 향기가 바람을 타고 진동을 하였다. 康熙 연간에 황제가 南巡하여 碑石을 세우면서 글자를 바꾸어 曲院風荷라고 했다. 지금 麯院風荷에는 岳湖, 竹素園, 曲院, 風荷, 濱湖密林, 郭莊 등 여섯 가지의 구경거리가 있다. [譯]

20) 雷峯塔(뇌봉탑) : 吳越王 錢俶의 妃인 盧氏을 위해 지은 것으로 본래 이름이 盧妃塔이었으나 음이 잘못 표기되어 雷峯塔이 되었다. 일설에는 도인 雷就가 살았다고 해서 뇌봉이라 이름이 붙었다고 한다. 탑은 1924년에 이미 무너졌다. [周]

會芳殿、淸輝閣、翠光亭皆已頹毁, 惟瑤津西軒巋然獨存. 生至軒下, 憑欄少憩. 俄見一美人先行, 一侍女隨之, 自外而入, 風鬟霧鬢, 綽約多姿, 望之殆若神仙. 生於軒下屛息[23]以觀其所爲. 美人言曰 : "湖山如故, 風景不殊, 但時移世換, 令人有『黍離』[24]之悲耳!" 行至園北太湖[25]石畔, 遂詠詩曰 :

湖上園亭好, 重來憶舊游. 徵歌[26]調『玉樹』,[27] 閱舞按『梁州』.[28]
徑狹花迎輦, 池深柳拂舟. 昔人皆已歿, 誰與話風流!

生放逸者, 初見其貌, 已不能定情, 及聞此作, 技癢[29]不可復禁, 卽於軒下續吟曰 :

湖上園亭好, 相逢絶代人. 嫦娥[30]辭月殿, 織女[31]下天津.[32]

---

21) 【校】繞(요) : [奎]와 [董]에는 遶로 씀.
22) 聚景園(취경원) : 杭州 淸波門 밖에 있으며 宋나라 孝宗(趙愼)이 高宗(趙構)을 봉양하던 곳이다. 건물의 편액은 모두 孝宗의 친필이다. 淳熙(1174~1189) 연간에 효종은 여러 차례 취경원으로 행차한 적이 있다. 嘉康(1201~1204) 연간 寧宗(趙擴) 또한 太后를 모시고 이곳으로 행차했다. 후에 점점 황폐해졌으나 보수되지 않았다. [周]
23) 屛息(병식) : 숨을 멈춘다는 뜻이다. [句]
24) 黍離(서리) : 『詩經・王風』의 편명. 이 시는 周 王室이 東遷한 후에 한 사대부가 지은 것이다. 그는 일이 있어 西周로 갔다가 이전의 종묘와 궁궐에 기장만이 가득 자라 있는 것을 보게 되었다. 그는 주 왕실이 무너진 것을 슬퍼하여 차마 그곳을 떠나지 못하고 이 시를 지었다. [周]
25) 太湖(태호) : 곧 西湖이다. [句]
26) 徵歌(징가) : 노래를 부른다는 뜻이다. 이백의 시에 "노래를 부르며 洞房(부인의 침방)을 나서노라"라는 구절이 있다. 陳後主는 주색에 빠져 총애하는 신하들과 더불어 玉樹後庭花 등의 곡을 만들었다. [句]
27) 玉樹(옥수) : 악곡명. 「玉樹後庭花」로 樂府 吳聲歌曲에 속하며 陳後主 叔寶가 만들었다. [周]
28) 梁州(양주) : 악곡명. 본래는 「凉州」라 했으며 西凉에서 바친 것이다. 후에 대부분 「梁州」라 잘못 표기했는데 唐人들의 詩에서 이미 이와 같이 썼다. [周]
29) 癢(양) : 가려움을 긁는다는 뜻이다. 技藝를 지닌 사람은 자기 스스로를 억제하지 못해 마치 가려움을 긁을 때 스스로 멈출 수 없는 것과 같다. 宋나라 사람의 시에 "갓 태어난 새는 여러 가지 울음소리를 내고 싶어한다"라는 구절이 있다. [句]

未領心中意, 渾疑夢裏身. 願吹鄒子[33]律, 幽谷發陽春.

吟已, 趨出赴之. 美人亦不驚訝, 但徐言曰 : "固知郎君在此, 特來尋訪耳." 生問其姓名. 美人曰 : "妾棄人間已久, 欲自陳敘, 誠恐驚動郎君." 生聞此言, 審[34]其爲鬼, 亦無所懼, 固問之. 乃曰 : "芳華姓衛, 故宋理宗朝宮人也, 年二十三而歿, 殯於此園之側. 今晚因往演福[35]訪賈貴妃, 蒙延坐久, 不覺歸遲, 致令郎君於此久待." 卽命侍女曰 : "翹翹, 可於舍中取裀席酒果來. 今夜月色如此, 郎君又至, 不可虛度, 可便於此賞月也." 翹翹應命而去. 須臾, 攜紫氍毹,[36] 設白玉碾花樽, 碧琉璃盞, 醪醴馨香, 非世所有. 與生談謔笑咏, 詞旨清婉. 復命翹翹歌以侑酒. 翹翹請歌柳耆卿[37]『望海潮』詞. 美人曰 : "對新人不宜歌舊曲." 卽於座上自製『木蘭花慢』一闋, 命翹翹歌之曰 :

---

30) 嫦娥(항아) : 고대 신화전설 속에 나오는 夏 왕조 窮國君 后羿의 처. 后羿는 西王母에게 不老長生약을 얻었는데 항아가 그 약을 훔쳐먹고는 月宮으로 달아났다. [周] 달의 별칭. [譯]

31) 織女(직녀) : 별자리 이름. 『荊楚歲時記』에 다음과 같은 내용이 있다. "은하수의 동쪽에 직녀가 있었는데 上帝의 딸이다. 해마다 베를 짜서는 雲錦天衣를 만들었다. 상제는 그녀가 혼자인 것을 가엾게 여겨 은하수 서쪽에 있는 牽牛郎에게 시집보냈다. 직녀는 시집간 후 곧 베 짜는 일을 그만 두었다. 상제가 노하여 그 책임을 물어 은하수 동쪽으로 돌려보내고는 일 년에 한 번만 서로 만나게 했다." [周]

32) 天津(천진) : 은하수이다. [周]

33) 鄒子(추자) : 전국시대 齊나라 사람 鄒衍. 그가 일찍이 燕나라에 가자 燕昭王은 그를 위해 碣石宮을 짓고 스승의 예로 대하였다. 후에 昭王이 죽자 그의 아들 惠王은 鄒子를 헐뜯는 말을 사실로 믿고 그를 우리 속에 가두었다. 그러자 한여름 유월에 하늘에서 서리가 내렸다. 鄒子는 음률에 정통하였다. 북방의 어떤 토지는 매우 비옥하였지만 날씨가 너무 추워 곡식이 잘 자라지 않았는데 추자가 음악을 연주하면 땅에 따뜻한 기운이 생겨 곡식이 무성하게 자라났다고 한다. [周]

34) 審(심) : 안다는 뜻이다. [譯]

35) 演福(연복) : 절 이름. 1257년 재건하였다. 원래는 敎宗이었는데 咸淳(1265~1274) 연간에 禪宗으로 바뀌었다. 뒤에 德祐(1275~1276) 연간 다시 교종으로 바뀌었다. 宋 理宗(趙昀)의 賈貴妃가 이 절에 묻혔다. [周]

36) 氍毹(구유) : 털로 짠 깔개. 오늘날은 담요라고 한다. 韓愈의 시에 "두 행랑채엔 담요를 깐다"라는 구절이 있다. [句] 모직 깔개. 담요. [周]

37) 柳耆卿(유기경) : 宋나라 사람으로 小詞에 능했다. 일찍이 「望海潮詞」를 지었다. [句]

記前朝舊事, 曾此地, 會神仙. 向月地雲階, 重攜翠袖, 來拾花鈿.
繁華總隨流水, 歎一場春夢杳難圓.[38] 廢港芙蕖滴露, 斷堤[39]楊柳垂煙.
兩峯南北只依然, 輦路[40]草芊芊. 悵別館離宮, 烟銷鳳蓋, 波浸龍船.
平時玉屛金屋, 對漆燈[41]無焰夜如年. 落日牛羊壟上, 西風燕雀林邊.

歌竟, 美人潸[42]然垂淚. 生以言慰解, 仍微詞挑[43]之, 以觀其意. 卽起謝曰 : "殂謝[44]之人, 久爲塵土, 若得奉侍巾櫛,[45] 雖死不朽. 且郎君適間詩句, 固已許之矣, 願吹鄒子之律, 而一發幽谷之春也." 生曰 : "向者之詩, 率口而出, 實本無意, 豈料便成語讖.[46]" 良久, 月隱西垣, 河傾東嶺,[47] 卽命翹翹撤席. 美人曰 : "敝居僻陋, 非郎君之所處, 只此西軒可

---

38) 蘇東坡의 시에 "번화롭던 과거란 참으로 一夢에 불과하다네(繁華眞一夢)"란 구절이 있다. 山谷(黃庭堅)의 시에는 "녹차의 꿈을 소승이 이뤘다네(茶夢小僧圓)"라는 구절이 있다. 圓은 이루다(成)와 같다. [句]

39) 【校】 堤(제) : [奎]와 [董]에는 隄로 쓰임.

40) 輦路(연로) : 옛날 황제의 수레가 지나가는 길은 미리 길을 깨끗이 하고는 수레가 지나갈 때 함부로 사람이 들어가지 못하게 하였다. [周]

41) 漆燈(칠등) : 옛날에는 옻나무를 양초대신 등잔기름으로 썼다. 南唐의 沈彬이 살던 곳에 큰 나무 한 그루가 있었는데 沈彬은 늘 "내가 죽거든 이 나무아래 묻어다오"라고 하였다. 후에 그가 죽자 장사를 지내려고 나무 아래를 파다가 구멍을 발견했는데 옛 무덤이었다. 무덤 안에 오래된 燈臺가 있고 燈臺위에는 漆燈이 하나 놓여 있었다. 봉분에 위패가 있었는데 거기에 篆書體로 다음과 같은 글이 쓰여 있었다. "아름다운 성(무덤)이 오늘 이미 열렸네. 비록 열렸지만 묻히지 않았으니 칠등은 아직 꺼지지 않은 채 심빈이 오기만을 기다리고 있네(佳城今已開, 雖開不葬埋, 漆燈猶未爇, 留待沈彬來)." 『江南野史』에 보인다. [周]

42) 【校】 潸(잠) : [董]에는 潸으로 쓰임.

43) 挑(도) : 挑는 서로 꾀며 유혹하다는 뜻이다. 司馬相如가 비파로 卓文君의 마음을 꾄 적이 있다. [句]

44) 殂謝(조사) : 죽다라는 뜻이다. 徂謝라고도 한다. [譯]

45) 侍巾櫛(시건즐) : 巾은 손을 닦는 데 쓰고 櫛(머리빗)은 머리를 빗는 데 쓴다. 侍巾櫛은 옛날 여자가 남자에 대해 자신을 낮추어 하던 말로 執箕帚(쓰레받기와 빗자루를 잡다)의 뜻과 같다. 侍巾櫛과 執箕帚는 모두 당신에게 시집가서 당신을 잘 섬기고 싶다는 의미다. [周]

46) 語讖(어참) : 별다른 생각 없이 지껄인 말이 후에 정말 현실로 나타나는 것을 말한다. 말이 씨가 된다는 뜻이다. [周]

47) 河傾東嶺(하경동령) : 河鼓星(견우성 북쪽에 있는 별 이름)이 동쪽 산 아래로 기울다. 날이 이미 저물었음을 의미한다. [周]

也.” 遂攜手而入, 假寢[48]軒下, 交會之事, 一如人間. 將旦, 揮涕而別. 至晝, 往訪於園側, 果有宋宮人衛芳華之墓, 墓左一小丘, 卽翹翹所瘞也. 生感歎逾時. 迨暮, 又赴西軒, 則美人已先至矣. 迎謂生曰 : “日間感君相訪, 然而妾止卜其夜, 未卜其晝, 故不敢奉見. 數日之後, 當得無間耳.” 自是無夕而不會. 經旬之後, 白晝亦見, 生遂攜歸所寓安焉. 已而生下第[49]東歸, 美人願隨之去. 生問 : “翹翹何以不從?” 曰 : “妾旣奉侍君子, 舊宅無人, 留其看守耳.” 生與之同回鄕里, 見親識, 紿[50]之曰 : “娶於杭郡之良家.” 衆見其擧止溫柔, 言詞慧利, 信且悅之. 美人處生之室, 奉長上以禮, 待婢僕以恩, 左右鄰里, 俱得其歡心; 且又勤於治家, 潔於守己, 雖中門之外, 未嘗輕出. 衆咸賀生得內助.

荏苒[51]三歲, 當丁巳年[52]之初秋, 生又治裝赴浙省鄕試,[53] 行有日矣. 美人請於生曰 : “臨安, 妾鄕也. 從君至此, 已閱三秋, 今願得偕行, 以顧視翹翹.” 生許諾, 遂賃舟同載, 直抵錢塘, 僦屋以居. 至之明日, 適値七月之望, 美人謂生曰 : “三年前曾於此夕與君相會, 今適當其期, 欲與君同赴聚景, 再續舊游可乎?” 生如其言, 載酒而往. 至晚, 月上東垣, 蓮開南浦, 露柳煙篁, 動搖隄岸, 宛然昔時之景. 行至園前, 則翹翹迎拜於路首曰 : “娘子陪侍郎君, 遨游城郭, 首尾三年, 已極人間之歡,[54] 獨不記念舊居乎?” 三人入園, 至西軒而坐. 美人忽垂淚而告生曰 : “感君不棄, 侍奉房帷, 未遂深歡, 又當永別.” 生曰 : “何故?” 對曰 : “妾本幽陰之質, 久

---

48) 假寢(가침) : 假寢이란 곧 假寐(잠잘 준비 없이 옷을 입은 채 잠을 잠)이다. 『左傳』 宣王 2년에 “趙盾이 관복을 차려입고 조회에 나가려니 너무 일렀다. 앉은 채 가침을 했다”라는 문장이 보이고 注에는 “의관을 벗지 않고 자는 것이다”라고 되어 있다. [句]
49) 下第(하제) : 과거시험에 떨어지다. [周]
50) 紿(태) : 속이다, 거짓말하다. [周]
51) 荏苒(임염) : 얼마 안 되는 시간이란 뜻이다. [句] 여기서는 세월이 지나다라는 의미로 해석해야 한다. [譯]
52) 丁巳年(정사년) : 1317년. [周]
53) 鄕試(향시) : 과거제도. 삼년에 한번씩 각지의 선비들은 省都에 모여서 과거시험을 보았다. 과거에 합격한 사람을 擧人이라 하였다. [周]
54) 【校】 歡(환) : [奎]와 [董]에는 懽으로 쓰임.

踐陽明之世, 甚非所宜. 特以與君有夙世之緣, 故冒犯條律以相從耳. 今而緣盡, 自當奉辭." 生驚問曰 : "然則何時?" 對曰 : "止在今夕耳." 生凄[55]惶不忍. 美人曰 : "妾非不欲終事君子, 永奉歡娛. 然而程命有限, 不可違越. 若更遲留, 須當獲戾, 非止有損於妾, 亦將不利於君. 豈不見越娘[56]之事乎?" 生意稍悟, 然亦悲傷感愴, 徹宵不寐. 及山寺鐘鳴, 水村鷄唱, 急起與生爲別, 解所御玉指環繫於生之衣帶, 曰 : "異日見此, 無忘舊情." 遂分袂而去, 然猶頻頻回顧, 良久始滅. 生大慟而返. 翌日, 具肴醴, 焚鏹[57]楮於墓下, 作文以弔之曰 :

惟靈生而淑美, 出類超群. 禀奇姿於仙聖, 鍾秀氣於乾坤. 粲然如花之麗, 粹然如玉之溫. 達則天上之金屋, 窮則路左之荒墳. 托松楸而共處, 對狐免之群奔. 落花流水, 斷雨殘雲. 中原多事, 故國無君. 撫光陰之過隙, 視日月之奔輪. 然而精靈不泯, 性識長存. 不必仗少翁之奇術,[58] 自能返倩女之芳魂.[59] 玉匣

---

55) 【校】凄(처) : [奎]와 [董]에는 悽로 쓰임.

56) 越娘(월낭) : 宋나라 사람 劉斧의 『靑瑣高議』 별집 3권에 나오는 이야기. 西洛의 楊舜兪는 蔡州로 친구를 찾아가던 도중 밤에 鳳樓坡(宋元 戱文 및 雜劇에는 모두 鳳凰坡로 되어 있음)에 있는 越娘의 집에 묵게 된다. 楊舜兪는 越娘을 사랑하게 되어 시를 지어 그녀를 유혹하였다. 越娘은 자신은 이미 죽은 혼령이라고 하면서 장래에 그와 다시 만나기로 하고는 그에게 移葬해주기를 청했다. 후에 楊舜兪가 이장을 했더니 越娘이 그가 살고 있는 곳으로 와서 그와 다시 해후하였다. 얼마간의 세월이 흐른 뒤 越娘은 그에게 자신은 혼령이기 때문에 그에게 이롭지 못하다고 말하고 곧 떠나서 다시는 돌아오지 않았다. 元代 尙仲賢의 잡극 『鳳凰坡越娘背燈』이 있었는데 『錄鬼簿』에 보인다. 지금은 이미 전해지지 않는다. 다만 『太和正音譜』 안에 한 곡조가 남아 있다. 宋元의 희문 중에도 『鳳凰坡越娘背燈』(『南九宮譜』 黃鍾賺集 六十二家戱文名에서 인용됨)이 있었는데 또한 전해지지 않는다. [周]

57) 鏹(강) : 돈꿰미(錢貫)로 곧 종이돈을 꿰던 돈꿰미를 말한다. [句]

58) 少翁之奇術(소옹지기술) : 漢나라의 방사 李少翁(혹은 少君)은 혼을 부르는 법술에 능했다. 일찍이 李夫人의 혼을 불러내 漢武帝에게 보인 적이 있다. [周]

59) 倩女之芳魂(천녀지방혼) : 唐나라 때 張鎰이란 사람이 衡州에 살고 있었다. 그에게는 倩娘이라는 딸이 있었는데 張鎰의 甥姪인 王宙와 서로 사랑했다. 후에 張鎰이 倩娘을 다른 사람에게 결혼을 허락하자 王宙는 마음속에 한을 품고는 京師로 간다는 핑계를 대고 배를 빌려 떠났다. 한밤중에 갑자기 倩娘이 뒤쫓아 오자 王宙는 그녀를 데리고 함께 도망갔다. 四川에서 5년 동안 살면서 두 명의 자식을 낳고서야 비로소 함께 衡州로 돌아왔는데 王宙가 張鎰에게 사죄하자 張鎰은 크게 놀랐다. 倩娘은 집에서 몇 년

驂鸞之扇，金泥[60]簇蝶之裙．聲泠泠兮環珮，香靄靄兮蘭蓀．方欲同歡以偕老，奈何旣合而復分！步洛妃[61]凌波之襪，赴王母瑤池之樽．卽之而無所覩，扣之而不復聞．悵後會之莫續，傷前事之誰論？鎖楊柳春風之院，閉梨花夜雨之門．恩情斷兮天漠漠，哀怨結兮雲昏昏．音容杳而靡接，心緖亂而紛紜．謹含哀而奉弔，庶有感於斯文！嗚呼哀哉，尙饗！

從此遂絶矣．生獨居旅邸，如喪配耦．試期旣迫，亦無心入院，惆悵而歸．親黨問其故，始具述之，衆咸歎異．生後終身不娶，入雁蕩山[62]採藥，遂不復還．

간 병을 앓고 있어 결코 규방을 떠난 적이 없었기 때문이었다. 이에 사람을 보내 배 위에 있던 倩娘을 데려왔더니 두 명의 倩娘이 서로 합쳐져 한 몸이 되었다. 원래 王宙와 함께 도망갔던 倩娘은 규중에 있던 倩娘의 영혼이었던 것이다. 唐나라 陳玄祐는 傳奇小說『離魂記』를 지었다. [周]

60) 『漢書』에 "아주 먼 곳으로 사신을 가는 자는 모두 금으로 입힌 도장을 받는다"라는 문장이 보인다. 注에는 "금으로 칠을 하여 함을 봉하면 귀신들도 감히 범하지 못한다"라고 되어 있다. 杜甫의 시에는 "꽃무늬 비단에 나비를 붙였다"라는 구절이 있다. 注에 "비단의 무늬이다"라고 되어 있다. [旬]

61) 洛妃(낙비) : 洛水의 여신 宓妃(복비). 宓犧氏(즉 伏羲氏)의 딸. [周]

62) 雁蕩山(안탕산) : 浙江省 樂清縣 동쪽 90리에 있다. 산꼭대기에 호수가 있는데 일년 내내 물이 마르지 않는다. 봄에 돌아가는 기러기가 이 산 위에 머물러 잠을 자기에 雁蕩이라 했다. [周]

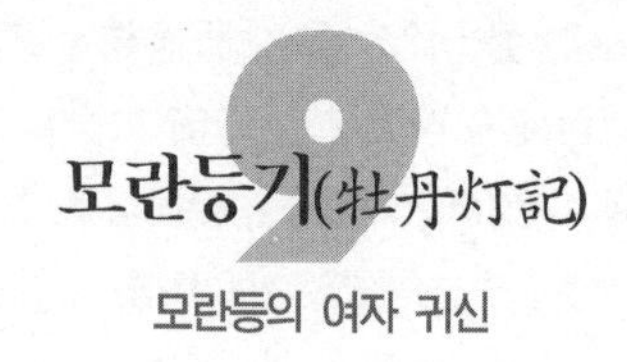

모란등기(牡丹灯記)

모란등의 여자 귀신

원나라 말기 방국진(方國珍)이 절강의 동쪽지방을 점거하고 있을 때의 일이다. 당시에는 매년 정월 보름날이 되면 명주(明州)에서는 밤새도록 등롱을 내걸고 온 도시의 백성들이 남녀노소를 불문하고 모두 뛰쳐나와 마음껏 구경을 하곤 했다.

지정(至正) 20년에 교씨(喬氏) 성을 가진 서생이 진명령(鎭明嶺) 고개 아래에 살고 있었는데 얼마 전 아내를 잃고 혼자 몸으로 무료하게 지내면서 밖으로 나다니지도 않고 그저 문간에 기대서서 오가는 사람을 구경하고 있을 따름이었다. 정월 보름이 되던 그날 저녁에도 자정 무렵이 지나자 구경꾼들이 점점 돌아가고 인적이 드물었다. 바로 그때 그는 저만치서 다가오는 사람의 모습을 보았다. 앞에서 한 시녀가 쌍두 모란등(牡丹燈)을 들고 길을 인도하는 가운데 아름다운 한 여인이 뒤를 따르고 있었다. 나이는 열일곱이나 열여덟 살 가량 되어 보였는데 붉은 색 치마에 초록색 저고리를 입고 하늘하늘 요염한 자태로 천천히 서쪽을 향해 걸어가고 있었다.

교생(喬生)은 휘영청 밝은 보름달 아래 이 젊고 아름다운 여인의 자태를 바라보다 그녀가 정녕 경국지색(傾國之色)의 미인임을 알고 눈앞이 몽롱해지고 정신이 아득해지면서 몸을 가눌 길이 없어 자신도 모르는 사이에 그들의 뒤를 서서히 따르기 시작했다. 때로는 그들을 앞서 가기도 하고 때로는 그 뒤를 따르기도 하면서 수십 걸음을 가다보니 미녀가 홀연 뒤를 돌아보고 옅은 미소를 띠며 말을 걸어왔다.

"애초에 그대와 약조한 바가 없었건만 오늘밤 이처럼 달빛 아래서 서로 만나게 되었으니 아마도 인연이 있었던 모양이군요. 결코 우연만은 아니겠지요."

교생이 그 말을 듣고 곧바로 빠른 걸음으로 다가가 미녀를 향해 허리를 굽혀 읍을 하고는 이렇게 말했다.

"저의 누추한 집이 바로 지척에 있아오니 낭자께서 한번 들려주시면 어떠하실런지요?"

그 여인은 말을 듣자 별로 난감해하거나 거절하는 빛도 없이 곧바로 시녀를 불러 일렀다.

"금련(金蓮)아, 네가 등롱을 들고 앞장서서 함께 가 보자꾸나."

그리하여 금련이라 불린 몸종은 오던 길을 되돌려 걷기 시작하였고 교생과 여인은 서로 손을 잡은 채 교생의 집에 이르렀다. 그날 밤 그는 마침내 여인과 더할 수 없이 친밀하게 되었다. 그는 옛날 무산(巫山)의 신녀(神女)나 낙포(洛浦)의 선녀라 하더라도 그 즐거움이 이보다 더하진 못하였을 것이라고 혼자 생각하였다. 교생은 그녀의 성명과 살고 있는 곳을 물어보았다. 이에 그녀는 이렇게 대답했다.

"저의 성은 부씨(符氏)이며 자를 여경(麗卿)이라 하고 이름은 수방(漱芳)이라고 하옵니다. 저는 이미 고인이 되신 봉화(奉化) 주판(州判)의 딸이온데 아버님이 작고하신 후에 가세가 기울고 집안에 달리 형제 자매도 없거니와 가까운 친척도 드물어 저 혼자 이렇게 외롭게 살고 있습니다.

금련이와 더불어 잠시 호수의 서쪽 지역에서 지내고 있사옵니다."

교생은 그 말을 듣고 그녀에게 그곳에 머물도록 하였다. 여인은 아름다운 자태를 지니고 부드럽고 다정하게 말을 속삭였다. 그날 밤 휘장을 낮게 드리우고 두 사람은 원앙금침을 함께 하며 남녀상열의 지극한 정을 다하였다. 날이 밝아오자 여인은 이별을 고하고 떠나갔다가 어둠이 드리워진 이후에 다시 찾아왔다. 그렇게 오고 가기를 대략 보름쯤 하였는데 이웃에 사는 한 노인이 의심스러워서 몰래 담벼락에 구멍을 뚫고 들여다보았다. 그랬더니 분을 잔뜩 바른 해골이 교생과 더불어 등불 아래 다정하게 함께 앉아 있는 게 아니던가. 그는 크게 놀라 이튿날 아침 교생을 찾아가 물었다. 하지만 그는 입을 굳게 다물고 진상을 말하려고 하지 않았다. 노인이 탄식을 했다.

"아이구, 이 사람아! 자넨 이제 화를 면할 수가 없게 되었네 그려. 사람은 양계(陽界)에서 지극히 왕성하고 존귀한 존재이고 귀신은 음계(陰界)의 사악하고 더러운 것일 뿐이라네. 자네는 음계의 귀신 따위와 동거하면서도 스스로 깨닫지 못하고 사악하고 더러운 것들과 함께 묵고 있으면서도 깨어나지를 못하고 있네. 일단 몸 안의 정기가 소진하면 재앙은 곧바로 닥치게 된다네. 아깝도다, 청춘의 세월이여! 결국에는 황토의 땅속으로 떠나가는 과객이 되고 마는 것을! 이 얼마나 슬프고도 처량한 일이랴!"

교생이 그 말을 듣고 두려운 마음이 들어 그간의 사연을 죄다 말했다. 노인이 말했다.

"그것이 호수의 서쪽에 잠시 머물고 있다고 했으니 한번 가서 찾아보면 알 수 있을걸세."

교생은 노인의 말에 따라 월호(月湖)의 서쪽으로 달려가 긴 제방의 위와 높은 다리 아래에서 오고가며 현지의 주민들을 살피면서 길가는 사람들에게 이리저리 물어보았지만 모두들 그런 사람을 알지 못한다고 하였다. 해가 서산에 떨어지면서 서서히 어둠이 몰려오자 교생은 호수 가운데에 있는 호심사(湖心寺)로 걸어 들어가 잠시 마음을 진정시키고 쉬기로 했다. 절 동쪽의 긴 낭하를 끝까지 걸어갔다가 다시 서쪽 긴 낭하를 향하는데 낭하가 끝나는 끄트머리에 안이 어두컴컴한 방이 하나 있었다. 들어가 자세히 보니 안에는 객사한 사람의 관이 하나 놓여 있었는데 하얀 종이 위에는 '고(故)봉화(奉化)부주판(符州判)의 딸 여경(麗卿)의 영구'라고 쓰여 있었다. 관 앞에는 쌍두 모란등이 하나 걸려 있고 등불 앞에는 종이로 만든 시녀가 서 있는데 등에 '금련'이란 두 글자가 쓰여 있었다. 교생은 이를 보자 모골이 송연해 지면서 온몸에 소름이 쫙 끼쳤다. 그는 걸음아 날 살려라 하면서 뒤도 돌아보지 않고 내달려 절을 빠져 나왔다. 그날 밤 교생은 이웃집 노인의 집에서 밤을 보냈다. 두려움과 걱정으로 그의 얼굴은 창백하고 일그러질 대로 일그러져 있었다. 노인이 말했다.

"현묘관에 계신 위(魏) 법사께서는 예전 개봉부 왕진인(王眞人)의 제자로서 부적이나 귀신막이로는 오늘날 최고이시니 한 번 급히 찾아가 뵙고 살 방도를 구하여보게나."

이튿날 아침, 날이 밝자 교생은 급히 도교의 절인 도관(道觀)을 찾아갔다. 법사는 그가 찾아온 것을 보고 놀라 물었다.

"그대의 온몸은 요상한 기운으로 가득 차 있소이다. 무슨 까닭으로 오시게 되었소?"

교생은 자리 아래에서 절을 올리고는 자초지종을 상세히 아뢰었다. 법사는 사연을 듣고 나서 두 개의 붉은 부적을 건네주며 하나는 출입문에 붙이고 또 하나는 침상에 붙여 두라고 이르고 다시는 호심사 근처에 얼씬도 하지 말라고 일렀다. 교생은 부적을 가지고 집으로 돌아와 법사의 말대로 붙였다. 그 후로 여인은 다시 나타나지 않았다.

한 달쯤 지난 후에 교생은 친구를 만나러 곤수교(袞繡橋) 근처로 갔다. 친구는 그를 붙들어 두고 함께 취하도록 술을 마셨다. 술에 취한 교생은 법사가 한 당부의 말을 까맣게 잊어버리고 곧장 호심사 길을 지나서 집으로 돌아가고자 했다. 거의 절 입구에 이르렀을 때 금련이 앞으로 나서서 맞이하면서 인사를 올렸다.

"낭자께서 서방님을 기다리신 지 오래 되옵니다. 어이하여 한동안 이처럼이나 매정하게 발길을 끊으셨는지요?"

그렇게 말하면서 금련은 교생을 이끌고 곧장 서쪽 낭하의 끝에 어두운 방으로 데리고 들어갔다. 여인은 방안에 단정히 앉아서 들어오는 교생을 향해 꾸짖기 시작했다.

"저는 애초에 당신과는 서로 모르는 사이였습니다. 우연히 모란등불 아래에서 만나 당신의 간곡한 청을 뿌리치지 못하여 마침내 서로의 몸과 마음을 허락하기에 이르렀던 것입니다. 저녁이면 찾아 뵙고 아침이면 나와야 하는 지나간 짧지 않은 나날 동안 실로 한번도 당신을 소홀히 대한 바가 없거늘 어이하여 요망한 도사의 말만 헛되이 믿고 홀연 의심을 일으켜 서로의 오고감을 영원히 단절하고자 하시는 것입니까? 이처럼 매정하신 당신이 실로 원망스럽기가 한이 없습니다. 오늘 그야말로 천행으로 다시 만나게 되었으니 어찌 그냥 보내드릴 수 있겠습니까?"

말을 마친 여인이 교생의 손을 잡고 관 앞에 이르니 갑자기 관 뚜껑이 활짝 열렸다. 여인은 교생을 끌어안고 함께 관 속으로 들어가 버렸다. 관 뚜껑이 곧바로 닫혔다. 교생은 결국 관 속에서 죽었다.

이웃집 노인은 교생이 집을 나간 지 며칠이 되어도 돌아오지 않자 이상히 여겨 원근으로 이곳저곳을 다니며 탐문을 하였다. 그러다 마침내 절의 한쪽 구석에 관을 안치하고 있는 방을 찾았다. 방안에 들어가 보니 관 하나의 틈새 밖으로 교생의 옷자락이 약간 끼여 있는 것이 보였다. 절의 스님을 불러 관을 열어보도록 하니 교생은 이미 관속에서 죽은 지 오래되었다. 관속에는 누워있는 여인의 시체가 있었으며 교생은 그 위에 엎어져 서로 안고 있는 형상이었다. 여인의 용모는 마치 살아 있는 듯 여전히 아름다웠다. 스님은 이를 보고 탄식하며 말했다.

"이 사람은 봉화주판으로 있던 부(符) 나리의 따님입니다. 아깝게도 겨우 열일곱 나이에 세상을 떠났는데 그때는 가족들이 잠시 이곳에 영구를 안치하겠다고 하고는 북쪽으로 갔는데 어찌된 일인지 지금껏 소식이 없이 벌써 열두 해나 지났답니다. 그런데 이런 괴이한 일이 일어날 줄이야 어찌 알았겠습니까?"

그러고는 여인의 영구와 교생을 함께 서문 밖에 매장하여 장례를 치렀다. 그로부터 매번 검은 구름이 짙게 깔린 낮이거나 혹은 달빛이 흐린 밤이면 이곳에서 교생과 여인이 손을 잡고 함께 거닐며 나다니는 것이 보이곤 했는데 그때마다 시녀가 쌍두 모란등을 들고 앞서 길을 인도하고 있었다. 그들을 만나는 사람들마다 곧바로 중병에 걸려 열에 들뜨거나 온몸을 덜덜 떨면서 발작을 하곤 했다. 스님을 청하여 독경을 하거나 술과 고기로 제사를 지내면 간혹 낫는 수도 있었지만 그렇지 않으면 병상에서 일어나지 못하는 수가 비일비재했다.

그곳 주민들이 너무나 두렵고 겁이 난 나머지 다투어 현묘관(玄妙觀)의 위(魏)법사를 찾아와 일일이 하소연을 하였다. 법사가 말했다.

"나의 부적은 귀신의 화가 아직 미치지 않았을 때 다스릴 수 있을 뿐인데 지금 귀신이 이미 밤낮으로 횡횡하고 있는 마당이라 나의 힘으로는 닿지 않을 듯 하오이다. 듣자하니 철관도인(鐵冠道人)이란 분이 사명산(四明山)의 꼭대기에 살고 계신데 귀신을 잡아다 벌주는 데 특별히 영험이 있으시다 하니 그 분을 찾아가 사정하는 게 나을 듯 싶소이다."

그 말을 들은 사람들은 사명산으로 몰려갔다. 험한 산 속의 칡덩굴과 풀숲을 헤치고 산 계곡의 물을 건너 곧장 정상으로 올라갔다. 과연 그곳에는 초가집 한 채가 있었고 도사 한 분이 책상에 기대에 동자가 백학을 길들이는 모습을 바라보고 있었다.

사람들은 도사의 앞에 나아가 둘러서서 절을 하고는 자신들이 찾아온 까닭을 말했다. 그 말을 다 듣고 나서 도사는 정색을 하더니 이렇게 거절했다.

"난 그저 산중에 숨어사는 선비에 불과하오이다. 이제 머지않아 죽을 목숨인데 무슨 기막힌 도술을 부릴 수 있겠소? 당신들이 남의 말을 잘못 들은 게 틀림없소이다."

"저희들이야 원래 그런 속사정을 알 길이 있겠습니까. 다만 현묘관에 계신 위법사님의 가르침을 따라 이곳으로 찾아오게 된 거지요."

사람들이 이렇게 대답하자 도인은 비로소 궁금증이 풀린다는 듯이 중얼거렸다.

"이 늙은 것은 지난 예순 해 동안이나 산을 내려간 적이 없었는데 그 녀석이 쓸데없이 주둥이를 놀려대는 바람에 참으로 귀찮게 되었군. 하지만 한번은 내려갔다 와야겠구만."

도인는 곧 동자와 함께 하산하였다. 그의 발걸음은 나는 듯이 경쾌했다. 곧장 서문 밖에 이른 철관도인은 사방이 한길이나 되는 흙 제단을 쌓고 자리를 펴고 가부좌를 틀고 앉아 부적을 하나 써서 그것을 불에 태워 날려보냈다. 그러자 돌연 수많은 신장(神將)이 머리엔 황건을 쓰고 몸에는 솜저고리를 입고 어깨에는 금 갑옷을 걸치고 손에는 화려하게 장식한 창을 꼬나 쥐고 나타났다. 키가 장대 같은 신장이 제단 아래 우뚝 서더니 도인에게 절을 하고 나서 명을 기다리고 있었는데 그 모습이 대단히 진지하고 엄숙했다. 도인이 명했다.

"이곳에 어떤 귀신이 못된 짓을 자행하여 백성들을 놀라게 하고 근심스럽게 하는 모양인데 너희들이 모르는 바는 아니겠지? 당장 가서 그 귀신을 잡아오너라."

명이 떨어지자 신장은 곧 명을 받고 나갔다. 얼마 후에 칼을 쓰고 차꼬를 찬 여인과 교생 그리고 금련이 모두 압송되어 왔다. 그들은 채찍으로 계속 맞아 선혈이 낭자하게 흐르고 있었다. 도인은 큰 소리로 한참 동안 훈계를 한 후에 사실대로 자백하라고 명했다. 금 갑옷을 입은 신장이 그들에게 지필묵을 전해주었다. 그래서 각자 수백 자에 이르는 자백을 다음과 같이 써냈다. 그들이 제출한 내용은 대개 이러했다.

교생(喬生)은 다음과 같이 자백하였다.

삼가 엎드려 생각건대 저는 일찍이 상처(喪妻)를 하고 홀아비로 지내면서 문간에 홀로 기대어 밖을 내다보다가 마침내 색계(色戒)를 범하고 더할 수 없는 욕심을 부리게 되었습니다. 초나라 손숙오(孫叔敖)가 머리 두 개 달린 뱀을 벤 전례를 따르지 못하고 당나라 『임씨전(任氏傳)』에서 정육(鄭六)이 구미호(九尾狐)에게 빠져버린 것과 같이 되고 말았습니다. 일이 이쯤 되고 보니 이제는 후회해도 어쩔 수가 없게 되었습니다.

부려경(符麗卿)의 자술은 다음과 같다.

삼가 엎드려 생각하오니 저는 아까운 청춘의 나이에 세상을 떠나 한낮에도 더불어 오가는 이웃이 없었습니다. 혼백은 몸을 떠났으나 정기는 사라지지 아니하여 등불 앞 달빛 아래에서 마침내 오백 년 전의 인연을 만나게 되었습니다. 그리하여 세상 사람들에게 천만 가지 풍류의 사연들만 만들어 주고 말았습니다. 미욱한 길을 되돌리지 못하였으니 그 죄를 어찌 벗어날 수 있겠습니까?

금련(金蓮)이도 이렇게 자백을 하였다.

엎드려 생각하오니 저는 골격을 엮어 만들고 비단에 물을 들여 몸을 이루어 분묘에 매장한 몸이오니 이는 누가 시작하여 만든 인형이옵니까? 얼굴과 몸의 구석구석이 사람보다 상세하고 은밀하고 이름이 있어 불리우니 어찌 정령이 생기지 않을 수 있겠습니까? 그리하여 계책이 생긴 것이거늘 어찌 감히 요망한 짓을 하고자 하였겠습니까?

세 사람의 자백이 끝나자 금 갑옷의 신장은 이를 받아서 철관도인에게 바쳤다. 도인은 이를 보고 나서 굵은 붓으로 다음과 같이 판결문을 썼다.

듣건대 우(禹)임금께서 철을 녹여 솥을 만들어 사물을 형상화하실 때 귀신과 괴물들은 그 모습을 감출 수 없게 하였으며 온교(溫嶠)는 무소의 뿔을 태워 불을 밝힐 때 용궁의 수부에 있는 온갖 괴물이 그 원 모습을 드러내게 하였느니라. 음계와 양계는 서로 달라 온갖 괴이함이 다 있음을 알겠다. 이들과 만나면 인간이나 사물에 모두 불리하고 해로움이 있는 법이다. 그러므로 역귀가 문에 들어옴에 진(晉)의 경공(景公)이 죽고 큰 돼지가 들판에서 울자 제(齊) 양공(襄公)이 망하게 되었도다. 화가 내려오면 요망함이 되고 재앙이 일어나면 죄업을 만들게 된다. 그러므로 구천(九天)에 사악함을 처단하는 참사사(斬邪使)를 설치하고 십지(十地)에는 제악을 징벌하는 징악사(懲惡司)를 세워서 산수의 요망하고 사악한 무리로 하여금 더 이상 간사함을 감추지 못하게 하고 야차(夜叉)나 나찰(羅刹)이 포악한 짓을 제멋대로 하지 못하게 하는 것이다. 하물며 오늘날과 같은 태평성대에 감히 몸의 모습을 감추어 허깨비로 변하고 초목에 의탁하여 나타나느냐. 하늘이 어두워지고 비 내리는 한밤중이나 달이 지고 별이 성긴 새벽녘에 대들보에 올라 휘파람을 불면 소리가 날 뿐이며 방안을 엿보아도 찾아볼 수 없도다. 파리처럼 왱왱대며 개처럼 구차하게 오로지 탐욕의 마음을 한없이 내며 질풍처럼 빠르게, 불꽃처럼 뜨겁게 달려드는 모습이 가련하기만 하여라. 교씨의 아들은 살아서도 깨닫지를 못하였으니 죽더라도 아깝지 아니하며 부씨의 딸은 죽어서도 음행을 탐하였으니 살아서는 오죽하였으랴! 더욱이 금련의 괴이함은 한갓 명기(明器=冥器)인 허수아비에 불과하면서도 오히려 망령되이 속임수를 부렸으니 이는 혹세무민의 죄를 범한 것이노라. 여우가 짝을 만나 두 마리가 방탕하게 노닐고 메추라기 쌍쌍이 희롱하며 음란하고 불량스럽게 뛰어다니는 형상이로다. 사악함이 가득 찼으니 정녕 죄를 용서할 수는 없을지어다. 여인은 사람을 구렁텅이에 빠뜨리니 그 구렁텅이를 메우도록 하고 여인은 또 사람의 영혼을 혼미하게 하니 이제 그 미혼진(迷魂陣)을 깨부수도록 하라. 쌍명등(雙明燈)을 불태워버리고 이들을 구천(九泉)의 지옥으로 압송하라.

철관도인이 판결문을 다 쓰자 유사가 이를 실행에 옮겼다. 이때를 당하여 교생과 부려경 그리고 금련이 다함께 애달프게 통곡을 하면서 앞으로 끌려가지 않으려고 하였으나 금 갑옷의 신장은 뒤에서 몰고 앞에서 끌며 억지로 데리고 나갔다. 도인은 천천히 옷깃을 스치며 사명산으로 되돌아갔다. 이튿날 사람들이 모두 찾아가 감사의 인사를 하고자 하였으나 그는 보이지 않고 다만 초가집만 달랑 남아 있을 뿐이었다. 급히 현묘암으로 위법사를 찾아가 물어보려고 하였더니 그는 이미 벙어리가 되어 아무 말도 할 수 없게 된 상태였다.

원문 牡丹燈記

方氏[1]之據浙東也, 每歲元夕,[2] 於明州[3]張燈五夜, 傾城士女, 皆得縱觀. 至正庚子[4]之歲, 有喬生者, 居鎭明嶺[5]下, 初喪其耦,[6] 鰥居無聊, 不復出游, 但倚門佇立[7]而已. 十五夜, 三更盡, 游人漸稀, 見一丫鬟, 挑雙頭牡丹燈前導, 一美人隨後, 約年十七八, 紅裙翠袖, 婷婷嫋嫋,[8] 迤邐投西而去. 生於月下視之, 韶顔稚齒,[9] 眞國色也. 神魂飄蕩, 不能自抑, 乃尾之而去, 或先之, 或後之. 行數十步, 女忽回顧而微哂曰 : "初無桑中[10]之期, 乃有月下[11]之遇, 似非偶然也." 生卽趨前揖之曰 : "敝居咫尺, 佳人可能回顧否?" 女無難意, 卽呼丫鬟曰 : "金蓮, 可挑燈同往也." 於是金

---

1) 方氏(방씨) : 방씨의 이름은 谷珍이고 台州 사람이다. 元나라 말엽에 起兵하여 浙江省 동쪽 땅을 점거했으니 즉 오늘날 浙江省 杭州府 등지이다. [句] 方國珍을 말함. 黃岩 사람으로 대대로 소금판매업을 하였다. 元末 농민 봉기 때 浙東 지역을 장악하고 元의 조정으로부터 관작을 받아 浙江行省左丞相衢國公이 되었다. 1367년 明나라에 항복하고 廣州西行省左丞을 제수받아 俸祿은 챙겼으나 부임하지는 않았다. 수 년 후에 京師에서 죽었다. [周]

2) 元夕(원석) : 上元날 저녁이니 곧 정월 보름날 저녁이다. [句]

3) 明州(명주) : 浙江省 鄞縣(은현). [周] 明州는 宋代의 명칭이며 지금의 寧波 일대다. [譯]

4) 至正庚子(지정경자) : 1360년. [周] 고려 恭愍王 9년에 해당한다. [譯]

5) 鎭明嶺(진명령) : 寧派府 남쪽에 있다. 宋나라 때 郡守 李夷庚이 흙을 쌓아 높이가 수십 장이 되었다. [句]

6) 【校】 耦(우) : [奎]에는 偶로 쓰임.

7) 佇立(저립) : 오랫동안 서 있다라는 말이다. [句]

8) 婷婷嫋嫋(정정뇨뇨) : 婷婷은 조화로운 모양이고 嫋嫋는 연약한 모양이다. [句] 여기서는 간드러진 걸음걸이를 의미한다. [譯]

9) 韶顔稚齒(소안치치) : 韶顔이란 젊고 아름다운 모습이다. 봄빛을 韶光・韶景 등으로 표현하는 것과 비슷한 의미이다. 稚齒란 어린 나이를 뜻하고 國色이나 絶色을 말한다. 國士, 國公 등으로 표현하는 것과 같은 뜻이다. [句]

10) 桑中(상중) : 『詩經』의 편명으로 古人들은 淫奔詩라고 하였다. 후세에는 남녀가 몰래 만나는 밀애의 대명사로 쓰였다. [周]

11) 月下(월하) : 花前月下(달빛아래 꽃밭)의 준말. 옛날 젊은 남녀가 은밀히 만나던 장소를 말한다. [周]

蓮復回. 生與女攜手至家, 極其歡暱, 自以爲巫山[12]洛浦[13]之遇, 不是過也. 生問其姓名居址, 女曰 : "姓符, 麗卿其字, 漱芳其名, 故奉化州判[14]女也. 先人旣歿, 家事零替, 旣無弟兄, 仍鮮族黨, 止妾一身, 遂與金蓮僑居湖西耳." 生留之宿, 態度妖姸, 詞氣婉媚, 低幃暱枕, 甚極歡愛. 天明, 辭別而去, 暮則又至.

如是者將半月, 鄰翁疑焉, 穴壁窺之, 則見一粉髑髏[15]與生幷坐於燈下, 大駭. 明旦, 詰之, 秘不肯言. 鄰翁曰 : "嘻! 子禍矣! 人乃至盛之純陽, 鬼乃幽陰之邪穢, 今子與幽陰之魅同處而不知, 邪穢之物共宿而不悟, 一旦眞元[16]耗盡, 災眚來臨, 惜乎以靑春之年, 而遂爲黃壤[17]之客也, 可不悲夫!" 生始驚懼, 備述厥由. 鄰翁曰 : "彼言僑居湖西, 當往物色[18]之, 則可知矣." 生如其敎, 徑投月湖[19]之西, 往來於長堤之上 · 高橋[20]之下, 訪於居人, 詢於過客, 幷言無有. 日將夕矣, 乃入湖心寺少憩, 行遍東廊, 復

---

12) 巫山(무산) : 宋玉의 「高唐賦」에는 다음과 같은 내용이 있다. "옛날 선왕이 일찍이 高唐을 유람하다 노곤하여 잠시 낮잠에 드셨는데 꿈에 한 부인이 나타나 말했다. '소첩은 巫山의 女神으로 高唐에는 손으로 왔습니다. 임금께서 高唐에 납시었다는 말을 전해 듣고 枕席을 모시고자 이렇게 찾아왔습니다.' 이에 왕은 그녀와 사랑을 나누었다." 巫山은 여기서 유래하는 말로 남녀 사이 사랑의 환희를 의미하는데 여기서는 다만 神女를 만난 의미로만 해석하였다. [周]

13) 洛浦(낙포) : 陝西와 河南으로 흐르는 洛水의 물가. 삼국시대 曹植이 「洛神賦」를 지었는데 의탁하여 꿈에 낙신의 여신 宓妃(宓犧氏=伏犧氏의 딸)를 만났다고 했다. 후세에 미녀를 만났다는 의미로 쓰인다. [周]

14) 奉化州判(봉화주판) : 浙江省 奉化縣의 공사와 문서를 담당하던 관리. 元나라 때의 州는 縣보다 약간 큰 행정단위였다. [周]

15) 髑髏(촉루) : 두개골을 말한다. 『莊子』에 "髑髏를 끌어다가 베고 잤다"는 말이 나온다. [句]

16) 眞元(진원) : 사람 몸에 있는 원래의 정기. [周]

17) 黃壤(황양) : 後漢 시기 趙咨란 자가 임종을 앞두고 주위 사람들에게 장사를 검소하게 해달라면서 "안은 무늬 없는 관을 하고 黃壤을 깔아라"라고 하였다고 한다. 그 注에 '黃土'라고 되어 있다. [句] 黃土. 地下를 가리킨다. [周]

18) 物色(물색) : 『嚴光傳』에 "物色을 얻었다"라는 문장이 보인다. 注에 "形色으로 찾고 묻는 것이다"라고 되어 있다. [句] 물색하다. 探訪하다라는 뜻이다. [周]

19) 月湖(월호) : 寧派府 治所의 서남쪽에 있다. [句]

20) 高橋(고교) : 宋나라 張俊이 마지막까지 싸우다 죽은 다리이다. 둑과 다리는 모두 寧派府의 治所 서남쪽에 있다. [句]

轉西廊, 廊盡處得一暗室, 則有旅櫬,[21] 白紙題其上曰 : "故奉化符州判女麗卿之柩." 柩前懸一雙頭牡丹燈, 燈下立一明器[22]婢子, 背上有二字曰金蓮. 生見之, 毛髮盡竪, 寒粟遍體,[23] 奔走出寺, 不敢回顧. 是夜借宿鄰翁之家, 憂怖之色可掬. 鄰翁曰 : "玄妙觀魏法師, 故開府王眞人弟子, 符籙爲當今第一, 汝宜急往求焉." 明旦, 生詣觀內. 法師望見其至, 驚曰 : "妖氣甚濃, 何爲來此?" 生拜於座下, 具述其事. 法師以朱符二道授之, 令其一置於門, 一置於榻, 仍戒不得再往湖心寺. 生受符而歸, 如法安頓, 自此果不來矣.

一月有餘, 往袞繡橋訪友. 留飮至醉, 都忘法師之戒, 徑取湖心寺路以回. 將及寺門, 則見金蓮迎拜於前曰 : "娘子久待, 何一向薄情如是!" 遂與生俱入西廊, 直抵室中. 女宛然在坐, 數之曰 : "妾與君素非相識, 偶於燈下一見, 感君之意, 遂以全體事君, 暮往朝來, 於君不薄. 奈何信妖道士之言, 遽生疑惑, 便欲永絶? 薄倖如是, 妾恨君深矣! 今幸得見, 豈能相捨?" 卽握生手, 至柩前, 柩忽自開, 擁之同入, 隨卽閉矣, 生遂死於柩中. 鄰翁怪其不歸, 遠近尋問, 及至寺中停柩之室, 見生之衣裾微露於柩外, 請於寺僧而發之, 死已久矣; 與女之屍俯仰臥於內, 女貌如生焉. 寺僧嘆曰 : "此奉化州判符君之女也, 死時年十七, 權厝[24]於此, 擧家赴北, 竟絶音耗, 至今十二年矣. 不意作怪如是!" 遂以屍柩及生殯於西門之外. 自[25]後雲陰之晝, 月黑之宵, 往往見生與女攜手同行, 一丫鬟挑雙頭牡丹燈前導, 遇之者輒得重疾, 寒熱交作; 薦以功德, 祭以牢醴,[26] 庶獲痊可, 否則不起矣. 居人大懼, 競往玄妙觀謁魏法師而訴焉. 法師曰 : "吾之符籙, 止

---

21) 櫬(친) : 관을 말한다. [周]

22) 明器(명기) : 盟器라고도 하며 무덤 속이나 관 앞에 놓아두는 순장용 종이나 진흙, 나무로 만든 인형을 말한다. 俑이다. [周] 冥器라고도 한다. [譯]

23) 寒粟遍體(한속편체) : 온 몸에 소름이 돋는 것. [周]

24) 權厝(권조) : 厝란 두다(置)이다. 權厝란 임시로 빈소를 차린다는 말이다. [句]

25) 【校】 自(자) : [奎]에는 是라고 쓰임.

26) 牢醴(뇌례) : 세 가지의 제사용 가축(소, 돼지, 양)과 술. [周]

能治其未然，今祟成矣，非吾之所知也．聞有鐵冠道人27)者，居四明山28)頂，考劾鬼神，法術靈驗，汝輩宜往求之.”衆遂至山，攀緣藤草，驀越溪澗，直上絶頂，果有草庵一所，道人憑几而坐，方看童子調鶴．衆羅拜庵下，告以來故．道人曰：“山林隱士，旦暮且死，烏有奇術！君輩過聽矣.”拒之甚嚴．衆曰：“某本不知，蓋玄妙魏師所指教耳.”始釋然曰：“老夫不下山已六十年，小子饒舌,29) 煩吾一行.”卽與童子下山，步履輕捷，徑至西門外，結方丈之壇，踞席端坐，書符焚之．忽見符吏30)數輩，黃巾錦襖，金甲雕戈，皆長丈餘，屹立壇下，鞠躬請命，貌甚虔肅．道人曰：“此間有邪祟爲禍，驚擾生民，汝輩豈不知耶？宜疾驅之至.”受命而往，不移時，以枷鎖押女與生幷金蓮俱到，鞭箠揮扑，流血淋漓．道人呵31)責良久，令其供狀．將吏32)以紙筆授之，遂各供數百言．今錄其略於此．

喬生供曰：

伏念某喪室鰥居，倚門獨立，犯在色之戒，動多慾之求．不能效孫生見兩頭蛇33)而決斷，乃致如鄭子逢九尾狐34)而愛憐．事旣莫追，悔將奚及！

---

27) 鐵冠道人(철관도인)：이름은 張中，자는 景華(일설에는 景和라함)이다. 전하는 말에 의하면 그는 일찍이 神人을 만나 皇極술법을 전수받았으며 禍福을 점치는 데 기이한 靈驗이 있었다고 한다. 평생 철관을 쓰기를 좋아하여 사람들이 그를 철관도인이라 불렀다. [周]

28) 四明山(사명산)：浙江省 鄞縣에서 남서쪽으로 150리에 있다고 한다. [周]

29) 饒舌(요설)：말이 많다는 뜻이다.『傳燈錄』에 “閭丘公이 丹陽에서 벼슬살이를 할 때 갑자기 머리가 아픈 적이 있었는데 豊干禪師가 주술을 하며 물을 뿜으니 즉시 차도가 있었다. 閭丘公이 하도 이상하여 이유를 물었더니 선사가 ‘國淸寺에서 밥 짓는 寒山스님이 바로 文殊 보살이고 그릇 씻는 拾得스님이 普賢 보살이니 혹시 만나 뵐 수 있을지 모르겠소’라고 대답해주었다. 閭丘公이 찾아갔더니 두 사람이 화로 가에 앉아 담소를 하고 있다가 閭丘公의 손을 잡으면서 ‘풍간이 괜한 말(饒舌)을 했군’이라고 했다”고 한다. [句]

30) 符吏(부리)：도가에서 부적을 써서 그 부적의 명으로 부리는 金甲神將(갑옷을 입고 손에는 악마를 물리치는 지팡이를 지닌 武神). [周]

31) 【校】呵(가)：[奎]에는 訶로 쓰임.

32) 將吏(장리)：符吏와 같다. [周]

33) 孫生見兩頭蛇(손생견량두사)：전설에 머리가 두 개 달린 뱀을 본 사람은 죽는다고 전해졌다. 戰國시대 楚나라 사람 孫叔敖는 어렸을 때 머리가 둘인 뱀을 보고는 더 이

符女供曰 :

伏念某青年棄世, 白晝無鄰, 六魄雖離, 一靈未泯. 燈前月下, 逢五百年歡喜冤家; 世上民間, 作千萬人風流話本.[35] 迷不知返, 罪安可逃!

金蓮供曰 :

伏念某殺青爲骨, 染素成胎, 墳壟埋藏, 是誰作俑而用? 面目機發, 比人具體而微. 旣有名字之稱, 可乏精靈之異! 因而得計, 豈敢爲妖!

供畢, 將吏取呈. 道人以巨筆判曰 :

蓋聞大禹鑄鼎,[36] 而神姦鬼秘莫得逃其形; 溫嶠燃犀,[37] 而水府龍宮俱得現其狀. 惟幽明之異趣, 乃詭怪之多端. 遇之者不利於人, 遭之者有害於物. 故大厲入門而晋景歿,[38] 妖豕啼野而齊襄殂.[39] 降禍爲妖, 興災作孽. 是以九天

상 다른 사람들이 보지 못하도록 자신이 직접 뱀을 죽여 묻어버렸다. 그러나 결국 그는 죽지 않았으며 후에 자라서 楚나라의 재상까지 지냈다. [周]

34) 鄭子逢九尾狐(정자봉구미호) : 唐나라 沈旣濟는 傳奇小說『任氏傳』을 지었다. 韋崟(위음)의 매부 鄭六이 소복을 입은 여인으로 변신한 구미호를 만났다. 그녀는 자신을 任氏라고 하였는데 정육은 구미호인줄 모르고 그녀와 부부의 정분을 맺었다. [周]

35) 話本(화본) : 說書人의 각본. 여기서는 話題 즉 이야기의 소재라는 의미로 쓰였다. [周]

36) 大禹鑄鼎(대우주정) : 夏나라의 禹임금은 九州에서 받친 쇠를 가지고 솥 아홉 개를 주조하게 하였다. 그리고 거기에 온갖 物象을 새기게 하였다. [周]

37) 溫嶠燃犀(온교연서) : 晋나라 때 溫嶠가 물이 깊어 속에 괴물이 많이 산다고 하는 牛渚磯(安徽省 當塗 서북쪽 牛渚山에 있는 采石磯)를 지나고 있었다. 온교가 사람을 시켜 무소 뿔을 태워 물 속을 비추게 했더니 아래에 온통 기괴한 형상의 물고기들이 있었는데 붉은 옷을 입고 마차를 탄 것도 있었다. [周]

38) 大厲入門而普景歿(대려입문이보경몰) : 이것은『春秋左傳』에 나오는 이야기다. 晋나라 景公은 꿈에 大厲(대려는 杜預의 주에 의하면 악귀임)를 보았는데 머리를 땅에 길게 늘어뜨리고 분해서 가슴을 치고 발을 동동 구르며 이렇게 말했다. "네놈이 나의 손자를 죽인 것은 정당한 일이 아니다. 상제께서 이미 너에게 복수해도 된다고 허락하셨다." 말을 마치고는 대문과 안방 문을 부수고 들어왔다. 景公이 놀라서 내실로 도망치자 악귀는 또 내실의 문짝을 부수었다. 그 해(기원전 570)에 景公이 죽었다. [周]

39) 妖豕啼野而齊襄殂(요시제야이제양조) : 춘추시대 齊나라 襄公은 자신의 여동생과 사통하고는 力士 彭生에게 그의 매부인 魯나라 桓公을 죽이게 하였다. 후에 어떤 이가 그가 해서는 안 될 일을 했다고 비난하자 그는 모든 과실을 彭生에게 돌려 그를 죽였

設斬邪之使, 十地列罰惡之司, 使魑魅魍魎, 無以容其奸; 夜叉[40]羅刹, 不得肆其暴. 矧[41]此清平之世, 坦蕩之時, 而乃變幻形軀, 依附草木, 天陰雨濕之夜, 月落參橫[42]之晨, 嘯於梁而有聲, 窺其室而無睹, 蠅營狗苟,[43] 牛狠狼貪, 疾如飄風, 烈若猛火. 喬家子生猶不悟, 死何恤焉. 符氏女死尙貪淫, 生可知矣! 况金蓮之怪誕, 假明器而矯誣. 惑世誣民, 違條犯法. 狐綏綏[44]而有蕩, 鶉奔奔[45]而無良. 惡貫已盈, 罪名不宥. 陷人坑從今塡滿, 迷魂陣自此打開. 燒毁雙明之燈, 押赴九幽之獄.

判詞已具, 主者奉行急急如律令.[46] 卽見三人悲啼躑躅,[47] 爲將吏驅捽而去. 道人拂袖入山. 明日, 衆往謝之, 不復可見, 止有草庵存焉. 急往玄妙觀訪魏法師而審之, 則病瘖[48]不能言矣.

다. 기원전 685년(襄公 12) 襄公이 沛丘에서 사냥을 하다가 큰 돼지 한 마리를 보았는데 襄公의 시종이 그 돼지가 彭生이라고 하였다. 양공이 크게 노하여 화살로 쏘자 돼지가 마치 사람처럼 서서 울었다. 襄公은 놀라 말에서 떨어져 자빠지고 신발까지도 잃어버렸다. 바로 그 해 襄公은 無知에게 살해당했다. [周]

40) 夜叉(야차) : 梵語. 藥叉라고도 한다. 아주 날쌘 악귀라는 뜻이다. [周]

41) 矧(신) : 하물며, 더군다나. [周]

42) 參橫(삼횡) : 參은 별 이름. 날이 밝아오려 할 무렵 參星이 가로놓여 있음을 말한다. [周]

43) 蠅營狗苟(승영구구) : 부정한 행위를 비유하는 말. 파리처럼 진득거리고 개처럼 파렴치하다. 즉 공명과 출세를 위해서라면 방법과 수단을 가리지 않는다는 의미다. [周]

44) 狐綏綏(호수수) : 『詩經・齊風』에 "숫여우가 어슬렁거리며 다니네"라는 구절이 있다. 그 注에 '혼자 어슬렁거리면 짝을 구하는 모양'이라고 되어 있다. [句] 두 여우가 동행하는 모양. 혹자는 綏綏를 털이 긴 모양이라고 한다. 『詩經』에는 "여우가 힐끗힐끗(有狐綏綏)"이라는 구절이 보인다. [周]

45) 鶉奔奔(순분분) : 『시경』의 "鶉之奔奔(메추리는 쌍쌍이 날다)"은 「鄘風(용풍)」의 편명으로 古人들은 음란한 시라고 평하였다. [周]

46) 急急如律令(급급여율령) : 『聽雨紀談』에 다음과 같은 내용이 있다. "도가에서는 주문 끝에 急急如律令이란 말을 많이 사용하였다. 전설에 의하면 이는 천둥을 관장하는 신의 이름으로 걸음이 매우 빨랐다고 한다. 이에 사람들은 이 주문을 외우면서 빨리 걸으려고 했다고 한다. 急急如律令은 또 한나라 公文에 자주 쓰이던 말이었다. 宋人들이 종종 符到奉行이라고 썼던 것과 같은 맥락이다. 漢末 張道陵이 그것을 이용하였고 그 후에 道家에서 계속해서 이 말을 썼다. [周]

47) 躑躅(척촉) : 걸어도 나아가지 않는 모양. [句] 머뭇머뭇하며 가지 못하는 모양. [周]

48) 病瘖(병음) : 벙어리를 말한다. [周]

위당기우기(渭塘奇遇記)

위당에서 맺은 기연

원나라 지순(至順) 연간에 왕씨(王氏) 성을 가진 한 서생이 남경(南京)에 살고 있었다. 본래 선비집안 출신으로 용모는 깎아놓은 백옥처럼 준수하고 기색은 가을의 물빛처럼 맑고 투명하였으며 모습이 빼어나게 반듯하였다. 그래서 사람들은 '준수한 왕씨댁 도령'으로 그를 부르곤 했다. 하지만 왕생(王生)은 나이 스물이 차도록 아직 혼처를 정하지 못하고 있었다. 그 댁에서는 송강(松江)에 좋은 전답을 가지고 있었으므로 한번은 왕생을 시켜 소작료를 받으러 송강으로 보냈다. 그는 배를 타고 돌아오는 길에 위당(渭塘) 근처를 지나다가 연도에 그림처럼 아름다운 한 주점을 발견하였다. 푸른색 술집 깃발이 처마 밖으로 걸려 있고 붉은 색 난간과 구불구불 세워놓은 울타리 너머로 언뜻언뜻 드러나 보이는 그런 그윽한 집이었다. 주변에는 키가 큰 버드나무와 오래된 홰나무가 둘러싸여 있고 누렇게 물든 낙엽이 소리 없이 떨어지고 있었다. 연꽃 몇 송이가 짙은 색과 옅은 색의 연잎에 적당히 어울려 푸른 물결 위에 붉은 꽃을 드리우고 피어 있었고 한 떼의 하얀 백조들이 물위를 떠다니며 노닐고 있었다.

왕생은 이처럼 아름다운 풍경을 보자 마음에 끌려 배를 물가에 대고 뭍으로 올라 주점으로 들어갔다. 술상에는 커다란 대게와 얇게 썰어 저민 농어회가 술안주로 나왔다. 과일로는 아직 새파란 귤과 노랗게 익은 유자도 있었고 연못에서 나는 연근과 송파(松坡)에서 나는 생밤도 안주로 차려졌다. 그는 꽃무늬를 예쁘게 새긴 도자기 술잔에 진주 홍주(紅酒)를 가득 따라 마음껏 마셨다. 이 주점의 주인 또한 꽤나 풍요로운 집안으로 열여덟 살짜리 딸이 하나 있었다. 그녀는 음율(音律)을 잘 알고 글도 깨우친 아가씨로서 그 자태가 출중하였다. 그녀는 왕생이 들어와 자리를 잡은 뒤부터 휘장 뒤에서 몰래 훔쳐보면서 반쯤 얼굴을 내밀기도 하다가 온 몸을 드러내 보이기도 하였다. 그러다 급기야 걸어나와 그의 근처를 서성이는 등 시종 왕생에게서 눈을 떼지 못하고 있었다. 왕생도 그 눈치를 일찌감치 알아차리고 서로 간에 눈빛을 주고받으며 한참 동안이나 말로 하지 못하는 마음속 깊은 정을 주고받았다.

얼마후 술을 다 마시고 자리를 털고 일어난 왕생은 정박해 둔 배로 돌아왔다. 하지만 마음속은 뭔가 잃어버리고 나온 듯이 답답하고 허전하기만 하였다. 그날 밤 그는 꿈을 꾸었다. 낮에 갔던 술집으로 다시 돌아간 그는 아주 여러 겹의 문을 차례로 들어간 다음 곧장 안채의 뒤에까지 이르러 마침내 그 아가씨의 내실까지 찾아갈 수 있었는데 방은 작고 아름다웠다. 방 앞에는 포도나무 시렁이 있었고 시렁 아래로는 작은 연못이 파져 있었는데 둘레가 한 길 정도 되었고 무늬가 아름다운 돌로 벽을 쌓아올렸으며 연못 속에는 금붕어를 기르고 있었다. 연못의 좌우에는 실가지가 늘어지는 홰나무 두 그루가 있었고 녹음이 무성하였다. 담벼락 가까이에는 푸른 잣나무를 병풍처럼 둘러 심었고 그 아래에 돌과 흙으로 쌓아올려 만든 가산(假山)이 세 개 만들어져 있는데 우뚝우뚝 솟아올라 그 수려함을 서로 뽐내고 있었다. 그곳에 심겨져 있는 풀들은 서리 내리고 이슬 맺혀도 색깔이 변하지 않는 금선초(金線草)나 수돈초(繡墩草)와 같은 상록 식물이었다. 창문에는 무늬를 아로새긴 조롱(鳥籠) 하나가 걸려 있고 조롱 안에는 녹색 앵무새 한 마리를 기르고 있었는데 사람이 나타나자 말을 지껄였다. 방안에는 나무로 깎아 만든 학(鶴) 모양의 향로가 두 개 걸려 있는데 학의 부리에는 향이 물려 타오르고 있었다. 탁자 위에는 오랜 구리 화병이 놓여 있고 그 안에는 길고 아름다운 공작(孔雀)의 꼬리털 몇 개가 꽂혀 있었다. 그 바로 옆에는 붓과 벼루 등 문방사우(文房四友)가 가지런하게 잘 정돈되어 있었고 받침대 위에는 벽옥의 피리도 비스듬히 걸려 있었는데 이 여인이 평소에 불곤 하던 것이었다. 방안의 벽에는 네 폭의 금화전(金花箋) 종이에 쓰인 글씨가 붙여 있는데 모두 송나라 때 유명한 소동파(蘇東坡)의 사시사(四時詞)를 흉내낸 작품으로 원나라 때의 조맹부(趙孟頫) 글씨체를 본 받고 있었지만 실제로 누가 짓고 쓴 것인지는 알 수가 없었다. 첫 번째 작품을 보면 이러했다.

春風吹花落紅雪, 봄바람에 붉은 꽃잎 눈송이로 떨어지고
楊柳陰濃啼百舌, 버드나무 그늘 아래 온갖 새들 지저귀네
東家蝴蝶西家飛, 부지런한 나비들이 이 꽃 저 꽃 날아갈 제
前歲櫻桃今歲結. 지난 봄의 앵두나무 올해에도 열리었네
鞦韆蹴罷鬢鬖髿, 그네 한번 타고 나니 머리카락 휘날리고
粉汗凝香沁綠紗, 분 냄새에 땀이 젖어 푸른 옷감 배어 있네
侍女亦知心內事, 몸종 또한 속내 마음 어느 사이 알아채고
銀瓶汲水煮新茶. 은병에다 물을 길러 새 찻잎을 끓이누나

두 번째 여름을 노래한 작품은 이러했다.

芭蕉葉展青鸞尾, 파초잎은 커다랗게 푸른 난새 꼬리같고
萱草花合金鳳嘴, 원추리의 꽃봉오리 금빛 봉황 부리같네
一雙乳燕出雕梁, 제비 새끼 한 쌍이 들보 밖에 지저귀고

數點新荷浮綠水. 새로 자란 연잎들은 녹수 위에 떠 있어라
困人天氣日長時, 사람은 노곤하고 여름날은 해가 길어
針線慵拈午漏遲, 쉬엄쉬엄 침선하다 점심때가 늦어지네
起向石榴陰畔立, 일어나 석류나무 그늘아래 잠시 서서
戲將梅子打鶯兒. 매실 주워 희롱 삼아 꾀꼬리를 맞춰보네

세 번째 가을을 노래한 작품은 이러했다.

鐵馬聲喧風力緊, 오랑캐의 말이 울자 가을 바람 세차지고
雲窗夢破鴛鴦冷, 구름창가 꿈은 지고 원앙금침 차갑구나
玉爐燒麝有餘香, 옥화로에 사향 향기 그윽하게 흩어지고
羅扇撲螢無定影. 비단 부채 휘둘러서 반딧불을 잡으려네
洞簫一曲是誰家. 퉁소 가락 한 소절은 뉘 집에서 들려오나
河漢西流月半斜, 은하수는 비스듬히 달도 반쯤 기울었네
要染纖纖紅指甲, 섬섬옥수 그 손톱에 붉은 물을 들이고자
金盆夜搗鳳仙花. 금 대야에 밤이 되면 봉선화를 찧고 있네

네 번째 겨울을 노래한 작품은 이러했다.

山茶未開梅半吐, 동백꽃이 피기 전에 매화꽃은 반쯤 열고
風動簾旌雪花舞, 찬바람에 주렴 흔들 눈송이가 춤을 추네
金盤冒冷塑狻猊, 금쟁반의 사자 향로 찬 기운을 무릅쓰고
繡幙圍春護鸚鵡. 비단장막 앵무새는 봄날 속에 묻혀 있네
倩人呵筆畫雙眉, 사람시켜 붓을 들어 두 눈썹을 그려볼 제
脂水凝寒上臉遲, 얼어붙은 연지 때문 얼굴 화장 늦어지네
妝罷扶頭重照鏡, 단장을 마치고서 고개 들어 거울 보니
鳳釵斜亞瑞香枝. 봉황비녀 비스듬히 서향 꽃가지 비치네

여인은 왕생이 찾아왔음을 알고 즉시 일어나 맞이하여 그의 손을 이끌고 방안으로 들어갔다. 두 사람은 곧 자연스럽게 서로 기뻐하고 사랑

하며 즐거움을 다하였고 함께 침상에 들었다. 새벽이 되어 닭이 울자 왕생은 비로소 잠에서 깨어났다. 그제야 자신이 선창(船窓) 아래서 곤히 잠들었음을 깨달았다. 집으로 돌아온 이후에도 밤마다 그녀의 꿈을 꾸게 되었다.

어느 날 저녁, 왕생은 꿈속에서 받침대 위에 가로로 비스듬히 얹혀 있는 퉁소를 보고는 여인에게 한 번 불어볼 것을 간청하였다. 여인은 그를 위해 「낙매풍(落梅風)」 몇 소절을 연주했다. 가락은 한없이 맑고 깨끗하여 구름 위에까지 울리는 듯 하였다. 또 어느 날 밤에 여인은 등불 아래에서 붉은 비단 신발에 수를 놓고 있었는데 왕생이 등불 심지를 자르다가 그만 실수로 불똥이 수놓은 신발에 튀는 바람에 신발에 기름 자국을 남기게 되었다. 그 다음 어느 날 밤엔가는 여인이 자금(紫金)에 푸른 옥이 박힌 반지를 그에게 선물로 주었다. 왕생은 답례로 자신의 부채에서 수정으로 만든 쌍잉어 모양의 부채 장식추를 떼어서 그녀에게 주었다. 그 모든 것이 꿈이었건만 잠을 깨고 나니 분명히 반지가 자신의 손에 들려 있었고 실제로 자신의 부채 장식추는 보이지 않았다. 왕생은 너무나 놀랍고 신기한 나머지 원진(元稹)의 시를 본받아 「회진시(會眞詩)」 삼십 운을 지어 그간의 일을 기록으로 남겼다.

有美閨房秀, 아름다운 규방 속의 여인이시여
天人謫降來. 그대는 하늘에서 귀양 오신 듯
風流元有種, 풍류는 애초에 타고나신 것이고
慧黠更多才. 슬기로운 재주까지 보태 주었네
碾玉成仙骨, 옥 다듬어 이룬 듯한 선골이시고
調脂作艷胚. 연지 개어 만든 듯이 아리따워라
腰肢風外柳, 가느다란 허리는 바람결 버들인가
標格雪中梅. 뛰어난 인품은 눈 속의 매화로다
命置千金屋, 천금의 좋은 저택 살고 계시고
宜登七寶臺. 칠보의 귀한 누대 오르시리라

妖姿應自許, 요염한 자태는 스스로 자부하고
妙質孰能陪. 기묘한 자질은 누가 짝이 되리오
小小乘油壁, 옻칠한 수레 타던 항주 명기 소소인가
眞眞醉綵灰. 채회주로 환생한 그림 미녀 진진인가
輕塵生洛浦, 가벼운 걸음걸이 낙수(洛水)의 여신이요
遠道接天台. 먼길에서 찾아온 천태(天台)의 미녀로다
放燕簾高捲, 주렴 높이 걷어 제비 날려보내고
迎人戶半開. 문 반쯤 열고 님 맞을 준비하네
菖蒲難見面, 기이한 창포 꽃 다시 보기 어렵지만
荳蔻易含胎. 활짝 핀 두구꽃 젊어 아이 갖는다네
不待金屛射, 금 병풍에 활 쏘아 장가갈 일 또 있으랴
何勞玉手栽. 옥 심어 아내 얻는 수고로움 다신 없네
偸香渾似賈, 아버지 향을 훔친 가충(賈充)의 딸과 같고
待月又如崔. 보름달 기다리는 최앵앵(崔鶯鶯)과 다름없네
箪許秦宮奪, 양기(梁冀)는 진궁한테 아내 뺏기고
琴從卓氏猜. 탁문군은 거문고에 마음 동했네
簫聲傳縹緲, 퉁소 소리는 아득히 들려오고
燭影照徘徊. 촛불 그림자 은은히 비치는데
窗薄涵魚魚尣. 엷은 창문틀엔 투명한 생선뼈 장식
爐深噴麝煤. 깊은 화로에 사향 연기 피어오르네
眉橫靑岫遠, 가로 그린 눈썹은 아득한 청산 같고
鬢嚲綠雲堆. 내려뜨린 귀밑머리 뭉게 구름 같아라
釵玉輕輕製, 옥비녀는 가볍고도 가볍게 만들었고
衫羅窄窄裁. 비단 적삼은 좁고도 좁게 재단하였네
文鴛遊浩蕩, 예쁜 무늬 원앙새는 호탕하게 노닐고
瑞鳳舞毰毸. 상서로운 봉황새는 날개 펼쳐 춤추네
恨積鮫綃帕, 한탄은 인어 비단 수건에 남겨두고
歡傳琥珀盃. 환희는 호박 술잔 담아서 전해보세
孤眠憐月姊, 외로이 잠든 달나라 항아(嫦娥) 가련코
多忌笑河魁. 시기 많은 은하수의 하괴(河魁) 우습네

化蝶能通夢, 장자처럼 나비되어 꿈속으로 통하고
游蜂浪作媒. 꿀벌마냥 꽃밭 사이 어지러이 중매하네
雕欄行共倚, 난간 위를 걸어가다 더불어 기대보고
繡褥坐相偎. 수를 놓은 비단 요에 마주앉아 사랑하네
啖蔗逢佳境, 사탕수수 맛을 보듯 점입가경 들어가니
留環獲異財. 금반지를 전해주어 귀한 선물 남겼도다
綠陰鶯幷宿, 녹음방초 숲속에는 꾀꼬리 한 쌍 잠들고
紫氣劍雙埋. 붉은 기운 솟는 곳엔 보검 한 쌍 묻혔어라
良夜難虛度, 좋고 좋은 이 밤을 허송하기 어렵나니
芳心未肯摧. 설레이는 이 마음 억누르고 싶지 않네
殘妝猶在臂, 연지 분 화장 흔적 팔베개에 남아 있고
別淚已凝腮. 이별의 눈물 자국 두 볼 위에 맺혀 있네
漏點何須促, 한밤중 가는 시간 어찌 그리 재촉하나
鐘聲且莫催. 새벽종 울리나니 조르지 좀 말아다오
峽中行雨過, 무산협곡 가운데선 빗속을 지나가고
陌上看花回. 언덕 위에 올라가 꽃만 보고 돌아왔네
才子能知爾, 재주 많은 사람들은 능히 알 것이지만
愚夫可語哉! 어리석은 사람이야 말해 무얼 하리오
鯫生曾種福, 일찌감치 복을 많이 심었더라면
親得到蓬萊. 신선 사는 봉래산에 절로 이르리

이 시가 만들어져 전해지자 호사가들이 다투어 외워 더욱 널리 퍼지게 되었다. 이듬해 왕생은 또 송강으로 소작료를 받으러 가는 길에 그곳을 지나게 되었다. 주점에 들르니 주인이 기뻐하며 반갑게 그를 맞아 안채로 데리고 들어가려고 했다. 왕생은 영문을 몰라 어리둥절해 하며 머뭇거리고 선뜻 들어가지 않고는 물러섰다. 그러자 우선 자리를 정하여 앉히고 노인이 진지한 태도로 그에게 말했다.

"이 늙은 것에게는 오로지 외동딸이 하나 있을 뿐이라오. 아직 혼사를 정하지 못하고 있었는데 지난해 젊은이가 이곳 위당에 들렀다가 우

리 집에서 술을 마시고 있을 때 내 여식(女息)이 그대를 보고 곧 마음에 들었던 모양이라오. 북받쳐 오르는 정을 주체하지 못하고 끝내는 마음의 병을 얻어 드러눕게 되었지요. 술에 취한 듯 바보가 된 듯 혼자 중얼거리기만 하며 비몽사몽간에 깨어나지를 못했지요. 백방으로 약을 구해 먹여 봤지만 아무런 효험이 없었는데 지난 밤 홀연 딸아이가 '내일이면 우리 낭군께서 오실 거예요. 제가 나가서 맞이해야겠어요'라고 말하는 게 아니겠소. 처음에는 그 애 말이 헛소린 줄 알고 믿지 않았는데 오늘 정말로 젊은이가 찾아오게 될 줄 어찌 알았겠소. 이는 정녕 하늘이 우리를 돕고 있는 것이 분명한 것이라오."

그렇게 말하고 노인은 왕생의 손을 잡고 내실로 데리고 들어갔다. 그의 딸이 있는 작은 방에 이르러 보니 문 앞의 정원이며 출입문과 창문 등 바로 꿈속에서 본 그대로였다. 나무와 풀과 연못과 기물과 잡동사니 물건까지 어느 하나 꿈에서 보지 않은 것이 없었다. 여인은 왕생이 왔다는 말을 전해듣자 일어나 예쁘게 차려입고 나왔다. 아리따운 의복이나 화려한 비녀나 귀고리도 모두 왕생이 꿈에서 본 그대로였다. 여인이 입을 열어 말했다.

"지난 해 낭군께서 떠나가신 후 그리움이 간절하였사옵니다. 매일 밤 꿈속에서나 만나 뵐 수 있었으니 어찌된 까닭인지 모르겠사옵니다."

"저의 꿈에서도 바로 그러했습니다."

왕생이 대답했다. 여인은 퉁소를 불던 일이며 비단신에 수를 놓던 일 등을 모두 말했는데 어느 한가지 들어맞지 않는 것이 없었다. 여인은 수정으로 만든 쌍잉어 부채 장식추를 꺼내어 왕생에게 보여주었다. 왕생도 손을 들어 자금(紫金)에 푸른 옥이 박힌 반지를 보여주었다. 두 사람은 너무 놀랍고 신기한 나머지 이것이 모두 영혼과 꿈이 하나로 맺어진 결과라고 여기게 되었다. 마침내 두 사람은 부부로 맺어져 함께 돌아와 살면서 백년해로하게 되었다. 참으로 기이한 만남이 아닐 수 없다.

원문

渭塘奇遇記[1]

至順[2]中, 有王生者, 本士族[3]子, 居於金陵.[4] 貌瑩寒玉,[5] 神凝秋水, 姿狀甚美, 衆以奇俊王家郎稱之. 年二十, 未娶. 有田在松江, 因往收秋租, 回舟過渭塘, 見一酒肆, 靑旗出於檐外; 朱欄曲檻, 縹緲加畫; 高柳古槐, 黃葉交墜; 芙蓉十數株, 顔色或深或淺, 紅葩綠水, 上下相映; 白鵝[6]一群, 游泳其間. 生泊舟岸側, 登肆[7]沽酒而飮, 斫巨螯之蟹, 鱠細鱗之鱸, 果則綠橘黃橙, 蓮塘之藕, 松坡之栗, 以花磁盞酌眞珠紅酒而飮之. 肆主亦富家, 其女年十八, 知音識字, 態度不凡, 見生在座, 頻於幕下窺之, 或出半面, 或露全體, 去而復來, 終莫能捨. 生亦留神注意, 彼此目成[8]久之. 已而酒盡出肆, 怏怏登舟, 如有所失. 是夜遂夢至肆中, 入門數重, 直抵舍後, 始至女室, 乃一小軒也. 軒之前有葡萄架, 架下甃池, 方圓盈丈, 甃[9]以文石,[10] 養金鯽其中; 池左右植垂絲檜二株, 綠蔭婆娑, 靠牆結一翠柏屛, 屛下設石假山三峯, 岌然競秀; 草則金線[11]綉墩[12]之屬, 霜露不

---

1) 渭塘奇遇記(위당기우기) : 『孤本元明雜劇』에 무명씨의 잡극 『王文秀渭塘奇遇』가 들어 있는데 본 편과 동일한 제재이다. [周]
2) 至順(지순) : 元나라 圖帖睦爾(文宗)의 연호(1330~1332). [周]
3) 士族(사족) : 대대로 양반인 집안. [周]
4) 金陵(금릉) : 지금의 南京 應天府이다. 楚나라 威王이 그곳에 王氣가 있어서 금을 묻어 지세를 진압하고는 金陵이라 불렀다. 秦始皇이 秣陵으로 고쳤다. [句]
5) 寒玉(한옥) : 사람의 용모가 준수한 것을 말한다. 아래 문장의 秋水는 사람의 얼굴빛이 맑고 깨끗한 것을 비유한 것이다. [周]
6) 鵝(아) : 일명 舒鴈(서안) 혹은 鵱鷜(육루)라 하는데 긴 목에 울음소리가 아름답고 높은 머리를 자랑하는 듯하므로 鵝라 부른다. 싸움을 잘하고 뱀을 잡아먹기 좋아하므로 주로 계곡의 더러운 곳에 사는데 기르는 것은 피하는 것이 좋다. [句]
7) 肆(사) : 물건을 파는 상점을 말한다. [句] 여기서는 주막으로 해석된다. [譯]
8) 目成(목성) : 「楚辭」에 "방 안 가득한 미인 중에 유독 나하고만 눈짓을 주고받았지(滿堂兮, 美人, 忽獨與余兮, 目成)"라는 구절이 보인다. 注에 "눈짓을 하며 서로 쳐다보고 좋아하는 경우이다"라고 되어 있다. [句]
9) 甃(추) : 甃란 반듯한 벽돌이다. 『易經』에 "반듯한 벽돌은 허물이 없다"라는 문장이 보인다. 注에 "만든 섬돌(結砌)이다"라고 되어 있다. [句] 벽돌로 쌓다. [周]
10) 文石(문석) : 무늬가 있는 돌. [周]

變色. 窗間挂一雕花籠, 籠內畜一綠鸚鵡, 見人能言. 軒下垂小木鶴二隻, 銜線香焚之. 案上立一古銅瓶, 揷孔雀尾數莖, 其傍設筆硯之類, 皆極濟楚. 架上橫一碧玉簫, 女所吹也. 壁下貼金花箋[13]四幅, 題詩於上, 詩體則效東坡[14]四時詞, 字畫則師趙松雪,[15] 不知何人所作也. 第一幅云:

春風吹花落紅雪, 楊柳陰濃啼百舌.[16] 東家蝴蝶西家飛, 前歲櫻桃今歲結.
秋千[17]蹴罷鬢鬖髿, 粉汗凝香沁綠紗. 侍女亦知心內事, 銀瓶汲水煮新茶.

第二幅云:

芭蕉葉展靑鸞尾, 萱草[18]花含金鳳嘴. 一雙乳燕出雕梁, 數點新荷浮綠水.
困人天氣日長時, 針線慵拈午漏[19]遲. 起向石榴陰畔立, 戲將梅子打鶯兒.

---

11) 金線(금선): 금선초. 다년생 풀로 줄기는 길이가 한 척 가량 되고 잎은 타원형이며 끝이 뾰족하다. 여름에 줄기 위에 가느다란 꽃대가 나오는데 길이가 한 척 정도이다. 꽃은 짙은 붉은 색이며 작다. [周]

12) 綉墩(수돈): 풀 이름. 山東省 曹州에서 나며 絲綉, 線綉, 鐵綉, 莖綉 등이 있다. 『一統志』에 보인다. [周] 본래 이름은 소엽맥문동이다. [譯]

13) 貼金花牋(첩금화전): 貼이란 붙이다라는 뜻이다. 金花牋은 종이의 이름이다. 『楊妃外傳』에 "현종과 양귀비가 모란을 감상하다가 李龜年에게 금화전을 가지고 와서 李白에게 주고 淸平調를 짓도록 했다"라는 내용이 있다. [句]

14) 東坡(동파): 宋나라 시인 蘇軾. 그는 黃州로 폄적되었을 때 동파에 집을 짓고는 스스로 東坡居士라 하였다. [周]

15) 趙松雪(조송설): 元나라 趙孟頫(子昂)의 별호. 그는 본래 宋나라의 종실이었는데 元나라에 항복한 후 翰林學士承旨를 지냈다. 그는 行楷書法과 산수화로 매우 유명하다. 趙松雪의 부인 管道升(仲姬) 또한 서예가였다. [周]

16) 百舌(백설): 새 이름. 때까치의 일종. 비교적 작고 온몸이 까맣고 부리가 매우 날카롭다. 울음소리가 매끄럽다. [周]

17) 【校】秋千(추천): [奎]와 [董]에는 모두 鞦韆으로 되어 있음.

18) 萱草(훤초): 다년생 풀. 일명 忘憂草 혹은 宜男草라고도 한다. 잎은 창포와 비슷하며 부드럽고 좁다. 꽃은 백합과 비슷하고 붉은 것도 있고 누런 것도 있다. 속칭 金計라고도 하는데 요리해 먹을 수 있다. [周]

19) 漏(누): 물을 담은 주전자로 옛날 시간을 측정하는 데 썼던 가구. 주전자 바닥에 구멍을 뚫고 그 구멍에 화살을 하나 꼽아 만드는데 漏刻(물시계)이라고 하였다. 주전자의 물이 빠져서 점점 줄어들면 물시계의 度數가 차례로 드러나는데 이 도수를 보고 시간을 알 수 있다. [周]

第三幅云:

鐵馬[20]聲喧風力緊, 雲窗夢破鴛鴦[21]冷. 玉爐燒麝有餘香, 羅扇扑螢無定影. 洞簫一曲是誰家? 河漢[22]西流月半斜. 要染纖纖紅指甲, 金盆夜搗鳳仙花.[23]

第四幅云:

山茶[24]未開梅半吐, 風動簾旌雪花舞. 金盤冒冷塑狻猊,[25] 綉幕圍春護鸚鵡. 倩人呵筆畫雙眉, 脂水凝寒上臉遲. 妝罷扶頭重照鏡, 鳳釵斜壓[26]瑞香[27]枝.

女見生至, 與之承迎, 執手入室, 極其歡謔, 會宿於寢, 鷄鳴始覺, 乃困臥篷窗底耳. 自後歸家, 無夕而不夢焉. 一夕, 見架上玉簫, 索女吹之. 女爲吹『落梅風』數闋, 音調嘹喨,[28] 響徹雲際. 一夕, 女於燈下繡紅羅鞋,

---

20) 鐵馬(철마): 오랑캐의 말. 북쪽 오랑캐의 침입을 막기 위한 軍馬의 울음소리란 뜻이다. 혹은 胡馬라고 부르기도 한다. 古詩에 "오랑캐 말은 북풍을 그리워한다"는 구절이 있다. 당나라 사람의 시에 "바람이 불면 호마는 가을이 오는 지 안다"라는 구절이 있다. [句] 옛날 처마 사이에 매달았던 풍경. 바람이 불면 쟁그랑 쟁그랑 소리가 난다. [周]

21) 鴛鴦(원앙): 鴛鴦이란 대개 이불을 가리킨다. 古詩에 "한 쌍의 원앙을 수놓고 合歡할 이불을 자른다네"라는 구절이 있다. [句]

22) 河漢(하한): 은하수를 가리킨다. [周]

23) 鳳仙花(봉선화): 줄기가 굵고 길이는 한 척 정도 된다. 잎은 마치 화살촉 같은데 톱니 모양이다. 여름에 잎겨드랑이에서 꽃이 피며 붉은 색, 흰색 등이 있다. 옛날 여자들은 붉은 색 꽃을 찧어서 손톱에 물들였다. [周]

24) 山茶(산다): 나무이름. 남방 각 성에서 나는데 특히 雲南省이 가장 유명하다. 잎은 金桂와 비슷하며 약간 두껍고 딱딱하다. 꽃은 붉은 색, 흰색, 얼룩얼룩한 것 등 여러 색깔이 있다. 일반적으로 분재용 나무로 쓰이며 높이는 약 한 두 척 정도이다. [周] 즉 동백나무이다. [譯]

25) 狻猊(산예): 짐승 이름. 즉 사자를 말한다. 일설에는 야생마라고도 한다. 楊愼의 『升庵外集』에는 다음과 같은 내용이 보인다. "세간에 전해지기를 용이 자식 아홉을 낳았는데 각각 뛰어난 점이 있었다. 여덟째를 狻猊라 하였는데 불을 잘 뿜어 향로에 세워 놓았다(俗傳龍生九子, 各有所好. 八曰狻猊, 好煙火, 故立於香爐)." [周]

26) 【校】 壓(압): [奎]에는 亞로 쓰임. 斜壓(사압): 壓은 기울다라는 뜻이다. [句]

27) 瑞香(서향): 宋나라 때 廬山에서 처음 났으며 눈 속에서도 꽃을 피운다. [句] 상록관목수. 줄기의 길이가 4 내지 5척이고 가지와 잎이 무성하다. 잎은 긴 타원형이고 두껍고 광택이 있다. 서향화를 말한다. [周]

生剔燈花, 誤落於上, 遂成油暈. 一夕, 女以紫金碧甸指環贈生, 生解水晶雙魚扇墜酬之, 旣覺, 則指環宛然在手, 扇墜視之無有矣. 生大以爲奇, 遂效元稹[29]體, 賦會眞[30]詩三十韻以記其事. 詩曰 :

有美閨房秀, 天人謫降來. 風流元有種, 慧黠更多才. 碾玉成仙骨, 調脂作艶胎.[31] 腰肢風外柳, 標格雪中梅. 命置千金屋, 宜登七寶臺. 妖姿應自許, 妙質孰能陪? 小小乘油壁,[32] 眞眞[33]醉綵灰. 輕塵生洛浦, 遠道接天台.[34] 放燕簾高捲, 迎人戶半開. 菖蒲[35]難見面, 荳蔲[36]易含胎. 不待金屛射,[37] 何勞玉手

---

28) 【校】嘹喨(요량) : [奎]에는 瀏亮이라 씀.

29) 元稹(원진) : 자는 微之, 河南 사람으로 唐나라 때 유명한 시인이다. 관직이 매우 높았는데 尙書左丞에서부터 同中書門下平章事까지 두루 거쳤다. 그의 시는 白居易와 이름을 나란히 하였으며 당시 세간에서는 그의 詩體를 元和體라고 칭했다. [周]

30) 會眞(회진) : 元稹은 傳奇小說 『鶯鶯傳』을 썼는데 일명 『會眞記』라고 한다. 張生과 崔鶯鶯의 연애 이야기를 쓴 것으로 元나라 사람의 희곡 『西廂記』를 底本으로 하여 지었다. [周]

31) 【校】胎(태) : [奎]와 [董]에는 胚로 되어 있음.

32) 小小(소소) : 南齊 때 錢塘의 명기 蘇小小. 그녀는 油壁車를 타고 유람하는 것을 좋아했다. 유벽거는 벽에 옻칠을 한 수레를 말한다. 악부에 “첩은 유벽거를 타고 낭군은 청총마를 탔네(妾乘油壁車, 郎乘靑驄馬)”라는 구절이 나온다. [周]

33) 眞眞(진진) : 唐나라 진사 趙顔은 화공에게서 미인을 그린 그림 한 폭을 얻었다. 화공이 그에게 말했다. “이것은 여신을 그린 그림으로 여자의 이름은 眞眞이라 합니다. 백일 동안 그녀의 이름을 부르면 반드시 대답이 있을 것입니다. 그녀가 대답을 하자마자 곧장 百家의 彩灰酒를 그녀에게 쏟아 부으면 사람으로 변할 것입니다.” 趙顔이 화공의 말대로 하였더니 그림 속의 미녀 眞眞이 정말로 걸어나왔다. 말하고 먹고 마시고 하는 것이 모두 보통 사람과 똑같았으며 일년 후에는 아들도 하나 나았다. 후에 趙顔이 그녀를 요괴라고 의심을 하자 眞眞은 아들을 데리고 그림 속으로 들어가 버렸다. 그림 속에는 어린아이 하나가 더 생겨나 있었다. 이 이야기는 『聞奇錄』에 나온다. [周]

34) 接天台(접천태) : 漢나라 永平 중에 劉晨과 阮肇가 天台山에 들어가 약을 캐다가 길을 잃었다. 한 골짜기에 다다랐더니 잔 하나가 물에 떠내려오는데 그 속에 胡麻(참깨나 검은 깨로 된 잡곡)밥이 담겨 있었다. 두 사람은 서로 이르기를 “이곳이 인가와 멀지 않을 듯하네”라고 하면서 한 마장 가량 더 걸어 시냇가에 다다랐더니 두 여자를 만나게 되었다. 모두 뛰어난 미인이었다. 두 사람을 불러 이름을 물으며 “낭군들은 어디서 오기에 이렇게 더디시오”라고 하고는 집으로 맞이해서 산양 포와 호마 밥을 먹게 했다. 반 년쯤 지내다가 돌아와 보니 고향에는 이미 7대 후손이 살고 있었다. [句]

35) 菖蒲(창포) : 梁나라 武帝의 모친 張氏가 본 창포꽃에는 광채가 이상하였으나 시중드는 사람들 중에서는 아무에게도 그것이 보이지 않았다. 왕후가 그것을 삼키고 武帝를 낳았다고 한다. [句] 다년생 풀. 물가에서 자라며 큰 것과 작은 것 두 종류가 있

裁.[38] 偸香渾似賈,[39] 待月又如崔.[40] 箏[41]許秦宮[42]奪, 琴從卓氏猜. 簫聲傳縹緲, 燭影照徘徊. 窗薄涵魚魫.[43] 爐深噴麝煤. 眉橫青岫遠, 鬢嚲綠雲堆. 釵玉輕輕制, 衫羅窄窄裁. 文鴛游浩蕩, 瑞鳳舞毰毸.[44] 恨積鮫綃帕, 歡傳琥珀杯. 孤眠憐月姊,[45] 多忌笑河魁.[46] 化蝶能通夢, 游蜂浪作媒. 雕欄行共倚,

---

다. 작은 것을 細葉菖蒲 또는 石菖蒲라고 한다. 화분에다 심어 탁자 위에 놓고 보고 즐긴다. [周]

36) 荳蔻(두구): 두구꽃. 草荳蔻, 白荳蔻, 肉荳蔻 세 종류가 있다. 초두구꽃은 이삭이 필 때 부드러운 잎에 싸여서 핀다. 처음에는 연꽃과 비슷한데 짙은 붉은 색이고 잎은 꽃이 필수록 돋아나는데 색이 약간 옅다. [周]

37) 金屛射(금병사): 隋나라 竇毅의 딸은 청혼자가 많았다. 그래서 竇毅는 병풍에 공작 두 마리를 그려놓고 화살로 공작의 눈을 맞추는 자에게 딸을 시집보내기로 정하였다. 李淵(唐 高祖)이 화살 두 개를 쏘아 각각 눈 하나씩을 맞추어 竇毅의 딸은 그에게 시집갔는데 바로 唐나라 竇皇后이다. 杜甫의 시에 "병풍을 펼치니 금공작이로구나(屛開金孔雀)"라는 구절이 있다. [周]

38) 玉手栽(옥수재): 陽雍伯이 義漿(여러 사람들이 사용할 수 있는 우물)을 만들어놓고 지나가는 나그네들도 마시게 하였다. 어떤 사람이 다 먹고는 돌멩이를 하나 주면서 "이것을 심으면 그 자리에 옥이 나고 좋은 부인도 얻을 것이오"라고 말했다. 北平의 부자 徐氏에게 딸이 있었다. 陽雍伯이 장가를 들려고 하자 서씨가 농담으로 "백옥 한 쌍을 폐백으로 내어야 하네"라고 말했다. 陽雍伯은 돌멩이를 심어 얻은 백옥 다섯 쌍을 폐백으로 보냈다. 서씨는 깜짝 놀라 드디어 그를 사위로 삼았다. [句]

39) 偸香渾似賈(투향혼사가): 晋나라 韓壽는 미소년이었다. 賈充은 그를 속관으로 삼았는데 가충의 딸 賈午가 잘 생긴 그를 보고 사랑에 빠져 몰래 서역에서 가져온 향을 훔쳐다 그에게 주었다. 한 사람이 韓壽의 몸에서 그윽한 향기가 나는 것을 맡고는 賈充 앞에서 칭찬하였다. 賈充은 의심이 들어 賈午를 시중드는 계집종을 잡아다 고문하니 賈午가 직접 韓壽에게 준 것이라고 털어놓았다. 賈充은 집안허물이 밖으로 새나가게 해서는 안 된다고 생각하여 賈午를 韓壽에게 시집보냈다. [周]

40) 待月又如崔(대월우여최): 『西廂記』에서 崔鶯鶯은 紅娘에게 부탁하여 편지를 張生에게 보냈는데 편지에는 다음과 같은 시 한 수가 적혀 있었다. "서상 아래에서 달을 기다리고 바람을 맞아 문을 반쯤 열어놓네(待月西廂下, 迎風戶半開)." [周]

41) 【校】 箏(쟁): [奎]에는 箄로 씀. 箄(비): 본래의 뜻은 뗏목, 대바구니 등이나 『句解』에서 篦(비)와 같다고 하였으므로 빗의 뜻으로 쓰임. [譯]

42) 秦宮(진궁): 후한 때 梁冀의 처 孫壽는 매우 아름다운 용모에 몸짓 또한 요염하고 교태스러웠다. 梁冀는 집안 일을 돌보는 노복 秦宮을 총애하여 그로 하여금 자주 孫壽의 방을 출입하게 하였다. 이것을 빌미로 孫壽는 秦宮과 몰래 정을 통하였다. 秦宮은 안팎에서 총애를 받아 권세와 위력이 그 주인인 梁冀만큼이나 컸다. [周]

43) 魫(심): 물고기의 머리뼈로 창문 장식으로 쓸 수 있다. [周]

44) 毰毸(배시): 새가 화가 나서 날개를 활짝 편 모양. 陪鰓(배새)라고도 한다. [周]

45) 月姊(월자): 月姊는 姮娥이다. [句] 신화전설 속에 나오는 달 속에 산다는 선녀. 李商隱 시에 "일찍이 빛나는 달빛아래에서 月姊를 만난 적 있네(月姊曾逢下彩蟾)"라는 구

繡褥坐相偎. 啖蔗[47]逢佳境, 留環[48]得[49]異財. 綠陰鴛幷宿, 紫氣[50]劍雙埋. 良夜難虛度, 芳心未肯摧. 殘妝猶在臂, 別淚已凝腮. 漏滴[51]何須促, 鐘聲且莫催. 峽中行雨過, 陌上看花回. 才子能知爾, 愚夫可語哉! 鯫[52]生[53]曾種福, 親得到蓬萊.

詩訖,[54] 好事者多傳誦之. 明歲, 復往收租, 再過其處, 則肆翁甚喜, 延之入內. 生不解意, 逡巡[55]辭避. 坐定, 翁以誠告之曰 : "老拙惟一女, 未曾適人, 去歲, 君子所至[56]於此飮酒, 偶有所覩, 不能定情, 因遂染疾, 長

절이 있다. [周]

46) 河魁(하괴) : 달 속에 산다는 凶神. 날짜가 河魁(文曲星)에 이르면 혼사가 길하지 못하다고 하였다. [周]

47) 啖蔗(담자) : 漸入佳境을 뜻한다. 晋나라 때 유명한 화가 顧愷之(長康)는 매번 사탕수수를 먹을 때마다 끝에서부터 먹어 올라가면서 "점입가경이구나"라고 했다고 한다. [周]

48) 留環(유환) : 楊寶가 아홉 살 때 華陰山 북쪽에서 꾀꼬리가 부엉이에게 공격당해 나무 아래로 떨어지는 것을 보고는 얼른 그것을 주워 집으로 돌아갔다. 그는 꾀꼬리를 천상자 안에 놓고는 그것에게 국화를 먹였다. 백여 일이 지나자 꾀꼬리의 털이 다시 자라 날아가 버렸다. 이 날 밤 黃衣를 입은 동자가 나타나 楊寶에게 절하며 삼가 감사를 드리며 말했다. "저는 西王母의 사자로 당신의 자애로운 은혜를 받아 살아났습니다. 매우 감사드립니다!" 그러고는 세 개의 흰 고리를 꺼내어 양보에게 주며 말했다. "당신의 자손들에게 청렴결백하게 하면 이 고리와 마찬가지로 三公의 자리에 오를 것입니다." 『續齊諧記』에 보인다. 양보는 즉 楊震의 부친이다. 후에 楊震과 그의 자손은 정말로 사대가 삼공이 되어 재상의 지위에까지 올랐다. 그러나 이것은 고대의 미신을 억지로 갖다 붙인 견해이다. [周]

49) 【校】 得(득) : [奎]와 [董]에는 모두 獲으로 쓰임.

50) 紫氣(자기) : 紫氣는 상서로운 기운을 뜻한다. 晋나라 張華는 북두성과 견우성 사이에 紫氣가 있는 것을 보고 豫章 豊城에 보물이 있다는 것을 알고 곧 雷煥을 豊城令으로 보냈다. 雷煥은 과연 풍성의 감옥 안에서 龍泉, 太阿 두 보검을 찾아냈다. [周]

51) 【校】 滴(적) : [奎]와 [董]에는 點로 씀.

52) 【校】 鯫(추) : [奎]와 [董]에는 모두 多로 씀.

53) 鯫生(추생) : 옛날 젊은 남자가 자신을 낮추어 칭하던 말. [周] 鯫는 본래 雜魚라는 뜻이지만 鯫生은 小生이란 겸양의 뜻으로 쓰인다. 여기에서 鯫生과 多生은 모두 뜻이 안통하고 前生이라야 맞다. [譯]

54) 【校】 詩訖(시흘) : [奎]에는 생략되었음.

55) 逡巡(준순) : 나아가려 하다 다시 멈추는 모양. [周]

56) 【校】 所至(소지) : [奎]와 [董]에는 생략됨.

眠獨語, 如醉如癡, 餌藥[57]無效, 昨夕忽語曰 : '明日郎君至矣, 宜往候之.' 初以爲妄, 固未之信, 今而君子果涉吾地, 是天假其靈而賜之便也." 因問生婚[58]娶未曾,[59] 又問其門閥氏族, 甚喜. 肆翁卽握生手, 入於內室,[60] 至女所居軒下, 門窗戶闥, 則皆夢中所歷也; 草木臺沼、器用什物, 又皆夢中所見也. 女聞生至, 盛妝而出, 衣服之麗, 簪珥[61]之華,[62] 又皆夢中所識也. 女言 : "去歲自君去後,[63] 思念切至, 每夜夢中與君相會, 不知何故." 生曰 : "吾夢亦如之有.[64]" 女歷敘吹簫之曲, 綉[65]鞋之事, 無不脗合者. 又出水晶雙魚扇墜示生, 生亦擧紫金碧甸指環以問之. 彼此大驚, 以爲神契.[66] 遂與生爲夫婦, 於飛而還, 終以偕老, 可謂奇遇矣!

---

57) 餌藥(이약) : 약을 먹다. [周]
58) 【校】 婚(혼) : [奎]에는 생략됨.
59) 【校】 曾(증) : [奎]에는 생략됨.
60) 肆翁卽握生手(사옹즉악생수), 入於內室(입어내실) : 동강본・규장각본에는 卽握生手入內室로 되어 있음.
61) 簪珥(잠이) : 옛날 여자의 머리에 꽂던 머리 장식품. [周]
62) 【校】 華(화) : [奎]에는 富로 되어 있음.
63) 【校】 去歲自君去後(거세자군거후) : [奎]와 [董]에는 去歲自君之去로 되어 있음.
64) 【校】 有(유) : [奎]에는 생략됨.
65) 【校】 綉(수) : [奎]에는 琓이라 씀.
66) 神契(신계) : 정기가 그들로 하여금 화합하게 하다. 神은 또한 정신으로 볼 수 있다. 사람의 몸은 아직 만나지 않았는데 영혼이 먼저 회합하는 것으로 일종의 唯心主義적 논리이다. [周]

11 부귀발적사지(富貴発跡司志)

부귀 발원의 서낭당

원나라 지정(至正) 병술(丙戌)년 태주(泰州)에 한 선비가 살고 있었다. 이름을 하우인(何友仁)이라고 하는 이 선비는 빈털털이 가난뱅이로 끼니조차 잇기가 어려워 살아가기가 언제나 막막하였다. 하루는 서낭당에 가서 빌어보기라도 할까 하여 찾아갔다. 서낭당 아래 동쪽 별당을 지나다가 한 현판을 보니 부귀발적사(富貴發跡司)라 씌어 있었다. 부귀와 출세를 관장하는 곳이라는 뜻이었다. 하우인은 그 앞에 나아가 다음과 같이 축원을 하였다.

"신령님께 비나이다. 저는 나이가 벌써 마흔다섯 살이 되었습니다만 겨울엔 달랑 갖옷 한 벌로 살고 여름엔 베옷 한 벌로 지내왔으며 아침저녁 죽 한 그릇으로 겨우 끼니를 이어가고 있사옵니다. 처음부터 특별히 낭비하거나 경거망동을 한 적도 없었으며 그저 쉬지 않고 항상 부지런히 일을 했지만 여전히 가난은 제 곁을 떠날 날이 없었사옵니다. 설사 겨울날이 따뜻하다 해도 저는 추위에 떨었고 풍년이 든 해도 저의 굶주림은 여전하였사옵니다. 문을 나서도 찾아가 도움을 청할 친척이나 친구가 없고 집안에도 모아놓은 식량이 없어 처자식조차 업신여기며 고향사람들도 저와의 왕래를 끊었사옵니다. 그러므로 곤경에 처하고 어려움이 닥쳐도 어느 한 곳 호소할 데도 없는 처지이옵니다. 듣자오니 영험하신 신령께선 주로 부귀와 출세를 관장하시고 사람들의 발원을 처리하는 권한을 갖고 계시어 무엇이든 말씀드리면 들어주시고 구하면 얻을 수 있도록 해주신다 하옵기에 하는 수 없이 염치를 무릅쓰고 찾아 왔사옵니다. 그리하여 노여움도 두려워 않고 높은 위엄을 욕되게 하며 이처럼 뜰 아래 숨을 죽이고 꿇어 엎드려 경건하게 간절히 신령님께 비옵나이다. 바라옵건대 앞으로 일어나게 될 일과 앞으로 닥치게 될 일을 가르쳐 주시고 길을 잃고 헤매는 저를 바른 길로 인도하여 주시며 숨어 있어 펴지 못한 저를 이끌어주시옵소서. 목마른 물고기가 물을 만나 살아나고 지친 새가 나뭇가지를 만나 날개를 접고 쉬듯이 저도 그렇게 편안하게 살아가게 하여 주시옵소서. 그러면 저도 어찌 감히 하늘을 우러러 그 깊은 은혜에 감사하지 않겠사옵니까. 만약에 전생에서 이미 정해진 운명이므로 앞으로도 끝내 이렇게 불행하게 지낼 수밖에 없는 인생이라면 그 인과응보의 사연이라도 분명하게 밝혀 다가오는 미래를 미리 알 수 있게라도 하여 주시옵소서. 신령님께 다시 한번 간곡히 비나이다."

그렇게 축원을 마치고 나서 그는 탁자 아래 꿇어 엎드려 있었다. 그날 밤 동서 양쪽 별당과 좌우의 여러 방에는 불빛이 휘황하고 사람들이 우글거렸지만 오직 하우인이 있는 곳에는 사람을 찾아볼 수 없었고 불빛조차 보이지 않았다. 그는 혼자 어둠 속에서 밤중이 되도록 꿇어 엎드려 있었다. 그때 홀연히 멀리서 길을 비켜서라는 벽제(辟除) 소리가 들려왔다. 그 소리가 점점 커지며 별당 문 앞까지 온 듯하더니 각 부서의 판관 같은 사람들이 달려나가 급히 영접을 하여 들어왔다. 서낭당으로 일행이 들어오는데 청사초롱을 양편에 나란히 세우고 관졸들이 위엄을 갖추어 근엄하게 늘어서자 수명(壽命)과 복록(福祿)을 주관하는 명부(冥府)

의 토지신이 조복을 단정히 입고 정전(正殿)에 올라가 자리를 잡고 앉았다. 판관들이 차례로 올라가 알현하고 각기 자신의 부서로 돌아가 일을 하기 시작했다. 발적사를 맡은 판관이 정전에서 내려왔다. 아마도 토지신을 따라 천제(天帝)를 배알하고 돌아온 모양이었다. 자리에 앉자 뒤이어 판관 몇 명이 모두 사모(紗帽)를 쓰고 뿔 장식이 있는 관대(官帶)를 두르고 붉은 빛과 초록빛 옷을 입고 들어와 서로 인사하고 각각 자신이 처리한 일을 이야기했다. 그 중 한 사람이 말했다.

"어떤 현의 모씨 집에는 쌓아둔 쌀이 이천 섬[石]이나 되는데 근자에 가뭄과 메뚜기의 피해가 잇따라 계속되어 쌀값이 곱으로 오르고 이웃 고을에선 쌀을 밖으로 팔지 못하도록 금지하여 들판에 굶어 죽는 사람이 늘어나자 그는 곧 곳간 문을 열고 쌀을 풀어내어 모두 원가에 팔면서 이익도 그리 크게 남기지 않았다고 합니다. 또 죽을 쑤어 굶주리는 백성을 구제하여 수많은 사람을 살려냈다고 하는데 어제 그 고을의 신령이 저에게 알려왔으므로 이를 토지신께 상신했습니다. 이미 하늘의 천제께 아뢰어 그 사람의 수명을 삼십육 년이나 더 늘이시고 만종(萬鍾)의 봉록을 내리셨다고 합니다."

또 한 사람이 말했다.

"어떤 마을의 아무개 부인은 시어머니를 극진히 모셨는데 그의 남편이 출타하고 없는 동안 시어머니가 위중한 병이 들었습니다. 의원의 힘도 무당의 힘도 효험이 없음을 알고 곧 목욕재계하고 향을 피워 하늘에 축원하기를 제 몸을 대신 바치겠으니 시어머님을 살려달라고 빌고는 자신의 넓적다리 살을 잘라 그것을 달여서 시어머니에게 바쳐 병이 나았다고 합니다. 어제 천제의 조서가 내려왔는데 천제께서는 이 부인의 효성이 천지를 울리고 귀신을 감동케 했으니 귀한 아들 둘을 점지하여 낳도록 하고 자라서는 모두 벼슬을 얻게 하여 그 가문을 빛내게 하라고 말씀하시고 그 부인에게는 명부(命婦)의 칭호를 내려 보답하라 하셨습니다. 토지신께서 본사(本司)에 하명하셨으므로 이미 복적(福籍)에 올려놓았습니다."

또 다른 한 사람이 말했다.

"모 관직에 있는 어떤 이는 이미 작위가 높고 봉록(俸祿)도 아주 많이 받으면서 나라의 은혜에 보답할 생각을 않고 오로지 탐욕으로 뇌물만 바랬습니다. 벌써 삼백 정(錠)의 돈을 받아먹었고 법을 제멋대로 재단하여 공사를 사사로이 처리했으며 백은 오백 냥(兩)을 받아 이치와 인정을 위배하고 양민을 괴롭혔습니다. 토지신께서는 이를 벌써 천제께 아뢰고 그에게 죄명을 추가하였습니다. 다만 그 본인은 조상의 은덕으로 아직 약간의 복이 남아 있어 몇 년을 더 지탱하다가 결국은 멸족의 화를 당하게 될 것입니다. 오늘 아침 명을 받았는데 그를 악인의 명부에 올리고 다만 시기가 오기를 기다리라고 하였습니다."

또 다른 한 사람이 말했다.

"어떤 마을의 한 사람은 좋은 전답이 수십 마지기가 있는데 오로지 욕심만 부리고 방종하며 스스로 자족할 줄을 몰라 그저 남의 땅을 차지할 궁리만 하고 있습니다. 이웃에 한 뙈기 땅이 그의 전답과 붙어 있었는데 그 사람의 집안이 힘이 없고 누구 하나 도울 사람이 없음을 알고 업신여기며 억지로 싼값에 땅을 사고는 돈마저 주지 않고 버티니 그 이웃사람은 원한이 맺혀 죽고 말았습니다. 명부(冥府)에서 본서(本署)에 지령을 내려 그를 잡아 감옥에 쳐 넣도록 했습니다. 듣자하니 그는 벌써 소로 환생하여 그 이웃집에 태어나 전생에 진 빚을 갚고 있다고 합니다."

여러 사람들이 각각의 보고를 마치고 난 후 발적사의 주무 판관은 갑자기 눈썹을 치켜올리고 눈을 부릅뜨며 길게 탄식을 하면서 여러 관원을 향해 말했다.

"여러분들은 각자의 본분을 맡아 본 업무에 소속된 사무를 각각 나누어 처리하는데 선량한 사람을 포상하고 사악한 사람을 징벌하는 일에 그나마 주도면밀했다고 할 수 있을 것이오. 하지만 천지의 운행에는 나름의 규율이 있는 것이고 백성들에게는 재난이 뒤를 이어 잇달아 찾아오는 시기가 있는 법이며 군주에게도 대를 이어 전해오던 왕조가 점점 쇠락하여 패망하고 마는 때가 있기 마련이오. 크나큰 재난이 이제 막 닥치려는데 설사 그대들이 그러한 사소한 일들을 잘 처리한다고 해도 무슨 소용이 있겠소?"

"그게 무슨 말씀이십니까?"

여러 사람이 이구동성으로 물었다. 판관이 이에 대답하였다.

"내 조금 전에 명사(冥司)의 토지신과 더불어 천제를 배알하러 갔다가 여러 신령이 장래의 일에 대해 논하는 것을 들은 바가 있소. 몇 년 후에는 곧 커다란 전란이 일어나게 될 것이며 황하의 이남과 양자강 이북에 걸쳐 모두 삼십 여만 명의 백성들이 도륙(屠戮)을 당하게 될 것이라고 하였소. 그때가 되면 선을 쌓고 덕을 모은 사람이나 순수한 마음으로 충과 효를 실천한 사람이 아니라면 아마 화를 면하기 어렵게 될 것이오. 이것이 백성들이 복이 없어 이 같은 도탄의 재난을 당해야 하는 것인지 아니면 천지의 운수와 백성의 운명이 이미 정해져서 벗어날 수가 없게 된 것인지 그것이 알 수 없단 말이외다."

"글쎄올시다. 그건 우리가 알 수 있는 일이 아니옵니다."

여러 관원들은 눈썹을 찡그리며 그저 서로 쳐다보기만 하다가 각자 흩어졌다.

하우인은 그제야 탁자 밑에서 천천히 기어 나와 발적사의 판관에게 공손히 절을 하고 자신이 온 까닭을 아뢰었다. 판관은 한참 동안 그를 뚫어지게 바라보더니 부하를 시켜 그의 장부를 가져오라고 했다. 장부를 다 훑어보고 나서 판관이 말했다.

"당신은 앞으로 큰 복록(福祿)이 있을 것이오. 그저 오랫동안 이렇게 곤궁하게만 지낼 사람이 아니란 말이오. 앞으로 날마다 나아지면서 어두운 동굴을 빠져나가 광명을 찾게 될 것이오."

하우인은 좀더 자세한 말을 듣고 싶어했다. 판관은 붉은 붓으로 다음과 같은 열여섯 글자를 크게 써 주었다.

遇日而康, 해(日)를 만나면 편안해지고
遇月而發, 달(月)을 만나면 출세하게 될 것이며
遇雲而衰, 구름(雲)을 만나면 쇠퇴해지고
遇電而沒. 번개(電)를 만나면 멸망할 것이다

하우인은 그 글을 품안에 고이 간직하고 두 번 절하고 물러 나왔다. 서낭당 문밖에 나오니 밖에는 벌써 새벽 먼동이 트고 있었다. 하우인은 품안에 넣어둔 부적을 찾아보니 그러나 어디로 갔는지 아무 것도 손에 잡히지 않았다. 집으로 돌아와 아내에게 그 일을 이야기하고 스스로 위로하였다.

그로부터 며칠 뒤에 고을 내의 명문집안으로 이름난 부일영(傅日英)이란 사람이 하우인을 청하여 그 집 자제들을 가르치는 훈장을 맡아달라고 하였다. 한 달에 오정(五錠)을 사례로 주기로 하였다. 그로부터 집안 형편이 약간씩 펴지기 시작하여 점점 풍족하게 되었다. 그는 이 집 서당에서 몇 년을 가르치고 있었는데 얼마 후에 고우(高郵)에서 장사성(張士誠)이 조정에 모반을 계획하고 군사를 일으켰다. 원나라 조정은 승상 탈탈(脫脫)로 하여금 병마를 이끌고 토벌하도록 하였다. 원나라 장수인 달리월사(達理月沙)는 문화적 수양이 높은 사람이라 선비를 좋아하고 높이 평가했다. 하우인은 그의 앞에서 토벌 계책을 헌상하여 그의 마음을 흡족하게 했다. 그는 하우인을 탈탈 승상에게 추천하였고 이어서 그는 종군 참모(參謀)에 임명되었다. 이때부터 그에게는 수레와 말과 시종이 생기고 일약 출세 길을 달리기 시작했다. 승상이 출정을 마치고 회군하자 그도 따라가 조정의 관직을 배수받을 수 있었다. 처음에는 한림(翰林)이 되었다가 뒤이어 중서성(中書省)의 각부 장관을 맡아 부귀영화를 한몸에 누리게 되었다. 얼마 후에는 문림랑(文林郎) 내대어사(內臺御史)를 맡게 되었다. 그때 그의 동료 중에 운석불화(雲石不花)라는 자가 있었는데 하우인과는 화목하지 못하여 윗사람 앞에서 그를 모함하였다. 그 결과

하우인은 광동성(廣東省)에 있는 뇌주(雷州)의 녹사(錄事) 자리로 좌천되었다. 하우인은 비로소 서낭당 판관이 일러 준 말을 기억해 내고는 일(日)자와 월(月)자, 운(雲)자 모두가 그대로 맞아 떨어졌음을 깨닫고 두려운 마음이 깊이 생겼다. 처음 부일영(傅日英)을 만나 편안해지고 달리월사(達理月沙)를 만나 출세하기 시작했다가 운석불화(雲石不花)를 만나 쇠퇴의 길을 걷기 시작하게 되었기 때문이다. 그리하여 그는 더욱 경계하고 근신하여 감히 법을 범하고 예에 어긋나는 일을 하지 않았다. 부임한 이듬해에 한 번은 어떤 일로 상부에 보고할 일이 생겨 관원이 공문을 준비하고 그에게 서명하도록 하였다. 하우인은 공문에 자신의 관직인 '뇌주로(雷州路) 녹사 아무개'라고 적다가 붓을 놀리는 순간 바람이 불어와 종이가 날아가버렸다. 그 바람에 뇌(雷)자의 아래에 획이 길게 꼬리를 그리게 되었는데 마치 전(電)자처럼 되고 말았다. 하우인은 심히 불길하게 여겨 즉각 공문을 새로 만들어오도록 하였다. 하지만 그날 밤 그는 돌연 병들어 눕게 되었다. 하우인은 스스로 와병에서 일어나지 못할 것으로 짐작하고 가사를 처리하도록 하는 한편 아내와 자식들을 불러 작별하고 조용히 죽었다. 그리하여 서낭당 판관이 일러준 신령들의 예언과 장래의 일들이 모두 그대로 맞아 떨어졌음을 알게 되었다.

지정(至正) 신묘년(辛卯年) 이후에 장사성은 회수 동쪽에서 기병하고 명나라는 회수 서쪽에서 창업하여 서로 다투어 쟁탈하며 전쟁이 이어지니 회하(淮河) 연안의 각 고을에서는 크나큰 화를 입게 되어 전란 중에 죽은 백성이 삼십여 만 명이 훨씬 넘었다. 이를 보면 온 천하의 드넓은 강역 가운데 작게는 한 개인의 영고성쇠(榮枯盛衰)에서 크게는 한 나라의 흥망치란(興亡治亂)에 이르기까지 모두가 정해진 운수와 운명에 따른 것이니 마음대로 고치거나 바꿀 수는 없는 것이었다. 그런데도 망령되고 용렬한 범부들은 그 가운데서 자신의 알량한 지략과 권술(權術)을 부리고자 하는 것이니 오직 스스로 헛되이 괴로움만 추구하게 될 것이 뻔한 일이다.

원문

富貴發跡司志

至正丙戌,[1] 泰州[2]士人何友仁, 爲貧寠[3]所迫, 不能聊生. 因謁城隍祠,[4] 過東廡,[5] 見一案, 榜曰: "富貴發跡[6]司." 友仁禱於神象之前曰: "某生世四十有五, 寒一裘, 暑一葛, 朝·晡[7]粥飯一盂, 初無過用妄爲之事. 然而遑遑汲汲,[8] 常有不足之憂, 冬暖而愁寒, 年豐而苦饑, 出無知己之投, 處無蓄積之守. 妻孥[9]賤棄, 鄕黨絶交, 困阨艱難, 無所告[10]訴. 側聞大神主富貴之案, 掌發跡之權, 叩之卽有聞, 求之無不獲. 是以不避呵責, 冒[11]瀆威嚴, 屛息庭前, 鞠躬[12]戶下. 伏望告以倘來[13]之事, 喩以未至之機, 指示迷途, 提攜晦跡, 俾枯魚蒙斗水之活, 困鳥托一枝[14]之安, 敢不拜賜, 深仰於洪造![15][16] 如或前事有定, 後路無由, 大數旣已難移,

---

1) 至正丙戌(지정병술): 1346년. [周]
2) 泰州(태주): 揚州府에 속한다. [句]
3) 寠(구): 가난하여 염치를 차릴 수 없는 지경이란 뜻이다. [句]
4) 城隍祠(성황사): 隍이란 城 아래쪽에 있는 것으로 물이 있으면 池라고 하고 물이 없으면 隍이라 한다. 모든 郡邑에는 사당을 세워 제사를 지낸다. [句] 즉 城隍堂, 서낭당을 가리킨다. [譯]
5) 廡(무): 堂 아래쪽의 구석진 방이다. [句]
6) 發跡(발적): 옛날 사회적으로 立功, 揚名, 起家를 이루는 것을 말한다. 즉 입신출세의 뜻이다. [周]
7) 晡(포): 申時(오후 3시부터 5시)를 말한다. [句]
8) 遑遑汲汲(황황급급): 매우 분주한 모양, 대단히 바쁜 모양이다. [周]
9) 孥(노): 자식이란 뜻이다. [句]
10) 【校】 告(고): [奎]와 [董]에는 控으로 쓰임.
11) 冒(모): 범하다라는 뜻이다. [句]
12) 鞠躬(국궁): 몸을 굽힌다는 뜻이다. [句]
13) 倘來(당래): 『莊子』에 "軒冕(관직)이 뜻밖에 굴러 들어온다"라는 문장이 보인다. 注에 "우연히 찾아오는 것이다. 즉 예기치 않은 것을 말한다"라고 되어 있다. [句] 뜻밖에 손에 넣는 것을 가리킨다. 여기서는 機緣(기회와 인연)의 뜻으로 쓰였다. [周]
14) 困鳥托一枝(곤조탁일지): 『장자』에 다음과 같은 내용이 보인다. "굴뚝새는 깊고 울창한 숲에 둥지를 틀지만 필요한 것은 고작 나뭇가지 하나에 불과하다(鷦鷯巢於深林, 不過一枝)." 후세에는 벼슬 자리하나를 얻다라는 뜻으로 쓰였다. [周]
15) 洪造(홍조): 천지의 모든 일을 홍조라 한다. [句]

薄命終於不遇, 亦望明彰報應, 使得預知." 禱畢, 跧伏[17]案幕之下. 是夜, 東西兩廊,[18] 左右諸曹, 皆燈燭熒煌, 人物駢雜, 惟友仁所禱之司, 不見一人, 亦無燈火. 獨處暗中, 將及半夜, 忽聞呵殿之音, 初遠漸近, 將及廟門, 諸司判官,[19] 皆趨出迎之. 及入, 紗籠[20]兩行, 儀衛[21]甚嚴.[22] 府君[23]朝服端簡, 登正殿而坐, 判官輩參見旣畢, 皆回局治事. 發跡司主者亦自殿上而來, 蓋適從府君朝天使回耳. 坐定, 有判官數人, 皆幞頭角帶, 服緋綠之衣, 入戶相見, 各述所理之事. 一人曰 : "某縣某戶藏米二千石, 近因旱蝗相繼, 米价倍增, 鄰境閉糴,[24] 野有餓莩,[25] 而乃開倉以賑[26]之, 但取原价, 不求厚利, 又爲饘粥以濟貧乏, 蒙活者甚衆. 昨縣神申[27]上於本司, 呈於府君, 聞已奏知天庭, 延壽三紀,[28] 賜祿萬鍾[29]矣." 一人曰 : "某村某氏奉姑甚孝, 其夫在外, 而姑得重痼,[30] 醫巫無效, 乃齋沐焚香祝天, 願以身代, 割股[31]以進, 因遂得愈. 昨天符行下云 : 某氏孝通天地, 誠

---

16) 【校】深仰於洪造(심앙어홍조) : [奎]와 [董]에는 深恩仰於洪造로 되어 있음.
17) 跧伏(전복) : 땅위를 기다. 엎드리다. [周]
18) 【校】廊(랑) : [奎]와 [董]에는 廡로 씀.
19) 判官(판관) : 원래는 고관의 밑에 딸린 하급 관리를 말하는 것으로 민간에서는 저승에도 이러한 관리가 있으며 장부와 공문서를 담당한다고 상상하였다. [周]
20) 紗籠(사롱) : 判官을 가리킨다. 『原化記』에 "판관은 초롱 속 사람이다(判官是紗籠中人)"라는 문장이 나온다. 또한 燈籠을 지칭하기도 한다. 白居易의 시에 "등롱이 타다 남은 양초를 비추네(紗籠耿殘燭)"라는 구절이 있다. [周]
21) 儀衛(의위) : 수행원들의 의장을 말한다. [周]
22) 【校】嚴(엄) : [奎]와 [董]에는 盛으로 쓰임.
23) 府君(부군) : 민간에서 흔히 土地神을 통칭 府君이라고 한다. 즉 泰山府君과 같은 것이 바로 이것이다. [句] 원래는 태수를 지칭하는 것인데 민간에서는 저승에도 태수와 같은 관리가 있다고 믿었다. [周] 여기서는 토지신으로 번역한다. [譯]
24) 閉糴(폐적) : 사람들이 곡식을 사들이는 것을 금지하다. [周]
25) 餓莩(아부) : 莩는 殍와 통한다. 즉 굶어죽은 사람을 가리킨다. [周]
26) 賑(진) : 구제하다라는 뜻이다. [句]
27) 申(신) : 申은 하급 관청이 상급 관청에 올리는 글이다. [句]
28) 三紀(삼기) : 1기(목성이 태양을 한 바퀴 도는 시간)가 12년이므로 3기는 즉 36년이다. [周]
29) 祿萬鍾(녹만종) : 祿은 俸祿을 말하고 鍾은 옛날 용량의 단위이다. 종의 용량은 6휘 4말에 해당한다. [周] 1휘[斛]는 10말[斗]의 용량이다. [譯]
30) 痼(고) : 오래도록 고치기 힘든 질병. 즉 고질병, 지병을 가리킨다. [周]

格鬼神，令生貴子二人，皆食君祿，光顯其門，終爲命婦[32]以報之．府君下於本司，今已著之福籍矣．" 一人曰："某姓某官，爵位已崇，俸祿亦厚，不思報國，惟務貪饕，受鈔三百錠，枉法斷公事；取銀五百兩，非理害良民．府君奏於天庭，[33] 即欲加其[34]罪，緣本人頗有頑福，[35] 故稽延數年，使罹[36]滅族之禍．今早奉命，記注[37]惡簿，惟俟時至耳．" 一人曰："某鄉某甲，有田數十頃，而貪縱無厭，務爲兼并，鄰田之接壤者，欺其勢孤無援，賤價售之，又不還其值，[38] 令其含忿而死．冥府帖本司勾攝[39]入獄，聞已化身爲牛，托生鄰家，償其所負矣．" 諸人言敍既畢，發跡司判官忽揚眉盱[40]目，咄嗟[41]長歎而謂衆賓曰："諸公各守其職，各治其事，褒善罰罪，[42] 可謂至矣．然而天地運行之數，生靈厄會[43]之期，國統[44]漸衰，[45]

---

31) 割股(할고) : 股는 정강이에 붙은 살이다. 『史記』에 "介子推가 넓적다리 살을 베어 文公을 먹였다"는 기록이 보인다. [句] 옛날 효성스런 자식이 자신의 넓적다리의 살을 베어내 탕을 끓여서 부모에게 마시게 했는데 이렇게 함으로써 그들의 병을 치료할 수 있다고 믿었다. [周]

32) 命婦(명부) : 옛날 천자로부터 封號를 받은 婦人을 가리킨다. [周] 大夫의 夫人으로 임명된 婦人. 임금의 命을 받아 夫人이 되는 까닭에 命婦하고 한다. [譯]

33) 【校】 天庭(천정) : [奎]와 [董]에는 上界로 되어 있음.

34) 【校】 其(기) : [奎]와 [董]에는 생략됨.

35) 頑福(완복) : 자신은 비록 덕이 없어도 선대에 陰功때문에 잠시나마 의롭지 못한 부귀를 누리는 것을 말한다. [句]

36) 罹(이) : (불행 또는 손해를) 당하다. [周]

37) 【校】 注(주) : [奎]와 [董]에는 於로 씀.

38) 【校】 值(치) : [奎]와 [董]에는 直으로 되어 있음.

39) 勾攝(구섭) : 勾는 뒤좇아가 찾는다는 뜻이고 攝은 잡아끈다는 뜻이다. [句]

40) 盱(우) : 눈을 크게 뜨고 쳐다보다. 눈을 부릅뜨다. [周]

41) 咄嗟(돌차) : 큰소리로 꾸짖다, 호통치다. 여기서는 탄식하다라는 뜻으로 해석한다. [周]

42) 【校】 罪(죄) : [奎]와 [董]에는 惡으로 씀.

43) 厄會(액회) : 厄運. 옛날 百六이나 陽九를 厄會라 하였고 이때를 만나면 재난을 당하게 된다고 믿었다. [周] 陽九와 百六은 古代 中國의 術數의 용어다. 一元의 가운데는 天地의 두 厄運이 있는데 양의 재앙은 가뭄이고 음의 재앙은 홍수다. 또 陽九는 홀수의 극점을, 百六은 짝수의 극점을 나타낸다고도 했다. 道家에서는 하늘의 재앙[天厄]을 陽九라 하고 땅의 재앙[地虧]을 百六이라 하였으며 3,300년을 小陽九, 小百六이라 하고 9,900년을 大陽九, 大百六이라 한다. 후에 陽九와 百六은 일반적으로 재난이나 액운의 대명사로 쓰였다. [譯]

大難將作, 雖諸公之善理, 其如之奈何[46]!" 衆問曰 : "何謂也?" 對曰 : "吾適從府君上朝帝閽, 所聞衆聖推論[47]將來之事, 數年之後, 兵戎大起, 巨河[48]之南, 長江之北, 合屠戮人民三十餘萬, 當是時也, 自非積善累仁, 忠孝純至者, 不克免焉. 豈生靈寡福,[49] 當此塗炭[50]乎? 抑運數已定, 莫之可逃乎?" 衆皆顰蹙相顧曰 : "非所知也." 遂各散去. 友仁始於案下匍匐而出, 拜述厥由. 判官熟視良久, 命小吏取簿籍[51]至, 親自檢閱, 謂友仁曰 : "君後大有福祿, 非久於貧困者, 自玆以往, 當日勝一日, 脫晦向明矣." 友仁願示其詳, 乃取朱筆大書一十六字[52]以授友仁[53]曰 : "遇日而康, 遇月而發, 遇[54]雲而衰, 遇電而沒." 友仁聽訖, 以所授置之於懷,[55] 因[56]再拜辭出. 行及廟門外,[57] 天色已曙. 急探懷中, 則無有矣.

歸而話於妻子以自慰. 不數日, 郡有大姓傅日英者, 延之以訓子弟, 月奉束脩五錠, 家遂稍康. 凡居其館數歲. 已而高郵張氏[58]兵起, 元朝命丞相脫脫[59]統兵討之, 大帥達理月沙頗知書好士, 友仁獻策於馬首, 稱其

44) 國統(국통) : 대대로 끊이지 않고 이어지는 것을 統이라고 한다. 國統은 동일한 성씨의 후손으로 이어지는 봉건 왕조를 가리킨다. [周]

45) 【校】 衰(쇠) : [董]에는 變이라 되어 있음.

46) 【校】 其如之奈何(기여지내하) : [奎]와 [董]에는 其奈之何로 씀.

47) 【校】 上朝帝閽(상조제혼), 所聞衆聖推論(소문중성추론) : [奎]와 [董]은 모두 上朝帝所, 聞衆聖論이라 되어 있음.

48) 巨河(거하) : 黃河를 말한다. [周]

49) 【校】 福(복) : [奎]와 [董]에는 祜로 쓰임.

50) 塗炭(도탄) : 백성들의 고통이 마치 진흙과 숯불 속에 빠진 것과 같음을 비유하는 말이다. [周]

51) 【校】 籍(적) : [奎]와 [董]에는 冊이라 쓰임.

52) 【校】 字(자) : [奎]와 [董]에는 字라고 쓰임.

53) 【校】 友仁(우인) : [奎]와 [董]에는 友仁이 之로 되어 있음.

54) 【校】 遇(우) : [奎]와 [董]에는 逶으로 쓰임.

55) 【校】 友仁聽訖(우인청흘), 以所授置之於懷(이소수치지어회) : [奎]와 [董]에는 友仁置之於 懷로 되어 있음.

56) 【校】 因(인) : [奎]와 [董]에서는 생략됨.

57) 【校】 外(외) : [奎]와 [董]에서는 생략됨.

58) 高郵張氏(고우장씨) : 張士誠은 군사를 일으켜 高郵를 점거하고는 왕으로 칭했다. [周]

意, 薦於脫公, 署隨軍參謀, 車馬僕從, 一旦赫然. 及脫公征還, 友仁遂仕於朝, 踐歷館閣,[60] 翱翔省部,[61] 可謂貴矣. 未幾, 授文林郎[62]·內臺[63]御史,[64] 同列有雲石不花者, 與之不相能, 構於大官, 黜爲雷州[65]錄事.[66] 友仁憶判官之言, 日月雲三字,[67] 皆已驗矣, 深自戒懼, 不敢爲非. 到任二年, 有事申總府, 吏具牘以進, 友仁自署其銜曰 : 雷州路錄事何某. 揮筆之際, 風吹紙起, 於雷字之下, 曳出一尾, 宛然成一電字, 大惡之, 亟命易去. 是夜感疾, 自知不起, 處置家事, 訣[68]別妻子而終. 因詳判官所述衆聖之語, 將來之事. 蓋至正辛卯[69]之後, 張氏起兵淮東,[70] 國朝[71]創業淮西,[72] 攻鬪爭奪, 干戈相尋, 沿淮諸郡, 多被其禍, 死於兵亂[73]者何止三十萬焉. 是以知普天之下, 率土[74]之濱, 小而一身之榮悴通塞, 大而一

---

59) 脫脫(탈탈) : 元나라 伯顔의 조카이다. 伯顔이 권세를 농락하자 脫脫이 大義로 일어나 겨레를 쳤다. 至正 14년에 摠制가 되어 張士誠을 쳐서 크게 이겼다. 哈麻와 틈이 생기자 그의 성공을 두려워하여 죄를 덮어씌워 죽였다. 윗사람의 하명을 받아 죄를 벌하는 것을 討라 한다. [句] 『宋史』의 주편자로 元 順帝 때의 재상이었다. 후에 다른 사람이 중상모략하자 사직하고 雲南 등지를 떠돌아다니다 哈麻矯詔에 의해 독살되었다. [周]

60) 館閣(관각) : 한림원을 가리킨다. [周]

61) 省部(성부) : 中書省 등과 같은 중앙행정기관을 가리킨다. 部는 省 아래에 소속되어 있는 각부를 말한다. [周]

62) 文林郎 : 수나라 때 文林郎을 설치하였으며 散官(옛날 직위만 있고 직무가 없던 관리)이다. 역대로 모두 그것을 설치하였다. [周]

63) 內臺(내대) : 어사대를 가르킨다. [周]

64) 御史(어사) : 탄핵을 전담하던 관리이다. [周]

65) 雷州(뇌주) : 지금의 廣東省 海康縣이다. [周]

66) 錄事(녹사) : 관직 이름. 錄事參軍은 晉나라 때 설치되었는데 문서와 장부의 기록을 담당하고 죄를 고발하고 탄핵하는 일을 맡았다. 이 관직은 元나라 때 이미 없어졌는데 본문에서 원대에 이 관직이 있었던 것으로 묘사한 것은 잘못된 것이다. [周]

67) 【校】 字(자) : [奎]와 [董]에는 宇로 되어 있음.

68) 訣(결) : 죽어서 이별하는 것을 訣이라 한다. [句]

69) 至正辛卯(지정신묘) : 1351년. [周]

70) 淮東(회동) : 江蘇省의 淮安, 揚州 일대이다. [周]

71) 國朝(국조) : 明나라를 가리킨다. 작가가 明나라 사람이기에 國朝라 칭한 것이다. [周]

72) 淮西(회서) : 安徽省 廬州(지금의 合肥), 鳳陽 일대다. [周]

73) 【校】 亂(난) : [奎]와 [董]에서는 생략됨.

74) 率土(솔토) : 국가의 영토 이내. 국토 전체. 『詩經』에는 "천하의 경계 안에 온 백성은

國之興衰治亂, 皆有定數, 不可轉移, 而妄庸者乃欲輒施智術於其間, 徒自取困耳.

왕의 신하 아닌 자가 없네(率土之濱, 莫非王臣)"라는 구절이 있다. [周]

12 영주야묘기(永州野廟記)

영주 들판의 사당

호남성 영주(永州)의 성 밖 들판에는 신령을 모시는 낡은 사당(祠堂)이 하나 있었는데 뒤로는 산을 등지고 앞으로는 물이 흐르며 강물과 습지가 깊고도 험준한 곳이었다. 그곳에는 누런 띠 풀과 푸른 잡초가 우거져 있을 뿐 사방을 둘러보아도 아득히 아무 것도 보이는 것이 없었다. 큰 나무가 하늘을 찌를 듯이 해를 가리고 있는데 그 수를 헤아릴 수 없을 정도로 많았다. 바람과 비가 그 숲에서 일어나서 사람들은 두려워하며 신령을 섬겼고 지나는 사람들은 소나 돼지, 양을 잡아 신당에 바치고 나서야 비로소 그 앞을 지나가곤 했다. 만약 그렇지 않으면 돌연 폭풍우가 몰아치고 구름과 안개가 해를 가리며 자욱하게 생겨나 지척을 분간할 수 없게 되고 가지고 있던 물건을 모두 잃게 되기 때문이었다. 이러한 일들이 거의 해마다 일어나곤 했다.

원나라 대덕(大德) 연간에 필응상(畢應祥)[1]이란 선비가 볼일이 있어서 형주(衡州)로 가다가 그 사당의 앞길을 지나게 되었다. 하지만 그는 주머니가 텅 비고 메고 가던 행낭 속에 든 돈이 없어 제물(祭物)을 마련하지 못하고 그저 공손히 절만 올리고 지나갔다. 그러자 미처 몇 리 길도 가지 못했는데 큰바람이 일더니 모래와 자갈을 날리고 검은 구름과 두터운 안개가 뒤로부터 몰려오기 시작했다. 뒤를 돌아보니 갑옷을 입은 병사들이 달려오고 있었는데 거의 천승만기(千乘萬騎)에 이르는 듯 하였다. 그는 이제는 틀림없이 죽은 목숨이라고 생각했다. 그는 평소에 『옥추경(玉樞經)』을 외우며 다녔는데 지금 사태가 급박하게 되니 앞뒤 생각할 것도 없이 계속 앞으로 걸어가면서 입에서는 쉬지 않고 경전을 외웠다. 그러자 한참 후에 구름이 걷히고 바람이 멈추더니 천지가 환히 개었다. 뒤따르던 수많은 병사와 전차도 다시는 보이지 않았다. 겨우 목숨을 부지하게 된 그는 마침내 안전하게 형산(衡山)에 도달하여 축융봉(祝融峰)을 지나면서 남악(南嶽)의 사당에 배알하게 되었다. 그러다 지나온 일을 생각하니 은근히 화가 치밀고 억울한 생각도 들어 고소장을 만들어 태우면서 남악의 신령에게 고발하였다.

이날 밤 필응상은 꿈을 꾸었다. 날랜 포졸이 달려와 그를 데리고 어떤 궁전 앞으로 갔다. 사방에는 호위병들이 늘어서 있고 많은 관원들도 도열해 있었다. 포졸은 그를 대청 아래 서 있도록 했다. 위를 바라보니 궁전 앞에는 옥으로 된 주렴이 늘어뜨려 있고 그 안에는 누런 비단 휘장이 둘러쳐져 있었는데 등불이 휘황하게 대낮처럼 밝았다. 분위기는 매우 엄숙하고 삼엄한 가운데 누구하나 끽 소리도 못하고 적막만이 감돌고 있었다. 필응상은 너무나 긴장이 되어 숨을 죽이고 명이 떨어지기만을 기다렸다. 얼마 후에 붉은 옷을 입고 뿔 장식이 있는 관대(官帶)를 두른 관원이 걸어나와 그를 불렀다.

"교지를 받들어 묻겠노라. 그대는 누구와 더불어 송사(訟事)를 벌이는가?"

---

1) 필응상 : 그 이름에는 반드시 상서로운 일이 응하리라는 의미를 지니고 있다.

필응상은 땅에 엎드려 대답하였다.

“저는 일개 선비의 신분으로서 천성이 우매하고 둔한 사람이옵니다. 명리를 추구할 줄도 모르니 어찌 전답이나 가옥 등으로 서로 다투는 일이 있겠습니까? 제가 입고 있는 옷은 단벌 포의(布衣)이고 먹는 것은 그저 푸성귀 반찬의 거친 밥일 뿐이며 다만 분수를 알고 지족(知足)하며 살고 있을 따름입니다. 하물며 저는 지금껏 관청에는 들어가 본 일도 없사오니 실로 지엄하신 물음에 아뢰올 말씀이 없사옵니다.”

그러자 관원이 다시 물었다.

“그렇다면 오늘 낮에 고소장을 올린 것은 도대체 누구를 고발한다는 말이냐?”

그제야 필응상은 무슨 까닭인지 알아차리고 고개를 조아리며 찬찬히 아뢰었다.

“저는 실로 빈한한 까닭으로 집을 나서 남을 찾아가는 길이었습니다. 영주 땅을 지나다가 신령의 사당 앞에서 주머니와 행낭에 돈이 한푼도 없었던 까닭에 소나 돼지를 잡아 제사를 올리지 못하고 말았습니다. 하지만 그 바람에 신의 노여움을 사게 되었습니다. 폭풍우가 몰아치고 병사들이 추격하여 오자 저는 넘어지고 자빠지며 도망가다 거의 잡혀서 큰 낭패를 당할 뻔 했습니다. 겨우 목숨을 건지고 몸을 빠져 나오긴 했으나 놀라고 급박한 마음을 하소연할 길이 없어 당돌하게도 신령님께 올리게 되었사오니 실로 부득이한 일이옵니다.”

남악사의 관원이 그 말을 다 듣고 안으로 들어가더니 잠시 후에 다시 나와서 말했다.

“교지를 받들어 이제부터 대질심문(對質審問)을 하겠노라.”

그리고는 몇 명의 관원이 하늘로 치솟아 올라갔다. 얼마 지나지 않아 검은 두건을 쓰고 도복을 입었으며 수염이 허연 노인을 잡아와서는 계단 아래에 꿇어앉히고 교지를 낭독했다.

“너는 한 지방의 신령으로서 여러 사람들이 정성으로 모시고 있음에도 불구하고 어이하여 걸핏하면 무력으로 사람들을 위협하고 겁을 주며 억지로 제사를 받으려고 하느냐? 또 이 선비를 협박하여 죽을 지경에 이르도록 하였는가? 너의 탐욕이 이와 같으니 어찌 형벌을 면할 수가 있겠느냐?"

흰 수염의 노인이 엎드려 대답했다.

"아뢰옵니다. 제가 영주 땅 들판의 사당 신령인 것은 분명하오만 사실은 그 사당을 이미 요망한 이무기에게 점령당한 지가 여러 해 되었사옵니다. 저의 능력으로는 이제 그 놈을 제압할 수가 없어 저의 직분을 지키지 못하고 있는 지 오래되었사옵니다. 지금까지 바람과 비를 부르고 제사 희생을 요구한 것은 모두 이 요사스런 괴물이 저지른 짓이며 결코 저의 잘못이라고 할 수 없사옵니다."

그러자 관원이 그를 나무라면서 말했다.

"일이 그 지경에 이르렀다면 어찌하여 조속히 보고하지 않았는가?"

노인이 대답하여 아뢰었다.

"이 괴물은 세상에 나와 고약한 일을 저지르고 있는 지가 아주 오래됩니다. 그 요망한 재주가 너무 엄청나서 아마 세상의 그 누구도 함부로 대적할 수가 없을 것이옵니다. 토지신이며 가묘(家廟)의 신령과 야묘(野廟)의 신령이 모두 그의 통제를 받고 있으며 신룡(神龍)과 독사(毒蛇) 등도 그놈의 지휘 아래 움직이옵니다. 저는 매번 이곳에 찾아와 하소연을 하고자 하였으나 모두 그놈의 방해를 받아 결국에는 올 수 없게 되었습니다. 오늘도 남악 신령의 사신(使臣)이 직접 찾아오지 않았다면 제가 어찌 능히 올 수 있었겠사옵니까?"

그러자 궁전 안에서 교지를 내려 병사를 보내 잡아오라는 명을 내렸다. 그러자 노인이 나서 배알하면서 간곡히 청하였다.

"요사한 괴물이 만들어진 지 오래되어 악을 돕는 무리가 많아졌으므로 사졸이 비록 간다고 해도 별로 소득이 없을 것이옵니다. 신병(神兵)을 직접 보내어 포위하여 사로잡지 않는다면 그놈을 잡아오기 어려울 것이 분명하옵니다.”

궁전 안의 관원들이 그의 의견을 받아들여 한 신장(神將)에게 오 천 명의 신병을 보내고 가서 잡아오도록 했다. 한참이 지난 뒤에 수십 명의 병졸들이 커다란 나무로 요괴의 수급(首級)을 둘러메고 들어왔다. 요괴는 붉은 머리를 가진 흰 구렁이였다. 뱀의 머리통을 대청 아래 마당에 내려놓으니 쌀 다섯 섬이 들어가는 커다란 항아리만큼이나 컸다. 관원들은 필응상에게 돌아가도 좋다고 하였다. 그는 비로소 허리를 펴고 기지개를 하면서 잠에서 깨어났다. 온몸은 땀으로 흥건하였고 옷까지 흠뻑 배어 나와 있었다.

필응상은 형주에서의 일을 다 마치고 집으로 돌아가는 도중에 다시 영주 땅을 지나게 되었다. 하지만 사당의 전각과 신상의 모습은 찾아볼 수 없었다. 현지의 촌민에게 물어보니 모두들 그간에 일어났던 놀라운 일이라며 전해주었다.

“어느 날 밤 야삼경에 홀연 천둥과 번개가 심하게 치고 온통 치고 받고 죽이는 소리가 가득하여 사람들은 놀라움과 두려움에 떨었지만 도대체 무슨 일이 일어나고 있는지 알 수 없어 애를 태우고 있었지요. 날이 밝자마자 다들 사당으로 몰려가 보니 사당 건물은 이미 잿더미가 되었고 길이가 열 길[丈]이나 되는 아주 거대한 백사(白蛇)가 나무 아래 죽어 있었습니다. 그런데 머리는 잘려나가고 없더군요. 나머지 독사(毒蛇)와 비사(飛蛇), 복사(蝮蛇) 등도 수없이 죽어 있었습니다. 그 역겨운 비린내가 천지를 진동하여 지금까지도 완전히 씻겨지지 않았습니다.”

그가 손을 꼽아 세어보니 그 날이 바로 그가 꿈을 꾸던 때였다.

필응상이 집으로 돌아와 어느 날 한낮에 한가롭게 앉아 있는데 홀연 두 명의 귀졸(鬼卒)이 찾아와 그에게 말했다.

“저승의 염라전에서 당신을 불러 대질(對質) 심문할 사건이 있으니 함께 가셔야겠습니다.”

그렇게 말하고는 그의 두 팔을 붙잡고 밖으로 나서니 곧바로 저승에

도달하였다. 염라대왕이 대청 위에 앉아 있고 철롱(鐵籠)으로 만든 우리 안에 흰 옷을 입고 붉은 두건을 쓴 남자가 갇혀 있었다. 그 사내는 준수하고 기품 있게 생겼는데 스스로 이렇게 말했다.

"나는 세상에서 별다른 죄를 짓지 않고 살았는데 유독 필응상이란 서생이 남악의 형산부에 무고(誣告)했습니다. 그래서 신병이 나를 토벌하고 온 종족을 섬멸시켰으며 보금자리까지 잃게 되었으니 실로 억울하고 원통하기가 한량없습니다."

필응상은 그 말을 듣고 자신이 원한을 품은 요망한 뱀에 의해 오히려 무고를 당하였음을 알아차리게 되었다. 그리하여 그는 요괴가 세상에서 사람을 해치고 온갖 죄악을 저질렀음을 상세히 진술하고 철롱 속에 갇힌 요괴와 대질 변론을 펼치며 한참 동안 아주 극렬하게 설왕설래하였다. 요사스런 뱀은 결코 죄를 인정하지 않으려 하였다. 그리하여 염라대왕은 관원에게 명을 내려 남악 형산부에 행문(行文)을 돌리게 하고 또 영주 성황사에 지령을 내려 사실을 증명하도록 했다. 얼마 후 형산부와 영주 성황사에서 회신이 왔다. 그것은 필응상의 말이 사실과 완전히 부합한다는 것이었다. 요사스런 이무기는 그제야 변명의 구실을 찾지 못했다.

염라대왕은 크게 노하여 요괴를 질책하였다.

"네놈은 살아서 이미 요괴 노릇을 하였건만 죽어서도 이처럼 죄 없는 사람을 억울하게 무고(誣告)하고 있으니 참으로 상대하지 못할 놈이다. 이놈을 풍도(酆都)의 지옥으로 보내 다시는 영원토록 환생하지 못하도록 하라."

명이 떨어지니 바로 즉시 여러 명의 귀졸이 달려들어 요사스러운 뱀을 압송하여 갔다. 염라대왕이 필응상에게 말했다.

"그대를 수고스럽게 이곳까지 오도록 했는데 무슨 보답할 만한 게 없겠소?"

그리고는 귀졸에게 명부를 가져오라고 하여 그의 성명 아래에 다음과 같은 여덟 글자를 써넣었다.

除妖去害, 요괴를 제거하고 해악을 없앴으니
延壽一紀. 수명을 연장하여 열두 해를 보태노라

그는 엎드려 감사의 절을 올리고 집으로 돌아왔다. 문 앞에 이르자 꿈에서 깨어났다. 그 동안 팔을 베고 책상 위에서 잠을 자고 있었던 것이었다.

원문 永州野廟記

永州[2]之野, 有神廟, 背山臨流, 川澤深險, 黃茅綠草, 一望無際, 大木參[3]天而蔽日者, 不知其數, 風雨往往生其上, 人皆畏而事之; 過者必以牲牢獻於殿下, 始克前往, 如或不然, 則風雨暴至, 雲霧晦冥, 咫尺不辨, 人物行李, 皆隨[4]失之. 如是者有年矣. 大德[5]間, 書生畢應祥, 有事適衡州,[6] 道由廟下, 囊槖[7]貧匱,[8] 不能設奠, 但致敬而行. 未及數里, 大風振作, 吹沙走石, 玄雲黑霧, 自後隱[9]至. 回顧, 見甲兵甚衆, 追者可千乘萬騎, 自分必死, 平日能誦『玉樞經』,[10] 事勢旣危迫,[11] 且行且誦, 不絶於

2) 永州(영주) : 지금의 湖南省 零陵縣이다. [周]
3) 參(참) : 미치다(及)라는 뜻이다. 杜甫의 시에 "검푸른 색으로 하늘을 치솟으니 이 천 척일세(黛色參天二千尺)"라는 구절이 있다. [句]
4) 【校】 皆隨(개수) : [奎]와 [董]에는 隨皆로 되어 있음.
5) 大德(대덕) : 元나라 성종의 연호이다. [句]
6) 衡州(형주) : 衡州府, 즉 지금의 湖南省 衡陽市. 南岳 衡山(五岳의 하나)이 있는 衡山縣은 衡州府의 관할구역이었다. [周]
7) 囊槖(낭탁) : 밑이 있는 것은 囊(주머니)이고 밑이 없는 것은 槖(전대)이다. [句]
8) 匱(궤) : 없다(盡)란 뜻이다. [句]
9) 【校】 隱(은) : [奎]와 [董]에는 擁으로 씀.
10) 玉樞經(옥추경) : 도가의 경전. 『道藏』에는 『九天應元雷聲普化天尊玉樞寶經』 1권이

口. 須臾, 則雲收風止, 天地開朗, 所追兵騎, 不復有矣. 僅而獲全, 得達衡州, 過祝融峯,[12] 謁南嶽祠, 思憶前事, 具狀[13]焚訴. 是夜, 夢駃卒[14]來追, 與之偕行, 至大宮殿, 侍衛羅列, 曹局[15]分布. 駃卒引立大庭下, 望殿上挂玉柵[16]簾, 簾內設黃羅帳, 燈燭輝煌, 光若白晝, 嚴邃整肅, 寂而不譁. 應祥屛息俟命. 俄一吏朱衣角帶, 自內而出, 傳呼曰 : "得旨問與何人有訟?" 伏而對曰 : "身爲寒儒, 性又愚拙. 不知名利之可求, 豈有田宅之足競! 布衣蔬食, 守分而已. 且又未嘗一入公門, 無以仰答威[17]問." 吏曰 : "日間投狀, 理會何事?" 應祥始悟, 稽首[18]而白曰 : "實以貧故, 出境投人,[19] 道由永州, 過神祠下, 行囊罄竭, 不能以牲醴祭享, 觸神之怒, 風雨暴起, 兵甲追逐, 狼狽顚踣, 幾爲所及, 驚怖急迫, 無處申訴, 以致唐突[20]聖靈, 誠非得[21]已." 吏入, 少頃復出, 曰 : "得旨追[22]對." 卽見吏士數人, 騰空而去. 俄頃, 押一白鬚老人, 烏巾道服, 跪於階下. 吏宣旨詰之曰 : "汝爲一方神祇, 衆所敬奉, 奈何輒以威禍恐人, 求其祀饗, 迫此儒士, 幾陷死地, 貪婪[23]若虐,[24] 何所逃刑!" 老人拜而對曰 : "某實永州野廟之神也, 然而廟爲妖蟒所據, 已有年矣, 力不能制, 曠職已久. 向者驅駕風雨,

---

있다. [周]

11) 【校】 危(위) : [奎]와 [董]에는 迫으로 쓰임.

12) 祝融峯(축융봉) : 南岳 衡山의 최고봉으로 湖南省 衡山縣 남서쪽 30리에 있다. 꼭대기에 축융(전설 속의 火神 이름)의 墓가 있다. [周]

13) 具狀(구장) : 오늘날의 고소장이다. [句]

14) 駃卒(결졸) : 駃은 재빠르다는 뜻이다. [句] 옛날 관아의 포졸. 駃은 快와 통하며 준마의 일종인 駃騠(버새)의 駃이 아니다. [周]

15) 曹局(조국) : 옛날 일을 나누어 맡아하던 관청. [周]

16) 【校】 柵(책) : [奎]와 [董]에는 棚으로 쓰임.

17) 【校】 威(위) : [奎]와 [董]에는 成이라 쓰임.

18) 稽首(계수) : (공경의 뜻으로) 머리를 조아려 절하다. 頓首. [周]

19) 【校】 人(인) : [奎]와 [董]은 入이라 쓰임.

20) 唐突(당돌) : 저촉되다, 무례를 범하다. [周]

21) 【校】 得(득) : [奎]와 [董]에는 獲으로 쓰임.

22) 追(추) : 追란 죄인을 붙잡아와 마주 보고 묻는 것이다. [句]

23) 婪(람) : 남을 죽여 그의 재물을 취하는 것을 婪이라 한다. [句]

24) 【校】 虐(학) : [奎]와 [董]에는 此자로 쓰임.

邀求奠酹,[25] 皆此物所爲, 非某之過." 吏責之曰 : "事旣如此, 何不早陳? 對曰 : "此物在世已久, 興妖作孽, 無與爲比, 社鬼祠靈,[26] 承其約束[27]; 神蛟[28]毒虺,[29] 受其指揮, 每欲奔訴, 多方抵[30]截, 終莫能達. 今者非神使來追, 亦焉得到此!" 卽聞殿上宣旨, 令士吏追勘. 老人拜懇曰 : "妖孽已成, 輔之者衆, 吏士雖往, 終恐無益, 自非神兵勦[31]捕, 不可得也." 殿上如其言, 命一神將領兵五千而往. 久之, 見數十鬼卒, 以大木舁其首而至, 乃一朱冠白蛇也. 置於庭下, 若五石缸焉. 吏顧應祥令還, 欠伸而覺, 汗流浹背.

事訖回途再經其處, 則殿宇偶象, 蕩[32]然無遺. 問於村甿, 皆曰 : "某夜三更後, 雷霆風火大作, 惟聞殺伐之聲, 驚駭叵測.[33] 旦往視之, 則神廟已爲煨燼, 一巨白蛇長數十丈, 死於林木之下, 而喪其元.[34] 其餘蚺[35]虺螣[36]蝮[37]之屬無數, 腥穢之氣, 至今未息." 考其日, 正感夢時也. 應祥還家, 白晝閑坐, 忽見二鬼使至前曰 : "地府屈君對事." 卽挽其臂以往. 及至, 見王者坐大廳上, 以鐵籠罩[38]一白[39]衣絳幘[40]丈夫, 形狀甚偉. 自陳 :

---

25) 奠酹(전뢰) : 제물을 신 앞에 바치고 술을 땅에 뿌려 제사지내다. [周]

26) 社鬼祠靈(사귀사령) : 토지신 사당이나 家廟, 野廟 등에 있는 모든 신령을 말한다. [周]

27) 【校】 束(속) : [奎]와 [董]에는 朿자로 쓰임.

28) 蛟(교) : 교룡. 옛날 사람들은 용이 큰물을 지게 할 수 있다고 믿었다. [周]

29) 虺(훼) : 독사. 큰 것은 길이가 8 내지 9척에 달하며 머리가 납작하고 눈이 크며 몸체가 흑색이다. [周]

30) 【校】 抵(저) : [奎]와 [董]에는 拒로 쓰임.

31) 勦(초) : 다하다(勞)의 뜻이다. 힘껏 싸워 붙잡는다라는 뜻과 같다. [句]

32) 【校】 蕩(탕) : [奎]와 [董]에는 落으로 쓰임.

33) 叵測(파측) : 헤아릴 수 없다, 추측할 수 없다. [周]

34) 喪其元(상기원) : 元은 머리를 말하며 상기원은 그 머리를 잘라낸다는 뜻이다. [周]

35) 蚺(염) : 거대한 뱀을 가리킨다. [周] 즉 이무기를 말한다. [譯]

36) 螣(특) : 음은 특(特)이다. 나는 뱀으로 능히 구름을 일으킬 수 있다. [句] 『山海經』에서는 飛蛇라고 하였고 『회남자』에서는 奔蛇라고 하였다. 지금은 이미 사라졌다. [周]

37) 蝮(복) : 독사로 山野나 섬처럼 습한 곳에 산다. 머리는 크고 삼각형 모양이며 목이 가늘고 온 몸은 회갈색에 무늬가 있다. 독이 매우 독하다. [周] 즉 살무사이다. [譯]

38) 罩(조) : 물고기를 잡는 기구로 오늘날 사람들은 위에서부터 아래로 그물을 치는데 이것을 罩라 한다. [句]

"在世無罪, 爲書生畢應祥枉[41]告於南嶽, 以致神兵降伐, 擧族殲[42]夷, 巢穴傾蕩, 冤苦實甚." 應祥聞言, 知爲蛇妖挾仇捏訴, 乃具陳其害人禍物·興妖作怪之事, 對辯於鐵籠之下, 往返甚苦, 終不肯服. 王者乃命吏牒南嶽衡山府及帖永州城隍司征驗其事. 已而, 衡山府及永州[43]城隍司回文, 與畢應祥所言實事相同,[44] 方始詞塞. 王者殿上[45]大怒, 叱之曰: "生旣爲妖, 死猶妄訴, 將白衣妖蘖[46]押赴酆都,[47] 永不出世!" 卽有鬼卒數人驅押[48]之去. 王謂應祥曰: "勞君一行, 無以相報." 命吏取畢姓簿籍來, 於應祥名[49]下, 批八字云: "除妖去害, 延壽一紀.[50]" 應祥拜謝而返. 及門而寤, 乃曲肱[51]几上耳.

---

39) 【校】 白(백): [奎]와 [董]에는 自자로 쓰임.
40) 絳幘(강책): 붉은 색 두건. [周]
41) 【校】 枉(왕): [奎]와 [董]에는 往이라 쓰임.
42) 殲(섬): 없어지다는 뜻이다. 죽어 남은 것이 없음을 이른다. [句]
43) 【校】 永州(영주): [奎]와 [董]에는 생략됨.
44) 【校】 與畢應祥所言實事相同(여필응상소언실사상동): [奎]와 [董]에는 與應祥所言略同로 되어 있음.
45) 【校】 殿上(전상): [奎]와 [董]에는 생략됨.
46) 【校】 將白衣妖蘖(장백의요얼): [奎]와 [董]에는 생략됨.
47) 酆都(풍도): 四川省의 縣 이름과 山 이름. 산에 酆都觀이 있고 전각 뒤에는 동굴이 있는데 민간에서는 그곳에 地獄이 있다고 여겨졌다. [周]
48) 【校】 押(압): [奎]와 [董]에는 생략됨.
49) 【校】 名(명): [奎]와 [董]에는 姓名으로 되어 있음.
50) 一紀(일기): 一紀는 12年이다. [譯]
51) 曲肱(곡굉): 손목에서 팔꿈치까지의 팔뚝을 구부리다. 즉 팔을 베고 눕는 것을 말한다. [周]

13 신양동기(申陽洞記)

신양동의 원숭이

감숙성 농서(隴西) 사람 이덕봉(李德逢)은 올해 스물다섯 살 난 젊은이로 말을 잘 타고 활도 잘 쏘았다. 그래서 주변에 널리 말타기와 활쏘기의 명수로 이름이 났으며 담이 세고 용맹이 뛰어나다고 알려졌다. 하지만 생업에는 별달리 힘을 쓰지 않아 고향사람들로부터 은근히 천대받았다. 원나라 명종(明宗)의 천력(天曆) 연간에 그는 부친의 친구가 광서성 계주(桂州)에서 감찰관으로 재직하고 있다는 것을 알고 그에게 의지해 볼까 하고 멀리 남쪽으로 그를 찾아갔다. 하지만 그 사람은 벌써 저 세상 사람이 된 뒤였고 노자(路資) 돈도 떨어져 고향으로 돌아가지도 못하고 타향에 유랑하는 신세가 되고 말았다. 그 고을에는 명산이 많이 있어 날마다 사냥을 일삼아 오고가며 쉬지 않고 오로지 그것을 낙으로 삼고 있었다.

한편 이 고을의 명문대가인 전씨(錢氏) 노인은 지역에서 재산 많기로 으뜸가는 사람이었는데 슬하에 오직 딸 하나가 있었다. 올해 나이는 열일곱이었는데 전옹(錢翁)이 너무나 총애하는 바람에 문밖 구경도 해본 적이 없었다. 비록 친척이나 이웃사람이라고 해도 그녀를 만나 본 적이 드물었다. 어느 날 저녁 비바람이 몰아치고 하늘이 캄캄해지면서 홀연 그의 딸이 사라지고 말았다. 출입문이나 창문에는 자물통이 단단히 잠겨있는 상태였으므로 어디로 나갔는지조차 알 수 없는 노릇이었다. 관청에도 신고하고 신령께도 기도하며 사방으로 찾아 다녔지만 도무지 아무런 종적을 찾을 길이 없었다. 전옹은 딸 생각이 간절하여 맹세코 이렇게 공언했다.

"내 딸이 있는 곳을 알려주는 자에게는 내 전 재산의 절반을 주고 또 사위로 삼겠노라."

비록 찾고자 하는 마음은 절실했지만 어느덧 세월은 반년이나 흘러가고 여전히 아무런 소식도 들려오지 않았다.

그러던 어느 날 이덕봉은 활과 화살을 끼고 성 밖으로 나가 사냥을 하다가 우연히 노루 한 마리를 발견하고 뒤를 쫓아갔다. 차마 그냥 놓치기가 아까워서 고갯마루를 넘고 깊은 골짜기까지 기를 쓰고 뒤쫓아갔으나 끝내 따라잡을 수가 없었다. 그러다 보니 날은 이미 저물어 어둠이 깔리고 산길에서 길을 잃어 비탈을 헤매며 어디로 가야 할지도 모르고 있었다. 어느새 안개구름이 자욱하여 앞이 안 보이는데 호랑이는 으르렁대고 원숭이는 길게 울고 있었다. 멀고 가까운 거리가 전혀 분간이 가지 않았다. 대략 저녁 여덟 시 무렵이었다. 이생은 멀리 산꼭대기를 바라보니 낡은 사당이 하나 보였으므로 그곳에 몸을 피하기로 했다. 막상 찾아가 보니 먼지가 가득 쌓여 있고 담벼락은 다 무너졌으며 짐승이나 새들 발자국만이 어지럽게 나 있었다. 이생은 비록 적잖게 두려운 마음이 일기는 했지만 어쩔 수가 없었으므로 잠시 행랑채에서 쉬면서 아침까지 기다리기로 했다. 아직 미처 눈을 감지 않았는데 홀연 길 비키라는 소리가 멀리서 들려왔다. 이생은 이 깊은 산중에서 고요한 한밤중에 어디서 이런 소리가 나는 것일까 의심을 하면서 귀신이 아니면 도적의 무리일 것으로 생각하고 난간을 잡고 대들보 위로 올라가 납작 엎드려 아래서 벌어지는 일을 엿보기로 했다. 잠시 후에 문 앞에 붉은 등불 두 개가 앞을 인도하고 우두머리로 보이는 자가 머리에 뾰족뾰족한 산모양의 삼산관(三山冠)을 쓰고 붉은 수건으로 머리를 동여매고 엷은 황색 도포를 입고 옥대를 두르고 곧장 신령의 탁자를 앞에 두고 앉았다. 뒤따르는 시종은 십여 명이 되는데 제각각 무기를 하나씩 들고 섬돌 아래에 서 도열하고 서 있었다. 위엄이 있고 엄숙하였지만 사람은 아니고 모두 원숭이 무리들이었다. 이생은 이 놈들이 사악한 요괴의 일종임을 알고 허리춤에서 화살을 꺼내 활을 당겨 살 하나를 쏘았다. 화살은 중앙에 앉았던 자의 어깨에 적중했다. 그 놈은 소리를 치면서 도망치니 따르던 무리들도 일시에 흩어지고 말았고 다들 어디로 갔는지는 알 수 없었다. 그리고 나서 한참 동안 적막이 흘렀다. 제대로 잠을 못 이루고 졸다가 아침을 맞이했다. 신령의 좌석을 보니 선혈이 점점이 묻어 있었고 대문을 지나 길가에도 흔적이 역력하여 산을 따라 남으로 향해 오 리쯤 가니 커다란 동굴이 있었다. 피의 흔적은 이곳까지 들어가 있었다. 이생이 동굴 입구를 왔다갔다하며 살펴보고 있을 때 풀뿌리가 부드럽고 미끄러워 그만 실족하여 추락하고 말았다. 깊이는 만 길이나 되었고 하늘을 쳐다보아도 보이지 않자 이번에는 분명히 죽었구나 하고 혼자 생각했다. 가만히 보니 그 곁에 작은 길이 나 있어 길을 찾아 앞으로 나아갔더니 다시 아주 깊숙한 동굴로 이어졌다. 지척을 분간할 수 없을 지경이었다. 그러나 백여 걸음을 더 나아가니 갑자기 앞이 탁 트이면서 돌로 된 방이 보였다. 문 위에는 신양동(申陽洞)이라고 현판까지 붙여 있었다. 지키는 자가 여럿 있었는데 차려입은 모습이 어젯밤 사당에서 보았던 놈들과 같았다. 그들이 이생을 발견하자 놀라서 소리쳤다.

"아니, 너는 누구냐? 어떻게 갑자기 여길 들어왔단 말이냐?"

이생이 그들에게 허리를 굽혀 인사를 올리며 대답했다.

"나는 바깥 세상에 사는 보통 백성일 뿐이오. 오랫동안 성안에서 살면서 의원노릇을 하고 있었는데 약재가 부족하여 산에 들어와 약을 채집하려고 했지요. 그런데 그만 욕심을 내느라고 계속 앞으로 나아가기만 하다가 잘못하여 실족하는 바람에 이곳에 빠지게 되었소. 무엄하게도 존엄하신 신령님을 모독하게 되었으니 부디 너그럽게 용서해주시기 바랍니다."

그 말을 들은 문지기가 희색이 도는 듯 하더니 되물었다.

"그대가 의원이란 말이오? 그러면 아픈 이를 치료해 줄 수 있겠소?"

"물론이지요. 그게 저의 본분이지요."

이생이 짐짓 그렇게 대답하자 문지기는 크게 기뻐하면서 손을 이마에 대고 소리쳤다.

"아이구, 하느님 감사합니다."

이생이 그 까닭을 묻자 그는 이렇게 말했다.

"우리의 임금이신 신양후(申陽侯)께서 어제 출타를 하셨다가 날아가던 화살에 맞아 지금 병상에 누워 계십니다. 그대가 마침 이곳에 오셨으니 이는 하늘이 신의(神醫)를 보내주신 것이 아니겠습니까?"

그러더니 이생을 데려와 문 앞에 앉아 있도록 하더니 자기들은 급히 달려들어가 안에다 고하였다. 잠시 후 다시 나와 그 우두머리의 말을 전했다.

"나는 섭생(攝生)을 게을리하고 스스로 근심을 불러들여 화근이 팔다리에 미치고 독소가 골수에 이르게 되었으며 액운을 피할 도리가 없어 그저 여생을 기다리고 있을 뿐이었소. 지금 다행스럽게 신의를 만나게 되니 좋은 약을 얻는다면 이는 환자에게는 재생의 약이 될 것이고 의사에게는 삶을 온전히 해준 은혜가 있게 될 것이오. 어찌 그대로 죽음을 기다리고만 있을 수 있겠소."

이생은 옷깃을 단정히 걷어올리고 안으로 들어갔다. 여러 개의 문을 지나 굽은 방에 이르니 휘장과 금침(衾枕)이 극히 화려한 가운데 늙은 원숭이 한 마리가 돌 침상 위에 비스듬히 누워서 신음소리를 끊임없이 내고 있었다. 옆에는 아리따운 여인 세 명이 그를 보살피고 있었는데 모두가 절세미인이었다. 이생은 그의 맥을 짚어보는 척하고 그의 상처를 진찰하는 척하며 거짓으로 이렇게 말했다.

"걱정을 하지 마십시오. 저에게 선약(仙藥)이 있사오니 비단 병을 고칠 뿐만 아니라 세상을 초월하여 신선이 되는 약이옵니다. 이를 복용하면 하늘보다 늦게 늙으며 해와 달과 별보다 더 오래 빛을 발할 수 있을 것입니다. 지금 만난 것이 아마도 인연인가 생각하나이다."

그리고는 주머니에서 약을 꺼내 먹게 했다. 여러 요괴들도 신선이 된다는 말을 듣고 장생불로(長生不老)하고 싶은 마음에 모두들 앞에 늘어서서 절을 하면서 애걸했다.

"귀하신 분께서는 과연 신인이시옵니다. 지금 이렇게 만나뵙게 되니 우리 주군께서 선단(仙丹)을 얻어 영생하시게 되었는데 저희에게도 극소량이나마 하사해주실 수 있으신지요?"

이생은 주머니를 탁탁 털어서 모두 나누어주었다. 무리들은 받지 못할까 두려워하며 모두들 우루루 달려들어 다투어 받아먹었다. 사실 그 약은 독약 중에서도 으뜸가는 것이었다. 활촉에 묻혀 맹금(猛禽)이나 맹수를 사냥할 때 쓰는데 그 활을 맞고 쓰러지지 않는 놈이 없는 그런 약이었다. 잠시 후 요괴 무리들이 일시에 땅에 꼬꾸라졌다. 모두 정신을 잃어 아무 것도 몰랐다. 이생은 석벽(石壁)에 보검이 걸려 있는 것을 보고 칼을 내려서 모두 참수했다. 죽인 원숭이 숫자가 모두 서른여섯 마리였다. 세 여인도 요괴가 아닐까 의심하여 죽이고자 하였더니 모두 눈물을 흘리며 말을 했다.

"저희는 모두가 사람이옵고 요괴가 아니옵니다. 불행하게도 요망한 원숭이에게 잡혀와 깊은 수렁에 빠지고 말았습니다. 스스로 죽고자 하였으나 죽지도 못하고 있었습니다. 지금 저희를 위해 해악(害惡)을 제거해주셨으니 첩들의 생명의 은인이옵니다. 감히 어떤 명이든 듣지 않을 까닭이 있겠습니까?"

그들의 이름과 집을 물어보니 그 중의 한 여자가 전씨 노인의 딸이었고 나머지 두 여자도 가까운 지역의 양가집 딸들이었다. 이생은 비록 요괴의 무리를 처치하긴 했지만 막상 나갈 수 있는 계책은 없었다. 어떻게 탈출하나 하고 고민하고 있는 가운데 갑자기 몇 명의 노인이 나타났다. 그들이 어디서 왔는지도 알 수 없었다. 모두 갈색 갖옷을 입고 새부리 모양의 주둥이를 하고 있었다. 흰옷 입은 자가 앞으로 나서더니 이생에게 줄지어 인사를 올리면서 말했다.

"저희들은 허성(虛星)의 정령이라고 하는 늙은 쥐들입니다. 오랫동안 이 땅에 살아왔는데 근년 들어 요망한 원숭이 떼가 점거해서 힘으로는 대적할 수 없어 다른 곳으로 피신하였다가 때를 기다려 다시 도모하기로 했던 것입니다. 뜻밖에 선생께서 우리를 위해 원수를 제거하고 흉악한 무리를 없애 주시니 어찌 감사드리지 않을 수 있겠습니까?"

말을 마치자 각자 소매 속에서 금은 보화를 꺼내어 이생의 앞에 올려놓았다. 이생이 말했다.

"너희들이 기왕에 신통했다고 말은 하면서 어찌 저들에게 업신여김을 당하고 스스로 비열하게 살아왔느냐?"

"저희는 오백 살인데 저들은 팔백 살이나 되어 이로써 대적할 수 없었습니다. 하지만 우리는 이곳에 살면서 사람들에게 해를 끼친 바 없으며 공덕을 쌓아 기한이 되면 하늘을 날 수 있게 되고 자유롭게 출입을 할 수 있게 됩니다. 탐욕스럽고 포악하며 사람을 해치고 사물에도 화를 일으키는 저들 무리와는 전혀 다릅니다. 지금 저들은 악을 끊임없이 자행하다가 온 종족이 멸족하게 되었는데 아마도 하늘에 죄를 얻었으므로 하늘이 그대의 손을 빌어 처치하도록 한 모양입니다. 그렇지 않다면 저들의 흉악함을 어찌 그대가 능히 제압할 수 있었겠습니까?"

"동굴의 이름이 신양이라고 했는데 무슨 의미가 있는가?"

"원숭이는 십이지(十二支) 중에서 신(申)에 속해 있습니다. 그러므로 좋은 이름으로 빌려 쓴 것이지 본래 이곳의 이름은 아닙니다.

"그렇다면 이곳은 너희가 살던 곳이고 나는 세속의 사람으로 이곳에 잘못 빠진 것일 뿐이니 돌아가는 길만 인도한다면 선물은 사절하고 받지 않겠다."

"그게 뭐 어렵겠습니까? 그저 눈을 잠시 감고 계시면 바로 소원대로 해 드리겠습니다."

이생이 그 말대로 했더니 귓가에서 오직 질풍과 폭우 같은 소리가 들렸다. 잠시 소리가 멈추면서 눈을 떠보니 커다란 흰쥐가 앞에 있고 거의 돼지만한 여러 쥐들이 뒤를 이었는데 옆으로 한 구멍을 뚫어 길 어귀에까지 이르도록 하였다. 이생은 세 여자를 데리고 나와 곧장 전씨 노인의 집으로 찾아갔다. 노인은 크게 놀라며 그를 사위로 맞이하였다. 나머지 두 여자의 집에서도 또한 그를 따르기를 원했다. 이생은 졸지에 세 명의 여자를 아내로 맞이하고 부귀도 극에 달했다. 나중에 다시 그곳에 가보고자 하여 길의 입구를 찾아보았으나 초목만 무성할 뿐 원근이 하나 같아 다시는 옛 종적을 찾을 길이 없었다.

申陽洞記

隴西[1]李生,[2] 名德逢, 年二十五, 善騎射, 馳騁弓馬, 以膽勇稱, 然而不事生産, 爲鄕黨賤棄. 天曆[3]間, 父友有任桂州[4]監郡[5]者, 因往投焉. 至

1) 隴西(농서) : 郡 이름. 지금 甘肅省 동남부에 있다. 이는 李氏 집안이 郡內에서 名望 있는 집안임을 말하는 것이지 반드시 현재 隴西에 살고 있다는 것을 뜻하는 것은 아니다. [周] 하지만 작품 속에서 이생의 거주지가 밝혀져 있지 않으므로 농서에 사는 것으로 설정했다. [譯]
2) 李生 : 隴西의 이씨는 秦나라 장수 李信의 시조이다. [句]
3) 天曆(천력) : 元나라 文宗(圖帖睦爾)의 연호(1328~1330). [周]
4) 桂州(계주) : 지금의 廣西省 桂林. 계주는 宋나라 때 이미 靜江府로 승격되었고 元나라 때도 설치되지 않았으므로 계주라는 명칭을 쓰는 것은 잘못이다. [周]
5) 監郡(감군) : 州郡을 감찰하는 관리로 즉 監司를 말한다. [周]

則其人已歿, 流落不能歸. 郡多名山, 日以獵射爲事, 出沒其間, 未嘗休息, 自以爲得所樂. 有大姓錢翁者, 以貲産雄於郡, 止有一女, 年及十七, 甚所鍾愛, 未嘗窺門, 雖姻親鄰里, 亦罕見之. 一夕, 風雨晦冥, 失女所在, 門窗戶闥, 扃鐍[6]如故, 莫知所從往. 聞於官, 禱於神, 訪於四境, 悄無踪迹. 翁念女切至, 設誓曰: "有能知女所在者, 願以家財一半給之, 并以女事焉." 雖求尋之意甚切, 而荏苒將及半載, 竟絶音響.

生一日挾鏃持弧出城, 遇一麞, 逐之不捨, 遂越岡巒, 深入澗谷, 終莫能及. 日已曛黑, 又迷來路, 彷徨於壟坂之側, 莫知所適. 已而烟昏雲暝, 虎嘯猿啼, 遠近黯然, 若一更之後. 遙望山頂, 見一古廟, 委身投之. 至則塵埃堆積, 牆壁傾頹, 獸蹄鳥迹, 交雜於中. 生雖甚怖, 然無可奈何, 少憩廡下, 將以待旦. 未及瞑目, 忽聞傳導之聲, 自遠而至. 生念深山靜夜, 安得有此? 疑其爲鬼神, 又恐爲盜劫, 乃攀緣檻[7]楯, 伏於梁間, 以窺其所爲. 須臾, 及門, 有二紅燈前導, 爲首者頂三山冠,[8] 絳帕首, 被淡黃袍, 束玉帶, 徑據神案而坐. 從者十餘輩, 各執器仗, 羅列階下, 儀衛雖甚整肅, 而狀貌則皆猳[9]玃[10]之類也. 生知爲邪魅, 取腰間箭, 持滿一發, 正中坐者之臂, 失聲而走, 群黨一時潰散, 莫知所之. 久之, 寂然, 乃假寐待旦. 則見神座邊鮮血點點, 從大門而出, 沿路不絶, 循山而南, 將及五里, 得一大穴, 血踪由此而入. 生往來穴口, 顧盼之際, 草根柔滑, 不覺失足而墜. 乃深坑萬仞, 仰不見天. 自分必死, 旁邊微覺有路, 尋路而行, 轉入幽邃, 咫尺不辨. 更前百步, 豁然開朗, 見一石室, 榜[11]曰: 申陽之洞. 守門者數人, 裝束如昨夕廟中所覩. 見生, 驚曰: "子爲何人, 而遽至此?" 生磬

6) 扃鐍(경휼): 자물쇠를 잠그다, 빗장을 지르다. [周]
7) 【校】 檻(함): [奎]와 [董]에는 欄이라 쓰임.
8) 三山冠(삼산관): 높은 관의 일종. 앞쪽에 기둥 세 개가 높이 솟아 있는 모양이며 가운데 기둥이 가장 높고 좌우 두 기둥은 약간 낮다. [周]
9) 猳(가): 수퇘지이다. [周]
10) 玃(확): 원숭이이다. [周]
11) 【校】 榜(방): [奎]와 [董]에는 牓자로 쓰임.

折[12]作禮而答曰 : “下界凡氓,[13] 久居城府, 以醫爲業. 因乏藥材, 入山采拾, 貪多務得, 進不知止. 不覺失足, 誤墜於斯. 觸冒尊靈, 乞垂寬宥.” 守門者聞言, 似有喜色. 問之曰 : “汝旣業醫, 能爲人治療乎?” 生曰 : “此分內事也.” 守門者大喜, 以手加額[14]曰 : “天也!” 生請其故. 曰 : “吾君申陽侯, 昨因出游, 爲流矢[15]所中, 臥病在床; 而汝惠然來斯, 是天以神醫見貺[16]也.” 乃邀生坐於門下, 踉蹡[17]趨入, 以告於內. 頃之, 出而傳其主之命曰 : “僕不善攝生,[18] 自貽伊戚,[19] 禍及股肱,[20] 毒流骨髓, 厄運莫逃, 殘生待盡. 今而幸値神醫, 獲賜良劑, 是受病者有再生之樂, 而治病者有全生之恩也. 敢不忍死以待!” 生遂攝衣而入, 度重門, 及曲房, 帷幄衾褥, 極其華麗. 見一老獼猴,[21] 偃臥石榻之上, 呻吟之聲不絶. 美人侍側者三, 皆絶色也. 生診其脈, 撫其瘡, 詭曰 : “無傷也, 予有仙藥, 非徒治病, 兼可度世, 服之則能後天[22]不老, 而凋三光[23]矣. 今之相遇, 蓋亦有緣耳.” 遂傾囊出藥, 令其服之. 群妖聞度世之說, 喜得長生, 皆羅拜於前曰 : “尊官信是神人, 今幸相遇! 吾君旣獲仙丹永命, 吾等獨不得霑刀圭[24]之賜乎?”

---

12) 磬折(경절) : 『莊子』에 “부자께서 몸을 굽힘이 경쇠 같았다”라는 문장이 보인다. 注에 “몸을 굽히기를 경쇠와 같이 구부렸다는 말이니 매우 공경함을 이른 것이다”라고 되어 있다. [句] 몸을 구부린 모양. 즉 허리를 굽혀 절하는 것을 말한다. [周]

13) 凡氓(범맹) : 일반 백성을 말한다. [周]

14) 以手加額(이수가액) : 宋나라 司馬光이 대궐에 나갔더니 그곳을 지키는 무사들이 손을 이마에 대고 말하기를 “이분은 사마상공이시다”라고 하였다고 한다. 기뻐하며 공경하고 예의를 표하는 마음을 가리킨다. [句]

15) 流失(유실) : 유성처럼 지나가는 화살이다. 漢나라 高帝가 黥布를 칠 때에 지나가는 화살에 맞았다. [句]

16) 貺(황) : 하사하다, 내려주다는 뜻이다. [周]

17) 踉蹡(양장) : 황망하여 길을 걷는 게 똑바르지 못한 모양. 허둥지둥 걷는 모양. [周]

18) 攝生(섭생) : 양생(하다). [周]

19) 自貽伊戚(자이이척) : 스스로 화를 자초하다. [周]

20) 股肱(고굉) : 여기서는 다리와 팔을 가리킨다. [周]

21) 獼猴(미후) : 원숭이류이다. 일명 馬留라 한다. 猿은 성질이 조용하나 猴는 성질이 조급하다. [句]

22) 後天(후천) : 하늘보다 뒤에 늙는다. 李白의 시에 “하늘보다 뒤늦게 늙고 삼광(해, 달, 별)보다 나중에 노쇠해 지네(後天而老凋三光)”라는 구절이 있다. [周]

23) 凋三光(조삼광) : 해, 달, 별보다 더 늦게 노쇠하다. 즉 불로장생을 의미한다. [周]

生遂罄其所賷,[25] 遍[26]賜之, 昏[27]踊躍爭奪, 惟恐不預. 其藥蓋毒之尤者, 用以淬[28]箭鏃而射鷙[29]獸, 無不應弦而倒. 有頃, 群妖一時仆地, 皆眩無知矣. 生顧寶劍懸於石壁, 取而悉斬之, 凡戮猴大小三十六頭. 疑三女爲妖, 欲并除之. 皆泣而言曰 : "妾等皆人, 非魅也. 不幸爲妖猴所攝, 沉陷坑阱, 求死不得. 今君能爲妾除害, 卽妾再生之主也, 敢不惟命是聽!" 問其姓名居址, 其一卽錢翁之女, 其二亦皆近邑良家也. 生雖能除去群妖, 然無計以出, 憒悶之際, 忽有老父數人, 不知自何來, 皆身被褐裘, 長鬚鳥喙, 推一白衣者居前, 向生列拜曰 : "吾等虛星之精,[30] 久有此土, 近爲妖猴所據, 力弗能敵, 屛避他方, 俟其便而圖之. 不意君能爲我掃除讎怨, 蕩滌凶邪, 敢不致謝!" 各於袖中出金珠之屬, 置於生前. 生曰 : "若等旣具神通, 何乃見欺於彼, 自伏孱劣耶?" 白衣者曰 : "吾壽止五百歲, 彼已八百歲, 是以不敵. 然吾等居此, 與人無害也, 功成行滿, 當得飛游諸天, 出入自在耳, 非若彼之貪淫肆暴, 害人禍物. 今其稔惡[31]不已, 擧族夷滅,[32] 蓋亦獲咎於天, 假手於君耳. 不然, 彼之凶邪, 豈君所能制耶?" 生曰 : "洞名申陽, 其義安在?" 曰 : "猴乃申屬, 故假之以美名, 非吾土之舊號也." 生曰 : "此地旣爲若等故居, 予乃世人, 誤陷於此, 但得指引歸途,

---

24) 刀圭(도규) : 옛날 약을 재는 작은 용량의 명칭. [周] 전하여 약 숟가락 또는 醫術의 대명사로도 쓰인다. [譯]

25) 罄其所賷(경기소재) : 賷(재)는 물건을 주다, 싸서 보낸다는 의미. 여기서는 갖고 있는 것을 완전히 털어서 준다는 뜻이다. [譯]

26) 【校】遍(편) : [奎]와 [董]에는 徧으로 쓰임.

27) 【校】昏(혼) : [奎]와 [董]에는 皆라고 쓰임.

28) 淬(쉬) : 철기를 주조할 때 물에 담금질하여 불을 끄는 것을 가리킨다. [周]

29) 鷙(지) : 사납고 흉악한 모양을 형용하는 말이다. [周]

30) 虛星之精(허성지정) : 쥐의 정기. 虛星은 28수의 하나로 虛日鼠라고 한다. 『元門寶海經』에 다음과 같은 내용이 보인다. "맹신 4인의 성씨는 목이고 이름은 서타이다. 쥐의 머리에 사람의 몸을 하고 있으며 은흑색의 홑옷을 입고 검을 차고 있다. 허성신이 그들을 주관한다(孟神四人, 姓木, 名徐他, 鼠頭人身, 衣銀黑單衣, 帶劍. 虛星神主之)." [周]

31) 稔惡(임악) : 악을 쌓다, 악행을 거듭하다. [周]

32) 夷滅(이멸) : 전부 소멸시키다, 쳐서 없애다. [周]

謝物不用也.” 曰 : “果如是, 亦何難哉! 但請閉目半晌, 卽得遂願.” 生如其言, 耳畔惟聞疾風暴雨之聲. 聲止, 開目, 見一大白鼠在前, 群鼠如豕者數輩從之, 旁穿一穴, 達於路口. 生挈三女以出, 徑叩錢翁之門而歸焉. 翁大驚喜, 卽納爲壻; 其二女之家, 亦願從焉. 生一娶三女, 富貴赫然. 復至其處, 求訪路口, 則豐草喬林, 遠近如一, 無復舊踪焉.

애경전(愛卿伝)

애경의 절개

나애애(羅愛愛)는 가흥(嘉興) 땅의 명기(名妓)였다. 용모와 재주가 독보적이어서 한 때를 풍미하였다. 또한 그녀의 성품은 기민하고 식견은 통달하였으며 시(詩)와 사(詞)를 짓는 데도 뛰어나 사람들이 모두 존경과 흠모를 아끼지 않으며 애경(愛卿)이라고 칭했다. 애경이 지은 아름다운 시편들은 사람들 입에서 입으로 널리 퍼지니 풍류 재사(才士)들은 모두 멋지게 차려입고 와서 가까이 사귀려고 하였고 글 모르는 무지렁이들은 멀리서 바라다만 볼 뿐이었다. 고을 안의 명사들이 일찍이 어느 해 여름인가 보름날 밤에 원호(鴛湖)의 능허각(凌虛閣)에 모여 더위를 식히며 달구경하면서 시를 지을 적에 애경이 먼저 시 네 수를 지어내니 좌중의 사람들이 모두 붓을 놓고 말았다.

畫閣東頭納晚涼,	그림 같은 누각 동쪽 저녁 바람 서늘하고
紅蓮不似白蓮香.	붉은 연꽃 흰 연만큼 향기롭지 못하나니

一輪明月天如水, 밝고 둥근 저 달은 물처럼 흐르는데
何處吹簫引鳳凰. 어디선가 퉁소 소리 봉황을 부르구나

月出天邊水在湖, 하늘 끝 달 오르면 넘실대는 저 호수
微瀾倒浸玉浮圖. 잔잔한 그 물결에 옥탑 모습 그려지네
搴簾欲共姮娥語, 발을 걷어올려 항아님과 속삭이고파
肯敎霓裳一曲無? 예상곡 한자락을 가르쳐 주실려는지

手弄雙頭茉莉枝, 두 송이 함께 자란 말리 꽃 매만지며
曲終不覺鬢雲欹. 노래 소리 멈추니 머리카락 흩날리고
珮環響處飛仙過, 패옥 소리 나는 곳에 신선이 지나간 듯
願借靑鸞一隻騎. 푸른 난새 한 마리 빌어 타고 싶어라

曲曲欄干正正屛, 굽이굽이 난간에 곧게 펴진 병풍이라
六銖衣薄懶來憑. 얇디 얇은 옷자락에 나른하게 기대어
夜深風露涼如許, 밤은 깊어 이슬 내려 서늘한 기운인데
身在瑤臺第一層. 신선이 사는 요대의 첫째 층에 이 몸 있네

같은 고을에 대대로 벼슬하던 조씨(趙氏) 집안이 있었는데 몹시 부유했다. 그 집의 여섯 째 아들은 부친을 먼저 여의고 홀어미 밑에서 있으면서 애경의 재주와 자색을 흠모하여 납채(納彩)의 예를 갖추어 아내로 맞아들였다. 애경은 그 집에 시집온 후에 부도(婦道)를 열심히 닦고 가법(家法)을 조신하게 따랐으며 말을 골라서 하고 예가 아니면 행하지 아니하였다. 조생(趙生)도 그러한 애경을 극진히 아끼고 사랑했다. 얼마 지나지 않아 조생은 부친의 옛 동료가 이부상서(吏部尙書)가 되었다고 편지를 보내와 대도(大都)로 그를 불러 올려 강남의 한 벼슬자리를 주려 한다고 했다. 조생은 가자니 늙은 어머니와 혼자 남은 아내가 걱정이 되었고 안 가자니 모처럼 생긴 출세의 기회를 놓치는 것 같아 주저하며 결정하지 못하고 있었다. 애경이 이를 알고 이렇게 말했다.

"제가 듣건대 남자로 태어나면 어려서부터 뽕나무 활과 쑥대 화살로 사방을 쏘며 대장부로 자라나서 장년의 나이가 되면 몸을 세우고 이름을 날려 부모의 명성을 드날리라고 하였습니다. 어찌 구구한 은혜와 사사로운 정에 얽매어 공명의 기약을 헛되이 놓칠 수 있겠습니까? 낭군의 어머님이 집안에 계실 때 철 따라 따뜻하고 시원하게 모시는 일과 달고 맛있는 음식을 바치는 일은 소첩이 그 소임을 다하고도 남음이 있을 것입니다. 다만 연세가 높으시고 병환이 많으셔서 걱정이옵니다. 낭군께서 만리 길을 떠나시면 '주인을 섬기는 날이 많고 부모의 은혜에 보답하는 날이 갈수록 적어진다'고 한 옛사람의 말을 부디 잊지 마시옵소서. 옛사람이 태행산(太行山)에 올라 외롭게 흘러가는 구름을 바라보았다고 하듯이 또는 서산(西山)에 넘어가는 해를 보고 안타까워했다고 하듯이 어머님을 생각하시어 일찌감치 돌아오시기만을 바라옵니다."

조생이 마침내 길일을 택하여 경도(京都)로 떠나는 날 대청에 술을 차려놓고 가족과의 전별연을 가졌다. 술이 삼배 돌자 애경은 조생에게 술잔을 들어 모친의 장수를 축원하도록 하고 자신은 「제천락(齊天樂)」 한 가락을 지어 노래에 맞춰 불렀다.

恩情不把功名誤,	은정에 얽매어 공명을 놓칠 수야
離筵又歌金縷.	이별의 잔치에서 금루곡을 부르네
白髮慈親,	백발의 늙은 어미와
紅顔幼婦,	홍안의 젊은 아내는
君去有誰爲主?	낭군이 떠나시면 누구를 의지하나
流年幾許,	세월은 몇 년이나 흘러갈 것인지
況悶悶愁愁,	답답한 마음에 수심 어리니
風風雨雨,	비바람 사납게 몰아쳐 와서
鳳折鸞分,	봉황 비녀 부러지고 난새 거울 갈라지면
未知何日更相聚!	언제나 다시 볼 까 아득하여라

蒙君再三分付,	낭군님의 재삼 분부 받잡고
向堂前侍奉,	집안의 시어머님 모시는 데에
休辭辛苦.	무엇을 고생이라 사양하리오
官誥蟠花,	관청에서 봉작(封爵) 조서 내려오셔서
宮袍制錦,	낭군님이 비단 관복 입으시면
待要封妻拜母.	소첩과 어머님도 작위 기다리오니
君須聽取,	낭군님은 행여 잘 들으시오
怕日薄西山,	서산에 해질 시간 머지 않고
易生愁阻.	근심은 쉽게도 생겨나는 법
早促歸程,	일찌감치 돌아오길 재촉하시어
綵衣相對舞.	색동옷 함께 입고 춤을 추어요

노래를 마치고 자리에 앉으니 모두들 눈물을 흘렸다. 조생은 취한 김에 그대로 배 줄을 풀어 길을 떠났다. 도성에 닿으니 상서는 이미 병으로 관직을 물러난 뒤여서 아무에게도 의탁할 곳이 없었다. 객사에서 세월을 보내다가 오랫동안 고향으로 돌아가지 못하고 말았다. 태부인(太夫人)은 아들을 그리는 마음이 지나쳐 병이 들어 점점 심하게 되자 마침내 침상에 누워 일어나지 못하게 되었다. 애경은 시어머니를 극진히 모시면서 탕약을 손수 달이고 죽도 손수 끓였으며 신령님과 부처님께 빌면서 화를 피하고자 하였고 재미난 이야기도 지어내어 어머님의 마음을 편안하게 해 드리고자 했다. 그러나 시어머니는 반 년 동안 병이 낫지 않더니 결국 일어나지 못하게 되었다. 임종을 맞이하면서 시어머니는 애경을 불러 앞에 앉히고는 이렇게 말했다.

"내 아들은 공명을 구하려는 까닭에 멀리 황도에 가서는 지금껏 감감무소식이고 나는 또 불행하게도 병이 들었는데 새아기가 나를 시중드느라 지극한 정성을 쏟았구나. 지금 목숨이 다하니 무엇으로 보답할 방도가 없지만 다만 내 아들이 일찍 돌아와 새아기에게 머지않아 자손이 생기기를 바랄 뿐이다. 자손들도 새아기처럼 효성이 지극할 것이니 이는 저 하늘이 다 알고 있는 바 결코 저버리지 않을 것이야."

말을 마치자 시어머니는 운명하였다. 애경은 예법에 맞게 애통해하며 직접 관을 짜고 백저촌(白苧村)에 장사를 지냈다. 장례를 마치고 아침저녁으로 영전에서 곡을 하며 과도하게 가슴 아파하는 바람에 몸도 많이 수척해졌다.

지정(至正) 16년에 반란을 일으킨 장사성(張士誠)이 평강(平江)을 함락하자 17년에는 원나라 지방관인 달식첩목이(達識帖睦邇) 좌승상이 묘군(苗軍) 원수(元帥) 양완자(楊完者)에게 격문을 보내 강절(江浙)의 참정(參政)이 되어 가흥(嘉興)에서 장사성의 군사를 막도록 했다. 그러나 묘군은 군율을 잘 지키지 못하여 병사들이 대거 민간인을 약탈하는 지경에 이르렀다. 조생의 고향은 유만호(劉萬戶)라는 자에게 점거 당했는데 그가 애경의 자색을 보자 곧 강제로 그녀를 첩으로 맞으려 했다. 애경은 우선 겉으로 응하는 척하고 목욕을 마치고 들어가 목을 매고 자진하였다. 유만호가 달려가 구하고자 했으나 이미 때가 늦었다. 그는 시신을 비단 이불에 싸서 후원의 은행나무 아래에다 묻었다.

얼마 지나지 않아 장사성이 원나라와 화친하고 절강의 양완 참정이 살해당하니 그 휘하의 많은 사람들은 그대로 흩어져버리고 말았다. 조생은 그때에야 비로소 어렵게 바닷길로 남하하여 태창(太倉)에서 하선하여 곧장 가흥으로 달려갔다. 그러나 성곽과 백성들은 이미 옛 모습이 아니었다. 자신의 예전 집으로 가보니 이미 무너지고 황폐하여 사람은 살지 않고 대들보엔 쥐들만 놀고 있고 나뭇가지엔 올빼미가 울고 있었으며 푸른 이끼와 잡초만이 정원과 계단 위에 가득 자라고 있을 뿐이었다. 어머니와 아내를 찾아보았으나 어디로 갔는지 보이질 않았다. 대청마루가 있는 안채만이 외롭게 남아 있어 대충 쓸어내고 하룻밤을 지냈다. 이튿날 동문 밖으로 나갔다가 붉은 다리 옆에서 옛날에 부리던 하인 한 명을 만났다. 황급히 불러서 물어보니 그간에 일어난 일을 상세히 일러주었다. 늙은 어머니는 돌아가시고 젊디젊은 아내마저 세상을 떠났다는 것이었다. 하인은 그러면서 조생을 안내하여 백저촌 노모의 산소 앞에 이르더니 소나무와 잣나무를 가리키며 말했다.

"저 나무들이 다 아씨께서 생전에 심으신 것들입니다."

또 봉분을 가리키며 말했다.

"저 봉분도 아씨께서 손수 만들어 올리신 것이지요. 태부인께서는 도련님이 돌아오시지 않으시자 너무나 상심한 나머지 병이 들어 몸져누웠는데 아씨께서 지극 정성으로 보살폈지만 불행히도 돌아가셨지요. 아씨는 지관에게 물어 이곳으로 정하여 장례 지내신 후 몸에는 거친 상복을 입으시고 손수 관을 들어 직접 흙을 지어다 날라 산소를 만들고 묘 앞에서 통곡을 하셨습니다. 그 후 석 달만에 묘군이 입성하여 집을 점거 당했는데 유만호란 자가 무례하게 범하고자 하니 아씨께서는 따르지 않으시고 마침내 목을 매고 자진하셨던 것입니다. 시신은 후원에 묻었습니다."

조생은 너무나 슬프고 가슴이 아팠다. 곧 뒷마당 은행나무 아래를 파서 관을 열어 보았더니 얼굴과 모습이 생시와 다름없었고 피부도 변하지 않고 있었다. 조생이 시신을 어루만지며 통곡을 하다가 그만 졸도하였고 잠시 후 다시 깨어났다. 그는 아내의 시신을 향탕(香湯)으로 목욕시키고 예쁜 옷으로 갈아 입힌 다음 관을 사서 어머니 산소 옆에다 새로 장례 지냈다. 그리고 엎드려 곡을 하며 애경을 불렀다.

"낭자는 평소에 슬기롭고 지혜로워 보통의 동년배들이 따를 수 없었소. 지금 비록 저 세상 사람이 되었으나 어찌 범인들과 같이 소리의 여운마저 끊어질 수 있겠소. 구천(九泉)에서도 앎이 있다면 원컨대 한번이라도 보고 싶소. 비록 유명(幽明)이 서로 다르며 사람들이 꺼려하는 바이지만 서로간의 은정(恩情)이 지극하고 절절한 까닭에 실로 의심할 바가 없을 것이오."

그리하여 집을 나서면 묘 앞으로 가서 애도하고 돌아오면 마당에서 곡을 하기를 한 열흘쯤 되었을 때다. 달빛이 흐린 어느 날 밤 조생이 홀로 안채에 누워 잠을 청해도 잠이 오지 않아 우두커니 앉아 있는데 문득 어두운 곳에서 곡소리가 약하게 들리더니 점점 가까이 들려왔다. 뭔가 이상한 느낌이 오는 듯 하여 일어나 바라보면서 말을 했다.

"만일 낭자의 영혼이 오셨다면 한 번 그 모습을 보여주어 옛 정을 펴보지 아니 하겠소?"

그리하니 곧 말소리가 들려왔다.

"소첩이 바로 애경이옵니다. 낭군님의 애절하신 그리움에 감복하여 비록 저승에 있는 몸이지만 실로 슬프게 느끼는 바가 있어 오늘밤 낭군님께 보여드리려는 것입니다."

말을 마치자 마치 사람이 걸어오는 것처럼 사뿐사뿐 걸어 들어오는데 대 여섯 걸음 정도 다가오니 그 모습이 분명히 드러나 보였다. 그건 분명히 나애경이었다. 담백한 화장에 소복을 입은 모습이 옛날과 조금도 다름없었다. 다만 비단 수건으로 그 목을 감고 있었다. 조생을 보더니 엎드려 절을 하고는 울면서 자신이 지은 것이라 하며 「심원춘(沁園春)」 한 가락을 노래 불렀다.

一別三年,	한번 이별이 곧 삼년인데
一日三秋,	하루가 곧 삼추 같았어요
君何不歸?	임은 왜 안 돌아오셨나요
記尊嫜抱病,	시어머니 병환 나셨을 때
親供藥餌,	손수 탕약과 음식 올리고
高塋埋葬,	시모 돌아가 장례지낼 때
親曳麻衣.	손수 거친 마의 상복입고
夜卜燈花,	밤에는 등불로 점을 치고
晨占鵲喜,	새벽엔 까치소리로 점쳐도
雨打梨花晝掩扉.	배꽃에 비 내리고 한낮에 문닫아 걸 때
誰知道,	그 누가 알기나 했겠어요
把恩情永隔,	은정은 영원히 벌어지고
書信全稀!	서신 한 장 없이 지냈어요

干戈滿目交揮,	싸움은 눈앞에서 일어나고
奈命薄時乖履禍機.	박명하고 시절이 고약하여 화를 당하니
向銷金帳裏,	어이하리오! 잠겨진 휘장 안에서
猿驚鶴怨,	원숭이 놀라고 학은 원통하였네
香羅巾下,	향기로운 비단 수건 아래에서
玉碎花飛.	구슬 부서지고 꽃잎 날렸네
要學三貞,	세 가지 정절을 배우려 하면
須拚一死,	오로지 죽음만이 있을 것이니
免被旁人話是非.	이웃사람들로부터 시시비비를 면하였네
君相念	낭군이 그리워지지만
算除非畫裏,	초상화 보낸 최휘(崔徽)처럼
重見崔徽!	그림으로나 볼 수 있으리라

노래부르는 구절 구절마다 나애경은 슬픔을 이기지 못하고 몇 번이나 목 매인 소리를 냈으며 처절함과 황망함으로 거의 소리를 내지 못하는 지경에 이르렀다. 조생은 그녀를 데리고 내실로 들어가서 생전에 어머니를 극진히 모시고 돌아가신 후에 산소를 만들어 준 것에 감사하였고 죽음으로써 절개를 지켜준 것에 감격과 부끄러움을 끊임없이 표하였다. 그러자 나애경은 눈물을 거두고 스스로 이렇게 말했다.

"소첩은 본래 노래를 부르는 기생으로서 양가의 규수가 아니옵니다. 산에서 자란 꿩이나 들에서 자란 따오기는 집안에서 제대로 훈련시키기가 어려운 법이며 길가의 버들이나 담장 위의 꽃들은 누구든지 꺾을 수가 있는 것입니다. 오직 문간에 서서 웃음을 팔며 살았으니 어찌 정숙한 부인들이 눈썹 높이만큼 밥상을 들고 남편을 공경하는 법도를 알았겠습니까? 교묘한 말과 아양떠는 얼굴빛으로 오는 새 손님 맞고 가는 묵은 손님 보내면서 이 집에도 잠시 머물고 저 집에서도 잠시 기거하던 오랜 습관이 남아 있었습니다. 더욱이 오늘은 이 사람의 처가 되고 내일은 저 사람의 첩이 되어 본래 일정하게 정해진 바가 없었던 그러한 기생의 신분이었습니다. 그런데 다행스럽게 낭군께서 버리지 않으시고 아내로 맞아들여 가정을 이루게 하여 주셨으니 저는 오랜 나쁜 버릇을 버리고 전날의 잘못을 뜯어고치고자 하였습니다. 그리하여 손수 우물물 긷고 절구질하며 정성을 다해 제사 받들어 엄숙하게 조상을 모셨습니다. 또한 시어머님 모시는 데도 도리를 다하여 예로써 모시고 예로써 장례를 지내어 마음속에 부끄러움이 없도록 했습니다. 그저 이곳에서 노래하고 또 이곳에서 곡을 하며 문밖으로 엿본 적도 없을 뿐인데 하늘이 무심하여 불행한 사람을 돕지 않고 더할 수 없는 환란(患亂)이 닥쳐올 것을 어찌 알았겠습니까? 악랄한 사람들과 사나운 주먹들이 사방에서 서로 경계를 다투고 긴 창과 큰 칼이 수많은 군사 중에서 번쩍이며 부딪쳤습니다. 옛날 이숭(李崧)의 집을 빼앗듯이 우리 집을 그렇게 빼앗고 옛날 한굉(韓翃)의 아내를 강탈하듯이 그렇게 저를 겁탈하려고 했습니다. 낭군께서는 만 리 밖에 계시고 천첩은 혼자 남은 몸이 되었는데 목숨을 훔치는 것이 편안하고 인욕의 세월은 오래 버텨야 한다는 것을 어찌 알지 못했겠습니까? 그러나 저는 차라리 옥이 부서지듯 진주가 가라앉듯 그렇게 하기로 달게 마음먹고 죽음을 결심하게 되었습니다. 마치 나방이 등불에 날아들 듯 갓난아이가 우물에 들어가듯 저 스스로 선택한 것이며 남들이 용납하지 않아서 그렇게 한 것은 아니었습니다. 제가 그렇게 한 것은 무릇 세상에 남의 아내가 된 자가 남편을 배신하고 가정을 버리며 나라의 작위와 녹봉을 받은 자가 임금을 저버리고 나라를 배반하는 그런 일을 하는 것이 부끄러웠기 때문입니다."

조생은 오랫동안 그녀를 위로하다가 돌아가신 어머님은 어디에 어찌 계시는가 물어보았다.

"시어머님께서는 세상에 계실 때 아무런 죄진 일이 없었으므로 듣건대 이미 인간 세상에 환생하셨다고 합니다."

애경이 그렇게 대답하자 조생이 다시 물었다.

"그렇다면 당신은 어찌하여 아직도 귀적(鬼籍)에 남아 있는 것이오?"

"소첩이 죽은 후에 저승에서는 이미 정렬(貞烈)로 판명하여 무석(無錫)의 송씨(宋氏)댁에 남자아이로 태어나도록 명했습니다. 그러나 제가 낭군님과의 인연을 소중히 여겨 기필코 낭군을 한 번 만나 회포를 풀기를 기다렸더니 이처럼 시간을 지체하게 된 것입니다. 지금 낭군님을 만났으니 내일이면 곧바로 가서 환생할 수 있을 것입니다. 만약 옛정을 버리지 않으신다면 그 집을 찾아가 보시지요. 분명히 한 번 웃음으로 그 영험함을 보여드릴 것입니다."

그리고 조생과 함께 방안으로 들어가 서로 사랑을 나누는데 그 즐거움이 생시와 조금도 다름이 없었다. 새벽에 닭이 울자 일어나 계단을 몇 걸음 내려가면서 뒤를 돌아보고 눈물을 닦았다.

"부디 낭군께서는 몸조심하세요. 이제는 영원히 이별입니다."

그리고는 서서 오열을 참지 못하였다. 날이 점점 밝아오자 그녀의 모습은 홀연히 사라져 다시는 보이지 않았다. 빈 방은 적막하고 차가운 등불만 깜박거릴 뿐이었다. 조생은 일어나 행장을 꾸려서 곧장 무석으로 달려가 송씨의 집을 찾아 문을 두드렸다. 과연 그 집에서는 한 사내아이를 낳았다. 임신한 지 스무 달만에 낳았다고 했다. 하지만 태어난 이후 지금까지 끊임없이 울기만 하고 있다고 했다. 조생은 그간의 사정 이야기를 다 하고 한 번 보기를 청했다. 아이는 과연 조생을 보더니 곧 울음을 그치고 생긋 한 번 웃었다. 그래서 그 집에서는 이름을 나생(羅生)이라고 지었다. 조생은 그 집과 친척을 맺기로 하고 그 후 오랫동안 왕래하며 선물을 주고받고 소식을 끊지 않고 지냈다.

愛卿傳

羅愛愛, 嘉興名娼也, 色貌才藝, 獨步1)一時. 而又性識通敏, 工於詩詞, 以是人皆敬而慕之, 稱爲愛卿. 佳篇麗什, 傳播人口. 風流之士, 咸修飾以求狎, 懵學之輩, 自視缺然. 郡中名士, 嘗以季夏望日, 會於鴛湖[2]淩虛閣避暑, 翫月賦詩. 愛卿先成四首, 座間皆擱筆. 詩曰 :

畵閣東頭納晩涼, 紅蓮不似白蓮香. 一輪明月天如水, 何處吹簫引鳳凰?

月出天邊水在湖, 微瀾倒浸玉浮圖.[3] 搴簾欲共姮娥語, 肯教霓裳一曲[4]無?[5]

手弄雙頭茉莉[6]枝, 曲終不覺鬢雲欹. 珮環響處飛仙過, 願借靑鸞[7]一隻騎.

---

1) 獨步(독보) : 백낙천의 「與元微之書」에는 "강남에서 재주 있는 사람을 말할 때 반드시 元白이라 한다오. 그대 때문에 내가 吳越 지방에서 독보할 수 없구려"라는 문장이 보인다. [句]

2) 鴛湖(원호) : 嘉興城 남쪽에 있다. 호수 안에는 원앙이 많이 있어 이름을 그렇게 지었다. 호수 위에는 淩虛閣이 있는데 여름날 고을 사람들이 이곳에 많이 놀러와서 잔치를 벌이거나 더위를 피하느라 시끄럽다. [句] 鴛鴦湖를 말하며 지금의 浙江省 嘉興縣 동쪽으로 1리 정도 떨어진 곳에 있다. 일명 南湖라고 한다. [周] 오늘날 嘉興의 南湖, 중국 혁명의 성지로 유명하다. 호수 가운데 섬에는 정자와 누각이 여럿 있으나 실제 淩虛閣은 보이지 않는다. [譯]

3) 浮圖(부도) : 불탑. 浮屠라 하기도 한다. [周]

4) 霓裳曲(예상곡) : 전설에 의하면 唐玄宗(李隆基)이 葉法善에게 이끌려 月宮으로 갔다가 그곳에서 음악을 듣게 되었다고 한다. 玄宗은 돌아와서 기억에 의존해 곡을 절반 정도 썼고 마침 그 무렵 西涼(五胡十六國의 하나)의 바라문 곡이 唐나라에 전해졌는데 곡조가 서로 같아 월궁에서 들었던 음악을 곡으로 만들었다고 한다. 그러나 이것은 신빙성이 없는 전설에 불과하며 「霓裳羽衣曲」은 사실상 河西 節度使인 楊敬述이 바친 것이다. [周]

5) 『元詩紀事』에서 이 시의 끝 구절은 "숲 속의 새들이 어지러이 울어대는 것을 원망하네(却恨林間鳥亂呼)"라고 되어 있다. [周]

6) 茉莉(말리) : 상록관목수. 이것은 서역에서 들어왔으며 素馨이라고도 한다. 꽃은 하얗고 꽃잎은 둥굴며 향기가 매우 짙다. 자스민 차에는 이 꽃을 섞어 향기를 진하게 한다. [周]

7) 靑鸞(청란) : 後漢 光武帝(劉秀) 때 큰 새 한 마리가 있었는데 크기가 5척에 이르고 깃털은 오색이지만 푸른빛을 많이 띠었다. 광무제가 조서를 내려 백관에게 물으니 모두들 鳳凰이라 하였다. 그러나 太史令 蔡衡은 오히려 이렇게 말했다. "봉황을 닮은 새로는 다섯 가지가 있는데 적색이 많은 것이 봉새이고 청색이 많은 것은 난새입니다. 이 푸른빛의 새는 난새이지 봉새가 아닙니다(象鳳凰的鳥有五種, 多赤色的才是鳳, 多青色的是鸞. 這青色的鳥是鸞不是鳳)." [周]

曲曲欄干正正屛, 六銖[8]衣薄懶來憑. 夜深風露涼如許, 身在瑤臺[9]第一層.

同郡有趙氏子者, 第[10]六, 亦簪纓[11]族, 父亡母存, 家貲鉅萬, 慕其才色, 納禮聘焉. 愛卿入門, 婦道甚修, 家法甚飭, 擇言而發, 非禮不行. 趙子嬖[12]而重之. 未久, 趙子有父黨[13]爲吏部尙書, 以書自大都召之, 許授以江南一官. 趙子欲往, 則恐貽母妻之憂; 不往, 則又失功名之會, 躊躇未決. 愛卿謂之曰 : "妾聞男子生而桑弧蓬矢[14]以射四方, 丈夫壯而立身揚名以顯父母, 豈可以恩情之篤, 而誤功名之期乎? 君母在堂, 溫凊[15]之奉, 甘旨[16]之供, 妾任其責有餘矣. 但年高多病, 而君有萬里之行, 昔人所謂事主之日多, 報親之日少, 君宜常以此爲念. 望太行[17]之孤雲, 撫西山[18]之頹日, 不可不早歸耳." 趙子遂卜日爲京都之行, 置酒酌別於中堂. 酒三行, 愛卿請趙子捧觴爲太夫人壽, 自制『齊天樂』一闋, 歌以侑之. 其

---

8) 六銖(육수) : 銖는 옛날 저울의 이름으로 24수가 1냥이다. 옛날의 1냥은 현재의 半兩에 해당하며 육수는 옛날 1냥의 1/4이다. 육수는 매우 가볍고 얇은 것을 형용한 것이다. [周]

9) 瑤臺(요대) : 「楚辭」에 "요대가 높이 솟은 모습 바라보노라"라는 구절이 있다. [句] 신선이 살았던 곳으로 전해진다. [周]

10) 第(제) : 長幼의 순서, 항렬을 뜻한다. [周]

11) 簪纓(잠영) : 옛날 귀인의 관에 꽂던 장신구. 귀한 가문을 비유하는 말이다. [周]

12) 嬖(폐) : 총애하다. [周]

13) 父黨(부당) : 부친의 혈족을 말한다. [句]

14) 桑弧蓬矢(상호봉시) : 뽕나무로 활을 만들고 쑥으로 화살을 만들다. 『禮記』에 다음과 같은 기록이 있다. "나라에 세자가 태어나면 궁사들이 뽕나무로 활을 만들고 쑥대로 화살 여섯 개를 만들어 천지사방의 여섯 방향에 쏘았다(國君世子生, 射人以桑弧蓬矢六, 射天地四方)." [周]

15) 溫凊(온청) : 옛날 부모를 섬기던 예절. 겨울에는 덥게 하여 부모를 따뜻하게 해주고 여름에는 차갑게 해서 부모를 시원하게 해주는 것을 말한다. [周]

16) 甘旨(감지) : 달고 맛있는 음식을 말한다. [周]

17) 太行(태행) : 산 이름으로 山西省에 있다. [周] 唐나라 狄仁傑이 타향살이 중에 太行山에 올라 흰 구름을 바라보며 부모님이 저 구름아래 살고 계신다며 그리워하던 고사를 말한다. [譯]

18) 西山(서산) : 晉나라 때 李密의 이야기. 晉 武帝가 불러 太子洗馬를 삼고자 하니 「陳情表」를 올려 어려서 키워주신 할머니가 서산에 지는 해와 같이 노쇠하였으니 돌아가 모시겠다고 하였다. [譯]

詞曰 :

恩情不把功名誤, 離筵又歌金縷; 白髮慈親, 紅顔幼婦, 君去有誰爲主? 流年幾許? 況悶悶愁愁, 風風雨雨, 鳳折鸞分,[19] 未知何日更相聚!

蒙君再三分付 : 向堂前侍奉, 休辭辛苦. 官誥蟠花,[20] 宮袍制錦, 待要封妻拜母. 君須聽取 : 怕日薄西山, 易生愁阻. 早促歸程, 彩衣相對舞[21].

歌罷, 坐中皆垂淚. 趙子乘醉, 解纜而行. 至都, 則尙書以病免, 無所投托, 遷延旅邸, 久不能歸. 太夫人以憶子之故, 感病沉重, 伏枕在床. 愛卿事之甚謹, 湯藥必親嘗, 饘粥必親煮, 求神禮佛, 以逭[22]其灾; 虛辭詭說, 以寬其意. 纏綿半載, 因遂不起. 臨終, 呼愛卿而告之曰 : "吾子以功名之故, 遠赴皇都, 遂絶音耗. 吾又不幸罹疾, 新婦事我至矣! 今而命殂, 無以相報. 但願吾子早歸, 新婦異日有子有孫, 皆如新婦之孝敬, 蒼天有知, 必不相負!" 言訖而歿. 愛卿哀毁如禮, 親造棺槨, 葬於白苧村. 旣葬, 旦夕哭臨靈几前, 悲傷過度, 爲之瘦瘠. 至正十六年,[23] 張士誠陷平江.[24] 十七年, 達丞相[25]檄苗軍師楊完者[26]爲江浙參政,[27] 拒之於嘉興. 不戢軍

---

19) 鳳折鸞分(봉절란분) : 鳳은 봉황비녀이고 鸞이란 鸞鏡이다. 陳鴻이 지은 『楊幽通傳』에 "귀비가 금비녀 한 벌을 上皇에게 보냈다"라는 문장이 보인다. 白樂天의 시에는 "비녀를 만들다 남은 한 쪽은 부채에 합치고 비녀를 만들다 떨어진 황금은 나전세공에 합치네"라는 구절이 있다. [句]

20) 官誥蟠花(관고반화) : 官誥란 벼슬을 봉할 때 쓰는 職牒이고 蟠花란 금으로 만든 꽃과 비단 종이이다. 『春明退朝錄』에 "官誥는 고을 원이 郡 夫人들에게 칙령을 내려 금으로 된 꽃과 비단 종이로 옥색의 일곱 폭 비단 자루로 만들게 하였다"라는 문장이 보인다. [句]

21) 彩衣相對舞(채의상대무) : 老萊子가 行年 칠십에 어린애 장난을 하는데 오색 때때옷을 입고 물을 들고 堂에 오르다가 쓰러지면 땅에 누워 어린애 울음소리를 냈다. [句]

22) 逭(환) : 도피하다라는 뜻이다. [譯]

23) 至正十六年(지정십육년) : 1356년. [周]

24) 平江(평강) : 元나라 때의 平江路로 지금의 蘇州를 말한다. [周]

25) 達丞相(달승상) : 達識帖睦邇는 元나라 江浙 右丞相이다. [周] 『句解』의 集釋에는 "元江浙左丞相達識帖睦邇"으로 되어 있다. 『元史 · 達識帖睦邇』(권140)에 "出爲江浙

士,[28] 大掠居民. 趙子之居, 爲劉萬戶[29]者所據, 見愛卿之姿色, 欲逼納之. 愛卿以甘言紿之, 沐浴入閤, 以羅巾自縊而死. 萬戶奔救之, 已無及矣. 乃以綉褥裹屍, 瘞於後圃銀杏樹下.

未幾, 張氏通款,[30] 浙省楊參政爲所害, 麾下[31]皆星散. 趙子始間關[32]海道, 由太倉登岸, 逕回嘉興, 則城郭人民皆非舊矣. 投其故宅, 荒廢無人居, 但見鼠竄於梁, 鴞[33]鳴於樹, 蒼苔碧草, 掩映階庭而已. 求其母妻, 不知去向, 惟中堂巋然獨存, 乃灑掃而息焉. 明日, 行出東門外, 至紅橋側, 遇舊使老蒼頭[34]於道, 呼而問之, 備述其詳 : 則老母辭堂, 生妻去世矣. 遂引趙子至白苧村其母葬處, 指松柏而告之曰 : "此皆六娘子之所種植也." 指塋壟而告之曰 : "此皆六娘子之所經理也. 太夫人以郎君不歸,

---

行省左丞相"이라 되어 있으니 林芑의 註釋이 정확함을 알 수 있다. [譯]

26) 苗軍師楊完者(묘군사양완자) : 苗는 묘족. 楊完者는 綏寧 赤水 사람으로 무리들에게 추대되어 족장이 되었다. 湖廣의 陶夢禎은 군사를 일으켜 왕실을 지켰는데 묘족 가운데 출중한 자가 있다는 말을 듣고 그를 불러들였다. 계급이 千戶에서 元帥에까지 이르렀다. 여기에서 軍師라 한 것은 잘못된 것이다. [周] 『句解』의 集釋에선 "苗軍은 江浙의 土兵으로서 이름을 苗軍이라고 한 것은 대개 三苗(고대의 남방민족)가 거처하던 지역에 있었던 것에 기인한다"라고 되어 있다. [譯]

27) 參政(참정) : 元나라 때 中書省, 行中書省에 모두 參政을 두었는데 일종의 보좌관이다. [周]

28) 不戢軍士(불집군사) : 戢(집)은 수렴하다, 감추다, 정지시키다. 不戢은 군사를 정지시키지 못하다, 군율을 제대로 다스리지 못하다. [譯]

29) 萬戶(만호) : 元代 各路에 설치한 萬戶府의 관할 軍官으로 上中下 세 등급으로 나뉘었다. 上萬戶府는 軍士 7천 이상을 관할하였고 中萬戶府管軍은 5천 이상이었으며 下萬戶府管軍은 3천 이상의 軍을 통솔하였다. [周]

30) 通款(통관) : 문서를 보내 항복한다는 뜻이다. 至政 17년 張士誠이 항복을 청하자 江浙 左丞相 達識帖睦邇가 參政 周伯琦 등에게 平江까지 가서 그들을 위무하게 하고 張士誠에게는 태위를 내리도록 조서를 올렸다. [句]

31) 麾下(휘하) : 부하. [周]

32) 間關(간관) : 고생스럽다. [句] 길이 험하여 걷기 힘들다는 뜻으로 여기서는 험난하다, 어렵다 등의 의미로 해석하였다. [譯]

33) 鴞(효) : 불길한 소리를 내는 새이므로 賈誼가 상서롭지 못한 새라 한 이유가 되었다. 일명 鵂鶹(휴류), 또는 鵩(복)이라고도 한다. [句]

34) 蒼頭(창두) : 『史記 · 蘇秦傳』의 注에 "푸른 두건을 머리에 싸매어 다른 사람과 구별했다"라는 문장이 보인다. 『漢書 · 蘇望傳』의 注에는 "궁중에서 천한 일을 하는 자이다"라고 되어 있다. [句]

感念成疾, 娘子奉之至矣, 不幸而死, 卜葬於此. 娘子身被衰麻, 手扶棺櫬, 親自負土, 號哭墓下. 葬之三月, 而苗軍入城, 宅舍被占.[35] 有劉萬戶者, 欲以非禮犯之, 娘子不從, 卽遂縊死, 就於後圃瘞[36]之矣." 趙子大傷感, 卽至銀杏樹下發視之, 顔貌如生, 肌膚不改. 趙子撫屍大慟, 絶而復甦. 乃沐以香湯, 被以華服, 買棺附葬於母墳之側, 哭之曰 : "娘子平日聰明才慧, 流輩不及, 今雖死矣, 豈可混同凡人, 便絶音響. 九原有知, 願賜一見. 雖顯晦殊途, 人皆忌憚, 而恩情切至, 實所不疑." 於是出則禱於墓下, 歸則哭於圃中. 將及一旬, 月晦之夕, 趙子獨坐中堂, 寢不能寐, 忽聞暗中哭聲, 初遠漸近, 覺其有異, 卽起祝之曰 : "倘是六娘子之靈, 何吝[37]一見而敍舊也?" 卽聞言曰 : "妾卽羅氏也, 感君想念, 雖在幽冥, 實所惻愴, 是以今夕與君知聞耳." 言訖, 如有人行, 冉冉[38]而至, 五六步許, 卽可辨其狀貌, 果愛卿也. 淡妝素服, 一如其舊, 惟以羅巾擁其項. 見趙子, 施禮畢, 泣而歌『沁園春』一闋, 其所自制也. 詞曰 :

一別三年, 一日三秋,[39] 君何不歸? 記尊嫜抱[40]病, 親供藥餌, 高塋埋葬, 親曳麻衣. 夜卜燈花, 晨點鵲喜, 雨打梨花晝掩扉. 誰知道, 把恩情永隔, 書信全稀!

干戈滿目交揮, 奈命薄時乖履禍機. 向銷金帳裏, 猿驚鶴怨, 香羅巾下, 玉碎花飛. 要學三貞, 須拚一死, 免被旁人話是非. 君相念 : 算除非畫裏, 重見崔徽[41]!

---

35) 占(점) : 제멋대로 웅거하다라는 뜻이다. [句]
36) 【校】 瘞(좌) : [奎]와 [董]에는 瘗자로 쓰임.
37) 【校】 吝(인) : [奎]에는 悋로 되어 있다. 『句解』 集釋에는 "古吝字, 惜也"라 했다. 아끼다, 인색하다는 뜻이다. [譯]
38) 冉冉(염염) : 점점이란 뜻이다. 또는 걷는 모양을 말한다. [句]
39) 三秋(삼추) : 『詩經』에 "하룻동안 보지 않으면 삼추를 지난 듯"이라는 구절이 있다. 그 注에는 "삼추는 석 달과 같다"라고 되어 있다. [句]
40) 【校】 嫜抱(장포) : [奎]에는 姑老로 쓰임.
41) 畫裏崔徽(화리최휘) : 崔徽는 당나라 河中의 名妓다. 裵敬中은 하중에 使臣으로 갔

每歌一句, 則悲啼數聲, 凄[42]惶怨咽, 殆不成腔. 趙子延之入室, 謝其奉母之孝, 塋墓之勞, 殺身之節, 感愧不已. 乃收淚而自敍曰: "妾本倡流, 素非良族, 山鷄野鶩,[43] 家莫能馴, 路柳墻花, 人皆可折. 惟知倚門而獻笑, 豈解擧案以齊眉.[44] 令色巧言, 迎新送舊. 東家食而西家宿, 久習遺風; 張郎婦而李郎妻, 本無定性. 幸蒙君子, 求爲室家, 卽便棄其舊染之汚, 革其前事之失. 操持井臼,[45] 采掇蘋蘩,[46] 嚴祀祖之儀, 篤奉姑之道. 事以禮, 葬以禮, 無愧於心; 歌於斯, 哭於斯, 未嘗窺戶. 豈料昊天[47]不弔,[48] 大患來臨! 毒手老拳, 交爭於四境; 長槍[49]大劍, 耀武於三軍. 旣據李崧[50]之居, 又奪韓翃[51]之婦. 良人萬里, 賤妾一身. 豈不知偸生之可安,

---

다가 그녀와 한 달 남짓을 함께 지냈다. 후에 배경중이 임무를 다 끝내고 돌아가게 되자 최휘는 그와 함께 갈 수 없어 매우 울적하고 슬퍼하였다. 몇 달 후 東川의 幕客 白行簡이 하중에서 돌아가려 하자 최휘는 화공에게 자신의 초상화를 그려 달라고 하여 백행간에게 주며 말했다. "청컨대 저 대신 배경중 어른께 고해주십시오. 저의 용모는 이미 그림 속의 모습만 같지 못하며 그를 위해 곧 죽을 것이라고요!" 元稹은 이 이야기를 제재로 하여 「崔徽歌」를 썼다. [周]

42) 【校】凄(처): [奎]와 [董]에는 悽로 쓰임.

43) 鶩(목): 오리. [周] 山鷄野鶩(산계야목)은 꿩과 물오리이다. [譯]

44) 擧案以齊眉(거안이제미): 後漢 때 梁鴻과 그의 妻 孟光은 霸陵山에서 은거하였다. 맹광은 남편을 위해 밥을 지어서 올리면서 감히 남편을 쳐다보지 못하고 밥상을 눈 높이까지 받쳐들었다. [周]

45) 操持井臼(조지정구): 가사를 돌보다. [周]

46) 采掇蘋蘩(채철빈번): 「采蘋」, 「采蘩」은 모두 『시경』의 편명으로 제후나 사대부의 부인이 文王에게 교화되어 정성을 다해 공경하고 제사를 받들었다는 내용이다. [周]

47) 昊天(호천): 하늘. 天자 앞에 昊를 덧붙인 것은 하늘의 위대하고 끝없이 넓음을 나타내기 위해서이다. [周]

48) 不弔(불조): 弔는 불행한 사람을 위문하다, 위로하다. 하늘도 돕지 않는다. [譯]

49) 【校】槍(첨): [奎]와 [董]에는 鎗으로 쓰임.

50) 李崧(이숭): 五代의 饒陽 사람으로 처음 後唐에서 관리가 되어 戶部侍郎, 端明殿學士 등을 지냈다. 거란이 雁門을 침략하여 明宗(李嗣源)이 太原(산서성의 省都)을 지킬 날쌘 장군을 뽑으려하자 이숭은 "石敬瑭이 아니면 안 된다"고 주청했다. 석경당은 이로 인해 그에게 매우 고마워했다. 석경당이 後晋의 高祖가 되자 이숭을 同中書門下平章事에 봉했다. 후에 後漢의 高祖(劉知遠)는 入京후에 이숭의 집을 蘇逢吉에게 하사하여 집안에 묻혀 있던 금은보화는 모두 그에게 돌아갔다. [周]

51) 韓翃(한굉): 韓翃의 자는 君平, 唐나라 南陽 사람으로 詩로 유명하다. 벼슬길에 오르기 전, 이씨 성을 가진 친구와 매우 절친하게 지냈다. 이씨의 총희 柳氏가 韓翃에게 깊

忍辱之耐久. 而乃甘心玉碎, 決意珠沉. 若飛蛾之撲燈, 似赤子[52]之入井, 乃已之自取, 非人之不容. 蓋所以愧夫爲人妻妾而背主棄家, 受人爵祿而忘君負國者也." 趙子撫慰良久, 因問太夫人安在? 曰 : "尊姑在世無罪, 聞已受生於人間矣." 趙子曰 : "然則, 君何以猶墮鬼趣[53]?" 對曰 : "妾之死也, 冥司以妾貞烈, 卽命往無錫宋家, 托爲男子. 妾以與君情緣之重, 必欲俟君一見, 以敍懷抱, 故遲之歲月耳. 今旣見君矣, 明日卽往降生也. 君如不棄舊情, 可往彼家見訪, 當以一笑爲驗." 遂與趙子入室歡會, 款若平生.[54] 鷄鳴而起, 下階數步, 復回顧拭淚云 : "趙郎珍重, 從此永別矣!" 因哽咽佇立.[55] 天色漸明, 欻然而逝, 不復有覩. 但空室悄然, 寒燈半滅而已. 趙子起而促裝, 逕赴無錫, 尋宋氏之居而叩焉, 則果得一男子, 懷姙二十月矣. 然自降生之後, 至今哭不輟聲. 趙子具述其事, 願請見之, 果一笑而哭止, 其家遂名之曰羅生. 趙子求爲親屬, 自此往來饋餽[56]遺, 音問不絶云.

은 정을 품고 있음을 알고 이씨는 첩을 韓翃에게 주었다. 오래지 않아 韓翃은 과거에 급제하여 부모를 찾아뵈러 고향으로 돌아가고 유씨는 京師에 남게 되었다. 韓翃이 떠난 후 경사가 적에게 점령되자 유씨는 삭발을 하고 비구니가 되었다. 韓翃은 淄靑節度使 侯希逸의 수하에서 서기를 지내면서 사람을 시켜 돈과 章臺柳詩를 유씨에게 보냈다. 유씨 또한 詩를 지어 화답하였다. 후에 韓翃이 경사로 유씨를 찾으러 갔을 때 유씨는 이미 蕃將 沙吒利 집으로 끌려간 뒤였다. 다행히 侯希逸의 부중에 虞候許俊이란 자가 있었는데 매우 용감한 자였다. 그는 沙吒利의 집으로 가서 유씨를 빼앗아 와 韓翃에게 돌려주었다. 韓翃은 마침내 유씨와 부부로 해로할 수 있었다. 唐代 許堯佐의 전기소설 『柳氏傳』은 이 이야기를 기록한 것이다. [周]

52) 赤子(적자) : 갓난아이를 말한다. [周]

53) 鬼趣(귀취) : 불가에는 六道의 설이 있는데 鬼趣란 귀신이 다니는 길을 말한다. [句]

54) 款若平生(관약평생) : 평소와 마찬가지로 즐거워하고 사랑하다. [周]

55) 哽咽佇立(경열저립) : 硬咽이란 슬퍼서 목이 막힌다는 뜻이고 佇立은 오래 서있다는 뜻이다. [句]

56) 【校】 饋(궤) : [奎]와 [董]에는 餽로 쓰임.

취취전(翠翠伝)

취취의 사랑

취취(翠翠)의 성은 유씨(劉氏)로 강소성 회안(淮安) 지방 한 민가의 딸이었다. 그녀는 태어나면서부터 영특하고 총명하여 시서(詩書)에 통하였으므로 부모는 딸의 뜻을 막지 못하고 그녀를 서당에 보내 공부시키게 되었다. 같은 서당의 학우 중에 김씨의 아들이 있었는데 이름은 김정(金定)이라고 하였고 그녀와 동갑내기였는데 또한 총명하고 준수하게 생겼다. 여러 친구들이 희롱하면서 놀리곤 했다.

"동갑내기는 부부가 된다네!"

두 사람도 그 말을 듣고 은연중에 서로를 마음에 두고 있었다. 김정이 다음과 같은 시를 지어 취취에게 주었다.

十二闌干七寶臺,	열두 난간 어여쁜 칠보대 위에
春風到處艶陽開.	봄바람 닿는 곳엔 햇살이 가득
東園桃樹西園柳,	동쪽에는 복숭아, 서쪽엔 버들

何不移教一處栽?　　옮겨다가 한 곳에 심지 못하나

취취도 그에 화답하여 다음과 같은 시를 지어 보였다.

平生每恨祝英臺,　　평생 동안 축영대를 한탄했건만
懷抱何爲不肯開?　　마음속 깊은 회포 열기 어려워
我願東君勤用意,　　봄의 신령 마음 한번 선뜻 쓰시고
早移花樹向陽栽.　　꽃나무를 햇살아래 옮겨 주세요

그러다 보니 취취는 나이가 들어 더 이상 서당에 나가지 않게 되었다. 열여섯이 되자 그녀의 부모는 딸의 혼사를 논의하기 시작했다. 취취는 그 말을 듣자 곧 슬피 울며 밥을 먹으려하지 않았다. 사정을 물어도 처음엔 말하려 하지 않다가 한참만에 비로소 입을 열었다.

"기필코 서쪽 집에 사는 김정이어야 합니다. 저는 이미 마음을 허락했습니다. 만약 서로 따를 수 없다면 오직 죽음이 있을 뿐입니다. 맹세코 다른 집에는 시집가지 않겠습니다."

부모도 어쩔 수 없어 그 말을 듣기로 했다. 하지만 유씨집은 부자이고 김씨네는 가난했다. 그 아들이 비록 총명하고 준수하다고 하지만 문벌이 서로 맞지 않았다. 중매장이가 그 집에 가서 혼사를 이야기 하니 과연 자신의 집이 가난하다는 이유로 거절하면서 감당할 수 없음이 부끄럽다고 했다. 중매장이가 그 말을 듣고 이렇게 설득했다.

"유씨댁 어린 낭자가 반드시 김생과 맺어지고자 합니다. 부모 역시 허락을 한 상태입니다. 만약 가난하다고 거절하시면 그들의 정성어린 뜻을 저버리게 되며 이런 좋은 인연을 잃게 되는 것입니다. 그러니 지금 마땅히 '저희 집 아들이 시서와 예의는 약간 알고 있습니다만 귀댁에서 청혼을 하시니 감히 명을 따르지 않을 수 없습니다. 그러나 가난한 집에 태어나 가난을 편히 여긴 지가 오래되었습니다. 만약 빙례(聘禮)의 절차나 혼례(婚禮)의 예절을 따지고 책망하신다면 저희는 끝내 따르를 수가 없습니다'라고 말하면 그 쪽에서도 딸을 아끼는 까닭인지라 마땅히 더 이상 돈을 따지지는 않을 것입니다."

김씨댁에서는 그렇게 하기로 하고 중매장이는 이를 유씨댁에 전해주었다. 취취의 부모는 과연 선뜻 응하면서 말했다.

"혼인을 하면서 재산을 따지는 것은 오랑캐의 도리일 뿐입니다. 나는 사위를 선택하는 것만 알고 있지 다른 것은 전혀 고려치 않고 있소. 그러나 그 집은 넉넉치 못하고 우리 집은 다소 여유가 있으니 내 딸이 그 집으로 가면 견디기에 어려움이 많을 것이 분명하오. 차라리 우리 집안에 데릴사위로 들어오게 하는 것이 어떠하겠소?"

중매장이가 이 말을 전하러 다시 그 집에 가니 그 집에서도 매우 다행으로 여기고 날을 잡아 혼사를 치르기로 하였다. 폐백과 양과 기러기 등은 모두 신부 측에서 준비하도록 했다. 혼례식이 있는 날 두 사람이 만나니 그 기쁨은 가히 알 만 했다. 이날 밤 취취는 베갯머리에서 「임강선(臨江仙)」 한 곡을 지어서 김생에게 들려주었다.

曾向書齋同筆硯,	서당에서 둘이 함께 붓 벼루 쓰던
故人今作新人.	옛 친구가 오늘밤 낭군님 되셨네
洞房花燭十分春.	화촉동방 안에는 봄기운이 가득하고
汗沾蝴蝶粉,	흐르는 땀은 호접 분가루 적시고
身惹麝香塵.	사향 향기가 온몸에서 일어납니다
殢雨尤雲渾未慣,	운우의 사랑놀이 아직은 서툴고
枕邊眉翼羞顰,	베갯머리 수줍어 눈썹을 찡그리지만
輕憐痛惜莫嫌頻.	가엽게 여기시고 마음 아껴주세요
願郎從此始,	낭군께 바라노니 이 순간부터
日近日相親.	날마다 날마다 사랑 주세요

그리고 김생에게 이어서 화답하라고 청하니 김생이 운에 맞추어 이

렇게 노래했다.

記得書齋同講習,	서당에서 함께 하던 그때 생각나
新人不是他人.	신부는 다름 아닌 바로 그 사람
扁舟來訪武陵春.	일엽편주 무릉의 봄 찾아왔으니
仙居鄰紫府,	신선 사는 그곳이 바로 여기라
人世隔紅塵.	인간의 홍진 세상 저만치 있네
誓海盟山心已許,	산을 걸고 바다 걸고 마음을 허니
幾番淺笑輕顰,	가벼운 웃음 짓고 찡그리는 그 얼굴
向人猶自語頻頻.	누구에게 혼잣말이 그리 잦은가
意中無別意,	마음속엔 다른 생각 전혀 없으니
親後有誰親?	그대를 사랑하여 변치 않으리

두 사람이 서로 즐거워하고 있는 모습은 공작과 물총새가 노을지는 하늘에서 어울려 날거나 원앙새가 푸른 물위에서 물살을 치는 것으로도 비유하기가 어려울 지경이었다.

그러다 채 일 년이 지나지 않아 장사성(張士誠) 형제가 강소성 고우(高郵)에서 거사를 하여 회수(淮水)의 연안 지역 일대를 점령하였다. 취취는 그의 부하 장수인 이장군(李將軍)에게 포로가 되었다. 지정(至正) 말년에 장사성은 땅을 더욱 넓혀 강남과 강북을 아울러 절강의 서쪽 지역까지 차지했다. 그 후 원나라 조정과 화친하여 정삭(正朔)을 받들기를 원하고 나서 비로소 난리가 끝나게 되었다. 그리하여 길이 트이고 여행에 지장이 없게 되었다. 김생은 친부모와 처가부모를 떠나 아내를 찾으러 나서면서 만나지 못하면 돌아오지 않겠노라고 맹세했다. 그가 평강(平江)에 이르렀을 때 이장군이 소흥(紹興)의 수비로 있다는 말을 전해 들었다. 그가 다시 소흥에 이르니 이장군이 안풍(安豐)에 군사를 주둔하고 있다고 하여 그리로 갔다. 안풍에 도착하니 이번에는 호주(湖州)에 머물러 있다고 하였다. 김생은 강회(江淮) 지방을 오가며 온갖 고생을 다 겪었고 세월도 많이 흘러 이미 주머니에 남았던 노자 돈도 다 쓰고 없었다. 그러나 그의 마음은 시종 변하지 않았다. 풀밭 길을 가고 들판에 노숙을 하고 남에게 구걸을 하여 먹으면서도 마침내 호주에 닿을 수가 있었다. 이장군은 높은 지위로 중요한 일을 맡고 있어 그 권세가 혁혁하였다. 김생은 문밖의 담장가에 서서 엿보기만 할 뿐 주저하고 있었다. 들어가 볼 수도 없는 노릇이고 말을 꺼내기도 어려운 실정이었다. 문지기 하나가 그의 행색을 보고 괴이 여겨 물었다. 김생이 거짓을 섞어 말했다.

"저는 회안 사람입니다. 전란 중에 잃은 누이가 이곳에 있다는 소문이 있어서 이처럼 불원천리하고 한 번 만나보고자 찾아왔습니다."

문지기가 듣고 나서 다시 물었다.

"그렇다면 너의 이름은 무엇이냐? 누이의 얼굴 생김새와 나이는 어떻게 되느냐? 상세히 알고 싶으니 사실대로 고하라."

"저의 성은 유씨이고 이름은 금정[1]이라고 합니다. 누이는 취취인데 글을 읽고 문장을 지을 수 있습니다. 잃었을 때가 열일곱이었으니 지금 지난 세월을 헤아리면 올해 마땅히 스물두 살이 될 것입니다."

문지기가 듣고 들어가 알아보고 나와서 말했다.

"이곳에 확실히 유씨라는 회안 사람이 있는데 그 나이가 당신이 말한 바와 같소. 글을 읽고 시를 잘 짓는데 성품도 통달하고 총명하여 우리 장군의 총애를 받아 따로 방을 쓰고 있소. 당신의 말이 거짓이 아닌 것 같아 내가 안에 통보하여 보겠으니 이곳에서 기다리시오."

그리고 곧 안으로 달려가 아뢰었다. 잠시 후 다시 나오더니 김생을 데리고 들어가 보였다. 장군은 대청 위에 앉아 있었다. 김생은 절을 하고 일어나 찾아온 까닭을 상세히 말했다. 장군은 무인출신이라 의심하지 않고 믿었다. 곧 하인을 시켜 취취한테 알리도록 했다.

"너의 오라비가 고향에서 찾아왔으니 나와서 만나보도록 하라."

---

1) 금정 : 자신의 성명으로 부를 때는 김정이지만 아내의 성씨를 앞에 대서 이름으로 부를 때는 우리말의 습관상 금정이 되었다.

취취가 명을 받고 나왔다. 두 사람은 남매의 예로써 대청 앞에서 만났다. 부모의 소식을 묻는 것 이외에 다른 말은 한마디도 건넬 수 없이 그저 서로 마주보고 비통하게 통곡할 뿐이었다. 장군이 말했다.

"자네는 그 먼 길을 힘들여 찾아 왔으니 몸도 마음도 피곤할 게 분명하겠지. 우선 여기서 좀 쉬고 있으면 내 마땅히 할 만한 일거리를 찾아 주겠네."

그러더니 새 옷 한 벌을 가져 오라 하여 입히고 장막과 이불 등을 마련하여 대문 서쪽의 작은 서재에 자리를 잡아 김생에게 묵도록 했다. 장군은 다음날 또 김생에게 물었다.

"자네 누이는 글을 잘 읽는데 자네도 글을 좀 하는가?"

"저희는 고향에서 유가의 집안으로 책을 근본으로 삼고 살았습니다. 대체로 경사자집(經史子集)은 거의 다 섭렵했다고 할 수 있지요. 대개 평소에 공부하던 것인데 무얼 의심할 게 있습니까?"

그렇게 대답하니 장군이 크게 기뻐하면서 말했다.

"나는 어려서 공부할 기회를 잃었는데 난리를 만나 떨치고 일어났던 것이네. 그래서 시대를 만나 세상에 쓰이게 되니 뒤따르는 자가 무리를 이루고 빈객들도 문전성시를 이루고 있다네. 하지만 아무도 대신 접대할 사람이 없고 서찰이 탁자 위에 쌓였어도 아무도 대신 답장해 줄 사람도 없다네. 자네가 우리 문하에 있으면서 서기를 맡아주면 좋겠네."

김생은 원래 총명하고 민첩한 사람이었고 성품 또한 온화하고 재주도 뛰어나 그의 문하에서 서기로 일하면서 더욱 검소하고 스스로 단속하면서 위를 받들고 아래를 이끌어 모두에게서 환심을 샀다. 이장군을 대신해서 쓴 회신도 그의 뜻을 곡진하게 잘 표현하여 이장군은 좋은 사람을 구했다고 기뻐하며 후하게 대접했다. 그러나 김생은 본래 아내를 찾아 이곳에 온 것이 아니었던가? 하지만 대청 아래서 단 한 번 얼굴을 대면한 이후 다시는 만나지 못했다. 깊고 깊은 규방이 구중궁궐만 같이 안팎이 서로 격절되어 있으니 그 뜻을 펼쳐보고 싶어도 어떻게 기회를 잡을 수 없어 몇 달이 그대로 흘러갔다. 계절은 변하여 옷을 끼워 입어야 하는 가을이 되어 저녁이면 서쪽에서 찬바람이 일고 맺힌 이슬이 서리가 되어 내리는데 홀로 빈방에 남아 있으니 밤새 잠을 이루지 못하고 있었다. 그러다 시 한 수를 지었다.

好花移入玉闌干,	어여쁜 꽃을 옥 난간에 옮겨 심으니
春色無緣得再看.	새 봄이 왔건만 다시 볼 수 없어라
樂處豈知愁處苦,	즐거운 곳에서 어찌 이곳의 근심 알랴
別時雖易見時難.	헤어질 때 쉬웠건만 다시 보기 어려워라
何年塞上重歸馬?	변방에서 잃은 말은 언제나 돌아오나
此夜庭中獨舞鸞!	이 밤에 정원엔 외로운 난새 춤을 추네
霧閣雲窓深幾許?	안개구름 그대 창은 깊고 깊은 구중궁궐
可憐辜負月團圓!	단원 이룬 둥근 달 저버리니 안타까워라

시가 다 이뤄지자 종이 쪽지에 적어 작게 접어서 저고리 옷깃을 따고 그 속에 넣고는 실로 꿰매었다. 그리고 백 전을 어린 종에게 주면서 부탁했다.

"날씨가 많이 추워졌는데 내 옷이 너무 얇아서 내 누이에게 보내니 세탁을 하여 다시 지어달라고 하거라. 추위를 견디려면 그렇게 해야 할 것 같구나."

어린 종이 그 말을 그대로 전하니 취취가 그 뜻을 알고 옷을 헤쳐 시를 꺼내 읽었다. 너무나 상심하여 소리를 죽이고 눈물을 흘리며 따로 시 한 수를 지어 역시 옷깃 사이에 꿰매 넣고 김생에게로 보냈다. 그 시는 이러했다.

一自鄕關動戰鋒,	고향 동네 갑자기 전란이 일어난 후
舊愁新恨幾重重.	옛 수심에 새 원한이 얼마나 쌓였던가
腸雖已斷情難斷,	창자가 끊어져도 이내 정은 끊지 못해

生不相從死亦從.	살아서 못 따르면 죽어서라도 따르리라
長使德言藏破鏡,	서덕언(徐德言)에 거울 갈라 약조시키고
終敎子建賦游龍,	조자건(曹子建)에 낙신부를 짓게 하였네
綠珠碧玉心中事,	그 옛날 녹주와 벽옥의 마음속 일이
今日誰知也到儂!	그 누가 알았으랴, 바로 지금 나의 일!

김생은 시를 읽고 나서 그녀가 죽을 생각을 하고 있음을 알았다. 더 이상 희망이 보이지 않으니 더욱 가슴은 답답하고 마침내 마음속의 고질이 되어 몸져 누워버렸다. 취취는 이장군에게 통사정하여 비로소 그의 침상 앞에 찾아와 병 문안을 할 수 있었지만 김생의 병은 이미 가망이 없었다. 취취는 팔로 그를 부축하여 일으켰다. 김생은 고개를 돌려 옆으로 바라보면서 눈에 눈물만 가득 고이고 길게 한 숨을 쉴 뿐이었다. 그리고는 절명하고 말았다. 이장군도 그를 가련히 여겨 도장산(道場山) 기슭에 장사를 지냈다. 취취는 장례를 치르고 돌아온 날 밤 그대로 병을 얻어 약도 먹지 않고 전전반측(輾轉反側) 하면서 잠을 못 이루고 마음속으로 그리워하였다. 그리하여 두 달 정도 지났을 때 하루는 이장군에게 사정을 말했다.

"제가 집을 떠나 장군을 따라 나선 지 어언 팔 년이란 세월이 지났습니다. 타향을 돌아다니다 보니 눈을 들어 사방을 보아도 아는 친척이라고는 없습니다. 오직 오라버니 한 분이 있었으나 그 또한 죽고 말았습니다. 저는 이제 병들어 누웠으니 필시 일어나기 어려울 것으로 생각됩니다. 바라옵건대 저의 시신을 오라비의 곁에 묻어주시면 황천에 가서도 서로 의지하고 지낼 수 있어 타향에 떨어진 외로운 고혼(孤魂)을 면할 수 있을까 생각됩니다."

말을 마치자 취취는 숨을 거두었다. 이장군은 그녀의 뜻에 따라 김생의 무덤 왼편에 묻어주었다. 동서 양편에 두 개의 무덤이 나란히 서게 되었다.

명나라 홍무(洪武) 초년에 장사성은 패망하고 나라는 안정을 찾았다. 취취의 집에 있던 옛날 하인 한 사람이 장사를 하러 호주(湖州)를 지나다가 도장산 아래를 경유하게 되었다. 그런데 붉은 대문에 화려한 저택이 홰나무와 버드나무 우거진 그늘에서 어른거렸다. 취취와 김생이 바로 그 안에서 어깨를 나란히 하고 서 있는 것이 보였다. 그를 보자 황급히 불러들여 부모님이 생존해 계시는지 묻고 고향의 다른 소식들을 물어보았다. 하인은 우선 궁금하여 물었다.

"아씨와 서방님께서는 어이하여 이곳에 살고 계시는지요?"

취취가 나서서 대답했다.

"처음 병란이 일어난 후에 나는 이장군의 포로가 되어 잡혀갔었지. 낭군님이 내 소식을 알고 불원천리하고 멀리서 찾아오셨는데 장군께서 막지 않으시고 보내주셔서 지금 여기서 살고 있는 것이야."

하인이 말했다.

"저는 지금 회안으로 돌아가는 길입니다. 아씨께서 부모님께 보내는 편지 한 장을 써 주시면 제가 전해 드리겠습니다." 취취는 그를 남아 유숙하도록 하고 오흥(吳興)의 향기로운 찹쌀 밥에 초계(苕溪)의 신선한 생선국을 끓여내고 오정(烏程)의 술도 내주어 마시게 했다. 이튿날 부모님께 올리는 글을 써서 가지고 나왔다.

엎드려 생각하옵니다. 부모님께서 저를 낳으시고 길러주셨으나 하늘을 우러르며 그 망극한 은혜를 갚을 길이 아득하옵니다. 부창부수(夫唱婦隨)의 아내로서 삼종지덕(三從之德)을 보여주는 것은 인륜으로서 기정의 사실이오나 어려움이 많은 오늘의 세상에서는 어찌 하오리까. 옛날 한(漢)나라가 장차 망하려고 할 때 초(楚)가 진(晋)을 치려는 분위기처럼 험악하였고 태아(太阿)의 칼자루를 거꾸로 잡아 초나라에 준다는 격으로 반역자들에게 주고 황지(潢池)의 병사를 농락하듯이 반란을 일으켰습니다. 그것은 큰 돼지와 긴 뱀이 서로 삼키려고 다투고 있는 형상입니다. 수컷과 암컷 나비는 각자 살길을 찾으러 뿔뿔이 도망치고 말았습니다. 저는 난리 중에 옥이 부서지듯 죽지를 못하고 창졸간에 기와장이 남아나듯이 몸을 온전히 하여 살아남았습니다. 전장의 말을 몰기도 하고 뒤를 쫓아가기도 하였습니다. 높은 하늘을 바라보면서 여덟 날개가 없어 날아가지를 못함을 한탄하였고 고향 땅을 생각하면서 사람의 혼백이 산산이 흩어지곤 했습니다. 좋은 세월은 쉽사리 뛰어넘어 흘러 갔나니 푸른 난새가 목계(木鷄)의 짝이 된 듯 어울리지 않게 짝지은 것이 슬펐고 원망스런 사람을 원수같은 짝으로 삼았으니 검은 까마귀 붉은 봉황을 칠까 두려워하였습니다. 비록 응수하며 접대할 때는 즐거운 양하였지만 끝내 마음이 흔들리고 슬픔이 일어났습니다. 달밤에 두견의 울음을 듣고 봄바람에 나비의 꿈도 꾸었습니다. 세월은 흐르고 일은 지나가 괴로운 일이 끝나고 달콤한 일이 일어났습니다. 수(隋)나라의 양소(楊素)가 깨진 거울을 보고 아내를 제 남편에게 돌려보내 주었듯이 또 진(晋)나라 왕돈(王敦)이 성문을 열고 궁녀들을 놓아주었듯이 지금 이장군은 저를 놓아주셨습니다. 당나라 현종(玄宗)이 양귀비와 봉래산에서 약속을 지켰던 것처럼 소상강(瀟湘江)에서 옛 님이 서로 만났다고 하듯이 낭군께서 찾아오셔서 저희들은 서로 만났습니다. 스스로 운명이 나아가지 못하고 머물러 있었음을 가련히 여길 뿐이며 낭군이 봄을 늦게 찾듯이 저를 늦게서야 찾은 것을 원망치 않을 것입니다. 비록 장대(章臺)의 버들은 다른 사람들에게 꺾였지만 현도(玄都)의 복숭아꽃은 지난번 심었을 때와 다름없습니다. 장차 병이 우물에 갈아 앉고 옥비녀의 가운데가 부러지듯이 서로 만나기 어려울 줄 알았는데 화씨벽(和氏璧)이 온전하게 돌아오고 구슬을 돌려 받게 되듯이 낭군님과 서로 만나게 될 줄이야 어찌 생각이나 하였겠습니까? 이는 옥소녀(玉簫女)처럼 전생과 금생의 두 세상에 이어진 인연이며 홍불기(紅拂妓)가 졸지에 문득 결합한 것과는 비할 바가 아니옵니다. 이는 하늘이 주신 인연이니 결코 우연이 아닙니다. 난새의 액을 고아 만든 아교로 끊어진 거문고 줄을 이었듯이 부부간에 거듭 그립고 애틋한 정이 새롭습니다. 물고기 뱃속에 편지 넣어 전하듯이 짧은 서신으로 삼가 소식을 전하옵니다. 부모님께 손수 봉양해 드리지 못하고 우선 여기에 인사를 여쭈옵니다.

취취의 부모는 편지를 받아들고 뛸 듯이 기뻐했다. 그녀의 부친은 곧 배를 세내어 하인과 더불어 회안으로부터 절강을 거쳐 곧바로 오흥(吳興)으로 달려갔다. 도장산 기슭에 지난번 묵었던 곳을 찾아보았지만 집은 없어지고 황량한 들판에 여우와 토끼의 발자국만이 서로 엇갈려 지나간 자국으로 남아 있었다. 저번에 와서 묵었던 그 집 자리엔 지금 동서로 나란히 무덤만 남아 있을 뿐이었다. 어떻게 된 일인지 궁금히 여기고 있을 때 마침 행각승(行脚僧)이 한 사람 석장(錫杖)을 짚고 지나고 있었다. 그를 불러 세워서 물어보았더니 이렇게 말했다.

"이곳은 얼마 전에 이장군이 장례 지낸 김생과 취낭자의 무덤이올시다. 어찌 사람 사는 집이 있었단 말이오?"

두 사람은 그 말을 듣고 깜짝 놀라 황급히 보내온 서신을 꺼내 보았더니 글씨는 간 곳 없고 하얀 백지만 한 장 있었다. 이때는 이장군도 이미 새로 세운 명나라 조정에 의해 죽임을 당했으므로 어디 가서 자세히 물어볼 곳도 없었다. 취취의 부친은 무덤 아래에서 곡을 하면서 딸의 이름을 불러 말했다.

"사랑하는 취취야! 네가 편지를 써서 나를 불렀기에 나는 천 리 밖에서 이곳에 왔다. 아마도 본래 나를 한 번 보기 위해 그렇게 하였던 모양이구나. 지금 내가 여기에 와 있는데 너는 종적을 감추고 모습을 숨겨 보여주지를 않는구나. 나와 너는 살아서 부녀간이었으니 죽었다고 해서 우리 사이에 거리낄 게 있겠느냐? 네가 영령이라도 있거든 모습을 한 번이나마 보여주어 내 의혹을 풀어주기 바란다."

그날 밤 그는 취취의 무덤 가에서 묵었다. 한 밤중 삼경이 지난 뒤에 취취와 김생이 나타나 절을 올리고 나서 슬프게 울었다. 부친도 함께 울면서 위로를 하고 그간의 사정을 자세히 물었다. 취취가 그 시말을 상세히 말해주었다.

"지난 번 내란의 병화가 아주 가까운 우리 지역에서 일어나 인근 마을에까지 전란이 번져갔습니다. 저는 옛날 당나라 때 두씨(竇氏)의 딸이 장렬하게 죽은 것처럼 죽지 못하고 유씨(柳氏)가 번장(蕃將) 사타리(沙吒利)에게 몸을 더렵혔던 것처럼 되고 말았습니다. 부끄러움을 참고 목숨을 부지하여 멀리 고향을 떠나게 되었습니다. 난초와 혜초같이 허약한 몸으로 하찮은 장사꾼 중개인 같은 천한 사람의 짝이 되었음을 한스러워 했습니다. 무장 손수(孫秀)가 석숭(石崇)의 집에서 웃음 파는 녹주(綠珠)를 뺏을 줄만 알았는데 두 남편 섬겼다고 말없는 사람이 된 식국부인(息國夫人)을 가련히 여길 겨를이나 있었겠습니까? 하늘을 우러러 소리쳐보아도 도망갈 길조차 없었으며 하루를 보내는 것이 삼 년이나 되는 것처럼 길었습니다. 낭군께서 옛 은정을 저버리지 않으시고 불원천리하고 특별히 찾아와서는 남매의 이름으로 단 한 차례 만나보고 말았으니 부부의 정이 가로막혀 끝끝내 서로 통할 수가 없었습니다. 그가 병이 들어 먼저 세상을 뜨고 나서 저는 원한을 머금은 채 곧이어 운명하고 말았습니다. 옆에 장례 지내주기를 부탁하여 다행히 함께 돌아가게 되었습니다. 대강의 사연이 이와 같으니 자세한 말씀은 다 드릴 수도 없습니다."

부친이 딸의 영혼에게 말했다.

"내가 여기에 온 것은 본래 너를 집으로 데려가서 나를 봉양하도록 하기 위해서였는데 지금 네가 이미 저 세상으로 갔으니 장차 너의 유골을 선영(先塋)에 옮겨 장사지내면 내가 헛걸음하지는 않은 셈이 되겠구나. 너는 어찌 생각하느냐?"

취취가 다시 울면서 아뢰었다.

"저는 살아서도 불행히 조석으로 음식을 만들어 진지 상을 받들어 올리지 못하였고 죽어서도 인연이 없어 선영에 머리를 묻히지 못하게 되었습니다. 하지만 땅은 조용한 것을 숭상하고 신령은 편안함을 추구하는 것이 마땅한 이치입니다. 만약 다시 이장을 한다면 오히려 번거롭고 소란스러울 것입니다. 하물며 이곳의 산수가 수려하고 초목이 무성하여 이미 안정이 되었으니 이장은 제가 원하는 바가 아니옵니다."

그리고 나서 취취는 부친을 끌어안고 대성통곡을 하였다. 부친이 놀라 깨어나니 한바탕 꿈이었다. 다음날 고기와 술을 마련하여 무덤 앞에서 제사를 지내고 하인과 함께 집으로 돌아왔다. 지금도 이곳을 지나는 사람들은 손가락을 가리키면서 김정과 취취의 무덤이라고 말을 한다.

원문

翠翠傳[2)]

翠翠, 姓劉氏, 淮安[3)]民家女也. 生而穎悟. 能通詩書, 父母不奪其志, 就令入學.[4)] 同學有金氏子者, 名定, 與之同歲, 亦聰明俊雅. 諸生戲之曰 : "同歲者當爲夫婦." 二人亦私以此自許. 金生贈翠翠詩曰 :

十二闌干七寶臺, 春風到處艶陽開. 東園桃樹西園柳, 何不移敎一處栽?

翠翠和曰 :

平生每恨祝英臺,[5)] 凄[6)]抱何爲不肯開? 我願東君勤用意, 早移花樹向陽栽.

已而, 翠翠年長, 不復至學. 年及十六, 父母爲其議親, 輒悲泣不食. 以情問之, 初不肯言, 久乃曰 : "必西家金定. 妾已許之矣, 若不相從, 有死

---

2) 翠翠傳(취취전) : 본 작품은 일찍이 凌濛初에 의해 話本으로 개작되어 『二刻拍案驚奇』 제6권에 삽입되었으며 회목명은 "이장군은 처남으로 오인하고 유씨녀는 남편을 기만하다(李將軍錯認舅, 劉氏女詭從夫)"이다. 『曲錄』에 청나라 사람 袁聲의 전기 『領頭書』가 기록되어 있다. 葉憲祖의 희곡 『金翠寒衣記』 또한 이 이야기를 제재로 한 것이다. [周]

3) 淮安(회안) : 지금의 江蘇省 淮安이다. [周]

4) 學(학) : 學은 곧 本府인 회안에 있는 학교이다. 옛 성의 남문 안에 있다. [句]

5) 祝英臺(축영대) : 민간전설에 나오는 인물. 東晉 穆帝(司馬聃) 때 會稽에 梁處仁이란 사람이 있었는데 자가 山伯이었다. 그는 錢塘으로 공부하러 가던 도중 나룻배에서 한 선비를 만났는데 그 선비는 자신을 上虞 사람이며 이름은 祝貞, 자는 信齋라고 하였다. 두 사람은 삼 년 동안 동문수학하다가 祝貞이 먼저 집으로 돌아갔다. 후에 梁處仁은 祝貞을 찾아갔는데 그때서야 祝貞이 남자가 아닌 여자임을 알게 되었다. 祝貞의 이름은 英臺로 그 집에서 아홉째였다. 梁處仁이 청혼을 하였으나 祝英臺는 이미 鄮城(무성, 지금의 절강성 鄞縣 東鄉)의 마씨 성을 가진 사람과 약혼을 한 상태였다. 후에 梁處仁은 鄮城令을 지내다 죽었다. 祝英臺는 마씨에게 시집가던 길에 마침 梁處仁의 묘를 지나게 되었다. 祝英臺가 제사를 지내며 통곡하자 갑자기 묘가 갈라졌고 祝英臺는 그 안으로 뛰어들어 梁處仁과 함께 묻혔다. 후세에 그들은 한 쌍의 나비가 되어 늘 함께 날아다닌다고 전해졌다. [周]

6) 【校】 凄(처) : [奎]와 [董]에는 懷로 쓰임.

而已, 誓不登他門也.” 父母不得已, 聽焉. 然而劉富而金貧, 其子雖聰俊, 門戶甚不敵. 及媒氏至其家, 果以貧辭, 慚愧不敢當. 媒氏曰 : “劉家小娘子必欲得金生, 父母亦許之矣. 若以貧辭, 是負其誠志, 而失此一好因[7]緣也. 今當語之曰 : ‘寒家有子, 粗知詩禮, 貴宅見求, 敢不從命. 但生自蓬蓽,[8] 安於貧賤久矣, 若責其聘問之儀, 婚娶之禮, 終恐無從而致.’ 彼以愛女之故, 當不較[9]也.” 其家從之. 媒氏復命, 父母果曰 : “婚姻論財, 夷虜之道, 吾知擇婿而已, 不計其他. 但彼不足而我有餘, 我女到彼, 必不能堪, 莫若贅之入門可矣.” 媒氏傳命再往, 其家幸甚. 遂涓日結親, 凡幣帛之類, 羔雁[10]之屬, 皆女家自備. 過門[11]交拜, 二人相見, 喜可知矣! 是夕, 翠翠於枕上[12]作『臨江仙』一闋贈生曰 :

曾向書齋同筆硯, 故人今作新人. 洞房花燭十分春! 汗沾蝴蝶粉,[13] 身惹麝香塵. 殢雨尤雲[14]渾未慣, 枕邊眉黛[15]羞顰, 輕憐痛惜莫嫌頻. 願郎從此始,

---

7) 【校】 因(인) : [奎]와 [董]에는 姻으로 씀.

8) 蓬蓽(봉필) : 싸리로 문을 엮고 쑥으로 문을 만들다. 즉 가난한 사람이 사는 곳을 묘사하는 말이다. [周]

9) 較(교) : 재다(量)라는 뜻이다. [句] 여기서는 따지다라는 뜻으로 풀이한다. [譯]

10) 羔雁(고안) : 『禮記』에 “納采에 기러기는 있고 양이 없는데 대개 양은 卿의 폐백이고 기러기는 대부의 폐백이다. 후인들이 경대부의 폐백을 혼례에 함께 쓰는 것은 아마 奠雁의 뜻을 잃은 것이 아닌가 한다”라는 문장이 보인다. 程子는 “전안이란 자신이 다시 배필을 구하지 않겠다는 뜻이다”라고 했다. [句] 본래는 아주 귀한 예물을 일컫던 말로 후에 신랑집에서 신부집에 보내는 예물을 칭하는 말이 되었다. [周] 奠雁은 혼인날 신랑이 신부집에 기러기를 가지고 가서 상위에 놓고 하늘에 재배하는 의식을 말한다. [譯]

11) 過門(과문) : 흔히 이르기를 신부가 처음 시부모를 뵈는 것을 과문이라 한다. [句]

12) 【校】 上(상) : [奎]와 [董]에서는 생략됨.

13) 沾蝴蝶粉(첨호접분) : 나비 날개에 꽃가루를 묻혔다는 말은 鉛華(흰 가루분)을 비유한 것이다. 唐賢의 시 「蝶」에는 “몸은 何郎(魏나라 何晏)이 완전히 분을 바른 것 같고 마음은 韓壽가 향을 훔치기를 좋아한 거 같도다”라는 구절이 있다. [句]

14) 殢雨尤雲(체우우운) : 殢는 오래 적시다. 尤는 심하다. 대개 朝雲暮雨(남녀간의 사랑하는 마음)의 의미를 나타낸다. 『西廂記』에는 “또 선한 자를 싫어하고 착한 자를 속이는 마음을 가지고 구차하게 尤雲殢雨같은 마음을 가졌다”라는 문장이 보인다. [句]

15) 【校】 黛(대) : [奎]와 [董]에서는 翼으로 쓰임.

日近日相親.

邀生繼和. 生遂次韻曰 :

記得書齋同講習, 新人不是他人. 扁舟采訪武陵[16]春! 仙居鄰紫府, 人世隔紅塵. 誓海盟山心已許, 幾番淺笑輕顰. 向人猶自語頻頻. 意中無別意, 親後有誰親?

二人相得之樂, 雖孔翠[17]之在赤霄,[18] 鴛鴦之游綠水, 未足喩也. 未及一載, 張士誠兄弟[19]起兵高郵, 盡陷沿淮諸郡, 女爲其部將李將軍所擄. 至正末, 士誠闢土益廣, 跨江南北, 奄有浙西, 乃通款[20]元朝, 願奉正朔,[21] 道途始通, 行旅無阻. 生於是辭別內・外父母, 求訪其妻, 誓不見則不復還. 行至平江, 則聞李將軍見爲紹興守御;[22] 及至紹興, 則又調屯兵安豐[23]矣; 復至安豐, 則回湖州駐扎矣. 生來往江淮, 備經險阻, 星霜

---

16) 武陵(무릉) : 武陵은 곧 湖廣道 常德府이다. 도연명문집인 『陶靖節集』에 "晉나라 太元 시절에 무릉에 사는 어부가 시냇가를 따라 가다가 갑자기 복숭아나무가 강기슭을 끼고 있는 곳으로 들어갔다. 그곳의 집들은 가지런하고 사람들은 밭을 갈고 있었다. 어부를 보고는 가만히 말하기를 '조상 때 秦나라 난을 피해 이곳에 왔지요. 오늘이 어느 세상인지 모른답니다'라고 했다. 어부가 다시 漢・魏・晉이 있었다고 말해주었더니 그 말을 듣고 모두 한탄했다. 며칠 뒤 보내주어서 마을을 나왔다. 어부가 이것을 기록했는데 태수가 사람을 보내 기록한 대로 찾아보도록 했으나 결국은 길을 잃고 찾을 수 없었다. 오늘날 桃源縣의 남쪽에 桃源山이 있으니 바로 이산이다. 詞曲 중에 「武陵春」이 있다. [句]

17) 孔翠(공취) : 공작과 비취를 일컫는다. [句]

18) 赤霄(적소) : 붉은 하늘이다. 杜甫의 시 「孔雀行」에 "적소와 玄圃(곤륜산에 있다는 신선이 사는 곳)가 모름지기 찾아오니 비취새 꼬리며 금빛 꽃도 욕됨을 사양하지 않으려네"라는 구절이 있다. [句]

19) 張士誠兄弟(장사성형제) : 張士誠과 張士信을 가리킨다. [譯]

20) 通款(통관) : 적과 내통하는 것을 말하며 항복하고자 하는 뜻이 있음을 나타낸다. [周]

21) 正朔(정삭) : 정월 초하루. 봉건시대에는 매번 朝代가 바뀔 때마다 元旦(설날)을 새로 만들었다. 奉正朔이란 즉 정통의 군주를 추대하는 것을 말한다. [周]

22) 守禦(수어) : 지방의 군대를 지휘하는 관리. 防禦와 같다. [周]

23) 安豐(안풍) : 지금의 安徽省 壽縣. [周]

屢移, 囊橐又竭, 然此心終不少懈; 草行露宿, 丐乞於人, 僅而得達湖州. 則李將軍方貴重用事, 威焰赫奕. 生佇立門墻, 躊躇窺侯, 將進而未能, 欲言而不敢. 閽者怪而問焉. 生曰 : "僕淮安人也. 喪亂以來, 聞有一妹在於貴府, 是以不遠千里至此, 欲求一見耳." 閽者曰 : "然則, 汝何姓名? 汝妹年貌若干? 願得詳言, 以審其實." 生曰 : "僕姓劉, 名金定, 妹名翠翠, 識字能文. 當失去之時, 年始十七, 以歲月計之, 今則二十有因矣." 閽者聞之, 曰 : "府中果有劉氏者, 淮安人, 其齒[24]如汝所言, 識字善爲詩, 性又通慧, 本使寵之專房. 汝信不妄, 吾將告於內, 汝且止此以待." 遂奔趨入告. 須臾, 復出, 領生入見. 將軍坐於廳上, 生再拜而起, 具述厥由. 將軍, 武人也, 信之不疑, 卽命內竪[25]告於翠翠曰 : "汝兄自鄕中來此, 當出見之." 翠翠承命而出, 以兄妹之禮見於廳前, 動問父母外, 不能措一辭, 但相對悲咽而已. 將軍曰 : "汝旣遠來, 道途跋涉, 心力疲困, 可且於吾門下休息. 吾當徐爲之所." 卽出新衣一襲, 令服之. 幷以帷帳衾席之屬, 設於門西小齋, 令生處焉. 翌日, 謂生曰 : "汝妹能識字, 汝亦通書否?" 生曰 : "僕在鄕中, 以儒爲業, 以書爲本, 凡經史子集, 涉獵[26]盡矣, 蓋素所習也, 又何疑焉." 將軍喜曰 : "吾自少失學, 乘亂崛[27]起. 方嚮用於時, 趨從者衆, 賓客盈門, 無人延款, 書啓堆案, 無人裁答. 汝便處吾門下, 足充一記室[28]矣" 生, 聰敏者也, 性旣溫和, 才又秀發, 處於其門, 益自檢束, 承上接下, 咸得其歡, 代書回簡, 曲盡其意. 將軍大以爲得人, 待之甚厚. 然生本爲求妻而來, 自廳前一見之後, 不可再得, 閨閤深邃, 內外隔絶, 但欲一達其意, 而終無便可乘. 荏苒數月, 時及授衣,[29] 西風夕起, 白露爲

---

24) 齒(치) : 연령, 나이. [周]

25) 內竪(내수) : 훈령을 안팎으로 전달하는 일을 담당하는 어린 종. 竪는 사내아이를 말한다. [周]

26) 涉獵(섭렵) : 물을 건너는 것을 涉이라 하고 짐승을 쫓는 것을 獵이라 한다. 대개 찾아본다는 뜻이다. [句] 대충대충 훑어보다, 대강 섭렵하다. [周]

27) 【校】 崛(굴) : [奎]와 [董]에는 倔로 쓰임.

28) 記室(기실) : 서기를 말한다. [周]

29) 授衣(수의) : 『詩經・豳風』에 "九月에 옷을 준다"라는 구절이 있다. 注에 "구월에 서

霜. 獨處空齋, 終夜不寐, 乃成一詩曰:

好花移入玉闌干, 春色無緣得再看. 樂處豈知愁處苦, 別時雖易見時難! 何年塞上重歸馬? 此夜庭中獨舞鸞! 霧閣雲窓深幾許? 可憐辜負月團圓!

詩成, 書於片紙, 折布裘之領而縫之, 以百錢納於小豎而告曰: "天氣已寒, 吾衣甚薄, 乞持入付吾妹, 令浣濯而縫紝之, 將以御寒耳." 小豎如言持入. 翠翠解其意, 折衣而詩見, 大加傷感, 呑聲而泣, 別爲一詩, 亦縫於內以付生. 詩曰:

一自鄉關動戰鋒, 舊愁新恨幾重重! 腸雖已斷情難斷, 生不相從死亦從.[30] 長使德言藏破鏡, 終教子建[31]賦游龍. 綠珠[32]碧玉[33]心中事, 今日誰知也到儂!

生得詩, 知其以死許之, 無復致望, 愈加抑鬱, 遂感沉痼.[34] 翠翠請於將軍, 始得一至床前問候, 而生病已亟矣. 翠翠以臂扶生而起, 生引首側視, 凝淚滿眶, 長吁一聲, 奄然命盡. 將軍憐之, 葬於道場山麓. 翠翠送殯而歸, 是夜得疾, 不復飮藥, 展轉衾席,[35] 將及兩月. 一旦, 告於將軍曰:

리가 내리면 비로소 추워지니 누에치는 일도 역시 이루어진다. 그래서 남에게 옷을 주고 추위를 막게 한다"라고 되어 있다. [句] 授衣는 구월에 대한 代稱으로 쓰인다. [譯]

30) 生不相從死亦從(생부상종사역종): 『詩經・王風』에는 "살아서는 제각기 살아도 죽으면 한 곳에 묻힌다"라는 구절이 있다. 「唐風」에는 "백세 뒤라도 그이에게 시집가리"라는 구절이 보인다. 이것은 翠翠가 죽기를 맹세하고 따르겠다는 뜻이다. [句]

31) 子建(자건): 삼국시대 曹操의 아들인 曹植을 가리킨다. 曹子建이라 불렸으며 「洛神賦」를 지었다. [周]

32) 綠珠(녹주): 晋나라 石崇의 애첩. 孫秀가 石崇에게 그녀를 달라고 하였지만 石崇은 허락하지 않았다. 孫秀가 거짓으로 황제의 뜻이라 칭하여 石崇을 체포하자 綠珠는 스스로 누각 아래로 떨어져 죽었다. [周]

33) 碧玉(벽옥): 당나라 喬知之의 첩 窈娘은 어릴 때 이름이 碧玉이었다. 그녀는 아름다운 미모에 가무에도 능했다. 武承嗣가 그녀를 빼앗아가자 喬知之는 『綠珠怨』을 지어 窈娘을 풍자하였다. 이에 窈娘은 부끄러워 우물에 빠져 죽었다. 시를 본 武承嗣는 喬知之를 모함하여 그를 죽게 하였다. [周]

34) 沈痼(침고): 오래된 병이다. [句]

35) 展轉衾席(전전금석): 누워도 자리가 편치 않다는 뜻이다. [句]

"妻棄家相從, 已得八載; 流離外境, 擧目無親, 止有一兄, 今又死矣. 妾病必不起, 乞埋骨兄側, 黃泉之下, 庶有依托, 免於他鄕作孤魂也." 言盡而卒. 將軍不違其志, 竟附葬於生之墳左, 宛然東西二丘焉.

洪武初, 張氏旣滅. 翠翠家有一舊僕, 以商販爲業, 路經湖州, 過道場山下, 見朱門華屋, 槐柳掩映, 翠翠與金生方憑肩而立. 遽呼之入, 訪問父母存歿, 及鄕井舊事. 僕曰 : "娘子與郎安得在此?" 翠翠曰 : "始因兵亂, 我爲李將軍所擄, 郎君遠來尋訪, 將軍不阻, 以我歸焉, 因遂僑居於此耳." 僕曰 : "予今還淮安, 娘子可修一書以報父母也." 翠翠留之宿, 飯吳興[36]之香糯,[37] 羹苕溪[38]之鮮鯽, 以烏程[39]酒出飮之. 明旦, 遂修啓以上父母曰 :

伏以父生母育, 難酬罔極[40]之恩; 夫唱婦隨,[41] 夙著三從[42]之義. 在人倫而已定, 何時事之多艱! 曩者漢日將頹, 楚氛甚惡;[43] 倒持太阿[44]之柄, 擅弄潢

---

36) 吳興(오흥) : 절강성 苕溪의 下流, 湖州 주변, 太湖의 湖畔에 있는 縣. [譯]

37) 糯(나) : 찰밥을 말한다. [句]

38) 苕溪(초계) : 강 이름. 두 개의 강줄기가 있는데 절강성 天目山에서 흘러나와 吳興縣 성안까지 흘러 들어와서는 두 물줄기가 합류하여 太湖로 흘러든다. [周]

39) 烏程(오정) : 浙江省 吳興縣을 말한다. 『寰宇記』에 다음과 같은 내용이 보인다. "옛날 烏程이란 사람이 술을 잘 빚었기에 이를 가지고 현 이름으로 하였다. 또한 술을 가리켜 烏程이라 하기도 한다(古烏程能釀酒, 故以名縣. 又指酒爲烏程)." [周]

40) 罔極(망극) : 끝이 없다, 한없이 넓다. 『詩經』에 "아버지가 나를 기르시고 어머니가 나를 낳으시니 그 은혜에 보답하고자 하나 은혜가 망극할 따름이로구나(父兮鞠我, 母兮育我, 欲報之恩, 昊天罔極)"라는 구절이 있다. 부모님의 은혜가 마치 끝없이 넓은 하늘처럼 크다는 것을 의미한다. [周] 周楞伽가 인용한 『詩經』의 구절은 잘못된 것이다. 「谷風之什 · 蓼莪」에는 "父兮生我, 母兮鞠我,……欲報之德, 昊天罔極."이라고 되어 있다. [譯]

41) 夫唱婦隨(부창부수) : 부부가 서로 호응하다, 부부가 서로 화목하다. 『關尹子』에 "남편은 앞장서서 이끌고 부인이 그 뒤를 따른다(夫者倡, 婦者隨)"란 말이 나온다. 倡은 唱과 통한다. [周]

42) 三從(삼종) : 고대에 부녀자를 속박하던 도덕규범. 즉 집에 있을 때는 아버지를 따르고 출가해서는 남편을 따르며 남편이 죽은 후에는 아들을 따르는 것을 말한다. [周]

43) 漢日將頹, 楚氛甚惡(한일장퇴, 초분심악) : 漢은 한족을 가리키고 日은 봉건왕조를 비유한 것이다. 漢日將頹는 한족이 세운 왕조가 금방이라도 무너지려 하는 것을 말한다. 楚氛甚惡은 晋의 대부 伯夙이 趙孟에게 한 말로 초가 진을 습격하려고 하는 기미

池之兵.[45] 封豕長蛇,[46] 互相呑幷; 雄蜂雌蝶, 各自逃生. 不能玉碎於亂離, 乃至瓦全[47]於倉卒. 驅馳戰馬, 隨逐征鞍. 望高天而八翼莫飛, 思故國而三魂屢散. 良辰易邁, 傷青鸞之伴木雞; 怨偶爲仇, 懼烏鴉之打丹鳳. 雖應酬而爲樂, 終感激而生悲. 夜月杜鵑之啼, 春風蝴蝶之夢. 時移事往, 苦盡甘來. 今則楊素覽鏡而歸妻,[48] 王敦開閤而放妓,[49] 蓬島踐當時之約,[50] 瀟湘有故人之逢.[51] 自憐賦命之屯, 不恨尋春之晚. 章臺之柳, 雖已折於他人; 玄都之花,[52] 尙不

가 있음을 의미하고 있다. 『左傳』 襄公 27년에 보인다. 楚나라는 남방에 있었으며 옛날에는 이민족으로 생각하였다. 여기서는 漢日將頹, 楚氛甚惡 둘 다 단지 비유에 불과하다. 사실상 元나라의 蒙古族은 한족이 아니며 張士誠의 부장 역시 이민족이 아니므로 漢나라와 楚나라에 비유할 수 없다. [周]

44) 倒持太阿(도지태아) : 칼자루를 남에게 주다. 즉 남에게 자기를 해칠 틈을 준다는 의미다. 太阿는 보검의 이름이다. [周]

45) 潢池弄兵(황지농병) : 『漢書』에는 "폐하의 赤子로 하여금 폐하의 병기를 훔쳐 연못가에서 가지고 놀게 하는 것일 뿐입니다(故使陛下赤子, 盜弄陛下之兵於潢池中耳)"라는 문장이 보인다. 해안의 도적들이 침략한 것을 어린아이가 몰래 병기를 훔쳐내어 연못가에서 노는 것에 비유했다. [周] 반란을 일으키다라는 의미이다. [譯]

46) 封豕長蛇(봉시장사) : 탐욕스럽고 포악한 것을 비유한 말이다. 封豕는 큰 돼지를 가리킨다. [周]

47) 不能玉碎, 乃至瓦全(불능옥쇄, 내지와전) : 스스로 절개를 버려 목숨을 구하는 것을 나타낸다. [周]

48) 楊素覽鏡而歸妻(양소람경이귀처) : 陳나라 太子舍人 徐德言과 樂昌公主가 나누어 신표로 삼았던 거울이 다시 하나로 합쳐졌다는 이야기. 楊素는 악창공주가 가지고 있던 거울 반쪽을 보고는 그녀를 서덕언에게 돌려보냈다. [周]

49) 王敦開閤而放妓(왕돈개합이방기) : 王敦은 東晋의 權臣으로 매우 여색을 밝혀 後室에는 첩으로 넘쳐 났고 그로 인해 건강을 해쳤다. 주변사람이 그에게 충고하였다. 그러자 王敦은 "그거야 아주 쉽지"라고 하더니 후실의 문을 열고 수십 명의 첩들을 일제히 풀어주었다. [周]

50) 蓬島踐當時之約(봉도천당시지약) : 楊通幽가 봉래산의 양귀비를 찾아가니 귀비는 "저는 太上(황제)의 上元宮 시녀입니다. 聖上(황제)은 大陽朱宮의 眞人이셨는데 우연히 서로 맺은 인연이 있어 자못 중하게 되었지요. 성상은 세상을 다스리러 내려오고 나는 인간세계에 귀양 내려와 시중을 들었을 따름입니다. 앞으로 一紀가 지나고 나면 당연히 서로 만나게 되겠지요"라고 하였다고 한다. 一紀는 12年이다. [句]

51) 瀟湘有故人之逢(소상유고인지봉) : 두 강의 이름. 唐나라 柳惲의 시에 "동정호에 돌아가는 나그네 있더니 소상강에서 옛 친구 만났다네"라는 구절이 있다. 후에 "소상강에서 옛 친구 만났네(瀟湘逢故人)"란 한 구절은 詞曲의 곡명이 되었다. [句]

52) 玄都花(현도화) : 복숭아 꽃. 劉禹錫의 시에 "현도관에 천 그루 복숭아나무 있네(玄都觀里桃千樹)"라는 구절이 있다. 또 "전날의 유랑이 오늘 또 찾아왔네(前度劉郎今又來)"라는 구절이 있다. [周]

改於前度. 將謂甁沉而簪折, 豈期璧返[53]而珠還.[54] 殆同玉簫女兩世因緣,[55] 難比紅拂妓一時配合.[56] 天與其便, 事非偶然. 煎鸞膠而續斷弦,[57] 重諧繾綣; 托魚腹而傳尺素,[58] 謹致丁寧.[59] 未奉甘旨, 先此申復.

---

53) 璧返(벽반) : 물건이 다시 원래의 주인에게로 돌아옴을 비유한다. 趙나라는 楚나라에서 생산되는 華氏玉을 손에 넣었다. 秦나라 昭王은 사람을 시켜 趙나라 왕에게 편지를 보내서는 15개의 성지과 옥을 교환하고 싶다고 하였다. 그리하여 藺相如가 옥을 가지고 秦나라로 갔다. 秦나라 왕은 옥을 손에 넣더니 더 이상 성지과 옥을 교환하기로 했던 일을 꺼내지 않았다. 藺相如는 궤변으로 옥을 다시 빼내어 종자에게 가볍고 편한 복장으로 입게 하고는 옥을 몸에 숨겨 작은 길을 통해 도망쳐 趙나라로 돌아가게 하였다. [周]

54) 珠還(주환) : 잃었던 물건을 다시 얻는 것을 비유한다. 後漢의 孟嘗은 合浦 태수를 지낸 적이 있었는데 합포 지방은 오곡은 생산되지 않고 단지 바다에서 眞珠만 났다. 그런데 이전의 태수들이 모두 탐욕스러워 사람을 시켜 바다에서 진주를 끊임없이 캐어 오게 하였다. 진주는 이 때문에 점점 郡의 경계까지 옮겨갔다. 孟嘗이 이곳으로 부임해 와서 이전의 나쁜 기풍을 모조리 없애버리자 진주가 다시 합포로 돌아왔다. [周]

55) 玉簫女兩世因緣(옥소녀량세인연) : 韋皐와 玉簫의 이야기. 당나라 西川節度使 韋皐는 젊은 시절에 江夏를 유람하다가 姜使君의 집에 머물게 되었다. 강사군에게는 玉簫라는 어린 계집종이 있었는데 나이가 겨우 열 살이었다. 강사군은 늘 그녀로 하여금 위고를 시중들게 하였다. 옥소는 나이가 점점 들어감에 따라 위고를 사랑하게 되었다. 후에 위고는 이별하면서 정표로 그녀에게 옥가락지를 주었다. 위고가 떠난 후 7년이 지났는데도 돌아오지 않자 옥소는 음식을 먹지 않고 굶어 죽었다. 후에 위고가 서천절도사가 되었을 때 그의 생일날 東川의 盧八座가 자신의 歌姬를 선사했는데 그녀의 이름 또한 옥소라 하였다. 외모가 강사군집에 있던 옥소와 똑같이 닮았으며 中指에 반지처럼 약간 솟은 부분이 있는데 그가 옥소와 이별할 때 주었던 옥반지와 똑같았다. 후세에 사람들은 그들을 兩世因緣(양세에 걸친 인연)이라 불렀다. [周]

56) 紅拂妓一時配合(홍불기일시배합) : 수나라 楊素가 西京을 지키고 있을 당시 李靖이 평민의 신분으로 그에게 계책을 올렸다. 양소의 옆에는 기생과 첩들이 줄지어 서있었는데 그 안에 紅拂을 쥐고있던 여인이 있었다. 그녀는 아주 빼어난 미모를 지니고 있었는데 이정을 매우 주의 깊게 바라보았다. 이정이 돌아간 후 홍불을 쥐고 있던 여인은 수레 앞으로 가서 하급관리에게 이정이 사는 곳을 물었다. 그날 밤 이정이 여관에 묶고 있는데 갑자기 누군가 문을 두드리는 소리가 들려 나가보니 바로 낮에 양소 옆에 있던 홍불을 쥐고 있던 여인이었다. 이정은 곧 그녀를 받아들였다. 며칠이 지난 후 밖에서 사람 찾는 소리가 요란한 것을 듣고 紅拂女과 함께 말을 타고 서경을 떠났다. [周] 당나라 杜光庭의 『虯髯客傳』은 이 이야기를 소설로 기록한 것이다. [譯]

57) 煎鸞膠而續斷弦(전란교이속단현) : 『漢武帝外傳』에 보인다. "西海王이 난새의 액을 고아 만든 아교를 황제에게 바쳤다. 武帝는 활시위가 끊어지자 아교로 그것을 붙였는데 현의 양쪽 끝이 금새 붙었을 뿐만 아니라 종일토록 활을 쏘아도 끊어지지 않았다." 古人들은 琴瑟을 부부에 비유하였는데 금슬의 현이 활의 현과 같기 때문에 續弦을 아내가 죽은 후 다시 장가가는 것에 비유하였다. [周]

父母得之, 甚喜. 其父卽賃舟與僕自淮徂浙, 徑奔吳興, 至道場山下疇昔留宿之處, 則荒煙野草, 狐免之迹交道, 前所見屋宇, 乃東西兩墳耳. 方疑訪間, 適有野僧扶錫[60]而過, 叩而問焉. 則曰 : "此故李將軍所葬金生與翠娘之墳耳, 豈有人居乎?" 大驚. 取其書而視之, 則白紙一幅也. 時李將軍爲國朝所戮, 無從詰問其詳. 父哭於墳下曰 : "汝以書賺我, 令我千里至此, 本欲與我一見也. 今我至此, 而汝藏踪秘迹, 匿影潛形, 我與汝生爲父子, 死何間焉? 汝如有靈, 毋吝一見, 以釋我疑慮也." 是夜, 宿於墳. 以三更後, 翠翠與金生拜跪於前, 悲號宛轉. 父泣而撫問之, 乃具述其始末曰 : "往者, 禍起蕭牆,[61] 兵興屬郡.[62] 不能效竇氏女[63]之烈, 乃

58) 托魚腹而傳尺素(탁어복이전척소) : 고기 뱃속에 편지를 넣어 전하는 것에 관한 전설은 매우 많으나 비교적 믿을 만한 설은 『夷白齋詩話』에 나오는 것으로 은밀한 서신에 비유되었다. 古詩에 "손님이 멀리서 와서는 나에게 잉어 한 쌍을 전해주었네. 아이를 불러 잉어를 삶으니 뱃속에 편지가 있네(客從遠方來, 遺我雙鯉魚, 呼童烹鯉魚, 中有尺素書)." 또는 "비단 편지는 잔설같고 한 쌍의 잉어 모양 서로 엮었으니 마음속 일을 알고자 하면 뱃속의 편지를 꺼내어 보세요(尺素如殘雪, 結成雙鯉魚, 要知心裡事, 看取腹中書)"라는 구절이 있다. [周] 앞의 시에서 말하는 것은 실제 잉어를 삶았다는 것이 아니라 잉어모양의 나무 판 사이에서 편지를 꺼낸 것을 비유한 것이라고도 한다. [譯]

59) 丁寧 : 부탁하다. 여기서는 소식의 뜻인 듯 하다. [譯]

60) 錫(석) : 중이 짚고 다니는 錫杖(지팡이). 錫은 錫杖의 약칭이다. [周]

61) 蕭牆(소장) : 아주 가까운 곳을 의미하다. 『논어』에 "나는 季孫의 우환이 전유에 있지 않고 문안 병풍 뒤에 있을까 두렵다(吾恐季孫之憂, 不在顓臾, 而在蕭墻之內也)"라는 구절이 보인다. [周] 顓臾는 춘추 시대의 나라이름으로 지금의 산동성 費縣 일대이다. [譯]

62) 屬郡(속군) : 가까이 접하고 있는 지방의 郡을 말한다. [周]

63) 竇氏女(두씨녀) : 唐나라 代宗(李豫) 때 奉天縣(지금의 섬서성 乾縣)에 竇氏의 두 딸 伯娘과 仲娘이 있었다. 백랑은 열아홉 살이고 중랑은 열여섯 살이었다. 永泰 연간에 도적 수천 명이 그들이 사는 마을에 들어와 약탈하였다. 백낭과 중낭은 산 속의 동굴에 숨었다가 도적들에게 발견되어 끌려갔다. 도적들은 그들을 능욕하려 하였다. 깊은 계곡 옆에 이르렀을 때 백랑은 "내 어찌 도적들에게 몸을 더럽힐 수 있겠는가?"라고 하면서 계곡 속으로 뛰어들었다. 도적들이 놀라고 있는 차에 중랑 또한 계곡으로 뛰어내렸다. 계곡은 깊이가 수백 척에 달하여 두 자매 모두 죽고 말았다. 京兆尹 第五琦는 그들의 행동을 상주하였다. 이에 황제는 명을 내려 마을 어귀에 열녀문을 세우고 편액을 달아 그녀들의 미덕을 표창하게 하고 그 집안의 부역을 영원토록 면하게 해주었으며 관청에서 돈을 내어 장사를 치르도록 하였다. [周] 『句解』의 集釋에 의하면 '唐永泰中'의 일

致爲沙吒利[64]之驅.[65] 忍耻偸生, 離鄕去國. 恨以蕙蘭之弱質, 配玆駔儈[66]之下材. 惟知奪石家賣笑之姬,[67] 豈暇憐息國不言之婦.[68] 叫九閽[69]而無路, 度一日如三秋. 良人[70]不棄舊恩, 特勤遠訪. 托兄妹之名, 而僅獲一見; 隔伉儷[71]之情, 而終遂不通. 彼感疾而先殂, 妾含冤而繼殞. 欲求祔[72]葬, 幸得同歸. 大略如斯, 微言莫盡.” 父曰 : “我之來此, 本欲取汝還家, 以奉我耳. 今汝已矣, 將取汝骨遷於先壟, 亦不虛行一遭也.” 復泣而言曰 : “妾生而不幸, 不得視膳[73]庭闈; 歿且無緣, 不得首丘[74]塋壟. 然而地道尙靜, 神理宜安, 若更遷移, 反成勞擾. 況溪山秀麗, 草木榮華, 旣已安焉, 非所願也.” 因抱持其父而大哭. 父遂驚覺, 乃一夢也. 明日, 以牲酒奠於墳下, 與僕返棹而歸. 至今過者, 指爲金·翠墓云.

이라고 했으니 서기 765년의 일이다. 또 京兆尹의 이름을 第五綺로 표기했다. [譯]

64) 沙吒利(사타리) : 唐나라 때 藩鎭의 장수로 일찍이 韓翃의 총희 柳氏를 빼앗았다. [周]

65) 【校】驅(구) : [奎]와 [董]에는 軀로 쓰임.

66) 駔儈(장쾌) : 장사를 하는 거간꾼. 고대 사회에서는 掮客이라고 하였다.

67) 石家賣笑之姬(석가매소지희) : 石崇의 첩인 綠珠를 말한다. [周]

68) 息國不言之婦(식국불언지부) : 息嬀(식규)를 말한다. 후세에는 息夫人이라 칭해졌다. 춘추시대 楚나라 文王이 息國을 멸하고 식부인을 데리고 돌아가서는 堵敖와 成王을 낳았다. 식부인은 楚나라로 온 후로 시종 입을 열어 말을 하지 않았다. 楚 文王이 그녀에게 말을 하지 않는 이유를 묻자 그녀는 이렇게 대답했다. “저는 부인된 몸으로 두 명의 남편을 섬기면서 죽음으로 절개를 지키지 못했는데 또 구태여 무슨 말이 필요하겠습니까?” [周]

69) 九閽(구혼) : 天門이 아홉 겹이므로 구혼이라 한다. [句] 九門은 天帝가 사는 곳. [周]

70) 良人(양인) : 남편을 가리킨다. [周]

71) 伉儷(항려) : 『左傳』 昭公 3년에 “아직 항려가 없다”라는 문장이 보인다. 注에 “배우자이다”라고 되어 있다. [句] 부부를 가리킨다. [周]

72) 祔(부) : 合葬하는 것을 말한다. [句]

73) 視膳(시선) : 『左傳』 閔公 2년에 “里克이 太子란 아침저녁으로 군왕의 음식을 살피는 자이다”라는 문장이 보인다. 注에 “膳이란 음식이다”라고 되어 있다. [句] 옛날 아들과 며느리가 부모를 섬기던 예절. 즉 거처가 추운지 더운지를 살피고 음식에 대해 물어보는 것을 말한다. [周]

74) 首丘(수구) : 고향으로 돌아와 묻히는 것을 뜻하며 歸正首丘라고 한다. [周]

용당영회록(竜堂霊会録)

용왕당의 신령 모임

소주(蘇州) 부근 오강(吳江)에는 용왕당(龍王堂)이 하나 세워져 있다. 당(堂)이란 무릇 사당을 가리키는 것으로 향불을 피우고 제사를 모시기 때문에 당이라고 말한다. 어떤 이는 석벽이 우뚝 솟아오른 것이 마치 연못의 물가 축대 같다고 하여 못 당(塘)자를 써서 용왕당(龍王塘)이라고도 부른다. 그곳의 위치는 오송(吳淞)의 서쪽이고 태호(太湖)의 동쪽에 해당하여 바람과 파도가 빠르고 높으며 많은 물줄기가 이곳으로 모여들기 때문에 이곳을 지나는 사람들은 반드시 이 사당에 절을 하고 경의를 표하고 나서 가곤 했다. 원래 영험한 일들이 수없이 많이 일어났는데 모두 범성대(范成大)의 『오군지(吳郡志)』에 실려 있다.

원나라 원통(元通) 연간에 문인자술(聞人子述)이란 사람이 있었는데 시를 잘 짓기로 소주 일대에서 명성이 있었다. 언젠가 그가 그곳을 지나다가 마침 용이 하늘을 향해 걸려 있는 것 같은 모습을 보게 되었다. 하얀 백룡(白龍)이었으며 긴 갈기를 아래로 늘어뜨린 것이 마치 커다란 옥

기둥 같았고 번쩍번쩍 빛나는 비늘은 수백 개의 거울이 비추는 것 같았다. 검은 구름 사이에서 뒤척이다가 한참 만에야 사라졌다. 문인자술은 평생에 보았던 온갖 기이한 광경도 이처럼 장관일 수는 없다고 생각하였다. 비가 그치자 그는 사당으로 올라가 여러 군데를 살펴보고 나서 행랑채에서 고풍(古風)의 장시(長詩) 한 수를 지었다.

龍王之堂龍作主,　　용왕님 사당에선 용이 임금 되시니
棟宇青紅照江渚,　　들보에 칠한 단청 강물 위에 비치네
歲時奉事孰敢違,　　철마다 드리는 제사 누가 감히 어기랴
求晴待晴雨得雨.　　해를 빌면 해뜨고 비를 빌면 비가 오네
平生好奇無與侔,　　평생에 기이함이 이보다도 더 하리오
訪水尋山遍吳楚,　　물을 찾고 산에 올라 강남을 다 다니며
扁舟一葉過垂虹,　　일엽편주 몸을 싣고 무지개 다리 지나
濯足滄浪浣塵土.　　창랑에 발 담그고 속세 먼지 씻어내네
神龍有心慰勞苦,　　용왕님도 유심하여 노고를 위로하나
變化風雲快觀覩,　　변화무쌍 풍운모습 장관을 보여주네
鬐尾蜿蜒玉柱垂,　　갈기와 꼬리는 구불구불 옥 기둥 같고
鱗甲光芒銀鏡舞.　　반짝이는 비늘은 은빛 거울 춤추는 듯
村中稽首朝翁姥,　　마을에는 머리 숙여 참배하는 늙은이들
船上燃香拜商賈,　　배 위에는 향 피우고 절을 하는 장사꾼들
共說神龍素有靈,　　용왕님 영험 있다 한결같이 입 모으네
降福除災敢輕侮!　　복을 주고 화 없애니 어찌 함부로 대하랴
我登龍堂共龍語,　　용왕당 성큼 올라 용왕님께 말씀하리
至誠感格龍應許.　　지성이면 감천이라 용왕님 허락하시리
汲挽湖波作酒漿,　　호수의 물을 길어 좋은 술 빚어내고
采掇江花當希脯.　　강 위의 꽃을 따서 귀한 안주 만드네
大字淋漓寫庭戶,　　힘찬 글씨 크게 써서 정원에다 붙이면
過者驚疑居者怒.　　과객은 놀라고 사는 사람은 노하리라
世間不識謫仙人,　　인간세상 귀양온 신선 몰라본 것이려니
笑別神龍指歸路.　　용왕님과 작별하고 갈 길을 재촉하네

문인자술은 시를 다 쓰고 배 안으로 들어와 봉창(篷窓) 아래에 누웠다. 그런데 갑자기 물고기 머리에 귀신의 몸뚱이를 한 사자(使者)가 찾아와 사당으로부터 왔다고 하며 예를 올리고 앞에 서서 말했다.

"용왕님께서 삼가 부르시옵니다."

문인자술이 깜짝 놀라 말했다.

"용왕은 수부(水府)에 있고 미천한 이 사람은 속세에 떠도는 인간이거늘 서로간에 아무 상관이 없을진대 비록 엄명이 있다고 하나 어떻게 용궁에 이를 수가 있겠소?"

물고기 머리를 한 사자가 말했다.

"선생께서는 걱정하지 마십시오. 그저 눈을 감고 계시기만 하면 잠시 후에 곧 당도하게 될 것입니다."

그는 시키는 대로 눈을 감고 있었다. 그러자 귓가에선 바람과 물소리가 들리고 한참 지난 후에 점점 그쳤다. 눈을 떠보니 벌써 용궁에 당도해 있었다. 눈앞에는 으리으리한 궁전이 높이 솟아 있고 지키는 군사들이 삼엄하게 늘어서 있었으며 차가운 빛이 눈을 부시게 하여 쳐다볼 수가 없었다. 이것이야말로 세상에서 말하는 진짜 수정궁이었다. 용왕은 그가 왔다는 말을 듣고 관복을 입고 검을 차고 나와 그를 맞이하며 계단 위로 오르도록 했다. 그리고는 문인자술을 향해 감사의 인사를 했다.

"오늘 낮에는 훌륭한 시를 지어 주셨는데 그 뜻이 아주 고결하고 필치가 절묘하여 우리 사당이 이로 인해 몇 배나 더 빛이 나게 되었소. 그리하여 선생을 이곳으로 모셔서 은혜에 보답하고자 하는 것이오."

문인자술이 아직 자리에 채 앉기도 전에 문지기가 달려와 손님이 오신다는 말을 전했다. 용왕은 황급히 문을 나가 맞이하였다. 세 사람이 함께 들어오는데 한 사람은 높은 관을 쓰고 커다란 신발을 신고 있어 용모와 태도가 위엄이 있었다. 다른 한 사람은 검은 색 오사모(烏紗帽)를 쓰고 푸른 가죽옷을 입었는데 풍도(風度)가 매우 소탈해 보였다. 또 한 사람은 평범한 베 두건을 쓰고 일하러 나갈 때 입는 들 옷을 입고 있었다. 각각 순서대로 와서 앉았다. 용왕이 자술에게 말했다.

"선생은 이 세 분을 모르시겠습니까? 이 분은 월(越)나라 정승인 범려(范蠡)이시고 또 이 분은 진(晉)나라 사군(使君)인 장한(張翰)이시고 그리고 또 이 분은 당나라 처사 육구몽(陸龜蒙)이십니다. 세상에서 소위 말하는 동오지방의 고상한 선비 세 분 즉 삼고(三高)가 바로 이 분들이지요."

용왕은 또 세 손님한테 문인자술이 용왕당에서 시를 쓴 일에 대해 소개하면서 그 시를 전해 읽으며 칭송하기를 마지않았다. 용왕이 말했다.

"시인께서 먼 길에 왕림해주시고 귀한 손님도 모두 오셨으니 뜻 밖에도 기쁜 마음과 즐거운 일이 동시에 이뤄지게 되었습니다."

곧이어 좌우에 명하여 중당(中堂)에 잔치를 마련하라고 명했다. 상위에 차려진 음식의 맛은 모두 인간세상에서 듣도 보도 못한 것들이었다. 술이 들어와 막 마시려고 하는데 문지기가 급히 달려 들어와 아뢰었다.

"오나라의 오자서(伍子胥) 대부께서 찾아오셔서 문 앞에 계십니다."

용왕이 황급이 일어나 맞으러 나가 곧 함께 들어왔다. 범려는 여전히 윗자리에 앉아서 겸양으로 자리를 양보하려는 뜻이 없었다. 오자서가 얼굴색을 바꾸고 발끈 화를 내면서 용왕에게 따져 물었다.

"이곳은 오나라의 경계 안에 있습니다. 용왕께서도 오 지방의 신령이십니다. 그리고 저는 오나라의 충신이며 저 자는 오나라의 원수입니다. 오나라 민간에서 무지하여 망령되게도 삼고라는 이름으로 정자와 사당을 만들어 받들고 있는 것인데 왕께서 또 그를 끌어들여 상좌에 앉히고 계시니 전날 오나라를 멸망시킨 한을 어찌 참고 잊을 수 있겠습니까?"

이어서 범려를 향해 꾸짖으며 말했다.

"너에게 세 가지의 씻을 수 없는 큰 죄가 있다. 사람들이 그걸 모른다고 하여 너는 지금 천 년 이래로 세상을 속이고 헛된 이름을 훔치고 있는 것이다. 내가 지금 하나하나 밝혀서 더 이상 간악하기 그지없는 너를 세상에 용납되지 못하게 하고 큰 죄악이 더 이상 숨을 수 없도록 하고야 말겠다."

범려는 묵묵히 듣고만 있다가 그 말이 무엇인지 한 번 들어나 보자고 했다. 오자서가 말했다.

"만약 구천(句踐)이 복수의 일념으로 와신상담(臥薪嘗膽)하여 십 년 간 군사를 모으고 십 년 간 훈련시켜 그 힘을 바탕으로 하여 전쟁을 일으켰다면 누가 그를 막을 수 있었겠는가? 하지만 그는 그렇게 하지 않았고 땔나무나 하는 여인을 빌어 음란한 짓을 벌이게 하여 비열한 계략을 냈음에도 불구하고 스스로 부끄러워하지 않았다. 또 오나라가 멸망했음에도 그 요물을 제거하지 않고 오히려 그녀와 함께 둘이서 배를 타고 유람을 다녔지 않았느냐? 예전에 강태공(姜太公)은 은나라 주왕(紂王)이 총애하던 달기(妲己)를 잡아 안면을 가리고 참수했으며 수나라 고경(高熲)이 진(陳)나라를 쳤을 때 훗날 수양제가 되는 진왕(晉王)이 귀비 장려화(張麗華)를 탐내자 왕명을 어기고 그녀를 죽인 바 있지 않느냐. 이것으로써 비교하면 누가 잘한 것이고 누가 잘못한 것이겠느냐? 이는 국사를 도모하는데 있어서 방법이 옳지 못한 것이었으니 너의 첫 번째 큰 죄다.

그 다음 오나라가 망하자 너는 구천의 생김새가 긴 목에 새 주둥이를 하고 있어서 환난을 함께 겪을 수는 있지만 태평성대를 더불어 즐길 수는 없다고 말하고 바다에 배를 띄워 사라지면서 월나라 문종(文種) 대부에게 서신을 보내 '새를 잡고 나면 좋은 활은 활집 속에 감춰지고 교활한 토끼를 잡고 나면 사냥개는 삶아진다고 했으니 자네도 떠나는 게 좋을 것이네'라는 말을 남기지 않았느냐? 그리하여 스스로 임금을 섬길 수 없다고 하고 충신을 꼬드겨서 함께 떠나 군주를 고립시켜 나라안을 텅 비게 하였으니 그리하고도 마음이 편안하였단 말이냐? 옛날 포숙아(鮑叔牙)는 관중(管仲)의 잘못을 상관 않고 추천했으며 소하(蕭何)는 도망간 한신(韓信)을 쫓아가서 데려오지 않았느냐? 이로써 비교해보면 누가 옳고 누가 그르단 말이냐? 이는 임금을 섬김에 충성을 하지 못한 것이니 너의 두 번째 큰 죄다.

다음으로 기왕에 재상 자리를 내놓고 속세를 떠났으면 마땅히 고상하게 은둔하며 청빈하게 지낼 일이지 어찌하여 세금을 거두고 무겁게 받으면서 해변의 땅을 경작하고 부자가 되고자 힘써 천금을 경영하였단 말이냐. 여러 차례 써버리곤 다시 모아 들였으니 도대체 무엇을 위해 그리 했느냐? 옛날 제(齊)나라의 노중련(魯仲連)은 천금을 주어도 받지 않았고 한(漢)나라의 장자방(張子房)은 곡식을 먹지 않고 멀리 은퇴하여 양생하며 살았다. 이로써 비교하면 도대체 누가 현명하고 누가 어리석은 것이냐? 이는 몸가짐을 바르고 청렴하게 갖지 못한 것이니 너의 세 번째 큰 죄라고 할 수 있다. 이처럼 세 가지 큰 죄를 짓고도 어찌하여 나보다 윗자리에 턱하니 앉아서 버틸 수 있단 말이냐?"

범려는 낯빛이 흙빛이 되어 감히 아무 말도 대꾸를 못하고 있다가 한참만에 비로소 입을 열었다.

"당신이 나에게 지적하는 죄는 그렇다 치더라도 당신이 한 일이나 좀 들어봤으면 좋겠소이다!"

오자서가 이에 답을 했다.

"나는 가정이 불행했던 관계로 여러 나라를 두루 돌아다니며 어려움과 험난함을 피하지 않고 온갖 고생을 다 겪었다. 그러다 오나라에 등용되어 부형(父兄)의 원수를 갚았다. 또 오왕 부차(夫差)를 도와서 월나라를 쳐 그의 부친 원수를 갚았으니 효도 역시 충분히 다 했다고 본다. 오나라를 섬김에 있어 죽어도 나라를 떠나지 않았고 정성을 다 바쳐 임금을 섬기다가 촉루검(屬鏤劍)의 참화를 당하게 되었지만 끝까지 임금을 원망하지는 않았으니 충분히 충성을 다 했다고 본다. 임금이 끝내 나의 말을 채용하지 않고 내가 죽음에 임해서도 '오나라가 망하면 연못이 되고 말 것'이라고 예언하여 훗날을 걱정하였으니 충분히 지혜로웠다고 본다. 만약 그때 내가 여전히 살아 있었다면 회계산(會稽山)에 숨어살던 구천은 다시 떨치고 일어설 수 없었을 것이며 취리성(檇李城)의 싸움에서도 속임수에 의해 승리가 월나라로 돌아가지는 않았을 것이다.[1] 그래서 월나라 군신이 아침밥 걱정을 해야 할 판에 어찌 우리나라를 넘볼 수 있었겠는가? 일찍이 논한 바 있거니와 오나라의 멸망은 서시(西施)가 들어와서가 아니라 내가 참소를 당하게 되었기 때문이며 월나라의 승리는 문종이나 당신 범려같은 사람이 등용되어서가 아니라 내가 죽임을 당했기 때문이다. 내가 만약 죽지 않았더라면 저라산(苧蘿山)의 서시는 후궁으로서 노리개감에 불과하였고 구천이 보낸 화려한 처마와 난간의 나무는 궁전의 수식에 불과하였을 뿐이니 고소대(姑蘇臺)에 노루와 사슴이 어찌 뛰어놀 수 있었겠는가? 오나라 종묘인 지덕묘(至德廟)의 터에 어찌 벼와 기장이 홀연 무성하게 자랄 수가 있었겠는가? 임금 스스로 강력하게 직간(直諫)하는 신하를 죽이고 팔다리 같은 충신들을 해쳤기 때문에 원수가 그 틈을 타고 들어오고 적국이 그 사이에 파고들었던 것이니 이는 요행으로 그렇게 된 것일 뿐이다. 그러니 어찌 그것이 당신 같은 자에게 나라를 정벌한 공과 나라를 도모한 계책이 있었기 때문이라고 할 수 있느냐?"

범려는 오자서의 일장 연설을 듣고는 대답이 궁하여 아무 말 못하고 자리를 양보해주었다. 그래서 오자서가 가장 윗자리에 앉고 범려가 그 다음에 앉았으며 세 번째와 네 번째는 장한과 육구몽이, 그리고 문인자술은 다섯 번째 앉고 용왕은 말석에 자리를 잡았다. 술잔이 돌기 시작하자 용왕은 손님들에게 시를 지어 즐거움을 더하자고 청했다. 먼저 오자서가 왼손으로 칼을 잡고 오른 손으로는 탁자를 치면서 낭랑한 목소리로 노래를 불렀다.

駕艅艎之長舟兮,	길고 큰 여황(艅艎)의 배를 타고
覽吳會之故都.	오나라 옛 서울을 유람하러 왔노라
悵館娃之無人兮,	관와궁(館娃宮)엔 사람의 그림자 없고
麋鹿游于姑蘇.	고소대(姑蘇臺)는 사슴과 노루만 노네

1) 『句解』 집석에 의하면 이 전투는 오자서가 살아 있을 때의 일인데 이 글에서는 작자가 잘못 인용한 듯하다. [역주]

憶吳子之驟强兮, 오나라의 옛날 영화 다시금 생각한다
蓋得人以爲任, 훌륭한 인물 얻어 소임을 맡았으니
戰柏擧而入楚兮, 백거(柏擧)에서 승리하여 초나라에 들어가고
盟黃池而服晉. 황지(黃池)에서 동맹하여 진나라를 설복 했네
何用賢之不終兮, 어이하여 어진 신하 끝끝내 쓰지 않고
乃自壞其長城, 제 스스로 만리장성 허물고 말았는가
泊甬東而乞死兮, 용동(甬東)에 살라하니 부차는 죽음을 자처하여
始躑躅而哀鳴. 비로소 머뭇거리고 슬퍼하며 후회하네
泛鴟夷于江中兮, 가죽자루 시체 넣어 강물에 버렸으나
驅白馬于潮頭, 밀려오는 물결 앞서 백마 타고 지휘하다
眄胥山之舊廟兮, 서산에 남아 있는 옛 사당을 바라보네
挾天風而遠游. 하늘 바람 옆에 끼고 멀리멀리 찾아오니
龍宮鬱其嵯峨兮, 용궁은 울창하고 우뚝우뚝 솟아 있어
水殿開而宴會. 수궁을 열어놓고 좋은 잔치 베풀었네
日旣吉而辰良兮, 좋은 날을 고르고 좋은 시각 가려서
接賓朋之冠珮. 귀한 손님 맞아서 관과 패물 받아놓네
尊椒漿而酌桂醑兮, 초주 계주 귀한 술을 가득가득 올리고
擊金鐘而戞[2]鳴球. 쇠북을 두드리고 북소리를 울리면서
湘妃漢女出歌舞兮, 소상비자 은한선녀 모두 나와 춤추고
瑞霧靄而祥烟浮. 상서로운 안개 연기 자욱하게 피어나네
夜迢迢而未央兮, 밤은 길고 길어 아직 한밤중 아니건만
心搖搖而易醉. 마음은 흔들리며 술도 쉽게 취하네
撫長劍而作歌兮, 장검을 손에 잡고 노래를 불러보니
聊以泄千古不平之氣. 천고의 맺힌 한을 조금이나 씻어보네

노래가 끝나자 이어서 범려가 술잔을 잡고 노래 한 가락을 뽑았다.

霸越平吳, 오나라를 평정하고 월나라가 승리한 후
扁舟五湖, 일엽편주 훌쩍 타고 오호를 유랑했네

2) 戞(알, jia) : 가볍게 두드리다.

昂昂之鶴, 높이 나는 학과 같이
泛泛之鳧. 둥실 뜨는 오리 같이
功成身退, 공명을 이룩하고 이 몸은 물러나고
辭榮避位, 영화는 사양하고 자리는 피하였네
良弓旣藏, 좋은 활은 활집 속에 있는데
黃金曷鑄? 황금 상은 무엇하러 만드나
萬歲千秋, 천년 지나 만년 지나
魂魄來游, 혼백은 나와 노닐고
今夕何夕, 오늘밤이 무슨 밤인데
于此淹留! 이곳으로 모여들었나
吹笙擊鼓, 피리불고 북을 치며
羅列樽俎, 술과 안주 차려 있네
妙女嬌娃, 젊고 예쁜 여인들이
載歌載舞. 노래 부르고 춤을 추네
有酒如河, 술은 얼마든지 강물처럼 흐르고
有肉如坡, 고기도 넘쳐 나서 산처럼 쌓였네
相對不樂, 서로서로 마주하고 즐기지 않으랴
日月幾何? 세월은 흘러가면 얼마나 길런지
金樽翠爵, 금 술동이 비취 술잔
爲君斟酌, 그대 위해 한잔 따르리
後會未期, 훗날을 또 기약하랴
且此歡謔. 이 자리서 즐겨보세

이어서 장한도 좌석에 기대어 시를 한 수 읊었다.

驅車適故國, 수레 몰아 고향에 돌아올 때
掛席來東吳, 돛을 달고 동오로 달려올 제
西風旦夕起, 가을바람 조석으로 불어오고
飛塵滿皇都. 나는 먼지 황도에 가득하네
人生在世間, 사람이 세상에 태어나 귀한 건

貴乎得所圖, 소중한 것 얻었을 바로 그때지
問渠華亭鶴, 화정의 학 울음을 물었다지만
何似松江鱸? 송강의 농어회만 같았으리오
豈億千年後, 어찌 천년의 뒤에 알리오
高名猶不孤. 높은 명성 외롭지 않을 줄
欝欝神靈府, 신령스런 용왕부엔
濟濟英俊徒, 많고 많은 영웅호걸
華筵列玳瑁, 잔치상엔 대모가 널려 있고
美醞傾醍醐. 술상에는 제호가 곧 좋은 술
妙舞躡珠履, 아름다운 춤에는 구슬 신을 신고
狂吟扣金壺. 미친 노래 할 땐 금 항아리 두드려
顧余復何人? 나를 돌이켜 보면 누구이길래
亦得同歌呼. 여기서 함께 노래하게 되었나
作詩記勝事, 시를 지어 성대한 일 기록하니
流傳遍江湖. 강호에 널리널리 전하옵기를!

육구몽은 자리에서 일어나 시를 지어 올렸다.

生計蕭條具一船, 생활이 적막하여 배 한 척만 갖고
筆床茶竈共周旋, 책상과 차 부뚜막 하나로 같이 쓰네
但籠甫里能言鴨, 보리(甫里)에서 말하는 오리만 기를 뿐
不釣襄江縮項鯿. 한수(漢水)의 맛있는 방어는 낚지 않았네
鼓瑟吹笙傳盛事, 북치고 피리 부는 성대한 잔치에
倒冠落珮預華筵. 관을 벗고 옥패 없어도 참여하였네
何須溫嶠燃犀照, 온교(溫嶠)처럼 무소뿔 태울 필요 없으니
已被旁人作話傳. 남이 벌써 그 얘기를 전해주었네

문인자술도 장단구(長短句) 한 편을 지어서 좌중의 신령에게 바쳤다.

江湖之淵, 강호의 깊은 연못엔

神物所居,　　신령이 살고 계신 곳
珠宮貝闕,　　구슬 궁궐에 조개 궁전
與世不殊.　　세상과 크게 다르지 않아
黃金作屋瓦,　　황금으로 지붕을 잇고
白玉爲門樞,　　백옥으로 문기둥 내어
屛開玳瑁甲,　　대모의 병풍은 활짝 열리고
檻植珊瑚珠.　　산호 박은 난간이 화려하여라
祥雲瑞靄相扶輿,　　구름과 아지랑이 피어올라서
上通三光下八區,　　해와 달 별에 통하고 세상 비추네
自非馮夷與海若,　　스스로 수신과 해신이 아니라면
孰得于此久躊躇!　　어찌 능히 오래오래 머물 수 있나
高堂開宴羅賓主,　　고당에 잔치 열고 주객이 앉았으니
禮數繁多冠冕聚,　　번잡한 예의에 높은 벼슬 많구나
忙呼玉女捧牙盤,　　옥녀 불러 상아 쟁반 받쳐들고
催喚神娥調翠釜.　　신녀 불러 비취 가마 씻게 하네
長鯨鳴,　　고래는 울음 울고
巨蛟舞,　　교룡은 춤을 추네
鼈吹笙,　　자라는 피리 불고
鼉擊鼓.　　악어는 북을 치네
驪頷之珠照樽俎,　　여룡의 여의주는 술잔에 비치고
蝦鬚之簾掛廊廡.　　새우의 수염발은 행랑에 걸렸네
八音迭奏雜仙韶,　　선경 속에 온갖 음악 연주되고
宮商響切逼雲霄,　　구름 밖에 악기소리 울려 퍼지니
湘妃姊妹撫瑤瑟,　　아황(娥皇) 여영(女英)이 금슬 타고
秦家公主來吹簫.　　진(秦)공주 농옥(弄玉)이 피리 부네
麻姑碎擘麒麟脯,　　마고(麻姑)가 기린 육포 찢고
洛妃斜拂鳳凰翹,　　낙비(洛妃)는 봉황 깃을 휘날리네
天吳紫鳳顚倒而奔走, 해신 천오(天吳)와 자봉(紫鳳)이 달려오고
金支翠縹緲而動搖.　　금지(金支)와 푸른 깃발 아득히 펄럭이네
胥山之神余所慕,　　서산(胥山)의 신 오자서를 존경하였고

曾謁神祠拜神墓, 신을 모신 사당에도 참배한 적 있었네
相國不改古衣冠, 범려는 옛 의관을 고치지 않았고
使君猶存晉風度, 장한은 여전히 진나라 풍도 지녔네
座中更有天隨生, 좌중에 또 한사람 육구몽 계시니
口食杞菊骨骼淸, 구기자와 국화 먹어 청아한 풍골이라
平生夢想不可見, 평생을 꿈에 그려도 보지 못한 님들을
豈期一旦皆相迎. 어찌하여 하루 아침 모두 만날 줄이야
主人靈聖尤難測, 용왕의 신성함은 헤아리기 어려우니
驅駕風雲歸頃刻, 풍운을 휘몰아서 순식간에 달려왔네
周遊八極隘四溟, 팔극에 두루 놀고 사방 바다 끝까지
固知不是池中物. 진실로 용왕님은 승천을 하시는가
鯫生何幸得遭逢, 소생이 무슨 인연에 이런 행운 만나서
坐令槁朽生華風! 마르고 썩은 나무 꽃피우게 되었나
待以天廚八趁之異饌, 궁궐 주방의 팔진미(八珍味) 맛을 보고
飮以仙府九醞之深鐘. 신선 부중의 구온주(九醞酒) 마셔보네
唾壺缺, 타호는 깨어지고
麈柄折, 총채는 부러지고
醉眼生花雙耳熱. 눈가는 흐려지고 두 귀는 뜨끈뜨끈
不來洲畔采明珠, 물가에 닿지 않고 명주를 캐고
不去波間摸明月, 물결에 가지 않고 명월주 만지네
但將詩句寫鮫綃, 교어(鮫魚) 비단에 시구를 써서 남겨
留向龍宮記奇絶. 용궁에 기이한 일 영원토록 전하리

돌아가면서 노래가 다 끝나자 다시 술잔이 여러 순배(巡杯) 돌았다. 물가의 마을에서 새벽닭이 홰치는 소리가 꼬기오 하고 들려왔고 산사에서 새벽 종 치는 소리도 댕그렁 울려왔다. 오자서가 먼저 자리를 떠나고 세 분의 고사(高士)도 순서대로 일어나 갔다. 용왕은 붉은 색 호박 쟁반에 수레를 비추는 보배 구슬을 담고 푸른 구슬 상자에 물을 헤치는 무소의 뿔을 가득 넣어서 감사의 표시로 문인자술에게 주면서 사자를 시

켜 전송하도록 했다. 배에 이르니 동녘이 훤히 밝아오고 물길은 환하고 밝았다. 그는 돌아오는 도중에 용왕당을 향해 깊이 머리를 조아려 절을 올렸다.

원문 龍堂靈會錄

吳江[3]有龍王堂,[4] 堂, 蓋廟也, 所以奉事香火, 故謂之堂; 或以爲石崖陡[5]出, 若塘岸焉, 故又謂之龍王塘. 其地左吳淞[6]而右太湖, 風濤險惡, 衆水所匯, 過者必致敬于廟庭而後行, 夙著靈異, 具載于范石湖[7]所編『吳郡志』. 元統[8]間, 聞人子述[9][10]者, 以歌詩鳴于吳下. 因過其處, 適値龍掛,[11] 乃白龍也, 鬐鬣下垂, 如一玉柱, 鱗甲照耀, 如明鏡數百片, 轉側于烏雲之內, 良久而沒. 子述自以爲平生奇觀, 莫之能及. 雨止, 登廟, 周覽旣畢, 乃題古風一章于廡下曰 :

---

3) 吳江(오강) : 남쪽은 바로 蘇州府의 屬縣에 속한다. [句]
4) 龍王堂(용왕당) : 용왕을 모시는 사당이다. 滬瀆江 가에 있다. 옛부터 전하는 말에 의하면 "錢氏가 나라를 가진 뒤로 귀신이 이미 이 땅에서 제사를 받았다"라고 한다. 宋나라 景祐 연간에는 葉淸臣이 盤龍匯를 치고자 하여 해서 귀신에게 빌었더니 감응이 있었다. [句]
5) 陡(두) : 낭떠러지가 험준하여 길이 끊어졌다는 뜻이다. [句]
6) 吳淞(오송) : 太湖에서 발원하여 동남으로 흘러 黃浦江과 합류하여 揚子江으로 흘러간다. 옛날에는 松江으로 불렀으며 민간에서 蘇州河라고 한다. [譯]
7) 范石湖(범석호) : 宋代 시인 范成大. 號는 石湖居士이며 吳縣 사람이다. [周]
8) 元統(원통) : 元나라 順帝(妥歡帖木兒)의 연호(1333~1335)다. [周]
9) 【校】聞生子述(문생자술) : [周]에는 聞生子述로 되어 있으나 [奎]와 [董]에는 모두 聞人子述로 되어 있다. 특히『句解』에서는 "覆姓(案複姓), 少正卯之後"라고 되어 있으므로 분명히 聞人을 성씨로 본 것이다.
10) 子述(자술) : 覆姓으로 少正卯의 후손이다. [句]
11) 龍掛(용괘) : 회오리바람. 혹자는 이것을 용이 물을 마시는 것으로 여겼다. 그 아래 문장의 鬐鬣(기렵)은 용의 수염이다. [周]

龍王之堂龍作主, 棟宇青紅照江渚, 歲時奉事孰敢違, 求晴待晴雨得雨. 平生好奇無與侔, 訪水尋山遍吳楚, 扁舟一葉過垂虹,[12] 濯足滄浪[13]浣塵土. 神龍有心慰勞苦, 變化風雲快觀覩, 鬐尾蜿蜒[14]玉柱垂, 鱗甲光芒銀鏡舞. 村中稽首朝翁姥,[15] 船上燃香拜商賈, 共說神龍素有靈, 降福除災敢輕侮! 我登龍堂共龍語, 至誠感格龍應許. 汲挽湖波作酒漿, 采掇江花當肴[16]脯. 大字淋漓寫庭戶, 過者驚疑居者怒. 世間不識謫仙人,[17] 笑別神龍指歸路.

題畢, 回舟, 臥于篷下. 忽有魚頭鬼身者, 自廟而來, 施禮于前曰 : "龍王奉邀." 子述曰 : "龍王處于水府, 賤子游于塵世, 風馬牛之不相及[18]也. 雖有嚴命, 何以能至!" 魚頭者曰 : "君毋苦, 但請瞑目, 少頃卽當至矣." 子述如言, 但聞風水聲, 久之, 漸止, 開目, 則見殿宇崢嶸, 儀衛森列, 寒光逼人, 不可睇[19]視, 眞所謂水晶宮也. 王聞其至, 冠服劍珮而出, 延之上堦, 致謝曰 : "日間蒙惠高作, 詞旨旣佳, 筆勢又妙, 廟庭得此, 光彩倍增. 是以屈君至此, 欲得奉酬." 坐未定, 閽者[20]傳言客至, 王遽出門迎接. 見有三人同入, 其一高冠巨履, 威儀簡重; 其一烏帽靑裘, 風度瀟洒; 其

12) 垂虹(수홍) : 다리 이름으로 江蘇省 吳江縣 동쪽에 있다. 72개의 구멍이 있으며 일명 長橋라고 부른다. 다리 위에 亭子가 있으니 이것이 垂虹亭이다. 蘇舜欽의 시에 "長橋가 허공에 버티고서 있으니 세상에 없던 것이로다. 大亭이 물결을 짓누르는 형세도 호탕하구나"라는 구절이 있다. [周]

13) 滄浪(창랑) : 亭子의 이름. 蘇州城 안에 있다. 宋代 시인 蘇舜欽이 건축하였다. 『孟子』와 「楚辭」에 모두 "창랑의 물이 탁하면 내 발을 씻으리라"는 구절이 있다. 여기서는 작자가 附會한 것이다. [周]

14) 蜿蜒(완연) : 구불구불한 모양이다. [周]

15) 姥(모) : 노부인을 가리킨다. [周]

16) 肴(효) : [董]에는 希, [奎]에는 殽로 쓰임.

17) 謫仙人(적선인) : 賀知章이 李白을 보고 "이 사람은 하늘에서 귀양온 仙人이다"라고 했다. 杜甫의 시에는 "옛날 미친 객이 있었으니 당신을 부르기를 귀양온 仙人이라 했었소"라는 구절이 있다. [句]

18) 風馬牛之不相及(풍마우지부상급) : 서로 상관하지 않음을 의미한다. 『左傳』에는 "그대는 北海에 있고 寡人은 南海에 있으니 아무 것도 서로 관계될 것이 없다(風馬牛之不相及)"라는 문장이 보인다. [周]

19) 睇(제) : 楚나라 사람들은 곁눈질하는 것을 睇라고 하였다. [句]

20) 閽者(혼자) : 문지기이다. [周]

一則葛巾野服而已. 分次而坐. 王謂子述曰 : “君不識三客乎? 乃越范相國,[21] 晉張使君,[22] 唐陸處士[23]耳, 世所謂吳地三高是也.” 王對三客言子述題詩之事, 俱各傳觀, 稱贊不已. 王曰 : “詩人遠臨, 貴客偕至, 賞心樂事,[24] 不期而同.” 卽命左右設宴于中堂, 凡鋪陳之物, 飮饌之味, 皆非人世所有. 酒至, 方欲飮, 閽者奔入曰 : “吳大夫伍君[25]在門.” 王急起迎之. 旣入, 范相國猶據首席, 不能謙避. 伍君勃然[26]變色而謂王曰 : “此地乃吳國之境, 王乃吳地之神, 吾乃吳國之忠臣, 彼乃吳國之讎人也. 吳俗無知, 妄以三高爲目, 立亭館以奉之. 王又延之入室, 置之上座, 曩日呑吳之恨, 寧忍忘之耶?” 卽數[27]范相國曰 : “汝有三大罪, 而人罔知, 故千載之下, 得以欺世而盜名. 吾今爲汝一白之, 使大奸無所容, 大惡不得隱矣!” 相國默然, 請聞其說. 乃曰 : “昔勾踐[28]志于復讎, 臥薪嘗膽, 十年生

21) 范相國(범상국) : 范蠡. 春秋時代 楚나라 사람이다. 越나라에서 관리를 지내다가 越王 句踐을 도와 吳나라를 멸망시켰다. 공을 세운 후 물러나 齊나라로 가서 鴟夷子皮라고 성과 이름을 바꾸고 장사를 하였다. [周]

22) 張使君(장사군) : 張翰. 字는 季鷹, 晉代 吳人이다. 뛰어난 재주가 있었다. 당시 洛陽에 들어가니 齊王이 그를 大司馬東曹掾으로 발탁했다. 그러나 가을바람이 불어오자 그는 오 지방의 菰菜(부추)와 蓴羹(순채국), 鱸魚膾(농어회) 맛이 못 견디게 그리워 벼슬을 버리고 고향으로 돌아왔다. 使君은 당시 刺史에 대한 칭호이다. [周]

23) 陸處士(육처사) : 陸龜蒙. 字는 魯望, 唐代 長興 사람이다. 松江甫里(현재 江蘇省 吳縣 甪直鎭)에 거주하였으며 스스로 號를 江湖散人, 天隨子 혹은 甫里先生이라 하였다. 조정에서 그를 불렀으나 가지 않았다. 處事는 관직에 나가지 않는 隱士를 가리키는 말로 處士星을 지니고 있으므로 이렇게 불렀다. [周]

24) 賞心樂事(상심락사) : 謝靈運 시의 序에는 “좋은 날 아름다운 경치에는 賞心樂事 넉 자가 함께 하기 어렵네”라는 문장이 보인다. [句]

25) 吳大夫伍君(오대부오군) : 伍子胥. 이름은 員이며 春秋時代 楚나라 사람이다. 부친 伍奢와 형 伍尙이 楚王에게 피살되자 吳나라로 도망친 후 吳나라를 도와 楚나라를 공격하고 楚나라의 성도에 들어가 楚 平王의 시체에 채찍질을 하며 복수하였다. 후에 吳王 夫差가 越을 패망시킨 후 越王 句踐이 和親을 요구하였다. 그는 吳王으로 하여금 그의 청을 듣지 못하도록 간언을 하였다. 太宰嚭(태재비)가 그에 대한 악담을 하자 吳王은 그에게 鏤劍을 주어 자살하게 하였다. [周]

26) 勃然(발연) : 얼굴빛이 변하는 모양이다. [句]

27) 數(수) : 그 죄를 따져서 꾸짖다라는 뜻이다. 수죄(數罪). [句]

28) 句踐(구천) : 春秋時代 越王이다. 아버지 允常이 吳王 闔閭에게 패하자 그가 군대를 이끌고 가서 복수를 하여 檇李(지금의 嘉興)에서 闔閭를 격퇴하였다. 闔閭의 아들 夫

聚, 十年教訓. 以此戰伐, 孰能禦之? 何至假負薪之女,[29] 爲誨淫之事, 出此鄙計, 不以爲慚. 吳旣已亡, 又不能除去尤物,[30] 反與共載而去, 昔太公[31]蒙面以斬妲己,[32] 高熲[33]違命而誅麗華,[34] 以此方[35]之, 孰得孰失? 是謀國之不臧也. 旣已滅吳, 以勾踐爲人, 長頸鳥喙, 可與共患難, 不可與同逸樂, 浮海而去, 以書遺大夫種[36]云: '蜚鳥盡, 良弓藏; 狡兎死, 走狗烹, 子可以去矣.' 夫自不能事君, 又誘其臣與之偕去, 令其主孤立于

差는 또다시 그에게 복수를 했고 그를 會稽에 가두었으나 부득이하게 和親을 하였다. 후에 范蠡, 文種 등과 10년 간 함께 살고 함께 훈련한다는 정책으로 臥薪嘗膽하여 마침내 吳나라를 멸망시켰다. [周]

29) 負薪之女(부신지녀): 西施를 가리킨다. 그녀가 원래 越나라 苧蘿에서 땔감을 파는 사람의 딸이었기에 이렇게 불렀다. [周]

30) 尤物(우물): 『左傳』 昭公 27년에 다음과 같은 문장이 보인다. "叔向이 申公巫臣氏에게 장가를 들려하자 그 어머니가 이렇게 말했다. '巫臣의 아내는 세 지아비를 죽였는데도 징계할 것이 없었겠느냐? 지아비가 尤物(훌륭한 점)이 있어서 남에게 옮겨갈 수 있었을 게다. 진실로 덕망이나 의리가 있지 아니하면 반드시 화가 생길 것이다.'" 注에 "대단히 뛰어난 사람이다"라고 되어 있다. [句] 미녀를 의미한다. [周]

31) 太公(태공): 呂尙을 가리킨다. 본래의 姓은 姜이다. 周 文王이 수렵을 가서 渭水 가에서 그를 만났다. 그가 文王에게 "내(太公)가 그대를 기다린 지(望) 오래 되었소이다"라고 하였다. 그래서 太公望이라고 부르게 되었다. [周]

32) 妲己(달기): 殷 紂王이 총애한 妃로 有蘇氏의 딸이었다. 周 武王이 殷나라를 정벌할 때 강태공이 그녀를 죽여 머리를 흰 깃발 위에 걸어두었다. 『武王伐紂平話』에 보인다. [周]

33) 高熲(고경): 字는 昭玄, 隋代 渤海人인이다. 용기와 지혜를 겸비하였다. 隋나라가 陳을 멸망시킬 때 당시 晉王 楊廣이 陳後主가 총애하는 張麗華를 차지하고 싶어하였지만 고경이 나서서 "무왕이 은을 정벌할 때 달기를 죽였는데 지금 진을 멸하면서 장려화를 취해서는 절대 아니 됩니다"라고 말하고 좌우에 명하여 그녀를 죽이게 했다. 양광은 기분이 언짢아져서 훗날 隋煬帝로 즉위한 뒤에 뭔가 꼬투리를 잡아 결국 고경을 죽이고 말았다. [周]

34) 麗華(여화): 張麗華다. 南朝 陳나라 後主의 寵妃로 아름다운 미모를 갖추었을 뿐 아니라 학식과 뛰어난 기억력을 지니고 있었다. 百官이 상주하는 일에 대해 後主는 그녀와 함께 상의하였다. 陳나라가 망한 후 後主는 그녀와 함께 우물에 뛰어들었다. 隋나라 군대가 그녀를 우물에서 건져 올렸지만 결국 靑溪에서 살해하였다. [周]

35) 方(방): 비교하다라는 뜻이다. [譯]

36) 大夫種(대부종): 文種을 가리킨다. 춘추시대 越나라의 謀士家였다. 句踐이 吳나라를 정벌한 것은 그의 계략에서 말미암은 바가 크다. 공을 이룬 후 范蠡는 그에게 떠날 것을 권유했으나 그는 듣지 않았고 결국 句踐에게 살해당하였다. [周]

上, 國空無人, 于心安乎? 昔鮑叔[37]之薦管仲, 蕭何[38]之追韓信, 以此方之, 孰是孰非? 是事君之不忠也. 旣已去位, 本求高蹈. 何乃聚斂積實, 耕于海濱, 父子力作, 以營千金, 屢散而復積, 此欲何爲哉? 昔魯仲連[39]辭金而不受, 張子房[40]辟穀而遠引, 以此方之, 孰賢孰愚? 是持身之不廉也. 負此三大罪, 安得居吾之上乎?" 相國面色如土, 不敢出聲. 久之, 乃曰: "子之罪我則然矣! 願聞子之所事." 伍君曰: "吾以家族之不幸, 遍游諸國, 不避艱險, 終能用吳以復父兄之讎, 又能爲夫差[41]復父之讎, 則孝爲有餘

---

37) 鮑叔(포숙): 鮑叔牙를 가리킨다. 춘추시대 齊나라 사람으로 齊나라에서 大夫를 지냈다. 管仲과 절친한 사이였다. 管仲은 公子 糾를 도왔고 그는 小白을 도왔다. 후에 小白이 즉위하여 齊 桓公이 되었다. 公子 糾가 피살되자 그는 齊 桓公에게 管仲을 相國으로 추천하였다. 管仲은 늘 "나를 낳아주신 분은 부모님이지만 나를 알아주는 사람은 鮑叔이다"라고 말하였다. 후에 管仲은 齊 桓公을 도와 霸業을 달성하였다. 號는 仲父이다. [周]

38) 蕭何(소하): 漢나라 沛縣 사람으로 劉邦을 도와 천하를 평정하였다. 유방이 漢王일 당시 그는 재상을 지냈다. 韓信이 楚나라를 버리고 한으로 돌아왔으나 중용되지 못하자 달아났다. 소하는 그를 좇아가 다시 데리고 돌아와서 劉邦에게 韓信을 대장에 제수할 것을 간하였다. 유방과 항우가 전쟁을 할 때 蕭何는 關中에서 군자금을 바쳐 공로가 매우 컸다. 유방은 황제로 즉위하자 그를 酇侯에 봉했다. [周]

39) 魯仲連(노중련): 전국시대 齊나라 사람. 성품이 고고하여 관직에 나가기를 원하지 않았으며 사람들 사이의 분쟁을 해결하는 것을 좋아했다. 일찍이 魯仲連이 趙나라를 유람하였는데 마침 그때 秦나라 군대가 조나라를 포위하는 일이 발생했다. 魏나라는 新垣衍을 趙나라로 보내 조왕에게 함께 진왕을 황제로 추대하자고 하였지만 노중련이 허락하지 않자 진나라 군대가 물러갔다. 平原君이 그에게 금 천냥을 보냈지만 그는 받지 않고 거절했다. [周]

40) 張子房(장자방): 漢나라 張良을 가리킨다. 그의 집안은 五代가 모두 韓나라의 재상을 지냈다. 秦나라가 韓나라를 멸망시키자 張良은 한나라의 복수를 하기 위해 力士를 불러 博浪沙에서 秦始皇를 암살하려 했다. 그러나 뜻밖에 실수로 부관이 탄 수레[副車]를 맞추는 바람에 실패하였다. 유방이 군사를 일으키자 張良은 그를 위해 자주 계책을 올렸다. 후에 유방은 황제에 올라 그를 留侯에 봉했다. 그는 晩年에 黃敎와 道敎를 좋아하여 법도를 배우고 술법이 뛰어났으며 赤松子를 따라 유람하며 표연히 멀리 떠났다. [周]

41) 夫差(부차): 춘추시대 때 吳王 闔閭의 아들이다. 闔閭가 檇李(취리, 지금의 嘉興)에서 越王 句踐에게 패하여 죽자 부차는 아버지를 대신해 복수를 하여 夫椒(태호에 있는 洞庭 동서의 두 산)에서 越나라 군대를 깨뜨리고 기세가 날로 성해졌다. 후에 黃池에 제후들을 모아 패주의 자리를 다투고자 하였는데 구천이 허를 찔러 공격하는 바람에 吳나라는 망하였다. 구천은 甬東(용동, 지금의 절강성 定海)을 부차에게 봉지로 내리려

矣. 事吳至死不去, 以畢志于其君, 雖遭屬鏤[42]之慘, 終無怨詞, 則忠爲有餘矣. 君不終用, 至于臨死, 又能逆料沼吳[43]之禍, 而爲身後之憂, 則智爲有餘矣. 使吾尙在, 則會稽[44]之棲, 不可以復振; 檇李[45]之戰, 不可以詭勝; 而越之君臣將不暇于朝食,[46] 又焉能得志于吾國乎? 蓋嘗論之, 吳之亡不在于西子之進, 而在于吾之被讒, 越之霸不在于種﹑蠡之用, 而在于吾之受戮. 吾若不死, 則苧蘿之姝,[47] 適足爲後宮之娛; 欒楯[48]之華, 適足爲前殿之誇; 姑蘇之臺, 麋鹿豈可得游; 至德之廟,[49] 禾黍豈至于遽生哉! 惟自殘其骨鯁, 自害其股肱, 故讎人得以乘其機, 敵國得以投其隙, 蓋有幸而然耳. 豈子伐國之功, 謀國之策乎?" 相國辭塞, 乃虛位以讓之. 伍君遂據其上, 相國居第二位, 第三﹑第四位則張使君·陸處士, 子述居第五, 王坐于末席. 已而酒行樂作. 王請坐客各賦詩歌以爲樂. 伍君

乃左撫劍, 右擊盤, 朗朗而作歌曰 :

하였으나 그는 받아들이지 않고 자살하였다. [周]

42) 屬鏤(속루) : 검 이름. 吳王 夫差가 오자서에게 내려 자살하도록 하게 했던 보검이다. [周]

43) 沼吳(소오) : 吳나라를 멸하고 오나라의 궁궐을 무너뜨려 그 자리에 못과 늪을 만들어 버린 것을 말한다. [周]

44) 會稽(회계) : 산 이름. 浙江省 紹興縣의 동남쪽 13리에 있다. 원래는 이름이 茅山이었는데 夏나라 禹임금이 회계라고 이름을 고쳤다. 춘추시대 때 越王 句踐이 무장한 병사 오천 명을 이끌고 이 산 위에서 주둔한 적이 있다. [周]

45) 檇李(취리) : 지명. 지금의 浙江省 嘉興縣 남쪽에 있다. 춘추시대 때 越나라가 일찍이 이곳에서 吳나라 군대와 싸워 이긴 적이 있었다. [周]

46) 不暇朝食(부가조식) : 아침밥을 먹을 겨를이 없다. 『周禮』 鄭注에 "朝事란 이른 아침밥을 먹지 않은 것을 말한다(朝事, 謂淸朝未食也)"라고 되어 있다. [周]

47) 苧蘿之姝(저라지주) : 西施이다. 그녀가 越나라 苧蘿의 村女였기 때문이다. [周]

48) 欒楯(영순) : 『吳越春秋』에 다음과 같은 내용이 보인다. "구천이 목공 삼천 명을 시켜 欒楯木을 잘라 吳나라에 바치려고 했다. 오래 되어도 돌아갈 수 없게 되자 목공들이 걱정을 하며 木客吟이란 시를 지어 '밤하늘에 신령스런 나무 한 쌍 있으니 크기는 스무 둘레, 높이는 오십 심. 양지에서는 가래나무요, 음지에서는 녹나무로다. 흰 구슬로 둘렀고 황금으로 아로새겼네. 모양은 용이나 뱀을 닮았고 무늬에는 빛이 나구나'라 하였다. 그리하여 대부 種에게 吳나라에 바치도록 했다." [句] 欒은 지붕 양쪽 끝이 올라간 飛檐(집의 번쩍 들린 높은 처마)을 말한다. 楯은 가로로 놓여 있는 들보의 난간이다. [周]

49) 至德之廟(지덕지묘) : 춘추시대 때 吳나라의 종묘로 吳 太伯에게 제사를 지냈다. [周]

駕艅艎50)之長舟兮, 覽吳會51)之故都. 悵館娃之無人兮, 麋鹿游于姑蘇. 憶吳子之驟强兮, 蓋得人以爲任. 戰柏擧52)而入楚兮, 盟黃池53)而服晉. 何用賢之不終兮, 乃自壞其長城. 泊甬東54)而乞死兮, 始躑躅而哀鳴. 泛鴟夷55)于江中兮, 驅白馬于潮頭.56) 眄胥山57)之舊廟兮, 挾天風而遠游. 龍宮鬱其嵯峨兮, 水殿開而宴會. 日旣吉而辰良兮, 接賓朋之冠珮. 尊椒漿而酌桂醑58)兮, 擊金鐘而戛鳴球. 湘妃漢女出歌舞兮, 瑞霧靄而祥烟浮. 夜迢迢而未央59)兮, 心搖

---

50) 艅艎(여황) : 배이름. 본래는 余皇이라고 하였다. 춘추시대 吳나라 王僚 2년에 公子光(闔閭)은 楚나라를 공격했다가 패하였는데 그때 잃어버렸다가 다시 되찾은 王僚의 배가 바로 여황이다. [周]

51) 吳會(오회) : 江蘇省 吳縣을 말한다. 일설에는 吳縣와 會稽의 합친 이름이라고도 한다. [周]

52) 柏擧(백거) : 지명. 湖北省 麻城縣 동북쪽에는 柏子山이 있고 동쪽에는 擧水가 있는데 백거란 명칭은 이 산과 물 이름을 합쳐서 만든 것이다. 춘추시대 때 吳나라 군대는 백거에서 楚나라 군대를 격파하고 곧장 초나라의 수도인 郢都로 진입했었다. [周]

53) 黃池(황지) : 오왕 부차가 제후들을 모아 秦나라와 패권을 다투던 곳으로 지금의 河南省 封丘縣 남서쪽에 있다. [周]

54) 甬東(용동) : 『國語』에 越나라 회계 句章縣(지금의 절강성 定海縣)이라고 나와있다. 기원전 473년, 越나라가 吳나라를 멸하고 나서 월왕 句踐은 오왕 夫差를 이곳으로 옮겨오게 하여 그에게 영지를 내리려하였으나 부차는 받아들이지 않고 자살하였다. [句]

55) 鴟夷(치이) : 말가죽을 이용하여 만든 자루로 본래는 술을 담는 데 쓰였다. 伍子胥가 죽자 오왕 夫差는 오자서가 임종 당시에 했던 무례한 말에 노하여 그의 시체를 이 자루에 넣어서 강물에 던져 버렸다. [周]

56) 驅白馬于潮頭(구백마우조두) : 伍子胥는 임종하기 전 아들에게 다음과 같은 말을 남겼다. "내 머리를 남문에 걸어두어 나로 하여금 越나라 병사가 吳나라를 정벌하는 것을 볼 수 있게 하고 물고기 가죽으로 나의 시신을 싸서 강속에 던져 내가 아침저녁으로 조수를 타고 와 吳나라의 패망을 볼 수 있게 해다오." 海門山에서부터 조수는 수백척에 이르는 높이로 치솟아 올라 錢塘江을 넘쳐흘러 漁浦를 지나서야 점점 약해진다. 조수가 백여 리를 용솟음 칠 때 어떤 사람이 伍子胥가 상여를 타고 潮水 속에 있는 것을 보았다고도 한다. 이것은 백성들이 오자서의 억울한 죽음을 애도하여 만들어낸 전설이다. [周]

57) 胥山(서산) : 蘇州의 남서쪽에 있다. 『史記』에 "오자서가 죽자 오나라 사람들은 강에 사당을 세우고 이름을 서산이라 하였다(伍子胥死, 吳人爲立祠江上, 名曰胥山)"라는 문장이 보인다. [周]

58) 尊椒漿而酌桂醑(존초장이작계서) : 醑는 술이다. 「楚辭」에 "계주와 초장을 올리노라"라는 구절이 있다. 注에 "계주(桂醑)란 계수나무를 꺾어 술 속에 넣은 것이다. 미음은 周나라 예법에 네 가지 마실 것 중 하나이다. 여기에 산초를 그 속에 담근 것이다. 모두 그 향을 취하려 한 것이다"라고 되어 있다. [句]

59) 未央(미앙) : 아직 절반에도 이르지 못함을 의미한다. [周]

搖而易醉. 撫長劍而作歌兮, 聊以泄千古不平之氣.

歌竟, 范相國持杯而詠詩曰 :

霸越平吳, 扁舟五湖, 昂昂之鶴,[60] 泛泛之鳧. 功成身退, 辭榮避位, 良弓旣藏, 黃金曷鑄? 萬歲千秋, 魂魄來游, 今夕何夕, 于此淹留! 吹笙擊鼓, 羅列樽俎, 妙女嬌娃, 載歌載舞. 有酒如河, 有肉如坡, 相對不樂, 日月幾何? 金樽翠爵, 爲君斟酌, 後會末期, 且此歡謔.

張使君亦倚席而吟詩曰 :

驅車適故國, 掛席來東吳, 西風旦夕起, 飛塵滿皇都. 人生在世間, 貴乎得所圖, 問渠華亭鶴,[61] 何似松江鱸?[62] 豈意千年後, 高名猶不孤. 鬱鬱神靈府, 濟濟英俊徒, 華筵列玳瑁,[63] 美醞傾醍醐.[64] 妙舞躡珠履, 狂吟扣金壺. 顧余復何人? 亦得同歌呼. 作詩記勝事, 流傳遍江湖.

陸處士遂離席而陳詩曰 :

---

60) 昂昂之鶴(앙앙지학) : 晉나라 稽紹는 빽빽하게 사람들이 모인 가운데 있으니 뜻이 높고 훌륭한 모습이 마치 들에 있는 학이 닭의 무리 속에 있는 듯했다. [周]

61) 華亭鶴(화정학) : 晉나라 陸機는 華亭谷(지금의 松江서쪽)에 살았다. 太康 말년에 그의 동생 陸雲과 함께 洛陽으로 들어가 成都王 司馬穎을 섬겼다. 사마영은 군사를 일으키면서 육기를 後將軍河北大都督에 봉했다. 牽秀 등의 사람들은 그를 시기하여 그가 모반할 뜻을 품고 있다고 모함하자 사마영은 그를 죽였다. 육기는 죽기 직전 "오늘 이후로 또다시 화정에서 학 우는 소리를 들을 수 없겠구나!"라고 탄식하였다. 이 말이 의미하는 바는 자신이 공명을 탐하지 말았어야 했음을 후회한다는 것이다. [周]

62) 松江鱸(송강로) : 松江에서 나는 농어는 아가미가 네 개가 있어 魏晋 이후로 매우 유명해졌다. [周]

63) 華筵列玳瑁(화연열대모) : 옛날에는 대모를 진귀한 물품으로 여겼다. 玳瑁筵이란 아주 귀한 술자리(연회)를 가리킨다. [周]

64) 醍醐(제호) : 보통 술의 별칭으로 쓰인다. 그러나『涅槃經』에 "우유로부터 酪(반응고체의 유제품)이 나오고 酪으로부터 生酥(연유)가 나온다. 또 연유에서 즙을 만들고 즙으로 제호를 만든다(從乳出酪, 從酪出生酥, 從生酥出熟酥, 從熟酥出醍醐)"라는 문장에 근거해 보면 제호는 사실상 乳酪(치즈) 같은 것을 말하는 것이다. [周]

生計蕭條具一船, 筆床茶竈共周旋. 但籠甫里[65]能言鴨,[66] 不釣襄江[67]縮項鯿.[68] 鼓瑟吹笙傳盛事, 倒冠落珮預華筵. 何須溫嶠燃犀照, 已被旁人作話傳.

子述乃制長短句一篇, 獻于座間曰:

江湖之淵, 神物所居, 珠宮貝闕, 與世不殊. 黃金作屋瓦, 白玉爲門樞, 屛開玳瑁甲, 檻植珊瑚珠. 祥雲瑞靄相扶輿, 上通三光下八區,[69] 自非馮夷[70]與海若,[71] 孰得于此久躊躇! 高堂開宴羅賓主, 禮數繁多冠冕聚, 忙呼玉女捧牙盤, 催喚神娥調翠釜. 長鯨鳴, 巨蛟舞, 鱉吹笙, 鼉擊鼓. 驪頷之珠照樽俎, 蝦鬚[72]之簾掛廊廡. 八音[73]迭奏雜仙韶,[74] 宮商[75]響切逼雲霄, 湘妃姊妹撫瑤瑟, 秦

65) 甫里(보리) : 지명으로 지금의 江蘇省 吳縣 甪直(녹직)鎭이다. [周]
66) 能言鴨(능언압) : 陸龜蒙은 笠澤(즉 태호)에 살고 있었는데 內養이란 사람이 그 집 앞을 지나다가 초록머리 오리를 쏘아 죽였다. 육구몽은 크게 탄식하며 이렇게 말했다. "이 오리는 기이하게도 사람 말을 잘해서 천자에게 바치려 했는데 이제는 이 죽은 오리를 가지고 입궐해야 하는구나." 내양은 어려서부터 궁궐에서 자라나 그 말이 사실이라 믿었다. 그리하여 금과 비단을 후하게 주면서 "오리가 무슨 말을 했습니까?"라고 묻자 육구몽은 "늘 자기 이름을 불렀습니다(꽥꽥하고 울었다는 말)"라고 하였다. [周]
67) 襄江(양강) : 곧 漢水이다. [譯]
68) 縮項鯿(축항편) : 漢水에서 나는 방어는 매우 맛이 좋았다. 옛날에는 늘 사람들이 물고기를 잡는 것을 금하여 뗏목으로 물줄기를 끊었기에 槎頭鯿이라고 하였다. 육조 때 宋나라 張敬兒가 襄陽 자사를 지내면서 여섯 노가 달린 큰배에 물고기를 가득 실어 齊 高帝(蕭道成)에게 보내면서 이런 말을 했다. "삼가 축항 방어 1800마리를 올리나이다(奉槎頭縮項鯿一千八百頭)." 또 杜甫 시에 "축항 방어를 가득 낚았네(漫釣槎頭縮項鯿)"라는 구절이 있다. [周]
69) 八區(팔구) : 즉 八荒이다. 八方의 땅인 天下를 말한다. [句]
70) 馮夷(풍이) : 신화전설 속에 나오는 水神이다. [周]
71) 海若(해약) : 신화전설 속에 나오는 海神이다. 「楚辭」에 "해약이 영험을 발휘하고 풍이가 재주를 부리다(令海若, 舞馮夷)"라는 구절이 있다. 또 『莊子』에 "하백이 동쪽으로 가서 북해에 이르러서는 넓은 바다를 바라보며 바다를 보고 若에게 탄식했다(河伯東行, 到於北海, 望洋向若而嘆)"라는 문장이 보인다. 이는 북해의 신 이름이 若이었는데 후세에는 이를 통칭하여 海神을 海若이라 하게 되었음을 말해준다. [周]
72) 蝦鬚(하수) : 큰 새우의 수염으로 만든 문발. 陸暢의 시에 "희고 깨끗한 손으로 발을 걷 어 주세요(勞將素手卷蝦鬚)"라는 구절이 있다. [周]
73) 八音(팔음) : 金, 石, 絲, 竹, 匏(포), 土, 革, 木을 말한다. 옛날 雅樂에 쓰이던 여덟 가지 악기이다. [周]
74) 韶(소) : 舜임금 때의 음악. 『尙書』에 "퉁소 음악이 구할을 차지한다(簫韶九成)"라는

家公主[76]來吹簫. 麻姑[77]碎擘麒麟脯, 洛妃斜拂鳳凰翹,[78] 天吳紫鳳顚倒而奔走, 金支翠旗縹緲而動搖. 胥山之神余所慕, 曾謁神祠拜神墓, 相國不改古衣冠, 使君猶存晉風度. 座中更有天隨生,[79] 口食杞菊骨骼淸, 平生夢想不可見, 豈期一旦皆相迎. 主人靈聖尤難測, 驅駕風雲歸頃刻, 周遊八極[80]隘四溟,[81] 固知不是池中物.[82] 鯫生[83]何幸得遭逢, 坐令槁朽生華風! 待以天廚[84]八珍[85]之異饌, 飮以仙府九醞[86]之深鍾. 唾壺[87]缺, 麈柄[88]折, 醉眼生花雙耳熱. 不

문장이 보인다. [周]

75) 宮商(궁상) : 五音 중의 두 음. [周]

76) 秦家公主(진가공주) : 秦 穆公의 딸 弄玉을 가리킨다. [周]

77) 麻姑(마고) : 신화전설 속에 나오는 고대의 선녀. 建昌 사람이고 牟州 남동쪽에 있는 姑餘山에서 도를 닦았다. 宋나라 政和 연간에 眞人으로 봉해졌다. 『神仙傳』에 그녀는 재주 있는 여자로 나이는 대략 열여덟에서 열아홉쯤이었고 손톱이 새의 발톱 모양이었다고 나와있다. [周]

78) 鳳凰翹(봉황교) : 난새의 깃발이다. 땋은 털 깃발을 깃발 끝에 쭉 묶은 것이다. 간혹 鷄翹라고 한다. [句]

79) 天隨生(천수생) : 陸龜蒙은 "나는 해마다 굶주림을 참고 經書를 외우는데 어찌 屠沽兒(고기나 술을 파는 곳)에 술이나 음식이 있는 줄을 몰랐겠는가. 그리하여 구기자와 국화를 먹으며 정신을 보양했다"라고 하였다. 杞枸는 『本草綱目』에서 "일명 선인장이다. 오래 복용하면 몸이 가볍고 목숨을 연장하게 한다"라고 하였다. 국화는 『爾雅』에 "일명 日精이라 한다. 이것을 복용하면 이미 병이 들어도 목숨을 연장하게 한다"라고 되어 있다. 육구몽은 「杞菊賦」라는 문장을 썼다. [句] 육구몽을 말한다. 그는 별호가 天隨子였다. [周]

80) 八極(팔극) : 팔방의 가장 먼 곳을 말한다. [周]

81) 四溟(사명) : 四海를 말한다. [周]

82) 池中物(지중물) : 龍을 가리킨다. 일찍이 周瑜가 孫權에게 이렇게 말했다. "유비는 영원히 남의 밑에 있을 사람이 아닙니다. 蛟龍이 일단 비구름을 얻으면 더 이상 연못 속의 龍이 아닌 것과 같은 이치입니다." [周]

83) 鯫生(추생) : 소생. 스스로 낮추는 말. 鯫는 작은 물고기, 자질구레하다는 뜻이다. [譯]

84) 天廚(천주) : 별자리 이름. 『晉書』에 다음과 같은 문장이 보인다. "紫宮의 동북쪽에 있는 여섯 개의 별을 천주(하늘의 주방)라 하는데 식탁의 성찬을 주관한다(紫宮東北維外六星曰天廚, 主盛饌)." [周]

85) 八珍(팔진) : 여덟 가지의 진귀한 음식. 즉 용의 간, 봉황의 뇌, 표범의 태반, 잉어 꼬리, 올빼미 구이, 원숭이 입술, 곰 발바닥, 매미튀김을 가리킨다. [周]

86) 九醞(구온) : 아홉 번 빚은 술. [周]

87) 唾壺(타호) : 침을 받는 도기 그릇. 『晉書』에 다음과 같은 내용이 보인다. "王敦은 술을 마시면 항상 魏武(즉 曹操)의 樂府를 읊조렸는데 마음껏 타호를 두드려 가면서 박자를 맞춰 타호의 주둥이가 모두 깨지고 말았다." [周]

88) 麈柄(주병) : 먼지떨이의 손잡이를 가리킨다. [周]

來洲畔采明珠, 不去波間摸明月,[89] 但將詩句寫鮫綃, 留向龍宮記奇絶.

歌詠俱畢, 觥籌交錯. 但聞水村喔喔晨鷄鳴, 山寺隆隆曉鐘擊. 伍君先別, 三高繼往. 王以紅珀盤捧照乘之珠,[90] 碧瑤箱盛開水之角,[91] 饋贈于子述, 命使送還. 抵舟, 則東方洞然, 水路明朗, 乃于中流稽首廟堂而去.

---

89) 摸明月(모명월): 摸는 손으로 잡는다는 뜻이다. 明月은 구슬의 이름이다. [句]

90) 照乘珠(조승주): 수레의 앞뒤를 능히 비출 수 있는 구슬. 『史記』에 다음과 같은 내용이 보인다. "魏王이 말했다. '寡人의 나라와 같은 小國에도 직경이 한 치가 되는 구슬이 있습니다. 수레의 앞뒤로 열두 수레를 비출 수 있는 것이 열 개나 됩니다.'" [周]

91) 開水之角(개수지각): 通天犀를 가리킨다. [周] 通天犀란 물을 가를 수 있다는 무소뿔로 아주 유명하고 진귀하다. 『抱朴子』에 다음과 같은 내용이 있다. "통천서를 한 자 이상의 되는 것으로 얻어서 물고기 모양으로 조각하여 입에 물고 잠수하면 물이 그것 때문에 갈라져 길이 열린다(通天犀, 得其角一尺以上, 刻爲魚而銜以入水, 水爲之開)." [譯]

17 태허사법전(太虛司法伝)

귀신 잡은 태허전 판관

풍대이(馮大異)는 이름을 기(奇)라고 하는데 오초(吳楚)에서는 이름난 별난 사나이였다.[1] 자신의 재주를 믿고 세상에 오만한 태도를 굽히지 않으며 귀신을 믿지 않고 의기양양해 하는 사람이었다. 무릇 풀이나 나무에 붙어사는 요정이나 요괴가 세상을 놀라게 하거나 풍속을 해치는 놈이 있으면 반드시 팔뚝을 걷어 부치고 나서서 달려들었다. 그런 놈이 나타나면 반드시 능멸하고 헐뜯고 심하게 욕을 해야 직성이 풀렸다. 혹은 사당을 불태우거나 혹은 우상을 물에 던져버리기도 하는 등 아무 것도 고려하지 않고 용맹무쌍하게 행동했다. 그로 인해 사람들은 그러한 그가 담력이 강한 사람이라고 다들 인정했다.

원나라 지원(至元) 정축(丁丑)년에 풍대이는 상채(上蔡)의 동문(東門)에 잠시 살고 있었는데 일이 있어서 가까운 마을에 가게 되었다. 그때는 전란

1) 주인공의 이름은 이 작품의 기이함을 그대로 드러낸다. 현실에서는 전혀 있을 수 없는 기이한 상상의 세계를 나타내고 있다.

이 끝난 지가 얼마 안 되었을 때여서 사람들의 인가가 드물고 황량하고 누런 모래벌판에는 눈길이 닿는 곳까지 온통 백골만 흩어져 있는 것이 보일 뿐이었다. 아직 마을에 닿기도 전에 해는 서산으로 넘어가고 스산한 구름이 사방에서 일었다. 잠시 쉬어갈 객사도 보이지 않으니 어디에서 편안히 하룻밤 숙박을 할 수 있으랴. 길가에 늙은 잣나무 숲이 있기에 그곳으로 들어가 나무에 기대에 잠시 휴식을 갖고자 했다. 그랬더니 앞에서는 부엉이가 울고 뒤에서는 승냥이와 여우가 소리를 질러댔다. 잠시 후에는 한 떼의 까마귀들이 서로 날개를 부딪치면서 몰려와서 한쪽 다리를 들고 울어대거나 혹은 두 날개를 펄럭이며 시끄럽게 지저귀고 빙빙 돌면서 진을 쳤다. 또 그 곁에는 여덟이나 아홉 구의 시체도 좌우로 빽빽하게 나뒹굴고 있었는데 음산한 바람이 슬슬 불어오더니 갑자기 비바람이 거세게 몰아치고 우레가 우르릉 쾅쾅 울려대더니 뭇 시체들이 벌떡 벌떡 일어났다. 그놈들은 풍대이가 나무 아래 기대고 앉아 있는 모습을 보더니 모두들 앞을 다투어 달려들었다. 그는 깜짝 놀라 황급히 나무 위로 기어올라가 피했다. 시체들은 나무를 에워싸고 휘파람을 불거나 혹은 상스런 욕을 해대면서 앉았거나 서성이고 있었다. 그러면서 저희들끼리 이렇게 지껄이고 있었다.

"오늘밤에 저 놈을 꼭 잡아야 해. 안 그러면 우리가 되려 혼쭐나게 될 거니까."

얼마 지나니 구름이 걷히고 비가 개이면서 그 사이로 달빛이 흘러나왔다. 그런데 멀리서 한 야차(夜叉)가 이곳으로 오는 게 보였다. 머리에는 두 개의 뿔이 솟아나고 온몸은 푸른색인데 크게 소리치며 성큼성큼 걸어서 곧장 나무 아래로 와서는 손으로 시체들을 잡고 그 머리를 떼어 마치 오리를 씹어먹듯 와작와작 먹어 치웠다. 그렇게 다 먹고 나더니 배가 불렀는지 땅이 울리도록 드릉드릉 코를 골면서 잠이 들고 말았다. 풍대이는 여기서 오래 머물 수 없다고 여기고 그가 깊이 잠든 틈을 타서 나무 아래로 내려와 죽어라하고 도망을 쳤다. 한 백 걸음쯤 갔을 때 뒤를 돌아보니 야차(夜叉)가 뒤에서 따라오고 있었다. 그는 너무나 놀라 죽어라 하고 도망을 쳤다. 거의 잡힐 지경이 되었는데 한 낡고 허물어진 절간에 이르러 황급히 숨어들 수가 있었다. 그 절은 동서의 양쪽 행랑채는 완전히 기울어 무너져 내렸고 오직 가운데 대웅전(大雄殿)이 그나마 온전하여 불상을 모시고 있었는데 그 모양이 꽤나 웅장하고 거대했다. 자세히 보니 불상의 등 쪽으로 구멍이 하나 뚫려 있었기에 풍대이는 쫓기는 마당이라 불문곡직하고 그곳으로 기어 들어가 불상의 뱃속에 숨었다. 그리고는 '이곳이야말로 정말 안전한 곳이로군. 이젠 걱정이 없겠어'라고 생각하였다. 그런데 갑자기 부처가 배를 통통 두드리고 허허 웃으면서 이렇게 말하는 것이 아닌가.

"저 야차 놈은 잡으려고 쫓아 와도 잡지 못했는데 나는 가만히 있어도 제 발로 들어와 잡혀주는구나. 오늘밤의 밤참은 잘 먹겠어. 따로 식사를 할 필요가 없겠군."

그러면서 천천히 일어나 밖으로 나가는데 움직임이 매우 느리고 둔했다. 한 열 걸음 정도 걸었을까 했는데 문 크기에 걸려 문지방에 부딪치더니 쿵하고 땅에 넘어져 박살이 나고 말았다. 불상을 만들었던 흙과 나무가 아무렇게나 흩어지고 속에 쳐 넣은 물건들이 다 쏟아졌다. 풍대이는 비로소 뱃속에서 기어 나와 그래도 큰 소리를 쳤다.

"엉터리 같은 괴물이 감히 어르신을 놀리고 있어? 그러다 자기가 도리어 봉변을 당했군 그래!"

그리고는 곧장 절을 빠져 나와 멀리 들판을 바라보았다. 한 곳에 등불이 휘황하고 여러 사람이 서로 자리를 양보하며 앉아 있었다. 그곳으로 달려가서 보니 모두 머리가 없는 놈들이었다. 혹 머리가 있으면 한 팔이 없거나 한 쪽 다리가 없기도 했다. 풍대이는 돌아보지도 않고 도망쳤다. 귀신들이 다같이 화를 내며 떠들었다.

"우리가 지금 막 즐거운 술잔치를 열려고 하는데 웬 놈이 대담하기도 하지. 감히 뛰어들어와! 저 놈을 잡아다가 육포를 만들어 먹자!"

그리고는 와르르 몰려오면서 소리소리 질렀다. 어떤 놈은 쇠똥을 집어서 던지기도 하고 어떤 놈은 뼈다귀를 집어서 던지기도 했다. 머리통이 없는 놈은 제 머리를 손에 끌고 쫓아오는 등 난리법석이었다. 마침 길 앞에 물이 가로질러 흐르고 있었다. 그는 허겁지겁 물을 건넜는데 귀신들은 물가에 이르러 감히 건너지 못했다. 한참 동안 도망가다 뒤를 돌아보니 여전히 귀신들의 아우성이 그치질 않고 있었다.

잠시 후 달이 떨어지고 깜깜한 어둠 속에서 길조차 분간할 수 없었다. 그는 그만 자칫 잘못하여 발을 헛디디고 한 구멍 속으로 빠져들었다. 얼마나 깊은지 가늠조차 할 수 없을 만큼 깊은 그곳은 바로 귀곡(鬼谷)이었다. 차가운 모래가 눈에 날아 들어오고 음산한 기운이 뼈에 사무치는 듯 했다. 귀신들이 떼거리로 몰려오는데 붉은 머리에 뿔이 두 개 달린 놈, 초록색 머리에 두 날개가 달린 놈, 새 부리에 사나운 어금니가 난 놈, 소머리에 짐승 얼굴을 한 놈 등등 별의별 귀신들이 하나같이 몸뚱이는 푸르스름하고 입에서는 불을 뿜어내고 있었다. 귀신들은 풍대이를 온 것을 보더니 서로 즐거워하면서 소리쳤다.

"우리의 원수가 드디어 왔다!"

그리고 달려들어 쇠사슬로 목을 감고 가죽으로 허리를 조이고 귀왕(鬼王)의 대전(大殿) 앞으로 끌고 가서 고했다.

"이 놈이 바로 세상에서 귀신을 믿지 않고 우리를 능욕한 바로 그 놈입니다."

귀왕이 노하여 꾸짖으며 말했다.

"너는 오체(五體)를 다 구비하고 지식도 제대로 갖추고 있음에도 불구하고 어찌 귀신의 덕이 성대하다는 말을 들어보지도 못했느냐? 공자(孔子)는 성인이신데도 귀신에 대해서는 공경하면서 멀리하라고 하셨지 않았느냐? 『역경(易經)』에서도 귀신을 한 수레에 싣는다는 구절이 있고 『시경(詩經)·소아(小雅)』에도 귀신도 되고 물여우도 된다는 말이 있지 않느냐? 이밖에도 『좌전(左傳)』에는 진(晉)나라 경공(景公)의 꿈과 정(鄭)나라 백유(伯有)의 일을 기록하고 있는데 모두가 귀신을 말하고 있는 것이다. 너는 도대체 어떤 놈이기에 유독 귀신이 없다고 강변을 하는 것이냐? 내 너의 모욕을 받은 지 오래되었는데 오늘 다행히 만나게 되었으니 어떻게 괴롭혀주면 내 마음이 후련할까?"

여러 귀신들에게 명을 하여 그의 의관을 벗기게 하고 회초리로 매를 치게 하니 유혈이 낭자하였다. 이러한 때에는 죽으려 해도 죽을 수도 없었다. 귀왕이 그에게 말했다.

"너는 진흙에 넣어 장이 되겠느냐? 아니면 키를 세 길[丈]로 늘이겠느냐?"

풍대이는 어떻게 장을 만든단 말인가 하고 생각하면서 키를 세 길로 늘리기를 원한다고 했다. 뭇 귀신들이 달려들더니 그를 돌판 위에 올려놓고 밀가루 반죽하듯이 손으로 여러 번 주물러대더니 어느 사이에 키가 점점 커졌다. 그리고 일으켜 세우니 과연 키는 세 길이나 되어 흔들흔들 하는 대나무 장대 같았다. 여러 놈들이 둘러서서 비웃으며 욕을 해 대다가 아예 '장대 괴물'이라고 불렀다. 귀왕이 다시 그에게 물었다.

"너는 돌을 삶은 즙이 되겠느냐? 아니면 키를 한 자로 줄이겠느냐?"

풍대이는 방금 키가 너무 커져 스스로 설 수도 없게 되어 괴로웠으므로 키를 한 자로 줄이는 것을 원한다고 말했다. 그랬더니 뭇 귀신들이 다시 달려들어 그를 돌 판 위에 올려놓고 또 밀가루 반죽하듯 주물러 있는 힘을 다하여 똘똘 뭉쳤다. 온 몸의 뼈가 다 으스러지는 소리가 났다. 마침내 일으켜 세우니 과연 키는 한 자로 줄어 있었다. 동그랗게 생긴 것이 마치 커다란 게 같았다. 귀신들은 둘러서서 깔깔대고 모욕을 주면서 아예 '게 도깨비'라고 놀려댔다. 그는 땅바닥에서 옆으로 엉금엉금 기어야 했는데 그 고통을 또한 참을 수가 없었다.

옆에서 지켜보던 한 늙은 귀신이 손바닥을 짝짝 치면서 웃어 제끼더니 그래도 젊잖게 한마디 거들었다.

"그거 보시오. 그대가 평소에 귀신을 믿지 않더니 오늘 어쩌다 이런 몰골이 되셨소?”

그리고 다시 여러 귀신들에게 청하여 말했다.

“저 사람이 비록 무례하였다고는 하나 또한 모욕을 너무 심하게 당하고 있지 않나 싶네. 이제는 가련하게 보아 용서해주는 것이 어떠하겠나!”

양손으로 그를 잡아 일으켜서 흔들어 털어 주니 잠시 후에 원래의 모습대로 돌아왔다. 풍대이가 돌아가게 해 달라고 통사정을 하니 뭇 귀신들이 빈정대며 한 마디씩 했다.

“기왕에 여기까지 오셨는데 빈손으로 돌아가게 할 수야 있겠소이까? 우리가 각자 한 가지씩 선물을 드리지. 존귀하신 인간들이 우리가 여기 있음을 알게 하라는 뜻으로 말이야. 하하하.”

그러자 귀왕이 물었다.

“그러면 무엇을 선물로 준다고?”

한 귀신이 말했다.

“저는 구름을 가르는 뿔을 주겠습니다.”

즉시 뿔 두 개를 풍대이의 이마에 붙였다. 두 뿔이 마주보고 우뚝 솟아 있었다. 다른 귀신이 이어서 말했다.

“저는 휘파람을 불 수 있는 새 주둥이 부리를 주렵니다.”

그러더니 쇠 부리를 그의 입술에 붙여주었다. 뾰족하기가 새의 부리와 같았다. 귀신 하나가 또 말했다.

“저는 붉은 머리카락을 선물로 주지요.”

붉은 물로 그의 머리카락을 물들이고는 하늘로 곤두세웠다. 그 모양이 불타오르는 것 같았다. 또 한 귀신이 말했다.

“나는 푸른 빛 눈동자를 주겠소.”

두 개의 푸른 색 구슬을 그의 눈에 박아 넣었다. 새파란 빛이었다. 늙은 귀신이 그를 구덩이 밖으로 데리고 나와 보내주며 말했다.

“앞으로는 스스로 좀 자중하시오. 방금 젊은 것들이 여러 가지로 모욕을 한 것에는 그리 개의치 말고 이젠 다 잊어버리시오."

풍대이는 비록 인간세상으로 다시 나왔으나 머리에는 구름을 가르는 두 개의 뿔이 달리고 입에는 휘파람 소리를 내는 새 부리가 달렸으며 붉은 머리카락을 덮어쓰고 푸른 빛을 쏟아내는 눈동자가 되어 버렸으니 완연히 괴이한 귀신의 모습임이 틀림없었다. 집으로 들어가니 처자식들도 알아보지 못하였고 저자거리로 나가니 사람들에게 괴물로 여겨져 빙 둘러싸여 구경거리가 되었다. 아이들은 놀라 울음을 터뜨리고 도망을 치곤 했다. 그는 집으로 돌아와 문을 닫아걸고 식음을 전폐하고 분통을 터뜨리다가 결국 죽고 말았다. 그는 죽음에 이르러 집안 식구들에게 이렇게 유언을 했다.

"나는 귀신들에게 온갖 곤욕을 다 당했다. 지금 내가 죽거든 종이와 붓을 나의 관속에 넣어다오. 내 장차 하늘에다 소송을 내고야 말리라. 수일이 지나 채주(蔡州) 땅에 무슨 변괴가 일어나거든 내가 승소한 것으로 알고 술을 뿌려 나를 축하해주기 바란다."

말을 마치자 풍대이는 곧 죽었다. 사흘이 지난 뒤 한 낮에 비바람이 크게 일어나더니 안개와 구름이 사방에 자욱하고 뇌성벽력이 세상을 뒤흔들었다. 기와장이 날고 큰 물이 넘쳐흘렀다. 하룻밤을 지나니 비로소 잠잠해졌다. 그리고 풍대이가 빠졌던 구덩이가 함몰되고 그곳에는 커다란 못이 만들어졌는데 그 넓이가 몇 리나 되었고 물은 모두 붉은 색을 띄었다. 갑자기 풍대이의 관 속에서 말이 들려왔다.

"천제한테 낸 소송에서는 내가 이겼다. 세상의 모든 귀신은 남김없이 모두 멸족시켰다. 천부(天府)에서는 나를 곧은 사람으로 여겨 태허전(太虛殿)의 사법(司法) 일을 맡겼다. 직책과 임무가 막중한 자리라서 인간 세상에 다시 내려오기는 어렵게 되었다."

집에서는 그를 제사지내고 장례를 잘 마쳤다. 아마도 저승과 이승 사이에도 영감이 서로 통하는 모양이다.

원문

太虛司法傳

馮大異, 名奇, 吳·楚之狂士也. 恃才傲物, 不信鬼神, 凡依草附木之妖, 驚世而駭俗者, 必攘臂[2]當之,至則凌慢毁辱而後已, 或火其祠, 或沉其像, 勇往不顧, 以是人亦以膽氣[3]許之.

至元丁丑,[4] 僑居上蔡[5]之東門. 有故之近村, 時兵燹[6]之後, 蕩無人居, 黃沙白骨, 一望極目. 未至而斜日西沉, 愁雲四起, 旣無旅店, 何以安泊. 道旁有一古柏林, 卽投身而入, 倚樹少憩. 鵂鶹[7]鳴其前, 豺[8]狐嘷其後. 頃之, 有群鴉接翅而下, 或跂[9]一足而啼, 或鼓雙翼而舞, 叫躁怪惡, 循環作陣. 復有八九死屍, 僵臥左右. 陰風颯颯, 飛雨驟至. 疾雷一聲, 群屍環起, 見大異在樹下, 踊躍趨附. 大異急攀緣上樹以避之, 群屍環繞其下, 或嘯或詈, 或坐或立, 相與大言曰: "今夜必取此人! 不然, 吾屬將有咎!" 已而雲收而止, 月光穿漏. 見一夜叉自遠而至, 頭有二角, 擧體靑色, 大呼闊步, 徑至林下, 以手撮[10]死屍, 摘其頭而食之, 如啖瓜之狀; 食訖, 飽臥, 鼾[11]睡之聲動地. 大異度不可久留, 乘其熟寐, 下樹迸[12]逸. 行不百步, 則夜叉已在後矣, 捨命而奔, 幾爲所及. 遇一廢寺, 急入投之, 東西廊

---

2) 攘臂(양비): 『漢書·鄒陽傳』에 "소매를 걷어올린다"라는 문장이 보인다. 注에서 "오늘날 팔을 비튼다(捋臂)와 같다"라고 되어 있다. [句]
3) 膽氣(담기): 膽은 용기이다. 『三國志』의 蜀志 趙雲傳에 "선주께서 '자룡의 몸은 모두 담이다'라고 했다"라는 문장이 보인다. [句]
4) 至元丁丑(지원정축): 元나라 順帝의 연호이다. [句] 1337년이다. [周]
5) 上蔡(상채): 현재 河南省 上蔡縣이다. [周]
6) 兵燹(병선): 전란 중에 마구 불을 지르고 태우다. [周]
7) 鵂鶹(휴류): 맹금류이다. 角鴟와는 약간 다른 종류이다. 눈이 둥글고 크며 두 개의 귀처럼 생긴 깃털이 솟아 있다. 속칭 角鴟와 함께 올빼미로 불리기도 한다. [周]
8) 豺(시): 맹수로 늑대와 비슷한 종류이다. 모양은 개와 흡사한데 늑대처럼 잔인하다. [周]
9) 【校】 跂(지): [奎]에는 跋로 쓰임. 발을 들고 바라본다는 뜻이다. [句]
10) 撮(촬): 손으로 물건을 잡는다는 뜻이다. [句]
11) 鼾(한): 코고는 소리를 말한다. [句]
12) 迸(병): 숨는다는 뜻이다. [句]

皆傾倒, 惟殿上有佛像一軀, 其狀甚偉. 見佛背有一穴, 大異計窮, 竄身入穴, 潛于腹中, 自謂得所托, 可無虞[13]矣. 忽聞佛像鼓腹而笑曰 : "彼求之而不得, 吾不求而自至. 今夜好頓點心,[14] 不用食齋也!" 卽振迅而起, 其行甚重, 將十步許, 爲門限[15]所碍, 蹶然仆地, 土木狼藉, 胎骨糜碎矣. 大異得出, 猶大言曰 : "胡[16]鬼[17]弄汝公, 反自掇其禍!" 卽出寺而行. 遙望野中, 燈燭熒煌, 諸人揖讓而坐. 喜甚, 馳往赴之. 及至, 則皆無頭者也, 有頭者則無一臂, 或缺一足. 大異不顧而走. 諸鬼怒曰 : "吾輩方此酣暢, 此人大膽, 敢來衝突! 正當執之以爲脯鮓[18]耳." 卽踉蹡哮吼, 或搏[19]牛糞而擲, 或攫人骨而投, 無頭者則提頭以趁之. 前阻一水, 大異亂流而渡,[20] 諸鬼至水, 則不敢越. 驀及半里, 大異回顧, 猶聞喧嘩之聲, 靡靡不已.

須臾, 月墮, 不辨蹊徑, 失足墜一坑中, 其深無底, 乃鬼谷也. 寒沙眯目, 陰氣徹骨, 群鬼萃焉. 有赤髮而雙角者, 綠毛而兩翼者, 鳥喙而獠牙者, 牛頭而獸面者, 皆身如藍靛, 口吐火燄. 見大異至, 相賀曰 : "仇人至矣!" 卽以鐵紐系其頸, 皮絳拴其腰, 驅至鬼王之座下, 告曰 : "此卽在世不信鬼神, 淩辱吾徒之狂士也." 鬼王怒責之曰 : "汝具五體而有知識, 豈不聞鬼神之德其盛矣乎? 孔子, 聖人也, 猶曰敬而遠之, 大『易』所謂載鬼一車, 『小雅』所謂爲鬼爲蜮, 他如『左傳』所紀晉景之夢, 伯有之事,[21] 皆

---

13) 虞(우) : 虞는 걱정한다는 뜻이다. [句]
14) 頓點心(돈점심) : 頓은 밥 한 끼니라는 뜻이다. 整頓이나 安頓 같은 것이 이것이다. 點心이라 할 때의 點은 點茶라 할 때의 점과 같다. 아마 조금이라도 먹어야 마음을 진정할 수 있다는 뜻일 것이다. [句]
15) 門限(문한) : 문지방을 가리킨다. [句]
16) 胡(호) : '무엇'이라는 뜻이다. [周]
17) 胡鬼(호귀) : 즉 부처를 말한다. [句]
18) 脯鮓(포자) : 말린 고기와 썬 고기를 말한다. [周]
19) 【校】搏(박) : [奎]와 [董]에 搏으로 쓰임.
20) 亂流(난류) : 옆으로 흘러가는 물을 가로질러 물을 건너간다. [周]
21) 伯有之事(백유지사) : 春秋시대 鄭나라 大夫인 良霄는 字가 伯有이며 성격이 탐욕스러웠다. 子晳과 駟帶 등이 그를 죽이자 그는 죽어서 악귀[厲]가 되어 먼저 駟帶와 公孫端을 죽이겠다고 말했다. 두 사람은 과연 그때에 맞춰 죽었다. 정나라 사람들은 모두 두려워 하여 놀랄 일이 생기면 "백유가 온다!"라고 했고 그 말을 들으면 놀라 사방으로

是物也. 汝爲何人, 獨言其無?吾受汝侮久矣, 今幸相遇, 吾烏得而甘心焉." 卽命衆鬼卸其冠裳, 加以棰[22]楚,[23] 流血淋漓, 求死不得. 鬼王乃謂之曰 : "汝欲調泥成醬乎? 汝欲身長三丈乎?" 大異念泥豈可爲醬, 因願身長三丈. 衆[24]鬼卽捽之[25]于石床之上, 如搓粉之狀, 衆手反復而按摩之, 不覺漸長, 已而扶起, 果三丈矣, 裊裊如竹竿焉. 衆笑辱之, 呼爲長竿怪. 王又謂之曰 : "汝欲煮石成汁乎? 汝欲身矮一尺乎?" 大異方苦其長, 不能自立, 卽願身矮一尺. 衆[26]鬼又驅至石床上, 如按面之狀, 極力一捺, 骨節礫礫有聲, 乃擁之起, 果一尺矣, 團圞如巨蟹焉. 衆又笑辱之, 呼爲彭蜞[27]怪. 大異蹣跚[28]于地, 不勝其苦, 旁有一老鬼撫掌大笑曰 : "足下平日不信鬼怪, 今日何故作此形骸?" 乃請于衆曰 : "彼雖無禮, 然遭辱亦甚矣, 可憐許, 請宥之!" 卽以兩手提挈大異而抖擻[29]之, 須臾復故. 大異求還, 諸鬼曰 : "汝旣到此, 不可徒返, 吾等各有一物相贈, 所貴人間[30]知有我輩耳." 老鬼曰 : "然則, 以何物贈之?" 一鬼曰 : "吾贈以撥雲之角." 卽以兩角置于大異之額, 岌然相向. 一鬼曰 : "吾贈以哨風之嘴." 卽以一鐵嘴加于其唇, 尖銳如鳥喙焉. 一鬼曰 : "吾贈以朱華之髮." 卽以赤水染其髮, 皆髼鬙[31]而上指, 其色如火. 一鬼曰 : "吾贈以碧光之睛."卽以二青珠嵌于其目, 湛湛而碧色矣. 老鬼遂送之出坑曰 : "善自珍重, 向者群小溷[32]

흩어졌다. 『좌전』에 보인다. [周]

22) 【校】 棰(추) : [奎]와 [董]에는 捶로 씀.

23) 捶楚(추초) : 채찍과 가시나무. 즉 杖刑을 의미한다. [周]

24) 【校】 衆(중) : [奎]와 [董]에는 群이라 함.

25) 【校】 之(지) : [奎]와 [董]에는 立이라 함.

26) 【校】 衆(중) : [奎]와 [董]에는 群이라 함.

27) 彭蜞(팽기) : 팽기는 게와 비슷하나 작다. 晉나라 蔡謨가 처음으로 강을 건너다가 그것을 보고는 "게는 다리가 여덟 개이고 집게발이 두 개 더 붙어 있구나. 이전에 먹어본 것이 게가 아닌 것을 이제야 알겠다"라고 했다. 謝尙은 "卿이 『爾雅』를 열심히 읽었으면 아마 공부하다가 죽게 되었을 것이다"라고 했다. [句]

28) 蹣跚(반산) : 옆으로 가는 모양이다. [句]

29) 抖擻(두수) : 물건을 든다는 뜻이다. [句]

30) 【校】 間(간) : [奎]와 [董]에는 聞으로 쓰임.

31) 髼鬙(봉승) : 머리를 산발하다. [周]

瀆, 幸勿記懷也!"

大異雖得出, 然而頂撥雲之角, 戴哨風之嘴, 被朱華之髮, 含碧光之睛, 嚴然成一奇鬼. 到家, 妻孥不敢認; 出市, 衆共聚觀, 以爲怪物; 小兒則驚啼而逃避. 遂閉戶不食, 憤懣[33]而死. 臨死, 謂其家曰 : "我爲諸鬼所困, 今其死矣! 可多以紙筆置柩中, 我將訟之于天. 數日之內, 蔡州[34]有一奇事, 是我得理之時也, 可瀝酒而賀我矣." 言訖而逝. 過三日, 白晝風雨大作, 雲霧四塞, 雷霆霹靂, 聲振寰宇, 屋瓦皆飛, 大水盡拔, 經宿始霽. 則所墮之坑, 陷爲一巨澤, 彌漫[35]數里, 其水皆赤. 忽聞柩中作語曰 : "訟已得理! 諸鬼皆夷滅無遺! 天府以吾正直, 命爲太虛殿司法,[36] 職任隆重, 不復再來人世矣." 其家祭而葬之. 肹蠁[37]之間, 如有靈焉.

---

32) 溷(혼) : 욕보인다는 뜻이다. [句]

33) 懣(만) : 신열이 나고 가슴이 답답하다는 뜻이다. [句]

34) 蔡州(채주) : 현재 河南省 汝南縣이다. 이 구절은 唐 傳奇 『虬髯客傳』의 筆法을 쓴 것이다. [周]

35) 彌漫(미만) : 물이 광대한 모양이다. [句]

36) 司法(사법) : 옛날 刑法을 관장하던 직책이다. 작자는 인간 세상에 이러한 관직이 있으므로 귀신 세상에도 있으리라고 상상했다. 실제로 이 관직은 元代에 이미 사라졌다. [周]

37) 肹蠁(힐향) : 晉나라 左思의 「蜀都賦」에 "큰 복과 힐향이 일어남이여"라는 구절이 있다. 注에는 "벌레의 떼처럼 많은 것이다"라고 되어 있다. 또 前漢의 司馬相如의 「子虛賦」에는 "힐향이 떨치고 일어나네(肹蠁布寫)"라는 구절이 있다. 注에 "성하게 일어난다"라고 되어 있다. [句] 『說文』에는 "蠁은 소리를 알아듣는 벌레이다(蠁, 知聲蟲也)"라고 되어 있다. 소리가 나기만 하면 이 벌레는 곧 알았다고 한다. 그래서 은연중에 영감이 통하는 것에 비유되기도 한다. [周]

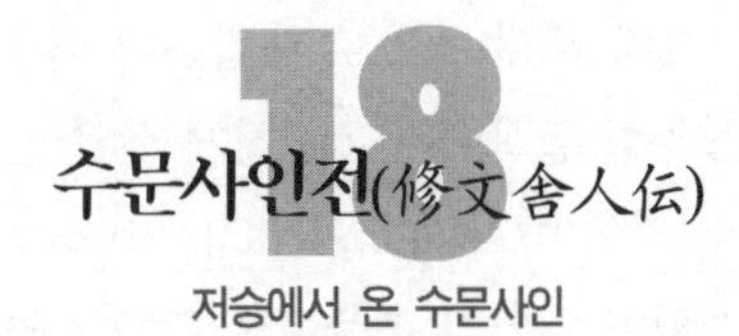

18 수문사인전(修文舍人伝)

저승에서 온 수문사인

하안(夏顔[1])이란 사람은 자를 희현(希賢)이라고 했는데 오(吳)지방의 진택(震澤, 太湖) 출신이었다. 그는 박학다식하였으며 성품이 뛰어나고 고매하였다. 평소에 두건을 쓰고 베옷을 입고 절강(浙江)의 여러 지방을 동에서 서로 다니면서 사람을 만나면 비분강개한 목소리로 세상을 논평하기 좋아하여 말을 시작하면 지칠 줄을 몰랐다. 그때마다 사람들은 그에게 경도(傾倒)되었다. 하지만 그의 운명은 박복하여 날마다 끼니가 부족할 정도로 쪼들리게 가난했다. 그는 장탄식을 하면서 스스로에게 반문해 보았다.

"하안! 너는 지금껏 삼가하여 몸을 닦고 행실을 조신하게 해 왔건만 어이하여 집안을 조금이라도 윤택하게 하지 못하였단 말이냐?"

---

1) 하안 : 이름에서 공자의 제자 중 문학과 덕망으로 이름 있는 자하(子夏)와 안연(顔淵)을 연상시키도록 안배하였으며 본문에서도 여러 차례 그들을 언급하고 있다. 작자의 자부심을 드러낸다.

그리고는 잠시 후에 그에 대해 스스로 대답하며 이렇게 말했다.

"그래. 안연(顔淵)이 누추한 골목에서 가난하게 살았던 것이 어찌 그가 도의가 부족했기 때문일 것이며 가의(賈誼)가 장사(長沙)로 좌천되었던 것이 어찌 그가 문장이 시원치 않았기 때문이었겠는가? 높은 무관인 교위(校尉)들이 모두 봉후를 받아도 이광(李廣)이 받지 못한 것이 어찌 그가 지략과 용맹이 따르지 못했기 때문이며 못나고 키 작은 난쟁이들이 배가 터져 죽을 때 동방삭(東方朔)만 굶주린 것이 어찌 그가 재주가 모자랐기 때문이었겠는가? 이는 모두 그들의 운명이 그러했기 때문일 것이다. 그저 요행으로 이를 수는 없는 것이니 나는 순리대로 받는 것을 알 뿐이다. 어찌 감히 이치에 닿지 않게 망령되이 그런 호사를 추구하겠는가!"

그는 그렇게 자신을 위로했다. 원나라 지정(至正) 초년에 하안은 강소성 윤주(潤州) 지방을 지나다가 객사하여 북고산(北固山) 기슭에 묻혔다.

친구 중에서 그와 절친했던 한 사람이 길을 가다가 홀연 그를 만났는데 그가 높은 수레를 몰고 큰 덮개를 덮었으며 높은 관을 쓰고 옥패를 차고 있어서 마치 제후나 된 듯한 행색이었다. 그의 시종들은 각각 필요한 여러 가지 물건을 들고 뒤를 따랐고 앞뒤에서 소리치며 호위하고 있었다. 풍채가 훤하고 의기양양하여 전혀 지난날의 모습이 아니었다. 그는 북쪽으로 가고 있었다. 친구는 위세에 눌려 감히 불러볼 엄두도 내지 못하고 말았다. 다시 며칠이 지난 어느 날 친구는 일찍 길을 나섰다가 동네 입구에서 다시 그를 만났다. 하안이 먼저 알아보고 황급히 휘장을 열어젖히고 수레에서 내려 그에게 인사하면서 물었다.

"여보게 친구! 그 동안 편안하셨는가?"

그리하여 친구는 그와 반갑게 인사를 하고 손을 잡고서 이야기를 나누었는데 살아있을 때와 전혀 다름없었다. 그래서 친구가 물었다.

"자네와 이별한 지가 얼마 되지 않은 것 같은데 능히 청운의 뜻을 펴고 입신양명하여 수레와 말과 시종들이 이처럼 많고 성대하며 의복과 관대(冠帶)가 이처럼 화려하니 가히 대장부가 뜻을 얻은 때라고 할 수 있겠구만. 참으로 부럽기가 그지없네 그려!"

이에 하안이 대답하여 말했다.

"나는 지금 명부(冥府)에서 아주 중요한 요직을 맡아보고 있네. 옛 친구가 물었으니 감히 숨길 까닭이 있겠는가? 하지만 길을 가던 도중이라 일일이 다 말하기가 어려우니 만약 개의치 않는다면 모레 저녁에 감로사(甘露寺)의 다경루(多景樓)에서 만나 조용히 시간을 내서 천천히 그간의 이야기를 나누기로 하는 것이 어떠하겠나? 내가 저승에서 왔다고 이상히 여겨 꺼리지 말고 이 약속을 저버리지 말기를 바라네."

친구는 그렇게 하겠다고 하고 헤어졌다. 그날 밤 술을 들고 다경루로 찾아갔더니 하안이 먼저 와 있었다. 그가 오는 것을 보고는 기뻐하면서 맞이하였다.

"자네야말로 정녕 신의가 있는 선비이니 생사를 함께 할 만한 친구라고 할 수 있네."

그리고 이어서 저승 얘기를 꺼냈다.

"저승의 즐거움도 인간 세상 못지않네. 나는 지금 저승에서 문서를 다루는 수문부(修文府)의 관리인 사인(舍人)으로 일하고 있네. 안연(顔淵)과 복상(卜商)이 전에 이 자리를 맡고 있었다네. 명부에서는 사람을 쓰는데 그 선발기준이 매우 엄정하여 반드시 그 재주에 합당해야 하고 또 그 직책에 맞아야만 한다네. 그렇게 되어야만 벼슬자리를 지킬 수 있고 작위와 녹봉도 받을 수가 있지. 속세의 인간처럼 뇌물을 받고 통하거나 문벌의 힘으로 들어갈 수는 없으며 외모를 보고 아무렇게나 뽑아서 명수를 채워 넣거나 그저 헛된 이름만 가지고 등급을 뛰어넘어 벼슬을 취하는 경우도 없다네. 내가 한번 예를 들어서 자네와 논해 볼까 하네. 지금 인간 세상의 벼슬길에서 안으로 중서성(中書省)의 재상(宰相)을 맡을 사람이 어찌 소하(蕭何), 조참(曹參), 병길(丙吉), 위상(魏相)과 같은 사람들일 뿐이며 밖으로 병권을 장악할 사람이 어찌 한신(韓信), 팽월(彭越), 위청(衛青), 곽거병(霍去病)과 같은 사람들뿐이겠는가? 또 한림원(翰林院)에서 재주를 날릴 문장 대가들이 어찌 반고(班固), 양웅(揚雄), 동중서(董仲舒), 사마천(司馬遷)과 같은 무리뿐이며 지방 백성을 다스릴 목민관으로서 어찌 공수(龔遂), 황패(黃霸), 소신신(召信臣), 두시(杜詩)와 같은 사람들만이 있겠는가? 이처럼 인물과 자리가 형평을 이루지 못한 것은 마치 천리마가 소금 수레를 끄는 천한 일을 하고 우둔한 말이 오히려 배불리 먹어 꼴이나 콩깍지도 싫어하는 것과 같으며 봉황이 탱자나 가시나무에 살고 올빼미가 훌륭한 저택의 정원에서 노래하는 격일세. 지금 어진 사람은 마르고 누렇게 떠서 아래 자리에서 죽어가고 어질지 못한 사람은 어깨를 연잇고 발꿈치를 바짝 붙여 연거푸 세상에 나타나 이름을 드높인다네. 그러므로 잘 다스려지는 태평성대는 항상 짧고 어지러운 난세의 세월이 긴 것은 바로 이러한 이유에서네. 하지만 우리 명부에서는 그러하지 않네. 물리치고 등용하는 것이 반드시 공명정대하고 상과 벌이 반드시 공평무사하다네. 옛날 임금을 배신한 역적과 나라를 망친 간신이면서 생전에 높은 벼슬을 하고 후한 녹봉을 받았던 자는 여기에 와서 반드시 재앙을 받게 된다네. 살아서 선행을 쌓은 가문이나 음덕을 닦은 선비이면서 낮은 자리에서 곤궁하게 지냈던 자는 여기에 와서 반드시 그 복을 받게 된다네. 그것은 아마도 윤회의 운명이며 인과응보의 법칙이니 여기에 와서는 이를 피할 수가 없을 것이네."

하안은 말을 마치고 술잔을 당겨 술을 가득 부어 연거푸 몇 잔을 마셨다. 난간에 비스듬히 기대어 멀리 바라보다가 입으로 율시 두 수를 지어서 친구에게 읊어주었다.

笑拍闌干扣玉壺, 웃으며 난간 치고 술병을 두드리니
林鴉驚散渚禽呼, 까마귀 놀라 날고 물새도 지저귀네
一江流水三更月, 삼경에 비추는 달, 강물은 흘러가고
兩岸青山六代都. 양안에 푸른 산은 육조시대 옛 도시
富貴不來吾老矣, 부귀는 오지 않고 나는 이미 늙었나니

幽明無間子知乎? 그대는 아시는가 저승 이승 다름없네
傍人若問前程事, 누군가가 만약에 다가올 일 묻거들랑
積善行仁是坦途. 착하고 어진 일을 쌓는 게 올바른 길

滿身風露夜茫茫, 온몸에 이슬 젖고 밤은 점점 그윽한데
一片山光與水光, 온천지가 한가지로 산빛과 강물의 빛
鐵甕城邊人翫月, 철옹성 이웃에는 달구경 하는 사람
鬼門關外客還鄕. 귀문관 밖에는 고향으로 가는 사람
功名不博詩千首, 공명은 못 땄지만 시는 많이 썼는데
生死何殊夢一場! 삶과 죽음 일장춘몽 다를 바가 없구나
賴有故人知此意, 옛 친구 여기 있어 그 뜻을 알아주니
淸談終夕據藤床. 밤새도록 마주 앉아 청담을 나누었네

하안은 시를 다 읊고 나서 머리를 긁적이며 다시 말을 이었다.

"세상에 가장 훌륭한 것은 덕을 쌓는 일이요, 그 다음은 공을 세우는 것이며 그 다음이 좋은 말을 남기는 일이라고 했지 않았나. 나는 세상에 살면서 무슨 음덕(陰德)이라고 할 만한 것을 쌓지 못했고 무슨 밝힐 만한 공덕(功德)도 세운 바가 없었네. 다만 책을 저술하여 모아 둔 것이 수백 권 정도는 되며 문장을 지은 것도 천여 편에 이르고 있네. 모두가 내가 오랫동안 깊이 있게 연구한 것으로 심사숙고하여 정성을 다해 지은 것이라네. 내가 홀연히 세상을 떠난 이후로는 집안이 영락하여 안으로는 문을 열고 닫아줄 아이도 없고 밖으로는 나를 알아줄 친구도 없어 도적들이 훔쳐가고 벌레나 쥐들이 파먹기만 하여 열 중에서 겨우 하나나 남았을까 하니 참으로 애석하기 그지없네 그려. 자네에게 엎드려 바라건대 재주를 가련하게 여겨주고 우리의 교분을 생각하여 예전에 계자(季子)가 보검을 선뜻 걸어주고 요부(堯夫)가 배에 가득 실은 보리를 다 주고 돌아왔듯이 나를 도와주기 간절히 바라네. 재물이란 마땅히 쓸 곳에 쓰는 것이며 덕은 보답을 바라지 않고 베푸는 법일세. 나의 글을 오동나무에 새겨서 호사가들에게 전하여 초목과 더불어 썩어 없어지지 않도록 해주면 이야말로 친구의 큰 덕이 되겠네. 말이 이러한 지경에 이르게 되었으니 내 스스로의 부끄러움을 어찌 이길 수 있겠는가?"

친구는 그 말을 듣고 흔쾌히 허락했다. 하안은 너무 기뻐하면서 술잔을 들어 절하고 올리며 다시 한 번 당부의 뜻을 전했다. 곧이어 동녘이 밝아 오니 작별을 고하고 돌아갔다. 친구는 오(吳)지방의 진택(震澤)으로 돌아가 그의 옛집을 찾아가서 흩어지고 없어진 것을 제외하고도 남겨진 글 수백 편을 수습하고 그가 저술한 『급고록(汲古錄)』과 『통현지(通玄志)』 등의 책을 찾아내 각수장이를 불러 목판에 새겨 책을 출판했다. 그리고 책을 책방에 내다 팔아 널리 전하게 하였다. 훗날 하안이 다시 찾아와 고맙다고 사례하였다. 그 후로는 수시로 왕래하면서 그 집안의 길흉화복을 매번 미리 알려주었다. 삼 년이 지난 후에 친구가 병이 들어 자리에 눕게 되었다. 하안이 찾아와 문안을 하더니 이렇게 말했다.

"내가 수문부(修文府)에서 일을 본 지도 벌써 기한이 차게 되었네. 마땅히 새로 대신할 사람을 천거해야 하는데 사실 이 자리는 명부에서도 중요한 자리라서 얻기가 매우 어렵다네. 자네가 만약 원하지 않는다면 억지로 강권하지는 않겠지만 만에 하나 원한다면 내 마땅히 진력을 다해 힘써 보겠네. 내가 이처럼 조급하게 하려는 까닭은 자네가 내 책을 출판해준 은혜를 갚으려는 것이네. 사람이란 태어나면 반드시 한번은 죽는 법. 설사 억지로 몇 년을 더 산다고 해도 어떻게 줄곧 이 땅에서 영원히 살아있을 수 있겠나?"

친구는 그 제안을 흔쾌히 허락했다. 그리고는 가사를 정리하고 더 이상 병을 고치려 하지 않고 며칠만에 세상을 떠났다.

원문

修文舍人傳

夏顏, 字希賢, 吳之震澤[2]人也. 博學多聞, 性氣英邁, 幅巾[3]布裘, 游于東西兩浙間. 喜慷慨論事, 亹亹不厭, 人每傾下之. 然而命分甚薄, 日不暇給, 嘗喟[4]然長歎曰 : "夏顏, 汝修身謹行, 奈何不能潤其家乎?" 則又自解曰 : "顏淵[5]困于陋巷, 豈道義之不足也? 賈誼[6]屈于長沙, 豈文章之不贍也? 校尉[7]封拜而李廣[8]不侯, 豈智勇之不逮也? 侏儒[9]飽死而方朔[10]苦飢, 豈才藝之不敏也? 蓋有命焉, 不可幸而致, 吾知順受而已, 豈敢非理妄求哉!" 至正初, 客死潤州,[11] 葬于北固山[12]下. 友人有與之契厚者,

---

2) 震澤(진택) : 호수 이름. 太湖이다. 현재 江蘇省에 震澤縣이 있는데 太湖에 들어간 半島이다. [周]

3) 幅巾(폭건) : 한 폭의 전부를 巾이라 하니 隱士의 옷이다. [句]

4) 喟(위) : 크게 한숨을 쉰다는 의미이다. [句]

5) 顏淵(안연) : 春秋시대 魯나라 사람. 공자의 제자이며 총명하였다. 누추한 골목에 살면서 광주리의 밥과 표주박의 물로 지냈지만 즐겁게 살았다. [周]

6) 賈誼(가의) : 漢代 洛陽人이다. 文帝(劉恒)가 博士로 초대하여 일약 大中大夫에 이르게 되었으나 大臣들의 시기를 받아 長沙王太傅으로 파견되었다가 후에 다시 梁王太傅로 좌천되었다. 불과 32세의 나이로 생을 마쳤다. [周]

7) 校尉(교위) : 將軍 보다 한 계급 아래에 있는 武官이다. [周]

8) 李廣(이광) : 漢나라 때 隴西 成紀 사람이며 팔이 길었고 활을 잘 쏘았다. 隴西, 上谷, 雁門, 雲中, 代郡, 北地 등지를 수비하며 흉노와 70여 차례 크고 작은 전쟁을 치르며 많은 사람을 죽였다. 흉노족은 그를 두려워하며 飛將軍이라 불렀다. 그러나 평생 운명이 순탄하지 못하여 그의 재능에 비할 바 못 되는 교위들이 제후나 장수로 임명되었는데도 그는 여전히 제후로 봉해지지 못했다. 武帝(劉徹) 때 衛青과 함께 흉노를 무찌르러 갔다가 길을 잃고 말았다. 위청은 그를 자신의 막부로 불러 들여 對簿를 시켰다. 이광은 분통을 터뜨리며 자살했다. [周]

9) 侏儒(주유) : 난쟁이, 왜소한 사람이다.

10) 方朔(방삭) : 東方朔. 字는 曼倩, 漢 厭次(현재 山東省 陽信縣) 사람이다. 우스갯소리를 곧잘 했으며 그 이야기 속에는 풍자의 뜻이 담겨 있었다. 漢 武帝는 그의 이야기 속에서 자주 자신의 잘못을 발견하였다. 동방삭이 무제 앞에서 "侏儒는 배 터져 죽겠고 小臣 朔은 배고파 죽겠습니다"라고 했던 일은 해학적이고 풍자를 지닌 유명한 이야기다. [周]

11) 潤州(윤주) : 지금의 江蘇省 鎭江에 해당한다. [周]

12) 北固山(북고산) : 鎭江에서 북쪽으로 1리 정도 가면 산이 강쪽으로 들어가 펼쳐지며

忽遇之于途, 見顔驅高車, 擁大蓋, 峨冠曳珮, 如侯伯狀, 從者各執其物, 呵殿[13]而隨護, 風采揚揚, 非復往日, 投北而去. 友人不敢呼之. 一日, 早作, 復遇之于里門, 顔遽搴帷[14]下車而施揖曰 : "故人安否?" 友人遂與敍舊, 執手款語, 不異平生. 乃問之曰 : "與君隔別未久, 而能自致靑雲,[15] 立身要路.[16] 車馬僕從, 如此之盛, 衣服冠帶, 如此之華, 可謂大丈夫得志之秋矣! 不勝健羨之至!" 顔曰 : "吾今隷職冥司, 頗極淸要.[17] 故人下問, 何敢有隱, 但途路之次, 未暇備述, 如不相棄, 可于後夕會于甘露寺[18]多景樓,[19] 庶得從容時頃, 少叙間闊, 不知可乎? 望勿以幽冥爲訝, 而負此誠約也." 友人許之. 告別而去. 是夕, 携酒而往, 則顔已先在, 見其至, 喜甚, 迎謂曰 : "故人眞信士, 可謂死生之交矣!" 乃言曰 : "地下之樂, 不減人間, 吾今爲修文[20]舍人,[21] 顔淵、卜商[22]舊職也. 冥司用人, 選擢甚精, 必當其才, 必稱其職, 然後官位可居, 爵祿可致, 非若人間可以賄賂而通, 可以門第而進, 可以外貌而濫充, 可以虛名而躐取也. 試與君論之 : 今夫人世之上, 仕路之間, 秉筆中書[23]者, 豈盡蕭、曹、丙、魏[24]之

삼면이 물로 둘러 쌓인 곳이 있다. 宋代 韓世忠이 여기에서 金의 兀朮을 격파하였다. [周]

13) 呵殿(가전) : 행렬의 앞뒤에서 길 비키라고 호령하는 사람 혹은 그 행위. [譯]

14) 搴帷(건유) : 손으로 마차의 장막을 걷다. [周]

15) 靑雲(청운) : 높은 지위를 비유하는 말이다. [周]

16) 要路(요로) : 중요하고 막강한 권한이 있는 지위. [周]

17) 淸要(청요) : 직위는 중요하지만 직무는 한가한 곳을 말한다. [周]

18) 甘露寺(감로사) : 鎭江 北固山 첫 번째 봉우리에 있다. 三國時代 吳나라가 건설했다고 전해지며 唐代 李德裕가 자신의 집 뒤편 땅을 기부하여 甘露寺의 건축을 확장하였다. [周]

19) 多景樓(다경루) : 北固山 甘露寺에 있다. 북으로는 양자강을 마주하고 있으며 경치가 매우 좋다. 宋代 鎭江郡守 陳天麟이 건축하였으며 원래는 唐代 臨江亭의 옛 터였다. [周]

20) 修文(수문) : 『晉書』에 "顔淵과 卜商은 地下修文郞이 되었다"라는 말이 있다. 후대에는 文人이 죽으면 修文이라고 칭했다. [周]

21) 舍人(사인) : 옛날 文書를 맡아보던 관리를 가리킨다. [周]

22) 卜商(복상) : 子夏의 본명. 春秋時代 衛나라 사람으로 孔子의 제자다. 그가 살던 西河(현재 陜西省 大荔縣) 지방에서 講學을 하였는데 당시 魏文侯는 스승의 예로 그를 존경하였다. [周]

徒乎? 提兵閫外[25]者, 豈盡韓、彭、衛、霍[26]之流乎? 館閣摛文者, 豈皆班、揚、董、馬[27]之輩乎? 郡邑牧民者, 豈皆龔、黃、召、杜[28]之儔乎? 騏驥[29]

---

23) 中書(중서) : 중서는 周나라 벼슬로 內史이다. 왕명을 기록하는 일을 담당했다. 漢나라 때는 환관이 그 일을 맡아 했다. 唐나라 이래로 丞相府에서 하도록 바꾸어 전쟁과 나라 일의 법령을 담당하여 만방을 다스리고 백관을 살피도록 하였다. 대개 천자를 도와 큰 정사를 맡는다. [句] 宰相이다. [周]

24) 蕭曹丙魏(소조병위) : 蕭는 蕭何를 가리키며 漢나라 沛縣 사람으로 漢 高祖(劉邦)를 도와 천하를 평정하였다. 曹는 曹參이며 漢나라 초의 沛땅 사람이다. 蕭何와 함께 劉邦을 도와 천하를 평정하고 平陽侯에 봉해졌다. 蕭何가 죽은 후에도 계속 宰相의 자리를 맡았다. 丙은 丙吉인데 字는 少卿이며 漢代 魯國 사람이다. 宣帝(劉詢) 때 博陽侯에 봉해졌으며 魏相을 대신하여 宰相이 되었다. 魏는 魏相으로 字는 弱翁이며 漢 定陶 사람이다. 宣帝 때 재상이 되어 丙吉과 함께 한 마음으로 정치를 보좌하였다. [周]

25) 閫外(곤외) : 都城 밖의 병권을 장악한 대장을 가리킨다. 『史記』에 "성내의 일은 과인이 제압할 것이니 성밖의 변방 일은 장군이 제압하라(閫以內者寡人制之, 閫以外者將軍制之)"라는 문장이 보인다. [周] 閫은 문지방이나 성문을 뜻하며 곤내는 성내, 곤외는 성밖 또는 변방을 의미한다. [譯]

26) 韓彭衛霍(한팽위곽) : 韓은 韓信이며 淮陰 사람으로 처음에 원래 項羽에게 찾아갔으나 기용되지 않자 劉邦을 도와 천하를 제패했지만 후에 呂后에게 살해되었다. 彭은 彭越을 가리키며 漢初의 功臣으로 원래 項羽의 부하였으나 후에 병사를 이끌고 한나라에 귀속하였다. 한나라가 천하를 평정한 후 梁王에 봉해졌으며 후에 모반을 꾀한다는 밀고를 당하여 피살당했다. 衛는 衛青인데 漢 平陽 사람으로 원래 鄭씨였으나 同母 누나인 衛子夫가 平陽公主 집에서 劉徹(漢 武帝)의 사랑을 받게 되자 자신도 衛씨로 쓰기 시작했다. 武帝가 匈奴를 공격할 때 그는 大將軍이 되어 공을 세워 長平侯에 봉해졌다. 霍은 霍去病이며 역시 平陽 사람이다. 衛青 누나의 아들로서 衛青의 조카가 되며 흉노를 토벌할 때 공을 세워 驃騎將軍을 배수받고 冠軍侯에 봉해졌다. [周]

27) 班揚董馬(반양동마) : 班은 班固. 字가 孟堅이며 後漢 安陵 사람이다. 박학다식하였고 부친 班彪의 뒤를 이어 『漢書』를 완성하였다. 揚은 揚雄. 字는 子雲이고 成都 사람이다. 詞賦에 뛰어났으며 뛰어난 문장으로 당시에 이름을 날렸다. 董은 董仲舒를 가리킨다. 廣川 사람으로 『春秋』에 정통했고 한나라의 뛰어난 선비로 꼽힌다. 馬는 司馬相如를 가리킨다. 字는 長卿이며 成都 사람이다. 그가 지은 詞賦는 매우 유명했으며 漢武帝는 그를 불러 郎中에 임명하였다. 후에 西南 오랑캐와 왕래에 공을 세워 孝文園令에 봉해졌으나 병을 칭하여 사임했다. [周]

28) 龔黃召杜(공황소두) : 龔은 龔遂를 가리키며 漢 山陽 사람으로 武帝 때에 渤海太守로 있으면서 백성들에게 농사와 양잠을 권하였다. 백성들은 칼과 검을 팔고 소를 샀으며 그가 다스리는 지역은 평화로웠다. 黃은 黃霸. 字는 次公, 陽夏 사람이다. 武帝 때에 潁川太守와 揚州刺史를 역임했는데 그의 治積은 天下第一이었다. 召는 召信臣을 가리키는데 壽昌 사람으로 南陽太守로 있을 때 백성들을 대표하여 이익을 늘리고 폐단을 제거하면서 교화를 이루었고 백성들은 그를 '召父'라고 칭하였다. 杜는 杜詩를

服鹽車[30]而駑駘[31]厭芻豆,[32][33] 鳳凰棲枳棘[34]而鴟鴞[35]鳴戶庭, 賢者槁項黃馘[36]而死于下, 不賢者比肩[37]接迹而顯于世, 故治日常少, 亂日常多, 正坐此也. 冥司則不然, 黜陟[38]必明, 賞罰必公, 昔日負君之賊, 敗國

말하는데 後漢의 汲人으로 후한 光武帝(劉秀)의 통치시기에 南陽太守를 역임하였는데 그의 정치는 깨끗하고 공정하였다. 당시의 사람들은 그를 召信臣과 함께 견주어서 '전에는 아버지 召信臣(召父)이 계셨고 후에는 어머니 杜詩(杜母)가 계신다'라고 말하였다. [周]

29) 騏驥(기기) : 騏驥는 좋은 말로 君子에 비유된다. 『戰國策』에 "騏驥가 소금 수레를 끌고 太行山에 오르는데 하얀 거품까지 뿜으며 멍에를 진 채 오를 수 없게 되었다. 伯樂이 지나다가 이를 보고 수레에서 내려 매달려 통곡하며 베옷을 벗어서 덮어주었다. 기기는 그제서 엎드려서 콧소리를 내고 하늘을 우러러 울부짖었다. 백락이 자기를 알아준다는 것을 알았기 때문이다"라는 문장이 보인다. 賈誼의 賦에는 "驥가 두 귀를 내리고 소금 수레를 끌고 있는데 駑駘(굼뜬 말)가 수레에서 내려온다"라고 하여 駑駘를 소인에 비유했다. 韓愈의 시에 "駑駘는 참으로 악착같구나. 파는 자가 얼마나 빡빡했길래 목마르다고 한 말 물을 마시고 배고프다고 한 소 꼴을 먹느냐"라는 구절이 있다. 杜甫는 시에서 "나라의 말이 조와 콩을 먹어치우네"라고 하였다. [句] 하루에 천리를 가는 좋은 말이다. 천리마. [周]

30) 鹽車(염거) : 소금을 운반하는 수레이다. 賈誼는 「弔屈原賦」에서 "천리마가 두 귀를 늘어뜨리고 소금수레를 끌고 가네(驥垂兩耳服鹽車兮)"라는 말로 才學을 갖춘 이가 포부를 펼치지 못한 채 비천한 일을 감당하는 것을 비유하였다. [周]

31) 駑駘(노태) : 우둔한 말. [周]

32) 厭蒭荳(염추두) : 厭은 배불리 먹는다는 뜻이고 蒭荳는 소와 말을 먹이는 풀과 콩을 말한다. 즉 좋은 먹이도 싫증낸다는 의미다. [周]

33) 【校】芻豆(추두) : [奎]와 [董]에는 모두 蒭荳로 되어 있음.

34) 枳棘(지극) : 탱자나무와 가시나무. 옛날에는 나쁜 나무로 알려졌다. 『後漢書』에는 "탱자나무와 가시나무는 난새와 봉황의 서식지가 아니다(枳棘非鸞鳳所棲)"라는 문장이 보인다. [周]

35) 鴟鴞(치효) : 부엉이를 말한다. [周]

36) 槁項黃馘(고항황괵) : 宋나라 사람 曹商은 莊子를 만나 "대체로 곤궁한 환경에 처하여 힘들게 짚신이나 짜며 여위어 피골이 상접하고 누른 머리가 귀를 덮는 것은 내가 싫어하는 바이다"라고 말하였다. 그 注에 "槁項이란 수척하여 살점이 없는 것이고 黃馘은 누른 머리카락이 귀를 덮은 것이다"라고 되어 있다. [句] 『莊子』에서 나온 말이다. 槁는 시들다. 馘은 얼굴이다. [周]

37) 比肩(비견) : 어깨를 나란히 하다라는 뜻이다. [句]

38) 黜陟(출척) : 내려오는 것을 黜, 올라가는 것을 陟이라 한다. 『書經 · 舜典』에 "세 번 살핀 끝에 치적이 없고 무능한 자는 내쫓고 명석한 자는 승진시켰다(三考黜陟幽明)"라는 문장이 보인다. 注에 "명석한 자는 승진시키고 무능한 자는 내쫓았다(陟明而黜幽也)"라고 되어 있다. [句] 내려오는 것과 올라가는 것을 말한다. [周] 즉 무능한 사람을 물리치고 유능한 사람을 등용하는 것을 의미한다. [譯]

之臣，受穹[39]爵而享厚祿者，至此必受其殃；昔日積善之家，修德之士，阨下位而困窮途者，[40] 至此必蒙其福. 蓋輪廻之數，報應之條，至此而莫逃矣.” 遂引滿而飮，連擧數觥，憑欄觀眺，口占律詩二章，吟贈友人曰：

笑拍闌干扣玉壺，林鴉驚散渚禽呼，一江流水三更月，兩岸青山六代都.[41] 富貴不來吾老矣，幽明無間子知乎？旁[42]人若問前程事，積善行仁是坦途.

滿身風露夜茫茫，一片山光與水光. 鐵甕城[43]邊人玩[44]月，鬼門關[45]外客還鄕. 功名不博詩千首，生死何殊夢一場！賴有故人知此意，淸談終夕據藤床.

吟訖. 搔首而言曰：“太上立德，其次立功，其次立言. 僕在世之日，無德可稱，無功可述，然而著成集錄，不下數百卷；作爲文章，將及千餘篇，皆極深研幾，盡意而爲之者. 奄忽[46]以來，家事零替，內無應門之童，外絶知音之士，[47] 盜賊之所攘[48]竊，蟲鼠之所毁傷，十不存一，甚可惜也.

---

39) 穹(궁)：높다라는 뜻이다. [句]

40) 困窮途者(곤궁도자)：晉나라 阮籍은 항상 꾸밈없이 혼자 수레를 타고 다녔는데 가지 못하는 오솔길에 수레가 다다르면 문득 통곡을 하고 돌아왔다. [句]

41) 六代都(육대도)：여섯 나라의 도읍지란 오늘날 南京 應天府로 바로 옛 金陵이다. 吳·東晉·宋·齊·梁·陳이 모두 이곳에 도읍했다. [句]

42) 【校】旁(방)：[奎]와 [董]에는 傍자로 쓰임.

43) 鐵甕城(철옹성)：江蘇省 鎭江市의 內城이다.『鎭江府志』에 三國 시기 吳나라 孫權이 축조했으며 안팎을 좁고 긴 벽돌로 만들었다고 적고 있다. 明代에 개축되었으며 古城은 이미 허물어졌다. [周]

44) 【校】玩(완)：[奎]와 [董]에는 翫자로 쓰임.

45) 鬼門關(귀문관)：귀문관은 交趾에 있다. 그 남쪽에 풍토병이 많아 찾아간 자들이 살아서 돌아오는 경우가 드물다. 李德裕가 崖州에 귀양가면서 쓴 시에 “한 번 가니 일만 리거니 천리도 천이 돌아오지 않을 줄을 아는구나. 애주가 있는 곳이 어디 메인가. 살아서 귀문관을 건널 수 있으려나”라는 구절이 있다. [句]

46) 奄忽(엄홀)：홀연히. 여기서는 죽어서 떠나는 것을 의미한다. [周]

47) 知音之士(지음지사)：劉向의『說苑』에 다음과 같은 내용이 보인다. “白牙가 연주하는 거문고가 뜻이 하늘에 있었다. 鐘子期가 ‘훌륭하도다! 장중한 모습이 태산과 같구나’라고 했다. 잠시 후에 뜻이 흐르는 물에 있었다. 鐘子期가 ‘훌륭하도다! 세찬 모습이 흐르는 물과 같다’라고 했다. 鐘子期가 죽자 白牙는 거문고를 깨트리고 줄을 끊어버려 죽을 때까지 다시 거문고를 켜지 않았다. 소리를 알아주는 사람이 없음을 알았던 것이

伏望故人以憐才爲念, 恤交爲心, 捐季子之寶劍,[49] 付堯夫之麥舟,[50] 用財于當行, 施德于不報, 刻之桐梓,[51] 傳于好事, 庶幾不與草木同腐, 此則故人之賜也. 興言及此, 慚愧何勝!" 友人許諾. 顔大喜, 捧觴拜獻, 以致丁寧之意. 已而, 東方漸曙, 告別而去. 友人歸吳中, 訪其家, 除散亡零落外, 猶得遺文數百篇, 幷所著『汲古錄』、『通玄志』等書, 亟命工鏤版, 鬻之于肆, 以廣其傳. 顔復到門致謝. 自此往來無間, 其家吉凶禍福, 皆前期報之. 三年之後, 友人感疾, 顔來訪問, 因謂曰 : "僕備員修文府, 日月已滿, 當得擧代. 冥間最重此職, 得之甚難. 君若不欲, 則不敢强; 萬一欲之, 當與盡力. 所以汲汲于此者, 蓋欲報君鏤版之恩耳. 人生會當有死, 縱復强延數年, 何可得居此地也?" 友人欣然許之, 遂處置家事, 不復治療, 數日而終.

다." [句] 여기서 白牙는 伯牙의 잘못이다. [譯]

48) 攘(양) : 훔치다라는 뜻이다. [句]

49) 捐季子之寶劍(연계자지보검) : 季子는 春秋 시기 吳 王壽蒙의 아들 季札이다. 그가 延陵에서 封號을 받았기 때문에 延陵季子라고 불렀다. 吳王 餘祭 4년에 그는 사신으로 各國에 파견되었다. 북으로 徐州를 지날 때 徐君(서땅을 다스리는 왕)이 季札의 寶劍을 마음에 들어했으나 차마 입 밖에 내지는 못하였다. 季札도 徐君의 마음을 알고는 있었지만 파견을 나간 중이라 그에게 가지 못하였다. 후에 徐州로 다시 돌아왔으나 徐君은 이미 세상을 떠난 후였다. 季札은 자신의 몸에 지니고 있던 寶劍을 풀어 徐君의 묘 앞에 있는 나무에 매어놓고 길을 떠났다. [周]

50) 付堯夫之麥舟(부요부지맥주) : 堯夫는 宋代 范仲淹의 아들 范純仁이다. 한번은 范仲淹이 그를 蘇州에 보내 보리 오백 섬을 사오게 하였다. 배가 丹陽을 지날 때 우연히 石曼卿이란 사람을 만났는데 그가 "저는 불행히도 연거푸 세 번 喪事를 당해 장례를 지내고자 하나 상의할 사람조차 없습니다"라고 말하였다. 그 말을 들은 범순인은 배 안의 보리를 모두 그에게 주고 빈 배로 돌아와서는 그 부친에게 석만경의 사연을 이야기 했다. 범중엄이 이 말을 듣고는 "어찌하여 배 안의 보리를 주지 않았느냐?"라고 묻자 아들이 "벌써 다 주어버렸습니다"라고 대답하였다. [周] 斛(곡)은 우리말로 휘라고 하며 곡식 열 말의 용량이다. [譯]

51) 刻之桐梓(각지동재) : 책을 인쇄하는 일이다. 옛날에 책을 인쇄할 때는 목판에 새겨 인쇄를 하였다. 桐梓는 판각용 木材인 오동나무와 가래나무다. [周]

19 감호야범기(鑑湖夜泛記)

감호에서 만난 선녀

재야에 묻혀 사는 성영언(成令言)이라는 처사는 명예나 영달에는 뜻이 없어 언제나 회계(會稽)지방의 좋은 산과 물을 찾아다니고 있었다. 원나라 문종 천력(天曆) 연간에 감호(鑑湖)의 물가에 자리를 잡고 살았다. 그는 일찍이 고개지(顧愷之)가 읊었던 시구를 거듭 외우며 종일토록 흥겹게 놀며 그칠 줄을 몰랐다.

千巖競秀,	천 개의 봉우리가 빼어남을 다투고
萬壑爭流.	만 갈래 계곡 물이 빠름을 겨룬다

그는 언제나 작은 배 한 척에 노도 없고 돛대도 없이 바람 따라 물결 따라 흔들리는 대로 몸을 맡겨 떠다니면서 물가에 헤엄치는 물고기를 내려다보거나 모래톱에 내려앉는 갈매기와 벗이 되었으며 부평초 가득 자란 물가에 노는 백로와 사귀거나 버들가지 늘어진 언덕의 꾀꼬리 소

릴 들으면서 유유자적하였다. 그리하여 감호 주위의 삼십 리 연안에서는 날아가는 새나 달리는 짐승, 떠다니는 물벌레나 뛰어오르는 물고기가 모두 그의 모습에 낯이 익어서 서로 아무 상관하지 않고 제멋대로 오고 가며 조금도 두려워하거나 꺼려하는 빛이 없었다. 그리고 나무하는 노인이나 밭을 가는 영감이나 고기 잡는 아이나 소치는 목동을 만나면 노소를 불문하고 모두가 다 반가워하였다.

때는 초가을의 어느 날 저녁이었다. 그는 배를 천추관(千秋觀) 아래에 매어두고 쉬고 있었다. 쌀쌀한 가을 바람이 건듯 불어오고 이슬은 아직 내리지 않았는데 하늘의 별들은 정말이지 쏟아질 듯 반짝여서 물과 하늘이 한 빛이었다. 그때 어디선가 마름이나 연밥을 따는 여인들의 노래소리가 들려왔다. 이쪽에서 부르면 저쪽에서 화답하는 것 같았다. 성영언은 배 안에 누워서 하늘을 쳐다보았다. 은하수가 길고 긴 하얀 비단을 펼쳐 놓은 듯이 남북을 가로지르고 있었다. 하늘에는 구름 한 점 없이 깨끗이 쓸어놓은 듯 하고 티끌 한 점도 일지 않았다. 그는 흥에 겨워 뱃전을 두드리며 송지문(宋之問)의 시 「명하편(明河篇)」을 읊었다. 그는 점점 속세를 떠나 홀로 서서 날개가 돋아 신선으로 올라가는 느낌을 받았다. 갑자기 배가 저절로 움직이더니 속도가 점점 빨라졌다. 바람과 물결이 함께 밀어 순식간에 천리를 달려갔다. 무언인가 자신을 당겨주는 것 같았다. 그것이 무엇인지는 알 수 없었다. 잠시 후에 어떤 곳에 당도했는데 서늘한 기운이 몸으로 몰려오고 맑은 빛에 눈을 뜰 수 없었다. 거기 청정하고 깨끗한 옥 같은 밭에는 온갖 기이한 화초가 다 자라고 있었으며 넓고 넓은 은빛 바다에는 온갖 기이한 짐승과 상서로운 동물들이 헤엄치고 있었다. 까마귀가 떼를 지어 지저귀고 하얀 느릅나무가 잔뜩 심겨져 있었다.

성영언은 이곳이 인간세상이 아니라고 짐작하고 옷을 걸치고 배 위에서 일어났다. 앞에는 주옥과 조개로 장식한 궁궐이 우뚝 솟아 있는 것이 보였다. 선녀 한 사람이 안으로부터 나왔는데 얼음같이 투명한 비단 옷을 입고 서릿발 같이 하얀 치맛자락을 끌고 있었으며 머리에는 비취(翡翠)와 봉황(鳳凰)의 깃털로 만들어 걸음걸이마다 흔들리는 관을 쓰고 있었다. 그리고 발에는 화려한 무늬를 수놓은 신발을 신고 있었고 두 명의 시녀가 뒤를 따르는데 한 사람은 금 손잡이의 가리개 부채를 들고 한 사람은 옥 팔찌와 여의(如意)를 들고 있었다. 별 같이 반짝이는 눈동자와 달 같이 환한 얼굴로 그 광채가 유난히 빛났다. 그들은 물가의 언덕에 오더니 성영언에게 말을 걸었다.

"처사께서는 어이하여 이처럼 늦게 오시나이까?"

그는 두 손을 모아 공손히 예를 표하며 대답했다.

"저는 강호에 조용히 숨어살면서 물고기와 새들 사이에 종적을 감추고 있어 원래 아무런 약속을 한 바도 없습니다. 더욱이 평생에 서로 알지 못하는 사이에 어이하여 늦게 온다는 말씀을 하시는지요?"

선녀는 웃으면서 대답했다.

"처사께서 어찌 저희를 아실 수 있겠어요? 그래서 여기까지 뫼시러 나온 겁니다. 아마도 평소에 처사께서 높은 절의(節義)를 갖고 계시고 오랫동안 크나큰 덕을 베풀어 주셨으며 장차 간절한 일이 있는 고로 처사님을 통하여 세상에 알리고자 하기 때문일 것입니다."

그러더니 성영언을 뭍으로 오르도록 하고 모시고 안으로 들어갔다. 수십 걸음을 들어가니 큰 궁전이 나타났는데 '천장지전(天章之殿)'이란 현판이 쓰여 있었다. 이 궁전 뒤에 다시 높은 전각이 나타났는데 이름을 '영광지각(靈光之閣)이라고 했다. 안에는 운모(雲母)로 만든 병풍이 둘러쳐 있고 옥화(玉華)의 대자리가 깔려 있으며 사방에는 수정의 발이 산호의 고리에 걸려 있었다. 방안은 대낮같이 밝았고 대들보 위에는 향주머니가 두 개 달려 있어서 난초향과 사향(麝香)의 냄새를 코를 찌르도록 풍기고 있었다. 성영언을 마주 앉히고 선녀가 말했다.

"처사께서는 이곳이 어디인지 알고 계시는지요? 여기는 세상 사람이 말하는 바로 은하수입니다. 저는 바로 직녀(織女)의 여신이고요. 여기서 속세까지는 팔만 리나 된답니다."

성영언은 자리에서 벌떡 일어나며 대답하였다.

"인간 세상의 어리석은 백성이 초목과 더불어 썩어 문드러진대도 그저 달가워할 것일진대 오늘밤에는 어떤 행운이 있었기에 이 몸이 하늘나라에 올라와 선궁(仙宮)을 밟게 되었는지 그야말로 그 복이 무량하고 그 은혜가 바라는 바를 훨씬 지나치옵니다. 하지만 존귀하신 선녀님께서 무슨 부탁하실 일이 있으시고 하실 말씀이 있으신지 상세히 듣고 싶습니다. 부디 속세의 근심거리를 풀어주시기 바라옵니다."

선녀는 머리를 숙이고 옷깃을 여민 다음 허리를 굽혀 절을 하고는 단정히 앉아 다음과 같이 말을 했다.

"저는 원래 천제의 손녀이며 영성(靈星)의 딸로서 타고난 품성이 정숙하여 무리를 떠나 조용하게 살고 있습니다. 하지만 뜻 밖에도 세상의 선비들이 무지하고 어리석은 백성들이 황당한 이야기를 좋아하여 망령되이 칠월 칠석(七夕)날 견우와 직녀가 만난다는 설을 날조하였습니다. 저를 견우의 짝으로 만들어 놓는 바람에 저의 청결한 지조가 이처럼 오욕의 이름을 받게 될 줄은 생각지도 못했습니다. 그 황당한 이야기의 발단을 연 것은 『제해(齊諧)』 같이 괴이한 내용을 담은 책이고 전파를 점점 부추긴 것은 『형초세시기(荊楚歲時記)』와 같이 초(楚)나라 풍속의 불경한 내용을 담은 책입니다. 또 이야기를 부연하여 제창한 것은 유종원(柳宗元)의 「걸교문(乞巧文)」과 같은 것이고 과장하여 시로 화답한 것은 장문잠(張文潛)의 「칠석가(七夕歌)」라고 할 수 있습니다. 이제 그에 대하여 나서서 어떤 변명과 웅변을 하더라도 자명하게 밝힐 수가 없게 되었으니 더럽고 사악한 말들이 어디엔들 전해지지 않겠습니까? 때때로 사람들의 편지 속에도 나타나고 문장에서도 전해지고 있지요. 예를 들면 이런 글들이 보입니다.

어떤 이는 이런 노래를 불렀습니다.

北斗佳人雙淚流, 북두의 예쁜 선녀 두 줄기 눈물 흘리니
眼穿腸斷爲牽牛. 눈 빠지고 애 타는 건 견우 때문이라네

또 이런 노래도 있습니다.

莫言天上稀相見, 하늘이라고 만나는 일 드물다 하지 말라
猶勝人間去不回! 한번 가면 오지 않는 인간보다 나으리라

그리고 이런 구절도 있지요.

未會牽牛意若何, 만나지 못하는 견우 심정 어떠하리
須邀織女弄金梭. 북으로 베만 짜는 직녀를 부르리라

다음과 같은 구절도 있습니다.

時人不用穿針待; 사람들아 직녀 솜씨 기다리지 마소
沒得心情送巧來. 바느질 가르칠 마음 여유 어디 있겠소

이런 것들은 그야말로 이루 다 헤아릴 수조차 없이 많답니다. 신령을 모독하는데 조금도 거리낌이 없으니 이것을 참는다면 앞으로 무엇을 참을 수 없겠습니까?"

성영언이 말을 듣고 나서 대답했다.

"오작교에서 견우와 직녀가 만난다는 일과 견우가 은하수에서 소에 물 먹이며 노닌다는 이야기는 지금 선녀님의 말씀을 들은 즉 참으로 거짓된 망령임을 알겠습니다. 그러나 항아(嫦娥)가 불사약을 훔쳐먹고 달나라로 도망갔다거나 무산(巫山)의 신녀가 고당(高唐)에서 초양왕(楚襄王)을 만났다거나 후토부인(后土夫人)이 하계의 요망한 인간에게 부탁하여 원수 갚았다거나 상수(湘水)의 신령이 시(詩)를 보고 밀회를 약속했다는 이

야기 등은 과연 있었던 일입니까? 아니면 잘못 알려진 일입니까?"

선녀가 슬픈 표정을 지으며 대답하였다.

"항아는 달의 선녀이며 후토부인은 존귀한 땅의 여신입니다. 우(禹)임금께서 삼협을 개척한 공을 세운 것은 실로 무산 신녀의 도움이 있었던 것입니다. 상수의 신령이신 아황(娥皇)과 여영(女英)은 모두 요(堯)임금의 따님이면서 순(舜)임금의 왕비이시니 성현의 후예이며 정절있는 분들입니다. 그러니 어찌 세속에서 말하는 바와 같은 일이 있을 수 있겠습니까? 옛날 상원부인(上元夫人)이 내려와 봉척(封陟)에게 시집가려고 했던 것이나 운영(雲英)이 배항(裵航)을 만나 혼인한 일이나 두란향(杜蘭香)이 장석(張碩)에게 출가한 일이나 오채란(吳彩鸞)이 선비인 문소(文簫)의 배필이 된 그러한 이야기들과는 전혀 다르다고 할 수 있습니다. 그들은 정욕이 쉽게 생기고 행적을 감추기 어려운 자들입니다. 세상 사람들은 달을 읊으면서 이렇게들 노래합니다.

嫦娥應悔偸靈藥,	달 속의 항아는 불사약 왜 훔쳤나 후회하리니
碧海青天夜夜心.	넓고 푸른 하늘바다 밤마다 그리움 어이하리오

또 삼협을 노래하는 시 가운데는 이런 구절도 있습니다.

一自高唐賦成後,	송옥의 「고당부」 한번 지어진 후로
楚天雲雨盡堪疑.	초나라 하늘의 운우만 보면 의심하네

무릇 해와 달은 두 개의 가장 밝은 빛으로써 혼돈의 세계에서부터 천지개벽의 순간에 이미 갖추어져 있었던 것입니다. 그런데 어찌하여 예(羿)의 아내라는 낭설이나 불사약을 훔쳤다는 황당한 이야기가 있을 수 있으며 망령되이 과부가 되어 달나라에서 외롭게 독수공방하고 있다는 모욕을 주고 있는 것입니까? 또 구름이란 산천의 신령스런 기운이고 비는 천지의 더할 수 없는 은혜입니다. 그런데 어찌하여 송옥(宋玉)같은 자

가 「고당부」를 잘못 지어 운우(雲雨)를 곧 침실의 즐거움을 가리킨다고 하면서 사랑의 환희에 비유하였던 것입니까? 하늘을 모독하고 신령을 경멸한 것이 이보다 심할 수는 없는 것입니다. 상수의 신령이신 아황과 여영은 순임금의 왕비로서 임금이 승하할 때 이미 나이가 들어 늙었음에도 이군옥(李群玉)이란 자가 대체 어떤 자이기에 감히 음란한 말로써 황릉묘(黃陵廟)를 모독하여 이런 시를 읊었다는 것인지요?

不知精爽落何處, 아름다운 정령은 지금 어디 계신가요
疑是行雲秋色中. 행여 추색이 만연하니 운우를 즐기시나

이는 이군옥 스스로 기이한 만남을 헛되이 서술하여 그들을 끌어낸 것으로 허망하고 황당하여 그들의 명예와 지조를 땅을 쓸 듯이 쓸어낸 것입니다. 후토부인에 대한 전설은 당나라 사람들이 측천무후의 악행을 직접 거론하기 어려워서 이를 빌어 은근히 풍자한 것이랍니다. 세상에서는 이를 모르고 그것을 진실로 받아들이려 합니다. 그래서 이런 구절도 있습니다.

韋郎年少耽閑事, 젊은 위안도(韋安道) 한가롭게 놀기만 탐하니
案上休看太白經. 책상 위엔 이전(李筌)의 『태백경』만 놓였네

대개 욕계(慾界)의 제천(諸天)에서는 모두가 짝이 있게 마련이며 그것이 없는 자는 욕심이 없는 자입니다. 선비와 군자들은 인륜의 가르침 속에서 스스로 즐거운 점이 있게 마련일 것인데 하필이면 굳이 더럽고 음탕한 글을 써서 거룩한 분들을 모함하고 비방하여 자신의 양심을 속이고 세상을 미혹되게 하여 스스로 잘못된 곳에 처하게 만드는지 알 수가 없는 일입니다. 바라옵건대 처사께서는 세상에 내려가시면 이를 모두 분명히 밝혀서 구름 위 하늘의 일과 별과 은하수의 일들이 젖비린내 나는 어린아이의 입에까지 모욕을 당하고 쓸데없는 허물과 흠이 생기지

않도록 해주시기 바랍니다."

성영언은 다시 선녀에게 물었다.

"세속에서 온갖 거짓된 말이 많이 돌아다니고 선경(仙境)의 진인(眞人)들이 모함을 당하고 있는 것에 대해서는 지금 선녀님의 말씀을 듣고 보니 참으로 그것이 거짓이란 생각을 하게 되었습니다. 하지만 장건(張騫)이 뗏목을 타고 은하수에 올라갔다거나 엄군평(嚴君平)이 베틀 괴던 돌을 알아냈다거나 하는 이야기는 참말인지요? 아니면 그것도 거짓인지요?"

선녀는 확신을 가지고 말했다.

"이 두 가지 일은 분명코 사실입니다. 한나라의 박망후(博望侯) 장건은 천제가 있는 금마문(金馬門)의 직리(直吏)이며 엄군평은 옥황상제의 선관(仙官)이었습니다. 잠시 인간 세상에 귀양 갔던 것이므로 영성(靈性)은 여전히 가지고 있었던 것이며 그러므로 능히 팔극(八極)을 유람할 수 있고 이물(異物)을 판별할 수 있었던 것이지요. 어찌 보통 사람들과 서로 비교가 되겠습니까? 처사께서도 삼생(三生)의 인연이 있지 않으셨다면 오늘 밤 이곳에 어찌 오실 수가 있었겠습니까?"

그리고는 좋은 비단 두 필을 내주면서 말했다.

"이제 처사께서는 돌아가셔도 좋습니다. 부탁드린 말씀은 부디 잊지 않으시기 바랍니다."

성영언은 선녀를 하직하고 물러 나와 배에 올랐다. 잠시 바람과 이슬이 높고 차다고 느끼고 파도와 물결이 거세게 몰아친다는 느낌이 있을 뿐이었데 한 식경(食頃) 쯤 지나자 곧 원래 있었던 자리로 돌아왔다. 엷은 안개가 피어오르고 큰 별들이 점점 스러져 가고 닭이 세 번 홰를 치며 우니 시각은 이미 오경(五更)이었다.

그는 갖고 온 비단을 꺼내 살펴보았다. 인간 세상에서 짠 것과 그다지 차이가 나지는 않는 것 같았다. 일단 상자 속에 고이 간직하였다가 박물군자(博物君子)가 오면 자세히 살펴달라고 할 생각이었다. 후에 서역 물건을 파는 이방인 장사꾼을 만나 그 비단을 꺼내 보여주었더니 한참 동안 어루만지며 살펴보고는 얼굴빛을 고치면서 말했다.

“이것은 하늘나라에서 온 지극한 보배이옵니다. 인간 세상의 물건이 아니에요!”

성영언이 모른 척하고 다시 물었다.

“어떻게 그런 걸 안단 말이오?”

“저는 이 비단의 무늬가 어지럽지 않고 순조로운 것을 보았으며 색깔이 잡되지 않고 순수한 것을 보았습니다. 햇빛에 비춰보면 서기(瑞氣)가 번쩍이며 일어나고 먼지로 가리려고 하면 저절로 날아갑니다. 휘장을 만들면 모기가 들어오지 못하고 의복을 만들면 비와 눈이 내려도 젖지 않습니다. 엄동설한에 입으면 솜을 넣지 않아도 따뜻하고 더운 여름에 입으면 바람을 쐬지 않아도 시원합니다. 그 누에는 해 뜨는 동쪽 끝 부상(扶桑)의 뽕을 먹고 자랐으며 그 실은 은하수의 물로 빨았던 것입니다. 이야말로 하늘나라 직녀가 손수 짠 비단이 아니고 무엇이겠습니까? 선생님께서는 이 비단을 어떻게 얻으셨습니까?”

성영언은 입을 다물고 그 사연을 밝히지 않았다. 그는 마침내 가벼운 작은 배에 몸을 싣고 짧은 노를 저으면서 오래도록 유람을 나가서는 돌아오지 않았다. 그로부터 이십여 년이 지난 뒤에 어떤 사람이 회계산(會稽山)의 옥사봉(玉笥峰)에서 그를 만난 사람이 있었다. 그의 얼굴은 여전히 붉은 홍조를 띠고 두 눈은 맑았으며 누런 황건을 쓰고 베옷을 입었으나 두건이나 허리띠는 두르지 않고 있었다. 앞으로 나아가 읍을 하며 인사를 여쭈었더니 그만 바람을 타고 어디론가 질풍처럼 가버렸다. 뒤를 좇아갈 수가 없었다고 한다.

鑑湖夜泛記

處士成令言, 不求聞達, 素愛會稽山水. 天曆[1]間, 卜居鑑湖[2]之濱, 誦"千巖競秀, 萬壑爭流[3]"之句, 終日邀游不輟. 常乘一葉小舟, 未施篙櫓,[4] 風帆浪檝, 任其所之, 或觀魚水涯, 或盟鷗沙際,[5] 或蘋洲狎鷺, 或柳岸聞鶯. 沿湖三十里, 飛者走者, 浮者躍者, 皆熟其狀貌, 與之相忘, 自去自來, 不復疑懼. 而樵翁、耕叟、漁童、牧竪遇之, 不問老幼, 俱得其歡心焉. 初秋之夕, 泊舟千秋觀[6]下, 金風乍起, 白露未零, 星斗交輝, 水天一色, 時聞菱歌蓮唱, 應答于洲渚之間. 令言臥舟中, 仰視天漢, 如白練萬丈, 橫亘于南北, 纖雲掃迹, 一塵不起. 乃扣船舷, 歌宋之問[7]明河之篇,[8] 飄飄然有遺世獨立, 羽化登仙之意. 舟忽自動, 其行甚速, 風水俱駃, 一瞬千

---

1) 天曆(천력) : 元나라 文宗의 연호(1328~1329)이다. [譯]

2) 鑑湖(감호) : 浙江省 紹興縣 남쪽에 있으며 일명 鏡湖라고도 한다. [周]

3) 千巖競秀(천암경수), 萬壑爭流(만학쟁류) : 晉나라 顧凱之가 회계에서 돌아오니 사람들이 회계 산수가 얼마나 아름다운지를 물었다. 고개지가 "수천 암석은 빼어남을 다투고 수만 골짜기는 흐름을 겨루네"라고 했다. [句]

4) 【校】櫓(노) : [奎]와 [董]에 艣라고 쓰임. 篙櫓(고노), 篙는 배에 꽂는 장대이고 櫓는 노와 같으나 길다. 배를 앞으로 나가게 하는 것이다. [句]

5) 盟鷗沙際(맹구사제) : 『列子』에 다음과 같은 내용이 보인다. "바닷가 사람으로 갈매기를 좋아하는 자가 매일 아침에 바닷가로 가서 갈매기와 놀았다. 갈매기가 이른 것이 수백 마리였다. 그 아버지가 '내가 들으니 갈매기가 모두 너와 논다고 하니 잡아오너라. 내가 가지고 놀고싶다'라고 말했다. 다음날 아침에 바닷가에 갔더니 갈매기가 춤추며 내려오지 않았다." 黃山谷(황정견)의 시에 "백구와의 약속을 이미 어겼다"라는 구절이 있다. [句]

6) 千秋觀(천추관) : 浙江省 紹興縣의 동남쪽 3리 되는 곳에 있다. 원래 唐나라 賀知章이 살던 집이었는데 賀知章이 도사가 되어 그가 살던 집을 千秋觀으로 개조하였다. 후에는 天長觀으로 고쳤으며 현재는 道士莊이라고 부른다. [周]

7) 宋之問(송지문) : 字는 延淸, 唐 汾州 사람이다. 則天武后가 한 번은 꽃놀이를 하러 洛陽으로 가서 신하들에게 시를 짓게 하였다. 東方虯의 시가 먼저 지어져 그에게 錦袍를 하사하였다. 후에 宋之問의 시를 보고는 동방규의 錦袍를 도로 빼앗아 그에게 주었다. [周]

8) 明河篇(명하편) : 宋之問이 지은 시. 마지막 네 구절은 "明河可望不可親, 願得乘槎一問津, 更將織女支機石, 還訪成都賣卜人"이다. 明河는 곧 은하수이다. [周]

里, 若有物引之者. 令言莫測. 須臾, 至一處, 寒氣襲人, 清光奪目, 如玉田湛湛, 琪花瑤草生其中; 如銀海洋洋, 異獸神魚泳其內. 烏鴉群鳴, 白楡[9]亂植. 令言度非人間, 披衣而起, 見珠宮岌然, 貝闕高聳. 有一仙娥, 自內而出, 被冰綃之衣, 曳霜紈之帔, 戴翠鳳步搖[10]之冠, 躡瓊紋九章[11]之履, 侍女二人, 一執金柄障扇, 一捧玉環如意, 星眸月貌, 光彩照人, 至岸側, 謂令言曰 : "處士來何遲?" 令言拱而對曰 : "僕晦迹江湖,[12] 忘形魚鳥,[13] 素乏誠約, 又昧平生,[14] 何以有來遲之問?" 仙娥笑曰 : "卿安得而識我乎? 所以奉邀至此者, 蓋以卿夙負高義, 久存碩德, 將有誠悃, 藉卿傳之于世耳." 乃請令言登岸, 邀之入門, 行數十步, 見一大殿, 榜曰 : 天章之殿. 殿後有一高閣, 題曰 : 靈光之閣. 內設雲母屛, 鋪玉華簟, 四面皆水晶簾, 以珊瑚鉤挂之, 通明如白晝, 梁間懸香球二枚, 蘭麝之氣, 芬芳觸鼻. 請令言對席坐而語之曰 : "卿識此地乎? 卽人世所謂天河,[15] 妾乃織女之神也. 此去塵間, 已八萬餘里矣." 令言離席而言曰 : "下界愚民, 甘與草木同腐. 今夕何幸, 身游天府, 足踐仙宮, 獲福無量, 受恩過望. 然未知尊神欲托以何事, 授以何言? 願得詳聞, 以釋塵慮." 仙娥乃低首斂躬, 端肅而致詞曰 : "妾乃天帝之孫, 靈星[16]之女, 夙稟貞性, 離群索居.

---

9) 白楡(백유) : 古樂府에 "하늘 위가 어느 곳에 있는가. 흰 느릅나무 심어놓은 곳이 역력하도다"라는 구절이 있다. 注에 "흰 느릅나무는 별이다"라고 되어 있다. [句]

10) 步搖(보요) : 옛날 女人의 머리장식이다. 銀絲를 구부려 꽃가지 모양으로 만든 것으로 묶은 머리의 뒤에 꽂는다. 발걸음을 옮길 때마다 흔들리기 때문에 步搖라 이름하였다. [周]

11) 九章(구장) : 『尙書』에 '冕服九章'이라는 말이 있다. 이것은 畵衣五章과 繡裳四章이 합쳐서 九章이 된다는 말이다. 여기에서는 예쁜 꽃신의 이름으로 쓰였다. 신발에 수놓은 각종 무늬를 말하는 것으로 보인다. [周]

12) 晦跡江湖(회적강호) : 江湖에 은둔하다. [周]

13) 忘形魚鳥(망형어조) : 물고기와 새와 함께 더불어 살면서 자신의 모습을 잊다. [周]

14) 昧平生(매평생) : 평생토록 본 적이 없다, 만난 적이 없다. [周]

15) 天河(천하) : 여름에서 가을로 넘어갈 때 맑은 밤하늘에는 흰 띠가 나타나는데 마치 강물처럼 비스듬하게 굽어지며 그 넓이는 10도에서 15도에 이른다. 무수히 빛나는 恒星들의 작은 불빛들이 한데 모여 만든 것으로 일명 銀河라고 한다. [周]

16) 靈星(영성) : 일명 天田星이라고 하며 파종과 수확 즉 농사일을 주관한다. 周代에는 매년 仲秋 八月에 나라의 동남쪽에서 靈星에 제사를 지내는 제도가 있었다. [周]

豈意下土無知, 愚民好誕, 妄傳秋夕之期, 指作牽牛[17]之配, 致令淸潔之操, 受此汚辱之名. 開其源者, 齊諧多詐之書;[18] 鼓其波者, 楚俗不經之語;[19] 傅會其說而倡之者, 柳宗元[20]乞巧之文; 鋪張其事而和之者, 張文潛[21]七夕之詠. 强詞雄辯, 無以自明; 鄙語邪言, 何所不至! 往往形諸簡牘, 播于篇章, 有曰 : '北斗佳人雙淚流, 眼穿腸斷爲牽牛.' 又曰 : '莫言天上稀相見, 猶勝人間去不回!' 有曰 : '未會牽牛意若何, 須邀織女弄金梭.' 又曰 : '時人不用穿針待, 沒得心情送巧來.' 似此者不一而足, 褻侮神靈, 罔知忌憚, 是可忍也, 孰不可忍!" 令言對曰 : "鵲橋[22]之會, 牛渚之游,[23]

17) 牽牛(견우) : 견우성. 은하수 근처에 있으며 織女星과 마주보고 있다. 일명 河鼓라고 부르며 黃姑라고도 한다. [周]

18) 齊諧多詐之書(제해다사지서) : 齊諧는 원래 사람의 이름이었는데 남조 송나라(劉宋) 때 東陽無疑가 이를 서명으로 썼다. 『莊子』에는 "齊諧는 기이한 것을 기록한 사람이다(齊諧者, 志怪者也)"라는 문장이 보인다. [周] 고대부터 齊諧를 인명과 서명으로 보는 두 가지 설이 동시에 있었다. 『莊子・逍遙遊』에 나오는 앞의 구절에 대해 陸德明의 釋文에선 "司馬彪와 崔譔은 성명이라 했고 梁 簡文帝는 책이름이라고 했다"고 되어 있다. 成玄英의 疏에서는 "성이 齊이고 이름은 諧인 인명이다. 또 書名이라고도 한다. 제나라에 이러한 해학적인 책이 있었다는 것이다"라고 되어 있다. 훗날 志怪의 책이나 이와 같은 이야기를 부연한 희곡을 대부분 齊諧라고 했다. [譯]

19) 楚俗不經之語(초속부경지어) : 梁나라 宗懍은 『荊楚歲時記』를 지었는데 여기에는 湖北 지방의 풍속이 기록되어 있다. 그러나 이중 일부는 날조된 것이 틀림없다. 예컨대 張騫이 뗏목을 타고 河源 찾다가 우연히 織女를 만났다는 일 등이 그러하다. 不經이란 즉 근거 없는 말이다. [周]

20) 柳宗元(유종원) : 字는 子厚, 唐 河東 사람이다. 進士로 監察御史를 지냈으며 후에는 王叔文 일파에 가담했다는 이유로 永州司馬로 폄적되었고 柳州刺史로 좌천되었다. 韓愈는 그의 문장이 웅장하고 우아하며 건실하여 마치 司馬遷과 같다고 칭송한 바 있다. [周]

21) 張文潛(장문잠) : 즉 張耒. 宋 淮陰 사람이다. 騷詞에 뛰어났으며 20세에 진사에 급제하였다. 일찍이 潤州, 潁州, 汝州의 知州를 지냈다. 黨派로 인해 두 차례 파면되었다. [周]

22) 鵲橋(작교) : 『風俗記』에 "織女가 七夕날 은하수를 건널 때 까치가 서로 이어 다리를 만들게 한다"라는 문장이 보인다. [周]

23) 牛渚之游(우저지유) : 『博物志』에 "은하수는 바다와 통한다. 근세에 어떤 사람이 바닷가에 살다가 해마다 팔월이 되면 뗏목이 왔다갔다하는데 조금도 날짜가 어긋나지 않는 것을 보았다. 많은 식량을 뗏목에 싣고 한 곳에 다다르니 멀리 보이는 궁중에 베를 짜는 여자가 있고 한 장부를 보니 소를 끌고 와서 물가에서 먹이고 있었다. 이 사람에게 이곳이 어디냐고 물었더니 '그대가 돌아가 촉나라에 이르면 嚴君平에게 물어보시

今聽神言, 審其妄矣. 然如嫦娥月殿之奔, 神女高唐[24]之會, 后土靈佑[25]事,[26] 湘靈冥會之詩, 果有之乎, 抑未然乎?" 仙娥憮然曰 : "嫦娥者, 月宮仙女; 后土者, 地祇[27]貴神; 大禹開峽之功, 巫神實佐之; 而湘靈者, 堯女舜妃. 是皆聖賢之裔, 貞烈之倫, 烏有如世俗所謂哉! 非若上元之降封陟,[28] 雲英之遇裴航,[29] 蘭香之嫁張碩,[30] 彩鸞之配文簫,[31] 情慾易生,

---

오'라고 대답했다. 촉나라에 이르러 엄군평에게 물어보니 '아무개 해 아무개 날에 客星이 견우성을 범했소'라고 대답했다. 바로 이 사람이 은하수에 도착한 때였다"라는 내용이 보인다. 또 『荊楚歲時記』에 "張騫이 뗏목을 타고 은하수에 이르니 한 부인이 베를 짜고 한 남자가 소를 끌고 와 물가에서 물을 먹이고 있는 것을 보았다. 여자가 돌 한 개를 주기에 돌아와 엄군평에게 물었더니 엄군평이 '이것은 직녀가 베틀을 괴던 돌이지요'라고 대답했다"라는 내용이 보인다. [句]

24) 神女高唐(신녀고당) : 宋玉의 『高唐賦』. "일찍이 선왕께서 고당에 노닐다가 잠시 곤하여 잠이 드셨는데 꿈에 한 여인이 나타나서는 '소첩은 巫山의 女神으로 고당에 노닐러 왔다가 임금께서 高堂에 오셨다는 말씀을 듣고 枕席을 가까이 모시고자 찾아왔나이다'라고 했다." [周]

25) 后土靈佑(후토령우) : 唐나라 때 京兆에 사는 韋安道라는 선비는 수차례 과거를 보았지만 낙방하였다. 어느 날 아침 집을 나서다가 后土夫人을 만나 부부가 되어 함께 돌아왔다. 집 식구들은 그녀가 妖怪인 것으로 여겼다. 이때는 則天武后가 조정을 장악하고 법령이 엄격할 때였으므로 식구들은 이 일을 조정에 상주했다. 측천무후는 九思와 懷素 두 스님을 보내 제압하도록 했지만 이기지 못하자 다시 正諫大夫 明崇儼을 보냈다. 하지만 역시 그녀를 이기지는 못했다. 위안도의 부친은 안도에게 시켜 그녀를 떠나도록 했다. 그때야 비로소 그녀는 눈물을 흘리며 위안도와 함께 가기를 청했다. 이 이야기는 당대 『后土夫人傳』에 나온다. 后土靈佑의 설은 당나라 西川節度使 高駢이 만년에 신선을 좋아하자 呂用之 등이 가탁하여 만든 것이다. [周] 元和 연간에 高駢이 河南節度使로 있을 때 部長인 呂用之가 후토부인이 영험하다는 설을 날조하여 高駢으로 하여금 한 지역을 할거하도록 권한 바 있다. 당대 羅隱은 "구천현녀도 성스러움이 없거늘 후토부인에 무슨 영험이 있으랴"라고 시를 지어 高駢의 무지함을 풍자했다. 『태평광기』 권290에 「呂用之」 한 편이 있다. [譯]

26) 【校】 后土靈佑事(후토령우사) : [周]에는 后土靈佑事라고 되어 있는데 [奎]와 [董]에는 모두 后 土靈仇之事로 되어 있다.

27) 地祇(지지) : 신화전설에서 땅의 신령을 일컫는다. [周]

28) 上元之降封陟(상원지강봉척) : 唐나라 敬宗(李湛) 寶曆 연간에 효렴 封陟은 少室山에 살고 있었다. 어느날 밤 하늘에서 수레가 내려왔는데 아름다운 여인이 타고 있었다. 그녀는 스스로 선녀라고 말하면서 봉척과 부부가 되고자 했다. 封陟은 냉정한 말로 거절하였다. 여인은 네 차례나 찾아와서 갖은 말로 유혹하며 그와 부부가 되기를 원했다. 그를 불로장생하게 만들어주겠다는 말도 하였지만 그때마다 封陟은 시종일관 따르지 않았다. 삼 년이 지나자 封陟은 병을 얻어 죽었다. 泰山使者에게 몸이 묶여서 저승으

事跡難掩者也. 世人詠月之詩曰 : '嫦娥應悔偸靈藥, 碧海靑天夜夜心.' 題峽之句曰 : '一自高唐賦成後, 楚天雲雨盡堪疑.' 夫日月兩曜,[32] 混淪之際, 開闢之初, 旣已具矣, 豈有羿妻[33]之說, 竊藥[34]之事, 而妄以孤眠

로 끌려가고 있었는데 마침 지나가던 선녀와 마주쳤다. 사자는 길가로 비켜서서 엎드려 절을 하면서 上元夫人이 태산을 노닐러 가는 중이라고 했다. 封陟이 곁눈으로 보니 바로 지난 수 년 동안 자신을 찾아와 부부가 되자고 애걸했던 그 여인이었다. 선녀는 사자의 손에서 문서를 빼앗아 封陟의 나이를 12년 연장해주었다. 그리하여 封陟은 다시 살아 돌아올 수 있었다. 지난 일을 생각하며 통곡을 하였으나 후회막급일 뿐이었다. 이 이야기는 唐代 裴鉶의 『傳奇』에 나온다. [周]

29) 雲英之遇裴航(운영지우배항) : 唐나라 穆宗(李恒) 長慶 연간에 裴航이란 秀才가 살고 있었는데 藍橋驛을 지나다가 목이 말라 한 노파에게 물을 달라고 했다. 노파는 안에 대고 "운영아! 물 한바가지를 가져 낭군에게 드리려무나"하고 소리쳤다. 그러자 더할 수 없이 아름다운 한 여인이 물을 가져와 裵航에게 건네주었다. 그녀의 미모에 혼이 나간 裵航은 노파에게 뇌물을 주며 그녀를 아내로 맞고 싶다고 했다. 노파는 裵航에게 옥절구를 폐백으로 달라고 요구했다. 裵航은 온갖 곡절을 거쳐 虢州(괵주)의 약방에서 그것을 구하여 남교로 달려갔다. 그리고 다시 백 일 동안 노파의 집에서 약을 빻고는 비로소 雲英을 아내로 맞아 부부가 되었다. 이 이야기는 裴鉶의 『傳奇』에 나온다. [周]

30) 蘭香之嫁張碩(난향지가장석) : 杜蘭香은 신화전설 속에 나오는 선녀이다. 晉나라 愍帝(司馬業) 建業 4년에 太湖의 가운데 洞庭包山에서 수도하는 張碩의 집에 내려와 그에게 신선이 되는 비결을 전수하고 훗날 그와 함께 신선이 되어 갔다. 晉代 干寶의 『搜神記』와 唐代 杜光庭의 『墉城集仙錄』에 보인다. [周]

31) 彩鸞之配文簫(채란지배문소) : 唐나라 鍾陵의 西山에 遊帷觀이 있는데 매년 가을이면 구경꾼이 밀려들어 수레와 말이 오고가느라 북새통을 이루었다. 太和 말년에 文簫라는 선비가 이 도관을 구경왔다가 한 미모의 여인을 만났다. 여인은 입으로 읊조렸다. "만약에 둘이 함께 신선이 노닐던 선단에 오를 수 있다면 응당 문소가 되어 채란과 함께 타리라. 스스로 수놓은 비단 옷과 갑옷 휘장을 마련했으니 차가운 눈서리 내린 옥궁전도 두렵지 않으리." 문소는 이를 듣고 그녀가 선녀라고 생각하여 발길을 멈추고 떠나지 않았다. 그녀도 끊임없이 그에게 눈길을 주었다. 얼마 후 둘은 함께 산 위의 평평한 곳에 함께 올라갔다. 그곳에는 신선동자가 하늘의 판결문을 가지고 서 있었다. "오채란은 사사로운 욕망을 이기지 못하여 천기를 누설하였으니 백성의 아내로 12년 간 귀양을 보내노라." 마침내 여인은 문소와 함께 종릉으로 돌아왔다. 裴鉶의 『傳奇』에 보인다. [周]

32) 兩曜(양요) : 해(日)와 달(月)과 별(星)을 합쳐서 曜라고 부른다. 兩曜는 日月이다. [周]

33) 羿妻(예처) : 羿(예)의 부인 즉 嫦娥(혹은 姮娥로도 씀)이다. 羿는 곧 后羿이다. 전설에서 有窮의 君主라고 하였다. [周] 후예는 고대 夷族의 首領이었다. 활을 잘 쏘았는데 하태강이 놀기만 좋아하자 그를 뒤집고 스스로 군주가 되어 有窮氏라고 이름하였다. 후에 수렵을 좋아하다 그 신하에게 죽임을 당했다. 신화에서는 요임금 때 해가 열 개

孀宿侮之乎? 雲者, 山川靈氣; 雨者, 天地沛澤, 奈何因宋玉[35]之謬, 輒指爲房帷之樂, 譬之衽席之歡? 慢神瀆天, 莫此爲甚! 湘君夫人, 帝舜之配, 陟方[36]之日, 蓋已老矣. 李群玉[37]者, 果何人歟? 敢以淫[38]邪之詞, 溷于黃陵之廟曰 : '不知精爽落何處, 疑是行雲秋色中', 自述奇遇, 引歸其身, 誕妄矯誣, 名檢掃地! 后土之傳, 唐人不敢明斥則天之惡, 故假此以諷之耳. 世俗不識, 便謂誠然, 至有'韋郎[39]年少耽閑事, 案上休看『太白經』'[40]之句. 夫慾界[41]諸天, 皆有配耦; 其無耦者, 則無慾者也. 士君子于名教[42]中自有樂地, 何至造述鄙猥, 誣謗高明, 旣以欺其心, 又以惑于世, 而自處于有過之域哉! 幸卿至世, 悉爲白之, 毋命雲霄之上, 星漢之間, 久受黃口[43]之譏, 青蠅[44]之玷也." 令言又問曰 : "世俗之多誣, 仙眞之被

나타나 식물이 말라죽고 큰 돼지와 긴 뱀이 해를 끼쳐 백성이 살기 어렵게 되자 羿가 아홉 개의 해를 쏘아 떨어뜨리고 돼지와 뱀도 죽여 백성을 편안케 하였다고 한다. [譯]

34) 竊藥(절약) : 신화전설에서는 后羿가 西王母에게 불사의 약을 구해오자 항아(嫦娥)가 그것을 먹고 月宮으로 날아올라갔다고 전해진다. [周]

35) 宋玉(송옥) : 전국시대 楚나라 사람이며 屈原의 제자이다. 「神女賦」와 「高唐賦」를 지었다. 여기에 "아침에는 구름이 되어 흐르고 저녁에는 비가 되어 내린다(朝爲行雲, 暮爲行雨)"는 구절이 나오는데 훗날 雲雨는 남녀가 만나 사랑하는 즐거움을 상징하는 말이 되었다. [周]

36) 陟方(척방) : 승하(昇遐)하다. 임금이 붕어하다. 여기에서는 舜임금의 죽음을 가리킨다. 『孔子家語』에는 "舜임금은 蒼梧의 들에서 붕어하셨다(舜陟方岳, 死於蒼梧之野)"라는 문장이 나온다. [周]

37) 李群玉(이군옥) : 字는 文山, 唐 澧州 사람이다. 詞賦에 뛰어났으며 관직에 나가는 것을 원치 않았다. 宣宗(李忱) 大中 연간에 弘文閣 校書郎의 직위를 제수 받았다. [周]

38) 【校】 淫(음) : [奎]에는 淫이 婬으로 쓰임.

39) 韋郎(위랑) : 위랑의 이름은 安道이다. [句]

40) 太白經(태백경) : 唐 李筌은 號가 達觀子이며 장군의 재능을 지녔다. 『太白陰符經』 10卷을 지었다. [周]

41) 慾界(욕계) : 불가의 말에서는 "摩夷 등 여섯 하늘을 慾界라 한다"고 하였다. [句]

42) 名教(명교) : 名分과 敎化는 봉건사회에서 강조하던 윤리와 도덕이다. 『世說』에 "樂廣笑曰, 名教中自有樂地, 何爲乃爾也"라는 문장이 보인다. [周]

43) 黃口(황구) : 어린아이를 의미하며 작은 새를 가리키기도 한다. [周]

44) 青蠅(청승) : 『詩經』에 "윙윙대는 푸른 파리 떼가 울타리에 앉았노라. 믿음직한 군자여 참언을 믿지 마소서(營營青蠅, 止於樊, 豈弟君子, 無信讒言)"라는 구절이 있다. 훗날 파리는 이간질하는 사람에 대한 비유로 쓰였다. [周]

誣, 今聽神言, 知其僞矣. 然如張騫[45]之乘槎,[46] 君平[47]之辨石,[48] 將信然歟? 抑妄談歟?" 仙娥曰 : "此事則誠然矣! 夫博望侯[49]乃金門[50]直吏, 嚴先生乃玉府仙曹, 暫謫人間, 靈性具在, 故能周游八極, 辨識異物. 豈常人之可比乎? 卿非三生有緣, 今夕亦烏得至此!" 遂出瑞錦二端以贈之, 曰 : "卿可歸矣, 所托之事, 幸勿相忘." 令言拜辭登舟, 但覺風露高寒, 濤瀾洶湧,[51] 一飯之頃, 却回舊所, 則淡霧初生, 大星漸落, 鷄三鳴而更五點矣. 取錦視之, 與世間所織不甚相異, 藏之篋笥, 以待博物者[52]辨之. 後遇西域賈胡,[53] 試出示焉, 撫翫移時, 改容言曰 : "此天上至寶, 非人間物也." 令言問 : "何以知之?" 曰 : "吾見其文順而不亂, 色純而不雜. 以日映之, 瑞氣葱葱而起; 以塵掩之, 自然飛揚而去. 以爲幄帳, 蚊蚋不敢入; 以爲衣帔, 雨雪不能濡. 隆冬御之, 不必挾纊[54]而燠; 盛夏張之, 不必乘

---

45) 張騫(장건) : 漢나라 漢中 城固 사람이다. 西域에서 통역을 하며 匈奴를 칠 때 공을 세워 博望侯에 封해졌다. [周]

46) 乘槎(승사) : 『荊楚歲時記』에 다음과 같은 내용이 보인다. "武帝는 張騫을 大夏에 파견하여 河源를 찾게 하였다. 뗏목을 타고 한 달이 지나 어떤 곳에 이르렀더니 그 성곽이 큰 고을과 같았고 방안에는 한 여인이 베를 짜고 있었으며 또 한 사내가 소를 끌고 와 물을 먹이고 있었다. 張騫이 이곳이 어디냐고 묻자 嚴君平에게 물어보라고 대답하였다." [周]

47) 君平(군평) : 곧 嚴君平으로 이름은 遵이다. 漢나라 사람으로 成都의 저자에서 점을 치며 매일 百文씩 벌어들였다. 그러다 살만하면 곧 주렴을 내리고 책을 읽었다. 아흔 살이 넘어 죽었다. [周]

48) 辨石(변석) : 『集林』에 다음과 같은 내용이 보인다. "어떤 자가 황하의 근원인 河源을 찾던 중 한 여인이 비단 빨래하는 것을 보고 물었다. 그녀는 '여기가 은하수입니다'라고 대답하고는 돌을 하나 주고 돌아갔다. 그가 蜀에 이르러 嚴君平에게 물어보았더니 그는 '이것은 織女의 베틀 받침돌인 支機石이다'고 대답했다." [周]

49) 博望侯(박망후) : 곧 張騫을 가리킨다. [周]

50) 金門(금문) : 金馬門의 줄임말로 漢武帝(劉徹)는 學士로 하여금 金馬門에서 조서를 기다리게 하였다. [周] 원문의 金門은 漢代에 金馬門을 지칭하지만 여기서는 天子가 있는 宮門을 가리킨다. [譯]

51) 濤瀾洶湧(도란흉용) : 파도의 형세이다. 간혹 물소리라고도 한다. [句]

52) 博物者(박물자) : 온갖 사물에 대해 정통한 사람. 우리말에서는 박물 군자라고 한다. [譯]

53) 西域賈胡(서역가호) : 西方에서 중국으로 와서 장사를 하는 사람들로 이들 대부분은 페르시아 사람이었다. [周]

風而涼. 其蠶蓋扶桑之葉所飼, 其絲則天河之水所濯, 豈非織女機中之物乎? 君何從得此?" 令言秘之, 不肯述其故. 遂輕舟短棹, 長游不返. 後二十年, 有遇之于玉笥峰[55]者, 顔貌紅澤, 雙瞳湛然, 黃冠布裘, 不巾不帶. 揖而問之, 則御風而去,[56] 其疾如飛, 追之不能及矣.

54) 挾纊(협광): 솜옷을 입다. 纊은 면화, 솜이다. [周]

55) 玉笥峰(옥사봉): 浙江省 紹興縣에서 동쪽으로 15리 떨어진 會稽山의 한 봉우리 이름. 일명 玉柱, 宛委, 石匱라고도 부른다. 전설에 夏나라 禹임금이 이 봉우리 위에서 金簡玉字의 책을 얻었다고 전해진다. [周]

56) 御風而去(어풍이거):『莊子·逍遙篇』에 "열자가 바람을 타고 갔다가 보름이 지나서 돌아왔다"라는 문장이 보인다. [句]

녹의인전(綠衣人傳)

푸른 옷 여인의 연분

감숙성(甘肅省) 천수(天水) 사람인 조원(趙源)이란 젊은이는 어려서 조실부모(早失父母)하고 아직 장가를 들지 않은 총각의 몸이었다. 원나라 연우(延祐) 연간에 절강성 전당(錢塘)으로 유학을 와서 서호(西湖) 갈령(葛嶺)의 고갯마루에 살고 있었다. 그가 사는 이웃집이 바로 송나라 때 재상이었던 가사도(賈似道)의 고택(古宅)이었다. 조원은 혼자 살고 있으므로 한가하고 무료하여 어느 날 저녁인가 문 밖을 서성이다가 동쪽에서 한 여자가 초록색 옷을 입고 머리를 쌍 갈래로 땋아 내리고 걸어오는 것을 보았다. 나이는 대략 열대여섯 살 가량 되어 보였다. 아주 화려하게 차려입었거나 진한 화장을 한 것은 아니지만 그녀의 용모는 보통 사람들보다 훨씬 뛰어났다. 조원은 그녀를 오랫동안 뚫어져라 바라보았다. 이튿날 저녁에도 조원은 문밖에 나갔다가 그녀가 지나가는 것을 볼 수 있었다. 그렇게 하기를 여러 차례 매일 저녁마다 그녀는 그곳을 지나가고 있었고 그때마다 조원은 그녀를 바라보았다. 그러던 어느 날 조원은 농담 삼아 말을 걸었다.

"아가씨는 집이 어디시기에 저녁마다 이곳을 지나치는지요?"

여자가 얼굴에 웃음을 띠고 허리를 굽혀 인사를 하고는 말했다.

"저의 집은 낭군님의 바로 옆집이온데 낭군님이 모르고 계실 뿐이어요."

조원은 시험삼아 말로써 은근히 유혹해보았더니 그녀는 기뻐하면서 흔쾌히 응하였다. 조원은 그녀를 집으로 데리고 들어가 함께 밤을 지냈는데 두 사람 사이는 친밀하기가 그지없었다. 이튿날 아침이 되어 떠나가고 다시 밤이 되니 찾아왔다. 이렇게 오고 가기를 한 달 남짓 하니 두 사람의 깊은 정은 이미 뗄래야 뗄 수 없는 지경이 되었다. 조원은 그녀의 성씨와 고향, 사는 곳을 물었다. 하지만 여자는 대답하려 하지 않았다.

"낭군님은 그저 아름다운 미녀를 아내로 얻었으면 되지 않았나요? 무엇을 억지로 알고 싶어하시는 거예요?"

그래도 계속 물어대자 또 이렇게 말하는 것이었다.

"저는 항시 초록색 옷을 잘 입고 다니니까 그저 녹의인(綠衣人)이라고 부르면 되겠네요. 호호호."

그렇게 농담을 하면서 더는 살고 있는 곳을 진정으로 가르쳐 주려고 하지 않았다. 조원은 그녀가 대갓집의 어린 첩실로서 밤에 몰래 도망나와 자신과 사통하고 있다고 여기며 일이 발각될까 두려워 사는 곳을 말하지 않는 것이라고 혼자 생각했다. 그래서 전혀 의심도 하지 않았고 사랑을 나누는 생각에만 깊이 빠져 들어갔다.

어느 날 밤 조원이 술을 한잔 걸치고 취하여 그녀가 입은 옷을 가리키며 농담을 했다.

"이야말로 참으로 『시경(詩經)』에서 말한 대로 '초록색 옷이로다. 초록 저고리에 노란색 치마로다'라고 한 구절과 딱 들어맞는구먼!"

그런데 어찌된 일인지 여자에게는 부끄럽고 무안한 기색이 역력하더니 그로부터 며칠 저녁을 찾아오지 않는 것이었다. 그리고 다시 찾아온 날 밤에 조원이 그 까닭을 다그쳐 물었더니 이렇게 말했다.

"원래는 저는 낭군님과 늙을 때까지 해로할까 생각했는데 어찌하여 천한 비첩(婢妾)으로 대하면서 저를 무안하고 불안하게 하셨나요? 그래서 며칠간은 감히 찾아와 모시지 못했던 것입니다. 하지만 낭군께서 이미 아시게 되었으니 이제는 더 이상 숨길 게 없을 것 같습니다. 모두 말씀을 드리겠습니다. 저와 낭군님은 예전부터 알고 지내는 사이였습니다. 만약 지극한 정에 마음이 감동된 바가 없었다면 여기에 올 리도 없었을 겁니다."

조원이 그것이 무슨 말인가 의아해하며 다시 물었다. 여자는 슬픈 표정으로 말했다.

"말씀을 다 드리면 낭군님을 난감하게 하지는 않을런지요. 사실 저는 이 세상 사람이 아니옵니다. 그렇다고 낭군님에게 화를 끼치고자 온 것도 아니옵니다. 아마도 저승의 운수가 그렇게 만든 것이고 전생의 인연이 다하지 않은 까닭일 것입니다."

조원이 깜짝 놀라서 다시 물었다.

"아니 그게 무슨 말인지 자세히 좀 말해주시오!"

"저는 예전 송나라 때 가사도 평장(平章)댁의 시녀였습니다. 본래는 임안(臨安)의 양가집 딸로서 어려서 바둑을 제법 둘 줄 알았는데 열다섯 살에 기동(棋童)의 신분으로 그 댁에 들어가 모시고 있었던 거지요. 매번 가사도 나리께서 조회(朝會)에서 돌아오시면 반한당(半閑堂)에 편안히 앉아 반드시 저를 불러 바둑을 두게 하면서 총애가 극진했었답니다. 그때 낭군님께서는 그 댁의 하인으로 차를 끓이는 일을 맡았었지요. 언제나 차 주전자를 가지고 와서 바치느라 뒷마당을 오가곤 했지요. 낭군님은 그때 어린 나이로 준수한 용모의 미남이어서 제가 한 번 보고 그만 반해버렸습니다. 언젠가 비단 염낭을 몰래 낭군께 던졌더니 낭군께서는 대모(玳瑁) 연지함을 선물로 주셨지요. 그래서 서로간의 은밀한 뜻이 있었지만 안팎으로 너무나 법도가 엄하여 서로 편하게 통할 수가 없었습니다. 후에 동료 한 사람에 의해서 저와 낭군님 사이의 일이 발각되어 주인님한테 무고하는 바람에 우리는 마침내 서호의 단교(斷橋) 아래서 죽임을 당하게 되었습니다. 그런데 낭군님은 이 세상에 와서 인간으로 태어나시고 저는 아직도 귀적(鬼籍)에 남아 있으니 이 또한 운명이 아니던가요?"

말을 마치고 나서 그녀는 눈물을 비오듯 쏟았다. 조원도 그 말에 마음이 아파 얼굴색이 변하였다. 한참 후에 조원이 위로하면서 말했다.

"그렇게 본다면 나와 그대는 전생과 이승에서 모두 인연이 깊었던 것이군요. 당연히 더욱 가깝게 지내면서 전생의 소원을 풀어야 하겠소."

그리고 나서 그녀는 조원의 집에 머물며 다시는 떠나지 않았다. 조원은 평소에 바둑을 둘 줄 몰랐는데 그녀가 온갖 묘수를 모두 가르쳐주어서 대체로 바둑으로 이름난 사람들도 그를 대적하진 못하게 되었다.

매번 가사도 집안에서 있었던 옛일을 얘기할 때면 그녀가 목격한 일들은 매우 역력하고 상세하였다. 언젠가는 이런 얘기도 했다. 가사도가 어느 날 반한루 누각에 올라 한가롭게 밖을 바라보고 있는데 여러 시첩(侍妾)들이 시중들고 있었다. 이때 두 명의 젊은이가 검은 두건을 쓰고 흰 옷을 입고 작은 배를 타고 호수를 가로질러 와서 뭍으로 오르고 있는 것이 보였다. 곁에 있던 한 여자가 이렇게 말했다.

"두 젊은이가 참으로 멋지군요!"

가사도가 이 말을 듣고 곧바로 응답했다.

"네가 저 사람을 모시고 싶은 게냐? 그렇다면 당장 시집을 보내주마!"

시녀는 웃기만 할 뿐 아무 말도 하지 않았다. 얼마 후 사람을 시켜 예물함을 하나 들고 오게 하였는데 여러 시첩들이 달려들어 떠들어댔다.

"어머나! 정말로 그 여자를 시집보내는 거예요?"

하지만 예물함의 뚜껑을 열어보니 그 여자의 머리가 들어 있었다. 여러 시첩들은 온몸을 벌벌 떨면서 말없이 물러났다.

또 일찍이 가사도는 소금 판매를 하면서 수백 척의 배에 소금을 실어 큰 도시에 내다 팔았는데 태학(太學)에서 공부하는 선비가 시를 지어 이를 풍자한 적이 있었다.

昨夜江頭湧碧波, 어젯밤 강가에 푸른 물결 파도칠 때
滿船都載相公鹾. 배에 가득 실은 것은 가(賈) 상공의 소금
雖然要作調羹用, 비록 쓴다 해도 국에 맛을 내는 정도
未必調羹用許多. 그 많은 소금 상공이 다 쓰진 못하리라

가사도가 이를 전해 듣고 그 선비를 잡아서 비방죄를 걸어 옥에 넣었다. 또 한번은 절서(浙西) 지방에 공전법(公田法)을 행하였는데 백성들이 그 고통을 당하고 있으니 어떤 이가 시를 지어 길가에 써 붙인 적이 있었다.

襄陽累歲困孤城, 양양이 수 년 동안 고립되어 있었지만
豢養湖山不出征. 서호를 감싸면서 출정하지 않았다네
不識咽喉形勢地, 길목 같은 천혜 요새 알지를 못하고
公田枉自害蒼生. 공전으로 부질없이 백성만 괴롭히네

가사도가 그 시를 보고는 시 지은 사람을 잡아서 멀리 귀양을 보내버리고 말았다. 또 한번은 가사도가 구름이나 물같이 떠돌고 흐르는 운수(雲水)도사 천 명을 데려다 음식 시주를 하고 있었다. 이미 사람 수가 다 찼는데 또 한 사람의 도사가 남루한 옷을 입고 나타나 문 앞에 이르러 시주를 청했다. 일을 맡은 사람은 사람 수가 꽉 찼다고 하면서 문안에 들이려고 하지 않았다. 도사는 가지 않고 무조건 달라고 떼를 썼다. 부득이 하여 문간 옆에다 밥을 차려 주었다. 다 먹고 일어나더니 바리때를 밥상 위에 엎어놓고 가버렸다. 숱한 사람이 달려들어 그것을 들어 치우고자 했으나 꿈쩍도 하지 않았다. 마지막에 가사도가 나와서 들어보니 그 속에 시구가 두 구절 있었다.

得好休時便好休,　　쉬어야 할 때면 쉬어야 하는 것을
收花結子在漳州.　　장주에서 꽃 지고 결말짓고 말리라

시를 보고 비로소 방금 진선(眞仙)이 강림하였는데 알아보지 못했음을 깨달았다. 그러나 장주(漳州)의 의미가 무엇인지 알 수가 없었다. 그것은 훗날 가사도가 장주(漳州)의 목면암(木綿庵)에서 정호신(鄭虎臣)에게 피살되었는데 그것을 미리 알려준 것이었다. 하지만 가사도가 그걸 어찌 미리 알 수 있었겠는가.

또 이런 얘기도 있었다. 뱃사공이 서호의 소제(蘇堤)에 배를 대고 있었는데 마침 더운 여름밤이어서 배 고물에 누워 잠을 청했으나 밤새 잠을 이루지 못했다. 그런데 어디서 왔는지 키가 한 자도 채 안 되는 난쟁이 셋이서 모래톱에 모여 떠드는 소리가 들려왔다.

"장공(張公)이 오고 있는데 어찌하면 좋은가?"

한 사람이 이렇게 말하니 다른 사람이 받아서 말했다.

"가사도 평장은 어진 사람이 아니라 결코 용서하지 않을 걸세."

다른 한 사람이 이렇게 말했다.

"나는 다 끝난 사람이니 그만이지만 자네들은 그의 패망을 보게 되겠구나!"

그러다 서로 통곡을 하더니 물 속으로 들어갔다. 다음날 어부 장씨가 자라를 한 마리 잡았는데 두 자 가량이나 되었다. 그것을 가사도 승상부(丞相府)에 바쳤는데 그로부터 삼 년이 지나지 않아 큰 화가 일어났다. 대개 미물조차도 이러한 일을 미리 알고 있었다는 것이니 세상의 운수는 피할 도리가 없다는 얘기였다.

그러한 얘기를 모두 듣고 나서 조원이 여자에게 말했다.

"내가 지금 그대와 만난 것도 또한 운명이 아니겠소?"

"그러하지요. 진실로 망령된 것이 아니랍니다."

라고 여자가 대답했다. 조원이 다시 물었다.

"그대의 정기는 오랫동안 이 세상에 남아 있을 수 있겠소?"
"운수가 다 하면 흩어질 따름입니다."
"그러면 그게 언제가 되겠소?"
"삼 년이 기한입니다."

조원은 여자가 그렇게 말해도 그걸 믿으려 하지 않았다. 세월이 지나 기한이 닿자 여자는 병들어 눕더니 일어나지 못했다. 조원이 그녀를 위해 의원을 불러오려고 하니 여자는 굳이 마다하였다.

"전에 이미 낭군님께 말씀 드린 바 있었지요. 서로 맺은 인연과 부부의 은정이 이로써 다 끝난 것입니다."

그리고 손을 뻗어 조원의 팔을 잡고는 마지막 이별을 고했다.

"저는 저승사람의 몸으로서 낭군님을 모실 수 있게 되었습니다. 다행히 낭군께서 버리지 않으시어 한동안 모실 수가 있었습니다. 전생에서 한 순간 사사로운 사랑의 마음을 먹었다가 그만 예측할 수 없는 나락에 빠져서 죽음에 이르게 되었습니다. 그러나 바닷물이 다 마르고 바윗돌이 문드러져도 저의 한은 사라지지 않고 천지가 늙고 황폐해질 때까지 저의 사랑은 없어질 수 없었습니다. 다행스럽게 지금 전생의 사랑을 이을 수 있었고 전생의 맹세를 실천하여 삼 년 간 함께 지냈으니 저의 소원은 다 풀렸습니다. 이제 헤어지면 다시는 저를 생각하지 말아 주세요."

말을 마치고 벽 쪽으로 돌아눕더니 불러도 더 이상 응답을 하지 않았다. 조원은 크게 상심하며 통곡을 하고 손수 관을 마련하여 염(殮)을 하였다. 장례를 지낼 때 영구가 너무 가벼운 것이 이상하여 열어 보았더니 오직 옷과 비녀와 귀고리들만 들어 있을 뿐이었다. 그리하여 시신 없이 빈 관만 북산의 기슭에 매장하였다. 그 후 조원은 그녀의 사랑에 감동되어 다시는 장가들지 않고 영은사(靈隱寺)에 출가하여 스님으로 일생을 마쳤다.

綠衣人傳[1]

天水[2]趙源, 早喪父母, 未有妻室. 延祐[3]間, 游學至于錢塘,[4] 僑居西湖葛嶺之上, 其側卽宋賈秋壑[5]舊宅也. 源獨居無聊, 嘗日晩徒倚門外, 見一女子, 從東來, 綠衣[6]雙鬟, 年可十五六, 雖不盛妝濃飾, 而姿色過人, 源注目久之. 明日出門, 又見, 如此凡數度, 日晩輒來. 源戲問之曰 : "家居何處, 暮暮來此?" 女笑而拜曰 : "兒家與君爲鄰, 君自不識耳." 源試挑之, 女欣然而應, 因遂留宿, 甚相親昵.[7] 明旦, 辭去, 夜則復來. 如此凡月徐, 情愛甚至. 源問其姓氏居址, 女曰 : "君但得美婦而已, 何用强知." 問之不已, 則曰 : "兒常衣綠, 但呼我爲綠衣人可矣." 終不告以居址所在. 源意其爲巨室妾媵,[8] 夜出私奔, 或恐事迹彰聞, 故不肯言耳, 信之不疑, 寵念轉密.

一夕, 源被酒, 戲指其衣曰 : "此眞可謂綠兮衣兮, 綠衣黃裳[9]者也." 女有慚色, 數夕不至. 及再來, 源叩之. 乃曰 : "本欲相與偕老, 奈何以婢妾

---

1) 綠衣人傳(녹의인전) : 明나라 周朝俊의 戲曲 『紅梅記』는 裴禹와 盧昭容의 사연을 기록한 것이다. 『紅梅記』의 第四齣 「殺妾」과 第二十四齣 「恣宴」은 이 이야기를 題材로 삼고 있다. [周]

2) 天水(천수) : 지금의 甘肅省 天水다. 天水는 趙씨의 郡望이다. 일찍이 조씨 가문이 있었던 곳이라는 의미이므로 趙源은 天水 사람이 아닐 수도 있다. [周]

3) 延祐(연우) : 元나라 仁宗의 연호이다. [句]

4) 錢塘(전당) : 杭州에 속한 縣이다. [句]

5) 賈秋壑(가추학) : 賈似道의 自號이다. [句] 그는 西湖 葛嶺의 저택에 있었는데 거기에 秋壑堂란 건물이 있었기에 붙여진 이름이다. [周]

6) 綠衣(녹의) : 『詩經 · 邶風』에 "초록색이여! 초록색 옷이여! 초록 저고리에 노랑치마로다"라는 구절이 있다. 注에 "천첩이 드러나고 정실부인이 감추어진 것을 비유한 것이다"라고 되어 있다. [句]

7) 昵(닐) : 女와 乙의 半切音이다. 친하다는 뜻이다. [句]

8) 媵(잉) : 시녀를 말한다. [句]

9) 綠衣黃裳(녹의황상) : 『詩經』에 "녹색 저고리와 황색 속옷……녹색 저고리와 황색 치마(綠衣黃裏……綠衣黃裳)"라는 구절이 있다. 과거에는 黃色을 正色, 綠色을 間色으로 삼았다. 間色으로 저고리를 만들고 正色으로 속옷이나 치마를 만드는 것은 尊貴가 완전히 전도된 것으로 첩이 정실부인보다 귀하게 되었음을 비유한다. [周]

待之, 令人忸怩[10]而不安! 故數日不敢侍君之側. 然君已知矣, 今不復隱, 請得備言之. 兒與君, 舊相識也. 今非至情相感, 莫能及此." 源問其故. 女慘然曰: "得無相難乎? 兒實非今世人, 亦非有禍于君者, 蓋冥數當然, 夙緣未盡耳." 源大驚曰: "願聞其詳." 女日: " 兒故宋秋壑平章之侍女也. 本臨安良家子, 少善弈棋, 年十五, 以棋童入侍. 每秋壑朝回, 宴坐半閑堂,[11] 必召兒侍弈, 備見寵愛. 是時君爲其家蒼頭,[12] 職主煎茶, 每因供進茶甌,[13] 得至後堂. 君時年少, 美姿容, 兒見而慕之, 嘗以繡羅錢篋,[14] 乘暗投君. 君亦以玳瑁[15]脂盒爲贈, 彼此雖各有意, 而內外嚴密, 莫能得其便. 後爲同輩所覺, 讒于秋壑, 遂與君同賜死于西湖斷橋[16]之下. 君今已再世爲人, 而兒猶在鬼籙,[17] 得非命歟?" 言訖, 嗚咽泣下. 源亦爲之動容. 久之, 乃曰: "審若是, 則吾與汝乃再世因緣也, 當更加親愛, 以償疇昔之願." 自是遂留宿源舍, 不復更去. 源素不善弈, 教之弈, 盡傳其妙, 凡平日以棋稱者, 皆不能敵也.

每說秋壑舊事, 其所目擊者, 歷歷甚詳. 嘗言: 秋壑一日倚樓閑望, 諸

---

10) 忸怩(육니): 『書經 · 五子之歌』에 "顔厚가 부끄러움이 있었다"라는 문장이 보인다. 注에 "부끄러움을 마음으로 나타내는 것이다"라고 되어 있다. [句] 겸연쩍다. 얼굴에 부끄러운 기색을 띠다. [周]

11) 半閑堂(반한당): 賈似道가 西湖 葛嶺에 지은 樓閣 중에 半閑堂이 있는데 여러 侍妾들과 땅에 쭈그리고 앉아 귀뚜라미 싸움(鬪蟋蟀)을 즐겨 보았다. [周]

12) 蒼頭(창두): 시종을 가리키는 말로 검푸른색의 두건을 머리에 썼기에 이렇게 불렀다. [周]

13) 茶甌(다구): 차를 끓이는 그릇이다. [句]

14) 篋(협): 협은 상자에 속한다. 비단으로 그것을 만들어 돈을 가득 채워 넣었다. [句]

15) 玳瑁(대모): 바다거북과의 파충류이다. 등딱지는 담흑색 바탕에 황색이나 황갈색 바탕에 진한 흑색의 구름무늬가 있다. 등딱지는 심장 모양이고 뒷 가장자리는 톱니 모양이며 길이가 세 자가 조금 넘는다. 주둥이의 윗 부리는 아래쪽으로 구부러져 마치 독수리의 부리와 비슷하며 네다리는 모두 평평하고 큰 비늘판으로 덮여 있다. 고기와 알은 식용으로 쓰이고 등딱지는 가공하여 별갑이라는 진귀한 물건으로 취급되는데 여러 가지 미술공예품을 만드는 데 사용한다. 중국 연해안과 기타 열대와 아열대의 해안에 분포한다. [周]

16) 斷橋(단교): 西湖의 孤山 곁에 있다. [句]

17) 鬼籙(귀록): 魏나라 文帝가 吳質에게 준 「與吳質書」에 "그 성명을 보니 이미 귀록에 있다"라는 문장이 보인다. [句]

姬皆侍, 適二人烏巾素服, 乘小舟由湖登岸. 一姬曰 : "美哉二少年!" 秋壑曰 : "汝願事之耶? 當令納聘." 姬笑而無言. 逾時, 令人捧一盒, 呼諸姬至前曰 : "適爲某姬納聘." 啓視之, 則姬之首也." 諸姬皆戰栗而退. 又嘗販鹽數百艘[18]至都市貨之, 太學有詩曰 :

昨夜江頭湧碧波, 滿船都載相公鹺.[19] 雖然要作調羹[20]用, 未必調羹用許多!

秋壑聞之, 遂以士人付獄, 論以誹謗罪. 又嘗于浙西行公田法,[21] 民受其苦, 或題詩于路左云 :

襄陽累歲困孤城, 豢養[22]湖山不出征.[23] 不識咽喉形勢地, 公田枉自害蒼生.

秋壑見之, 捕得, 遭遠竄. 又嘗齋雲水[24]千人, 其數已足, 末有一道士,

---

18) 艘(소) : 배를 통틀어 일컫는 이름이다. [句]

19) 鹺(차) : 鹺는 소금이다. [句]

20) 調羹(조갱) : 음식의 간을 맞추다. 『尙書 · 說命』에 "만약 음식에 간을 맞추려거든 소금과 매실로 하라(若作和羹, 爾爲鹽梅)"는 문장이 보인다. 과거에는 宰相이 천하를 다스리며 사무를 처리하는 것을 소금과 매실로 음식의 간을 맞추는 것과 같다고 보았다. 그래서 '調羹'을 宰相이 政務를 처리하는 것에 비유하였다. [周]

21) 公田法(공전법) : 고대 井田制는 一方田의 땅을 9등분하여 중간의 한 구역은 公田으로 삼고 바깥의 여덟 구역은 私田으로 삼았다. 그러나 賈似道가 추진한 公田法은 실제로 限田法에 속했다. 그가 제안한 방법은 官職의 高下에 따라 토지의 수량을 제한하고 그 외의 것은 回買, 派買 혹은 官買하도록 했다. 回買는 토지를 팔았던 原主에게 도로 사 가도록 하는 것이고 派買는 아직 토지의 수량을 채우지 못한 사람 중에서 건실한 사람에게 사도록 하는 것이며 官買는 관청에서 구입하여 일꾼을 두고 경작하게 하는 것이었는데 이를 公田이라고 했다. 대개 回買와 派買의 토지는 하등 전답이었고 또 그 가격에 따른 세금까지 물어야 했다. 질 좋은 상등의 전답은 관청에서 사들였고 왕왕 가격도 낮추어서 원가에도 못 미치게 했다. 백성이 이에 따라 크게 흔들려서 파산된 집안이 비일비재하고 원성이 자자했다. [周]

22) 豢養(환양) : 비호하다, 감싸다라는 뜻이다. [譯]

23) 豢養湖山不出征(환양호산불출정) : 1268년 元나라 군사가 襄陽을 포위하였는데 賈似道는 西湖를 유람하며 수수방관만 하고 지원군사를 보내지 않아 양양이 6년만에 원나라에 함락되었다. [周]

24) 雲水(운수) : 도사. [周]

衣裾藍褸,[25] 至門求齋, 主者以數足, 不肯引入, 道士堅求不去, 不得已于門側齋焉; 齋罷, 覆其鉢于案而去. 衆悉力擧之, 不動. 啓于秋壑, 自往擧之, 乃有詩二句云:

"得好休時便好休, 收花結子在漳州."

始知眞仙降臨而不識也. 然終不喩漳州[26]之意, 嗟乎, 孰知有漳州木綿庵[27]之厄也!又嘗有梢人[28]泊舟蘇堤, 時方盛暑, 臥于舟尾, 終夜不寐, 見三人長不盈尺, 集于沙際, 一曰:"張公至矣, 如之奈何?" 一曰:"賈平章非仁者, 決不相恕!" 一曰:"我則已矣, 公等及見其敗也!" 相與哭入水中. 次日, 漁者張公獲一鱉, 徑二尺餘, 納之府第, 不三年而禍作. 蓋物亦先知, 數而不可逃也. 源曰:"吾今日與汝相遇, 抑豈非數乎?" 女曰:"是誠

---

25) 【校】 藍褸(남루): [董]에는 藍褸이라고 되어 있음.

26) 【校】 漳州(장주): [周]에는 漳州라고 되어 있지만 [奎]에는 앞의 시구와 이곳에 대한 설명이 모두 綿州로 되어 있다. 이병혁 번역본의 권두 해설(전등신화의 이해)에서 이 대목을 독특하게 설명하고 있다. "이 대목에서 복건성에 있는 漳州라는 지명은 세 번 나온다. 그런데 이것이 우리나라에서 간행된 책에는 모두 綿州로 바뀌어 있다. 물론 綿州라는 지명은 실제 없다. 이 글은 예언이기 때문에 漳州라고 바로 말하면 너무 직설적이어서 그곳에서 무슨 사건이 있으리라는 것을 독자가 쉽게 눈치를 챌 수 있다. 하지만 실제로는 존재하지 않는 지명인 綿州라고 하면 독자의 의문을 더욱 증폭시켜 주면서도 결국 漳州의 木綿庵에서 죽을 것임을 암시하는 것이다. 따라서 한국본에서처럼 '綿州'라고 해야 암시성이 더욱 강하고 극적인 효과도 더 크게 된다. 이런 사실에서 우리나라 사람들은 원작의 내용 일부를 고쳐가면서까지 읽었음을 알 수 있다."(태학사본 18면) 예언시의 암시성을 감안하면 綿州가 더 효과적이 분명하다. 다만 우리나라에서 고의적으로 고쳤을 가능성은 거의 없으며 이를 판본상의 문자 차이로 보아야 할 것이다. 『句解』의 글자가 原本에 가까울 가능성은 있다. 후세 전해지는 판본에서 이를 잘못된 글자로 판단하여 고쳤을 가능성이 크기 때문이다. 여러 종류의 판본과 정밀 대조가 필요하다.

27) 木綿庵(목면암): 복건성 漳州에 있다. 賈似道가 권력을 잡고 있을 때 太學生 鄭隆을 살해한 바 있었다. 후에 賈似道가 漳州로 유배를 갔을 때 押送官이 마침 鄭隆의 아들 鄭虎臣이었다. 그는 아버지의 원수를 갚기 위해 木綿庵에서 賈似道를 죽였다. 馮夢龍의 『古今小說』(喩世明言世) 第22卷 「木綿庵鄭虎臣報寃」은 이 이야기를 적은 것이다. [周]

28) 梢人(초인): 뱃사공이다. [句]

不妄矣." 源曰: "汝之精氣, 能久存于世耶?" 女曰: "數至則散矣." 源曰: "然則何時?" 女曰: "三年耳." 源固未之信.

及期, 臥病不起. 源爲之迎醫, 女不欲, 曰: "曩固已與君言矣, 因緣之契, 夫婦之情, 盡于此矣." 卽以手握源臂, 而與之訣曰: "兒以幽陰之質, 得事君子, 荷蒙不棄, 周旋許時. 往者一念之私, 俱陷不測之禍, 然而海枯[29]石爛, 此恨難消, 地老天荒,[30] 此情不泯! 今幸得續前生之好, 踐往世之盟, 三載于茲, 志願已足, 請從此辭, 毋更以爲念也!" 言訖, 面壁而臥, 呼之不應矣. 源大傷慟, 爲治棺槨而殮之. 將葬, 怪其柩甚輕, 啓而視之, 惟衣衾釵珥[31]在耳. 乃虛葬于北山之麓. 源感其情, 不復再娶, 投靈隱寺出家爲僧, 終其身云.

---

29) 海枯(해고): 바닷물이 마른다는 뜻이다. 呂洞賓의 시에 "대천 세계가 잠깐 사이에 이르는데 돌이 문드러지고 소나무가 마른 것은 몇 해를 지난 건가"라는 구절이 있다. [句]

30) 海枯石爛(해고석란), 地老天荒(지로천황): 모두 오래됨을 비유하는 말이다. [周]

31) 珥(이): [奎]와 [董]에는 餌자로 쓰임.

21 추향정기(秋香亭記)

추향정의 추억

원나라 지정(至正) 연간에 상씨(商氏) 성을 가진 젊은이가 있었는데 관직에 있는 아버지를 따라 소주(蘇州) 지방에 와서 오작교(烏鵲橋) 근처에 살고 있었다. 그 이웃은 홍농(弘農)의 양씨(楊氏)네 저택이었다. 양씨는 연우(延祐) 연간에 이름 있던 대시인 포성공(浦城公)의 후손이었다. 포성공의 부인이 바로 상씨였는데 그 손녀 중에 채채(采采)라는 여자아이가 있었다. 상생(商生)과는 외종으로 육촌 남매간이었다. 포송공은 이미 세상을 떠났고 상씨 할머니는 아직 생존해 있었다. 상생은 어린 나이에도 기품이 맑고 깨끗하며 성품 또한 온순하고 깔끔하였다. 채채와 상생은 아직 어려서 모두 머리카락을 매어 머리 양편 위로 묶어놓고 있었다. 상씨 할머니는 상생에게는 대고모(大姑母)가 되었다. 공부하다가 쉬는 틈에는 언제나 채채와 함께 정원에서 뛰어놀았다. 상씨는 그때마다 상생을 귀여워하며 머리를 쓰다듬고 채채를 가리키며 말하곤 했다.

"얘야, 네가 열심히 공부하기만 하면 내가 손녀딸을 다른 곳에 시집보내지 않고 장차 너를 받들도록 해주마. 우리 두 집안이 서로 혼인을 계속하여 오랫동안 좋은 관계가 이뤄지도록 말이야."

채채의 부모도 이 말을 듣고 기뻐하면서 곧 상생에게 시집보낼 생각을 했지만 상생의 부친이 아직 아들의 나이가 어리고 학업을 게을리 하게 될지 모른다는 생각에 나중에 하자고 미루었다. 상생과 채채는 상씨 할머니의 말씀이 있은 뒤로 더욱 아끼고 사랑하는 사이가 되었다. 그러다 몇 년 세월이 다시 흘렀다. 추석날 저녁이 되어 식구들이 다같이 모여 술 마시고 즐기는데 그럴 때면 다함께 상생의 집 정원에 있는 추향정(秋香亭)에 올라 놀곤 했다. 계수나무 두 그루가 잎이 무성하여 드리워진 그림자는 춤을 추고 계화(桂花)꽃이 활짝 피었으며 밝은 달빛 아래 그 향기가 진하게 풍겨왔다. 상생과 채채는 몰래 그 아래서 서로의 마음을 털어놓고 사랑을 속삭이곤 했다. 그 후 채채의 나이가 점점 들어가자 상생의 집으로 건너오는 일이 차츰 드물어졌다. 매년 설날이나 삼복(三伏), 납향(臘享) 때에 겨우 남매간의 예로써 중당(中堂)에서 한 번씩 만나볼 뿐이었다. 채채가 살고 있는 규방이 깊어 마음속의 애틋한 정을 드러내어 전하기도 어려웠다. 그 다음해에 추향정 앞의 계화꽃이 피기 시작할 때 채채는 벽요전(碧瑤牋) 좋은 종이에 절구(絶句) 두 수를 지어서 꽃을 따오라는 핑계로 시녀 수향(秀香)을 시켜 상생에게 보냈다. 그리고 상생에게 이에 대한 화답시(和答詩)를 지어 보내줄 것을 요청하였다.

秋香亭上桂花芳,	추향정 정자 위에 흩날리던 계화 향기
幾度風吹到綉房.	바람따라 몇 번이나 비단 창가 불어왔나
自恨人生不如樹,	슬프도다! 인생은 꽃나무만도 못하구나
朝朝腸斷屋西牆!	아침마다 서쪽 담장에선 애가 끊어지네

秋香亭上桂花舒,	추향정 정자 위에 활짝 핀 계화 꽃잎
用意慇懃種兩株,	나란히 두 그루 심은 건 은근한 뜻이려니
願得他年如此樹,	언젠가는 우리도 저 두 그루 나무처럼

錦裁步障護明珠. 비단 병풍 둘러치고 구슬을 안아보리

상생은 이 시를 받아들고 너무나 놀라고 기뻐하였다. 곧 두 수의 시를 화답해서 쓰고는 시녀에게 주었다.

深盟密約兩情勞, 깊은 맹세 굳은 언약 둘의 마음 괴롭고
猶有餘香在舊袍. 그윽한 향기만 옷자락에 남아 있네
記得去年攜手處, 지난해 손잡고 거닐던 추억의 그곳
秋香亭上月輪高. 추향정 정자 위엔 둥근 달 높이 솟았네

高栽翠柳隔芳園, 푸른 버들 높이 심어 꽃 정원을 가리웠고
牢織金籠貯彩鴛. 금 조롱을 단단히 짜 원앙새를 가두었네
忽有書來傳好語, 홀연히 전해온 편지 속의 좋은 소식
秋香亭上鵲聲喧. 추향정 정자 위에 까치소리 반갑구나

상생은 처음에 채채의 예쁜 미모에만 마음이 이끌렸는데 그녀의 글재주 또한 이처럼 뛰어날 줄은 미처 몰랐었다. 그녀가 보내준 시 두 수를 읽고 나서 미칠 듯이 기뻐하며 목을 빼고 발돋움을 하면서 서로 만나 혼인할 날만 고대하였다. 그러니 다른 일은 아무 것도 손에 잡히지 않았다. 채채는 너무나 사무친 정 때문에 그만 병이 들고 말았다. 그러나 상생이 그의 애틋한 마음을 알아주지 못할까 걱정되어 오릉(吳綾)의 비단 손수건에다 절구(絶句) 한 수를 써서 시녀를 시켜 상생에게 보냈다.

羅帕薰香病裹頭, 비단 손수건을 향에 쐬어 병든 머리 싸매고
眼波嬌溜滿眶秋, 눈자위엔 교태 가득 사랑 실은 추파라네
風流不與愁相約, 사랑과 근심이 어찌 약속인들 하였으랴만
纔到風流便有愁. 사랑에 이르면 그게 곧 근심인줄 알겠노라

상생이 재삼 그녀의 재주에 감탄하면서 미처 화답시를 짓기 전에 고

우(高郵)에서는 장사성(張士誠)의 변란이 일어나서 소주(蘇州)와 상주(常州), 호주(湖州) 등 삼오(三吳) 지방이 모두 전란에 휩싸이게 되었다. 상생의 부친은 가족을 이끌고 남으로 피난하여 처음엔 임안(臨安)으로 갔다가 다시 회계(會稽), 사명(四明) 등지로 옮겨갔다. 채채의 집안은 북으로 옮겨 금릉(金陵)으로 피난을 떠나 서로 소식을 모른 채 그만 십 년의 세월이 지나고 말았다.

오(吳) 원년 명나라가 통일하고 비로소 도로가 뚫리고 서로 소통할 수 있게 되었다. 그 사이에 부친이 이미 세상을 떠난 상생은 홀어머니를 모시고 전당(錢塘)의 옛 고향에서 살게 되었다. 상생은 늙은 하인을 금릉으로 보내 채채를 찾아보도록 했다. 채채는 이미 오(吳) 원년인 갑진(甲辰)년에 태원(太原) 왕씨의 집에 시집을 가서 아들을 두고 있었다. 하인이 돌아와 상생에게 사정을 보고했다. 상생은 비록 슬퍼하고 절망하였으나 간곡한 심정이라도 채채에게 알려 사랑의 마음을 한 번 전하고 싶어했다. 그래서 그는 곱게 오려 만든 머리 장식인 전채화(剪彩花) 두 갑과 연지(胭脂) 백 통을 늙은 하인에게 주면서 가서 전하도록 했다. 그러나 약조를 어긴 것이 원망스러워 따로 편지는 쓰지 않았다. 다만 하인에게 자신의 뜻을 알려 친척간의 문안을 핑계로 한 번 뵙기를 청한 다음 그쪽의 사정을 살펴보도록 했다.

하인이 막상 찾아가 알아보니 왕씨네는 금릉에서 큰 부자였으며 시장에 비단가게를 내고 있었다. 마침 채채가 주렴을 내리고 문간에 홀로 서서 밖을 바라보다가 문밖에서 하인이 주저주저하는 것을 보고 황급히 불렀다.

"아니 저 사람은 상씨 오라버니 댁의 옛날 하인이 아니던가?"

그리고는 곧 그를 불러 들였다. 그 동안의 소식을 묻고는 스스로 얼굴빛이 참담하게 변했다. 하인은 상생이 보낸 물건 두 가지를 바쳤다. 채채는 편지가 없음을 괴이하게 생각했다. 하인은 상생의 뜻을 말로 전해주었다. 그 말을 들은 채채는 탄식하면서 가슴이 막혀서 더 이상 말을 할 수도 없었다. 술과 안주를 내어와 그에게 대접하면서 다음날 다시 찾아와서 자세하게 얘기하자고 하였다. 하인은 돌아갔다. 채채는 검은 줄을 친 편지지를 꺼내어 상생에게 보내는 편지를 썼다.

삼가 보내신 하인 편에 지난날의 여러 가지 사연을 상세히 들었습니다. 하늘이 온전한 복을 주시지 않으셔서 일이 어긋나고 막힘이 많았나 봅니다. 지난 왕조의 실정(失政)으로 각 고을마다 난리를 만나 대소간에 다치고 죽는 일이 일어나고 약육강식의 전란이 거듭거듭 계속되어 십 년이나 되었습니다. 어렵사리 목숨을 부지하였지만 이 한 몸은 이제 예전의 채채(采采)가 아닙니다. 동서로 좌우로 도망다니고 숨어지내는 사이 할머니는 세상을 떠나고 아버님도 작고하시고 말았습니다. 미친 듯한 세상의 바람을 피하고 이슬 내린 길을 가다가 젖어들까 걱정하였습니다. 전날의 맹약(盟約)을 끝끝내 지키고자 했지만 소식이나 흔적이 묘연하였습니다. 작은 신의를 꼭 지키려고 길을 가다가 도랑에 굴러 떨어지는 신세가 될 지도 모르는 상황이었습니다. 그래서 불행히도 남의 아내로 몸을 의탁하여 연명하면서 하루하루 견뎌내고 있는 것입니다. 저의 외롭고 연약한 몸을 돌이켜 생각하면 고달프고 험난한 세월을 만난 것이 한스럽기만 합니다. 때때로 경치를 볼 때마다 마음이 흔들리고 시절을 만날 때마다 한스러움이 솟구칩니다. 남들과 만날 때는 억지로 웃고 즐거워하지만 적막한 가운데 홀로 있으면 슬픔을 견딜 수 없습니다. 옛일을 더듬어 생각하면 바로 어제 아침에 일어난 일인 듯하여 보내주신 좋은 구절은 여전히 마음에 새겨있고 아름다운 음성은 여전히 귓가에 쟁쟁합니다. 반쪽 이불은 여전히 따스하지 아니하여 그윽하고 행복한 꿈마저 제대로 이루기 어렵습니다. 베개에 잠시 의지했다가도 놀란 영혼은 다시 흩어지고 맙니다. 얼굴빛이 지난날보다 반쪽이 되었으니 초췌해진 것은 오라버니 때문이랍니다. 다시 만날 기약이 없음을 슬퍼하고 일생을 헛되이 보내는 것을 탄식할 뿐입니다. 그러나 뜻밖에도 훌륭하신 오라버니께서 저를 버리지 않으시고 위로해주시고 생각해주심이 이처럼 깊으신 줄은 생각지도 못했습니다. 이처럼 성대한 은택(恩澤)을 베풀며 저를 다시 돌아봐주시고 보잘 것 없는 무우 뿌리 같은 저를 여전히 걱정해주시며 담쟁이 같이 미천한 종적을 아직도 기억해주시니 그저 감읍할 따름입니다. 더욱이 머리 장식하는 꽃을 보내주시고 입술 연지를 선사해주시어 졸지에 저의 시든 얼굴은 바뀌게 되었습니다. 어찌 이처럼 두터운 은혜를 베푸시옵니까? 비록 깊고 크나큰 은혜를 입었으나 저에게는 부끄러움을 더하는 것이옵니다. 하물며 근래에 저는 점점 몸이 마르고 먹는 것도 줄었으며 마음속에는 맺힌 것이 가득 들어 있습니다. 제가 이 세상에 살아갈 날도 이제 많지 않은 듯 합니다. 이 몸은 그저 잠시 이 세상에 남아 있는 것입니다. 오라버니가 지금 저를 보신다 해도 미워하게 될 것이며 버리시고 말 것이오니 어찌 가엽고 불쌍한 일이 아니겠습니까? 만약 우리 사랑의 인연이 정녕 끊어지지 않았다면 마땅히 다음 세상에서도 부부로 인연이 맺어져 그 후에도 계속해서 혼인할 수 있을 것입니다. 글 종이를 앞에 두니 눈물이 앞을 가려 슬픔을 가눌 길 없사옵니다. 다시 쉰여섯 자의 칠언 율시 한 수를 지어 바치오니 청람(淸覽)하시옵소서. 삼가 그 글을 살피시고 그 뜻을 너그럽게 봐주시기 바랍니다. 상자에 넣어둔 부채에도 은정을 품고 친구가 빌려준 솜옷에도 은덕을 느끼듯이 그렇게 옛 정을 생각만 해주신다면 저는 죽어도 곧 살아있는 것과 같을 것입니다.

好因緣是惡因緣, 좋은 인연도 이리 나쁜 인연이 되었네
只怨干戈不怨天. 전쟁을 원망할 뿐 하늘을 원망치 않아
兩世玉簫猶再合, 새 세상 태어난 옥소 다시 인연 맺으나
何時金鏡得重圓? 깨진 금 거울은 언제나 다시 합쳐지랴
彩鸞舞後腸空斷, 채란이 춤춘 뒤에 애 끊어지고
靑雀飛來信不傳. 청작이 날아오나 편지는 안 전하네
安得神靈如倩女, 어찌하면 천녀같은 신령함으로
芳魂容易到君邊! 꽃다운 영혼으로 임의 곁에 이르나

상생은 편지와 시를 받고 비록 다시 어떤 희망이 있는 것은 아니었으나 그 운에 맞추어 시를 지어 스스로 위안으로 삼았다.

秋香亭上舊因緣, 추향정 정자 위에 옛날 인연은
長記中秋半夜天. 추석날 깊은 밤이 길이 기억나
鴛枕沁紅妝淚濕, 원앙 베개 붉은 화장 눈물에 젖고
鳳衫凝碧唾花圓. 봉황 적삼 푸른 곳에 눈물 자국 번지고

斷絃無復鸞膠續,　끊어진 거문고 줄 다시 잇기 어렵도다
舊盒空勞蝶使傳.　나비는 헛되이 옛 정을 전하였네
惟有當時端正月,　그 시절에 두둥실 떠오르던 둥근달
淸光能照兩人邊.　맑은 빛 쏟아내 두 사람을 비추네

그리고는 그 글과 함께 책 궤짝에 넣고 매번 한 번씩 열어 보면서 침식을 폐한 지가 여러 날이나 되었다. 아마도 그녀를 잊을 수 없었기 때문이었을 것이다. 상생의 친구였던 산양(山陽)의 구우(瞿佑)가 그들의 사정을 자세히 알아 세상의 이치로써 잘 타이르고는 다시 「만정방(滿庭芳)」 한 곡을 지어서 그 일을 기록하였다.

月老難憑,　월하의 노인도 어쩔 수 없어
星期易阻,　성혼의 날은 막히기만 하고
御溝紅葉堪燒.　궁궐에 흘려보낸 단풍도 소용없고
辛勤種玉,　옥을 심어 배필 만났네
擬弄鳳凰簫.　둘이 함께 봉황 퉁소 불려 했더니
可惜國香無主,　어이할꼬 국향에는 임자도 없는 걸
零落盡露蕊烟條.　이슬 젖은 꽃술과 안개 낀 가지에
尋春晩,　늦은 봄에 겨우 찾아오니
綠陰靑子,　푸른 그늘 속 푸른 열매에
鶗鴂已無聊.　두견새만 무료하게 지저귀누나

藍橋雖不遠,　남교가 예서 그리 멀지 않으나
世無磨勒,　세상에는 마륵같은 하인 없어서
誰盜紅綃?　그 누가 홍초 같은 미녀 훔치나
悵歡踪永隔,　슬픔과 기쁨 종적 길이 끊나니
離恨難消!　이별의 한스러움 어이 잊으리
回首秋香亭上,　추향정 정자위로 머리 돌리면
雙桂老,　두 그루 계수나무 늙어만 가고
落葉飄颻.　떨어지는 낙엽은 바람에 날리네

相思債,	전생에 진 사랑의 빚이여
還他末了,	아직도 그대에게 못 다 갚았네
腸斷可憐宵!	애끊는 이내 밤을 어이하리오

이처럼 이야기의 시말을 기록하고 이를 고금의 전기(傳奇)작품 뒤에 부록으로 두었으니 다정다감한 사람은 이 글을 읽고 장대(章臺)의 버들이 꺾여도 재자가인(才子佳人)의 원한이 무궁하다는 것을 알게 될 것이고 의로운 사람은 이 이야기를 듣고 모산(茅山)도사의 약을 구하려는 협객의 마음이 있었다는 것을 깨닫게 될 것이다. 하지만 누가 알았으리오. 그 이야기의 결말은 그저 이렇게 끝이 나고 말았던 것을!

秋香亭記

至正間, 有商生者, 隨父宦游姑蘇, 僑居烏鵲橋,[1] 其鄰則弘農[2]楊氏第也. 楊氏乃延祐大詩人浦城公[3]之裔, 浦城娶于商, 其孫女名采采, 與生中表[4]兄妹也. 浦城已歿, 商氏尙存. 生少年, 氣稟清淑, 性質溫粹, 與采采俱在童丱.[5] 商氏, 卽生之祖姑也. 每讀書之暇, 與采采共戲于庭, 爲商

1) 烏鵲橋(오작교) : 다리는 蘇州의 동남쪽 모퉁이에 있다. 옛날 烏鵲館이 있었으므로 이름을 붙인 것이다. [句]

2) 弘農(홍농) : 郡의 이름. 漢代에 만들었다가 唐代에 없앴다. 관할지역은 河南 洛陽 서쪽에서 陝縣에 이르는 지역이었다. 또 舊 南陽府의 서쪽에서 陝西省 商縣에 이르는 지역이 弘農의 郡에 해당하는 지역이었다. 弘農의 故城은 宋代에 虢略으로 개명하였으며, 현재 河南省 靈寶縣 남쪽에 위치한다. 여기서는 楊氏 집안이 홍농의 名望있는 집안이었음을 가리킨다. [周]

3) 浦城公(포성공) : 元代의 이름난 詩人 楊載를 말한다. 字는 仲弘이며 浦城 사람이다. 布衣의 신분으로 翰林과 國史院編修官에까지 이르렀다. 진사에 급제하고 寧國路 總管府 推官을 지냈다. [周]

4) 中表(중표) : 中表란 성이 다른 재종형제를 말한다. [句]

5) 丱(관) : 옛날에 어린아이의 머리를 두 가닥으로 나누어 땋아서 뿔 모양으로 틀어 올린 것을 말한다. [周]

氏所鍾愛, 嘗撫生指采采謂曰 : "汝宜益加進修, 吾孫女誓不適他族, 當令事汝, 以續二姓之親, 永以爲好也." 女父母樂聞此言, 卽欲歸之, 而生嚴親以生年幼, 恐其怠于學業, 請俟他日. 生、女因商氏之言, 倍相憐愛. 數歲, 遇中秋月夕, 家人會飮沾醉, 遂同游于生宅秋香亭上, 有二桂樹, 垂蔭婆娑, 花方盛開, 月色團圓, 香氣穠馥,[6] 生、女私于其下語心焉. 是後, 女年稍長, 不復過宅, 每歲節伏臘,[7] 僅以兄妹禮見于中堂而已. 閨閣深邃, 莫能致其情. 後一歲, 亭前桂花始開, 女以折花爲名, 以碧瑤箋[8]書絶句二首, 令侍婢秀香持以授生, 屬生繼和. 詩曰 :

秋香亭上桂花芳, 幾度風吹到綉房.[9] 自恨人生不如樹, 朝朝腸斷屋西牆!

秋香亭上桂花舒, 用意殷勤[10]種兩株. 願得他年如此樹, 錦裁步障[11]護明珠.

生得之, 驚喜, 遂口占二首, 書以奉答, 付婢持去. 詩曰 :

深盟密約兩情勞, 猶有餘香在舊袍. 記得去年攜手處, 秋香亭上月輪高.

高栽翠柳隔芳園, 牢織金籠貯彩鴛. 忽有書來傳好語, 秋香亭上鵲聲喧.

生始慕其色而已, 不知其才之若是也, 旣見二詩, 大喜欲狂. 但翹首企

6) 穠馥(농복) : 『詩經 · 齊風』에 "어찌 저렇게 향기로울까?"라는 구절이 있다. 注에 "아름다움이 성한 모양이다. 馥은 『說文』에서 향기라고 하였다"라고 되어 있다. [句]
7) 伏臘(복랍) : 秦, 漢代 이래의 節氣로 伏(삼복)은 여름, 臘(납일)은 겨울에 있다. [周] 여기서는 여름철과 겨울철에 맞는 절기이므로 명절이라 풀이한다. [譯]
8) 碧瑤箋(벽요전) : 종이 이름이다. 剡溪竹葉牋과 같은 종류이지만 푸른색이 알록달록한 것만 약간 다를 뿐이다. [句]
9) 繡房(수방) : 수를 놓는 방문이란 뜻이다. 곧 여인이 기거하는 방을 일컫는다. [譯]
10) 【校】 殷勤(은근) : [奎]와 [董]에는 慇懃이라 함.
11) 錦裁步障(금재보장) : 비단으로 步障(대나무를 세워 친 장막)을 만들다. 『晉書』에 "王愷가 紫色 실로 폭이 40리 되는 장막을 만들자 石崇이 비단으로 50리의 장막을 만들어 그에게 대적했다"는 내용이 보인다. [周]

足, 以待結褵[12]之期, 不計其他也. 女後以多情致疾, 恐生不知其眷戀之情, 乃以吳綾帕[13]題絶句于上, 令持以贈生. 詩曰 :

羅帕薰香病裹頭, 眼波嬌溜滿眶秋.[14] 風流不與愁相約, 纔到風流便有愁.

生感歎再三, 未及酬和. 適高郵張氏兵起, 三吳[15]擾亂, 生父挈家南歸臨安, 展轉會稽、四明以避亂; 女家亦北徙金陵. 音耗不通者十載. 吳元年, 國朝混一, 道路始通. 時生父已歿, 獨奉母居錢塘故址, 遣舊使老蒼頭往金陵物色之, 則女以甲辰年[16]適太原王氏,[17] 有子矣. 蒼頭回報, 生雖悵然絶望, 然終欲一致款曲[18]于女, 以導達其情, 遂市剪彩[19]花二盒, 紫綿脂百餅, 遣蒼頭齎往遺之, 恨其負約, 不復致書, 但以蒼頭己意, 托交親之故, 求一見以覘其情. 王氏亦金陵巨室, 開綵帛鋪于市, 適女垂簾獨立, 見蒼頭趑趄[20]于門, 遽呼之曰 : "得非商兄家舊人耶?" 卽命之入, 詢問動靜, 顔色慘怛. 蒼頭以二物進, 女怪其無書, 具述生意以告. 女吁嗟抑塞, 不能致辭, 以酒饌待之. 約其明日再來敍話. 蒼頭如命而往, 女剪烏絲欄,[21] 修簡遺生曰 :

---

12) 結褵(결리) : 『詩經』에 "향주머니를 차노라"라는 구절이 있다. 注에 "褵는 부인네들의 향주머니이다. 어머니가 딸을 훈계하며 이불에 넣어주거나 수건에 묶어준다"라고 되어 있다. 『爾雅』에 "幃는 수건이다"라고 했다. [句] 즉 결혼을 의미한다. [周]

13) 吳綾帕(오릉파) : 吳綾은 광택이 나서 아름답고 좋다라는 뜻이다. 帕은 수건이다. 부인들이 머리를 싸맬 때 쓴다. [句]

14) 眼波嬌溜滿眶秋(안파교류만광추) : 소동파의 시에 "사랑하는 사람은 추파를 돌리기 좋아하지 않네"라는 구절이 있다. 또 "빛이 은빛 바다에서 흔들리니 아찔하여 꽃이 생기네"라는 구절이 있다. 『道書』에 "눈동자는 은빛 바다이다. 그래서 추파라고 한다"라는 문장이 보인다. [句]

15) 三吳(삼오) : 蘇州, 常州, 湖州를 가리킨다. [周]

16) 甲辰年(갑진년) : 1364년이다. [周]

17) 太原王氏(태원왕씨) : 太原은 王氏 성을 가진 집안의 명망이 높았던 고을이다. 여기선 왕씨에게 시집을 갔다는 것이지 山西 太原 사람을 가리키는 것은 아니다. [周]

18) 款曲(관곡) : 완곡하고도 절절한 심정을 의미한다. [周]

19) 【校】 彩(채) : [奎]와 [董]에는 모두 綵로 씀.

20) 趑趄(자저) : 가려해도 나가지 않는 모양. 머뭇거린다는 뜻이다. [周]

伏承來使, 具述前因. 天不成全, 事多間阻. 蓋自前朝失政, 列郡受兵, 大傷小亡, 弱肉强食, 薦遭禍亂, 十載于此. 偶獲生存, 一身非故, 東西奔竄, 左右逃逋; 祖母辭堂, 先君捐館;[22] 避終風[23]之狂暴, 慮行露[24]之沾濡. 欲終守前盟, 則鱗鴻[25]永絶; 欲徑行小諒,[26] 則溝瀆莫知. 不幸委身從人, 延命度日, 顧伶俜[27]之弱質, 値屯蹇[28]之衰年, 往往對景關情, 逢時起恨. 雖應酬之際, 勉爲笑懽; 而岑寂之中, 不勝傷感. 追思舊事, 如在昨朝. 華翰銘心, 佳音屬耳. 半衾未暖, 幽夢難通, 一枕纔欹, 驚魂又散. 視容光之減舊, 知憔悴之因郎; 悵後會之無由, 歎今生之虛度! 豈意高明不棄, 撫念過深, 加沛澤以滂施, 回餘光以返照, 采葑菲之下體,[29] 記蘿蔦之微踪;[30] 復致耀首之華, 膏脣之飾, 衰

---

21) 烏絲欄(오사란) : 『國史補』에 "宋나라 毫間紙에는 줄이 쳐진 칸이 있다. 이것을 오사란이라 한다"라는 문장이 보인다. 또 『異聞集』에 "霍小玉은 구슬띠를 얻자 주머니 속을 기워 수를 놓았고 越姬는 오사란과 흰 비단 석 자를 왕생에게 주자 왕생이 필력을 얻어 성공했다"라는 내용이 보인다. [句] 검은색 格子線이 새겨진 종이나 비단을 가리킨다. [周]

22) 辭堂(사당), 捐館(연관) : 죽음을 비유하는 말들이다. [周]

23) 終風(종풍) : 『詩經·邶風』의 篇名이다. 衛 莊姜의 작품으로 莊公의 포악한 성품과 변화무쌍한 희노애락을 노래하였다. [周]

24) 行露(행로) : 여자가 정결하게 자신을 지키며 淫奔을 수치스러운 일로 여김을 비유한 것이다. 『시경』에 "이슬이 촉촉한데 어찌 밤낮으로 그대 생각 않겠소? 길에 이슬이 많기 때문이요(厭浥行露, 豈不夙夜? 爲行多露)"라는 구절이 있다. [周]

25) 鱗鴻(인홍) : 鱗은 대개 잉어의 뱃속에 편지가 있다는 것을 가리키고 鴻은 기러기이다. 『漢書·蘇武傳』에 "항상 은혜를 베풀면서 漢나라 사신에게 천자가 사냥 나가는 상림에서 얻은 기러기발에다가 비단 편지를 묶어 달라고 말했다. 蘇武 등이 아무개 澤中에 있다고 말하자 선우가 놀라 蘇武 등을 돌려보냈다"라는 문장이 보인다. [句] 書信을 비유하는 말이다. [周]

26) 小諒(소량) : 고집스러운 작은 충성과 믿음을 뜻한다. [周] 『句解』集釋 : 『論語·憲問』曰 '豈若匹夫匹婦之爲諒也. 自經於溝瀆而莫之知也' 注에 諒은 信이라 했다. [譯]

27) 伶俜(영빙) : 혼자 외로운 모양이다. [句] 孤獨함을 비유하는 말이다. [周]

28) 屯蹇(둔건) : 『易經』에 "雷下 坎上을 屯이라 하고 艮下 坎上을 蹇이라 하니 모두 험난하여 편안하지 못한 뜻을 취한 것이다"라고 되어 있다. [句] 고단하고 괴로운 것을 뜻한다. [周]

29) 采葑菲之下體(채봉비지하체) : 비천한 것을 버리지 않는다는 뜻. 즉 한 부분이 취할 만해도 전체를 버리지 않는다는 의미이다. 『詩經·國風』에 "순무나 무를 캐는 것은 뿌리만을 위한 것이 아니로다(采葑采菲, 無以下體)"라는 구절이 있다. [周]

30) 記蘿蔦之微踪(기라조지미종) : 친척이 의지함을 비유하는 말이다. 『詩經·小雅』에 "겨우살이와 덩굴나무가 소나무와 잣나무에 뻗어 있다(蔦與女蘿, 施於松柏)"는 구절이 있다. [周]

容頓改, 厚惠何施! 雖荷恩私, 愈增慚愧! 而況邇來形銷體削, 食減心煩, 知來日之無多, 念此身之如寄. 兄若見之, 亦當賤惡而棄去, 尙何矜恤之有焉! 倘恩情未盡, 當結伉儷于來生, 續婚姻於後世耳! 臨楮嗚咽, 悲不能禁, 復制五十六字, 上瀆淸覽, 苟或察其辭而恕其意, 使篋扇懷恩, 綈袍[31]戀德, 則雖死之日, 猶生之年也. 詩云:

好因緣是惡因緣, 只怨干戈不怨天. 兩世玉簫猶再合,[32] 何時金鏡得重[33]圓? 彩鸞舞後腸空斷, 靑雀[34]飛來信不傳. 安得神靈如倩女, 芳魂容易到君邊!

生得書, 雖無復致望, 猶和其韻以自遣云:

秋香亭上舊因緣, 長記中秋半夜天. 鴛枕沁紅妝淚濕, 鳳衫凝碧唾花圓. 斷弦無復鸞膠續, 舊盒空勞蝶使傳. 惟有當時端正月, 淸光能照兩人邊.

幷其書藏巾笥中, 每一覽之, 輒寢食俱廢者累日, 蓋終不能忘情焉耳. 生之友山陽[35]瞿佑備知其詳, 旣以理諭之, 復制『滿庭芳』一闋, 以著其事. 詞曰:

月老[36]難憑, 星期易阻, 御溝紅葉[37]堪燒. 辛勤種玉,[38] 擬弄鳳凰簫. 可惜國

---

31) 綈袍(제포): 전국시대 范雎와 須賈의 이야기. 원래 가까운 사이였다가 훗날 원수가 되었으나 거짓으로 거지 모습을 한 범수에게 綈袍(명주로 만든 두꺼운 솜옷)를 준 은혜로 수고는 옛정을 느낀 진나라 재상 범수로부터 목숨을 부지하게 되었다는 이야기다. [譯]

32) 玉簫猶再合(옥소유재합): 衛皐와 玉簫가 전생과 이생에서 인연을 맺은 일을 가리킨다. [周]

33) 金鏡得重(금경득중): 徐德言과 樂昌公主가 거울을 깨고 다시 만난 일을 가리킨다. [周]

34) 靑雀(청작): 서왕모의 소식을 전한다는 靑鳥를 말하며 靑使라고도 한다. [譯]

35) 山陽(산양): 지금의 江蘇省 淮安이다. [周]

36) 月老(월로): 唐代 衛固가 宋城 南店을 지나다 한 노인이 달을 향해 책을 펼치고 있는 것을 보았다. 衛固가 무슨 책이냐고 묻자 노인은 天下의 婚姻 장부라고 대답하였다. 후세에 중매장이를 月老라고 부르게 된 것은 이 이야기에서 말미암은 것이다. [周]

37) 御溝紅葉(어구홍섭): 唐代 僖宗(李儇) 때에 于祐라는 書生이 있었다. 그가 궁중에서

香無主，零落盡露蕊烟條. 尋春晚，綠陰靑子，鶗鴂[39]已無聊.

藍橋[40]雖不遠，世無磨勒，誰盜紅綃?[41] 悵歡踪永隔，離恨難消! 回首秋香

나오는 御溝에서 단풍잎 하나를 주웠는데 그 위에는 다음과 같은 시 한 수가 적혀 있었다. "흐르는 물살은 어찌 그리 급히 흐르는가. 깊은 궁궐에는 종일 한가롭기만 하다네. 은근히 붉은 잎을 보내니 인간 세상에 잘 내려가도록 함이네." 于祐는 곧 다른 붉은 단풍잎에다 시 한 수를 써서 어구의 상류에다 띄워 보냈다. 궁중의 韓夫人이 그것을 건져내었다. 후에 于祐은 韓泳의 집에 훈장으로 있었는데 마침 僖宗의 궁녀 삼천 명이 속가로 되돌려 보내졌다. 韓夫人도 그 속에 있었다. 그녀는 한영과 친척이었다. 한영은 그녀를 于祐에게 시집보냈다. 혼인 후에 韓夫人은 우연히 남편의 책 상자 속에서 자신이 지은 시가 적힌 단풍잎을 보고는 너무나 이상한 생각이 들어 자신이 주운 단풍잎을 꺼내 남편에게 보였다. 서로 바라보고 놀라면서 이는 우연이 아니라 전생의 인연이 정해졌던 것이라고 입을 모아 말했다. 韓夫人은 다시 다음과 같은 시 한 수를 지었다. "한 구절 좋은 시구 물결 따라 보내니 십 년 동안 쌓아온 가슴 속 그리움 오늘에야 난새와 봉황이 만났으니 단풍잎이 중매가 된 줄 이제야 알겠노라." 송나라 張實의 傳奇文『流紅記』에 보인다. [周]

38) 種玉(종옥) : 『搜神記』에 다음과 같은 내용이 있다. 楊雍伯은 효성스러운 사람이었는데 부모가 세상을 떠나자 無終山에 부모를 장사지내고 산 위에서 살았다. 산 위에는 물이 없어 산비탈에서 물을 퍼 올려 우물을 만들었다. 어떤 이가 산에 와서 물을 마신 후 그에게 돌 하나를 주면서 심으면 거기에서 옥이 나고 또 그것으로 아름다운 아내도 얻을 수 있다고 말하였다. 후에 양옹백이 徐氏에게 딸을 달라고 구혼을 하자 서씨는 농담 삼아 '한 쌍의 白玉을 가져오면 딸을 줄 수 있다'고 하였다. 그는 돌을 심은 곳에서 白玉 다섯 쌍을 캐내어 서씨에게 바쳤고 마침내 그 딸을 아내로 맞아들였다. 바로 이 땅을 玉田이라 한다. [周]

39) 鶗鴂(제결) : 일명 鵙(격)이라 하고 博勞라고도 한다. 『詩經』에 "7월에 때까치가 운다"라는 구절이 있다. 『禮記』에는 "10월이 되면 때까치가 처음 운다"라고 되어 있다. 또 「楚辭」에 "때까치가 먼저 울면 온갖 풀이 꽃답지 않을 까봐 두렵다네"라는 구절이 있다. 注에는 "그 소리가 매우 안 좋으므로 먼저 울면 풀이 죽는다"라고 되어 있다. 聊는 의뢰하다(賴)이다. 『漢書』에 "입에 의뢰함이 없다"라는 문장이 보인다. 注에 "俚는 의뢰하다(賴)이니 의뢰할 곳이 없다는 뜻이다"라고 되어 있다. [句] 두견새이다. [周]

40) 藍橋(남교) : 陝西省 藍田縣 동남쪽에 있는데 이곳은 唐代 裴航이 雲英을 만난 곳이다. [周]

41) 世無磨勒(세무마륵), 誰盜紅綃(수도홍초) : 唐代 代宗(李豫) 大曆 年間에 崔生이란 사람이 당대에 높은 자리에 있는 貴人의 병을 진찰하러 갔다. 貴人은 紅綃(붉은 비단옷)를 입은 기녀에게 시켜 앵두를 가져와 그에게 먹도록 했다. 그가 부끄러워하며 안 먹으려하자 귀인은 다시 妓女를 시켜 간을 쳐서 먹도록 하였다. 그가 작별하고 돌아오니 정신과 혼백이 나는 듯 하였다. 그의 신변에 磨勒이란 노예가 있었는데 뛰어난 재주가 있었다. 보름날 밤에 그를 업고 貴人의 집에 들어가 붉은 비단의 기녀를 만나게 했다. 그리곤 다시 두 사람을 한꺼번에 업고 밖으로 나왔다. 최생은 홍초와 결혼하여 부부가 되었다. 당대 裴鉶의 『傳奇』에 보인다. [周]

亭上, 雙桂老, 落葉飄颻. 相思債, 還他未了, 腸斷可憐宵!

仍記其始末, 以附于古今傳奇之後. 使多情者覽之, 則章臺柳折, 佳人之恨無窮; 仗義者聞之, 則茅山藥[42]成, 俠士之心有在. 又安知其終如此而已也!

---

42) 茅山藥(모산약): 唐代 劉震에게는 재색을 겸비한 無雙이라는 딸이 있었다. 그는 누나의 아들인 王仙客에게 약혼을 허락하였다. 후에 劉震은 朱泚의 거짓 명령으로 피살을 당하고 無雙은 궁중에 들어갔다. 王仙客은 俠士 古押衙에게 그녀를 구해달라고 부탁했다. 古押衙는 茅山道士에게 한 알의 알약을 얻었다. 이 약은 먹는 즉시 죽었다가 사흘이 지나면 다시 살아날 수 있는 것이었다. 그는 이 방법으로 無雙을 구해내어 王仙客과 혼인을 성사시켜 주었다. 唐代 薛調는 傳奇 『無雙傳』에서 이 이야기를 썼다. [周]

발문(跋文)

설명

여기에 수록된 後記와 跋文은 번역 저본인 『주릉가교주본(周楞伽校注本)』에는 없는 부분이다. 중국이나 일본에 전해지는 판본에는 다 실려 있지 않고 조선(朝鮮) 명종(明宗) 연간 윤춘년(尹春年)이 간행한 임기(林芑)의 집석본 『전등신화구해(剪燈新話句解)』에만 모두 실려 있다. 현재 규장각(奎章閣) 소장본(1559)에는 임기(林芑)의 발문(跋文)까지 다섯 편이 실려 있지만 그 후 간행된 중간본을 근거로 필사한 일본 내각문고본(內閣文庫本)에는 윤춘년(尹春年)의 후기(後記)와 하야시라산(林羅山)의 제기가 기록되어 있다. 여기에 이를 수록하여 참고로 삼는다.

1. 호자앙(胡子昂)의 「전등신화권후기(剪燈新話卷後紀)」

내가 전에 성은을 입고 촉(蜀)의 포강(蒲江) 현감이 되어 다스릴 때 한가한 겨를이 있어 향교에 이르렀는데 광전(廣文) 전이화(田以和)가 이 구우 선생의 『전등신화』 네 권을 보여주었다. 구우 선생이 저술한 글을 읽어보면 최근 가까운 시대의 일들이 많았다. 사실적인 묘사와 숙달된 문사가 농염하고 아름다우며 우여곡절이 폐부에서 나오는 것과 같아서 마치 눈으로 목도하고 귀로 직접 들은 것과 같았다. 선을 권하고 악을 징벌하였으며 뛰어나기가 고금의 으뜸이 되었다. 그것을 읽으면 사람으로 하여금 감개하여 눈물로 옷자락을 적시게 하는 일이 많았다. 훗날 듣자하니 구우 선생이 국자감(國子監)의 조교가 되었고 친왕(親王)의 문서관리 담당인 장사(長史)가 되어 영광이 지극한 데 이르렀다. 그러나 한스럽게도 만나뵙지 못하다가 십 년이라는 시간이 흘러서 선생과 드디어 양경(兩京)에서 만나게 되었다. 한 번 뵌 것이 평생의 기쁨과 같았는데 곧 헤어지게 되었다. 또한 팔 년이 흘러서 선생이 보안(保安)으로 귀양가서 계시게 되었다. 금년 봄에 마침 나는 흥화(興和)로 가서 변방 장수의 막료라는 직책으로 있게 되었는데 보안과는 이백 리의 거리에 있어서 소식을 서로 듣고 서신을 거듭 써 올려 평시 경모의 정을 시원스럽게 풀고자 했다. 공직의 휴가를 받아 말에 올라서 보안의 성남을 방문하였는데 선생은 바야흐로 호피의 자리를 마련하여 주시며 반갑고 기쁘게 영접하여 주셨다. 동자를 시켜 술과 안주를 사오게 하였으며 옛날의 좋았던 추억을 이야기하였다. 금석지감(今昔之感)을 느끼면서 『전등신화』로 까지 이야기가 이르렀는데 지금 그 원본은 소실되었다고 하였다. 내가 가진 이 원고가 남아 있다고 하자 매우 기뻐하면서 시를 지어 이별할 때 선물로 주셨다. 애절하고 간곡한 정이 그러하였다. 하루는 강서성 서주(瑞州) 태수 당악(唐岳) 선생이 공무로 이 변방의 성에 이르렀는데 내가 이 작품집을 봉해주었고 당악 선생이 구우 선생의 친필 교정을 받아 책이 한 사람의 손에서 나오게 되었다. 이십 일이 지나지 않아 당태수가 이에 원고를 봉하여 보내왔다. 오랫동안 그것을 펼쳐보고는 즐기며 손에서 뗄 수가 없었다. 다만 그 가운데에 잘못된 점이 상당히 있어서 특별히 본문의 옆에다 주석을 달아 옛날 술회한 전기를 도왔으니 마치 진주와 옥이 꿰인 듯 완연히 새로워져서 이 글로서는 큰 행운이라 하겠다.

문득 붓에 먹을 묻혀 순서를 적어 명주로 바른 상자에 넣어서 읽어보기에 편하게 하였다. 아울러 시 한 수를 지어 그 본말을 기록하니 선생에게 맑은 가르침을 구하는 바이다.

剪燈携得至興和,	『전등』을 가지고서 홍화에 이르게 되었는데
傳寫辭疑豕渡河.	전하는 책을 옮겼으니 의심스러운 데가 많았다
遠托郡侯親寄奉,	멀리 군의 태수에게 부탁하여 부쳐 보내서
又經國相訂差訛.	또한 친왕의 장사가 친히 잘못을 고치게 되었다
牡丹燈下花妖麗,	모란 등불 아래 꽃은 아름답기 그지없고
桂子亭前月色多.	추향정 앞의 달빛이 찬란하기만 하여라!
讀到三山恩負處,	삼산의 은혜 저버린 사람 이야기 읽으니
令人兩淚自滂沱.	사람으로 하여금 눈물만 흐르게 하는구나!

영락 18년(1420) 5월 10일 우강 호자앙이 쓰다.

胡子昂, 「剪燈新話卷後紀」

山陽瞿先生『剪燈新話』四卷, 僕昔叨尹[1]蜀之蒲江,[2] 公餘詣邑泮,[3] 廣文田以和[4]出示斯集. 閱先生所述, 多近代事實. 模寫情意, 醞釀文辭, 濃郁艷麗, 委蛇曲折, 流出肺腑, 恍然若目擊耳聞. 懲勸善惡, 妙冠今古. 誦之令人感慨沾襟者多矣. 後聞先生爲國子助教, 拜親藩長史,[5] 榮亦至矣,

---

1) 叨尹(도윤) : 외람되게 (황제로부터 명을 받아) 사또노릇을 하다. '叨蒙天恩'은 외람되게 추천을 받는다는 뜻.

2) 浦江(포강) : 四川省 成都府의 서남쪽. 지금도 浦江이라고 함.

3) 邑泮(읍반) : 읍에 설치한 학교, 향교.

4) 田以和(전이화) : 생애는 未詳. 뒤에 唐岳의 「後志」에서도 나온다. 廣文은 貫籍으로 보이며 향교의 관리, 혹은 교수인 것으로 보인다.

5) 國子助教(국자조교), 親藩長史(친번장사) : 구우가 국자감의 조교를 지내고 번왕인 周王府의 右長史(문서담당관)를 지낸 경력을 말한다. 周定王 朱橚은 明 太祖(朱元璋)의

恨不獲荊識.[6] 越十載之間, 與先生簪盍[7]兩京,[8] 一見如平生歡, 未幾別去. 又八稔,[9] 先生謫居保安.[10] 今年春, 僕適有興和[11]之行, 掾邊將幕下, 去保安遠二百餘里, 聲跡相聞, 書郵往覆, 以快平昔景慕之願. 公暇躍馬一訪城南, 而先生方擁皐比[12]之席, 欣然倒屣相迎, 亟呼童子市酒肴, 論舊好, 感今懷昔, 因談及『剪燈新話』, 今失其本, 喜餘存是稿, 遂賦詩留別. 繾綣之情爲何如也. 一日, 瑞守唐孟高氏[13]公事抵邊城, 以斯集奉寄, 又得先生親筆校正, 出于一手. 不二旬, 唐守仍緘回原稿. 展玩久之, 不能釋卷. 就中舛誤頗多, 特爲旁注詳明, 遂俾舊述傳記, 如珠聯玉貫, 煥然一新, 斯文之幸耶. 輒濡毫次第書之, 藏于巾笥, 以便觀覽. 幷賦鄙什一首, 紀其本末, 求先生之淸教云:

剪燈携得至興和, 傳寫辭疑豕渡河. 遠托郡侯親寄奉, 又經國相訂差訛.
牡丹燈[14]下花妖麗, 桂子亭[15]前月色多. 讀到三山[16]恩負處, 令人兩淚自

第五子로서 처음 吳王으로 봉해졌다가 후에 周王으로 고쳐지고 開封의 藩王이 되었다. (『明史』 권116, 『開封府志』 권6)

6) 荊識(형식): 識荊, 識韓과 같은 말. 원래 韓荊州를 안다는 말로서 貴人이나 걸출한 人物을 처음 알게 된다는 의미로 쓰인다.

7) 簪盍(잠합): 盍簪과 같은 뜻으로 벗이 함께 모이다. 『周易』의 "勿疑朋盍簪" 참조.

8) 兩京(양경): 明나라때 北京과 南京을 지칭하는 말이다. 하지만 永樂帝 成祖가 남경에서 북경으로 천도한 해는 永樂19년(1421)이다. 胡子昻의 이 글은 1420년에 쓰여졌고 문중에서 그가 兩京에서 瞿佑를 만나고 다시 8년이나 지나 瞿佑가 保安에 謫居중이라고 했는데 당시에 양경은 어디를 지칭하는지 불분명하다.

9) 八稔(팔임): 팔년. 稔(속음은 념)은 곡식이 한 번 익는 기간. 즉 한 해.

10) 保安(보안): 保安州는 明初에 폐지했다가 永樂 2년(1404)에 保安衛를 설치하였다. 후에 京師의 直隷로 속했는데 서북지방으로 약 삼백여 리의 거리를 두었다. 『明史』 권40에 비교적 상세한 주까지 있다.

11) 興和(흥화): 본래 금나라 때 撫州였고 원나라에서는 興和路, 명나라 때는 산서에 속했으나 오늘날에는 내몽고자치구에 속해 있다. 大同의 동북부, 保安의 서북부 만리장성 밖에 위치해 있다.

12) 皐比(고비): 범의 가죽. 장군이나 학자들의 자리에 호피를 깔았으므로 그렇게 이름.

13) 瑞守唐孟高氏(서수당맹고씨): 瑞州의 太守로 있던 唐岳을 말함. 뒤에 그의 「剪燈新話後志」가 실려 있음.

14) 牡丹燈(모란등): 『牡丹燈記』에서 麗卿과 喬生이 만난 이야기를 일컬음.

15) 桂子亭(계화정): 부록 「秋香亭記」의 이야기를 말한다. 추향정 달빛아래서 商生과 采

滂沱.

永樂十八年五月十日盱江胡子昻書

2. 안벽(晏璧)의 「추향정기발(秋香亭記跋)」

부부는 인간세계의 큰 도리이지만 이는 하늘의 인연에 따를 뿐이며 사람의 일로서는 이루기가 어려운 법이다. 비록 한 때 잠시의 만남이 있더라도 천고의 웃음거리를 주게 될 뿐이다. 마치 사마상여(司馬相如)가 거문고를 타면서 탁문군(卓文君)을 유혹하고 도곡(陶谷)이 말로써 진약란(秦弱蘭)을 즐겁게 하였던 것과 같은 것이다. 은밀한 내실에서의 음란한 이야기에는 추함이 담겨져 있다. 나는 산양 구종길 장사(長史)의 「추향정기」에서 전당 사람 상생(商生)과 고모의 딸 양채채(楊采采)의 일을 저술한 것을 보고는 탄식하였다. 두 집안의 인척 관계는 평소에 좋았고 부모님의 말씀도 얻었으나 일이 조화롭지 못하고 때가 어긋나게 되었다. 그 정을 사사로이 글귀에 의탁하여 올바른 길로 나아가고자 하였으니 그 사연은 기이하다 할 만하고 사람을 감동시키는 바가 있으며 그 기특한 재주를 가련히 여기고 그 아름다움을 드러내고자 하여 여기 시를 한 수 지어 보이노라.

秋香亭上月明宵, 　추향정 위에 달빛은 밝게 빛나고,

采가 만난 이야기를 일컬으며 秋香亭 옆에 두 계수나무가 있어 시에 인용되고 있으나 작품에서 실제로 桂子亭이란 말은 없음.

16) 三山(삼산):『三山福地志』에서 元自實이 繆君에게 은혜를 베풀고 보답을 받지 못하는 이야기를 일컫는다.

好是商郎悅采嬌. 상씨 낭군은 채채 낭자를 기쁘게 하네.
青鳥傳書懷阿母, 파랑새는 서왕모 심정을 담아 편지를 전하고
綵鸞移帳失文簫. 채란 날아가고 휘장이 예쁜무늬 퉁소를 잃었다.
釵分剪燈灰心久, 비녀는 나눠지고 밤늦게 심지 자르니 마음 아프고
錦寄回文入夢遙. 비단에 부친 회문은 꿈속에서 아득하네.
烏鵲橋頭風景異, 오작교 위에 풍경이 옛날과 달라져도,
此情應與恨俱消. 이 사랑을 한과 함께 녹여야만 하리라.

영락 경자년 오월 보름날, 여릉 안벽(晏壁) 언문보가 발문을 쓰다.

明・晏壁, 「秋香亭記跋」

夫婦人之大倫, 然天緣有分, 人事難齊. 雖苟合于一時, 貽譏嘲於千古. 若相如之於卓文君, 陶穀之於秦弱蘭, 一以琴心挑戲, 一以詞語合歡. 中冓之言,[17] 大可醜也. 予觀山陽瞿宗吉長史『秋香亭記』, 述錢塘商氏與姑女楊采采, 事因慨焉. 二家聯姻親之夙好, 佩父母之成言, 事不和諧, 時相乖異, 寓恩私於詞翰, 適中正之道途, 而異其事, 感其人, 憐其才而著其美, 賦唐律一章云:

秋香亭上月明宵, 好是商郎悅采嬌. 青鳥傳書懷阿母, 綵鸞移帳失文簫.
釵分剪燈灰心久, 錦寄回文入夢遙. 烏鵲橋頭風景異, 此情應與恨俱消.

永樂庚子蕤賓[18]望日廬陵[19]晏壁彥文甫跋

---

17) 中冓(중구): 궁중의 깊숙한 곳, 부부가 거처하는 내실. 전하여 음란한 일.
18) 蕤賓(유빈): 오월을 지칭함.
19) 廬陵(여릉): 강서성에 있음. 『전등여화』의 작자 李禎도 여릉 사람이었음.

3. 당악(唐岳)의 「전등신화권후지(剪燈新話卷後志)」

내가 전에 관료의 막사에 있을 때 전당 구존재(瞿存齋) 선생을 국자감(國子監)에서 알게 되었다. 많은 사람들이 선생의 학식이 매우 뛰어나다고 받들었으므로 나는 『역대서략』의 머리말을 써주기를 요청하고자 하였으나 미처 만나 상세히 이야기 할 겨를이 없었다. 그러다가 나는 금화에서 모친상을 입었고 복을 마치고 천거에 응하여 예부(禮部)의 의제원외(儀制員外郞) 직책을 제수받게 되었다. 이때 선생은 뛰어난 재주와 충만한 덕성의 힘을 입어 친왕의 장사(長史)로 승진되어 하남으로 갔다. 그 사이에 표를 올리고자 상경할 때 한 번 뵌 적이 있지만 곧 헤어졌다. 소종백 조준의(趙浚儀) 공이 이렇게 말한 바 있다. "이전에 절원(浙垣)에서 정사에 참여하고 있을 때 구우 선생이 저술한 『전등신화』를 보았다. 일을 기록하는 데에 선과 악이 있고 슬픔도 있고 기쁨도 있어 독려하고 징벌할 수 있다. 비록 기괴함을 그린 내용이었으나 우의(寓意)를 잘 나타내었고 문장이 넉넉하고 글 솜씨가 정교하였다. 간교함이나 아첨을 벌하고 정절을 기리는 것이었다." 나는 속으로 그 책을 보고 싶었으나 아직 직접 만나지 못함을 애석하게 생각했다. 이후에 서주(瑞州)의 태수로 나가니 지역이 멀고 일이 번잡하여 오랫동안 그 일을 외면하게 되었다. 마침 직책을 보안(保安)의 누양으로 옮기자 선생 또한 이곳에 이르게 되었으니 조석으로 가르침을 청할 수 있었다. 말씀 중에 『전등신화』에 대해 언급하시면서 옛날 원본을 잃은 지가 오래되어 결국 볼 수 없게 된 것이 한스럽다고 하였다. 대종백에서 병부(兵部)의 사마(司馬)로 옮긴 조공(趙公)이 명을 받고 감찰어사 정귀모(鄭貴謨) 등과 함께 관외에 임하여 누양에 이르렀다. 공무의 여가 중에 선생의 「추향정기」에 대한 이야기가 나와 그 원고를 얻고 싶다고 하니 선생이 이를 써주었다. 다시 한 해가 지나 우강(盱江)의 죽설옹(竹雪翁) 호자앙(胡

子昂)이 홍화의 변방에 막료가 되었는데 나를 찾아와 함께 선생을 뵙게 되었다. 술잔을 기울이는 사이 호자앙은 전에 촉의 포강(蒲江)에서 근무할 때 향교의 관리 전이화(田以和)가 선생의 『전등신화』를 내놓아 다른 사람에게 그것을 필사하도록 하였으며 오자(誤字)가 상당히 많은 그 원고는 지금 자신의 집에 보관되어 있다고 말하였다. 구선생은 매우 기뻐하셨다. 나는 홍화(興和)에 가서 그것을 얻어 보았는데 조공의 말에는 과연 일리가 있었다. 옷소매를 헤어지게 할 만하고 마음속 울분을 떨쳐버리게 할 만하여 마침내 빌려 가지고 돌아왔는데 구선생에게 잘못된 글자를 바로 교정해달라고 요구하여 필사본을 한 부 수장하고 원본을 봉하여 호자앙에게 보내었다. 그 경위를 여기 권말에 적었으니 훗날 독자들은 스스로 알게 될 것이다.

영락 경자년(1420) 가을 8월 16일
금화 당악(唐岳)이 식헌(息軒)에서 쓰다.

唐岳, 「剪燈新話卷後志」

予昔官臺幕,[20] 識錢塘瞿存齋先生于胄監.[21] 衆推先生學識俊邁, 予請爲『歷代叙略』[22]題辭, 未遑詳接談論. 予尋以內艱[23]守制金華,[24] 服闋, 應求賢擧, 拜春官儀制員外,[25] 先生以才德老成, 陞擢王相之河南矣. 間

20) 臺幕(대막) : 臺閣의 막료, 內閣의 官僚.
21) 胄監(주감) : 國子監.
22) 歷代叙略(역대서략) : 唐岳의 저술이나 내용은 미상.
23) 內艱(내간) : 母親喪.
24) 金華(금화) : 浙江省 중부, 紹興府의 남쪽에 있음.
25) 春官儀制員外(춘관의제원외) : 춘관은 예법이나 제사의 일을 맡는 기관. 大宗伯이 그 장이다.

以進表至京, 一見卽別. 及待少宗伯[26]凌儀趙公語云 : 前參政浙垣, 曾見先生所著『剪燈新話』, 紀事有善有惡, 有悲有喜, 可勸懲. 雖涉怪奇而善形容寓意, 文贍而詞工. 可誅奸諛, 勵貞節. 予心識之, 惜未及見. 後出守瑞州,[27] 地遠事繁, 睽隔久之. 適以事移灤陽, 先生亦繼至, 朝夕請益, 語及『剪燈新話』, 云舊本失之已久, 自恨終不得見矣. 旣而, 趙公由大宗伯轉夏官司馬,[28] 奉命同監察御史鄭君貴謨等, 按臨關外, 因至灤陽. 公餘, 談及先生『秋香亭記』, 俾予求稿, 先生書之以奉. 越歲, 盱江竹雪翁胡子昂, 以備禦興和將幕掾, 訪予同拜先生. 觴酌間, 子昂告以昔尹蜀之蒲江, 文學掾田以和, 出示先生所著『剪燈新話』, 令人謄錄, 多魯魚亥豕之失, 稿今留僑寓. 先生喜甚. 予因至興和得而覽之, 於趙公之言有徵, 可以豁冲襟而發忠憤, 遂假以歸, 求先生爲正其訛謬, 謄本收藏, 緘原本退子昂. 遂志其由於卷末, 後之覽者, 知所自云.

永樂庚子秋八月旣望金華唐岳書于息軒

4. 구우(瞿佑)의 「중교전등신화후서(重校剪燈新話後序)」

나는 젊어서 독서를 할 때에 천성적으로 글 쓰는 것을 즐겨서 반딧불과 창 밖의 눈빛을 등불삼아 공부하여 글쓰기를 게을리 하지 않았다. 종종 고향어른인 자헌(柘軒) 능운한(凌雲翰) 공에게서 칭찬을 받았다. 잘 모르는 자는 쓸데없는 놀음에 빠져들어 큰 뜻을 잃었다고 비웃기도 했지

26) 少宗伯(소종백) : 종백은 禮部侍郎의 별칭.
27) 瑞州(서주) : 江西省 南昌府의 서쪽. 현재 高安임.
28) 夏官司馬(하관사마) : 하관은 軍政兵馬를 담당하는 기관으로 大司馬가 그 장을 맡음.

만 결코 그만두지 않았고 거의 잠과 식사를 잊고 몰두할 지경이었다. 그렇게 오래되자 장편거질(長編巨帙)로 만들어지고 다시 모여서 부(部)와 질(帙)을 이루었다. 경전으로는 『춘추관주(春秋貫珠)』, 『춘추첩음(春秋捷音)』, 『정파철영(正葩掇英)』, 『성의재과고(誠意齋課稿)』 등이 있었고 역사 분야로서는 『관견적편(管見摘編)』, 『집람전오(集覽鐫誤)』 등이 있었으며 시(詩)를 읊은 것으로는 『고취속음(鼓吹續音)』, 『풍목유음(風木遺音)』, 『악부의제(樂府擬題)』, 『병산가취(屛山佳趣)』, 『향대집(香臺集)』, 『채근고(採芹稿)』 등이 있었다. 문장(文章)을 지은 것으로는 『명현문수(名賢文粹)』, 『존재유편(存齋類編)』 등이 있었고 사(詞)를 지은 것에는 『여청곡보(餘淸曲譜)』, 『천기운금(天機雲錦)』 등이 있었다. 고사(故事)를 엮어 만든 작품으로는 『유예록(遊藝錄)』, 『전등록(剪燈錄)』, 『대장수기(大藏搜奇)』, 『학해유주(學海遺珠)』 등의 작품집이 있었다.

하지만 무자년(戊子年, 1408)에 견책을 받아 귀양을 가게 된 이래로 거의 흩어져서 남은 것이 없게 되었다. 산 속으로 버림받은 후 논밭과 벗하며 지내면서 옛날에 뜻한 바는 어긋나 버렸으니 지난날의 학문이 황폐해진 것을 생각하면 오직 안타까울 뿐이었다. 책은 다 흩어지고 말았으니 묵묵히 앉아서 긴 한숨만 지었다. 간혹 한 두 사람의 벗이 옛날의 글들을 보고싶다고 찾았으나 마음과 정신이 피폐하여 전연 기억할 수 없어서 망연히 대답도 못하고 있었다.

그러다 근자에 호자앙(胡子昻) 군이 『전등신화』 네 권을 가져와 보여주었는데 사천(四川)의 포강(蒲江)에서 얻은 것이라 하면서 교정을 청하였다. 그리고 당맹고(唐孟高), 왕언령(汪彦齡) 군이 모두 친히 그것을 필사하였다. 글자의 획은 단아하였고 매우 정교하였다. 호사가들이 이 『전등신화』를 사방으로 전하였는데 옮겨 베껴 쓰면서 원래 내용과 다른 것도 있고 잘못된 글자가 자못 적지 않았다. 혹은 판목으로 새긴 것에는 탈락된 부분이 많았다. 그리하여 이를 기록하여 권말에 붙여두니 오자나 탈자가 있는 것을 본 사람들은 본서가 정확한 것이며 그것을 그대로 따를 것인지 고칠 것인지를 분명히 알도록 하기 위한 것이다. 홍무(洪武) 무오년(戊午年)에 집성하였으니 지금부터 사십사 년이나 되었다. 그때는 내 나이 아직 젊고 힘이 넘쳐 글을 서둘러 썼는데 어떤 것은 너무 몰두하여 전해들은 바를 상세하게 쓰지 않았고 어떤 것은 지나치게 많이 꾸며서 조잡하게 된 것을 면치 못하였다. 이제 나이가 들어 비록 후회한다고 해도 미칠 수 없을 따름이다. 독자들은 마땅히 이를 잘 알 것이다.

영락 19년(1421) 신축년(辛丑年) 정월 대보름에 75세된 구우(瞿佑)가 보안(保安)의 성남(城南)에서 쓰다.

구우(瞿佑)의 「제전등록후절구사수(題剪燈錄侯絶句四首)」

午酒初醒啜茗餘,	낮술이 깨고 나서 차 한잔으로 목을 적시고
香消金鴨夜窗虛.	향로의 향이 사그라지니 밤의 창가는 허전해라
剪燈濡筆淸無寐,	등불 자르며 붓을 드니 맑은 머리 잠은 안 오고
尋得人間未見書.	인간세상 찾아 나서도 책 속에는 보이지 않는다

風動疏簾月滿臺,	바람 불어 발 걷으니 달빛 만 가득하고
敲棋不見可人來.	바둑판을 두드리나 고운 님은 오지 않네
只消幾紙閑文字,	그저 몇 장의 한가로운 글을 쓰는데
待得燈花半夜開.	한밤중 등의 불꽃이 홀로 지킬 때까지

花落銀釭午夜深,	연분홍 꽃이 떨어지고 밤은 깊어지니
手書細字苦推尋.	손수 적는 작은 글씨 고통의 퇴고 순간
不知異日燈窗下,	긴 세월 지나 누군가 창가에 등불 밝히고
還有人能識此心.	글쓰는 이 마음 알아 줄 사람이 있을런지

辛苦編書百不能,	힘들여서 억지로 되지도 않는 책을 엮어
搜集述異費溪藤.	괴이한 이야기 모아 보았으나 종이만 낭비했네

近來陡覺虛名著, 근자에 와선 헛된 이름만 남겼다는 생각 드는데
往往逢人問剪燈. 그래도 종종 만난 사람들 전등 이야기 물어 오네

예전에 고향에서 『전등록』의 전집(前集)과 후집(後集), 속집(續集), 별집(別集) 등 네 집을 편집하였고 매 집마다 갑(甲)부터 해(亥)까지 십 권으로 나누어 또한 스스로 시 한 수를 지어 맨 뒤에 붙여두었다. 지금 이 책은 없어졌으나 그 시는 아직 기억할 수 있으니 『전등신화』의 끝에 다시 붙여 놓는다. 존재(存齋)

조카 구섬(瞿暹) 간행

瞿佑, 「重校剪燈新話後序」

少日讀書之暇, 性善著述, 螢窓雪案, 手筆不輟. 每爲鄉丈柘軒凌公[29] 所稱許, 不知者有玩物喪志之譏, 而決意不回, 殆忘寢食. 久而長編巨冊, 積成部帙. 治經則有『春秋貫珠』·『春秋捷音』·『正葩掇英』·『誠意齋課稿』; 閱史則有『管見摘編』·『集覽鐫誤』; 作詩則有『鼓吹續音』·『風木遺音』·『樂府擬題』·『屏山佳趣』·『香臺集』[30]·『採芹稿』; 攻文則有『名賢文粹』·『存齋類編』; 塡詞則有『餘淸曲譜』·『天機雲錦』;[31] 纂言紀事則有『遊藝錄』·『剪燈錄』·『大藏搜奇』·『學海遺珠』

29) 柘軒凌公(자헌능공) : 柘軒은 凌雲翰의 호다. 그의 문집인 『柘軒集』에는 瞿佑의 서문이 있다.
30) 香臺集(향대집) : 명대 필사본이 臺灣 故宮博物院에 소장되어 있다. 일본내각문고에 영인본이 있다.
31) 天機雲錦(천기운금) : 규장각본에는 분명히 『天機雲錦』이란 서명으로 되어 있지만 최근 대만 國家圖書館에서 발굴된 瞿佑의 詞集 책이름은 『天機餘錦』으로 되어 있다. 王兆鵬 「詞學秘籍『天機餘錦』考述」(『文學遺產』1998年5期), 黃文吉 「『天機餘錦』見存瞿佑等明人詞」(『書目季刊』32卷1期) 등 참조.

等集.[32] 自戊子歲獲譴[33]以來, 散亡零落, 略無存者. 投棄山後, 與農圃爲徒. 念夙志之乖違, 憐舊學之荒廢, 書空默坐, 付之長太息而已. 間遇一二士友求索舊聞, 心倦神疲, 不能記憶, 茫然無以應也. 近會胡君子昂以『剪燈新話』四卷見示, 則得之於四川之蒲江, 子昂請爲校正. 而唐君孟高・汪君彦齡皆親爲謄錄之. 字劃端楷, 極爲精緻. 蓋是集爲好事者傳之四方, 抄寫失眞, 舛誤頗多; 或有鏤版者, 則又脫略彌甚. 故持記之卷后, 俾桀誤脫略者見之, 知是本之爲眞確, 或可從而改正云. 抑是集成于洪武戊午歲,[34] 距今四十四祀祺[禩]矣. 彼時年富力强, 銳于立言, 或傳聞未祥, 或鋪張太過, 未免有所疏率. 今老矣, 雖欲追悔, 不可及也. 覽者宜識之.

永樂十九年歲次辛丑, 正月燈夕, 七十五歲翁錢唐瞿佑宗吉甫, 書于保安城南寓舍.

瞿佑「題剪燈錄後絶句四首」

午酒初醒啜茗餘, 香消金鴨夜窗虛. 剪燈濡筆清無寐, 錄得人間未見書.
風動疏簾月滿臺, 敲棋不見可人來. 只消幾紙閑文字, 待得燈花半夜開.
花落銀釭午夜深, 手書細字苦推尋. 不知異日燈窗下, 還有人能識此心.
辛苦編書百不能, 搜集述異費溪藤. 近來陡覺虛名著, 往往逢人問剪燈.

昔在鄕里編輯『剪燈錄』前后續別四集, 每集自甲至葵分爲十卷, 又自爲一詩題于集后. 今此集不存, 而詩尙能記憶, 因閱『新話』, 遂附寫于卷

32) 瞿佑의 著作에서 대해서는 이곳에 인용된 20種의 書名이 오늘날 모두 남아 있는 것은 아니고, 또 그의 저술이 모두 기록된 것도 아니다. 별도의 저술로서는 『歸田詩話』(『筆記小說大觀』제6편에 수록), 『詠物新題詩集』(일본내각문고), 『樂全稿』(일본 에도시대의 필사본, 일본내각문고) 등이 있다.
33) 戊子歲獲譴(무자세획견) : 무자년은 1408년이다. 周王府의 長史로 있던 瞿佑(62세)가 詩禍를 입고 의금부에 구금되어 하옥되는 사건이 일어난다.
34) 洪武戊午歲(홍무무오세) : 무오는 1378년. 즉 『전등신화』가 완성되어 서문을 썼던 瞿佑 나이 32세 때다.

末之. 存齋

姪瞿暹刊行

5. 조선 · 임기(林芑)의 「전등신화구해발(剪燈新話句解跋)」

지괴(志怪)의 책은 전부터 있었다. 비록 경전은 아니지만 진실로 박학하고 우아하지 않다고 말하기 어렵다. 구우(瞿佑) 선생은 실로 박식하고 고아한 선비로서 때를 만나지 못해 물러나서 마음속의 말을 한 것이다. 그가 저술한 것은 여러 방면으로 수십 편에 이른다. 이 책은 대체로 전기(傳奇)소설에 근거를 둔 것으로 비록 기이한 것을 말하고 있지만 진실로 그 글에는 날렵한 솜씨가 있다. 하물며 선을 권하고 악을 징벌하니 어찌 그만둘 수가 있었겠는가? 근세에 칭송되는 문장은 대부분 반드시 이런 권선징악적인 것을 빌려서 염원을 기탁한 것이라 할 수 있다. 그러나 인용된 경전과 역사의 전고(典故)가 많지만 모두 주석이 없는 것이 안타까운 실정이었다. 정미년(丁未年, 1547) 가을 예부영사(禮部令史) 송분(宋糞)은 나에게 이 책의 주석을 달아줄 것을 요청하였다. 나는 패관(稗官)소설(小說)은 실제로 쓰이는 데 적합하지 않은데 어찌 주석을 달 수 있겠느냐고 하며 사양하였다. 얼마 지나 가만히 생각해보니 『산해경(山海經)』과 『박물지(博物志)』 등은 모두 말이 기이하고 괴벽하지만 이미 전소(箋疏)가 구비되어 있고 모든 불경(佛經)은 글자가 범어(梵語)에서 나와 모두 공허한 말을 천착한 것인데도 풀어서 해석되어 있다. 이 책을 주석(註釋)하는 것은 불경을 해석하는 것보다는 아무래도 낫다는 생각이 들었기 때문이다. 그래서 창주대인(滄洲大人) 윤춘년(尹春年)에게 가서 상의하였다. 둘이 뜻이 맞아 바야흐로 주석을 모으기 시작하였다. 비로소 한 권으로 풀어내었는데 뜻밖에 창주가 친상(親喪)을 당하여 선성(宣城)으로 하향하는 바람에 나 혼자 평소에 들은 바를 기록하고 전체의 주석을 완성하였다. 배움으로는 비록 학자의 세 가지 기본 요소인 삼다(三多)에는 못 미치지만 주석에 대해서는 『문선(文選)』을 주석한 오신(五臣)에게 양보할 수 없다고 자부한다. 그러나 주석이 비록 번잡하지만 쉽게 이해할 수 있어 초심자의 공부에 지침이 될 것으로 보인다. 이것을 가지고서 문장을 배우면 또한 얻는 바가 있다고 할 수 있을 것이다. 혹자가 나를 비웃으며 말했다.

"예전에 한유(韓愈) 선생이 일찍이 「모영전(毛穎傳)」을 지었을 때 장적(張籍)이 그 난잡하고 공허함을 비판한 적이 있었다. 구우의 이 책은 진실로 난잡한 책 중에서도 으뜸이거늘 그대는 이에 주해를 하고 있으니 어찌 비웃지 않겠는가? 성현의 경세지서가 많은데 그대는 어이하여 성현의 책을 마다하고 이 책을 선택하였는가?"

나는 이렇게 대답했다.

"성현의 글은 선유(先儒)의 훈고가 모두 갖춰져 있다. 그럼에도 불구하고 금세의 학자 중에서 도(道)에 깊이 있게 들어간 사람은 거의 없는 듯하다. 성현의 책을 배워서 도에 깊이 들어갈 수 없다면 차라리 이 책을 보고 이야기의 소재나 보태어주는 것이 낫지 않겠는가. 또한 옛사람도 경전이란 도를 깨닫기 위한 물고기 잡는 통발이나 토끼 잡는 올무라고 했으니 이 책이야 더 말할 것도 없다. 비록 처음 배우는 사람도 진실로 이 책에서 문장을 이해할 수 있게 되고 성현의 책에서 도를 구할 수 있게 될 것이니 이 책은 또한 경전을 위한 통발이나 올무라고 할 수 있을 것이다. 이를 보면 어찌 나를 비웃을 수 있겠는가!"

그리하여 마침내 교정을 마치고 그것을 송분(宋冀)에게 맡기어 인쇄하게 하였다. 송분은 흔쾌히 받아들였지만 관리로서 공무를 처리하기에 더 급했다. 나는 이 책이 드러나기를 바랐고 또한 남들도 이 책을 알아주기를 원했다. 이 뜻을 추진하고자 예전에 사람들과 가까이 지낸 것은 허물이 아니었다. 그러나 송분은 목판으로 새기지 못하고 목활자를 모아서 인쇄하였다. 그래서 많은 글자들이 빠지고 잘못되어 보는 이들이 이를 폐단으로 여겼다. 지금 창주(滄洲)는 이조판서와 교서관 제조를 겸하였는데 그곳의 제원(諸員)인 윤계연(尹繼延)이 제조에게 아뢰어 (목판으로) 간행하여 널리 전하고자 하였다. 이에 나는 번잡한 것을 줄이고 정리하여 구해(句解)를 만들었고 창주대인은 이를 정정(訂正)하였다. 주석을 만들게 된 대강의 줄거리와 전말을 책의 끝에 써 두는 것이다. 송분의 활자본은 기유년(己酉年, 1549)에 끝났고 윤계연의 목판본은 기미년(己未年, 1559)에 끝났다. 그 연도를 상세히 기록하여 후세 사람들로 하여금 알게 하는 바이다.

가정(嘉靖) 기미년(1559, 조선 명종 14년) 5월 하순
청주(靑州) 수호자(垂胡子)가 발문을 쓰다.

朝鮮・林芑, 「剪燈新話句解跋」

志怪之書尙矣. 雖曰不經, 苟非博雅, 不能言矣. 山陽瞿存齋實博雅之士, 不遇于世, 退而放言. 其所著述多方, 幾數十篇. 且是篇蓋本諸傳奇, 雖符于語怪, 固亦文章游刃地. 況又善可勸, 而惡可懲者, 其惡可已乎? 近世記誦文字者, 必于是焉假途而祈向然. 而引用經史語多, 咸以無釋爲恨. 歲丁未[35]秋, 禮部令史宋糞[36]者, 求釋于余. 余以爲稗說不適于實

35) 丁未(정미) : 1547년, 조선 明宗 2년. 『전등신화』와 『전등여화』에 대한 句解작업은 연산군 재임시부터 요청되었던 일이지만 실제로 明宗 연간에 들어와 착수되었음을 알 수 있다.

36) 宋糞(송분) : 후에 혹자는 宋糞로 보기도 하였으나 『규장각본』과 『내각문고본』에 분

用, 何以釋爲, 乃辭. 旣而思之, 『山海經』, 『博物志』語涉弔詭, 俱有箋疏. 佛氏諸典, 字本梵書, 尙皆鑿空而演解. 其釋是書, 不猶愈于釋梵書者乎. 于是就滄洲大人[37]而謀焉. 意旣克合, 方始輯疏. 才解一錄, 而滄洲適居棘[38]于宣城,[39] 余獨以平昔所記聞, 竊爲之盡釋. 學雖愧于三多,[40] 注不讓于五臣.[41] 但所釋者雖似煩宂, 其于易解, 未必不爲擊蒙之指南矣. 資是而學爲文字, 則亦不可謂無少補矣. 或有嘲于余曰 : 昔韓愈嘗作『毛潁傳』, 張籍譏其駁雜無實. 瞿氏是書, 固駁雜之尤者也, 而吾子從而注解, 寧無譏乎? 聖賢經世之書, 不一而足, 吾子去彼而取此何? 余答曰 : 聖賢之書, 先儒之訓詁備矣. 然猶今世之學者, 其深造乎道者盡無. 與其學聖賢書, 而不能深造于道 : 孰若學是書, 而以爲談助乎. 且古人以爲, 經傳道之筌蹄[42]也, 況是書乎. 雖然, 初學者誠能解文于此, 而求道于彼, 則是書亦經傳之筌蹄也. 顧何以譏余乎! 遂爲讐正, 委諸宋糞, 使之募印. 噫, 糞之志勤矣. 糞吏也, 惟簿書是急. 乃於是書, 已欲昭昭, 而又欲使人昭昭. 推此志也, 雖古之與人爲善者, 不是過也. 然而, 糞也, 不克鏤版, 乃榛合木字而印之. 字多刓缺, 覽者病焉. 今玆滄洲, 以天官卿[43]兼提調校書館, 而諸員尹繼延者, 禀于其提調, 欲入梓以廣其傳. 余更爲之刪煩就簡, 以爲句解, 而滄洲實訂正焉. 因撮其注釋之梗

명히 宋糞으로 여러 차례 쓰고 있으니 틀림없을 것이다. 생애는 未詳.

37) 滄洲大人(창주대인) : 尹春年

38) 居棘(거극) : 居는 거상. 부모의 喪을 당하여 복을 입고 지내는 것. 棘人은 부모상을 당한 사람이 스스로 칭하는 말로 쓰인다. 居棘이란 직접적인 용어는 없으나 尹春年이 親喪을 당하여 하향한 것으로 본다. 居棘을 귀양간 것으로 풀이한 것도 있지만 尹春年의 생애에서 확인되지 않는다.

39) 宣城(선성) : 경북 禮安. 지금은 安東에 속함.

40) 三多(삼다) : 많이 읽고(看多) 많이 짓고(做多) 많이 생각(商量多)하는 것.

41) 五臣(오신) : 『文選』에 주석을 단 다섯 신하.

42) 筌蹄(전제) : 물고기 잡는 통발과 토끼 잡는 올가미. 전하여 목적 달성을 위한 방편. 여기서는 經典이 道를 체득하기 위한 하나의 방편이라는 의미다.

43) 天官卿(천관경) : 조선시대 吏曹를 천관이라고 하였으며 尹春年이 당시 吏曹判書를 지내고 있음을 알 수 있다. 5년후 그는 刑曹判書에 있었다.

慨, 書諸顚末, 冀之印本訖于已酉, 而繼延之購[44]刻, 終于已未.[45] 詳錄其年, 俾來者知之.

嘉靖已未五月下澣, 靑州垂胡子[46]跋

6. 조선 · 윤춘년(尹春年)의 「제주해전등신화후(題註解剪燈新話後)」

전당출신의 구우는 홍무, 영락 연간의 사람으로 마음에 느낀 바가 있어 이를 글에 기탁하였다. 그 이야기는 기이한 내용과 남녀간의 애정을 서술하였다. 그 뜻은 선악의 응보가 분명하다는 것과 군신의 만남이 지난하다는 것을 드러내는 데 있었다. 지금 「추향정기」를 읽으면 여전히 눈물 흘리지 않을 수 없다. 구우는 어떤 마음을 먹고 붓을 잡았던 것일까? 훗날 사람들이 그 글을 읽고서 패설이라 하며 홀대하는 데 어찌 구우의 참된 마음을 알 수 있겠는가. 그러나 그 문장은 백가의 글을 끌어오고 제자의 문장을 널리 취하였으니 독자들은 이해하지 못하는 것이 마치 아득한 곳을 헤엄치며 그 끝을 알 수 없는 것과 같으리라. 청주(靑州)의 임기(林芑, 자는 自育)는 박문강기(博聞强記)의 학문을 이루었지만 세상 사람들에게 검증받지 못하고 이를 발휘할 바가 없어 마침내 이 책에 주석을 다는 일을 완성하였다. 역대 전적을 샅샅이 뒤

44) 【校】[奎], [內]에 모두 購刻로 쓰였으나 薛洪勣, 王若교점본에서는 鐫刻으로 고쳤음.
45) 已未(기미) : 1559년, 明宗 14년이다.
46) 靑州垂胡子(청주수호자) : 靑州는 미상. 垂胡子는 林芑의 別號다. 字는 子育이라 했다. 林芑는 明宗, 宣祖 연간의 吏文學官으로서 司譯院소속의 관리였지만 지위는 높지 않았다. 後人들의 설명에 의하면 그는 사육신 李塏의 外孫으로서 庶出이었지만 중국을 여러 차례 다녀와 사정에 밝았고 수염(鬍子)을 늘어뜨리고 있어서(혹은 턱 아래 살이 늘어져서) 垂胡子라고 부른다고 했다. (安鼎福의 『順庵集』).

져 빠진 것이 없도록 하여 숨어 있는 것과 세밀한 것들이 드러나게 하였다. 그는 구우에게는 지극한 충신이라 하겠으며 교서관의 창준(唱準)인 윤계연은 직접 글씨를 써서 이 책을 목판으로 간행하여 세상에 널리 전하였으니 참으로 근면하고 성실하였다고 할 수 있다. 세상에서는 이 주석본이 나에게서 나왔다고 하는데 그건 사실이 아니다. 내가 옥당(玉堂)에 있을 때 우연히 도구성(陶九成, 陶宗儀)의 『설부(說郛)』를 보고 몇 단락을 첨가하여 넣은 적이 있을 뿐이니 어찌 내가 이를 모두 만들어낼 수가 있단 말인가? 위로는 유생으로부터 아래로는 서리까지 이 책을 즐겨 읽어서 문리를 이해하는 첩경으로 삼았으나 오직 어려운 전고가 많고 조어가 이해하기 어려운 것이 병폐였던 것이다. 지금 이 주석본을 한 번 열어보면 모든 것이 해결되어 모호한 것은 밝혀지고 막힌 것은 통하게 된다. 위로는 입신양명의 자산으로 쓰여지고 아래로는 문장 공부의 도구로 활용되니 초학자에게 도움이 크다고 할 수 있다. 그러니 임기의 주석과 윤계연의 판각은 가히 칭찬할 만하다고 할 수 있다. 하지만 구우의 뜻에 주석이 미치지 못하였으니 이를 기록하여 이 책의 독자들에게 길잡이가 되고자 함이며 명교(名敎)를 부지(扶持)하는 데에도 일조를 하고자 하는 것이다.

가정 갑자년(1564, 조선 명종 19년) 윤이월 모일

정헌대부 형조판서겸 예문관제학 윤춘년이 삼가 발문을 쓰다.

朝鮮・尹春年, 「題註解剪燈新話後」

錢唐瞿佑宗吉氏, 身際洪武, 永樂之間, 心有所感, 托之于文. 其事則述其神異之迹, 男女之情 : 其意則主乎善惡報應之孔昭,[47] 君臣會遇之甚難. 今讀『秋香亭記』, 尙爲之淚下. 宗吉氏何以爲心, 而把筆哉. 後之人讀其文, 便以爲稗說而忽之, 何足以知宗吉氏之心哉. 但其所爲文, 廣引百家, 博採諸子, 讀者不得其說, 如游汗漫而不知止焉. 靑州林君芑子育, 以博問强記之學, 未試于世, 無所攄發, 遂注此書. 窮搜冥索以無疏漏, 使隱者卽見, 微者卽顯. 其爲忠臣于宗吉氏, 可謂至矣. 芸閣[48]唱準尹繼延手書入梓, 以廣其傳, 可謂勤矣. 世謂此注出于余者, 非也. 余忝在玉堂[49]時, 偶見陶九成所著『說郛』,[50] 得數段添入而已, 余豈能辨此哉. 上自儒生, 下至胥吏, 喜讀此書, 以爲曉解文理之捷徑, 而所患者用事難尋, 而造語難知爾. 今因此注一披而盡, 昧者以明, 窒者通. 上焉爲立揚之資, 下以焉爲文簿之用, 其有補于初學大矣. 然則林君之注, 繼延之刻, 可嘉也已. 若宗吉氏之心, 注未之及, 故仍乃書之以爲讀此書者之指南, 而扶持名教之一助云爾.

嘉靖甲子閏二月日, 正憲大夫刑曹判書兼藝文館提學[51]尹春年謹跋.

---

47) 孔昭(공소) : 대단히 밝고 명료하다.

48) 芸閣(운각) : 校書館을 지칭함.

49) 玉堂(옥당) : 중국에서는 翰林院의 별칭이지만 우리나라에서는 弘文館이 별칭으로 쓰였다. 또 弘文館 副提學이하 실무를 맡고 있는 관원을 총칭하는 경우도 있으므로 여기서는 尹春年 자신이 관직에 있을 때를 지칭하는 것이다.

50) 說郛(설부) : 元末明初의 문인 陶宗儀(자 九成)이 편찬한 역대 필기자료의 총서. 총1백 권이지만 明 成化 연간(1465~1487)에 이미 완전하지 못했다. 현재 필사본은 이미 원본이 아니다. 重編本 『說郛』 120권은 明末淸初에 陶珽(진사급제, 1610)에 의해 나왔으며 청초인 1646년에 서문이 쓰였다. 尹春年의 글은 1564년에 쓴 것이고 실제로 『설부』를 참조한 시기는 1547년 무렵이므로 陶宗儀 원간본에 속하는데 당시 완전한 필사본이 전해진 것인지는 알 수 없다.

51) 正憲大夫刑曹判書兼藝文館提學(정헌대부형조판서겸예문관제학) : 윤춘년의 당시 직책을 보여주고 있다. 이때는 윤춘년이 실각되기 1년 전으로 그의 일생에서 최고의 지위에 오른 시기였다.

7. 일본 · 하야시 라산(林羅山)의 「제기(題記)」

임인년(1602) 겨울 시월 초닷새날
여헌의 등불 아래에서 주묵의 붓으로 평점작업을 마치다.
서생 임신승(林信勝, 즉 林羅山)이 쓰다.

日本 · 林羅山 「題記」
壬寅之冬[52]十月初五, 於旅軒燈下而終朱墨之點, 書生林信勝[53]識之.

---

52) 壬寅之冬(임인지동) : 1602년이다. 이때 일본은 豊臣秀吉과 德川家康 교체기인 慶長 7년인데 林羅山의 나이는 불과 20세였다.

53) 林信勝(임신승) : 곧 일본의 저명한 문인 林羅山(하야시 라산)이다. 출가명은 道春이라고도 했다. 임진왜란 때 일본에 끌려간 姜沆에게서 경서를 배우기도 하였다. 젊어서부터 다양한 관심을 가지고 18세에 「牡丹燈之詩」, 「牡丹燈詩并書」를 쓰기도 했고 20세 때에 조선간본 『전등신화구해』를 구하여 바로 서발문을 옮기고 자신의 題記를 기록하였다. 明宗 연간에 尹春年이 간행한 조선간본 『金鰲新話』도 일본으로 건너간 후 그의 손에 의해 訓點本으로 만들어져 承應本(1653), 萬治本(1660) 등이 간행되게 된다.

멱등인화 覓燈因話

소경첨 邵景詹

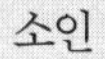

소인(小引)

만력 임진년(1592)에 자호자(自好子)의 요청각(遙靑閣) 책상 위에는 『전등신화』 한 부가 놓여 있었다. 한 객(客)이 그 책을 보고 재미가 있어 한밤중에 이르도록 차마 손을 놓지 못하고 읽었다. 이미 발을 들여놓은 손님은 전에 길에서 듣고 보았던 고금의 각종 신기하고 비밀스런 이야기를 수천 마디나 줄줄이 엮어냈다. 그것들은 대부분 저승세계의 인과응보나 지극한 도리와 명분을 담은 이야기들이었다. 괴이하면서도 속임이 없고 바르고 부패하지 않은 것들이었으며 그 아름다움에 대해서는 감동을 느끼게 하고 그 추악함에 대해서는 곰곰히 생각하게 하는 그런 이야기들이었다. 지금 다른 사람들이 지은 숨겨진 역사나 우연히 만난 기이한 일은 올바른 길에 부합하지 못하고 문장의 수식이 황당함을 면치 못하여 역시 이 책에 비하면 거리가 멀다. 자호자는 그의 말에 심히 감동하여 어린 동자를 불러 등불을 들게 하고 객과 더불어 몇 작품을 골라서 기록하니 모두 두 권에 이르렀다. 객이 말했다. "이 책은 가히 앞의 『전등신화』를 이었다고 할 수 있습니다." 그래서 이름을 『멱등인화』라고 명명했다. 무릇 이미 꺼진 등불을 다시 켜서 『전등신화』를 읽고 그로 인하여 이 글까지 이르게 되었다는 뜻이다. 모두가 한 때 기쁜 마음으로 그 사실을 기록할 뿐이니 글이 제대로 되었는지를 어찌 상관하랴. 독자들께서 부디 글솜씨가 시원치 않음을 병폐로 삼지 않기를 바라는 바이다.

자호자(自好子) 소경첨(邵景詹)이 쓰다.

『覓燈因話』小引

萬曆壬辰, 自好子讀書遙青閣, 案有『剪燈新話』一編, 客過見之, 不忍釋手, 閱至夜分始罷. 已抵足矣, 客因爲道耳聞目睹古今奇秘, 累累數千言, 非幽冥果報之事, 則至道名理之談; 怪而不欺, 正而不腐; 妍足以感, 丑可以思; 視他逸史述遇合之奇而無補於正, 逞文字之藻而不免於誣, 抑亦遠矣. 自好子深有動於其衷, 呼童舉火, 與客擇而錄之, 凡二卷. 客曰: "是編可續『新話』矣." 命之曰『覓燈因話』. 蓋燈已滅而復舉, 閱『新話』而因及, 皆一時之高興, 志其實也, 而何嫌乎不文. 觀者幸無以不文病之.

自好子景詹邵氏識

1 계천몽감록(桂遷夢感錄)

꿈에서 깬 계천의 참회

대덕(大德) 연간에 시제(施濟)라는 사람이 있었는데 오(吳) 지방의 장주(長洲) 사람이다. 시제는 집안이 옛부터 부유했으며 비범하고 기개와 절개를 자부하였다. 나이가 마흔이었으나 아직 자식이 없었다. 성격이 유별나게 아름다운 산수를 좋아하여 시간이 나면 호구(虎丘), 천지(天池), 천평(天平) 등 여러 산을 놀러 다니며 쉬곤 하였다. 여름에 홀로 작은 배를 저어 검지(劍池)에 가서 진랑묘(眞娘墓)를 지나 독서대(讀書臺)에서 더위를 피했다. 그곳에서는 어린 매미가 버드나무에서 노래하고 마파람이 소나무 숲에 불어오고 있었다. 그것들을 살펴보는 가운데 문득 수심에 찬 소리가 들렸다. 다시 찬찬히 들어보니 그 사람은 감정을 이기지 못하는 것 같았다. 사람을 시켜 몰래 살펴보게 하니 젊은 동학(同學)인 계천(桂遷)이었다. 불러서 물어보니 처음에는 말하기를 꺼리기에 잘 달래며 부모님이 편치 못한지를 물어보았다.

"부모님들께선 오래 전에 세상을 떠나셨습니다."

"그렇다면 가족이 편치 못합니까?"

그러자 그 정성에 마음이 움직인 것 같았다.

"제게 몇 마지기의 밭이 있어 족히 죽이라도 먹을 수 있었는데 불행히도 사람들이 장사하는 것과 농사짓는 것은 그 이익이 백 배 차이가 난다고 하는 말에 혹하여 마침내 이평장(李平章)의 집에 문서를 내어주고 금 이십 정을 받아 서울에서 장사를 했습니다. 그런데 하늘이 돕지 않으셨는지 큰 화를 입게 됐습지요. 큰 물결에 배가 침몰하는 바람에 빈털터리가 되고 남은 거라곤 달랑 이 몸 하나 뿐입니다. 오늘 몰래 돌아왔는데 그만 주인에게 발각되고 말았습니다. 주인의 성화가 하늘을 찌를 듯한데 따져보니 박전(薄田)으로는 갚을 길이 없고 아내와 두 자식들을 장차 거둘 수 없게 되어 슬퍼하는 것입니다."

이내 말을 마치고는 눈물을 비오듯 흘렸다. 그러자 시제는 안쓰러워하며 말했다.

"심려 마시오. 내가 대신 갚아드리겠소."

계천은 처음에는 농담으로 여겼다.

"나와 그대는 교제가 그다지 깊지는 않으나 처자식을 사랑하는 그대의 마음은 한결같고 나는 늘 자식 없음을 한스러워 했으니 자식이 있으면서 버리는 것을 어찌 차마 볼 수가 있겠소. 또 평소 여유가 있는지라 급박하지 않은 재물에 급급해하지도 않소. 그대를 도탄에서 구하고자 하는 것은 자식을 사랑하는 마음을 헤아리는 것이요. 그대의 처자식을 온전케 하는 것은 마음이 기꺼이 하려는 바인데 어찌 감히 농을 하겠소?"

계천은 그제서야 슬픔에서 벗어나 기뻐하며 무릎을 꿇어 감사의 예를 올리고 절을 하였다.

"이렇게 도와주시니 저의 하늘이십니다. 이 다음에 숨을 좀 돌릴 수 있게 되면 보답하고자 도모할 것이며 혹 끝내 곤궁하다면 나리의 집에서 종이라도 되겠습니다."

다음 날 계천이 찾아오자 과연 시제는 액수만큼 빚을 갚아줬는데 차용증은 쓰지 않았다. 계천은 크게 고마워하였다. 얼마 후 시제가 우연히 볼일이 있어 계천의 집을 지나다가 생각이 나서 들려 보았다. 그 아들이 매우 반갑게 맞았다. 계천이 급히 나와 인사를 하는데 얼굴빛이 근심에 차 있었다. 이윽고 안에서 울음을 삼키는 소리가 들려 물어보았다.

"지난 날 후한 덕을 입었으니 그 은혜는 하늘과 같이 높다 하겠습니다. 생명의 은인이시니 어찌 속일 수 있겠습니까. 저의 아내와 자식은 덕분에 온전하나 손바닥만한 밭과 다 쓰러진 초가집은 이씨 것이 되어 버려 이제 오늘내일 안에 그에게 쫓겨나게 되었습니다. 나가도 갈 곳이 없으며 앉아도 먹을 것이 없어 도랑에 빠져 굶어 죽을 일을 면할 길이 없게 되었습니다. 제 목숨이야 그만이지만 나리의 은혜는 어찌 한답니까."

시제는 다시 측은해졌다.

"무릇 남의 급한 일을 구해줄 때에 목숨을 온전하게 해주지 못하면 또한 헛일한 것이 아니겠소. 근심하지 마시오. 앞마을에 밭 열 마지기와 뽕나무와 대추나무가 수십 그루 있으니 그곳에 가서 살도록 하시오. 곡식을 심어서 수확이 나면 부족함은 없을 것이오."

계천은 고맙기도 하고 부끄럽기도 하여 한참 있다가 어린 아들을 보내서 시종으로 부리도록 하기를 원했으나 시제는 기어코 거절하였다. 다시 이튿날 계천과 함께 밭으로 가서 밭과 뽕나무와 대추나무를 넘겨주었다. 가운데 있는 나무가 가장 컸는데 사람들이 그곳에 귀신이 붙어 있다고 하여 계천은 그 아래에 띠를 묶었다.

일 년을 살다보니 땅이 매우 추운 것이 다른 곳과 달라 이상하다고 생각하였다. 하루는 호미를 매고 돌아오는데 순백색의 쥐가 구멍으로 들어가는 곳을 보고 쫓아갔으나 보이지 않았다. 계천이 말했다.

"여보, 여기에 무엇인가가 있는 건 아닐까?"

계천이 점을 쳐보니 좋은 점괘가 나와 저녁에 아내와 함께 파보니 과연 백금 한 무더기가 나왔다. 계천이 기뻐서 소리치며 말했다.

"이것으로 그 어른께 보답할 수 있겠다."

그러자 아내는 급히 손을 저으며 말렸다.

"조용히 하세요. 이곳은 시씨의 땅이니 그 사람이 감추어 두었는지 어찌 알겠어요? 그렇지 않다고 하더라도 그는 자기 땅이라는 것을 핑계 삼아 자기 것이라고 할 것이니 비록 다 준다고 해도 반드시 덕을 보지는 못할 거예요. 혹시라도 믿지 않고 당신이 나머지를 숨겼다고 더 의심하면 덕에 보답하려다가 원한만 생기게 될 겁니다. 그리고 당신은 평생토록 고작 열 마지기의 땅 주인이 되려고 해요? 재물은 타향에 몰래 숨겨 두고 여기는 천천히 스스로의 힘으로 갚아나가면 좋지 않겠어요? 저녁이라 아는 사람도 없으니 하늘이 도와주시는 것입니다. 하늘이 주는 것을 받지 않으면 도리어 재앙을 받을 거예요."

계천은 아내의 말을 듣고 양심이 문득 흐려졌다. 몰래 계책을 꾸며 이로부터 마침내 시제를 도외시했다. 그리고 옛날부터 알고 지냈던 사람에게 부탁해 회계에 좋은 땅과 집을 사두었다. 연말이 되면 세를 받으러 가서 화려한 집에 머물고 돌아와서는 거짓으로 남루한 형상을 했다. 이렇게 십 년이 지나고 시제는 세상을 떠났다. 그때 아들은 겨우 세 살이었다. 계천은 아내에게 말했다.

"이제야 기를 펴고 살 때가 되었구려."

계천은 닭 한 마리와 술 한 되를 가지고 시제의 영전에 가서 말했다.

"나리의 은혜는 갚을 수 없지만 어찌 감히 잊을 수 있겠습니까? 이제 나리께서 돌아가시었으니 저를 돌아봐 줄 이 뉘라서 있겠습니까? 오래도록 선생님의 전답과 여막을 차지하였는데 어찌 면목 없이 부끄럽게 계속 눌러 살겠습니까? 차라리 다른 곳으로 가서 추위와 배고픔에 죽는 게 나을 따름입니다."

시제의 아내가 재삼 말렸으나 듣지 않고 울면서 작별을 하고는 가족을 이끌고 회계에 가서 살았다. 계천은 평소 재주가 많아 장사를 하여 많은 돈을 벌었다.

시제는 평소 호탕하였지만 살림은 그다지 실속 있지 못했다. 게다가 아들은 어리고 처는 유약하여 십 년이 안 되어 가산은 모두 바닥이 나서 죽조차 먹지 못할 때가 있었다. 이에 시제의 아내는 아들과 상의했다.

"너의 아버지께서 살아 계실 때 계천에게 덕을 베푸셨으니 그 사람이 관대히 대해 줄 것이다. 듣자하니 회계(會稽)에서 부자가 되었다 하니 함께 가서 의지해 보자꾸나. 잘된다면 후한 보답을 바랄 수 있고 다음으로 옛 돈을 받을 수 있으니 이번 걸음이 헛되지 않을 게야."

그리하여 배를 타고 오 땅에서 월 땅으로 갔다. 그 어미는 여관에서 머물고 아들이 먼저 가보았다. 계천의 집에 이르러 보니 집이 크고 아름다운 것이 예전 농사꾼의 기상이 아니었다. 그는 무척 기뻐하며 의지할 만한 데를 얻었다고 여겼다. 이윽고 명함을 넣으니 문지기 몇이 동쪽 곁채로 안내했다. 기둥과 서까래가 엄정하며 편액에 '지가(知家)'라고 되어 있는데 양철애(楊鐵崖)의 필적이었다. 오랫동안 기다렸으나 나오지 않았다. 이윽고 신발 소리가 안에서 들리자 머뭇머뭇 일어나서는 다시 옷매무새를 고쳤다. 그러나 계천은 금방 모습을 보이지 않았는데 정원에서는 동복들에게 분부를 하고 대답하는 소리가 시끌벅적 끊이질 않았다. 한참을 지나서야 나왔는데 속으로는 시제의 아들임을 알았으나 짐짓 일부러 모르는 척 했다. 시제의 아들은 계천에게 일의 전말을 상세히 말하고는 이렇게 전했다.

"지금 어머니는 여관에 머무르고 계십니다."

계천이 서쪽 방으로 들게 하여 밥을 내오게 했는데 말이 짧고 무게가 있는 것이 거만한 빛이 역력했다. 느긋이 물었다.

"지금 몇이나 되었는고?"

"예전에 문상을 오셨을 적에 제가 겨우 세 살이었습니다. 지금 뵙지 못한지 십오 년이 되었습니다."

계천은 고개를 끄덕이며 별다른 말이 없었다. 식사가 끝나자 다시 그 어미와 집안 일에 대해서는 묻지 않았다. 시제의 아들은 어쩔 수 없이 슬며시 그 뜻을 내비쳤다. 그러자 계천은 낯빛이 바뀌면서 말했다.

"네가 무엇 때문에 왔는지 알고 있다. 내 힘으로 이 일을 능히 처리할 수 있으니 너는 이런 저런 말을 많이 하여 다른 사람들이 듣게 해 나를 욕되게 하지 마라."

시제의 아들은 대답을 하고 물러 나왔다. 애당초 시제의 아내는 계천이 반드시 자신을 받아줄 것이라 믿고 문에 기대어 기다리고 있었다. 상황을 듣고 난 뒤 자기도 모르게 크게 통탄하며 말했다.

"계천 그 사람이 우리 땅에 살던 때를 잊었단 말인가!"

아들이 급히 고정시키며 말했다.

"어머니 기다려 보세요. 그가 어떤 사람인데 이처럼 어리석고 인정에 어긋난 일을 하겠습니까? 대개 그의 세도가 마을에서 혁혁하고 교만함에 빠져 우리가 가난한 것을 보고는 예로써 큰손님 대하듯 대하고 싶지 않았을 겁니다. 전날의 은혜를 말하기 꺼려하여 이렇게 냉담하게 대하는 것일 따름일 겁니다. 말과 소라도 되어 은혜를 갚겠다고 한 맹세의 말이 아직도 귀에 생생한데 지금 떵떵거리고 산다고 계씨 아저씨가 어찌 예전의 은혜를 잊겠습니까?"

그러자 그 어미는 어느 정도 마음이 풀어졌다. 며칠이 지나 아침에 가서 기다렸는데 해가 정오가 되었는데도 만나지 못했다. 부끄러움과 분함을 이기지 못해 팔을 휘두르며 곧장 달려가 큰 소리로 말했다.

"나 시생은 차라리 다른 사람을 도와줄망정 어찌 남의 도움을 받겠소. 다만 예전에 주었던 돈을 받으려는 것뿐이거늘 어찌 이리도 나를 욕보인단 말이오!"

조금 있자 큰아들이 밖에서 들어왔다. 그는 옷을 단정히 하고 앞으로 가서 인사를 했다.

"저는 고소(姑蘇) 땅의 시생이라 합니다."

그러자 말이 끝나기도 전에 이렇게 말하고는 가버렸다.

"그러시면 고향분이시군요. 몰라 봤습니다. 어제 그대가 여기로 오신 뜻을 말씀하시고 아버님께서는 조치를 취하고 계셨는데 그대가 문득 크게 노하시니 어찌 수십 년에 며칠을 더 기다리시지 못합니까? 하지만 이 또한 어렵지 않으니 내일 아침이면 약속을 어기지 않으실 겁니다."

그는 방금 전 자신의 실언을 후회하고 또 그들의 무례함을 원망하며 눈물을 흘리면서 돌아왔다. 이번에는 그 어미가 타일렀다.

"나는 너와 의탁하기 위해 수백 리를 왔으니 마땅히 숙이고 들어가야 하지 않느냐. 만약 본래의 돈 스무 정만 얻으면 우리의 뜻 또한 이루어지는 것이니 너무 분해 할 것 없느니라."

다음날 아침 어머니는 행동거지에 대해 주의를 주고 다시 분부하며 말했다.

"삼가 영열(英銳)하여 자리에서 일을 틀어지게 하여 나를 걱정하게 하지 마라."

이에 그는 허리를 굽히고 숨소리를 죽이며 다시 집 앞에서 기다렸다. 한참이 지나자 하인이 고했다.

"어제 드신 술이 아직 깨지 않으셨습니다."

시생은 큰아들을 보기를 청하며 말했다.

"큰 도련님만 보면 족하니 어르신을 번거롭게 할 필요 없지요."

또 한참을 기다리니 하인이 이렇게 고했다.

"이미 동쪽 장원에 세를 재촉하러 가셨습니다."

시생이 둘째 아들은 어디 있느냐 묻자 하인이 말했다.

"이미 서당(西堂)에서 손님을 접대하고 계십니다."

노기가 가슴에 차고 부끄러운 안색이 얼굴에 만연했으나 어쩔 도리가 없었다. 조금 있자니 계천이 망아지를 타고 나왔다. 말머리로 가서 매우 공손하게 인사를 했다. 그러자 그는 거드름을 피우며 예의도 갖추지 않고 말했다.

"너로구나"

그리고는 하인을 돌아보며 금 이 정을 주게 하였다. 주는 것을 보니 겨우 십분의 일이었다. 크게 놀라며 한 마디를 하려는데 계천은 표연히 가버리고 없었다. 또 사람을 보내어 이렇게 말을 전했다.

"너는 어제 어찌 그다지도 천하고 난폭하게 굴었단 말이냐? 본래 조용히 후하게 해주려고 했는데 이제 그렇게 못하겠다. 하지만 네가 나이도 어리고 멀리서 온 것을 생각해 조금이라도 주는 것이니 속히 돌아가도록 해라."

그는 크게 실망했으나 말과 낯빛에 표를 내지 않았다. 문지기에게 돈 몇 푼을 쥐어주어 안채에 기별을 했다. 그러자 그 처가 사람을 보내어 꾸짖었다.

"예전에 너의 아버님이 덕을 베푸셨다고 오늘 네가 그것을 믿는가 보구나. 다행히 우리집 주인장께서 수대로 갚으셨는데 또 무슨 말을 하려는 거냐? 만족하지 못한다면 돌아가서 문서를 가지고 오라. 그러면 백이라면 백 어기지 않고 줄 것이야."

시생은 대답할 말이 없어 돌아와서 어머니께 아뢰었다. 그 어미는 마음속의 분을 이기지 못해 마침내 병이 들어 집으로 돌아왔다가 결국은 일어나지 못하게 되었다. 그런데 계천에게서 돌려받은 돈은 여비와 어머니의 장례비에도 부족했다.

아! 슬프도다. 시간이 지나고 계천의 집은 날로 부유해 지고 가산은 날로 늘어갔다. 지정(至正) 원년(元年)이 되자 부역이 번잡하게 늘어 계천은 이를 괴로워하며 매양 얼굴을 찡그리며 불평을 했다.

"나는 나라의 백성이 아니라 늙은 종놈이야. 종!"

한 마을에 유생(劉生)이라는 사람이 있었는데 우스개 소리를 잘하며 요직에 있는 사람 밑에 들어간 지 일 년이 되었다. 계천의 마음을 알아차리고는 설득했다.

"지금 부세(賦稅)가 고르지 못해 귀한 사람은 만경(萬頃)의 땅이 있더라도 세금을 안 내고 천한 사람은 다섯 배까지 수 없이 많이 내고 있지요. 공의 재물로 보면 충분히 자리 하나 꿰찰 수 있는데 달게 세금을 내십니까?"

계천은 길게 한숨을 쉬고는 대답하지 않았다. 유생이 웃으며 말했다.

"공께선 어찌 오래도록 벼슬 할 생각을 하지 않으십니까. 공께선 오 땅의 장만호(張萬戶)와 이도적(李都赤)이 낫 놓고 기역자도 모르면서 식록(食祿)이 천 석인 것을 보지 못하셨습니까? 이 사람들이 다 누굽니까? 다 제가 다리를 놓아주었지요. 저는 힘이 없는 것이 한스러울 따름으로 만약 공의 십분의 일만 있다면 지금은 아마 자색 옷이나 적색 옷을 입고 있을지 모릅니다."

계천은 그 말을 듣자 귀가 솔깃해져 팔을 어루만지며 물었다.

"비용은 얼마면 되겠소?"

"이천이면 족할 것입니다. 많아도 삼천이고요."

계천은 매우 기뻤다.

"좋은 날을 잡아 함께 갑시다."

"공을 아끼는 사람들이 저의 말을 허무맹랑하다 할까 두렵습니다. 하지만 저의 계산으론 공께서 부세로 내시는 것이 천을 내려가지 않을 겁니다. 지금 쓰는 것은 겨우 삼 년 간의 부역 비용일 따름이니 돈을 조금 써서 높은 자리에 오르는 것이 해마다 세금을 다 내고도 오히려 현관(縣官) 앞에서 허리를 굽히는 것 보단 낫지 않겠습니까? 오늘 이렇게 계획하면 제 생각에 내년 봄 관리들이 공의 집을 써넣지 못할 겁니다. 속담에 '큰공을 이루는 사람은 많은 것을 따지지 않고 대사를 도모하는 자는 적은 비용을 아끼지 않는다'라는 말이 있지요. 제가 가기를 원하신다면 공의 처분을 따를 뿐입니다."

계천은 그 말에 더욱 현혹되었다. 다음날 함께 길을 떠나자고 했다. 유생이 또 집이 걱정된다고 이야기하자 계천은 그 처자가 편히 살도록 돈을 대주었다. 돈 삼천을 가지고 함께 서울로 가서는 모든 돈을 그에게 맡기고 그 출입의 행방을 묻지 않았다. 한 달이 못 되어 돈이 다 떨어지자 거짓으로 와서는 축하했다.

"하루아침에 귀하게 되었습니다. 하지만 오천이 아니면 안 되겠군요."

계천이 난색을 표하자 홀연 뒤도 돌아보지 않고 가면서 말했다.

“앞의 돈을 헛되이 써버렸다고 나를 나무라지나 마십시오.”

계천은 하는 수 없이 이천을 빌려 반은 남기고 나머지 반을 주었다. 또 한 달이 지났는데 어떤 사람이 계천에게 일러주었다.

“유아무개가 이미 친군지휘사(親軍指揮使)에 제수되었답니다.”

계천은 믿지 않았는데 조금 있자 하인이 급히 들어오며 아뢰었다.

“방금 유생을 보았는데 갑자기 귀하게 되었답니다. 웃음소리가 길거리를 메우더이다.”

계천은 반신반의하며 문에 기대어 바라보았다. 갑자기 병졸 넷이 다가왔다.

“대인께서 모시고자 합니다.”

“대인이라니 어떤 분이요?”

“새로 임명되신 유친군(劉親軍)이십니다.”

계천은 놀라며 비로소 유천이 자신을 속였다는 것을 믿고는 크게 노하며 안으로 들어가려는데 병졸들이 팔을 붙잡고 데려갔다. 도착해서 속으로는 그가 고향 사람으로 대해 줄 것이라 생각했으나 유생은 자리에 그대로 앉은 채로 한참을 있다가 비로소 말했다.

“지난 번 편의를 봐주었으니 결코 그대를 저버리지 않겠소. 다만 내가 새로이 자리를 맡게 되어 돈이 매우 급하게 필요하오. 저번에 남겨 둔 것을 나에게 빌려주었으면 하오. 몇 달 있지 않아 반드시 모두 갚겠소.”

그리고는 포졸들을 시켜 압수하게 했다. 포졸들이 떠나고 나자 빚쟁이들이 문들 가득히 메웠다. 이에 하인에게 돈을 가지고 오게 하여 갚았다.

계천은 고향에 돌아가기가 부끄러워 서울에 머물면서 비싼 돈을 들여 날카로운 비수를 사서 유생이 입조하기를 기다려 찔러 죽이려 했다. 그러나 복수를 하고자 하는데 급한 나머지 밤에 조금도 잠을 이루지 못하고 달빛이 어두운데도 동방이 밝았다고 잘못 알고는 급히 뛰어나갔으나 길에는 사람의 행적이 묘연하고 시간은 겨우 삼경이었다. 문지방에 기대어 잠시 쉬었다. 잠시 뒤 꿈에 기어서 고당(高堂)에 들어가니 한 늙은이가 안석에 앉아 있었는데 바로 시제였다. 계천은 이를 보고 크게 부끄러워하는 수 없이 꼬리를 흔들며 앞으로 다가가 말했다.

"전의 댁의 아드님이 왔는데 감히 은혜를 잊은 것은 아니었습니다. 다만 그가 고생을 이기지 못할까하여 적당한 때를 기다려 보답하려 했을 뿐입니다."

그러자 시제가 크게 꾸짖었다.

"이것이 죽고 싶은가? 어찌 감히 주인을 보고 짖는단 말이냐!"

계천은 하소연이 통하지 않자 그 아들이 안쪽에서 나오는 것을 보고 옷을 물고 웃으며 말했다.

"저번에 찾아주셨을 때 후하게 대접하지 못했는데 바라건대 너무 나무라지 마십시오."

시생은 발길질을 하며 말했다.

"요것이 죽으려고 환장을 했구나. 어찌 주인을 문단 말이냐?"

계천은 감히 쳐다보지 못하고 부엌으로 가보니 시제의 아내가 국을 뜨고 있었다. 이에 무릎을 꿇고 머리를 숙이며 애걸했다.

"전에 아드님께서 조금 더 기다리지 못하여 마님을 박절히 대하게 되었으니 그 죄 감히 핑계대지는 않겠습니다. 지금 배가 몹시도 고프니 남은 국이라도 주실 수 있겠습니까?"

시제의 아내는 큰 몽둥이로 때리려고 하였다. 뒤뜰로 나와 도망을 치니 아내와 아들 그리고 어린 딸이 모두 그곳에 있었는데 자세히 보니 모두 개의 형상을 하고 있었으며 자신을 살펴보니 또한 조금도 다르지 않아 크게 놀랐다.

"우리가 어찌 이렇게 되었단 말인가?"

아내가 화를 내며 말했다.

"남은 귀하게 하고 처자를 욕보이게 하더니 시군의 은혜를 저버린 것이 생각나지 않소? 그 어른이 당(堂) 위에 계신데 온갖 방법으로 애걸해도 들어주시지 않으니 당신이 이전에 그 아들을 욕보인 것과 비교하면 능히 서로 맞먹는 것이 아니오?"

계천이 화를 내며 말했다.

"뽕나무 아래서 금을 얻었을 때 너는 밤이라 아무도 아는 사람이 없다고 하여 나를 이 지경에 이르도록 해놓고 도리어 나를 나무라는 거냐?"

"그 아들이 왔을 때 누가 당신더러 갚지 말라고 했소?"

두 아들이 말리면서 말했다.

"다 지난 일이니 말해야 무슨 소용 있겠습니까? 슬픔만 더할 뿐입니다. 다만 지금 이후로 다시 태어나서 사람이 된다면 금수같은 짓은 하지 않도록 힘 써야 할 따름입니다."

그리고는 서로 한참을 탄식하였다. 계천은 배가 너무나도 고파서 먹을 것을 급히 찾는데 어린아이가 연못가에서 대변보는 것이 보였다. 마음속으로는 그것이 더럽다는 것을 알지만 처자식들이 둘러싸서 먹으려 하는 것을 보자 자기도 모르게 침이 나왔고 그것이 못 속에 빠지자 매우 아까워했다. 조금 있자니 주방 사람이 주인의 명으로 큰아들을 삶아버렸다. 벌벌 떨면서 깼다. 등에 땀이 축축한 게 꿈이었다. 곧 아침빛이 점점 밝아오고 조회는 끝났다. 계천은 문득 마음을 바꾸어 먹으며 생각했다.

"아! 이렇구나. 천도(天道)는 돌려주기를 좋아하여 실오라기 하나 쌀 한 톨이라도 어긋나게 할 수 없다고 하더니 사람이 이를 잠시라도 저버릴 수 없는 것은 너무나도 분명하구나. 무릇 다른 사람을 배신하는 것과 다른 사람에게서 저버림을 당하는 것은 하나이다. 오늘의 꿈은 하늘이 앞의 일을 고해주시는 것이니 현실은 아니지만 오히려 후회하고 깨닫게 되었구나. 유생이 내 돈으로 벼슬을 받지 않았을지도 모르는 일. 그러한 즉 유생에게 무슨 허물이 있겠는가?"

계천은 비수를 강물에 버리고 돌아왔다. 급히 오 땅으로 가서 시제의 아들을 찾으니 나이가 27살이 되어 있었다. 다시 그 부모를 후하게 장례 지내고 월 땅으로 데리고 와서 딸에게 장가보냈다. 얼마 있지 않아 유생은 과연 뇌물에 관한 일로 패가망신하여 문초를 당하고 고문을 당하는 등 갖은 고역을 겪었다. 계천이 마침 일이 있어 서울에 갔다가 사위와 함께 형조에 가서 유생을 만나 보니 목에는 쇠로 된 칼을 차고 손에는 나무로 된 수갑을 하였으며 안색은 바싹 말랐고 걸음걸이조차 어려웠다. 처자식이 뒤에서 나와서 그와 결별하면서 혹 원망하기도 하고 혹 울기도 하였는데 주위에서 보는 자들이 더욱 분노하였다. 문득 계천을 보고 비참해져 땅에 엎드려 말하였다.

"지난 번 나리의 은혜를 저버리어 오늘이 있게 되었습니다."

먹을 것을 바라고 애걸하는 정경과 원망후회하고 고통스러워하는 유생의 형상이 완연히 지난 번 꿈속의 자기 모습과 같았다. 계천은 저도 모르게 마음이 움직여 돈 수십 관을 건네주었다. 유생이 무릎을 꿇고 받으며 말했다.

"금생에서는 어쩔 수 없으니 후세에 개나 말이 되어서라도 은혜를 갚겠나이다."

계천은 이게 크게 느끼는 바가 있어 사위와 함께 돌아와 재산을 삼분하여 마침내 회계(會稽)의 명가(名家)가 되도록 하였다. 절강, 강소 지역에서는 지금까지도 이 일을 상세히 말할 수 있는 사람들이 있다.

桂遷夢感錄[1]

大德中, 有施君名濟, 吳之長洲[2]人. 君家故饒於財, 犖犖[3]負氣節. 年

1) 桂遷夢感錄(계천몽감록) : 이 이야기는 馮夢龍이 話本으로 개작한 적이 있다. 回目은 "桂員外途窮懺悔(계원외는 궁해져서야 참회를 하였다)"로 『警世通言』 제25권에 수록되어 있다. [周]

四十而未有子, 性獨嗜佳山水, 暇輒往虎丘山、天池,[4] 天平[5]諸山游憩焉. 夏之日, 獨掉小舟, 登劍池,[6] 度眞娘墓, 遂避暑讀書臺.[7] 新蟬嘒柳, 南薰[8]度松. 顧瞻之頃, 忽聞有愁歎聲, 徐一再聽, 而其人若不勝情者. 君使覘之, 則少同學桂生遷也. 邀而問之, 初難於言, 旣曲慰之曰 : "足下父母無恙乎?" 曰 : "先二人謝世久矣." 曰 : "然則壼內[9]弗寧乎?" 乃始輸其誠曰 : "僕有田數畝, 足供饘粥, 不幸惑於人言, 謂販與耕, 利且相百, 遂折券[10]與李平章家, 得金二十錠, 貿易京師. 天乎不余貸, 而重之禍也! 舟

---

2) 長洲(장주) : 옛날 縣의 이름. 唐代에 설치되어서는 歷代로 그것을 두었다. 淸代에 長洲縣은 元和縣, 吳縣과 더불어 모두 江蘇省 소주부의 관할이었는데 지금은 오현에 병합되었다. [周]

3) 犖犖(낙락) : 원래는 사리가 분명함을 의미하는 말인데 여기서는 탁월하다, 비범하다는 뜻으로 쓰였다. [周]

4) 天池(천지) : 花山을 가리키는데 華山이라고도 한다. 陽山에서 동남쪽으로 5리 떨어진 곳에 있다. 山石이 가파르고 삐죽삐죽 솟아 있으며 바위로 이루어진 골짜기가 깊고 수려하다. 산 정상에 연못이 있고 거기에 千葉蓮이 자라는데 그것을 먹으면 신선이 된다고 전해진다. 老子의 『枕中記』에 "오나라의 서쪽 경계지에 화산이 있는데 난리를 피할 만하다"라는 내용이 나오는데 바로 이곳을 말하는 것이다. 산중턱에 연못이 있고 산꼭대기에 가로 펼쳐져 있는 산허리는 아득하니 끝이 없는 것이 높이가 수십 장을 넘었다. 이 때문에 天池山이라고도 부른 것이다. 산 정상에는 석고가 있고 석실이 두 칸 있었는데 사방 벽에 불타의 상이 새겨져 있었다. 또 거북이보금자리, 石秀屛, 虎跑泉, 蒼玉洞이 있었다. 송나라 紹興 연간에 張漢卿이 여기서 기거한 적이 있는데 호가 隱山이었다. 『姑蘇志』에 보인다. [周] 老子의 『枕中記』는 미상. [譯]

5) 天平(천평) : 소주 서쪽 支硎山의 남쪽으로 5리 떨어진 곳에 있다. 산 정상이 네모 반듯하고 평평하며 望湖臺가 있다. 산중턱에는 정자가 있는데 白雲泉이 솟아난다. [周]

6) 劍池(검지) : 蘇州 虎丘山에 있다. 秦始皇이 동쪽으로 순행을 갔다가 호구산에 이르러 吳王 闔閭의 보검을 구하게 되었다. 그때 마침 호랑이가 무덤 위에 웅크리고 있는 것을 보고 진시황은 검으로 그것을 때리려다 잘못하여 바위를 내리쳤는데 그 자리가 함몰되어 연못이 생겼다. 결국 검은 손에 넣지를 못했다. 후인들은 이곳을 劍池라고 불렀다. [周]

7) 讀書臺(독서대) : 『雲窗私志』에 다음과 같은 내용이 보인다. "呂蒙은 독서대를 지어 西館을 열고는 뛰어난 인재들을 초빙하였다. 이들은 서로 칭찬하기도 하고 때론 질책하면서 조석으로 연구하고 고찰하니 식견이 날로 발전해 갔다. 그리하여 吳 大帝는 더욱 그것을 중히 여겼다. 지금의 西館橋가 바로 그곳이다." [周]

8) 南薰(남훈) : 南風을 말한다. 『禮記』의 疏에 "남풍이 훈훈하네(南風之薰兮)"라고 되어 있다. [周]

9) 壼內(호내) : 집안, 가족을 가리킨다. [周]

碎洪流, 橐懸磬11)矣, 所存者僅藐焉12)一身. 今日竄歸, 又爲主者所覺, 主者勢燄薰天, 念簿田不足以償, 一妻二子, 將不復留, 是以悲耳!" 言訖而涕濟焉下. 君爲動容曰: "足下無慮, 吾且爲爾圖償之." 桂初以爲戲. 君曰: "吾與足下, 交雖不深, 然愛妻子之心一也. 吾每恨無子, 忍見有子棄之乎? 且吾家素裕, 固未急急於此不急之財; 救足下於塗炭, 推愛子之念, 全足下之妻孥, 是所甘心, 何敢爲戲." 桂乃反悲爲喜, 長跪且拜曰: "君如是, 是僕之天也! 異日尺寸13)有立, 圖所報稱; 若終於困窮, 則公家豈無犬馬14)乎?" 遂別去. 翌日, 桂果來謁, 君輒如額與償之, 不復責券.15) 桂大感謝. 無何, 君偶以事過桂之居, 念而造焉. 其子迎門歡甚. 桂趨出, 禮恭而色沮喪, 已而聞內飮泣, 君更詰之, 對曰: "向承厚德, 等於天親, 再生之余, 何敢容隱! 僕豚兒荊婦, 幸賴保全, 然薄田敝廬, 皆爲李氏所有, 今旦夕被其驅逐, 而出無所之, 坐無所食, 溝中之瘠,16) 僕將不免. 僕命已矣, 君恩奈何!" 君又憮然曰: "夫拯人之急, 而不足全人之生, 則亦徒耳! 足下無慮, 余前村有田十畝, 桑棗數十株, 盍往居焉. 樹藝而給, 無憂乏也." 桂謝且赧, 良久, 願奉幼子爲質, 以效犬馬之勞. 君固卻之. 再翌日, 偕桂生至田處, 以田及桑棗給之, 中一株最高, 俗傳有神棲焉, 桂因結茅17)於下.

居一年, 覺其地甚寒, 與他所異, 桂疑之. 一日, 荷鋤歸, 見純白鼠入室, 逐之不見. 謀於妻曰: "下豈有物乎?" 卜之得吉, 遂與妻夜發之, 果得

---

10) 折券(절권): 매도 증서를 쓰다. [周]
11) 懸磬(현경): (집안에) 기물이나 가구 같은 것이 없이 텅 비어 있다. 즉 매우 가난 한 것을 비유하는 말이다. [周] 경을 매달아 놓은 것처럼 서까래나 대들보가 공허하게 드러나 있는 모양. [譯]
12) 藐焉(막언): 미미한 모양, 아주 경미한 모양. [周]
13) 尺寸(척촌): 소량, 약간. [周]
14) 犬馬(견마): 개와 말처럼 주인에게 보답하는 것을 의미한다. [周]
15) 責券(책권): 차용 증서를 체결하기를 요구하다. [周]
16) 溝中之瘠(구중지척): 매우 빈곤하여 도랑에서 (굶어) 죽다. [周]
17) 結茅(결모): 집을 짓다. [周]

白金一藏. 生喜而遽呼曰 : "是可以報施君矣." 妻搖手, 急止之曰 : "無以呼爲也! 此施氏地, 安知非施氏所瘞? 卽不然, 彼藉口於己之地, 固以爲份內物也, 雖盡與之, 必不見德, 如或不諒, 將更疑子之匿其餘, 是欲報德而且生怨矣. 且子終生, 止欲作十畝田主人耶? 盍於他多潛置産業, 徐以己力爲報, 顧不美乎? 暮夜無知, 天啓其便, 天與不取, 反受其殃矣." 桂生聞妻之言, 良心頓昧, 而巧計潛滋, 自是遂置施君於度外[18]焉. 乃倩舊識, 置膏田脂産於會稽. 歲往征租, 則託以朱門之干謁;[19] 旣還故郡, 則詐爲藍縷[20]之形容. 如是者十年, 而施君殂矣. 其子甫三歲. 桂謂其妻曰 : "此我揚眉吐氣[21]時也!" 乃以隻鷄斗酒[22]往奠施君曰 : "先生之恩, 所不能報, 亦豈敢忘. 今先生往矣, 顧余何人, 久占先生之田廬, 豈無面目, 靦顔[23]殊甚! 寧轉而之他, 受凍餓以死耳." 施母留之再三, 不可, 洒泣而去, 挈家居於會稽.

桂素饒幹局,[24] 居積[25]致富. 施氏素豪宕,[26] 家不甚實, 加以子幼妻弱, 不十餘年, 而資産蕭然,[27] 饔飧[28]或不相繼. 於是母與子謀曰 : "爾父存

18) 度外(도외) : 마음에 두지 않다, 도외시하다. [周]

19) 干謁(간알) : (목적이나 요구가 있어 고관이나 권력자를) 방문하다, 면회를 청하다. [周]

20) 藍縷(남루) : 의복이 너덜너덜하다, 남루하다. [周]

21) 揚眉吐氣(양미토기) : 뜻대로 바램이 실현 된 모양. [周] (억압받던 심정을 떨치고) 활개를 치다, 기를 펴다라는 뜻. [譯]

22) 隻鷄斗酒(척계두주) : 『後漢書 · 橋玄傳』에 다음과 같은 내용이 보인다. "曹操는 일찍이 知己였던 橋玄과 감응한 바가 있다가 교현의 묘를 지나가게 되었는데 홀연 슬픔이 밀려와 제사를 지내면서 이렇게 말하였다. '엄숙히 맹세하건대 그대가 죽은 후 길을 가다 무덤을 지나게 되었지만 그대에게 술 한 말과 닭 한 마리도 올리지 못하고 술만 뿌려 제사지내니 수레가 채 몇 보 가기도 전에 복통이 난다 해도 그대를 원망하지 않겠소.'" [周] 斗酒隻鷄(두주척계)라고도 한다. 한 말의 술과 한 마리의 닭이란 뜻으로 죽은 벗을 생각하는 정을 나타낸다. 조조가 지기인 교현의 묘소를 참배하면서 한 말에서 나왔다. [譯]

23) 靦顔(전안) : 부끄럽다, 면구스럽다. [周]

24) 幹局(간국) : 재주와 기량. [周]

25) 居積(거적) : 장사를 하여 재물을 모으다. [周]

26) 豪宕(호탕) : 의기가 호방하고 도량이 넓다. [周]

27) 蕭然(소연) : 아무것도 없다. [周]

日, 施德於桂生, 桂生似長者,[29] 今聞其富於會稽, 盍與爾歸焉, 上者可冀厚償, 而次亦不失故値,[30] 諒不虛此行也." 乃買舟自吳抵越, 母止旅店, 其子先往. 比至桂生家, 則門庭奕然,[31] 非復曩時田舍翁[32]氣象矣. 施子驟喜, 以爲得所依也. 遂投刺,[33] 閽者[34]數輩, 引入東廂, 楹榱[35]嚴整, 扁題曰知稼, 蓋楊鐵崖筆也. 候久不出, 俄履聲自內聞, 乃逡巡卻立, 再整衣冠. 而桂生未遽見也, 憩中庭, 處分童僕, 呼諾, 語剌剌[36]不可了. 又久之, 始出, 心知爲施氏子也, 故爲不識. 施子備道其顚末, 且云 : "老母在旅次." 桂乃延之西齋, 留一飯, 吐詞簡重, 矜色尊嚴. 徐問曰 : "子今年幾何?" 對曰 : "昔先生垂吊時, 不肖方三齡, 今別先生十五年矣." 桂頷之, 別無他語. 飯已, 更不問其母及家事. 施子計窮, 因微露其意. 桂卽變色曰 : "吾知爾之來也. 顧吾力亦能力辨此. 爾毋多言, 令他人聞之, 爲吾辱. 施唯唯而退. 初, 施母以桂必迎己也, 依閭而望. 及聞狀, 不覺大慟曰 : "桂生, 而忘棲十畝時耶?" 其子遽勸之曰 : "姑待之, 彼何物, 贛癡而悖眊若是. 蓋彼勢壓村中, 習爲驕慢, 見我貧窶, 不欲禮爲上賓, 而又諱言前負, 故落落[37]如是耳. 犬馬之盟, 言猶在耳, 而矧今已赫赫[38]乎? 豈有負人桂叔子?[39]" 母意稍釋. 過數日, 施子以晨往候, 日停午, 而竟弗達. 施不勝慚忿, 攘袂直趨, 大言曰 : "我施生寧求人者, 爲人求我, 而特取宿値耳, 胡爲其窘辱我" 頃之, 其長男自外入. 施整衣向前揖曰 : "某姑蘇施

---

28) 饔飧(옹손) : 끼니, 음식. [周]
29) 長者(장자) : 관대하고 너그러운 사람. [周]
30) 故値(고치) : 이전에 施濟가 桂遷에게 빌려주었던 돈을 가리킨다. [周]
31) 奕然(혁연) : 크고도 또한 아름답다. [周]
32) 田舍翁(전사옹) : 農家의 노인. [周]
33) 投刺(투자) : 명함을 넣어 만나보기를 청하다. [周]
34) 閽者(혼자) : 문지기. [周]
35) 楹榱(영최) : 집의 기둥과 서까래. [周]
36) 剌剌(자자) : 말이 많다, 수다스럽다. [周]
37) 落落(낙낙) : 여기서는 영락하다, 몰락하다라는 뜻으로 쓰였다. [周]
38) 赫赫(혁혁) : 성대하다, 혁혁하다. [周]
39) 桂叔子(계숙자) : "豈有酖人羊叔子(祜)"에서 나온 표현이다. [周] 叔子는 시동생을 말한다. [譯]

生也.” 言未竟, 長男曰 : “然則故人矣! 門下不識耳. 昨家君備道足下來意, 正在措置, 而足下遽發大怒, 豈數十年之久 而不能待數日耶? 然此亦不難, 明旦可無負矣.” 言訖竟去. 施子方悔己之失言, 又怨彼之無禮, 涕泣而歸. 其母復勸之曰 : “吾與爾數百里投人, 分宜謙下, 若得原値二十錠, 意望亦完, 不必過爲悲憤也.”明旦戒行, 母復囑之曰 “愼毋英銳, 坐失事機, 以勞我心.” 於是施子鞠躬屛氣, 再候於桂之門下. 久之, 曰 : “宿酒未醒也.” 乃求見其長男, 且曰 : “得見長公, 足矣, 無煩主翁也.” 又久之, 則曰 : “已往東莊催租矣.” 問其次男, 則曰 : “已於西堂陪館賓[40]矣.” 施子怒氣塡胸, 羞顔滿面, 然無可奈何. 頃之, 桂生乘騶而出, 則就謁於馬首, 甚恭. 桂謾不爲禮, 曰 : “爾施生耶?” 顧一僕, 以金二錠償之. 施子視償, 僅什一也, 大駭, 方欲一言白, 而桂飄然已去, 且使人來數曰 : “爾昨何淺暴如是? 本欲從容、從厚, 今不能矣. 然猶念爾年幼遠來, 故纖毫不缺, 可速歸.” 施子大失望, 而不敢見於辭色. 求賂閽者, 通問於其妻. 妻又令人數曰 : “曩先公以爲德, 而子今以爲負也. 幸吾主翁長者, 償之如數, 夫復何言? 無已, 可歸取券來, 雖百錠不負也.” 施無以對, 歸以語母. 母鬱抑不堪, 遂抱疾還家, 竟不起. 而日所取償於桂生者, 曾不足爲道途喪葬之費. 吁! 亦悲矣夫! 已而, 桂生家益裕, 產益夥.

當元年,[41] 賦役[42]繁增, 桂甚苦之, 每顰蹙[43]曰 : “某非國家之民, 乃一老奴僕耳!” 里有劉生者, 善滑稽, 奔走要津[44]有年矣. 偵知桂意, 說之曰 : “方今賦稅不均, 貴者千百頃而無科,[45] 賤者倍蓰[46]輸而無算, 以公之資,

40) 館賓(관빈) : 글방 선생, 塾師. [周]
41) 元年(원년) : 여기서는 至元 元年(1335)을 가리키는 것 같다. [周]
42) 賦役(부역) : 國稅의 총칭. 賦는 전조를 가리키고 役은 노역을 가리킨다. 전통 시기에는 전조 외에 백성들이 통치계급을 위해 의무적으로 얼마간의 노동을 했는데 이렇게 각종 일에 종사하는 것을 노역이라 한다. [周]
43) 顰蹙(빈축) : 눈살을 찌푸리다. [周]
44) 要津(요진) : 지위나 작위가 높고 권세가 큰 사람. [周]
45) 科(과) : 조세, 세금. [周]
46) 倍蓰(배사) : 1배에서 5배가 되다. 즉 값이 비싼 것을 말한다. [周]

寧不能少入作顯客, 而碌碌甘稅戶耶?" 桂長嘆不答. 劉笑曰 : "公豈以廢舉子業久乎? 公不見吳之張萬戶、李都赤,[47] 不識一丁,[48] 而食祿千石, 是何人也? 此皆僕爲之斡旋.[49] 僕自恨無力耳, 使有如公十分之一, 今不知衣紫乎、衣朱[50]乎." 桂聞其言, 心動耳熱, 因撫臂問曰 : "費當幾何?" 曰 : "二千足矣, 多則近三千耳." 桂甚喜, 且曰 : "卜吉卽與君行." 劉辭曰 : "恐有爲公惜者, 必以僕言爲誕. 然以僕計, 公賦歲不下千餘, 今所費僅三年賦役之耗耳, 夫捐耗貲而躋崇秩,[51] 不愈於歲作輸戶[52]而猶輒折腰墨綬[53]耶? 今爲針, 吾見來年之春, 吏不敢書入公之堂矣. 語曰 : '成大功者不謀於衆, 圖大事者不惜小費.' 必欲僕行, 惟公裁之." 桂益惑. 明日遂行. 劉又辭以未有室家, 桂乃以貲安其孥, 挈金三千, 與俱至都下, 罄以金付之, 不問出入. 未逾月, 金盡, 則謬來賀曰 : "旦夕貴矣! 第非五千不可." 桂稍有難色, 輒去不顧曰 : "徒費前物, 毋咎我也!" 桂不得已, 稱貸得金二千, 而留其半, 以半與之. 又月餘, 或告桂生曰 : "劉某已除親軍指揮使[54]矣." 桂未信. 少頃, 從者奔入曰 : "適見劉生, 驟貴甚, 呵擁塞道途." 桂且信且疑, 倚門望焉. 忽有四卒前曰 : "大人致請." 桂曰 : "大人何爲者?" 曰 : "新親軍劉公也." 桂愕然, 始信劉之賣己矣, 大怒欲入, 而卒

47) 都赤(도적) : 원나라 때는 사실 都赤이라는 관직이 없었다. 馮夢龍의 『警世通言』에 기록된 바에 의하면 千兵은 즉 千戶로 병사 천명을 거느리고 한 郡이나 여러 郡의 주둔지를 지키는 관리이다. [周]
48) 不識一丁(부식일정) : 글자를 모른다. [周]
49) 斡旋(알선) : 방도를 세우다. [周] 주선하다, 중재하다. [譯]
50) 衣紫衣朱(의자의주) : 옛날 관직에 있던 사람은 모두 붉은 두루마기나 자색 두루마기를 입었다. 그런 까닭에 높은 지위에 있는 사람을 朱紫라고 하였다. [周]
51) 躋崇秩(제숭질) : 높은 지위에 오르다, 고위 관직에 오르다. [周]
52) 輸戶(수호) : 조세를 납부한 사람 또는 가구. [周]
53) 折腰墨綬(절요묵수) : 縣官 앞에서 절하다. 옛날 縣官이 매던 혁대가 검은 색이었다. [周]
54) 親軍指揮使(친군지휘사) : 元代의 제도로 수많은 명칭의 某某衛親軍都指揮使司를 설치하였다. 각 지방에 주둔하여 지키던 것과 京師를 지키는 것으로 구별되었다. 大都(北京)에 있던 것은 武衛親軍都指揮使司로 장관인 達魯花赤 외에 都指揮使와 副都指揮使를 두었다. [周]

掖之行. 及至, 桂猶意其以鄕曲見, 而劉端坐如故, 久始言曰 : "曩貲便宜假我, 決不爾負. 但吾新涖署, 需錢甚急, 爾前所留, 幸幷貸我, 不數月, 當悉償也." 卽令卒押取之. 卒去, 而索貸者塡門矣, 乃令從者歸取償之.

桂羞還故鄕, 止居京邸, 以厚价得利匕首,[55] 將俟劉入朝, 刺殺之. 然急於報仇, 夜不能少寐, 月光黯淡, 而誤以爲東方明矣; 急奔出, 則路杳無行人, 禁漏方三催耳. 乃倚身闤闠,[56] 少息焉. 須臾, 夢匍匐入高堂, 一老翁據案坐, 乃施君也. 桂見之, 大赧, 不得已, 搖尾前曰 : "曩令嗣[57]來, 非敢忘德, 恐其不克負荷, 欲得當以報之耳." 君大叱曰 : "是欲死耶! 胡自吠其主也?" 桂見訴不聽, 見其子自內出, 乃啣衣笑曰 : "向辱惠顧, 不能輒厚遺, 幸無罪!" 其子以足蹴之曰 : "是欲速死耶! 胡自嚙其主也?" 桂不敢仰視, 行至廚, 見施母方分羹, 乃蹲足叩首, 乞哀曰 : "向令嗣不能少待, 以致薄母. 罪不敢辭. 今我餒甚, 能以餘羹食我乎?" 母命大杖撲之. 逃至後庭, 則其妻與二子、少女咸在焉, 諦視之, 皆成犬形, 反自顧, 亦無少異. 乃大駭曰 : "我輩何至此哉?" 妻怒曰 : "爾貴他人而辱妻子, 獨不思負施君乎? 施在堂, 乞憐萬狀, 而不見聽, 比爾曩時侮慢其子, 能相當否?" 桂詈曰 : "桑下得金, 爾以爲暮夜無知, 致我如此, 顧咎我耶?" 妻復詈曰 : "其子來時, 誰爲爾言而弗報也?" 二子前解之曰 : "此往事, 言之何益, 徒增傷痛耳! 但自今以後, 再世爲人, 其勉爲無獸行哉!" 相與欷歔久之. 桂餒甚, 索食之急, 顧有小兒遺溷[58]池上, 桂心知其穢惡, 而見妻子攢聚欲食, 亦不覺垂涎焉, 見所遺墮落池中, 深惜之. 已而廚人奉主翁之命, 烹其長男, 驚懼而甦. 汗液浹背, 乃一夢也. 則曙色漸開而朝罷矣. 桂幡然[59]曰 : "噫! 有是哉! 天道好還, 絲粟不爽, 人之不可輒負, 彰彰矣. 夫

55) 匕首(비수) : 가장 짧은 검으로 길이가 1척 8촌 정도이다. [周]
56) 闤闠(환궤) : 시장. [周]
57) 令嗣(영사) : 令郞(아드님). 즉 다른 사람의 아들을 지칭하는 말이다. [周]
58) 遺溷(유혼) : 대변을 보다. [周]
59) 幡然(번연) : 변동하다, 바꾸다. 『孟子』에 "이후 날짜를 바꾸다(旣而幡然改日)"라는 문장이 보인다. [周]

負人之與負於人, 一也. 今日之夢, 是天以象告, 非其實也, 猶可得而悔悟. 安知劉生不實受於此乎? 則於劉何尤!” 乃棄匕首河中而返. 急至吳, 訪施君之子, 時年二十七矣. 更厚葬其父母, 載之至越, 以女妻焉.

居無何, 劉果以贓敗, 抄錄拷訊, 備嘗窘辱. 桂適以事赴京, 偕子壻謁刑曹,[60] 會見劉, 頸荷鐵徽,[61] 手交木葉,[62] 顔色枯槁, 步履艱難; 妻子自後來, 與之訣別, 或怨或啼, 而旁觀者益怒. 忽見桂生, 悲慚伏地曰:“向負大人, 故有今日.” 其冀食乞哀之情, 怨悔顚連之狀, 宛若曩時夢中故態. 桂不覺心動, 以錢數十貫贈焉. 劉跽而受之曰:“今生已矣, 俟來世爲犬馬以報德也.” 桂因大感歎, 與子壻歸, 三分其財產, 遂爲會稽名家. 江左[63]之人, 迄今猶有能道其詳者.

---

60) 刑曹(형조):刑部를 말하며 형법과 소송을 관장하였다. 部는 隋代의 명칭이며 漢代에는 曹라고 칭하였다. [周]
61) 鐵徽(철휘):철사로 꼬아 만든 줄. [周]
62) 木葉(목섭):나무로 만든 刑具로 죄인의 손발을 묶는데 사용하였다. [周]
63) 江左(강좌):長江의 以東지방. 즉 지금의 江蘇省, 浙江省 등지를 말한다. [周]

요공자전(姚公子伝)

요공자의 패가 망신

절강(浙江) 동쪽에 요공자(姚公子)라는 자가 있었는데 굳이 그가 살았던 마을과 성씨를 이야기하지는 않겠다. 아버지는 상서(尙書)였고 처가 또한 벼슬하는 집안이었으며 집에는 거금을 쌓아 놓고 살았다. 사방 백여 리 내의 전답, 연못, 산림, 하천이 모두 요씨네의 세업(世業)이었다.

공자는 스스로 부귀함을 믿고 생산에 힘쓰지 않았다. 유독 사냥을 좋아하였으며 좋지 못한 자들과 교유하였다. 시서에 대해 이야기하거나 과거공부에 익숙한 사람을 보면 얼굴이 붉어지고 머리가 무거워져 손발을 어디에 두어야 할지 몰랐다. 재물의 들고남을 헤아리고 장사를 하여 돈을 벌려고 하는 사람이 있으면 평범하고 용속(庸俗)한 소인이라고 비웃고는 꾸짖어서 나무랄 거리도 못된다고 생각했다. 오직 굳세며 사납고 원숭이같이 날랜 무리들이나 우스개 소리 잘하며 교활한 무리들과 날마다 함께 개를 풀고 매를 놓아 여우를 잡고 토끼를 쫓기만 했다. 시정의 무뢰한 젊은이들을 불러 끌어들인 자들이 백여 명이나 되었다. 이들 집에서는 모두 공자에게 의지하여 밥을 먹었는데 공자는 이들에 대해 인색하게 굴지 않았다. 혹 천 금을 써서 좋은 말로 바꾸기도 하고 혹은 백 곡의 곡식을 쏟아 부어 좋은 활을 사기도 하였다. 그리고 이들과 함께 여러 길에서 나란히 말을 달려 정한 때에 만나기로 하고는 늦게 오는 자에게 벌을 주기도 하고 혹은 무리를 나누고 경기를 벌여 잡은 동물 수로 공을 따져서 많이 잡은 자에게 상을 주기도 하였다. 또는 촛불을 잡고 밤에 노니는 데 물리는 일도 없었으며 혹은 열흘이 지나도록 멀리 가서는 돌아오기를 잊기도 하였다. 곡식을 밟아 망가뜨리거나 땔감을 태워서 훼손시키면 반드시 값을 쳐서 배로 배상을 해주면서 이렇게 말하였다.

"인생은 즐길 따름이니 인색해서 무엇하리오."

간혹 그 부친의 취렴과 가렴주구의 선례를 들며 간하는 자가 있으면 공자가 입을 열기도 전에 여러 무리들이 입을 모아 말하였다.

"저 사람은 농사꾼으로 기량이 얕고 비루하니 어찌 공자에 비하겠습니까."

그러면 공자는 고개를 끄덕였다.

하루는 다소 멀리 사냥을 나갔는데 먹을 것을 담은 수레가 뒤따라오질 못했다. 비록 주머니 속에는 돈이 여유가 있었으나 들판이라 주막이 있을 리 만무했다. 한창 배가 고파 고생하는 중에 문득 여러 사람이 길 좌측에서 절을 하며 맞이했다.

"저희 소인들에게는 공자께서 여기로 납시는 것을 보기란 어려운 일이니 삼가 따르는 사람들에게 바치려 박주(薄酒)나마 준비했습니다."

공자와 여러 무리들은 박장 대소하며 신이 도왔다 여기고 말에서 내려 곧장 그 집으로 갔는데 그 모습이 의기양양했다. 어떤 사람이 말했다.

"이 사람들에게 보답하지 않을 수 없군요."

그러자 공자는 값어치의 세 배로 갚아주었다. 그 사람들은 크게 원하던 바를 얻은 지라 말머리에서 엎드려 환송하니 공자는 기뻐서 말했다.

"이 사람들은 비단 세상사를 알 뿐 아니라 예의도 아는구만."

공자는 급히 뒤에 따르는 사람에게 주머니를 털어 노고를 치하하게 했다. 이때부터 이러한 풍조가 크게 일어나서 사람들은 너도나도 그것을 따라 하여 공자가 동쪽으로 달려가면 서쪽 사람들이 이미 그들을 위해 음식을 준비해놓고 있었고 남쪽으로 가면 북쪽 사람들이 와서 술상을 차려놓고 있었다. 이러하니 따르는 사람들에게는 음식이 풍족했고 짐승들은 먹을 것이 넉넉했다. 비록 오래도록 머무르더라도 음식 보내기를 번거롭다 여기지 않았다. 한 번 부르면 백 번 대답하고 살펴보는 눈망울에는 빛이 나며 여기서 보내면 저기서 맞이하니 존귀하고 영화로움이 비할 바 없었다. 공자는 크게 기뻐하며 비록 힘을 다해 보답했더라도 오히려 스스로 부족하다고 여겼다. 여러 무리들은 각각 떨어지는 콩고물을 바라고 한 목소리로 극력 칭송하며 '이 무리들은 소인들이지만 지금 모시는 것을 수고롭다 여기지 않고 음식을 크게 갖추어 공자를 받드니 군왕에 지남이 있다 하겠습니다. 크게 상을 내리지 않으면 무엇으로 위로하겠습니까?'라고 하면 공자는 그 말을 옳다 여겼다.

하지만 공자는 여러 해 동안 주머니가 다 비어 세업만 남게 되었다. 여러 무리들은 서로 어울려 진언했다.

"공자의 땅은 넓기가 광활하여 주의 반을 차지하며 족적이 다다를 수 없는 곳이 얼마인지 알 수 없을 지경입니다. 하지만 대체로 세도 있을 적에 일반 백성들이 바치고 관부에서 뇌물로 준 것으로 값을 치르고 산 것이 아닙니다. 돈을 주고 얻었다 하더라도 돈을 빌려주었다가 그 집안이 곤궁해져 그 땅을 거둔 것으로 값어치가 얼마나 되겠습니까? 그래서 지금 황무한 것이 많고 일구는 것이 적으며 도지를 독촉하더라도 나오는 돈은 얼마 되지 않으니 공자께는 흙덩어리일 따름입니다. 만약 황무한 땅으로 상을 주는 데 조달해 쓰신다면 사람들이 그것을 얻고는 적더라도 금싸라기같이 여길 것입니다. 이렇게 되면 흙덩이가 금과 같이 쓰이게 되는 것이니 어찌 좋은 수가 아니겠습니까?"

공자는 크게 좋은 계책을 얻었다 여기고 이에 가는 곳에서 즉시 문서를 작성하여 상으로 주었다. 여러 사람들이 짐짓 난색을 표하고 여러 무리들이 좋은 말로 구슬리면 공자는 초조해져 오히려 그 사람들이 받지 않을까 걱정했다. 비옥한 땅을 간사한 사람들이 얻고자하면 반드시 먼저 그 무리들에게 뇌물을 주었다. 그러면 그 무리들은 일부러 공자가 그들의 술과 음식을 받게 하거나 고의로 기생을 처자(妻子)로 꾸며서 공자에게 보냈다. 공자는 간혹 알기도 했으나 또한 아무 것도 묻지 않았다. 공자가 나가려고 하면 그 무리들 중 어떤 사람은 글을 닦고 어떤 사람은 셈을 하였으며 어떤 사람은 문서를 조사하여 문건을 만들고 공자에게 도장을 찍도록 하였다. 많고 적고 좋고 나쁘고 간에 공자는 자신의 주장을 펴지 못했다. 얼마 있자 공자가 말하였다.

"지쳐버렸다. 어찌 능히 붓을 잡아 서명을 하거나 압자를 써넣어 서생의 수고로움을 익힐 수 있겠느냐?"

그 무리들은 이에 판에도 새기고 인쇄를 하여 사유와 도적(圖籍), 연월(年月)을 소상히 기록하고 뒤에 칠언시를 한 수를 붙였는데 그것은 공자가 직접 지은 것이다.

千年田土八百翁,	천 년의 전답 팔백 세의 노옹
何須苦苦較雌雄?	어찌 수고로이 자웅을 겨루랴?
古今富貴知誰在,	고금의 부귀는 어디에 있음인가
唐宋山河總是空.	당송의 산하가 모두 공(空)이로구나
去時卻似來時易,	옛적엔 같더니만 미래엔 바뀌니
無他還與有他同.	다름없음과 다름 있음이 같구나
若人笑我亡先業,	만약 사람들 내 선업 없앰을 웃으면
我笑他人在夢中.	나는 그들이 꿈속에 있음을 웃으리

매일 새벽같이 나가 먼저 인쇄한 수십 장에다가 수시로 수목(數目)을 채워 넣을 뿐이었다. 하지만 놀고 사냥하는 것이 절도가 없고 상을 내

리는 것을 수 없이 하는데다가 그 무리들이 재산을 야금야금 먹어 들어가고 일상에 쓰는 것이 호사스러우니 몇 년을 넘기지 못하여 가산이 탕진되어 선조들의 선영도 지키지 못하고 처자들이 사는 집도 없게 되었다. 지난날들의 무리들은 모두 화려한 의복과 신선한 음식에 살찐 말과 높은 수레를 타고 나가서 공자를 만나면 모른 체 했다. 이전에 기면서 길옆에서 맞이했던 자들도 오히려 기개가 그 위에 있었다. 공자가 배고픔과 추위에 시달리는 것을 보고도 조금도 도와주지 않고 어울려 보면서 비웃었다. 공자는 뾰족한 수가 없자 처를 팔까 생각해보았지만 장인이 겁나 감히 입을 열지 못했다. 장인은 진실로 달인(達人)으로 먼저 그 마음을 알고 사람을 보내 그렇게 하도록 하고 몰래 딸을 맞아들여 별실에 살게 했다. 그리고 거짓으로 다른 사람을 호족(豪族)으로 꾸며 후한 재물로 예물을 삼아 그에게 주며 약속하게 했다.

"네 처의 값은 이 정도는 아니나 현숙하고 능하다는 소릴 들어 후한 예물을 아까워하지 않는 것이다. 그러나 일단 우리집 문을 들어서면 종신토록 보지 못할 것이다."

공자는 바라던 바 이상이라 크게 기뻐하며 또한 마음에 달갑게 여겼다. 처가 가고 나서 몇 달이 되지 않아 또 다시 돈을 다 써 버렸다. 좌우를 둘러보아도 홀홀 단신 의지할 데가 없어 장차 스스로 자신의 몸을 팔려고 했으나 사려는 사람이 없었다. 장인이 또 후한 값으로 거짓으로 머슴을 시켜 거두어들이게 하며 약속했다.

"너는 본래 귀한 사람이라 값을 중히 쳐준 것이다. 허나 문서가 이루어진 뒤에는 모든 것에 순종하고 거역하지 마라."

공자는 스스로 자기가 부유할 때 수백 명의 집안 사람들이 맘대로 놀고 등 따뜻하고 배불렀을 따름이지 별다른 고초가 없었던 것을 생각하고는 승낙하고 그를 따라 갔다. 당도해 보니 주인은 아침이면 나무를 해 오라 저녁이면 방아를 찧어라 하는 등 고생스러움이 시시각각 감당치 못할 지경이었다. 며칠 뒤 마침내 도망가 거지 무리에 들어갔다. 장가(長歌)를 지어 거리에서 구걸을 했다.

人道流光疾似梭,	사람들은 세월이 화살과 같이 빠르다 하지만
我說光陰兩樣過,	나는 광음이 두 모습으로 흐른다 하리
昔日繁華人慕我,	예전 내 번화할 적 사람들의 존경을 받아
一年一度易蹉跎!	세월을 헛되이 보내고 말았지!
可憐今日我無錢,	가련토다. 오늘 내 돈이 없으니
一時一刻加長年!	일시일각이 일년 같이 길기만 하구나!
我也曾輕裘肥馬載高軒,	나도 예전에는 경구비마에 높은 수레 타며
指麾萬衆驅山泉.	수많은 무리 거닐고 산천을 달림에
一聲圍合魑魅驚,	한 소리에 사냥하니 귀신이 놀라고
百姓邀迎如神明.	모든 이가 신명(神明) 받들 듯 하였다오
今日啊!	아! 오늘은
黃金散盡誰復矜?	황금이 다 흩어지니 누가 다시 돌아보기나 하던가?
朋友離盟獵狗烹!	벗들은 옛 맹세 저버리고 '토사구팽'의 신세일세!
晝無饘粥夜無眠,	낮에는 먹을 죽도 없고 밤에는 잠 못 이루며
學得街頭唱哩蓮.	길가의 동냥 노래 배웠다네
一生兩截誰能堪?	삶이 두 동강나니 어찌 능히 견디오리만
不怨爹娘不怨天!	부모님 원망 않고 하늘도 탓하지 않네!
蚤知到此遭坎坷,	일찍이 이런 처지 알았더라면
悔教當年結妖魔!	옛적 요마같은 놈들 사귀지 않았으리!
而今無許可奈何,	하지만 지금은 어쩔 수 없어
慇懃勸人休似我.	사람들아 제발 나를 닮지 마오

장인은 그가 시중에 있음을 알고 일부러 거지들을 시켜 백방으로 모욕 주게 했다. 조금이라도 뜻에 따르지 않으면 이렇게 말하였다.

"내 장차 네 주인에게 알리련다."

거지들이 욕을 하면 머리를 싸매고 쥐가 구멍을 찾듯이 도망치며 감히 돌아보지도 못했다. 이런 까닭에 동서로 떠돌아 다녀도 몸 붙일 곳이 없어 추우면 추운 대로 근심이요 더우면 더운 대로 걱정인 등 갖은 고초를 다 겪었다. 장인은 담으로 둘러쳐진 집을 짓고 딸에게 대문 옆에 그릇과 이불 가지를 조금씩 갖추어 놓게 했다. 그리고 일부러 사람을 시켜 공자에게 말하게 했다.

"너는 본래 대갓집 사람으로 거지들에게 모욕을 받고 있는 것은 네가 거지들을 두려워하는 것이 아니라 그 주인을 무서워하는 것이다. 네 주인이 조석으로 찾고 있으니 부닥치지 않아서 다행이지 만난다면 옥에 갇혀 죽을 날만 기다리게 될 것이야. 네 옛 마누라는 지금 대갓집의 안주인이 되어 집안이 혁혁한 것이 옛날과 달라. 내 너를 위해 문지기 자리를 구해주겠네. 단지 문을 열고 닫기만 하면 될 뿐 나무를 한다든지 방아를 찧는다든지 그런 힘든 일은 없을 것이야. 종신토록 편안한 즐거움을 누리고 배고픔과 추위의 걱정은 없을 터이니 어찌 아침저녁에 진창에서 뒹구는 것만 못하겠나."

공자는 눈물을 흘리며 불쌍히 여겨 줄 것을 바라며 진흙탕에 엎드리며 말했다.

"이와 같다면 재생부모의 은혜겠습니다."

이에 처의 별실에 데려다 주었다.

공자는 방이 정결하고 그릇 의복이 깨끗한 것을 보자 기쁨을 이기지 못해 마치 선경에 들어온 것 같았다. 그 사람은 주의를 시키며 말했다.

"너의 안주인께선 집안이 부유한지라 아랫사람들을 대함에 집기들이 모두 깨끗한 거야. 하지만 지체가 높고 명망이 있는지라 네 얼굴 보기가 좋지 않을 것이니 너는 결단코 중당에 몰래 들어가거나 잠시라도 문밖에 나가서는 안 될 것이야. 만약 네 주인에게 잡힌다면 화가 적지 않을 것이네."

그래서 공자는 경계의 말을 삼가 지켰다. 비록 등 따뜻하고 배부르니 사냥하고 싶은 생각이 없는 것은 아니었지만 안팎으로 무서워 나갈 엄두도 내지 못했다. 그리고 자신의 처가 재가하지 않았다는 사실을 끝내 몰랐으며 종신토록 얼굴 한 번 보지 못하고 단칸방에서 늙어 죽었다 한다.

원문 姚公子傳[1]

浙東有姚公子, 不必指其里氏. 父拜尙書,[2] 妻亦宦族, 家累巨萬, 周匝百里內, 田圃、池塘、山林、川藪, 皆姚氏世業也. 公子自倚富强, 不事生産, 酷好射獵, 交游匪人. 客有談詩書、習科擧[3]者, 見之則面頳頭重, 手足無措; 有計盈縮、圖居積者, 則笑以爲朴樕[4]小人, 不足指數. 惟矯猛猨捷之輩, 滑稽桀黠之雄, 則日與之逐犬放鷹, 伐狐擊免. 市井無賴少年, 因而呼引羅致[5]之門下者數十百人. 此數十百人之家, 皆待公子以擧火,[6] 公子不吝也. 或麾千金, 使易駿馬; 或傾百斛, 使買良弓; 或與之數道并

---

1) 姚公子傳(요공자전) : 이 이야기는 凌濛初가 話本으로 개작한 적이 있다. 『二刻拍案驚奇』 제22권에 수록되어 있는데 回目은 "어리석은 공자는 돈을 함부로 써대고 현명한 장인은 지혜롭게 이익을 얻고 사위를 뉘우치게 하다(痴公子狠使噪脾錢, 賢丈人智賺回頭婿)"이다. [周]

2) 尙書(상서) : 관직이름. 秦나라 때 처음 설치하였는데 궁전에서 주로 문서를 담당했다. 漢나라 때는 尙書令, 尙書僕射를 두고는 尙書曹郎이 일을 처리하는 것을 감독하게 했다. 南宋 때는 尙書令總機衡과 僕射尙書가 여러 관청을 각각 분담하여 관리하였다. 隋나라와 唐나라 때는 모두 尙書省을 설치했는데 左右僕射를 두어 六部를 나누어 관장하도록 했다. 元나라 때는 상서성을 폐지하고 육부를 中書省에 귀속시켰다. 明나라 때는 중서성을 폐지하고 육부상서를 독립시켰다. 淸末에는 다시 육부를 하나로 병합시켰는데 그리하여 상서라는 관직은 대신의 반열에 오르게 되었다. [周]

3) 科擧(과거) : 唐代에 처음 科目으로 인재를 선발하기 시작하였으며 이 때문에 과거라고 칭하였다. 후에 宋代에는 帖括을 이용하여 明淸代에는 八股文을 이용하여 인재를 뽑았다. 그러나 여전히 과거라는 명칭을 그대로 사용하였다. [周] 帖括이란 옛날 과거 시험의 응시자가 많아져 시험관이 難語句를 출제하자 수험자들이 경서의 난어구를 뽑아 모아 노래와 같이 만들어 기억하기 좋게 만든 것을 말한다. [譯]

4) 朴樕(박속) : 작은 나무를 말하며 소인을 비유하는 것이다. 일설에 朴樕은 떡갈나무로 속칭 큰 잎 상수리나무라고 하며 쓸모 없는 잡목을 가리키는 것이라고 한다. [周]

5) 羅致(나치) : 마치 그물로 새를 잡아들이듯 인재를 불러모으다. [周]

6) 擧火(거화) : 불을 피워 밥을 짓다. 『晏子春秋』에 "臣을 접대하는데 밥짓는 사람이 수백 명이었다(待臣而擧火者數百家)"라는 문장이 보인다. [周]

馳, 剋時期會, 而後至者罰; 或與之分隊角勝, 計獲獻功, 而多禽者賞; 或秉燭夜圍而無厭, 或浹旬長往而忘歸. 至若蹂躪稼穡, 毀傷柴木, 則必估值而倍酬之. 曰:"人生行樂耳, 吝嗇何爲?" 間有擧先尚書聚斂[7]掊克[8]之術以諫者, 公子未發口, 群少年共嗾之曰:"彼田舍翁, 氣量淺陋, 何足爲公子道耶?" 公子頷之. 一日, 出獵稍遠, 粮運不繼, 雖囊有餘錢, 而野無邸店. 正飢窘中, 忽有數人迎拜道左, 曰:"某等小人, 難遇公子至此, 謹備瓜果酒餚, 以獻從者." 公子與群少年拍手大笑, 以爲神助, 乃下馬直抵其室, 恣意饕酣.[9] 少年曰:"此輩不可不報." 公子乃酬以三倍. 其人大獲所願, 乃拜伏送於馬首. 公子復喜曰:"此輩非但解事, 兼有禮數." 急命後騎傾囊勞之. 由是此風旣倡, 人皆效尤, 公子東馳則西人已爲之飭饌,[10] 南狩則北人已爲之戒廚.[11] 士有餘粮, 獸有餘食, 雖旬日之久, 而不煩饋運. 一呼百諾, 顧盼生輝, 此送彼迎, 尊榮莫并. 公子大喜, 雖竭力報答, 猶自歉然. 諸少年各欲染指[12]其中, 齊聲力贊, 以爲此輩乃小人, 今不勞督率, 而供粮大備, 奉承公子, 過於君王矣. 不有重賞, 其何以慰? 公子是之. 然而公子數年之間, 囊空橐罄, 止有世業存焉. 諸少年相與進言曰:"公子田連阡陌,[13] 地占半州,[14] 足迹所不能到者, 不知其幾. 然大率皆有勢之時, 小民投獻, 官府賂遺,[15] 非用价乎買者也. 卽有以价得之,

---

7) 聚斂(취렴): 백성의 재산을 가혹하게 거둬들이다. [周]
8) 掊克(부극): 가혹한 세금으로 백성의 재산을 가렴주구하다. [周]
9) 饕酣(도감): 기분 좋게 먹고 마시다. [周]
10) 飭饌(칙찬): (고기)요리를 마련하다. [周]
11) 戒廚(계주): 주방을 돌보며 술과 안주를 준비하다. [周]
12) 染指(염지): 자기 몫이 아닌 이익을 취하고자 하는 것을 가리킨다. 『左傳』에 다음과 같은 내용이 보인다. "鄭나라의 靈公은 큰 자라를 먹으며 子公을 불러서는 그에게는 그것을 주지 않았다. 자공이 노하여 솥에 손가락을 넣어 찍어 먹어 보고는 가버렸다(鄭靈公食大夫黿, 召子公而弗與之, 子公怒, 染指於鼎, 嘗之而出)." [周]
13) 阡陌(천맥): 논밭 사이의 작은 길을 말한다. 이 길로 땅을 구획하고 경계를 짓는다. 남북으로 난 것을 阡이라고 하고 동서로 난 것을 陌이라고 한다. 田連阡陌(논밭길이 연이어 있음)은 논밭전지가 매우 많은 것을 말한다. [周]
14) 半州(반주): 元代와 明代 때 州는 縣보다 약간 컸으며 半州란 현의 절반을 말한다. [周]
15) 賂遺(뇌유): 물건을 증여하다, 선사하다. [周]

亦不過債負盤折，因其戶絶人窮，收其磽田瘠地,[16] 所値又能幾何? 故今荒蕪者多，墾闢者少，錢糧[17]督促，租課蕭條，以公子視之，直土泥耳. 如以荒蕪之土泥，爲償賫之資費，小民得之，寸土如金，是以泥沙同金用也，奚不可者?" 公子大以爲得策，於是所至輒立賣券爲賞. 諸人故難之，群少年以好言慰勉，公子踧踖，惟恐其人不受也. 凡肥饒之産，奸民欲得之，則必先賂少年. 少年故令公子受其酒食，或飾歌妓爲妻女，故調公子. 公子或識之，亦不問也. 將去，則群少年一人運筆，一人屈指，一人査籍，寫券已成，令公子押字，多寡美惡之間，公子不得主張焉. 旣而，公子曰 : "吾倦矣! 豈能執筆簽判，習書生之勞哉!" 群少年乃鏤版刷印，備載由語[18]及圖籍[19]年月，後附七言八句詩一首，則公子所作也. 詩曰 :

> 千年田士八百翁，何須苦苦較雌雄? 古今富貴知誰在，唐宋山河[20]總是空. 去時卻似來時易，無他還與有他同. 若人笑我亡先業,[21] 我笑他人在夢中.

每日晨出，先印數十本，臨時則塡注數目而已. 然而游獵[22]無度，賞賜無算，加以少年之侵漁[23]及日用之豪侈，不逾數年，産業蕩盡，先人之丘壟[24]不守，妻子之居室無存. 向日少年，皆華衣鮮食，肥馬高車，出遇公子，漸不相識. 諸嘗匍匐[25]迎謁道傍者，氣概反加其上，見公子飢寒，掉臂不顧，且相與目哂之. 公子計無所出，思鬻其妻，而憚於妻之翁，不敢

---

16) 磽田瘠地(교전척지) : 단단하고 척박한 경작지. [周]
17) 錢糧(전량) : 地稅를 말한다. 당나라 때 楊炎이 처음 兩稅法을 실시하였는데 지세를 돈으로 징수하거나 간혹 쌀로 징수하기도 하였다. 이 때문에 후에 지세를 전량이라 불렀다. [周]
18) 由語(유어) : 사유, 일의 전말. [周]
19) 圖籍(도적) : 田地의 지도와 수량. [周]
20) 山河(산하) : 한 국가가 점유하고 있는 영토 즉 국토를 가리킨다. [周]
21) 先業(선업) : 선조가 남긴 부동산 등의 재산. [周]
22) 游獵(유렵) : 노닐면서 사냥하다. [周]
23) 侵漁(침어) : 마치 어부가 고기를 잡아들이듯이 남의 재물을 착취하다. [周]
24) 丘壟(구롱) : 무덤. [周]
25) 匍匐(포복) : 손과 발을 땅위에 대고 엎드리다, 포복하다. [周]

啓口. 乃翁固達者, 深識其情, 先令人許之, 已而陰迎其女, 養之別室, 詐令人爲豪族, 以厚財爲聘, 與之約曰 : "爾妻价不及此, 聞其賢能, 故不惜厚聘. 然一入豪門, 終身不得相見." 公子大喜過望, 亦甘心焉. 妻去未數月, 而聘金又盡, 左顧右盼, 孑然無依, 將自賣其身, 而苦無主者. 妻翁又以厚价詐令莊客收之, 亦與之約曰 : "爾本貴人, 故重其値, 但輸劵[26]之後, 當唯命是從, 不得違忤." 公子自念 : 己富盛時, 家徒數百, 皆游蕩飽暖而已, 殊無所苦. 乃允諾, 隨之而去. 至則主人旦令之採薪, 暮督之舂穀, 勞筋苦力, 時刻不堪. 數日, 遂逃去, 與乞兒爲伍. 自作長歌, 丐食於市. 歌曰 :

人道流光疾似梭, 我說光陰兩樣過, 昔日繁華人慕我, 一年一度易蹉跎! 可憐今日我無錢, 一時一刻加長年! 我也曾輕裘肥馬[27]載高軒,[28] 指麾萬衆驅山泉. 一聲圍合魑魅驚, 百姓邀迎如神明. 今日啊! 黃金散盡誰復矜? 朋友離盟獵狗烹! 晝無饘粥夜無眠, 學得街頭唱哩蓮.[29] 一生兩截誰能堪? 不怨爹娘不怨天! 蚤知到此遭坎坷, 悔敎當年結妖魔! 而今無許可奈何, 慇懃勸人休似我.

妻翁知其在市中也, 故令乞兒百般侮之, 稍不順意, 嚇之曰 : "吾將訴爾主人." 則抱頭鼠竄而逸, 不敢回顧. 以是東西流轉, 莫能容身, 凍餒憂愁, 備嘗艱苦. 翁乃令其女築環堵之室[30]於大門之傍, 器具衾裯,[31] 稍稍

---

26) 輸劵(수권) : 증빙 문서를 작성하다. [周]

27) 輕裘肥馬(경구비마) : 용감하고 의협심 있는 젊은이를 비유하는 말이다. 『樂府解題』에 "살찐 말을 타고 가벼운 갖옷을 입고 말을 몰아 달리는 것을 즐거움으로 삼다(乘肥馬, 衣輕裘, 馳逐經過爲樂)"라는 문장이 보인다. [周]

28) 高軒(고헌) : 본래 남의 수레를 높여 부르는 말인데 여기서는 자신의 수레를 가리키는 말로 쓰였으므로 합당하지 않다. 작자는 아마도 '高'자를 높고 크다는 의미에서 사용한 것으로 보인다. [周]

29) 哩蓮(이련) : 거지들이 노래하던 蓮花落을 말한다. 가사 가운데 哩哩蓮花落이라는 구절이 있어 붙여진 이름이다. [周] 蓮花落은 몇 사람이 간단하게 분장하고 대나무 판을 치면서 노래하는 통속적인 가곡이다. 보통 노래의 매 단락마다 '蓮花落'이나 '落蓮花'라고 메기는 소리를 붙였다. [譯]

30) 環堵之室(환도지실) : 사방이 한 길 정도의 면적인 집. [周] 흙담으로 둘러싸인 좁은

略備. 故又令人說公子曰: "爾本大家, 乃爲乞兒所侮, 爾非畏乞兒, 畏主人也. 爾主朝夕尋訪, 幸不相遇, 遇則幽禁牢獄中, 死無日矣. 爾之故妻, 今爲豪家主母, 門庭赫奕,[32] 不異曩時. 吾盍與爾言, 求爲門役, 但有啓閉之勞, 無樵舂之苦; 終享安佚之樂, 無飢寒之慮, 豈不愈於旦夕死溝壑乎?" 公子涕泗乞憐, 拜伏泥塗中曰: "如此, 則再生父母也." 於是引至妻之別室. 公子見一舍淸淨, 器服整潔, 喜不自勝, 如入仙境. 乃戒之曰: "爾主母家富, 故待僕役皆修整 然勢尊望重, 羞覩爾顔. 爾誓不可竊入中堂, 且不宜暫出門外, 倘爲爾主人所獲, 受禍不淺矣!" 於是公子謹守戒言, 雖飽食暖衣, 不無弋獵[33]之想; 而內憂外懼, 甚嚴出入之防. 竟不知妻之未嫁, 終其身不敢一面, 老死於斗室云.

집. 즉 가난한 집을 비유하는 말이다. [譯]

31) 衾裯(금주): 이불과 요, 침대 휘장. [周]

32) 赫奕(혁혁): 성대하다, 왕성하다. [周]

33) 弋獵(익렵): 사냥하다. [周]

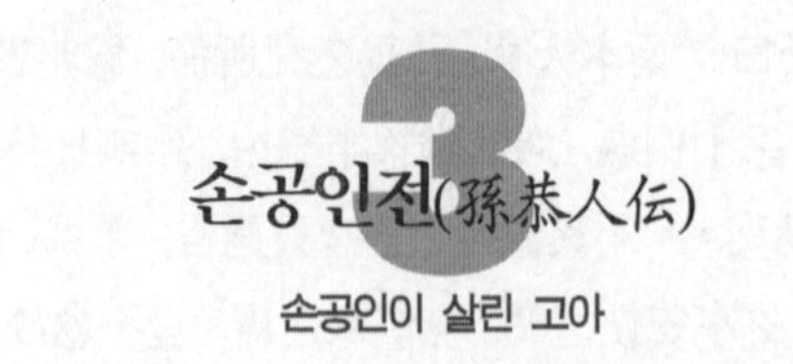

손공인전(孫恭人伝)

손공인이 살린 고아

손공인(孫恭人)은 화주(和州) 의리(義里) 민가의 여자이다. 나면서부터 유별나고 영특하였는데 어떤 중이 이마를 어루만지며 말했다.

"이 아이는 후에 크게 귀하게 될 것이나 애석하게 이마 뼈가 조금 치우쳐 있으니 액운을 만났다가 후에야 운이 필 것이요."

지정(至正) 초 홍건의 대란이 일어나 천하가 어지러웠고 공인의 부모도 연이어 세상을 뜨게 되니 의지할 곳이 없어졌다. 열세 살에 호주(濠州)로 흘러 들어가 고(郜)씨 집에 의탁하게 되었다. 고씨에게는 딸이 있었는데 자못 친절하게 대해주고 사랑해주었다. 오 년 후에 고씨의 딸은 동구군후(東丘郡侯)인 화운(花雲)에게 시집가게 되었고 공인은 함께 따라가게 되었다. 그때 화운은 명(明)의 태조(太祖)를 따라 남쪽으로 금릉(金陵)을 평정하고 동으로 강소(江蘇) 절강(浙江)일대를 토벌했으며 창업의 일에 힘을 쏟느라 집에 올 겨를이 없었다. 그래서 고씨 부인과 손공인은 몸과 그림자와 같이 서로 의지하여 친애함이 더욱 두터워졌다.

지정(至正) 20년에 화운은 행추밀원판(行樞密院判)으로 태평부(太平府)를 지키게 되어 가족을 이끌고 가게 되었다. 당시에 태평부가 새로이 부속된지라 양식은 충분하지 못했으나 동남의 요지이기 때문에 화운은 지부사(知府事) 허원(許瑗)과 더불어 밤낮으로 논의하느라 잠시라도 쉬지를 않았다. 그런데 폭우가 내려 물이 불자 한왕(漢王)이라고 사칭하는 진우량(陳友諒)이 수군을 이끌고 와서 도적질을 했다. 화운은 진지를 짜고 맞아 싸워 삼 일 동안 멈추지를 않았는데 물이 점점 불어나 성밖의 배 고물이 거의 보루와 나란하게 되어 병사들이 타고 넘어 오게 되었다. 성안은 먹을 것이 모자라 병사와 말들이 모두 지친지라 마침내 함락되었고 허원은 죽었다. 화운은 탄식하며 말했다.

"성과 함께 죽으리라."

도적들이 급히 화운을 결박하려 하자 화운이 대노하며 꾸짖었다.

"미친 도적들이 나를 범했으나 우리 주인께서 반드시 너희를 멸하여 회를 뜨시리라."

그리고는 마침내 박차고 일어나며 크게 소리치자 묶었던 줄이 모두 끊어졌다. 적의 칼을 빼앗아 대여섯 명을 베고는 다시금 크게 꾸짖었다.

"너희 주인은 나의 상대가 아니거늘 어찌 빨리 항복하지 않느냐?"

그러자 도적들이 노하여 화운을 잡아다 돛대에 묶고는 활을 마구 쏴 죽여 버렸다. 화운은 죽으면서도 욕하기를 그치지 않았다.

부인 고씨는 아들을 낳았는데 겨우 세 살이었다. 화운이 적과 맞서 싸울 때 형세가 매우 위급하자 아이를 끌어안고 울면서 손씨에게 말했다.

"성이 함락되면 서방님은 반드시 살지 못할 것이니 내 어찌 차마 홀로 죽지 않을 수 있으리. 하지만 화씨의 후대가 끊어지게 할 수 없다."

이윽고 화운이 잡혔다는 소식이 들리자 물에 뛰어들어 죽었다.

손씨가 달려들어 구하려 했지만 이미 늦었다. 집안에 부리던 머슴과 하녀들이 십여 명 있지만 모두 뿔뿔이 흩어지고 남은 사람은 없었다. 손씨만이 남아 고씨의 시신을 수습해 묻어주었다. 세 살 된 아이를 안고 도망치다가 도적들에게 잡히고 말았다. 손씨는 스스로 자신이 나이가 젊어 욕을 당할 수 있고 한 번 죽기는 어렵지 않으나 아이를 장차 어찌 할까 하는 생각이 들어 머리를 자르고 얼굴에 칼로 그어 스스로 모습을 훼손시켜 거지들 속에 섞여 숨어 들어가 화를 면할 수 있었다. 군대를 따라 구강(九江)에 이르렀는데 군중에서 아이가 우는 것을 싫어해 색출해 내려하자 손씨는 밤중에 도망쳐 강 옆 길가에 이르러 아이를 고깃배에 숨겼다.

어부에게는 자식이 없었다. 이날 밤 작은 뱀 한 마리가 모랫벌에서 곤경에 처해 있다가 비가 내리고 번개가 치자 교룡이 되는 꿈을 꾸었다. 어부가 꿈에서 깨어나서 아내와 그 이야기를 마치기도 전에 손씨가 아이를 안고 이르렀던 것이다. 그는 기뻐하며 마침내 거두어 아들과 같이 여겼다. 얼마 있지 않아 도적들이 패하고 어부는 아이를 빼앗을 마음을 먹었다.

손씨는 이를 알아차리고 일부러 옷과 장신구를 어부에게 맡아달라고 부탁하고 아이를 안고 나루터에 목욕시키러 갔다. 그는 짐을 남겨 두었기에 아무런 의심을 하지 않았다. 손씨는 마침내 아이를 그들의 손에서 빼내어 떠났다. 밤에는 동굴에서 잠을 잤다. 날이 밝아 강을 건너다 도적들의 패잔병이 배를 빼앗는 바람에 배 안의 사람들은 혹 죽기도 하고 물에 빠지기도 했는데 손씨의 차례가 다가오자 손씨는 아이를 안고 크게 소리치며 물 속으로 뛰어들었다.

"내 차라리 아이와 함께 죽겠다!"

파도 속에 우연케도 나무토막이 있어 그것을 붙잡으니 나는 듯이 나아갔는데 마치 귀신이 있어 부리는 것 같았다. 금새 갈대숲에 이르렀다. 연꽃 열매가 있어 따다가 아이에게 먹였다. 이레 동안 사람 소리 하나 들리지 않았으며 주위가 온통 물인지라 건널 길이 없었다. 손씨는 밤낮으로 울면서 하늘에 축원하였다.

"환난을 만나 죽은 신하에게 이 자식 하나 남았는데 어찌 황천은 그 후대를 끊으려 하시나이까?"

문득 밤중에 어떤 사람이 배를 끌고 오길래 급히 불러보니 노인이었는데 뇌노(雷老)라고 하였다. 손씨가 울면서 그 까닭을 말하니 노인은 불쌍히 여겨 태워주어 태조가 있는 곳에 이를 수 있게 되었다. 태조는 아이를 무릎에 놓고 보면서 눈물을 흘렸다.

"내 일찍이 네 아비에게 검은 얼굴을 용감하다 하였건만 그의 '적심충의(赤心忠義)'가 이와 같을 줄 몰랐구나. 성이 함락되는 날 일가족이 모두 순절했다는 소식을 전해 듣고 그 자식을 거두어 힘을 다해 보답할 수 없을 줄 알았는데 뜻밖에도 하늘께서 아들을 남겨 주셨구나. 이 아이는 장수의 씨앗이라 아비의 모습을 빼어 닮았으니 이는 하늘이 너를 낳아 네 아비의 공을 잇게 하심이라. 손씨는 절개가 있고 어지니 반드시 후하게 보답하리라. 하지만 그 노인 또한 마땅히 위무지(魏無知)의 상을 받아야 하리라."

그리고는 급히 뇌노를 불렀으나 사양하고 가는데 사신이 따라잡기도 전에 문득 사라졌다. 태조께선 크게 기이하게 여겼다. 이에 단을 차려 화운을 제사지내고 동구군후(東丘郡侯)라는 칭호를 내렸으며 칙명을 내려 태평부에 충신사(忠臣司)를 세워 허원과 함께 세시(歲時)에 제사지내라 하였다. 그리고 아이는 세 살의 나이로 아비의 직위를 물려받았고 고씨는 동구후부인(東丘侯夫人)으로 추증되었다. 태조는 손씨를 공인으로 봉하고 이품의 녹을 내렸으며 그 아이를 아들로 삼게 하였다. 고씨는 여든의 나이에 부귀를 누리다 죽었으니 어릴 때 스님이 관상을 보았던 것과 맞추어보면 마치 눈으로 그 처음과 끝을 본 것 같으니 실로 신기하도다.

孫恭人傳

孫恭人[1]者, 和州[2]義里民家女. 生而奇穎, 有僧摩頂相之曰 : "兒後大貴, 惜頂骨少偏, 當遭厄而後起." 至正初, 紅巾[3]大亂, 天下繹騷,[4] 孫父母相繼淪亡, 無所依怙. 年十三, 流轉濠州,[5] 託於郜氏. 郜氏有女, 頗親愛之. 居五年, 郜女歸於東丘郡侯花雲,[6] 以孫爲娣. 時雲從我太祖[7]南定金陵, 東征江、浙, 勤勞王事, 靡有[8]室家; 而郜與孫形影相依, 親愛愈篤.

至正二十年,[9] 雲以行樞密院判守太平府,[10] 挈家以行. 時太平新附, 粮餉未充, 而地當東南要路, 雲與知府事許瑗[11]晝夜籌畫, 未暇息肩; 而暴雨水漲, 僞漢王陳友諒率舟師來寇. 雲結陣迎戰, 三日不休, 水勢益增,

---

1) 恭人(공인) : 부인에게 내리던 封戶이다. 明代의 제도로 4품에 공인으로 봉해졌다. 그러나 『明史』에 의하면 孫氏는 사실 安人(6품)에 봉해졌으며 봉호 또한 朱元璋이 내린 것이 아니었다. 『明史 · 花雲傳』을 참조할 것. [周]

2) 和州(화주) : 지금의 안휘성 和縣. [周]

3) 紅巾(홍건) : 元末 농민봉기 때 白蓮教의 종교활동에 가담했던 농민군을 가리킨다. 머리에 붉은 두건을 두르고 있었기 때문에 紅巾軍 혹은 香軍이라고 불렀다. 明 太祖인 朱元璋도 홍건군 출신이다. [周]

4) 繹騷(역소) : 많은 사람들이 어지러이 뛰어 다니다, 서로 놀라고 두려워 소란을 피우다. [周]

5) 濠州(호주) : 지금의 안휘성 鳳陽縣. [周]

6) 花雲(화운) : 명나라 懷遠 사람으로 얼굴빛이 검고 기골이 장대했으며 용맹하기가 그지없었다. 朱元璋을 따라 臨濠에서 병사를 이끌고 적의 땅을 점령하여 수 차례 뛰어난 공을 세웠다. 그리하여 관직이 行樞密院判에 올랐으며 太平을 수비하였다. 陳友諒의 공격을 받고 체포되어 살해되었다. 東丘郡侯는 그가 죽은 후에 내려진 봉호이므로 생전에 이렇게 부르는 것은 잘못된 것이다. [周]

7) 太祖(태조) : 朱元璋을 가리킨다. [周]

8) 靡有(미유) : 돌볼 겨를이 없다. [周]

9) 至正二十年(지정이십년) : 1360년. [周]

10) 太平府(태평부) : 지금의 안휘성 太平縣. [周]

11) 許瑗(허원) : 자는 栗夫로 明나라 樂平 사람이다. 朱元璋이 널리 인재를 구하자 허원은 宋濂과 함께 불려가 博士를 제수받고 모의에 참여하였다. 뒤이어 太平府의 知府가 되어 태평을 다스렸다. 陳友諒이 태평을 공격하자 허원은 한 달을 버티며 대항하였으나 성이 함락되어 사로잡혔다. 그는 끝내 항복하지 않아 죽임을 당했다. [周]

城外舟尾, 幾與堞[12]齊, 士卒攀緣而上. 城中乏食, 士馬俱憊, 城遂陷. 許瑗死. 雲歎曰: "城亡與亡耳!" 賊縛雲急. 雲怒罵曰: "狂賊犯吾, 吾主必滅爾, 斬爾爲膾[13]也." 遂奮躍大呼, 繩縛盡絶, 奪賊刃, 斬五六人. 復大罵曰: "爾主, 非吾敵也, 曷不速降." 賊怒, 捽雲, 縛於舟檣, 叢射殺之. 雲罵不絶口. 妻郜氏, 生子方三歲. 當雲迎戰時, 勢甚危, 郜氏抱兒泣謂孫氏曰: "城且破, 夫必不生, 吾何忍獨不死? 然不可使花氏無後." 已而聞雲就縛, 乃赴水死. 孫奔救之, 已無及矣. 家有蒼頭、婢、僕十餘, 一時星散, 無有存者. 孫獨收郜屍, 瘞之. 抱三歲兒而逃, 爲漢軍所獲. 孫自度年少動人, 一死非難, 其奈兒何, 乃斷髮剺面,[14] 自毁其容, 雜處乞兒中, 以故得免. 隨軍至九江. 軍中惡小兒啼, 將索收之. 孫乃夜半出走, 至江路窮, 鞠兒於漁舟. 漁舟翁無子, 是夜, 夢一小蛇, 困於沙際, 雷雨大作, 蛇化爲蛟. 翁驚醒, 方與妻言未畢, 而孫氏抱兒至矣. 翁喜, 遂留視如己子. 未幾, 漢敗, 翁將謀奪其兒. 孫氏覺之, 故斂衣囊簪珥, 囑翁爲守, 抱兒浴於河津. 翁以其留囊橐, 不疑也. 而孫竟竊兒去. 夜宿陶穴中. 天曙渡江, 遇漢潰卒奪舟, 舟中之人, 或死或溺, 次將及孫, 孫抱兒大號, 躍入水曰: "吾寧與兒俱死矣!" 波中偶有斷木, 附之, 其行如飛, 若有神運者. 頃之, 入蘆渚[15]中. 渚有蓮實, 孫氏取以啗兒. 凡七日, 無一人語聲, 四圍水繞, 無由得渡. 孫氏日夜號泣, 祝天曰: "死難之臣, 惟此一息, 皇天忍絶之乎?" 忽夜半有人掉舟來, 急呼之, 逢老父, 號雷老, 孫氏泣語之故, 老父憐而載之, 得達太祖行在.[16] 太祖置兒於膝, 視之, 泣曰: "吾嘗謂爾父黑面驍勇, 不意其赤心忠義如此! 城陷之日, 盡傳一門死節, 吾深痛之, 以爲安得彼有孑遺, 盡力圖報, 而孰知天卒存其孤也. 兒子將種, 酷肖其形, 此天生爾, 以纘[17]爾父功也. 孫氏貞賢, 必重報之. 然老父亦宜受魏無

---

12) 堞(첩): 城堞. 성 위에 낮게 쌓은 담으로 일명 女墻이라고 한다. [周]
13) 膾(회): 고기를 얇게 뜬 것을 가리킨다. [周]
14) 剺面(이면): 칼로 얼굴을 긋다, 칼로 얼굴을 베다. [周]
15) 渚(저): 작은 모래톱. [周]
16) 行在(행재): 帝王이 순행을 할 때 잠시 머무르던 곳을 가리킨다. 행재소, 행궁. [周]

知[18]之賞." 急召雷老. 雷老卻走, 使者追之不及, 已忽不見. 太祖大驚異. 乃設壇祭雲, 贈爲東丘郡侯, 敕太平立忠臣祠, 與許瑗歲時享祀. 以三歲兒襲父爵. 贈郜氏東丘侯夫人. 封孫氏爲恭人, 食二品俸, 卽子其兒, 享年八十餘, 富貴沒世. 驗之幼時僧相, 若目覩其終始者, 亦神矣哉.

17) 纘(찬) : 계승하다. [周]

18) 魏無知(위무지) : 漢나라 사람으로 일찍이 陳平을 漢王에게 추천한 적이 있다. 絳(周勃), 灌(灌嬰)이 진평이 형수를 빼앗고 장수들로부터 금을 받았다고 모함하자 한왕이 무지에게 해명하라고 하였더니 무지가 이렇게 말하였다. "신이 말한 바는 능력이고 폐하께서 물으신 것은 품행입니다. 지금 尾生이나 孝己의 행위는 성패의 판가름에 무익한데도 폐하께서는 어찌 그들을 쓰려 하십니까?" 한왕이 그를 매우 아껴서 후에 진평을 戶牖侯에 봉하려 하자 그가 사양하며 말하였다. "위무지도 아닌데 신이 어찌 나아갈 수 있겠습니까(非魏無知, 臣安得進)?" 이에 또한 무지에게도 상을 내렸다. [周]

4 정렬묘기(貞烈墓記)

정절 여인의 유서 한 장

천태현(天台縣)의 곽노(郭老)는 나이 쉰에 자식이 없어 신에게 기도 드렸더니 흰 꿩이 마당에 모이는 꿈을 꾸었다. 그리고는 마침내 딸을 낳았는데 그로 인해 이름을 치진(稚眞)이라 불렀다. 총명하고 미모도 있었으며 대략 글과 셈에 통달하였다. 열일곱에 같은 마을 기졸(旗卒)에게 시집을 갔는데 자태가 매우 아름다워 보는 사람마다 칭찬하였다.

스물셋 되던 때에 지아비가 병이 들어 마을 서낭당에 가 기도를 드렸다. 그곳 위소(衛所)의 천부장(千夫長)인 이기(李奇)가 그녀를 보고 흠모하게 되었다. 그때는 지정(至正) 4년 8월이었다. 현에서 팔십 리 떨어진 곳에 양촌(楊村)이라는 곳이 있었다. 이 전에 정장(亭障)을 설치하여 병사를 파견해 지키고 있었는데 이기는 기졸을 그곳으로 보냈다. 곽씨가 홀로 살게 되자 이기는 날마다 찾아가 갖은 수로 구슬려 보았으나 곽씨가 강건하여 범할 수 없었다. 반년이 지나 지아비가 돌아오자 곽씨는 모든 사실을 알렸다. 그러나 남편은 이기 밑에 속해 있는지라 감히 어떻게 하지를 못했다. 하루는 이기가 다시 오자 남편은 일부러 침상 아래 숨었는데 그가 말을 걸어 희롱하는 것을 듣고는 크게 화가 나 칼을 들고 뛰쳐나왔고 이에 이기는 도망쳤다. 이기가 현에 고소를 하자 남편은 잡혀 조사를 받았는데 사건이 칼을 들고 상관을 죽이려 한 것이라 죽을 죄에 해당하여 큰 칼을 차고 감옥에 갇히게 되었다. 따라서 읍의 좋지 못한 젊은 것들과 서리, 잡배들 중에 곽씨를 엿보지 않는 이가 없게 되었다. 그리고 이기는 밤낮으로 수를 써서 그 지아비를 빨리 죽여 곽씨가 의지할 곳이 없도록 하려고 했다. 그래서 좌우의 사람들에게 부탁해 먹을 것을 들이지 못하게 했다. 주위의 사람들도 모두 그의 수하에 있는 사람인지라 이기를 두려워하지 않는 사람이 없었다.

곽씨는 그때 여섯 살 난 아들과 네 살 난 딸이 있었고 친정 아비는 이미 죽고 없었다. 홀홀 단신으로 몸소 지아비에게 먹을 것을 들여주며 길에서 울면서 이고 갔다. 돌아와서는 문을 굳게 닫고 실을 잣고 베를 짰는데 어느 누구도 감히 그 집에 이르지 못했다. 한참 뒤에 부에서 황암주(黃巖州)에서 사람을 파견하여 엽씨(葉氏)라는 옥졸이 오게 되었는데 이 사람 역시 곽씨에게 마음을 두어 정으로 감동시키고자 하니 남편은 고마움이 뼈에 사무칠 지경이었다. 하루는 그 남편이 누워있는 대나무 침상의 빛깔이 모두 푸르게 되고 마디마디에 잎이 돋아나 마치 심어 놓은 것 같았다. 남편은 갇혀 있는 사람들과 함께 놀랍게 여기며 기뻐했고 옥졸들도 와서 축하해주며 사면이 있을 것이라 했다. 엽씨만 홀로 마음속으로 이를 싫어했다. 그런데 갑자기 옥중에서 오부관(五府官)이 나왔다는 소리가 들렸다. 오부관은 죄수를 참수하는 사람이었다. 엽은 마음속으로 기뻐하며 들어가서 알렸다.

"길조가 재앙일 때도 있구만."

그러자 남편은 자식들이 불쌍하다고 어쩔 줄 몰라 하면서 이기가 어질지 못하다고 이를 갈며 욕하였고 옥졸과 붙잡고 눈물을 훔쳤다. 울음을 그치고는 옥졸이 이렇게 말했다.

"나는 그대와 서로 수족처럼 아끼고 있는데 만약 그대가 몸을 보전하지 못한다면 그대의 처는 반드시 원수의 손에 들어가고 자식들은 종이 될 거요. 내가 아직 장가들지 않았으니 차라리 나에게 시집오는 것이 어떻겠소? 만약 그러하다면 그대의 자식을 내 자식처럼 여기리다. 그러면 또한 원수의 마음을 기껍게 하지 않는 것이오."

남편은 이 말에 깊이 찬동했다. 엽은 이에 곽씨가 남편을 몰래 보도록 해주었다.

"나는 죽을 날이 머지않았는데 여기 엽 옥졸은 성품이 부드럽고 선하며 아직 장가들지 않았으니 당신은 그에게 시집가 서원수의 마음을 기쁘게 하지 마시오."

곽씨는 눈물을 흘리며 말했다.

"당신이 죽게 된 것은 저 때문이니 제가 어찌 다시 시집가서 살아보겠다 하겠습니까?"

돌아서서는 두 자식들을 붙잡고 눈물을 흘리며 일렀다.

"너희 아버지는 어미 때문에 죽게 되었구나. 네 아버지가 돌아가시면 어미는 결코 살아 있지 않을 것이다. 그러면 너희들은 의지할 데 없어 틀림없이 배고픔과 추위에 죽을 것이니 차라리 어미가 아버지 먼저 죽는다면 일이 혹 풀릴 수 있을지 모르겠구나. 너희들을 다른 사람에게 팔면 하루하루 보낼 수 있을 것이다. 운세가 이러하니 다시 무엇을 어떻게 하겠느냐. 남의 집에 있는 것이 부모 슬하에 있는 것만 못하니 전처럼 귀여움 받지 못할 것이다. 하늘이 만약 아신다면 너희들을 일으켜 세워 해마다 때마다 술이나마 부모에게 올릴 수 있게 해줄 것이니 그렇다면 뒤가 끊이지는 않을 것이다."

그리고는 두 아이를 데리고 나가 현청 앞에 이르러 사람들에게 그 까닭을 말하니 지나가던 사람들이 눈물을 흘렸다. 어느 불쌍하게 여긴 사람이 아이들을 거두고는 삼천 관을 주니 곽씨는 그 삼분의 일로 술과 안주를 차려 옥으로 가지고 가서는 남편과 서로 붙잡고 우느라 말을 하지 못했다. 한참 있다가 그 남은 반을 주면서 말했다.

"서방님께서 그 옥졸 나리께 폐를 끼치셨으니 이것으로 보답하십시오. 그리고 남은 돈 약간은 받아두어 필요한 것에 쓰십시오. 저는 어느 부잣집으로 일하러 가서 호구책을 마련할 것이니 당분간 밥을 들이지 못하게 될 겁니다."

곽씨는 울면서 작별하고 나와서 선인(仙人) 나룻터 하천의 물에 들어가 꼿꼿이 앉은 채 숨을 거뒀다. 나루터에 사람들이 인산인해를 이루어 일시에 시끌벅적해졌다. 더욱이 이곳은 물이 지극히 거센데도 물에 휩쓸려 흘러가거나 뒤집히지 않으니 사람들이 기이하게 여기고 현관에게 가서 알렸다. 현관이 가서 확인해 보니 사실인지라 사람을 시켜 실어오라고 했으나 물살이 거세어 접근할 수 없었다. 더욱이 다리는 나무로 만들어져 있었는데 나무 모두 가운데가 부러지고 말았으나 죽은 사람은 꼿꼿이 앉은 채로 전과 다름이 없었다. 사람들은 더욱 신기하게 여겼고 이 사실은 성내를 떠들썩하게 했다. 현관이 이에 향을 사르고 재배를 하고 부인들을 시켜 함께 들라고 하니 물은 아무런 해도 끼치지 않았다. 품속에서 종이 한 장을 얻었는데 이기의 핍박과 지아비의 원통함이 자세히 적혀 있었다. 비록 온전한 문장을 이루지 못했으나 뜻은 통했다. 관에서 염구를 갖추어 죽은 곳의 옆 산에 묻었다. 그리고 총관부(總管府)에 사건을 보고하여 이기를 벌에 처하고 남편을 풀어주었다. 관에서 그 자식들을 사서 돌려주니 그 사람도 의로운 일이라 여기고 본래의 돈을 받지 않고 오히려 다시 그에게 돈을 주었다. 남편 또한 종신토록 장가들지 않았다. 곽씨가 죽은 날은 지정 4년 9월 9일이었다. 다음해인 병술(丙戌)년에 선무사(宣撫使)가 여러 군을 순행하다가 그 사실을 전해 듣고 조정에 알려 그 묘에 정려문을 세워 '정렬곽씨지묘(貞烈郭氏之墓)'라고 쓰고 그 지아비 집에 알렸다 한다.

원문 貞烈墓記[1]

天台縣郭老, 五十無子, 禱於神, 夢白雉集於庭, 遂生女, 因名雉眞. 聰慧有色, 略通書數. 年十七, 嫁同里旗卒, 姿色甚麗, 見之者莫不嘖嘖稱賞. 年二十三, 因夫臥病, 至里社[2]祠中祈禱. 本衛[3]千夫長[4]李奇見之, 心慕焉. 時至正四年[5]八月也. 去縣八十里, 地名楊村, 向設亭障,[6] 分兵戍守, 李遂遣卒行. 郭氏獨居, 李乃日至卒家, 百計調之, 郭氏毅然[7]莫犯. 經半載, 夫歸, 具以情白. 爲屬所轄, 罔敢誰何.

一日, 李復來, 卒故匿牀下, 聽其語涉戲, 大怒, 持刃出, 而李脫走. 李訴於縣, 捕系窮竟, 案議持刃殺本部官, 罪該死. 桎[8]於囹圄中. 從而邑之惡少年與吏胥,[9] 皂隸輩, 無有不起覬覦[10]之心者. 而李尤其日夜夤緣,[11] 欲速殺其夫, 使郭氏無所歸. 故囑其左右鄰, 不與饋食. 左右鄰皆伍中人, 無不畏李本官者. 郭氏時生男六歲, 女四歲. 郭老死矣. 煢煢一身, 乃躬饋於卒, 哀號載道. 歸則閉戶績紡, 人不敢一至其家. 久之, 府檄調黃岩

---

1) 貞烈墓記(정렬묘기) : 이 이야기는 陶宗儀의 『輟耕錄』12권에 보인다. 본문 중 『輟耕錄』을 베낀 곳이 적지 않지만 기록된 내용은 『輟耕錄』 보다 비교적 상세하다. [周]
2) 里社(이사) : 향리에서 토지신에게 제사를 지내던 곳. [周]
3) 本衛(본위) : 본 고을의 軍營. 즉 본 고을의 주둔군이 지키고 있던 주둔지를 가리킨다. [周]
4) 千夫長(천부장) : 천명의 군사를 통솔하던 군대 지휘관. [周]
5) 至正四年(지정사년) : 1344년. [周]
6) 亭障(정장) : 요충지에 성벽을 쌓고 높은 누대를 설치하여 지키던 곳으로 지금의 망루와 비슷하다. [周]
7) 毅然(의연) : 의지가 굳세고 강하여 동요하지 않다. [周]
8) 桎(질) : 여기서는 자물쇠라는 뜻으로 쓰였다. [周]
9) 吏胥(이서) : 옛날 관청에서 공문서를 담당하던 사람으로 書記를 가리키는 것이다. 아래 문장에 나오는 皂隸는 옛날 관청에서 곤장을 들고 시립 해 있던 사람을 가리킨다. [周]
10) 覬覦(기유) : 분수에 넘치는 것을 바라다. 속칭 看想, 轉念頭이다. [周]
11) 夤緣(인연) : 본래 남에게 빌붙어 입신출세하는 것을 가리키는데 여기서는 방도를 강구하다라는 뜻으로 쓰였다. [周]

州[12]一獄卒葉姓者至, 復有意於郭氏, 欲以情感之, 乃顧視其卒, 周其飮食, 寬其桎梏, 情若手足, 卒感激入骨.

一日, 卒所臥竹床, 膚色皆青, 節節生葉, 若素種植者. 卒與同禁者皆驚喜, 吏亦來賀, 以爲肆赦可待. 葉獨心惡之也. 忽獄中傳有五府官出. 五府之官, 所以斬決罪囚者. 葉心喜, 遂入以報曰 : "禎祥之兆, 未必非禍祟也." 且煦煦[13]顧憐其子女, 切齒罵李, 以爲不仁, 與卒抱持而泣. 已乃謂曰 : "我與爾愛如手足, 爾萬一不保, 爾妻必入仇人之手, 子女爲人奴僕; 顧我尙未娶, 寧肯俾我爲室乎? 若然, 我之視汝子女, 猶我子女也. 而且無快仇人之心." 卒深諾其言. 葉乃令郭氏私見卒. 卒謂曰 : "我死有日, 此葉押獄[14]性柔善, 未有妻, 汝可嫁之, 無甘心事仇讎也." 郭氏泣曰 : "爾之死, 以我故, 我又能二適以求生乎?" 旣歸, 持二幼, 涕泣而言曰 : "汝父以娘故, 行且死!汝父死, 娘必不生, 兒輩無所依怙, 終必死於飢寒, 不若娘死於汝父之前, 事或可解. 賣汝與人, 或可度日. 蓋勢不容已, 將復奈何! 汝在他人家, 非若父母膝下, 毋仍舊嬌癡爲也! 天苟有知, 使汝成立, 歲時能以卮酒奠父母, 則是爲有後矣." 遂攜二兒出, 至縣前, 遇人具道其故. 行路之人, 爲之掩泣. 有憐之者, 納其子女, 贈錢三十緡, 郭氏以三之一具酒饌, 攜至獄, 與卒相持, 哽咽不能語. 旣而以二之一與之曰 : "君擾押獄厚矣, 可用此答之. 又餘錢若干, 可收取自給. 我去一富家執作, 爲口食計, 恐旬日不能饋食故也."

泣別而出, 走至仙人渡溪水中, 危坐而死. 渡頭人煙湊集, 一時喧鬨. 又此處水極險惡, 竟不爲沖激倒仆, 人以爲奇, 走報縣官. 官往檢視得實, 令人舁之起, 水勢沖涌不得近, 以木爲橋, 木皆中折, 而死者危坐如故. 衆益以爲神, 傾動城邑. 縣官乃焚香再拜, 令婦人共擧之, 則水不爲患. 於懷中得一紙, 具述李本官之逼與夫之冤, 雖不成章, 達意而已. 官爲殮

12) 黃岩州(황암주) : 지금의 浙江省 黃岩縣이다. [周]
13) 煦煦(후후) : 은혜를 베푸는 모양. [周]
14) 押獄(압옥) : 감옥을 관리하는 사람으로 여기서는 옥졸에 대한 존칭으로 쓰였다. [周]

具, 卽葬於死所之側山下. 又爲申達總管府,[15] 將李抵罪而釋卒. 官贖還其子女, 人亦義之, 不受原値, 更與之錢. 卒亦終身不娶. 郭氏死之日, 至正五年九月九日也. 次年丙戌, 宣撫使[16]巡行列郡, 廉得[17]其事, 聞之於朝, 乃旌其墓曰 : "貞烈郭氏之基". 而復[18]其夫家云.

15) 總管府(총관부) : 元代의 諸路總管府는 인구가 십만 호 가량 되는 지역이나 요충지에 모두 설치하였는데 散府와는 별개였다. 총관부마다 達魯花赤(몽고어로 長官이란 말) 및 총관을 각각 한 명씩 두어 다스리게 했다. [周]

16) 宣撫使(선무사) : 관직 이름. 唐代에 처음 그것을 두었으며 宋나라의 狄青, 李綱, 岳飛 등은 모두 선무사를 지낸 적이 있다. 지위는 都督의 다음이다. 元代에는 각지에 모두 선무사를 설치하였는데 선무사의 직무는 이때 이미 明代의 巡按에 가까웠다. [周]

17) 廉得(염득) : 조사하여 알게 되다, 살펴서 알게 되다. [周]

18) 復(복) : 옛날 부역을 면제해주던 것을 가리킨다. [周]

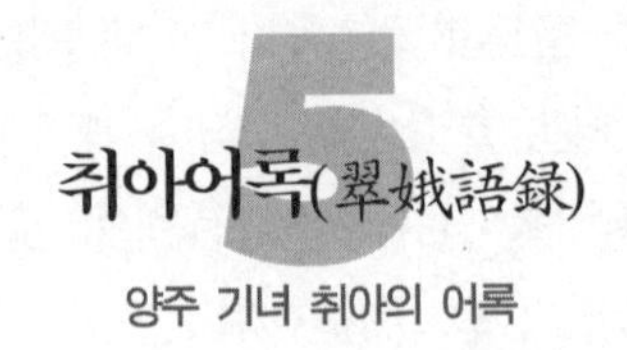

취아어록(翠娥語錄)

양주 기녀 취아의 어록

취아는 이씨로 회양(淮揚)[揚州]의 유명한 기생이었다. 어려서는 성품이 곧았으며 자라서는 시서(詩書)에 통달했다. 의론하기를 좋아했는데 정도에서 벗어난 적이 없었다. 몸을 기적에 맡긴 이후로 원망하거나 한탄하는 마음을 조금도 먹지 않았는데 한 번 볼라치면 억지로 강권한 후에야 가능했다. 지원(至元) 2년 운간(雲間) 사람인 육택지(陸宅之)가 양주(揚州)의 총관(總管)이 되었다. 하루는 관에서 명으로 불러서 부득이 가는 수밖에 없었다. 노래를 부르라고 하니 이렇게 말하였다.

"어릴 적에 배우지를 못했습니다."

육공은 언짢아졌다.

"그렇다면 너는 무슨 일을 배웠느냐?"

"『사기』, 『한서』 등의 책을 읽는 것을 배웠습니다."

공은 의아하게 여기며 힐난하였다.

"네가 글을 안다면 반드시 능히 시를 지을 수 있겠구나."

그리고는 뜰 앞 매화나무를 가리켜 시제(詩題)로 삼았다. 취아는 읊어 내려갔다.

粲粲梅花樹, 곱디고운 매화나무
盈盈似玉人, 아름다운 선녀같구나
甘心對冰雪, 기꺼운 마음으로 빙설을 대하고
不愛艶陽春. 화려한 봄을 사랑하지 않는구나

공은 기이하다 여기고 자리를 내주어 앉게 했다.

"네가 이미 『사기』, 『한서』를 읽었다니 역대의 전고 중에 누구에 대해 가장 익숙하게 아는고?"

"양진(兩晉) 시대 인물들에 대해 읽기를 좋아합니다."

공이 놀리며 말했다.

"그렇다면 너는 유독 강좌(江左)의 풍류(風流)를 모르는고?"

"옛부터 사람들이 위진 시대는 겉치레만 화려하고 인물들은 방탕하다고 하지만 제가 보건대 특별히 현명하고 강인하다는 생각이 듭니다. 시험삼아 보건대 진령사(陳令史)는 아비의 상중에 환약을 달이게 했다가 크게 폄적을 당해 수 년 동안 침락(沈落)했었죠. 완광록(阮光祿)도 상중에 고기를 먹고 술을 마셨다가 하증(何曾)에게 크게 배척당했습니다. 이로부터 당시 선비의 기풍을 생각해보면 상중에 있으면서도 술을 마시거나 색을 가까이 해서 세상 사람들을 놀라게 하였다고 할 수 있습니다. 그렇지 않다면 하증과 같이 호사한 사람이 어찌 작은 절도를 따질 수 있겠습니까? 오늘날의 학사나 대부들에 이르러서는 색을 가까이 할 뿐 아니라 아이를 출산하기도 하며 술을 마실 뿐 아니라 음악에 탐닉하기도 합니다. 하지만 세상에는 방탕함에 대한 의론이 없고 행위에는 죄짓는다는 거리낌이 없으니 위진시대에 견준다면 그 현명함의 차이가 어찌 천 리뿐이겠사오리까?"

공은 그 말을 듣고 더욱 존중하는 마음이 일어 기생 중에 이와 같은 식견이 있을 줄 몰랐다고 여겼다.

"너는 책을 읽어 도리에 밝으니 어찌 좋은 선비를 택해 시집가지 않는고? 시종 절개를 하나같이 하면 그는 반드시 너를 중히 여길 것이다. 몸은 시궁창에 있으면서 뜻은 강호에 둔다고 한들 연작(燕雀)의 무리에 끼어서 홍곡(鴻鵠)을 희구한다고 한들 그 누가 그것을 믿어 주겠느냐?"

취아는 이에 이마를 찌푸리며 대답했다.

"무릇 규중은 남녀가 정을 통하는 데가 아닙니다. 위로 조상을 받들고 아래로 자손을 인도하며 몸을 바로 세우고 가문을 이루고 법칙을 벼리 삼는 것이 모두 이곳에서 나오는 것입니다. 하지만 세상 사람들이 비루하여 처첩을 함께 노는 사람으로 여기고 규방을 쾌락의 장소라 생각하며 벗들에게는 도의를 이야기하나 처자식에게는 방종한 행동을 하지요. 밝은 데서는 행동거지를 바르게 하고 어두운 곳에서는 염치를 모릅니다. 자손은 불초하고 비복들은 간계를 부리니 이는 평소 자신이 몸소 이끌었던 바라고 하겠습니다. 선왕들은 방중의 즐거움으로 성정(性情)을 기르고 기욕(嗜欲)을 절제했으나 지금은 그렇지 못한 지 오랩니다. 딸자식을 양가집에 시집보내도 음탕하고 더러움을 면치 못하는데 창기(娼妓)를 취하여 며느리로 삼는다면 누가 존엄하다 해주겠습니까? 시집가서 사람들을 음탕한 길로 이끄느니 차라리 스스로를 지켜 혼자 살다 죽음만 못하겠습니다."

"그러면 너는 장차 이곳에서 생을 마치려느냐?"

"이는 지금 갑자기 논할 것이 아니니 다른 날 나리께 처분을 부탁할까 합니다."

공은 크게 공경하고 중히 여겨 사람을 보내어 호송하여 보냈다.

얼마지 않아 취아가 도사의 머리 모양에 도사의 의복을 걸치고 진정서를 가지고 공에게로 와서 간청하였다.

"저는 쓸쓸한 운명을 타고나 기생이 되었으나 한가로이 가무를 일삼지 않고 꽃과 달이 쉽게 물드는 것을 부끄럽게 여기며 구름과 물이 항상 맑은 것을 흠모했습니다. 호문(豪門)의 소년 자제들이 질풍에 낙엽 지듯 떨어지고 천문(賤門)의 약질(弱質)들이 많은 이슬에 젖을까봐 걱정하는 것을 살펴보았으니 만약 살아서 산악(山岳)에 의지하지 못한다면 차라리 죽어서 도랑의 송장이 되는 게 낫겠습니다. 다른 마음을 가져 처음 맹세를 어기지 않을 것이니 바라건대 한 말씀 내리시어 저러한 뜬 논의를 떨쳐 주십시오."

공은 깊이 그 뜻을 가상히 여기어 붓을 잡아 격문을 써서 건네주었다. 취아는 마침내 동진관(洞眞觀)에서 종신토록· 살았다. 그리고 공은 평시에 여러 번 찬탄하며 사람들에게 그 시말을 들려주었다. 그 문장은 비록 장난에 가깝지만 인구에 상당히 회자되었으니 그 대강을 약술하여 한 번 웃음에 보탬이 되고자 한다.

> 회양(淮陽) 제일의 교방(敎坊)에서 화려하게 치장을 하고 일찍이 수많은 사람들의 갈채를 받았으나 도덕경(道德經) 오천 어의 오묘한 이치 깨닫고 마침내 한마음으로 귀의(歸依)할 것을 생각했도다. 단약(丹藥)이 이루어져 음양탄(陰陽炭)으로 욕망의 바다를 태워 버리고 굳건히 수양하여 자웅검(雌雄劍)으로 근심의 성(城)을 부수어 버렸네. 칠성관(七星冠)으로 봉두잠(鳳頭簪)을 빼어버리고 쌍정결(雙情結) 맺었던 생사로 노루가죽 주머니를 대신하네. 공은 공이 아니요 색은 색이 아니니 색이 곧 공이라 할 수 있고 도를 도라 하고 명을 명이라 하니 억지로 이름 붙여 도라고 하느니라. 지난 날 붉은 치마, 푸른 소매, 생사 두건이 홀연 짚신, 삼베옷, 검은 띠가 되었다네. 화류가에서 풍정(風情)을 냉정히 떨쳐 버리고 양단로(養丹爐)에서 화성(火性)을 소멸시키도다. 반세상 자매들과 함께 헛된 꽃 두루 겪더니 하루 아침에 모든 것 끊어버리고 지금은 좋은 결과 맺었어라. 은자(隱者) 찾아 소요하며 짝하고 풍진 세상 떠도는 남아들을 버렸어라. 한 점의 지극하고 정성스러운 마음 있으니 모든 일 할 수 있고 몇 군데 풍류에 진 빚 없으니 한 문장 쓰고픈 생각이 일어나네. 묻노니 저 탁주(濁酒)와 광가(狂歌)가 내 맑은 차와 담화(談話)와 같을 수 있으리오? 한 번 몸을 움직여 온갖 싸움의 굴레에서 벗어나고 두 번 손을 터니 삼청문(三淸門) 아래의 한인

(閑人)이 되었도다. 적긴지(赤緊地)에는 시비가 없고 과거와 미래를 드나듦이 자유자재로다. 옥루(玉樓)의 꽃 아래 천 잔의 술에 백저가(白紵歌)를 불러 가는 구름 멈추게 하더니 지장의 매화 옆에 이로부터 황정경(黃庭經)을 외우며 긴 날을 보내도다. 도화꽃 부채엔 밝은 달의 그림자 숨어 있고 버들 새겨진 표주박으로 백운향(白雲鄉)에서 크게 취하네. 생노병사의 굴레 벗어 던지고 이합비환(離合悲歡)의 환영을 깨우쳐 알았도다. 야향(夜香)을 피우는 것은 아름다운 짝 찾고자 함이 아니라 학털 옷 입고 달과 별 아래 모군(茅君)에게 예배드림이요, 춘대(春臺)에 오른 것은 먼 곳 있는 사람을 그리는 것이 아니라 난새 수레 몰아 구름 위에서 소사(蕭史)를 찾기 위함이로다. 옛날 웃음 한 번 흘리면 흰 얼굴의 낭군들 서로 맞대고 싸웠으나 지금은 삼생(三生)을 깨달았으니 청안객(青眼客)이 마땅히 용서하리로다. 이미 운우의 꿈꾸지 않고 가을달 봄바람을 등한히 하네. 방석 위의 공부 끝나 본래의 면목 깨우쳐 알면 봉래산에 이르러 방외의 신선 될 수 있으리라. 혹여나 좋지 못한 무리들 못된 계책 꾸민다면 어찌 그를 굴복시킬 선남자(善男子) 없으리오. 그대는 보지 못했는가. 양주(揚州)의 행군총관(行軍總管)이 동진관(洞眞觀)의 수호자임을.

翠娥語錄

翠娥, 姓李氏, 淮揚[1]名娼也. 幼有貞性, 長通詩書, 論議蜂起,[2] 不傷於正. 自以身隸樂籍,[3] 怨恨殊不聊生, 有欲一見之, 强而後可.

至元二年,[4] 雲間[5]陸公宅之[6]爲揚州總管.[7] 一日, 以官召之, 不得已

1) 淮揚(회양): 揚州를 가리킨다. 『元史 · 地理志』에 다음과 같은 내용이 보인다. "揚州路는 宋代의 淮東路로 至正 14년에 揚州路總管府로 바뀌었다. 지정 15년에 淮東道宣慰司를 설치하였는데 양주로의 소속이었다(揚州路, 宋爲淮東路, 至正十四年, 改爲揚州路總管府. 十五年, 置淮東道宣慰司, 本路屬焉)." [周]
2) 蜂起(봉기): 벌떼처럼 매우 많은 것을 비유하는 말이다. [周]
3) 樂籍(악적): 옛날 官妓가 樂部에 예속되어 있었기 때문에 붙여진 명칭이다. [周] 樂籍(=樂戶)은 죄로 인하여 관청에 편입된 노래하는 관기를 말한다. [譯]
4) 至元二年(지원이년): 1336년. [周]
5) 雲間(운간): 江蘇省 松江縣의 옛 명칭. [周]

至. 命之歌, 對曰 : "幼時未習." 公怫然曰 : "然則汝習學何事?" 曰 : "學讀『史』·『漢』等書." 公不以爲然, 難之曰 : "汝能識字, 必能賦詩." 因指庭前梅樹爲題. 翠娥口占曰 :

> 粲粲[8]梅花樹, 盈盈[9]似玉人. 甘心對冰雪, 不愛艶陽春.

公奇之, 乃賜之坐, 問曰 : "爾旣讀『史』、『漢』, 累朝典故, 誰氏最熟?" 對曰 : "最喜看兩晉人物." 公戲之曰 : "然則汝獨不知江左風流[10]乎?" 對曰 : "自來人議魏、晉浮靡,[11] 人物放曠,[12] 自妾觀之, 殊覺賢懿.[13] 試看陳令史[14]居父憂, 使婢丸藥於喪次, 遂大見貶議, 沉落累年. 阮光祿[15]食肉飮酒於衰絰中, 何曾[16]大言排斥. 此可想見當時士風, 凡居喪而飮酒近

---

6) 陸宅之(육택지) : 元나라 陸居仁을 말한다. 자는 宅之이고 스스로 巢松翁이라 했으며 松雲野褐, 瑁湖居士라고도 불렀다. 泰定 연간에 擧人이 되었으나 은거하며 출사하지 않고 제자들을 가르쳤다. 그는 일찍이 揚州路總管을 지낸 일이 없다. [周]

7) 總管(총관) : 郡을 지키던 관리. [周]

8) 粲粲(찬찬) : 선명한 모양, 산뜻하고 밝은 모양. [周]

9) 盈盈(영영) : (여성의 몸매와 동작이) 유연한 모양, 나긋나긋한 모양. [周]

10) 江左風流(강좌풍류) : 강좌는 長江의 동쪽인 江蘇省 등지를 가리킨다. 東晋의 嵇康, 阮籍, 鮑照, 謝靈運, 王獻之 등은 모두가 성격이 활달하고 구애받기를 싫어하였기 때문에 강좌풍류라고 칭했다. 『晋書』에 다음과 같은 내용이 보인다. "왕헌지는 나이가 많음에도 구속에 얽매이지 않았으며 풍류로는 當代의 으뜸이었다(王獻之高邁不羈, 風流爲一時之冠)." [周]

11) 浮靡(부미) : 실속없는 겉치레를 뜻한다. [周]

12) 放曠(방광) : 방종하여 얽매이지 않는 것을 가리킨다. [周]

13) 賢懿(현의) : 아름답고 어질다. [周]

14) 陳令史(진령사) : 『三國志』를 쓴 陳壽를 가리킨다. 字는 承祚, 巴西 安漢 사람으로 蜀에서 觀閣令史를 지냈다. 부친상을 당하였는데 계집종을 시켜 환약을 달이게 하여 고향사람들이 비난하였다. 촉이 안정되었을 때에도 이 때문에 오래도록 낮은 벼슬에만 머물렀다. [周]

15) 阮光祿(완광록) : 阮籍을 가리킨다. 字는 嗣宗이고 留陳 尉氏(울지) 사람이다. 何曾이 일찍이 司馬昭에게 그가 상중에 공석에서 술을 마시고 고기를 먹었으므로 마땅히 변경으로 내쫓아 화하(중국)를 더럽히게 하지 않도록 해야 한다고 한 적이 있다. 그러나 실제로 완적은 步兵校尉였으며 光祿大夫를 지낸 적은 없다. 광록대부를 지냈던 사람은 阮裕이다. [周]

16) 何曾(하증) : 字는 潁孝이며 陽夏사람이다. 魏나라에서 벼슬을 하였으며 여러 차례

內[17]者, 爲希世駭俗之事矣. 不然, 以曾之豪侈, 豈暇計小節哉? 至於今學士大夫, 非但近內, 有育嬰孩者; 非徒飮酒, 有耽聲樂者. 擧世無放曠之議, 行已無罪戾之嫌, 方之魏、晉, 其賢豈啻千里哉!" 公聞其語, 益超敬焉, 以爲樂妓中不意有識如此. 因謂之曰 : "爾讀書明理, 阿不擇士人嫁之? 終始[18]一節, 彼必汝重. 乃欲身溝瀆而志江湖,[19] 伍燕雀而希鴻鵠.[20] 其誰信之?" 翠娥乃顰蹙[21]而對曰 : "夫閨壼之中, 非狎昵之所. 上承祖父, 下導子孫, 立身成家, 綱紀[22]法則, 皆由此出. 世人鄙俚, 乃視妻妾爲狎客, 閨幃爲樂地, 談道義於朋友, 而恣非僻於妻孥. 正容止[23]於昭明,[24] 而喪廉恥於幽曲.[25] 子孫不肖, 婢僕爲奸, 未必非躬自導之也. 故先王[26]有房中之樂,[27] 以養性情, 以節嗜欲, 今忽之久矣. 配女良家, 猶

司徒에 제수되었고 郎陵候에 봉해졌다. 司馬炎(晋 武帝)이 魏의 양위를 받아 왕위에 오르자 그는 太尉를 제수받고 공작에 봉해졌다. 성격이 난폭하고 사치스러워 끼니때마다 진수성찬을 차리게 하고는 젓가락조차 대지 않는 일이 많았다고 한다. [周]

17) 近內(근내) : 남녀간의 애정행위를 그만 두지 않다. [周]

18) 終始(종시) : 시종일관. 『易經』에 "시작하던 때를 회고하며 끝을 맺어야 한다(原始要終)"라는 문장이 보인다. [周]

19) 身溝瀆而志江湖(신구독이지강호) : 溝瀆은 도랑으로 작은 것을 비유하는 말이며 江湖는 큰 강으로 큰 것을 비유하는 말이다. 즉 몸은 도랑처럼 작고 보잘 것 없는 곳에 처해 있지만 강호처럼 큰 뜻을 품고 있음을 의미한다. [周]

20) 伍燕雀而希鴻鵠(오연작이희홍곡) : 제비와 참새는 작은 새들로 작은 것을 비유하는 말이다. 기러기와 백조는 큰 새들로 큰 것을 비유한다. 제비나 참새와 함께 있으면서 이것들이 기러기나 백조와 같기를 바라는 것을 의미한다. 『史記』에 다음과 같은 문장이 보인다. "陳涉이 크게 탄식하며 '아! 제비와 참새가 어찌 기러기와 백조의 뜻을 알겠는가!'라고 하였다." [周]

21) 顰蹙(빈축) : 눈살을 찌푸리다, 미간을 찡그리다. [周]

22) 綱紀(강기) : 실을 푸는 방법으로 실을 펴는 것을 綱이라 하고 가지런히 하는 것을 紀라고 한다. 강기는 국가의 통치 법칙을 비유하는 말로 즉 紀綱이다. [周]

23) 容止(용지) : 행동거지를 말한다. [周]

24) 昭明(소명) : 밝은 곳, 빛이 환한 곳. [周]

25) 幽曲(유곡) : 어두운 곳. [周]

26) 先王(선왕) : 周代의 두 왕인 文王과 武王을 가리킨다. [周]

27) 房中樂(방중악) : 『儀禮』에 "사방에서 잔치를 열었는데 방중악이 연주되었다(與四方之賓燕, 有房中之樂)"라는 문장이 보인다. 注에 "「周南」, 「召南」을 현악에 맞추어 노래 불렀는데 鐘磬을 사용한 음악이 아니다. 방중이라고 한 것은 후비와 부인이 풍자하거나 칭송하면서 남편을 섬겼다는 의미다(弦歌周南召南, 而不用鐘磬之節. 謂之房中

未免於淫褻; 取娼爲媳, 誰肯與之尊嚴? 與其嫁而導淫於人, 寧自守而獨居以死耳!" 公又曰 : "然則汝將終於此乎?" 對曰 : "此未可驟議也, 異日煩相公處分耳." 公大加敬重, 遣使護送而歸. 居無何, 翠娥束髮簪冠,[28] 披道士服, 持疏[29]赴公而拜懇曰 : "妾受命孤煢, 不嫻歌舞, 羞花月之易染, 慕雲水之常淸. 顧豪里少年, 勢似疾風之搖落; 賤門弱質, 心憂多露以沾濡, 若生無山岳之依,[30] 寧死作溝渠之瘠. 誓無二志, 負厥初盟, 幸賜一言, 彈彼浮議." 公深嘉其志, 援筆作檄文[31]一道授之. 翠娥遂終身於洞眞觀. 而公每衣食之餘, 數嗟嘆, 爲人叙其始末. 其文雖近於戱, 頗膾炙人口,[32] 略述其概, 以資一笑焉.

淮揚第一部,[33] 敎坊占排場, 曾使萬人喝采; 『道德』五千言,[34] 公案投機竅, 遂能一念皈依.[35] 交媾[36]功成, 陰陽炭燒空慾海; 修持行滿, 雌雄劍[37]劈破愁城. 七星冠[38]剛替下鳳頭簪, 雙情結生紉做鹿皮袋. 空非空, 色非色, 色卽是

者, 后夫人之所諷頌, 以事其君子)"라고 되어 있다. 漢나라 때 房中祠樂이 있었는데 劉盈(惠帝)이 명칭을 安世樂이라고 고쳤다. [周]

28) 束髮簪冠(속발잠관) : 도사들은 머리를 정수리에다 묶고는 비녀로 머리에 관을 고정시켰다. [周]

29) 疏(소) : 낱낱이 조목별로 써서 진술하다. [周]

30) 山岳之依(산악지의) : 높고 큰 산악은 의지할 만하다. [周]

31) 檄文(격문) : 격문. 즉 포고문이나 게시문 같은 것을 가리킨다. [周]

32) 膾炙人口(회자인구) : 얇게 썬 고기를 膾라고 하고 불에 구운 고기를 炙라고 한다. 회를 뜨거나 구운 고기는 누구나 먹기 좋아하는 음식이므로 이 때문에 한 시대를 풍미하던 시문을 비유하는 말로 쓰였다. [周]

33) 第一部(제일부) : 樂部에 등급이 있었는데 제1부는 곧 1등급을 말하는 것이었다. 일설에는 악부는 樂隊로 제1부는 첫 번째 악대라고 하였다. [周]

34) 道德五千言(도덕오천언) : 老子가 지은 『道德經』을 말한다. [周]

35) 皈依(귀의) : 佛敎 용어로 몸과 마음이 귀의하는 것을 가리킨다. [周]

36) 交媾(교구) : 여기서는 道敎에서의 단약을 만드는 방법을 가리키는 것이다. [周]

37) 雌雄劍(자웅검) : 『烈士傳』에 다음과 같은 문장이 보인다. "楚王의 부인이 일찍이 더위를 피하기 위해 철기둥을 껴안고 있었는데 이상한 기운을 느꼈다. 곧이어 회임을 하였고 후에 쇳덩이를 하나 낳았다. 초왕은 莫邪를 시켜 이 쇠를 가지고 쌍검을 만들게 하여 3년만에 완성하였다. 하나는 雌劍이었고 하나는 雄劍이었다(楚王夫人嘗納凉而抱鐵柱, 心有所感, 遂懷孕, 後產一鐵. 楚王令莫邪鑄此鐵爲雙劍, 三年乃成. 劍一雌一雄)." [周]

空.[39] 道可道, 名可名.[40] 强名曰道. 往常時紅裙、翠袖、生綃帕, 猛可里草履、麻衣、扁皂絛. 銷金帳冷落風情, 養丹爐消磨火性. 半世連枝幷蒂, 算從前曆盡虛花; 一朝剗草除根, 到此際方成結果. 尋幾個煙霞外[41]逍遙伴侶, 抵多少塵埃中浮浪男兒. 存一點至誠心, 百事可做; 少幾處風流債, 一筆都勾. 試問他濁酒狂歌, 爭如我淸茶淡話? 一跳身才離了百戰棚中圈子, 雙擺手便作個三淸[42]門下閑人. 赤緊地無是無非, 到後來自由自在. 玉樓花下千鍾酒, 幾番歌『白紵』[43]遏行雲;[44] 紙帳梅[45]邊一炷香, 從此誦『黃庭』[46]消永日. 桃花扇深藏明月影, 柳子瓢長醉白雲鄕. 打開老病生死關, 識盡悲歡離合幻. 燒夜香非尋佳偶, 披鶴氅[47]星月下禮拜茅君;[48] 登春臺[49]不望遠人, 駕鸞車[50]雲霄上祗尋

---

38) 七星冠(칠성관) : 도사가 쓰던 관. [周]

39) 色卽是空(색즉시공) : 佛敎 용어. 우주 만물의 형태는 본래 모두 아무 것도 없었음을 가리킨다. [周]

40) 道可道(도가도), 名可名(명가명) : 老子 『道德經』의 첫 구절이다. [周] 원래는 "道可道, 非常道, 名可名, 非常名."이다. [譯]

41) 煙霞外(연하외) : 산수간에 은거하는 선비를 말한다. [周]

42) 三淸(삼청) : 道敎에서는 玉淸, 上淸, 太淸을 삼청이라 한다. 전해지는 바에 의하면 이곳은 신선이 살던 곳으로 그런 까닭에 대부분 도관의 명칭으로 여겼다고 한다. [周] 삼청은 도교의 세 신선이다. [譯]

43) 白紵(백저) : 악부의 이름으로 吳나라의 舞曲이다. 그 가사는 舞姬의 아름다움을 크게 칭송한 것이다. 梁 武帝(蕭衍)가 沈約을 시켜 그 가사를 바꿔 「子夜四時歌」를 만들게 했다. [周]

44) 遏行雲(알행운) : 맑고 고운 노랫소리가 하늘 위를 떠도는 구름마저도 멈추게 했다는 뜻이다. [周]

45) 紙帳梅(지장매) : 옛날 사람들은 은자가 살던 집안의 모습을 매화지장이라고 하였다. [周]

46) 『黃庭(황정)』 : 道敎의 경전 이름으로 모두 네 종류가 있다. 첫 번째 『黃庭內景經』은 南岳의 魏夫人이 전한 것으로 알려져 있다. 또 『黃庭外景經』은 晋나라 王羲之의 필적으로 쓰여졌다고 전해지며 이 외 『黃庭遁甲緣身經』과 『黃庭玉軸經』 두 종류가 있다. 일설에 『黃庭』은 內景, 中景, 外景의 三經만이 있으며 그 외에 것들은 모두 후에 도사들이 마음대로 지어낸 것이라고 한다. [周]

47) 鶴氅(학창) : 새의 깃털로 만든 옷으로 도사가 입었다. [周]

48) 茅君(모군) : 漢나라 茅盈은 두 아우 衷, 固와 함께 江蘇省 句容縣 동남쪽에 있는 句曲山에 살았는데 세간에서는 그들을 三茅君이라고 칭하였다. 이 때문에 산 이름을 모군이라 하였다. [周]

49) 登春臺(등춘대) : 『老子』에 "많은 사람들이 마치 봄에 누대에 오른 듯이 화목하고 평화롭다(衆人熙熙, 如登春臺)"라는 문장이 보인다. 봄의 정경에 융합되어 누대에 올라 멀리 바라보니 마음이 탁 트이고 기분이 유쾌해 짐을 의미한다. [周]

蕭史. 疇昔微通一笑, 白面郎爭與纒頭; 如今頓悟三生,[51] 青眼客便當抬手. 既不作入夢朝雲暮雨, 也須撇等閒秋月春風. 若教了蒲團上工夫, 識透本來面目; 便可到蓬壺中境界, 修成方外神仙. 倘有惡少年設局團場,[52] 豈無善男子[53]降魔伏怪? 君不見揚州路上行軍總管, 卻不是洞眞觀里護法[54]伽藍.[55]

---

50) 鸞車(난거): 道教에서는 靑鸞이 모는 수레로 신선이 탄다고 하였다. 여기서의 鸞은 방울이란 뜻으로 쓰인 것이 아니기에 鸞車 역시 방울 달린 수레라는 뜻으로 쓰인 것이 아니다. [周] 鸞車는 고대 천자가 타는 수레이고 鸞은 천자가 타는 수레에 단 방울이다. [譯]

51) 三生(삼생): 佛敎에서는 세 번 다시 태어나는 것을 삼생(前生, 現生, 後生)이라 한다. [周]

52) 設局團場(설국단장): 흉계를 꾸며 위협하고 속이다. [周]

53) 善男子(선남자): 佛敎에서 부처를 신봉하는 남자를 일컫는 말이다. [周]

54) 護法(호법): 佛敎 용어로 佛法을 옹호하는 사람을 가리킨다. [周]

55) 伽藍(가람): 佛敎의 護法神. [周]

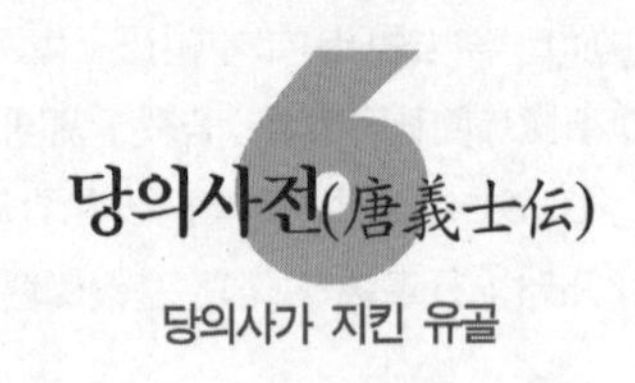

당의사전(唐義士伝)

당의사가 지킨 유골

당각(唐玨)은 자가 옥잠(玉潛)이며 회계(會稽) 산음(山陰) 사람이다. 집이 가난하여 젊어서는 죽을 팔아 어머니를 봉양했다. 성장해서는 학생들을 모아 놓고 글을 가르쳤는데 행실이 바르고 깨끗하여 마을사람들이 모두 그를 존경했다. 무인(戊寅)년인 지원(至元) 4년[1338] 봄 항주(杭州)에 가정교사 자리를 찾으러 가기 위해 산음을 출발해 말을 타고 길을 떠났다. 아름다운 경치가 눈앞에 가득하여 술 생각이 나는데 주막에서 어떤 중이 그를 불렀다. 그의 이름은 복문(福聞)이고 호는 서산(西山)으로 위헌정왕(魏憲靖王)의 분사(墳寺)를 지키는 자였다. 당각과는 구면이 있어 함께 술을 들게 되었다. 중에게 어디 가는가 물었다.

"요즘 양총통(楊總統)의 세도가 대단한데 그 탐욕스러움은 끝이 없답니다. 저는 지금 이 절을 바쳐 향화원(香火院)으로 삼을까 합니다. 하지만 태녕사(泰寧寺)의 중인 종개(宗愷)의 소개 없이는 뜻을 전할 수 없어서 그를 찾아가는 길이지요. 양총통이라는 자는 북승(北僧) 양련진가(楊璉眞伽)

로 강남의 절에 대한 일을 총괄해서 맡고 있습죠. 은총을 믿고 횡포함을 말로는 다 할 수 없습니다. 특히 묘를 파 헤쳐 그 속에 든 재물을 취하기 좋아하는데 종개 등이 그 앞잡이가 되어 일한 지 여러 해가 됐습니다."

중은 주머니 속에서 종이를 한 장을 꺼내 보여주었다.

"이것이 절의 지도랍니다."

당각은 절 옆에 위왕의 묘가 있는 것을 보고 극구 말렸다.

"절은 아깝지 않으나 묘가 화를 면치 못할까 두렵군요. 그대는 능지기인 셈이니 훗날 혹 그 유골을 보존치 못하면 책임이 장차 누구에게 돌아가겠소?"

그러나 중은 말을 듣지 않았다. 당각은 크게 탄식하며 위왕의 묘는 아깝지 않다손 치더라도 일이 점점 크게 될 것이라 여겼다. 대개 이미 능이 파헤쳐질 것이라는 것을 알았기 때문이다. 도중에 시를 읊었다.

徒把金戈挽落暉,	헛되이 창 들고 지는 해 붙잡아보지만
南冠無奈北風吹,	남쪽의 유생으로는 북쪽바람(北風)을 어쩔 수 없구나
子房本爲韓仇出,	자방(子房)은 한(韓)나라의 복수를 위해 나왔고
諸葛寧忘漢祚移!	제갈은 어찌 한나라 운이 옮겨감을 잊으리
雲暗鼎湖龍去遠,	어두운 구름 낀 정호에 용은 멀리 가버리고
月明華表鶴歸遲.	달 밝은 화표(華表)에 학은 돌아옴이 늦구나
何須更上新亭飮,	다시 신정(新亭)에 올라 술마시는 일 무슨 소용이리
大不如前灑淚時.	예전처럼 눈물만 뿌리지는 않으리라

강을 건너서는 성명을 임덕양(林德陽)으로 바꾸니 장차 세상 사람들이 하지 않는 일을 한 화가 집안 사람에게 미칠까 두려워서 먼저 종적을 감추어 기회를 기다리고자 함이었다. 그 해 12월 12일에 양총통이 종개 등을 시켜 거짓으로 토호들이 땅을 침범한다는 것을 구실 삼아 무리들을 이끌고 소산(蕭山)에 주둔하여 송나라 황제 황후들의 능을 파헤쳐서는 사

지를 자르고 부장품을 노략질하고 유골을 풀밭에 버리기까지 하였다.

당각은 그때 서른두 살이었는데 이를 듣고 분개하여 거의 살고 싶지 않을 지경이었다. 모든 가재 도구를 다 팔아 백금 백여 개(星)를 마련하고 문서를 맡겨 또 그 만큼을 얻었다. 이를 녹여 한 냥 정도의 덩어리 백여 개를 만들어 허리춤에 꾹 차고 거지 형색을 하면서 등에는 대나무 바구니를 지고 손에는 대나무 집게를 들고 항주말을 익혀 사람들이 알아채지 못하게 했다. 당각은 항주에서 월 땅에 이르기까지 파헤쳐진 뼈를 보면 소나 말이나 가리지 않고 주워서 바구니 속에 담아 능 위에 던져 주었다. 여러 곳을 두루 돌아다녔는데 낮에는 걸식을 하고 밤에는 뼈를 수습하러 다녔다. 혹은 거짓으로 나무 아래에서 잠자는 척하면 사람들이 거지라고 여기고 의심하지 않았다. 자세히 살펴보고 따져 물어보는 자가 있으면 은덩어리를 뇌물로 주었다. 이렇게 보름이 흘러갔다. 어느 날 저녁 영부릉(永阜陵)에 이르렀는데 문득 어떤 사람이 눈물을 삼키며 우는 소리가 들렸다. 무슨 일인지 물어보려는데 그쪽에서 알아차리고는 다시 소리를 내지 않았다.

"저는 임안(臨安)의 의로운 선비일 따름이오. 만약 뜻을 같이 하는 사람이면 한 번 봅시다."

그 사람이 나왔는데 예전 수릉사(守陵使)인 태감(太監) 나선(羅銑)으로 손에는 작은 대나무 바구니를 들고 당각을 보고 흐느끼며 눈물을 흘리느라 고개를 들지 못하였다. 당각의 손을 잡고 말했다.

"그때 제가 온 힘을 다해 막았다가 오랑캐 중놈에게 맞아 거의 죽을 뻔했지요. 주위에 있던 수백 명의 사람들 누구 하나 말 한마디 거들어 나를 도와주질 않습디다. 그런데 뜻밖에 세상에 당신과 같은 의로운 선비가 있었구려. 허나 양의 세도가 굶주린 호랑이 같으니 일단 이 뼈를 물색하면 어쩌지요?"

당각은 대바구니 안을 가리키면서 말했다.

"지금 사방의 교외엔 뼈가 넘쳐나니 주워서 도망치기 용이한데 누가 알겠소?"

"제가 준비해놓았지요."

당각과 나선은 함께 무늬 있는 나무를 깎아 궤를 만들고 다시 누른 비단으로 싸서는 유해(遺骸)를 모두 수습하였다. 그리고 각각 누구의 능이라 써서 표시하고 땅에 존비의 순서를 표시하여 묻고는 글을 지어 수습했다.

嗟皇天之不吊兮,	아! 황천이 돕지 않으심이여
使天水之不祚!	송나라를 망하게 하셨구나
哀九州之故主兮,	구주의 옛 주인을 슬퍼함이여
不得安其壞墓!	그 묘를 편히 보전치 못하는구나
豈妖髡之桀惡兮,	어찌 요승의 포악함이
肆滔天之荼苦!	거리낌 없이 하늘을 맘대로 업신여기는가
抑世運之陽九兮,	아니면 세운이 다하여
鬼神失其秘護?	귀신이 보호하심을 잃은 것인가?
徒使故國之遺臣兮,	다만 옛 나라의 유신들로 하여금
攀龍髯而莫訴!	용의 수염에 올라 호소할 길 없게 하누나
蒼蒼其如有知兮,	창천이여 만약 아심이 있다면
擊妖髡以電怒.	노한 벼락으로 요승을 치소서
興亡兮定數,	흥망은 정해진 운명 있지만
枯骨兮何姤?	마른 뼈는 무슨 죄 있으리
朝雲兮龍顧,	아침 구름에 용이 돌아보고
夕風兮虎步,	저녁 바람에 범이 걸음 걸으니
遁藏兮狐與免.	갑자가 여우와 토끼 자취 감추었네
願萬年兮坤維固.	원하노니 만년토록 坤維가 공고토록 하옵소서

또 제문을 지었다.

오호라! 하늘의 기둥이 꺾이니 누가 자라를 자를 의로움 이을 것이며 일어(日

御)가 기움에 창을 휘두를 공적 이룰 것인가? 구정(九鼎)이 하(夏)나라를 떠남에 종묘사직이 구허(丘墟)가 되고 오리장군(五利將軍)이 오랑캐와 화친함에 옷이 비늘로 바뀌었구나. 만리에 떠도는 혼을 생각함이여. 천 년의 홍성을 슬퍼하노라. 우주가 바람에 휩싸일 날이며 건곤이 안개에 묻힐 때로다. 어찌 생각했으리! 양련진가와 같은 자 있어 흉악무도하여 부처의 죄인 되고 훼역(虺蜮)으로 마음을 삼고 시랑(豺狼)으로 성품을 삼았음을. 멀리 떨어져 다가가고 싶어도 갈 수 없는 처지이니 누가 철천지 원수 갚을 것인가? 발구중랑장의 뜻 아직도 남아 있어 드러난 뼈 모았네. 금추(金椎)는 땅에 팽개쳐지고 옥안(玉案)은 허공에 비스듬히 빗겨있네. 장홍(萇弘)의 피는 변해 모두 장천(長川)의 구슬이 되었고 촉제(蜀帝)의 혼은 날아가 이역에서 우는 두견새 되었어라. 궁천(窮泉)은 얼어서 흐르지 않고 해질녘 빛 차가워 그림자 지지 않네.

오호라! 대량(大梁)을 지나는 자도 오히려 이문(夷門)에 노닐던 생각 품고 있고 구원(九原)에 노니는 자 또한 수회(隨會)의 생각이 남았거늘 항차 각 등은 모두 옛 백성이니 어찌 슬픔에 눈물만 닦아내고 있을 것이며 생명을 가진 사람이니 어찌 한스러움에 가슴만 치고 있을 소냐. 사라진 과질(瓜瓞)을 통탄하며 아직 남아 있는 감당을 어루만지네. 힘 다한 사마귀의 팔이나마 용처럼 날아오르고자 하나 할 수 없으며 충직한 개미의 마음으로 이리 같은 잔혹함을 차마 보지 못하였네. 이에 신경(新扃)을 열어 감히 장주(藏舟)에 비교하였네. 대개 남쪽으로 순행 갔다가 돌아오지 않아 창오에 우제의 영혼이 깃들고 동쪽으로 사냥갔다가 돌아오지 않아 회계(會稽)에 하왕의 동굴이 있네. 슬프도다! 검은 구름 어두워져 황량한 수자리 차가웁고 흰 태양 어두워짐에 평무(平蕪)에 묻힘이여. 어찌 외로운 구렁에서 양지의 노래를 들을 것이며, 누가 유한한 무덤길에서 다시 해로(薤露)의 노래 다시 부르리오. 변변치 못한 음식 널어놓아 보잘 것 없는 마음을 표하고 평소 먹던 술 한잔 늘어놓으니 여러 영혼들이여 한 잔 하소서. 상향(尙饗)

또 송의 상조전(常朝殿)에서 동청수(冬靑樹)를 파서 각각 흙무덤 위에 심고는 이로써 표시를 했다. 그리고 「동청행(冬靑行)」 두 수를 지었다.

馬箠問髐形, 말회초리로 유골을 치니

南面欲起語.	황제 일어나서 말을 하려 하네
野麕尙純束,	들노루 아직도 지키고 있거늘
何物敢盜取?	무엇을 감히 훔치려 드느냐?
餘花拾飄蕩,	남은 꽃 표탕함을 거두고
白日哀后土!	흰 해는 후토를 슬퍼하네
六合忽怪事,	천지와 사방에 문득 괴이한 일 생기니
蛻龍掛茅宇.	허물 벗은 용이 띠 집에 걸렸네
老天鑒區區,	하늘이시여! 자세히 살피시어
千載護風雨.	천년토록 비바람으로부터 보호하소서
冬青花, 不可折,	동청화를 꺾지 마오
南風吹涼積香雪.	마파람 시원히 불어오고 향기로운 눈은 쌓여 있네
遙遙翠蓋萬年枝,	멀리 푸른 빛 만년 된 가지를 덮고
上有鳳巢下龍穴.	위에는 봉황의 둥지 아래에는 용의 동굴
君不見, 犬之年,	그대는 보지 못했소?
犬之年, 羊之月,	개의 해 양의 달에
霹靂一聲天地裂!	벽력 소리에 천지가 갈렸음을

또 몽중시 네 수가 있었다.

珠亡忽震蛟龍睡,	구슬 없어져 홀연히 교룡의 잠 깨우고
軒敝寧忘犬馬情?	집이 폐허되었다고 어찌 犬馬의 情을 잊으리
親拾寒瓊出幽草,	몸소 풀밭에서 차가운 경옥을 수습하는데
四山風雨鬼神驚.	사방의 산에 비바람치니 귀신이 놀랐는가
一壞自築珠丘土,	스스로 한 움큼의 주구토를 쌓고
雙匣猶傳竺國經.	몸소 두 갑의 천축경을 전하네
獨有春風知此意,	봄바람만 이 뜻을 알아주어
年年杜宇泣冬青.	해마다 두견새 동청화에서 슬피우네

昭陵玉匣走天涯,	소릉(昭陵)의 옥갑 하늘가로 가버리고
金粟堆前起暮鴉.	싸늘한 월계꽃엔 저녁 까마귀 날아오르네
水到蘭亭轉嗚咽,	물은 난정에 이르러 굽이 돌며 슬피 우는데
不知眞帖落誰家!	모르겠네! 진첩이 뉘 집에 떨어졌는지

珠凫玉雁又成埃,	구슬로 된 오리와 옥으로 된 기러기 띠끌로 변하고
斑竹臨江首重回.	대숲에서 강을 대하고 다시 머리 돌려보네
猶憶年時寒食祭,	기억나노니 지난해 한식날 제사 때
天家一騎捧香來.	황실에서 말달려 향을 보내왔었지

이레 뒤 양총통이 명을 내려 능의 뼈를 싸서 소와 말의 뼈 속에 묻고 탑을 하나 지어 누르라 하고는 이를 일러 '진남(鎭南)'이라고 했다. 항주 지방의 백성들은 비분강개했으나 능의 뼈가 아직 온전하다는 것을 몰랐다. 시간이 지나고 이러한 사실이 경사에 알려지자 세조(世祖)가 크게 노하여 양총통을 감옥에 가두게 하니 마침내 그 속에서 죽었다. 그리고 흉악한 무리 백여 명은 모두 매를 맞아 죽었다. 복문(福聞)은 도망갔다가 시골 사람에게 잡아먹히고 말았다. 대개 양총통의 부도(不道)는 복문이 이끈 것이다. 절을 하고 얼마 있지 않아 과연 위총을 파내어 금옥을 많이 얻었는데 능을 파내는 생각을 일으켜 초래한 화가 너무 참담하였으나 보답 또한 혹독하니 누가 감히 천도가 멀다고 하는가?

이때 비소로 당각이 한 일이 산음(山陰)에 자자하게 전해졌다. 그 의로운 이름이 오월 지방에 진동했으나 가난함은 예전과 다름이 없었다. 그러던 어느 날 서재에 홀로 앉아 있노라니 어떤 누런 옷을 입은 사자가 문서를 가지고 와서 보여주며 왕이 부른다고 했다. 따라가 보니 궁궐이 있고 여러 누른 옷을 입은 귀인들이 머뭇거리며 내려와서 읍을 하며 말했다.

"그대가 뼈를 추슬러 주시어 보답코자 합니다."

전각에 올라가 인사를 하고 왕 앞에 나가니 이렇게 말했다.

"그대는 본래 가난하고 누추하며 처자식이 없을 팔자이나 지금 그 충의로운 행실이 하늘을 감동시켰으니 아름다운 아내와 아들 셋과 더불어 땅 삼 경을 내리도록 하겠다."

고맙다고 절을 하고 내려오다 문득 잠이 깨었는데 책상 위에서 팔을 베고 잠이 들었던 것이다.

시간이 지나고 회계의 치중(治中)으로 원준재(袁俊齋)가 처음 와서는 아들을 위해 선생을 구하고 있었다. 어떤 사람이 당각을 추천하여 빈관(賓館)에 있게 되었다. 하루는 원준재가 물었다.

"제가 강을 건너와서 당씨라는 이가 송나라 때의 여러 능의 뼈를 몰래 묻어주었다는 소리를 들었는데 선생께선 같은 집안 아니십니까?"

주위에 있던 사람들이 말했다.

"바로 이분이십니다."

원준재는 크게 놀라며 공수를 했다.

"선생의 의로운 행적은 예양(豫讓)이라 하더라도 감당키 어렵겠습니다."

원준재는 당각의 손을 잡아끌어 북쪽에 앉도록 하고 절을 올렸다. 예로써 공경함이 날로 더했고 정으로 관대함이 날로 두터워 갔다. 당각의 집이 달랑 사면이 벽뿐인 것을 알자 탄식하고는 주위의 사람들에게 말했다.

"당선생의 집안 일은 내가 맡아야겠다."

당각은 한 달이 되지 않아 송나라 때의 공녀(公女)를 아내로 맞이하게 되었고 성에서 머지않은 공전(公田)에서 나는 곡식을 먹게 되었는데 이 두 가지 일은 모두 원준재가 해준 것이다. 원준재는 시를 지어 당각에게 보냈다.

故國山河盡黍離,	고국의 산하 모두 기장 밭이 되었는데
一壞丘墓爲誰移?	한 줌 구묘(丘墓)를 뉘 위해 옮겼는가

奸僧得志重泉恨,	간사한 중이 뜻을 얻자 중천(重泉)에서 한탄하고
義士偸骸萬古悲!	의로운 선비가 뼈를 훔치니 만고에 비장해라
卻羨子房藏跡處,	자방(子房)이 종적 감춤을 흠모하고
可憐豫讓變聲時.	예양(豫讓)이 목소리를 바꾼 것을 가련히 여기도다
揚州多少簪纓冑,	양주(揚州)에 벼슬한 이의 자손 많지만
只君一個是男兒!	그대 한 분만이 남아대장부로다

후에 과연 아들 셋을 얻었는데 셋이 나란히 모두 장성하니 꿈속에서 신선이 한 말과 부합되지 않음이 없었다. 사람들 모두 당각이 보답 받은 것을 매우 기뻐했고 또한 원준재의 행동을 의롭다 여겨 그 두 사람을 모두 높이 샀다.

唐義士傳[1]

唐君名珏,[2] 字玉潛, 會稽山陰[3]人. 家貧, 少營滫瀡,[4] 以養其母. 旣長, 聚徒受經, 行已方潔.[5] 所居村塢, 皆推重之. 歲戊寅, 至元四年[6]春, 將覓

1) 唐義士傳(당의사전) : 이 이야기는 周淸原이 評話로 개작한 적이 있다.『西湖二集』 제16권에 수록되어 있고 回目은 "會稽의 길에서 만난 義士(會稽道中義士)"이다. [周]
2) 唐珏(당각) : 자는 玉潛이며 송나라 山陰 사람이다. 어려서 부친을 잃고 매우 가난하였지만 학문에 힘쓰고 제자들을 모아 가르쳤다. 송이 망한 후 원나라의 승려 楊璉眞伽가 紹興에서 송나라 趙氏 왕들의 무덤을 파헤쳐 도굴하였다. 이에 唐珏은 유골을 수습하여 여섯 개의 석함을 만들어 그 안에 담아 蘭亭山에다 장사지냈다. 그리고는 송나라의 故宮에 있던 冬靑樹(감탕나무)를 무덤에다 옮겨 심고는「冬淸行」두 수를 지었다. 謝翶가 그것에 감동하여「冬淸樹引」을 지었다. [周]
3) 會稽山陰(회계산음) : 지금의 浙江省 紹興市. [周]
4) 滫瀡(수수) : 滫는 쌀 뜬 물이고 瀡는 반들거리다, 매끄럽다라는 뜻이다.『禮記 · 內則』에 "쌀뜬 물에 담가 그것을 반들거리게 한다(滫瀡以滑之)"라는 문장이 보인다. 滫瀡는 음식을 조리하는 방법의 하나로 쌀 뜬 물에 담가 음식을 부드럽고 매끄럽게 하는 것을 말한다. 여기서는 음식이란 뜻으로 쓰였으며 먹을 것을 가리킨다. [周]
5) 方潔(방결) : 단정하고 청백하다. [周]
6) 至元四年(지원사년) : 1338년. [周]

館穀[7]於杭, 從山陰道上 騎馬而行. 佳景滿前, 思欲沽飲, 而酒肆中有一僧招之. 僧名福聞, 號西山, 乃魏憲靖王[8]墳寺[9]守僧也. 與君舊識, 因而共酌. 君問僧何之? 僧曰 : "邇楊總統[10]勢餤薰赫, 貪求無已. 某今將本寺獻爲香火院,[11] 然非泰寧寺僧名宗愷者爲我先聲, 則無由達, 故往尋之耳." 楊總統者, 北僧楊璉眞伽, 總江南浮屠[12]事, 怙恩橫肆, 不可具狀, 尤好發人塚墓而取其財, 宗愷等爲之牙爪, 蓋有年矣. 僧因出囊中一紙示君曰 : "此卽寺圖也." 君見寺側有魏王塚, 乃曰 : "寺不足惜, 第恐墳不免耳! 爾爲墳守, 他日儻不保其屍骨, 責將誰歸耶?" 極口諫之, 而僧不從. 君不勝浩歎, 以爲魏塚猶不足惜, 而漸不可長,[13] 蓋已逆知有發陵之禍矣. 途中有詩曰 :

徒把金戈挽落暉,[14] 南冠[15]無奈北風吹. 子房本爲韓仇出, 諸葛[16]寧忘漢

7) 覓館穀(멱관곡) : 글을 가르치는 직위를 말한다. [周]
8) 魏憲靖王(위헌정왕) : 송 孝宗(趙愼)의 차남인 魏王 趙愷를 말하며 淳熙 7년(1180)에 죽었다. [周]
9) 墳寺(분사) : 魏 憲靖王의 분사이름은 天長寺이다. [周] 墳寺는 묘지에 딸린 절을 말한다. [譯]
10) 楊總統(양총통) : 楊璉眞伽를 말한다. 이름은 札木揚喇勒智이며 西番(서역의 야만족. 즉 옛날 西藏, 青海, 西康 일대의 주민을 이름)의 승려이다. 忽必烈(元 世祖)이 그를 江南佛教都總統에 봉하였기 때문에 양총통이라 불렀다. 송나라 군신들의 무덤 101개 정도 파헤쳐 수많은 보물을 얻었다. [周]
11) 香火院(향화원) : 개인이 세운 사원. [周]
12) 浮屠(부도) : 佛陀의 異譯으로 불교도를 가리킨다. [周]
13) 漸不可長(점부가장) : 漸은 점차, 점점이라는 뜻으로 사물의 변화가 점차적으로 이루어지고 있음을 의미하다. 漸不可長은 나쁜 일이 아직 경미할 때 더 이상 커지지 못하게 방지하는 것을 뜻한다. [周]
14) 金戈挽落暉(금과만낙휘) : 『淮南子』에 다음과 같은 문장이 보인다. "魯나라 陽公이 韓나라와 전쟁을 하였는데 싸움이 막바지에 접어들려 하자 창을 쥐고 군대를 지휘하였다. 그리하여 그 때문에 하루에 90리를 되돌아갔다(魯陽公與韓構難, 戰酣方暮, 援戈而麾之, 日爲之反三舍)." 이 구절은 원나라의 명시인 虞集의 「挽文丞相詩」로 작자가 어떤 이유에서 이것을 唐珏이 지은 것이라 하였는지 알 수 없다. [周]
15) 南冠(남관) : 『左傳』에 다음과 같은 문장이 보인다. "晋나라 제후가 軍府를 둘러보다가 鍾儀에게 물었다. '남관을 하고 잡혀 있는 자는 누구인가?' 한 관리가 대답했다. '鄭나라에서 받친 포로입니다.'" 후세에는 남관을 구금되어 있는 죄수를 비유하는 말로 쓰

祚移! 雲暗鼎湖龍[17]去遠, 月明華表鶴歸遲. 何須更上新亭[18]飮, 大不如前灑淚時.

渡江, 卽變姓名爲林德陽,[19] 蓋將爲稀世之事, 而恐累及宗人, 故先晦跡以待之. 是年十二月十有二日, 楊髡[20]俾[21]宗愷等詐稱土豪[22]侵地爲名, 帥徒役[23]頓蕭山, 發掘故宋帝后諸陵寢, 至斷殘肢體, 攫珠襦玉柙,[24] 棄骨齒草莽間. 君時年三十二, 聞之, 痛憤幾不欲生. 盡貨家具, 得白金

였다. 그러나 여기서는 南宋의 의관을 의미하는 것 같다. [周]

16) 諸葛(제갈) : 삼국시대 蜀의 승상인 諸葛亮을 가리킨다. 본문에서 '諸葛寧忘' 네 글자는 虞集의 「挽文丞相詩」에서는 '諸葛安知'로 되어 있다. [周]

17) 鼎湖龍(정호룡) : 黃帝는 荊山 아래에서 솥을 주조하여 솥이 완성되자 용을 타고 하늘로 올라가 신선이 되었다. 그리하여 후인들은 그곳을 鼎湖라 이름지었다. [周]

18) 新亭(신정) : 지금의 江蘇省 南京市의 남쪽에 있으며 일명 勞勞亭 혹은 臨滄觀이라고 한다. 吳나라 때 지어진 것이다. 東晋 초에 여러 명사들이 이곳에서 노닐며 연회를 벌였다. 『晋書·王導傳』에 다음과 같은 문장이 보인다. "강을 건너 넘어 온 인사들은 한가할 때마다 新亭으로 나와 주연을 벌이고는 했다. 周顗가 그 가운데 앉아서는 한탄하자 서로가 마주보며 눈물을 흘렸다. 그러자 낯빛을 바꾸며 말했다. '모두가 왕실을 위해 힘을 합하여 중원을 회복해야지 어찌 초나라 포로들 마냥 서로 눈물만 흘리고 있는 것입니까!'" [周]

19) 林德陽(임덕양) : 이름은 景曦(熙라고 하기도 함) 자는 霽山이며 宋나라 平陽 사람이다. 太學生이었으며 泉州教授를 지냈으나 송이 망하자 벼슬길에 나가지 않았다. 楊璉眞伽가 송의 여러 왕릉을 파헤치고는 그 유골을 내버렸다. 이에 임덕양은 약초 캐는 사람으로 위장하고는 유골을 풀 더미에 싸서 수습해 와서 두 개의 함을 만들어 越山에다 장사지냈다. 그리고 冬青樹(감탕나무)를 심어 표식을 하고는 『冬清行』을 지었다. 이것에 근거해 보면 唐玨과 임덕양은 분명 두 사람으로 절친한 친구 사이였다. 『霽山集』에 들어 있는 「贈唐玉潛」이란 시가 이를 증명해준다. 작자가 당각이 이름을 임덕양이라 바꾸었다고 한 것은 아마도 당각과 임덕양 두 사람 모두가 파헤쳐진 송의 여러 능의 유골을 수습하여 장사지낸 일이 있어 혼동하여 같은 사람으로 생각한 것으로 보인다. [周]

20) 髡(곤) : 머리를 빡빡 깎다. 즉 승려를 가리킨다. [周]

21) 俾(비) : 거느리다, 인솔하다. 『書·君奭』에 "이끌지 않으면 안 된다(罔不率俾)"라는 구절이 보인다. [周]

22) 土豪(토호) : 周密의 『癸辛雜識』를 살펴보면 여기서 토호는 楊侍郎, 汪安撫를 말하는 것인데 본문에서는 구체적으로 그 이름을 거론하고 있지는 않다. [周]

23) 徒役(도역) : 노역에 종사하는 사람으로 대부분 徒刑(징역)에 처해진 죄인들로 충당하였다. [周]

24) 珠襦玉柙(주유옥갑) : 東園秘器로 漢나라 侯王의 葬具이다. [周]

百星許; 執券行貸, 又得如許, 鎔作兩許小牌百餘, 密系腰間; 仍扮爲丐者, 背負竹籮, 手持竹夾, 習爲杭音, 使人不識. 乃自杭抵越, 涂遇暴骨, 不論牛馬, 卽以夾拾籮中, 竟投陵上. 徧歷諸處, 晝則乞食, 夜則往收其骨. 或假寐樹下, 人以爲丐者, 不疑也. 有細察之者, 窮促, 則以銀牌賂之. 如是半月矣. 一夜, 行至永阜陵,[25] 忽見有人歆泣, 方欲詢問, 已爲彼所覺, 不復有聲. 君謂曰 : "我臨安義士耳, 如有同志, 可便相見." 其人卽出, 乃舊守陵使中官[26]羅銑也, 手執小竹籮, 見君嗚咽流涕, 不能仰視. 與君握手曰 : "彼時我極力爭執, 爲番僧痛箠, 幾斃杖下, 左右數十百人, 更無一言助我, 不意塵埃中有君義士. 然我每思之, 楊髡勢如餓虎, 一旦物色此骨, 奈何?" 君曰 : "今四郊枯骸滿眼, 取以竄易, 誰復知之?" 因指竹籮中曰 : "吾儕已備之矣." 乃相與斫文木[27]爲匱, 覆黃絹爲囊, 盡拾其遺骸, 各其署表曰 : 某陵! 某陵! 蕝[28]地以藏, 爲文而告. 大略云 :

> 嗟皇天之不吊[29]兮, 使天水[30]之不祚! 哀九州之故主兮, 不得安其壞墓! 豈妖髡之桀惡兮, 肆滔天之荼苦! 抑世運之陽九兮, 鬼神失其秘護? 徒使故國之遺臣兮, 攀龍髯[31]而莫訴! 蒼蒼[32]其如有知兮, 擊妖髡以雷怒. 興亡兮定數, 枯骨兮何妬? 朝雲兮龍顧, 夕風兮虎步, 遁藏兮狐與兔. 願萬年兮坤維[33]固.

又祭之以文曰 :

---

25) 永阜陵(영부능) : 송 孝宗(趙愼)의 능묘. [周]
26) 中官(중관) : 太監. 즉 환관을 가리킨다. [周]
27) 文木(문목) : 무늬가 있는 나무. [周]
28) 蕝(절) : 띠풀로 묶어 땅에 묻다. [周]
29) 不吊(부적) : 가호하지 않다, 돕지 않다. [周]
30) 天水(천수) : 趙氏의 나라. 宋은 조씨가 왕이었다. [周]
31) 攀龍髯(반룡염) : 전설에 따르면 黃帝가 용을 타고 승천하자 여러 신하들이 거기에 달라붙어 올라가고자 용의 수염을 붙잡았으나 결국에는 잇달아 아래로 떨어졌다고 한다. [周]
32) 蒼蒼(창창) : 하늘을 가리킨다. [周]
33) 坤維(곤유) : 땅의 주축. 뜻이 확대되어 땅위에 세워진 국가를 의미하는 말로 쓰였다. [周]

嗚呼! 天柱折,[34] 斷鰲[35]之義誰仍? 日御傾, 揮戈之績孰繼? 九鼎[36]去夏, 宗社[37]鞠爲丘墟; 五利[38]和戎, 衣裳易爲鱗介. 想游魂於萬里, 悲隆碣於千秋! 此宇宙飆回之日, 乾坤霧塞之時也! 孰意有楊璉眞伽者, 凶頑孽畜, 慈梵[39]罪人, 虺蜮[40]爲心, 豺狼成性. 風馬牛之勢卽隔, 誰爲貿首之讎?[41] 發丘將[42]之志尙存, 奚起暴骸之畔. 金椎控地, 玉案橫空. 血變萇弘,[43] 盡作長川之璧; 魂飛蜀帝,[44] 咸啼異域之鵑. 窮泉凍而不流, 返照寒而無影. 嗚呼! 過大梁[45]者,

---

34) 天柱折(천주절): 『박물지』에 다음과 같은 문장이 보인다. "共工氏가 不周山을 들이받아 하늘을 받치고 있던 기둥이 부러지고 땅을 묶고 있던 밧줄이 끊어졌다(共工氏觸不周山, 折天柱, 絶地維)." [周]

35) 斷鰲(단오): 『淮南子・覽冥訓』에 다음과 같은 문장이 보인다. "그리하여 女媧氏가 오색의 돌을 녹여 하늘의 갈라진 틈을 메웠고 거대한 거북의 다리를 잘라 땅의 네 귀퉁이를 세웠다(於是女媧煉五色石以補蒼天, 斷鼇足以立四極)." [周]

36) 九鼎(구정): 夏나라 禹임금은 九州牧으로부터 금을 거둬들여 아홉 개의 솥을 만들게 하고 솥에다 구주의 형상을 새겨 넣게 하였다. 후에 이것을 국보로 여겨 삼대 동안 전했다고 한다. [周]

37) 宗社(종사): 종묘사직. 즉 국가를 말한다. [周]

38) 五利(오리): 漢代 장군의 명칭. 한무제는 方士 欒大를 五利將軍에 봉했다. 無和戎事란 바다에 들어가 불노장생약을 구한 것을 가리킨다. [周]

39) 慈梵(자범): 불교를 가리킨다. [周]

40) 虺蜮(훼역): 虺(살무사)는 독사이다. 蜮(물여우)은 입에 모래를 물어 사람에게 쏠 수 있는 몸집이 작은 여우이다. [周]

41) 貿首之讎(무수지수): 불구대천의 원수가 서로 상대방의 머리를 얻고자 한다. 『戰國策』에 다음과 같은 문장이 보인다. "甘茂와 樗里子는 불구대천의 원수지간이다(甘茂與樗里子, 貿首之讎)." [周]

42) 發丘將(발구장): 陳琳은 袁紹를 위해 조조를 토벌하기 전 격문을 지었는데 그 중에 다음과 같은 내용이 보인다. "조조는 또 특별히 發丘中郎將과 摸金校尉를 설치하였는데 이들이 지나간 곳마다 무너지고 파괴되지 않은 곳이 없었으며 뼈가 드러나 있지 않는 곳이 없었다(操又特置發丘中郎將摸金校尉, 所過隳突, 無骸不露)." 發丘란 무덤을 발굴하는 것을 말한다. [周]

43) 萇弘(장홍): 周나라 靈王 때 사람으로 귀신을 부르는 재주가 있었다. 그 당시 다른 나라에서 미인 石鏡을 조공으로 받친 일 있었는데 장홍이 왕에게 모두가 왕의 성덕으로 인한 것이라 말하였다. 그러자 왕은 장홍이 아첨했다 하여 그를 죽였는데 피가 흘러 옥이 되고(일설에는 돌이 되었다고 함) 그 시신은 사라졌다. 『拾遺記』에 보인다. [周]

44) 蜀帝(촉제): 周나라 때 蜀王 杜宇를 가리킨다. 『華陽國志』에 다음과 같은 문장이 보인다. "주나라는 기강이 무너졌다. 촉왕 두우는 망제라고 불렸는데 촉에 수해가 나자 이를 제거하여 공을 세웠다. 후에 양위를 하고는 서산으로 올라가 은거하였다. 때는 마침 2월 子規(두견새)가 울던 때로, 자규는 杜宇 또는 望帝라고 하였다." 이 기록에는 자규를 두우, 두견, 망제라고 부른 연유가 설명되어 있지 않다. 단지 『成都記』에 "망제

尙佇夷門[46]之想; 游九原[47]者, 且遺隨會[48]之思. 況乎珏等, 盡食土之毛,[49] 悲寧雪涕; 屬含生[50]之類, 感詎拊心! 痛瓜瓞[51]之不存, 撫甘棠[52]之猶在. 力衰螳臂, 欲龍驤而未能; 忠切蟻心,[53] 睹狠殘之不忍. 乃開新扃,[54] 敢比藏

의 혼이 새가 되었는데 그 이름을 두견이라고 하였다(望帝魂化爲鳥, 名曰杜鵑)"라는 문장이 보인다. 이 기록에서는 그 의미를 분명히 밝히고 있는데 여기에 나오는'魂飛蜀帝'의 典故이다. [『剪燈新話』의 「華亭逢故人記」 注 26 참조.『華陽國志』에 다음과 같은 문장이 보인다. "두우는 주나라 四川 왕의 하나인 望帝의 이름이다. 그는 일찍이 사천에 수해가 났을 때 공을 세웠으며 후에 양위하고 西山에서 은거하였다. 죽은 후 혼백이 새로 변했는데 杜鵑이라고 하며 子規, 望帝라고도 한다."] [周]

45) 大梁(대량) : 고대의 지명. 즉 지금의 하남성 開封市로 전국시대 위나라의 수도였다. [周]

46) 夷門(이문) : 산 이름. 하남성 개봉시의 성안 동북쪽 귀퉁이에 있다. 일명 夷山이라고도 하는데 산세가 평탄하여 얻게 된 이름이다. 대량에는 옛날 夷門이 있었는데 산의 이름을 가지고 명명한 것이다. 여기서는 위나라 信陵君이 夷門을 지키던 侯嬴이란 사람을 존경했던 일을 쓴 것이다. [周]

47) 九原(구원) : 춘추시대 晋나라의 경대부의 묘지가 구원에 있었으므로 후인들은 구원을 묘지의 代稱으로 사용하였다. [周]

48) 隨會(수회) : 士會를 가리킨다. 그는 춘추시대 晋나라의 사대부로 隨에 식읍이 있었기에 隨會 또는 隨季라고 불렸다. 후에 다시 範을 식읍으로 받아 範武子라 불렸다. 일찍이 사건에 연루되어 秦으로 도망갔다. 秦에서 그를 쓰려하자 晋나라는 그것을 두려워하여 魏壽余를 시켜 그를 꾀어 다시 돌아오게 하여 집정케 하였다. 晋나라의 도적들은 그가 집정한다는 말을 듣고는 모두 秦나라로 도망갔다. [周]

49) 食土之毛(식토지모) : 毛는 토지에서 나는 오곡과 채소류를 말한다. 봉건시대 때 사람들은 황제에게 아첨하기 위해 이 나라의 산물을 먹고 이 나라의 흙을 밟는다(성은을 입다)라는 말을 하여 황제의 비위를 맞추었다. 『左傳』에 다음과 같은 문장이 보인다. "국경 안 어딘들 군왕의 땅이 아닌 곳이 있겠습니까? 이 나라의 산물을 먹고 이 나라의 흙을 밟는 자 중에 누가 왕의 신하가 아니겠습니까?(封略之內, 何非君土? 食土之毛, 誰非君臣?)" [周]

50) 含生(함생) : 생명을 지닌 모든 것을 가리킨다. 韓愈의 글에 "온 세상 천하에 생명을 가진 것들이다(環海之間, 含生之類)"라는 문장이 있다. [周]

51) 瓜瓞(과질) : 조상이 남긴 은택이 장구한 것을 비유하는 말이다. 『詩經』에 "자손이 많고 집안이 번성하네(綿綿瓜瓞)"라는 구절이 있다. [周]

52) 甘棠(감당) : 周나라 때 召公奭은 남국으로 순행을 갔다가 文王이 정치를 펴자 팥배나무 아래에 머물렀다. 후인이 그의 덕을 기리고 그 나무를 아껴 甘棠詩를 지었다. [周]

53) 蟻心(의심) : 개미는 여왕개미, 수캐미, 일개미로 나뉘는데 일개미는 먹이를 굴로 나르는 일이나 전투를 담당하며 여왕개미와 수캐미에게 매우 충성스럽다. [周]

54) 新扃(신경) : 扃은 원래 문짝을 가리키는데 여기서는 새로 장사 지낼 곳을 말하는 것이다. [周]

舟.[55] 蓋南巡不返, 蒼梧棲虞帝之靈;[56] 而東狩弗歸, 會稽有夏王之穴.[57] 哀哉! 玄雲晦而荒戍寒, 白日陰而平蕪沒. 那堪孤隴, 厭聽『楊枝』;[58] 誰憶幽阡, 重歌『薤露』.[59] 式陳簞食, 伸薄悰以三呼; 聊備素醪, 庶靈魂之一酌. 尙饗!

又於宋常朝殿, 掘冬青[60]樹, 各植於所函土堆上以誌之. 作『冬青行』二首曰:

馬箠[61]問髐形,[62] 南面[63]欲起語. 野麕[64]尙純束, 何物敢盜取? 餘花拾飄蕩, 白日哀後土! 六合[65]忽怪事, 蛻龍掛茅宇. 老天鑒區區, 千載護風雨.

---

55) 藏舟(장주): 劉晝의 『新論』에 다음과 같은 문장이 보인다. "배에 돌을 저장하였다가 배가 풍랑에 부서지면 이 돌에 의지하여 떠오른다. 고로 附得其所면 무거운 돌도 뜰 수 있다." 여기서도 附得其所의 의미로 쓰였다. [周]

56) 蒼梧棲虞帝之靈(창오서우제지령): 순임금은 남쪽으로 순행을 갔다가 푸른 벽오동나무 아래에서 죽었다. [周]

57) 會稽有夏王之穴(회계유하왕지혈): 우임금은 동쪽으로 순행을 갔다가 회계에서 죽었다. [周]

58) 楊枝(양지): 「楊柳枝」를 말하는 것으로 한나라 때 鐃歌(옛날의 군악, 징소리에 맞춰 불렀음)鼓吹의 곡명이다. 본래는 「折楊柳」라 했으며 隋나라에 이르러 처음으로 宮詞(궁정의 일상사를 노래부른 시)로 만들어졌다. 지금의 「楊柳枝」는 칠언 사구로 되어 있고 「竹枝詞」와 비슷한데 당나라 사람이 만든 것으로 보인다. [周]

59) 薤露(해로): 고대의 挽歌. 사람의 생명이 흡사 염교 잎에 떨어진 이슬이 햇빛에 쉽게 말라버리는 것과 같음을 의미한다. 본래 田橫의 문하에서 나온 말로 전횡이 자살하자 그 문하생들이 그것을 슬퍼하여 悲歌를 지었다. 이것이 한나라 때는 이르러서는 喪歌로 여겨져 왕공 귀족들이 죽었을 때 이 노래를 불렀다. [周]

60) 冬青(동청): 상록아교목으로 山地에서 자생하며 높이가 10여 척 정도 된다. 잎은 계란 모양으로 끝이 날카롭고 두꺼우며 광택이 있다. 초여름에 작고 흰 꽃이 핀다. 열매는 작고 붉어서 마치 붉은 팥처럼 생겼다. 잎이 작은 것은 細葉冬青이라고 부른다. [周] 감탕나무를 가리킨다. [譯]

61) 馬箠(마추): 말채찍.

62) 髐形(효형): 백골의 형상, 외관. '馬箠問髐形'의 典故는 『莊子·至樂』 중 "장자가 초나라로 가서는 빈 해골을 보았는데 백골에 형상이 있어 말채찍으로 때리면서 물었다(莊子之楚, 見空髑髏, 髐然有形, 撽以馬箠, 因而問之)"에서 나온 것이다. [周]

63) 南面(남면): 봉건시대 황제의 자리가 남향이었으므로 황제를 남면이라 칭했다. [周]

64) 麕(균): 짐승이름으로 노루를 말한다. 『詩經』에 "들에 죽은 노루가 있네(野有死麕)"라는 구절이 있다. [周]

65) 六合(육합): 上下와 동서남북 四方을 육합이라 한다. [周]

冬青花, 不可折, 南風吹涼積香雪. 遙遙翠蓋萬年枝, 上有鳳巢下龍穴. 君不見, 犬之年, 羊之月, 霹靂一聲天地裂!

復有夢中詩[66]四首曰 :

珠亡忽震蛟龍睡, 軒敝寧忘犬馬情? 親拾寒瓊出幽草, 四山風雨鬼神驚.

一壞自築珠丘[67]土, 雙匣猶傳竺國經. 獨有春風知此意, 年年杜宇泣冬青.

昭陵[68]玉匣[69]走天涯 : 金粟[70]堆前起暮鴉. 水到蘭亭[71]轉嗚咽, 不知眞帖[72]落誰家!

---

66) 夢中詩(몽중시) : 元나라 때는 시를 지을 때 그 제목을 명백히 제시 할 수가 없었기 때문에 夢中을 제목으로 삼는 일이 많았다. [周]

67) 珠丘(주구) : 『拾遺記』에 다음과 같은 문장이 보인다. "순임금을 푸른 벽오동나무 들판에 장사지내자 참새와 비슷한 새가 丹州에서 날아왔는데 그 새를 憑霄라고 불렀다. 그 새는 종종 푸른 벽오동나무 들판으로 푸른 모래알을 물어다 날랐는데 그것이 쌓여서 구릉을 되었고 그 구릉을 珠丘라고 하였다(舜葬蒼梧之野, 有鳥如雀, 丹州而來, 名曰憑霄. 時來蒼梧之野, 銜青砂珠, 積成隴阜, 名曰珠丘)." [周]

68) 昭陵(소능) : 唐 太宗 李世民의 능으로 지금의 섬서성 醴泉縣 동북쪽 九嵏山(구종산)에 있다. 蘭亭眞迹은 王羲之가 꿈속에서 쓴 것으로 꿈에서 깬 후 재차 수백 권의 책을 썼지만 모두 꿈속에서 썼던 것에는 미치지 못하였다. 그는 난정진적을 매우 소중히 여겨 자손대대로 전하게 하였다. 후에 7대손인 智永禪師의 손에까지 전해졌는데 그것을 제자인 辨才에게 주었다. 이세민은 그 책을 얻으려 했으나 손에 넣지 못하자 監察御史 蕭翼을 시켜 흉계를 꾸며 빼어 손에 넣었다. 이세민이 죽은 후 그 책은 소릉에 함께 묻혔다. 唐末에 이르러 耀州節度使 溫韜가 昭陵을 파내서는 묻혀 있던 책과 그림의 장정과 족자만 골라내어 가진 후 그림과 책은 버렸다. 그리하여 魏, 晋 이래로 墨迹 역시 세간에서 발견되었는데 다만 난정진적만이 행방을 알 수 없다. [周]

69) 玉匣(옥갑) : 李世民은 술수를 써서 蘭亭眞迹을 얻은 후 옥함에다 그것을 넣어 보관하였는데 죽은 후 그것을 함께 묻었다고 전해진다. [周]

70) 金粟(금속) : 풀푸레 나무(桂花 나무)를 말한다. [周]

71) 蘭亭(난정) : 지금의 절강성 소흥시 남서쪽으로 27리 떨어진 곳에 있다. 東晋 永和 9년(353) 王羲之는 孫綽, 謝安 등 41명과 함께 여기에서 修禊를 지냈다. [周] 修禊란 옛날 음력 3월 상순 巳日에 물가에서 지내는 액막이를 위한 제사를 말한다. [譯]

72) 眞帖(진첩) : 왕희지의 친필인 「蘭亭集序」를 가리킨다. [周]

珠凫玉雁又成埃, 斑竹臨江首重回. 猶憶年時寒食祭, 天家一騎捧香來.

越七日, 總浮屠下令, 裒諸陵骨, 雜以牛馬枯骼, 築一塔壓之, 名曰鎭南. 杭民悲戚不寧, 而不知陵骨之猶存也. 頃之, 流傳京師, 世祖赫怒, 械系楊禿, 卒死囹圄, 凶黨百餘, 皆被杖死. 福聞逃脫, 爲鄕夫所屠食. 蓋楊禿不道, 聞實啓之, 獻寺未幾, 果發魏塚, 多得金玉, 遂起發陵之想, 遺禍最慘, 受報亦酷, 孰謂天道遠哉!是時, 山陰人始有藉藉傳唐君事者. 由是君之義風, 震動吳越, 而貧乏如故.

忽一日, 獨坐書齋, 有黃衣吏持牘示曰 : "王有召!" 導至一所, 觀闕巍峨, 宮宇靚麗, 殆非人間. 有一人冕旒坐殿上, 數黃衣貴人, 逡巡降揖曰 : "藉君掩骸, 其有以報." 君乃升殿謁, 造王前. 王謂曰 : "汝受命貧窶, 兼無妻子, 今忠義動天, 命賜汝伉儷丈夫子[73]三人, 田三頃." 拜謝, 降出, 遂覺, 乃曲枕几上耳. 逾時, 會稽治中[74]袁俊齋始至, 爲子求師, 有以君薦者, 一見, 置賓館. 一日, 問曰 : "吾渡江, 聞有唐氏偸葬宋諸陵骨, 子豈其宗耶?" 左右交口曰 : "此卽是已". 袁大駭, 拱手曰 : "君此擧, 豫讓[75]不能抗也." 曳之坐北面,[76] 而納拜焉. 禮敬特加, 情款益篤. 叩知家徒四壁,[77] 惻然嗟矜. 語左右曰 : "唐先生家事, 吾須任之." 不逾月, 聘婦偶故

73) 丈夫子(장부자) : 남자. [周]

74) 治中(치중) : 관직이름. 漢代에 처음 두었으며 州刺史의 보좌관이었다. 중간에서 일을 처리하였으며 모든 문서를 주관하였다. 역대로 그것을 두었는데 唐代에는 司馬로 바꾸었다. [周]

75) 豫讓(예양) : 전국시대 晋나라 사람이다. 일찍이 范中行氏를 섬겼었는데 이름을 날리지 못하자 智伯에게 가서 그를 섬겼다. 지백은 그를 매우 중하게 여기고 총애하였다. 趙나라 襄子가 韓, 魏와 함께 지백을 멸하자 예양은 숯을 삼키고 벙어리가 되어 지백의 원수를 갚기 위해 양자를 암살하려고 꾀하였으나 두 번이나 양자에게 붙잡혔다. 첫 번째 잡혔을 때 양자는 그를 풀어주었다. 두 번째 잡히자 예양은 양자에게 옷을 벗어 자기에게 줄 것을 요구하였다. 그리고는 칼을 뽑아 하늘을 부르며 옷을 칼로 몇 번 내리쳐서는 복수의 뜻을 나타내고는 곧이어 칼로 자살하였다. [周]

76) 北面(북면) : 고대 제왕은 남쪽을 향하고 앉았는데 신하들이 僭越할 수 없었다. 이 때문에 북면을 가장 존경을 나타내는 자리로 여겼다. 『한서』에 "북쪽을 향하여서는 제자의 예를 행하였다(北面執弟子禮)"라는 문장이 보인다. [周]

國之公女, 負郭[78]食故國之公田, 二事整齊, 悉自袁出. 袁有詩贈之曰 :

故國山河盡黍離,[79] 一抔丘墓爲誰移? 奸僧得志重泉恨, 義士偸骸萬古悲!
卻羨子房藏跡處, 可憐豫讓變聲時. 揚州多少簪纓胄,[80] 只君一個是男兒!

後果獲三子, 鼎立[81]頎頎,[82] 夢中神語, 無一不合. 人皆快唐君之報, 而亦義治中之擧, 兩高之云.

---

77) 家徒四壁(가도사벽) : 집안에 사방의 벽만 보일 뿐 안에 아무 것도 없다. 즉 너무 가난하여 아무 것도 가진 것이 없음을 의미한다. 『한서』에 다음과 같은 문장이 보인다. “탁문군이 밤에 상여에게로 도망가자 상여가 그녀와 더불어 함께 말을 달려 돌아갔더니 집안에 사방 벽만 있었다(文君夜亡奔相如, 相如乃與馳歸, 家居徒四壁立).” [周]

78) 負郭(부곽) : 성으로부터 거리가 매우 가까운 곳. 성 근처. 『史記 · 蘇秦傳』에 다음과 같은 문장이 보인다. “만일 나에게 낙양성 근처에 전지가 2백 묘만 있다면 내 어찌 육국 재상의 관인을 차겠는가?(使吾有洛陽負郭田二頃, 吾豈能佩六國相印乎?)” [周]

79) 黍離(서리) : 『詩經 · 王風』의 편명. 이 시는 주나라 왕실이 동천한 후에 한 사대부가 지은 것이다. 그는 西周로 갈 일이 있어 가다가 이전의 종묘와 궁궐에 기장만이 가득 자라있는 것을 보게 되었다. 그는 주 왕실이 무너진 것을 슬퍼하여 배회하며 떠나려 하지 않으며 이 시를 지었다. [周]

80) 簪纓胄(잠영주) : 관직을 지내던 사람의 후대를 가리킨다. [周]

81) 鼎立(정립) : 鼎은 三足을 말하며 鼎立은 세 세력이 병립하여 우열을 가릴 수 없는 것을 말한다.

82) 頎頎(기기) : 자라다, 성장하다. [周]

7 와법사입정록(臥法師入定錄)

와법사가 전하는 천벌

한면(漢沔)의 풍속에 여자들은 놀기를 좋아했다. 귀한 집이나 대갓집에서 다투어 미색을 숭상하여 만약 미인을 얻으면 다른 사람들이 알아주지 않을까 하여 두려워했다. 늘 아침저녁으로 남자와 여자들이 즐겁게 모여 넓은 자리에 가까이 앉아 팔이 맞닿고 어깨가 부딪쳐도 전혀 이상하게 생각하지 않았다. 돌아갈 적엔 반드시 보았던 바를 들어 품평을 하며 누가 가장 뛰어나고 누가 그 다음이라고들 했다. 그 아름다움을 흠모하여 서로 입방아를 찧으면 그 남편 되는 자가 이를 듣고는 다른 사람들이 알아준다고 여기고 또 홀로 아름다운 처를 얻었다고 자랑을 하였다. 지원(至元), 지정(至正) 이래로 이러한 풍속이 더욱 번졌다.

원상리(原上里)에 철생(鐵生)이라는 자가 적씨(狄氏)를 아내로 맞이했는데 미색이 성내에서 가장 뛰어나 나가서 놀게 되면 가는 곳마다 자자한 소리를 들었다. 알고 모르고 간에 모두 철생에게로 다가와서 자세히 보며 부러워하였다.

"당신은 전생에 무슨 인연이 있기에 이런 복을 받았소?"

혹 어떤 사람은 술과 안주로 축하해주기도 하였다. 그래서 철생이 나가기만 하면 돈 한푼을 지니지 않아도 매양 취하여 돌아왔다. 미모가 성 안팎에서 가장 뛰어나니 철생을 알지 못하는 자가 없었으며 따라서 탐내는 마음이 없을 수 없었다. 하지만 철생이 본래 거족이고 또 흉폭했기 때문에 사람들은 감히 가까이하지 못했다.

같은 마을에 호생(胡生)이 있었는데 그의 처가 소문으로 듣기에 또한 적씨에 버금간다고 하였다. 그래서 철생은 호생과 사귀게 되었다. 항상 적씨에게 말했다.

"사람들은 당신의 미모가 제일이라고 하는데 내가 보기엔 호생의 처 또한 당신에게 뒤지지 않소. 내 무슨 수를 써서라도 그녀와 통정해 본다면 죽어도 달갑겠소."

철생은 스스로 호생의 집에 가서 술을 마셨는데 주머니를 기울이고 돈궤를 털어서라도 환심을 사려고 했다. 호생 또한 수시로 철생과 왕래하면서 밤이 다하도록 거리낌이 없었다. 마을의 좋지 못한 젊은이들과 가희와 무희들이 모두 모여 음탕한 일들과 요염한 자태로 눈짓을 하고 마음을 유혹하는 등 하지 않는 짓이 없었다. 두 사람의 처는 각각 발 뒤에 숨어서 몰래 보는 것으로 즐거움을 삼았다. 철생은 혼자 일이 거의 다 되었다고 생각했다. 그리고 적씨가 비녀와 귀고리를 내어 그 즐거운 모임에 비용을 보태자 철생은 크게 기쁘게만 여겼지 적씨가 호생에게 마음이 있다는 것을 알지 못했다. 이윽고 호생과 적씨가 통정을 하고 말았는데 적씨가 남편보다 호생을 더 사랑하게 되었으나 철생은 이를 알아차리지 못했다. 철생은 집안이 본래 넉넉하고 땅과 농장이 많았으나 모두 팔아서 노는 데 써버리니 팔고 얻은 돈 중에 열에 두셋도 남지 않았고 게다가 적씨가 안에서 또 몰래 그 반을 숨겼다. 유명한 기생을 일부러 불러다가 철생에게 따라 놀게 하고는 간혹 숨겼던 돈을 내어 보태어주니 철생은 너무나 기뻐했다. 혹은 열흘이나 한 달이 지나도록 돌아오지 않았다. 그러면 호생과 적씨는 마음 놓고 놀았다. 그러나 철생은 오히려 아내가 현숙해서 시기할 줄 모른다고 생각했다. 적씨는 산해진미를 잘 차려 호생을 대접했는데 신선한 고기를 삶고 기름진 고기를 베어 먹이느라 하루에 드는 비용이 적지 않았다. 이럴 때 철생이 밖에서 돌아오면 거짓으로 말했다.

"근래에 소채(素菜)를 달게 먹었으나 오늘 이렇게 잘 차린 것은 서방님과 즐겁게 한잔하기 위해서랍니다."

그러면 철생은 이를 믿고는 기뻐하였다. 혹 술잔과 접시가 어지러이 널려 있을 때 철생이 돌아오면 이렇게 말했다.

"친척 아무개가 서방님이 억지로 술을 권하실까 겁을 먹고 도망갔습니다."

그렇게 해도 철생은 또 믿고 묻지 않았다. 철생은 적씨와 무릎을 맞대고 앉아 술을 마시면 세 잔이 되지 않아서 벌써 코를 골며 깊은 잠에 빠지곤 했다. 그러면 호생이 나와서는 그의 관을 쓰고 그의 옷을 입고 적씨와 함께 웃으며 밤을 새워도 철생은 듣지 못했다. 적씨가 미리 독한 술을 담궜다가 취하게 만든 것으로 그 생각은 호생의 머리에서 나왔는데 매번 시도해서 매번 들어맞았다. 그래서 철생이 마지막 잔을 들 때면 호생은 벌써 장막 뒤에서 적씨에게 손짓을 하는 것이었다. 철생은 호생의 계략에 빠져들어 오랫동안 그것을 깨닫지 못하고 여러 번 발걸음 소리가 들려도 의심을 하지 않았다.

이렇게 몇 달이 지나갔다. 어느 날 저녁 몸이 다소 불편해서 침실에 누워있는데 호생이 조심을 하지 않고 제 맘대로 나다녔다. 문득 호생이 보이자 이상한 생각이 들어서 적씨와 하녀에게 물어보니 모두 거짓으로 모르는 체 했다.

"방금 본 사람이 마치 호생 같소. 어찌 병중이라고 눈이 흐릿하여 귀신을 본단 말이요."

"당신이 마음으로 호생의 아내를 사랑하여 헛것이 보였을 거예요."

다음날 호생이 얼굴에 푸른 빛을 칠하고 머리를 붉게 물들이고 발은 천으로 감싸서 소리 나지 않게 한 다음 불쑥 철생의 앞에 나타났다. 철생은 비명을 지르며 '귀신이야!'하고는 소리를 지르며 머리를 감싸고 울면서 살려달라고 했다. 급히 무당을 불러 축원을 드리게 하였으나 병은 날로 더해갈 뿐이었다.

원상리(原上里)에서 백 리 떨어진 곳에 와법사(臥法師)라는 스님이 있었는데 호가 허곡(虛谷)이었으며 여러 명산에서 수행을 하였다. 그래서 정중하게 모셔 참회법단을 세워 복을 빌게 하였다. 이날 법사가 입정(入定)에 들어갔는데 시간이 한참이 지나도 일어나지 않고 황혼이 질 때가 되어서야 깨어났다. 그리고 탄식하며 말했다.

"이상하도다! 하늘에서 인간 세상을 살펴보고 있는데 내 그곳에서 듣지 못했던 바를 들었다."

사람들이 물어보니 이렇게 이야기를 했다.

"내가 처음 길을 떠남에 토지신(土地神)을 보았는데 마침 철생의 선조인 수의공(繡衣公) 또한 거기에 있었다. 토지신을 보고는 '저의 손자가 호생에게 해를 당하고 있습니다'라고 하니 토지신(土地神)이 자신의 직위가 낮다는 것 때문에 '오늘 남북(南北) 이두(二斗)가 옥사봉(玉笥峰) 밑에서 모이는데 가서 이야기해보시오'라고 하였소. 수의공이 나에게 함께 가서 보자고 하여 가보니 두 노인이 있었는데 한 사람은 붉은 옷을, 한사람은 푸른 옷을 입고 있었소. 우리 두 사람이 머리를 조아려 앙소(仰訴)하였지만 한참 동안 아무런 대답도 않았소. 그래서 우리 두 사람은 더욱 자세를 가다듬었고 바둑이 끝나자 푸른 옷을 입은 사람이 탄식을 하며 '세상 사람들이 요망하다는 것을 알고 있었지만 유자(儒者) 또한 그럴 줄은 몰랐다. 세상에서 우리가 생명과 죽음을 내려 사람들의 목숨을 연장시킬 수 있다고 말하고 있지. 무릇 천하에는 몇 천만 명의 사람들이 옛부터 지금까지 있어오면서 나고 죽고 하는데 그 세월이 수천만 년이라. 만약 세상의 말과 같이 사는 것과 죽는 것 그리고 복록에 다 장부가 있다면 비록 몇 만 명의 관원을 둔다 해도 족히 일을 다 할 수 없을 것이다. 그러면 천상의 노고가 어찌 인간에 지나지 않겠는가. 대개 하늘이라고 하는 것은 이(理)일 따름이다. 선한 사람이 복을 받고 음탕한 자가 화를 당하니 이는 이치를 믿을 수 있는 근거인 것이다. 북돋워주고 넘어지는 것을 일으켜 주는 것은 다 사람들이 스스로 취하는 것이다. 그대는 세상에 유명한 유자(儒者)이건만 스스로 취한다는 이치에 어두운 채 이익도 없는 것을 구하니 한탄스러운 것이 아니랴'라고 하였지. 그러자 수의공께서 '세상 사람들의 말이 요망하다는 것을 말씀 듣고서 알겠나이다. 그러나 하늘이 사람을 나심에 만약에 정해진 운명이 없다면 어떻게 명이 있다 말하는 것입니까? 요즘 세상에 어릴 적엔 귀신이 그 과명(科名)을 예정하고 청년이 되면 그 장수(長壽)와 요절(夭折)을 정한다고 하는데 이와 같은 것은 도대체 무슨 소리입니까?'라고 하였네. 그러자 붉은 옷을 입은 분이 '아! 이것이 바로 이치를 가까이 두고 진리를 크게 어지럽힌다는 것이다. 무릇 만물에 다함이 있으니 어찌 사람이라고 없겠는가. 하지만 대한(大限)은 있고 소한(小限)은 없는 것이다. 대한이라는 것은 무엇인가. 부귀한 사람이 끝내 빈천해지지 않고 복과 수를 누리는 자가 끝내 재앙과 화에 곤궁해지지 않는 것과 같은 것으로 이것이 운명의 일정한 것이다. 부유하면서 귀하게 되고 귀하면서 부유하게 되거나 벼슬이 있으되 후사가 없고 아들이 많되 오래 살지 못하고 오래 살되 재물이 부족하고 처음에는 곤궁하다가 후에는 부유해지는 등 이것을 얻으면 저것을 잃고 짧은 것을 보충하면 긴 것이 잘리고 경우에 따라 이동하고 때에 따라 움직이는 즉 천태만상으로 그 본말을 알 수 없는 것으로 한 번 정해지면 굳게 변함없는 것이 아니다. 봉록, 벼슬, 명예, 장수를 일러 복이라 하고 병, 고통, 죽음, 상처를 재앙이라고 하는데 어찌 세상에서 입방아 찧는 미리 정해진 운명이라고 말하는 것과 같겠는가? 그대는 떨어진 꽃잎이 바람에 날리는 것을 보지 못했소? 어떤 것은 주렴과 창틀 위를 스치고 어떤 것은 똥통 속에 빠지고 마니 그 깨끗하고 더러움은 천지차이로 다르나 바람은 무심하지요. 비록 공히 주렴 쳐진 창틀 위에 떨어지게 된다고 해도 어떤 것은 시인에게 감상되고 어떤 것은 속인에 의해 버려지게 되지요. 아니면 텅 비고 적막한 정원에 떨어져서 아예 누가 감상하거나 버리거나 하는 것조차 없게 되어 버리니 이는 모두 떨어진 이후에 사물이 스스로를 주체하는 것을 얻지 못함으로 바람이 그것을 주체한다고 할 순 없을 것이요. 이런 까닭에 궁벽진 시골에 사는 사람은 오래 사는 것이요 번화한 도시에 사는 사람 중엔 밖으로 드러나는 사람이 많고 교외와 농촌에 사는 사람에겐 일이 많고 시서와 예악을 공부하는 선비는 뛰어난 점이 많은 것이니 모두 처한 환경과 익힌 일에 의해서 그렇게 되는 것으로 어찌 운명이 정하는 것이겠소. 귀신의 신령함과 점의 지혜는 단지 미리 그 당연한 것을 아는 것뿐으로 그러한 것을 미리 정하는 것이 아니올시다. 세상의 말이 요망하여 모두 운명에 기인하다고 해서 교만한 사람은 운명은 내 손에 있다고 말하고 자포자기한 사람은 명(命)인 것을 어찌하리라고 말하게 되지요. 그러니 그것이 세상에 미치는 해가 적겠소? 그대의 손자가 불초하여 마땅히 죽어야 하겠으나 내가 생각해보니 그대는 명유(名儒)로 어찌 후사를 끊을 수 있겠소. 손자는 반드시 죽지 않을 것이오. 저 호생이라는 자는 인간세상에서 보응을 받지 않는다면 죽어서도 보답을 받을 것이오. 대개 하늘이 사람을 나심에 처음에는 어떤 생각도 없고 나고 난 후에 선악이 비로소 갈리는 것으로 인간세상에서 제대로 보답 받지 못하는 것은 하늘에서 보충해 줄 따름이오. 돌아가시면 호생의 일은 절로 결단이 날 것이니 복수할 필요가 없을 것이오.'라고 말했소. 그리고 나를 보고 '그대와 내가 이렇게 만나게 됐으니 어찌 말 한마디 없을 수 있겠소. 옛 사람들이 자기 분수에 맞게 처신하라고 한 말은 진실로 일리가 있는 말이라오. 세상 사람들에 비유해보면 어떤 사람은 돈이 십 관 있고 어떤 사람은 백 관, 어떤 사람은 천만 관 있는 사람이 있지요. 그런데 사치스럽게 쓴다면 천만이라고 해도 부족할 것이며 아껴 쓴다면 백이나 십이라도 항상 남는 것이 있으니 이러한 이치는 진실로 믿을 수 있는 것이지요. 그러니 세상 사람들에게 이러한 이야기 좀 해주구려'라고 하고는 떠났지요. 나는 그 말을 엄숙히 되새기며 하나라도 빠뜨리지 않으려 했소. 이 어찌 기이한 일이 아니겠소."

이에 여러 사람들은 철생이 반드시 회복될 것이라고 축하해주었으며 호생은 반드시 보복을 받을 것이라 하며 통쾌해했다. 일 년이 지나지 않아 호생은 허리가 아픈 병에 걸려 열흘이 지나자 종기가 크게 터졌는데 의원은 골수가 다 되어 돌이킬 수 없다고 했다. 죽은 후에 처와 딸은 욕을 당하게 되니 이는 철생에 대한 보답인 것이다. 그리고 철생은 끝내 아무 일도 없었다고 한다.

臥法師入定錄[1]

漢沔[2]之俗, 其女好游, 貴第大家, 競以美色相尙, 一得嬌艶, 惟恐人不及知, 每燈夕花晨, 士女歡集, 稠人廣坐, 臂接肩摩, 恬不爲怪. 及歸途, 必擧所見而品題之, 某爲之冠, 某爲之次, 欣喜艶羨, 踊躍交口; 卽其丈夫聞之, 亦以受知於人爲慶, 且自夸獨得美妻焉. 至元、至正[3]以來, 此風益熾. 原上里有鐵生者, 娶妻狄氏, 美冠一城, 每出游, 所至聞喈喈[4]聲, 無問識與不識, 皆就生熟視曰: "爾何前緣, 獲福如是!"或就以酒肴慶之.

---

1) 臥法師入定錄(와법사입정록): 이 이야기는 凌濛初가 話本으로 개작한 적이 있다. 『初刻拍案驚奇』 제32권에 수록되어 있는데 回目은 "喬兌換胡子宣淫, 顯報施臥師入定(못된 호생은 음란하게 사통하였고 인과응보는 와법사의 말대로 이루어졌다)"이다. [周]

2) 漢沔(한면): 강 이름. 漢水와 沔水는 본래 한줄기로 한수가 강으로 유입되는 곳을 沔口라고 하였는데 지금의 호북성 漢口이다. [周]

3) 至元、至正(지원, 지정): 둘 다 원나라 順帝(妥歡帖木)의 연호이다. [周]

4) 喈喈(차차): 칭찬하는 소리. [周]

故生出, 不持一錢, 而每醉返. 傾城內外, 莫不識鐵生, 而覬覦之心, 無不有也. 顧鐵本巨族, 且獷悍, 人以故不敢暱.

同里有胡綏者, 其妻聲聞, 亦亞於狄. 生遂結交於胡生焉. 嘗謂狄氏曰: "人言汝爲色魁, 自我視之, 胡生之妻, 當不汝讓也. 吾何術以通之, 死且甘心焉." 乃自就胡綏, 沉酣於酒, 傾囊倒篋, 奉以爲歡. 胡亦時與往來, 通宵無禁. 里中惡少, 歌姝舞姬, 無不畢集, 淫褻之事, 妖冶之容, 目送心挑, 靡所不逞. 二人之妻, 亦各於簾瑣[5]中窺覰以爲樂. 生自念庶幾一遇. 而狄氏每出簪珥, 佐其歡會, 生大以爲快, 而不知狄氏之屬意於胡也. 已而胡綏果通於狄氏, 狄氏愛之, 過於其夫, 而生不覺也. 生家本饒裕, 侈有田園, 乃悉變遷以供貲費, 所得之直, 什無二三, 而狄氏從中又匿其半. 訪有名妓, 故令生從之游, 間出所匿以資之, 生大喜過望, 或旬月不歸, 而胡與狄因得暢意爲樂, 生反以爲妻之賢, 能不妒也. 狄氏巧爲珍饌, 以餉胡綏, 烹鮮刺肥, 日費不貲, 而生適自外至, 則詭謂曰: "邇來虀鹽[6]自甘, 今日之設, 與子聊歡娛耳." 生信之, 且喜. 或杯盤已狼藉, 而生突歸, 則曰: "某親畏汝强酒, 逃去矣." 生亦不問. 生或與狄氏促膝對飮, 未過三酌, 而鼾然熟睡; 胡綏卽出, 冠其冠, 衣其衣, 與狄氏笑語終夕, 而生頗無聞也. 蓋狄氏預釀惡酒以醉之, 其方出於胡, 屢試屢中, 故每當生卒爵時, 胡已於幃中招狄氏矣. 生墮於計, 久而不悟, 屢有聲迹而不疑, 如是者累月. 一夕, 生偶小恙, 臥室中, 而胡不復顧忌, 出入自擅. 生忽覰見胡, 不覺怪問, 狄氏與婢, 皆佯爲不知. 生曰: "適所見, 頗類胡生. 豈病眼模糊, 見鬼物耶?" 狄氏曰: "汝心熱慕其妻, 故恍惚遇之耳." 次日, 胡綏以靛塗其面, 朱染其髮, 綿裹其足, 使之無聲, 故於生前直衝而出. 生失聲, 大叫"有鬼." 以被蒙頭, 涕泣求生. 急召師巫, 爲之禳祝, 而病日有增矣.

去原上百里, 有了臥法師, 號虛谷, 戒行爲諸山之冠, 乃以禮請至, 建懺悔法壇, 以祈福庇. 是日臥師入定, 過時不起, 至黃昏而後甦. 歎曰:

---

5) 瑣(쇄): 鎖窓을 말하는 것으로 창살에 무늬가 새겨져 있다. [周]
6) 虀鹽(제염): 다진 채소와 양념장은 모두 평소에 먹는 소박한 음식이다. [周]

"異乎! 鬼神之間, 審於陽世, 予得聞所未聞也." 衆諦問之. 曰: "予始行, 見土地, 適遇鐵之先祖繡衣公亦在, 訴冤云: '其孫爲胡生所害.' 土地自以職卑, 敎之曰: '今日南北二斗[7]會降玉笥峯下, 可往訴之.' 繡衣公邀予同往, 至則見二老人, 一衣緋, 一衣綠, 對坐奕棋. 予二人叩首仰訴, 久之不應. 予二人益堅. 奕罷, 衣綠者慨然歎曰: '吾怪世人謬妄, 不意儒者亦然. 世謂吾等降生注死, 可以延年益壽. 夫天下不知幾千萬人, 古往今來, 生死代嬗, 不知幾千萬世. 果如世說, 死生有簿, 福祿有籍, 則雖設幾千萬員役, 亦不足以治事. 天上之勞, 豈不過於人間乎? 蓋天非他, 理而已矣. 福善禍淫, 理之可信者也. 栽培傾覆, 人之自取者也. 爾名世儒家, 乃昧自取之理, 爲無益之求, 可不爲太息哉!' 繡衣公曰: '世說之妄, 敬聞敎矣! 然天之生人, 使無一定之數, 則何以言有命? 今有童稚之日, 而鬼神預定其科名; 當少壯之時, 而推算可決其壽夭. 若此之類, 抑何說歟?' 緋衣者曰: '嗟乎! 此所謂彌近理而大亂眞者也. 夫萬物有終窮, 豈以人無定限哉? 然有大限, 無小限. 大限者何? 如富貴之不終貧賤, 福壽之不困災殤, 此數之一定者也. 若夫富或爲貴, 貴或爲富, 或有爵而無嗣, 或多子而短年, 或豐於壽而嗇於財, 或蹇於前而亨於後, 得此失彼, 補短截長, 隨遇而移, 因時而變, 則有千態萬狀, 莫之端倪,[8] 而未嘗膠於一定也. 蓋祿位名壽, 皆謂之福; 病苦死傷, 皆謂之災, 豈若世俗飮啄前定之謂哉? 子獨不見風之送落英乎? 或拂於簾櫳之上. 或墮於糞溷之中,[9] 其淸濁大較[10]然也, 而風無心. 至若均之拂乎簾櫳, 或見賞於騷人, 或見棄於俗子, 或空院閑庭, 而俱泯其賞棄之跡, 此皆旣落以後, 事物不得自主, 曾謂風得主之乎? 是故窮鄕深谷之人多壽, 都邑城郭之人多顯, 郊野田畝之夫多

---

7) 南北二斗(남북이두): 별 이름. 신화전설에서는 그것들은 두 노인으로 사람이 죽고 사는 것을 주관한다고 전해진다. [周]

8) 端倪(단예): 두서, 실마리. [周]

9) 拂簾墮溷(불렴타혼): 이것은 唯物論者였던 南朝 사람 范縝이 竟陵王 蕭子良에게 했던 말을 모방하여 쓴 것이다. 『南史 · 范縝傳』에 보인다. [周]

10) 大較(대교): 대략. [周]

勤, 詩書禮樂之胄多秀, 遇之所使, 習之所致也, 豈命限之乎? 乃若鬼神之靈, 卜算之智, 不過能前知其當然, 非能預定其已然也. 世說矯誣, 皆云由命, 遂使驕蹇[11]者曰 : 命在我矣! 暴棄[12]者曰 : "其如命何! 其爲世害, 豈淺淺哉. 爾孫不肖, 有死之理, 以吾度之, 爾爲名儒, 豈終絶嗣, 爾孫不死, 可必也. 彼胡生者, 不受報於人間, 則受罪於陰世. 蓋天之生人, 初本無意, 旣生之後, 善惡始分, 乃有報應陰官之置, 正補陽世之不及耳. 子且歸, 胡生自有主者, 何庸仇之哉?' 語畢, 又顧予曰 : '吾與爾, 非有緣不遇, 寧無一語以詔世人. 昔人所謂惜壽惜福之說, 則誠有之. 譬之世人, 有有錢十貫, 有百貫, 又有千萬貫者; 奢用之則千萬而不足, 儉用之則百十而常存, 此理之可信者也. 可爲世人道之.' 言訖而去. 予莊誦其言, 不敢遺失, 豈不異哉!" 於是衆共賀鐵生之必起, 快胡綏之必報. 未及期年, 胡病腰痛, 旬日, 癰疽大發, 醫者以爲髓竭無救. 旣死之後, 妻女皆淫於人, 爲鐵生之報. 而鐵卒無恙云.

11) 驕蹇(교건) : 오만하고 방자하다. [周]
12) 暴棄(포기) : 자포자기하여 향상을 꾀하지 않다. [周]

정현승전(丁県丞伝)

정현승의 뒤늦은 후회

선덕(宣德) 연간에 정현승이라는 사람이 있었는데 삼오(三吳)의 벼슬한 집안 자제였다. 어릴 때 재물로 상사(上司)가 되었고 후에 벼슬이 경기지방의 현승(縣丞)에 올랐다. 사람들이 그 이름과 호를 잊어 버려 그 관직명으로 부르는 것이다. 정현승은 본래 집안이 부유하고 성품도 호방하여 벼슬하기 전에 여러 차례 서울에 왕래하면서 권세 있는 자들과 교분 맺기를 좋아하고 가사 일에는 신경을 쓰지 않아 살림이 매우 영락해졌다.

하루는 연(燕)땅[하북성]에 갈 일이 있어 경구(京口)로 나와 배를 타고 북쪽으로 가려는데 마침 큰 눈이 내려 길은 질퍽거리고 적막하여 하늘엔 새조차 없었으니 어찌 행인이 있겠는가. 홀로 한퇴지(韓退之)의 남관(藍關)으로 가는 길도 이보다 더 하지 않으리라 생각하며 '운횡(雲橫)', '설옹(雪擁)'의 구절을 읊고 있는데 갑자기 뒤에서 부르는 소리가 들렸다.

"한공(韓公)! 천천히 가시지요. 상자(湘子)가 왔소이다."

고개를 돌려보니 어떤 중이 홀로 말을 타고 오는데 신기(神氣)가 맑고 상쾌하였다. 비록 차가운 바람이 뼈를 깎는 듯 했지만 모습이 훌륭한 것이 비범한 사람이라는 것을 알 수 있었다. 함께 말머리를 나란히 하면서 각각 자신의 성명과 고향을 이야기했는데 그 스님 또한 배를 타고 서울로 간다고 하였다. 정현승은 함께 길동무가 된 것을 기뻐했으며 중 역시 정현승이 훌륭한 집안 사람인 것을 흠모했다. 갈 길도 같고 성격도 비슷하여서 마침내 서로 의기투합하여 한 배를 타게 되었다. 배 위에서 먹는 비용은 정현승이 모두 댔다. 낮이면 나란히 앉고 밤이면 침상을 나란히 하여 각각 마음속의 일을 남김없이 털어놓았는데 서로 좀 더 일찍 만나지 못했음을 한탄할 정도였다. 함께 배를 탄 지 한 달이 좀 지나가니 서로의 정은 더욱 돈독해졌다.

하루 이틀이면 마침내 경사에 다다를 수 있게 되었다. 스님의 염낭 속엔 이백 냥이 있었는데 장차 무슨 일인가를 하기 위함이었다. 스님은 이에 주머니를 열어 정현승을 보여주며 어떻게 할 것인가를 상의했다. 스님은 조금의 거리낌도 없었으며 정현승이 좋지 않은 마음을 먹을 것이라고는 걱정도 하지 않았다. 정현승은 마음속으로 경사에 들어가면 써야 할 비용도 만만치 않을 것이라는 것과 저이의 돈은 도적질한 것 아니면 좋지 않은 일로 얻었을 것이라는 생각이 들었다. 그래서 재물을 뺏을 생각만 하고 사람을 죽이고 난 이후의 원망에 대해선 생각도 하지 않았다. 밤중에 바람이 이니 배가 나는 듯 나아갔다. 중이 일어나 소변을 보러 나가자 몰래 어둠 속에서 밀어 물에 빠뜨리고 말았다. 급히 살려달라 소리치는데 이미 그 모습이 보이지 않았다. 정현승 또한 크게 후회하고 물길을 거슬러 올라가 찾았으나 종내 찾을 수 없었다. 뱃사람들은 중이 본래 홀홀 단신인데다가 생각 외로 많은 돈을 가지고 있다는 것을 몰랐기에 마침내 이 일은 덮어졌고 아는 사람도 없게 되었다. 오직 정현승만이 마음속에 꺼림직함이 남아 있을 따름이었다. 늘 몽매간에도 마치 눈앞에 있는 듯 했다. 일 년이 지나자 결국 병이 들어 정신이 쇠미해지고 눈이 흐릿해져 왼쪽을 보면 중이 왼쪽에 보이고 오른쪽을 보면 또 중이 거기에 보였다. 눈을 감아도 눈앞에 훤히 보이는 것 같았으며 술을 마셔도 술잔 속에 모습이 보여 언제 어디든 항상 붙어 다녔다. 정현승은 부끄러움과 두려움을 이기지 못하여 처자식에게 말했다.

"나는 장차 죽을 것이오. 내 평생 다른 사람을 속인 일 한 번도 없더니 세상에 살며 그 스님 한 분을 배반하여 이제 아침저녁으로 귀신에게 괴롭힘을 당하니 내 어찌 능히 오래 살 수 있겠소."

또 아들에게 눈을 돌려 부탁했다.

"너는 삼가 더러운 생각 하나라도 갖지 말아라. 하늘은 가히 두려운 것이니라."

그 아들은 나이가 열다섯으로 효성이 매우 깊었다. 아버지의 말을 듣자 자신의 몸으로 대신 하고자 했다. 집 옆에 무안왕(武安王) 관우의 사당이 있었는데 평소에 영험이 있어 엎드려 울면서 축원하였다.

"아버지의 목숨이 조석에 달렸사온데 만약 스님을 배반해서 생긴 것이라면 제 몸을 대신하여 아버지의 남은 생을 구걸코자 하오니 이러한 저의 마음을 알아주시옵소서. 이미 인과응보를 받음이 틀림없으니 대신케 해주옵소서."

축원을 마치고 고두(叩頭)하는데 피가 멈추지 않았다.

이렇게 며칠을 계속하여 기도를 하였다. 하루는 어떤 중이 문을 두드리며 정현승을 보고자 하였다. 문지기가 병 때문에 안 된다고 하자 중이 말했다.

"바로 그것 때문에 왔소이다."

그 아들이 급히 일어나 맞아들이며 귀신 때문이라고 말하였더니 그 중이 말했다.

"제가 바로 귀신을 쫓으러 왔소이다."

이렇게 해서 안으로 불러들이니 바로 배에서 물에 빠진 중이었다. 정현승이 두렵고 놀라워하며 아들을 보고 말했다.

"전에는 매일 나만 보고 너희들은 보지 못하더니만 오늘은 백주 대낮에 보이니 어찌 죽지 않을 수 있겠는가?"

중이 크게 웃으며 말했다.

"아니올시다. 그대의 병이 어찌 진짜 병이며 내가 어찌 진짜 귀신이리오. 전날 배에서 헤어지게 되었지만 다행이 물에 대해 조금 아는 지라 죽지 않고 기어서 언덕에 다다를 수 있었지요. 걸식을 하며 생활했는데 길이 너무 멀어 금새 올 수 없어 채석기(采石磯)에서 머물렀습니다. 무안왕의 사당에서 묵었는데 어느 날 꿈에서 '정생이 이미 후회하고 그 아들이 또한 효성스러우니 급히 가서 구하도록 하라'고 하는 소릴 듣고 길을 재촉해오게 된 것입니다. 그대의 병이 이리도 심한 줄 몰랐소이다."

정현승은 눈을 크게 뜨고 보고는 베개 머리에서 머리를 조아리고 눈물을 흘리며 사죄하였다.

"평생 이 일로 인해 죽어도 할 말이 없다고 생각하였습니다. 오늘 그대가 천행으로 살아있으니 내 그대에게 보답하고 잘못을 갚을 수 있어 웃으며 땅속으로 들어갈 수 있게 되었습니다."

정현승은 아들에게 궤를 열어 원금을 갚고 이자를 후하게 덧붙이라 하였다. 중이 주머니를 매고 가자 정현승은 마음이 편안해졌다. 이때부터 다시는 보이지 않게 되고 병은 날로 나아졌다. 후에 입선(入選)하여 세 번 현좌(縣佐)를 하였고 이르는 곳마다 청백리로 칭송을 받았다.

"나는 항상 이 일로 스스로를 경계한다오."

그는 늘 사람들에게 이 이야기를 들려주며 이렇게 말하였다.

丁縣丞傳

宣德[1]中, 有丁縣丞者, 三吳宦家子也. 幼時, 以貲入爲上舍, 後官至京

1) 宣德(선덕) : 명나라 朱瞻基(宣宗)의 연호(1426~1435). [周]

縣之丞, 人忘其名號, 卽以其官呼之. 丞家本富厚, 性復豪爽, 當未入選[2]之時, 數數往來京師, 好結交權勢, 不事生業, 家頗凋零.

一日, 以事赴燕,[3] 道出京口, 將買舟北上. 偶大雪紛霏, 路途濘泥, 寂無飛鳥, 豈有行人. 丞自念韓退之[4]藍關[5]道上, 當不過是. 因朗吟"雲橫"、"雪擁"[6]之句. 忽後有人呼之曰 : "韓公緩轡, 湘子來矣." 丞回顧, 見一僧, 孤身騎行, 神淸氣爽, 雖寒風削骨, 而精彩瑩然, 知其非常品也. 乃與之并騎而行, 各道姓名、鄕里. 僧亦欲覓舟赴都下者. 丞喜得僧爲伴, 僧亦慕丞名家; 道里旣同, 性格相似, 遂相契合, 因共一舟焉. 饔飧之費, 皆丞給之. 晝則聯席, 夜則聯榻, 各罄所懷, 披肝露膽, 每恨相見之晚也. 同舟月餘, 情好日篤. 不一二日, 可抵都下矣. 僧囊二百, 將營辦某事者, 至是開囊示丞, 與之商度. 僧無纖毫介忌, 而不虞丞之心動也. 丞心念一入都

2) 入選(입선) : 봉건시대 때 관리를 部에서 평가하여 선발하였는데 이것을 選이라 하였다. 入選은 뽑히는 것을 말한다. [周]

3) 燕(연) : 지금의 하북성을 가리킨다. [周]

4) 韓退之(한퇴지) : 韓愈를 가리킨다. [周]

5) 藍關(남관) : 섬서성 商縣의 북서쪽에 있다. 藍田縣의 남쪽으로 韓愈가 韓湘子를 만난 곳이다. [周]

6) 雲橫(운횡), 雪擁(설옹) : 韓湘子는 韓愈의 조카(일설에는 從孫이라고 함)이다. 그는 일찍이 呂洞賓을 만나 득도하여 신선이 되었다고 한다. 한상자는 숙부에게 관직을 버리고 불문에 들어갈 것을 권하였으나 한유는 따르지 않았다. 한유의 생일에 한상자가 와서는 장수를 축하하며 단사로 만든 금련화를 주었는데 높이가 3척이었다. 가운데에 있는 잎 하나에 다음과 같은 시가 적혀 있었다. "구름 횡횡한 진령고개 내 집은 어느 쪽인가? 큰 눈 남관을 가로막으니 말이 나아가지를 못하네(雲橫秦嶺家何在? 雪擁藍關馬不前)." 한유는 당시 그 뜻을 이해할 수가 없었다. 후에 한유는 천자에게 간언을 하였다가 죄를 얻어 潮州刺史로 폄적되었다. 집을 떠나 임지로 가다가 藍關의 秦嶺을 지나게 되었는데 마침 큰 눈이 내려 말이 길에서 쓰러져 죽었다. 이때 홀연 한상자가 나타나자 한유는 희비가 엇갈리는 심정으로 말하였다. "네가 일전에 위험이 있을 것이라 말했건만 내가 어리석었다." 그러고는 곧 한상자가 읊었던 시를 완성하였다. "하루아침 천자에게 상주하였다 저녁에 조주자사로 폄적되니 떠날 길 팔천 리로다. 본디 천자를 위해 폐정을 없애려 한 것이건만 이 몸은 장차 쇠할지니 남은 생이 애석하구나. 구름 횡횡한 진령 고개 내 집은 어느 쪽인가? 큰 눈 남관을 가로막으니 말이 나아가지를 못하네! 그대가 멀리서 온데에는 뜻이 있음을 알겠다. 내 뼈를 강변에 잘 묻어주구려(一封朝奏九重天, 夕貶潮州路八千. 本爲聖明除弊政, 肯將衰朽惜殘年. 雲橫秦嶺家何在? 雪擁藍關馬不前! 知汝遠來應有意, 好收吾骨瘴江邊)." [周]

城, 費且不貲, 彼之囊橐, 非盜卽奸, 遂起刦財之謀, 不顧殺身之怨矣. 夜半風發, 舟行如飛. 僧起解溺, 丞於暗中排之入水, 急呼救人, 已失故處. 丞亦大悔, 泝流尋覓, 竟不可得矣. 舟人不知僧本隻身, 又不料囊中有物, 事遂隱秘, 人無知者. 惟丞獨心歉焉. 夢寐之中, 恍惚如見. 期年之後, 遂染沉疾, 精神消耗, 眼力昏花, 向左見僧在左, 向右見僧在右, 閉目則暗里成形, 飮酒則杯中現影, 頃刻顧盼, 隨處與俱. 丞不勝慚懼, 與妻子訣曰 : "吾其死矣! 吾平生無一事欺人, 止於世上, 負此一僧, 今旦暮爲祟, 吾豈能久存乎?" 又囑其子曰 : "爾愼毋一念虧心, 三尺[7]之上, 蓋可畏哉." 丞之子, 年十六, 而性至孝, 一聞父言, 願以身代. 舍旁有武安王[8]祠, 素著靈異, 子號泣拜於祠下, 祝曰 : "父命在旦夕, 若果因負僧而致, 某請身抵, 丐父餘生, 幽冥有知, 報應旣已不差, 抵償亦可相准." 祝畢, 叩頭出血不已. 如是者數日.

一日, 有僧款門, 求欲見丞. 閽人以病篤爲辭. 僧曰 : "吾正爲病來." 其子趨而迎之, 語之鬼故. 僧曰 : "吾正爲驅鬼而來." 引至床前, 乃舟中墮水僧也. 丞惶恐驚駭, 顧其子曰 : "每日我獨見之, 爾輩不見, 今白晝露形, 吾得無已死乎? 僧大笑曰 : "非也! 君豈眞病, 吾豈眞鬼耶? 曩日舟中之別, 幸識水性, 實能不死, 匍匐抵岸, 乞食爲生, 因山河路遙, 未能猝至, 逗留采石磯,[9] 宿武安王廟中, 夢神呼曰 : '丁生已悔, 其子又孝, 急往救之.' 是以兼程而進, 不虞君之病亟至此也." 丞瞠目視之, 卽於枕上叩首, 泣曰 : "吾以爲平生負此一歉, 死有餘辜, 今君有天幸, 是使我得報君, 補此闕失, 而可長笑入地矣." 因令其子括囊罄篋, 償其母金, 而厚加以息. 僧負囊而去. 丞亦安心焉. 自是遂不復有見, 而病日痊矣. 後入選, 三任爲縣佐, 所至以淸白稱. 嘗爲人道其詳, 曰 : "吾每以此自箴焉."

---

7) 三尺(삼척) : 하늘을 가리킨다. '고개를 들면 삼척에 천지신명이 있다'라는 말에서 유래한 표현. [周]

8) 武安王(무안왕) : 關羽를 말한다. 이 칭호는 宋 徽宗이 崇寧 연간에 봉한 것이다. [周]

9) 采石磯(채석기) : 安徽省 當塗縣의 서북쪽에 牛渚山이 있는데 그 아래 강변에서 강안으로 쭉 뻗어 들어가 있는 자갈밭을 가리키는 것이다. [周]

작품 해설

전등삼종(剪燈三種)의 창작과 전파에 대하여

1. 명대(明代) 전기소설(傳奇小說)의 부흥

중국소설 발달사에서 문언소설은 당(唐)나라에 이르러 이미 성숙된 단계를 보여주고 있다. 당대(唐代)에 거의 완성된 전기소설은 오히려 송원(宋元)을 지나면서 쇠퇴의 길을 걷기 시작하고 사회 저변에서 폭넓게 전파되고 발전하고 있던 백화소설에 비해 초라한 모습으로 남아 있게 된다. 그러나 명대(明代) 초기 등장한 구우(瞿佑)의 『전등신화(剪燈新話)』는 문언소설의 운명을 바꾸어 화려한 재기의 꿈을 이루려는 계기를 마련하고 있다. 그리하여 문언소설은 그대로 역사에서 사라지지 않고 면면히 청말에 이르기까지 명맥을 이어오면서 백화소설과 더불어 중국소설의 양대(兩大) 산맥으로서의 역할을 충분히 해내고 있는 것이다. 따라서 소설사에서는 명대(明代) 전기소설 특히 『전등신화(剪燈新話)』와 『전등여화(剪燈餘話)』, 『멱등인화(覓燈因話)』 등 소위 '전등삼종(剪燈三種)'에 대해 당대전기소설의 전통을 이어서 청대(清代) 문언소설의 대표작인 『요재지이(聊齋志異)』·『열미초당필기(閱微草堂筆記)』·『자불어(子不語)』 등의 출현을 가능하게 한 연결고리로서의 중요성을 강조하고 있다.

그러나 엄밀히 말해 '전등삼종(剪燈三種)'은 단순한 연결고리가 아니다. 명초 홍무(洪武) 연간에 만들어진 『전등신화』는 당시 문인사회에 커다란 반향을 일으켜 이후 길지 않은 기간 동안에 이른바 '전등계열소설'의 창작 붐이 일어나도록 하였다. 1378년경 『전등신화』가 완성된 이후 지위의 고하를 막론하고 당시의 문인들은 이 작품을 주목하였다. 실제로 현실묘사를 충실히 했던 당대 전기소설 이후 송대에 나온 문언소설은 거의 당시의 현실을 비판적으로 조명하지 못하고 과거사에 집착하거나 유가적 설교에 매달렸던 것이 사실이었다. 그러다가 자신들이 불과 얼마 전에 겪어온 원말(元末)의 격동기를 가감 없이 묘사하면서 그 동란의 세계에서 살아가는 수많은 인물군(人物群)들의 고통과 절망, 사랑과 이별을 때로는 애틋한 염정의 세계로 때로는 몽환과 괴기의 모습으로 그려낸 전기소설을 대하게 된 문인들은 그야말로 거의 미칠 듯이 빠지게 되었던 것이다. 외면적으로는 유가적 점잖음과 전통사회의 위엄을 드러내면서도 어쩔 수 없이 다가가는 감정적 끌림을 그들 자신도 거부할 수는 없었던 것이다. 『전등신화』의 작자인 구우(瞿佑)는 지방 관청에서 세운 학교에서 다년간 교사를 지낸 경력이 있었고 그로 인해 그가 알 수 있었던 민중들의 고통과 애절한 사연은 더 많을 수밖에 없었을 것이다. 천성적으로 글쓰기를 좋아했던 구우는 자신이 수집했던 수많은 이야기들을 참고삼아 스무 편의 작품을 창작하였고 스스로 자신의 이야기를 담은 한편의 이야기를 덧붙여 『전등신화』를 완성하였다. 이 책에는 당시 구우와 깊은 교유관계를 유지하던 당시 이름난 항주(杭州)의 문인들이 서문을 써주어 그 성가를 더욱 높일 수 있었다. 이 책은 필사본의 형태였든 간행본의 형태였든 전국 각지로 널리 전파하기에 이르렀고 작자 자신이 미처 예상하지 못할 만큼 커다란 반향을 일으키게 되었던 것이다.

그로부터 사십여 년이 지난 1420년경 당당히 과거에 진사(進士)로 급제하고 한림원(翰林院) 서길사(庶吉士)까지 지낸 이정(李禎)이란 사람이 홀연이 책을 보고 감동하여 스스로 그 취지를 이어서 새로운 이야기 스무 편을 엮어 『전등여화(剪燈餘話)』라고 이름하게 된다. 작가의 사회적 지위와 덕망으로 보면 감히 비교할 수 없을 만큼 큰 차이가 남에도 불구하고 이정이 사회적 불만과 개인적 감회를 소설의 형태로 나타내게 되었던 것은 그 자신이 모종의 사건에 연루되어 두 차례에 걸쳐 폄적되어 지방으로 좌천된 적이 있었기 때문이었다. 작품이 완성되고 나서 이정은 곧 중앙으로 복귀하였고 그의 책에는 당시 그와 동시에 관계에 진출한 진사 출신 고위 문인들이 대거 참여하여 서문을 써주게 된다. 비록 소설을 경시하는 유가의 전통이 남아 있기는 하였지만 당시 동료 문인의 소설에 대한 적극적인 토론은 충분히 허용되고 있었다고 보아야 할 것이다.

공교롭게도 『전등여화(剪燈餘話)』가 나온 이듬해인 1421년 오랫동안 하북성(河北省) 만리장성 너머에 귀양 와서 살던 구우는 자신이 사십여 년 전에 만든 『전등신화』를 다시 대하고 그 동안 전파과정에서 빠지고 잘못된 부분을 바로잡아 최후의 교정본을 만들게 된다. 그리하여 『전등신화』와 『전등여화』는 이제 동시에 전국으로 전해졌으며 동아시아 각국으로의 해외전파도 시작되었다. 이른바 '전등이종(剪燈二種)'으로 불리는 이 두 문언(文言)단편소설집은 이제 문인을 사로잡는 화려한 문체와 젊은이들의 시선을 끄는 기이하고 환상적인 구성과 애틋한 사랑의 사연 등으로 인해 수많은 독자층을 확보할 수 있게 되었다. 그것은 분명 설화인들의 입을 통해 만들어지고 전해지던 화본소설의 성격과는 판이한 문언소설 특유의 흡인력이라고 할 수 있을 것이다. 시와 소설이 적절하게 어우러져 시문소설이라고도 불리는 이들 작품은 당대전기소설의 전통을 고스란히 이어받으면서도 원말명초(元末明初)를 살아온 당시 사람들이 스스로 체감하고 항상 느껴왔던 사건과 사연을 담고 있어서 그 무엇보다도 그들의 심금을 울릴 수 있었던 것이다.

'전등이종(剪燈二種)'의 뒤를 이어서 나온 작품집으로는 『효빈집』과 『화영집』이 있지만 '전등삼종(剪燈三種)'으로 통칭하여 부르는 또 하나의 작품집은 만력 연간에 나온 『멱등인화(覓燈因話)』다. 자호자(自好子) 소경첨(邵景詹)이라고만 알려진 작자는 역시 『전등신화』의 강력한 영향하에 여덟 편의 작품을 만들어 『신화』를 잇고자 했는데 "꺼진 등불을 다시 찾아 세우고 『신화』를 읽다가 새로 만들어 낸 까닭"에 『멱등인화』라고 명명하게 되었다고 밝히고 있다.

『전등신화』로 시작된 명대 전기소설의 창작 붐은 곧이어 동으로 조선과 일본으로 전해지고 다시 남으로 베트남에까지 이어졌다. 조선에서는 김시습(金時習)의 『금오신화(金鰲新話)』가 탄생되었고 다시 훗날 최초의 완전한 주석서 『전등신화구해』가 만들어지게 되었으며 일본에서는 번안소설 『오도기보코(伽婢子)』가, 베트남에서는 다시 『쥬엔끼 만룩(傳奇漫錄)』 등의 작품이 각국의 역사와 사회를 반영하면서 탄생되었다. 구우(瞿佑)의 『전등신화』가 얼마나 폭넓은 세계에서 얼마나 다양한 내용으로 깊은 영향을 끼치고 있는지 다시 한번 주목하지 않을 수 없게 된다.

2. 전등신화(剪燈新話)의 작자와 판본

1) 구우(瞿佑)의 생애

『전등신화』의 작자인 구우(瞿佑, 1347~1433)는 원나라 말기인 지정(至正) 연간에 태어나 명나라 선덕(宣德) 연간까지 격동기의 원말명초(元末明初)를 살았던 인물이다. 자는 종길(宗吉), 호는 존재(存齋)라고 했고 만년에는 낙전수(樂全叟)를 쓰기도 했다. 그는 지금의 절강성 항주(杭州)인 전당(錢

塘)사람이지만 선조의 관적이 산양(山陽 : 강소성 淮安)이었던 관계로 스스로 산양인(山陽人)으로 부른 적도 많다.[1)]

그의 생졸(生卒)연도에 대해서는 그 동안 적잖은 혼선이 있었다. 1957년 고전문학출판사(古典文學出版社)에서 『전등신화외이종(剪燈新話外二種)』이 간행될 때 「작자소전(作者小傳)」을 쓴 주이(周夷 : 1981년판에선 周楞伽로 고침)는 구우의 생몰연도를 양정찬(梁廷璨)의 『역대명인생졸연표(歷代名人生卒年表)』를 인용하여 원나라 지정(至正) 원년(1341)에서 명나라 선덕(宣德) 2년(1427)으로 보았다. 상당 기간 동안 이 학설이 그대로 통용되었었다.[2)] 그러나 명나라 진정(陳霆)의 『저산당사화(渚山堂詞話)』에서 이미 그가 원나라 지정(至正) 정해년(丁亥年, 1347) 출생이라고 했고 독일학자 프랑케(Herbert Franke)는 정병(丁丙)의 『초본악부유음제지(鈔本樂府遺音題識)』를 근거로 구우(瞿佑)의 출생 시기를 좀더 구체적으로 지정(至正) 7년 7월 14일(1347년 8월 20일)이라고 고증하였다.[3)] 따라서 지금은 그의 생졸 연대를 1374년에 나서 1433년에 죽은 것으로 보고 있다.

그의 집안은 대대로 문인(文人)의 전통(傳統)이 남아 있었고 그 자신도 어려서부터 시(詩)를 잘 지었다. 격동기의 청소년 시절을 보내면서 전란을 피해 가족을 따라 사명(四明)과 고소(姑蘇) 등지로 전전하였다.[4)] 지정(至正) 26년(1366) 가을에 다시 고소(姑蘇) 즉 소주 지방을 찾았을 때 누각에 올라 「팔성감주(八聲甘州)」를 지어 스스로의 감회를 드러내기도 했다.

---

1) 『전등신화』의 作者署名에서도 판본에 따라 錢塘과 山陽이 각각 사용되고 있다. 또 『전등신화구해』에 실려 있는 서발문에서도 권두의 序文에서는 "山陽瞿佑書於吳山大隱堂"(1378)이라고 하였고, 권말의 後序에서는 "七十五歲翁錢塘瞿佑宗吉補書於保安城南寓舍"(1421)라고 달리 쓰고 있다. 이로 보면 그의 인생 전반기에는 山陽을 후반기에는 錢塘을 쓰고 있다고 추정할 수도 있다.

2) 예를 들면 李慶善번역본(을유문화사, 1975)에서도 이 설을 그대로 따르고 있다.

3) *Dictionary of Ming Biography*, p.405; 陳益源, 『剪燈新話與傳奇漫錄之比較硏究』, 臺灣學生書局, 39면에서 재인용.

4) 明 朗瑛의 『七修類稿』(권33) 詩文類의 瞿宗吉條에 의하면 "生値兵火, 流於四明, 姑蘇, 明春秋, 淹貫經史百家"라고 말하고 있다. 世界書局, 503면.

이 시기의 구우 행적에 대해 명나라 진정(陳霆)의 『저산당사화(渚山堂詞話)』에서는 그가 장사성(張士誠)에게 투신코자 한 것이 아니라 연인이었던 채채(采采)를 만나고자 하였기 때문이었다고 말하고 있다.

> 瞿宗吉은 姑蘇에 우거하면서 「八聲甘州」를 지어 스스로를 달랬다. (… 중략 …) 그 自序에서 말하길 "丙午年 가을에 다시 고소를 찾아와 누각에 올라지었다"고 했다. 병오년은 至正二十六年이다. 이 무렵에는 張士誠이 고소를 점거하고 있을 때다. (… 중략 …) 당초에 장사성이 吳王을 자칭하면서 高官과 俸祿을 내걸고 천하의 인재를 구하고자 하여 원나라 때 빛을 보지 못했던 인사들이 대거 투신하였다. 종길은 별로 고소를 여행한 적이 없었는데 어찌 벼슬이나 봉록의 계책을 바라고 찾아갔겠는가? 그러나 종길은 至正 丁亥年(1347) 출생이니 셈을 하면 병오년에 겨우 약관의 나이에 불과하다. 그가 다시 고소를 찾은 것이 필시 영달을 위한 것만은 아닐 것이며 이는 오로지 采采의 연고 때문이리라.[5]

채채(采采)란 그의 『전등신화』 부록으로 실린 작품 「추향정기(秋香亭記)」에 나오는 여자 주인공이다. 이미 당시부터 많은 사람들은 이 작품이 작자 자신의 젊은 시절 실제로 겪었던 로맨스 사연이라고 지적하고 있다. 능운한(凌雲翰)은 『전등신화』의 서문을 쓰면서 "「추향정기」의 작품에 대해서는 원진(元稹)의 『앵앵전(鶯鶯傳)』과 같은 유형의 (작자의 자전적) 작품으로 보이니 내 앞으로 종길(宗吉)에게 정녕 그러한지를 물어보리라"[6]고 했다. 『서호유람지여(西湖遊覽志餘)』 권16 「향렴염어(香奩艶語)」에는 다음과 같은 대목이 있다.

> 安榮坊의 倪氏 딸은 어려서 아리땁고 귀여웠다. 宗吉이 일찍이 그녀에게 마음을 두었었지만 그녀는 성인이 되어 나중에 말단 관리의 아내가 되었다. 하루는 종길과 吳山 아래서 邂逅하였는데 처연히 옛 생각이 일어나 그를 불러들여

5) 明 陳霆, 『渚山堂詞話』 권3. 臺灣商務印書館, 『文淵閣四庫全書』 제1494책, 548면 참조.
6) 凌雲翰, 『剪燈新話序二』, "至於秋香亭記之作, 卽猶元稹之鶯鶯傳也, 余將質之宗吉, 不知果然否." 원전에서는 '序'의 글자가 없음.

술상을 차려 대접하였다. 시를 지으니 「安榮美人行」이라 했다[7]

「추향정기」에서 구우(瞿佑)는 자신의 경험을 소설화하였다. 그 말미의 처리방법도 『앵앵전』과 닮아 있는 게 사실이다. 지정(至正) 연간에 상생(商生)이 부친을 따라 고소(姑蘇)의 오작교(烏鵲橋) 아래 기거할 때 이웃에는 양씨(楊氏)댁 손녀 채채(采采)가 있었다. 그녀의 할머니가 상씨(商氏)였으므로 진외가로 서로 인척간이었다. 두 사람 사이에 애틋한 사랑이 싹터 서로 시를 주고받곤 했지만 전란으로 인해 집안이 옮겨 다니는 바람에 소식을 전하지 못하고 십 년이 훌쩍 지났다. 그 사이 채채(采采)는 태원(太原) 왕씨에게 시집을 가서 아들도 낳았지만 상생(商生)과의 옛정은 잊지 못하고 있었다. 하지만 어쩔 도리가 없는 상황이었다. 상생(商生)의 친구인 산양(山陽) 사람 구우(瞿佑)는 그 이야기를 듣고 「만정방(滿庭芳)」 한 수를 지어 노래했다.

구우(瞿佑)의 젊은 시절 로맨스의 한 대목을 그리고 있는 작품이다. 그는 어려서부터 가족과 주변 인물들로부터 촉망받고 자라던 재주 있는 젊은이였다. 『춘추(春秋)』에 밝았고 경사(經史)와 제자백가(諸子百家)의 글도 꿰뚫었다고 하였다. 어려서 시(詩)를 잘 지었다는 사실에 대해서는 그가 남긴 『귀전시화(歸田詩話)』권하(卷下)의 「절계지(折桂枝)」에서 다음과 같은 어린 시절의 에피소드를 통해 더욱 실감할 수 있다. 그의 부친과 가까운 친구인 장언복(章彦復)이 복건(福建)으로부터 방문하여 닭 잡고 술을 차려 대접하고 있을 때 그가 막 서당에서 돌아왔으므로 장언복은 그의 재주를 시험하고자 술상에 올라있는 닭을 가리키며 시 한 수를 지어보라고 명하였다. 그는 즉석에서 이렇게 읊었다.

宋宗窓下對談高, 　　宋處宗과 창가에서 마주보며 고담준론 하였으니[8]

---

7) 明 田汝成, 『西湖遊覽志餘』 권12, 臺北 : 木鐸出版社, 314~315면.

8) 鷄窓 : 『藝文類聚』(卷91)에 인용된 『幽明錄』의 이야기. 晉나라 兗州刺史 宋處宗이

五德名聲五彩毛. 다섯 가지 덕의 명성 五色의 깃털에 깃들었네[9]
自是范張情誼重, 옛부터 范式과 張劭의 정의는 두터웠거늘[10]
割烹何必用牛刀. 닭 잡아먹는데 어찌 굳이 소 잡는 칼이 필요하리오[11]

이 네 구절의 시에는 각각 닭에 관한 네 가지 전고(典故)가 들어 있는 것이었다. 장언복은 무릎을 치면서 탄복하고 직접 계화 꽃 한 가지를 그리고 그 위에 시를 한 수 써서 선물로 주었다. 시에서는 다음과 같이 노래했다.

瞿君有子早能詩, 구선생 아드님 어린 나이에 시를 잘 지으니
風采英英蘭玉姿. 풍채는 뛰어나고 자태는 구슬과 난초 같도다
天上麒麟原有種, 하늘에 기린은 원래 종자가 있는 법이리니
料應高折廣寒枝. 언젠가는 마땅히 광한궁의 계수나무 꺾으리라

그의 부친은 마음이 흡족하여 새로 집을 마련하고 전계당(傳桂堂)이라고 명명했다. 이는 장언복이 계화꽃을 선사한 일을 기념하면서 또한 자식이 장차 계수나무를 꺾어 과거에 합격하기를 기원하는 뜻도 담겨 있었다.

당시에 저명한 문인이었던 양유정(楊維楨)은 그의 숙조(叔祖)인 구사형(瞿士衡)과 막역한 사이였다. 하루는 양유정이 구사형을 만나러 전계당(傳桂堂)으로 찾아왔다. 구우는 그의 「향렴팔영(香奩八詠)」을 보고 즉석에서 이에 화답하는 시를 지었다. 뛰어난 시구가 연달아 터져 나오니 양유정

닭 한 마리를 사서 특별히 아껴 항상 창가에 두고 마주보고 얘기를 나누었다. 그러다가 닭이 마침내 사람의 말을 하여 서로 담론을 나누게 되고 송처종의 언변은 크게 늘었다고 하였다. 후에 계창은 서재의 의미로 쓰였다.

9) 五德 : 『韓詩外傳』(卷2)에서 옛부터 닭에는 文武勇仁信의 다섯 가지 덕이 갖춰져 있다고 했다.

10) 范張 : 東漢의 范式과 張劭를 병칭한 표현으로 友誼가 깊고 목숨을 걸고 신의를 지키는 친구 사이를 말한다. 周楞伽 글에서는 情義로 되어 있지만 원문은 情誼로 되어 있어서 바로 잡았다.

11) 牛刀 : 『論語 · 陽貨』의 "割鷄焉用牛刀"에서 유래한다.

이 크게 칭찬하면서 구사형을 보고 말했다. "이 아이는 그대 가문의 천리구(千里駒)가 되겠소이다." 천리구는 곧 천리마(千里馬)다. 재능이 뛰어나고 우수한 장래가 촉망되는 젊은이란 뜻으로 쓰인 것이다. 이로부터 구우의 이름은 더욱 널리 퍼지게 되었다.

이처럼 젊은 시절 다재다능했던 구우는 당시 여러 사람들의 기대와는 달리 인생행로가 그다지 순탄하게 풀리지 않았다. 명나라 초에 여러 차례 과거에 응시했으나 불행하게도 급제하지 못하고 명경(明經)으로 천거되어 당시 수도였던 남경에서 잠시 근무하기도 했으나 상당 기간 동안 절강 인화(仁和)와 임안(臨安)의 훈도(訓導)와 교유(教諭), 하남 의양(宜陽)의 훈도(訓導)를 지냈다. 후에 남경 태학(太學)의 조교겸수국사(助教兼修國史)를 지냈지만 몇 년 후 주헌왕부(周憲王府)의 왕부 사무총관이라고 할 수 있는 우장사(右長史)[12]로 옮겨가게 된다. 하지만 그의 불우한 인생은 여기서 오히려 시화(詩禍)를 당하게 되어[13] 의금부에 하옥되고 수 년 후

12) 그의 경력에 대해서는 『歸田詩話』「桂孟平題新話」條에 "庚辰年 가을에 …… 나는 河南에 있었고 孟平은 山東에 있었다. …… 후에 나는 太學의 助教가 되었다"라는 구절이 있고, 또 瞿佑가 凌雲翰의 『柘軒集』에 서문을 써 주면서 "前國子助教兼修國史, 奉議大夫周府右長史"라고 쓴 자신의 기록이 그의 경력을 분명히 밝히고 있다. 『자헌집』은 『叢書集成』 三編 『武林往哲遺著』본에 있음. 臺北 : 藝文印書館. 右長史는 일부 문헌에서 左長史로 쓰인 곳이 있지만 잘못이다.

13) 瞿佑의 하옥과 귀양의 원인 및 시기에 대해서는 대체로 두 가지 견해가 있다. 하나는 郎瑛의 『七修類稿』에서 말한 대로 "藩王에게 과오가 있어서 선생이 보좌의 잘못을 책임지고 직위를 떠나 錦衣衛에 압송된 것"이라는 설과 蔣氏 『堯山堂外記』에서 말한 대로 "詩禍를 입어서 保安으로 귀양간 것"이라는 설이다. 그러나 여기에선 귀양간 시기를 정확히 밝히지 않았다. 일본 內閣文庫소장 『樂全稿 · 樂全詩集』에 들어 있는 「至武定橋」 시의 作者註를 보면 "永樂 6년(1408) 4월에 周王府의 表를 가지고 京師에 올라갔다가 錦衣衛에 구류되었다. 汴梁으로부터 가족 열두 명이 이곳에 이르렀다. 다행히 거처할 집을 배정받아 지금까지 지내는지 21년이 되었다."라고 하여 구체적인 시간을 밝히고 있지만 체포원인에 대해서는 함구하고 있다. 일반적으로는 詩禍의 원인이라고 하며 胡子昂의 예까지 들고 있지만 李慶 교수는 「瞿佑生平編年輯考」(『中國文哲研究通訊』 4권 2기, 1994.6)에서 이 보다는 주왕의 잘못을 경계하기 위해 비서역을 맡은 瞿佑에게 죄를 물은 것으로 보고 있다. 『明實錄』「永樂6年4月」조의 기록에 따르면 제왕들에게 문제가 있음을 고하자 永樂帝는 "왕이 깊은 궁중에 있는데 어찌 외부의 일을 소상히 알겠느냐, 모두가 좌우의 소인배들이 위세를 부린 것이리니 악을 행하기 좋아

에는 만리장성 너머에 있는 보안(保安)으로 귀양을 가서 18년 간 생활하게 된다.[14] 구우가 실제로 어떤 시를 썼기에 필화(筆禍)를 당하게 되었는지는 알 수 없다. 당시 호자앙(胡子昻)도 역시 시화로 인해 함께 의금위에서 영어생활을 했다고 한다. 구우자신이 밝히고 있는 말이니 믿을 수밖에는 없을 것이다.[15] 당시 함께 보안으로 귀양 간 사람으로 등석(滕碩)과 등림(鄧林), 그리고 안첨헌(晏僉憲), 원교습(袁敎習) 등이 있다. 안첨헌(晏僉憲)은 즉 안벽(晏壁)인데 「추향정기」 발문을 지어 주어 지금 『전등신화구해』의 권말에 남아 있다. 안벽의 경우는 "그의 『칠십이천』 시를 판각하여 전함으로써 동료들의 탄핵을 받아 죄를 얻어 장성 밖으로 보내어 수자리를 살게 되었다"는 죄명이 알려지고 있지만 구우를 비롯한 기타 인물의 경우에는 구체적인 죄명이 드러나지 않고 있다. 주왕에 대한 보좌직책을 잘못하여 죄를 얻었을 것이라는 설도 일찍부터 나와 낭영(朗瑛)의 『칠수류고(七修類稿)』 권33 「시문류(詩文類)」 구종길(瞿宗吉) 조목에서 이미 보이고 있다. 이에 대해 진익원(陳益源) 교수는 와전된 것으로 보면서 청(淸) 주문조(朱文藻)가 「귀전시화발(歸田詩話跋)」에서 상세히 변론한

하는 자들이 꾸며서 왕 앞에서 명예를 훼손하니 왕은 평소 그들과 가까이 지내던 터라 그 시비를 가리지 못하고 한가지로 따른 것이 분명하다. 지금 과오는 모두 왕의 것이 되었느니라. 고로 간신배는 덕을 해치는 암적 존재고 숲에는 나무 벌레가 없어야 나무가 살고 좌우에 아첨꾼이 없어야 덕을 이룰 수 있으니 불가불 제거하지 않으면 안 된다."는 유지를 내렸다. 이러한 상황으로 보면 당시 諸王의 측근들에 대한 전반적인 숙정 작업이 있었음을 알 수 있다. 『明史 · 職官志四』에서도 왕에게 과실이 있으면 장사를 처벌한다고 규정하였다. 당시 周王이 『元宮詞』를 편찬하고 齊王의 모반이 발각되었으며 또 주왕부에서 "군민의 장사하는 배를 잡아 왕부의 쌀과 보리를 운반한 사실을 옹호한 일" 등을 감안하면 구우도 이러한 전반적인 왕부 숙정작업의 과정에서 체포되어 귀양가게 되었을 것임을 상상하기 어렵지 않다고 하였다.

14) 錢謙益의 『列朝詩集小傳』 乙集(세계서국본, 189면)에서는 "謫戍保安十年"이라고 말했다. 周楞伽도 이를 인용하고 있다. 하지만 瞿佑 자신의 『歸田詩話』 「一日歸行」조에서는 분명히 "予自遭難, 與內子阻隔十有八年"으로 기록하고 있다.

15) 瞿佑의 『歸田詩話』 卷下 「和獄中詩」에 "永樂 연간에 나는 錦衣衛 옥중에 갇혀 있었는데 胡子昻도 역시 詩話로 인해 연이어 이르게 되어 함께 囹圄의 몸으로 지냈다"는 구절이 있다.

내용을 근거로 제시했다.

어쨌든 구우는 79세의 늙은 나이에 태사(太師)인 영국공(英國公) 장보(張輔)의 주청으로 비로소 풀려 나오게 되었다. 이때가 홍희(洪熙) 원년(元年, 1425)이었다. 그는 북경(北京)의 영국공 저택에서 3년 간 예우를 받으면서 서당 훈장을 하다가 선종(宣宗) 선덕(宣德) 3년(1428)에 사직하고 고향인 항주(杭州)로 돌아와 5년 뒤인 선덕(宣德) 8년(1433)에 병으로 세상을 떠나니 향년(享年) 87세였다. 장지(葬地)는 전당(錢塘)의 감계(甘溪)였다.[16]

구우(瞿佑)에게는 네 명의 아들이 있었다. 장남 구진(瞿進)은 남경에서 살았고 차남 구달(瞿達, 자 德高)은 하남 항천에서 교관으로 벼슬을 마쳤으며 항주에서 살았다. 나머지 두 아들은 미상이나 따로 네 명의 조카가 있었는데 구적(瞿迪, 德啓), 구영(瞿迎, 德恭), 구섬(瞿暹, 德宣), 구소(瞿遡, 德潤) 등은 그 아우 구종윤(瞿宗尹)의 아들들이었다.

2) 구우(瞿佑)의 저술

그의 일생은 이처럼 기구하고 불우하였으나 그는 전통 문인들이 할 수 있는 시문(詩文), 사곡(詞曲), 소설(小說) 및 경사잡저(經史雜著) 등 다양한 문체의 저술을 적잖게 남기고 있다. 확실히 그는 전통 문인 중에서도 전형적인 다산작가라고 할 수 있다. 그가 일생 동안 저술한 책에 대하여 그 스스로가 밝힌 글이 현재 『전등신화구해』의 권말에 실려 있는 「중교전등신화후서(重校剪燈新話後序)」 속에 남아 있다. 이 글은 영락(永樂) 19년(1421) 그의 나이 75세 때 아직 보안에 귀양중인 상태에서 회고한 내용이다. 그는 자신이 "어려서부터 독서하는 여가에 책을 저술하기 좋아하여 형설의 창과 책상에서도 붓을 놓지 않고 부지런히 기록하여 매번 향리

16) 瞿佑의 享年은 모든 문헌에 87세로 통일되어 있다. 장지에 대해선 光緖19年刊本『錢塘縣志』「紀制」墓에 "長史瞿佑墓 : 在甘溪"라고 되어 있다. 陳益源, 앞의 책 재인용.

의 어른인 자헌(柘軒) 능운한(凌雲翰) 선생으로부터 칭송을 받기도 하였다. 잘 알지 못하는 이들에게서는 너무 몰두하여 즐기다가 뜻을 상실하게 된다는 기롱이 있기도 하였지만 결코 굽히지 않고 거의 침식을 잊을 정도였다. 오래되다보니 장편(長篇) 거질(巨帙)의 저술이 모여 시리즈가 되었다"라고 술회하면서 다음과 같이 유형별 저술목록을 보여주고 있다.

> 경전으로는 『春秋貫珠』, 『春秋捷音』, 『正葩掇英』, 『誠意齋課稿』 등이 있었고, 역사 분야로서는 『管見摘編』, 『集覽鐫誤』 등이 있었고, 詩를 읊은 것으로는 『鼓吹續音』, 『風木遺音』, 『樂府擬題』, 『屛山佳趣』, 『香臺集』, 『採芹稿』 등이 있고, 文章을 지은 것으로는 『名賢文粹』, 『存齋類編』 등이 있었고, 詞를 지은 것에는 『餘清曲譜』, 『天機雲錦』 등이 있다. 이야기를 엮어 만든 작품으로는 『遊藝錄』, 『剪燈錄』, 『大藏搜奇』, 『學海遺珠』 등의 작품집이 있었다.[17]

각 분야별로 이처럼 다양한 저술이 있었음을 그 스스로 밝히면서 훗날 무자년(戊子年, 1408)에 귀양을 간 이후 거의 흩어져 버렸다고 아쉬워하고 있다.

> 戊子年에 죄를 입고부터는 대개 흩어져 거의 없어졌다. …… 젊은 날 품은 회포가 어그러지고 지난날 공부가 모두 황폐해진 것을 생각하면 다만 장탄식만 나올 뿐이었다.[18]

그러한 과정에서 호자앙(胡子昻)이 구해온 『전등신화』를 사십여 년 만에 다시 보게 되었으니 얼마나 감개무량하였겠는가. 하지만 당시 그는 이미 귀양지에서 십수 년째 보내고 있는 중이었고 자신의 저술도 직접 가지고 있는 것이 아니었으므로 전체 목록을 모두 외우고 있지는 못한 듯하다. 명 경제(景帝) 천순(天順) 연간 서백령(徐伯齡)의 『담정준(蟫精雋)』에

17) 瞿佑, 「重校剪燈新話後序」를 참조. 奎章閣本 『剪燈新話句解』 권말에 수록.
18) 上同.

서는 동향 선배인 구우의 저술에 대해 언급하고 있는데 앞서의 서목과 중복되지 않는 추가 목록이 더 있으니 다음과 같다.

> 『樂府遺音』, 『歸田詩話』, 『興觀詩』, 『順承稿』, 『存齋遺稿』, 『詠物詩』, 『樂全稿』, 『保安新錄』, 『保安雜錄』.19)

그의 사후 책은 다시 모아지지 못했고 서목만 전재되는 상황이었다. 하지만 여러 차례 옮겨 적히다보니 서명이 달라지고 동일한 책이 여러 이름으로 중복해서 적히기도 하였다. 그 중에서 『향대집(香臺集)』은 현존하는 가장 일찍 저술된 책으로 역대 여성고사(女性故事)를 읊은 3백수의 절구시(絶句詩)로 되어 있고 『귀전시화(歸田詩話)』는 스승이나 친구들과의 사연이나 사방을 다니면서 들은 이야기 중에서 시와 관련되는 글을 모은 것으로 『역대시화속편』에 수록되어 널리 전하고 있다. 『낙전시집(樂全詩集)』은 그의 만년에 남긴 소중한 문헌으로 1430년에 마지막 부분이 만들어졌다. 아직도 여전히 그의 저술의 전모는 베일에 싸여있으며 일부 문장이 훗날 문헌 속에 전하기도 한다.

3) 『전등신화』의 창작동기

구우(瞿佑)는 『전등신화』 서문과 후기에서도 분명히 밝혔듯이 전통문인들과 마찬가지로 경사(經史)에 대한 보편적인 관심과 더불어 특히 고사집(故事集)에 대해 깊은 이해를 바탕으로 젊어서부터 방대한 분량의 고사집을 엮은 것을 알 수 있다. 구우(瞿佑)가 일찍부터 고금의 기이한 이야기에도 심취해 있었다는 사실은 그 자신의 술회를 통해서 겨우 알게 된 일이다. 스스로 밝힌 것만도 『유예록(遊藝錄)』·『전등록(剪燈錄)』·『대장수기

19) 徐伯齡, 『蟫精雋』 卷四 「呂城懷古」條. 『四庫全書珍本二集』.

(大藏搜奇)』·『학해유주(學海遺珠)』 등 네 가지가 있다. 그 중에 『전등록』은 40권이라고 했다. 서른 살 이전에 40권을 엮었다면 만만한 숫자가 아니다. 『전등신화』의 예를 본다면 한 권당 5편의 작품이 묶여있는데 무려 2백편의 작품을 모았다는 얘기가 되는 것이다. 나머지 『유예록(遊藝錄)』·『대장수기(大藏搜奇)』·『학해유주(學海遺珠)』 등도 그 제목으로만 보더라도 만만한 책이 아니다. 대형 고사모음집으로 보아도 무방할 것이다. 안타깝게도 지금은 그 모두가 없어지고 그 중의 아주 일부에 해당하는 『전등신화』만 남았다. 『전등신화』는 그의 나이 서른두 살이던 1378년 엮은 소설집이었다. 그 해 6월에 쓴 「전등신화서(剪燈新話序)」에서 이미 『전등록』을 언급했고 고금의 기괴한 사연들을 모은 것이라고 했다.

그는 고금의 이야기를 참고로 하여 새로운 이야기 20편을 만들어 『전등신화』라고 이름 붙인 것이다. 거기에 자신의 자서전 이야기 「추향정기」를 써서 부록으로 붙여 모두 21편의 작품이 되었다.

『전등신화(剪燈新話)』는 글자 그대로 풀이하면 등불의 심지를 자르면서 밤이 깊어가는 줄도 모르고 들어도 들어도 싫증나지 않는 참신하고 새로운 이야기라는 말이다. 『전등신화』가 만들어낸 '등불 아래 이야기'라는 명명 방식은 당시 중국 문인들의 비상한 관심을 집중시켰고 급기야 수많은 모방작품이 양산되게 되었던 것이다. 옛부터 한낮에는 일을 하여야 했으므로 재미있는 소일거리는 밤에 진행되었다. 오늘날과 같이 다양한 오락과 레저의 소일거리가 흔하지 않았던 고대에는 몇 가지의 놀이와 이야기로 길고 긴 밤을 보내야 했을 것이다. 따라서 등불과 이야기는 불가분의 관계를 가지고 있다. 더욱이 그것은 온몸을 짜릿하게 하는 청춘남녀의 끊어질 듯 이어질 듯 위태롭게 진행되는 비밀스럽고 애틋한 사랑의 숨바꼭질이던가 말만 들어도 모골이 송연하여 등불에 가려 창가에 드리워진 자신의 검은 그림자를 보고도 심장이 콩알만 하게 작아지며 놀라게 하는 귀신과 변신하는 여우의 이야기다. 길고 긴 한겨울의 밤을 홀딱 새우게 하는 마법의 그 무엇이 그 속에 들어있다. 이런 이야기라면 한밤에 등불을 가운데 두고 다같이 둘러앉아 소곤소곤 전해야 그 분위기가 제격이 된다. 으스스한 산 속에서 묘지가 갈라지며 시신이 들어 있는 관이 열리는 순간이나 비바람이 몰아치고 방안의 등불이 가물가물해지면서 천둥번개가 치는 순간에 이야기꾼은 그나마 오그라드는 가슴을 부여안고 등골이 오싹하여 차마 뒤를 쳐다 볼 수도 없어 등불 가까이 모여드는 아이들 앞에서 한 가닥 등불마저 훅 하고 꺼버려 와악! 하고 놀라운 비명을 터뜨리게 했던 시골의 어린 시절 경험을 기억하는 독자도 있으리라 생각된다.

등불과 이야기를 처음 들은 사람들은 당나라 이상은(李商隱)의 유명한 시 「야우기북(夜雨寄北)」을 기억할 것이다. 그 뒷부분을 보면

何當共剪西窓燭　언젠가 서창에 마주 앉아 등불 심지 자르며
却話巴山夜雨時　파산의 가을비 내리던 이 밤을 추억하리오

뛰어난 감각적 시를 잘 지었던 이상은(李商隱)은 어느 해 깊어가는 가을 사천(四川)의 파산(巴山)에서 비오는 밤을 홀로 쓸쓸히 보내면서 북녘에 두고 온 아내에게 이 시를 지어 보냈다. 그의 아련한 희망은 바로 두 사람이 함께 늦은 밤까지 등불 심지를 자르면서 두런두런 정담을 나누는 그 정겨운 풍경을 실현하는 것이었다. 여기서 두 사람의 대화는 물론 기이한 전기소설의 이야기가 아니지만, 등불아래 늦은 밤을 함께 보내는 그 분위기는 결코 다르지 않으리라.

4) 『전등신화』의 간행과 전파

『전등신화』 초간본의 출현에 대해 전문가들은 1381년일 것으로 보고 있다.[20] 1378년 구우(瞿佑)의 자서(自序)가 씌어지고 이어서 능운한(凌雲翰,

1380)의 서문(序文), 오식(吳植, 1381)의 인어(引語), 김면(金冕, 1381)의 발문(跋文) 등이 씌어진 연대가 그 증거로 제시되고 있다. 다시 얼마 후 계형(桂衡, 1389)의 시와 서문이 씌어졌는데 이 글은 재간된 『전등신화』에 실렸을 것으로 보고 있다. 현재 이들 초기 판본은 보이지 않고 다만 서문과 발문 등이 규장각본 조선간본 『전등신화구해』의 권두에 차례대로 수록되어 있다.

훗날 62세의 나이로 구우(瞿佑)는 1408년에 하옥되고 급기야 보안으로 귀양가게 되어 더 이상 자신의 저술을 지킬 수가 없게 되었다. 다행스럽게 호자앙(胡子昂)이 사천 포강(蒲江)에서 얻은 『전등신화』 4권을 가지고 있다가 보안(保安) 근처인 흥화(興和)로 전근되는 기회에 직접 구우를 찾아가 새로운 교정을 받게 되었다. 당시 구우는 『전등신화』의 원본이 손실되었다고 안타까워하고 있었는데 호자앙(胡子昂)이 자신이 구한 판본을 내밀자 너무 반가워하며 그것을 교정하게 된 것이다. 그것은 당악(唐岳)과 왕언령(汪彦齡)이 정교하게 필사한 것이었다. 그때가 1420년이었다. 이때 중교본(重校本)의 탄생에 관계를 한 호자앙(胡子昂)과 안벽(安壁), 당악(唐岳) 등이 발문 등을 쓰고 구우(瞿佑) 자신이 이듬해인 1421년 「중교전등신화후서(重校剪燈新話後序)」를 기록하여 그간의 사정을 비교적 상세히 기록하였다. 구우(瞿佑)는 특히 젊은 시절 모아 엮었던 『전등록』의 각집 뒤에 실었던 시를 기억해내어 이곳에 옮겨 놓기도 하는 등 비상한 기억력을 보여주기도 하였다. 책은 구우의 조카 구섬(瞿暹)에게 전해져서 간행된 것으로 보인다. 현존하는 규장각본 『전등신화구해』 구우의 「후서(後序)」 말미에는 '질구섬간행(姪瞿暹刊行)' 다섯 글자가 보이고 있기 때문이다. 중교본(重校本)의 정확한 간행연도는 현재로서 알 길이 없다. 그러나 선덕(宣德) 연간에는 이미 『전등신화』와 『전등여화』가 함께 간행되어 널리 전파되고 있었던 것으로 알려져 있으며 1442년에는 당시 국자감의 좨주

---

20) 李慶, 「瞿佑生平編年輯考」, 『中國文哲硏究通訊』 第4卷 第2期(總14), 臺北 : 中央硏究院中國文哲硏究所, 1994.

(祭酒)로 있던 이시면(李時勉, 1374~1450)이 이 책의 간행과 판매, 소장을 금지하라는 상소를 하게 되며 이 상소는 받아들여진다. 그 이유는 이 책이 괴이한 이야기를 담고 있는 사실무근의 소설책임에도 불구하고 너무나 급속도로 세상에 전파되고 있으며 특히 시정잡배도 아닌 국자감의 유생이나 감생이 정통 유가학문의 정학을 팽개치고 모두들 이 책에 빠져 헤어날 줄을 모른다는 것이었다. 당시 이시면(李時勉)은 국자감 좨주로 부임한지 불과 1년밖에 안 되었을 때였다. 그는 사실 이정(李禎)과도 동년(同年) 진사(進士)로서 매우 친밀한 사이여서 『전등여화』의 「지정기인행(至正妓人行)」에 발문을 써 주기도 한 인물이지만 오히려 그러한 이유로 더더욱 이러한 소설작품의 폭넓은 영향력을 알 수 있었을 것이며 전통사회에 대한 가공할 파괴력을 오히려 두려워했을 것이다. 그는 원말명초의 혼란기를 거치면서 다소 느슨했던 사회적 구속력을 다시 한번 조이는 계기를 마련하고 적극적인 국가통치의 입장에서 역사상 최초로 소설의 간행과 판매 및 소장을 금지하는 선례를 남기게 되는 것이다.

어쨌든 그러한 이유에서든 아니든 중국에서 『전등신화』의 간행은 차츰 줄어들어 오늘날 초기 판본을 거의 볼 수 없게 만들었으며 청대에 이르면 『전등총화』에 '전등삼종'이 함께 수록되었으나 완전한 편수를 갖추지 못하고 있었다. 1917년 동강(董康)은 송분실총서(誦芬室叢書)를 간행하면서 그때까지 중국에서 온전하지 못했던 『전등신화』와 『전등여화』를 간행했는데 각각 일본 경장(慶長, 1596~1614) 활자본과 원화(元和, 1615~1623) 활자본을 근거로 교감하였다고 밝히고 있다. 그 후 1931년 상해(上海) 대통서국(大通書局)에서 배인본(排印本)을 냈고 1935년 정진탁(鄭振鐸)이 『세계문고』에 포함시켜 상해 생활서국(生活書局)에서 간행하였다. 그 후 '전등이종(剪燈二種)'은 민국(民國) 시기에 정진탁(鄭振鐸)의 생활문고(生活文庫)에 포함되는 등 일부 유통되다가 1957년 주이(周夷)교주본이 나오게 되어 널리 유통되었다. 이 책은 기본적으로 동강(董康)의 송분실간본(誦芬室刊本)을 저본으로 하고 있으며 '전등이종' 이외에 『전등총화』에서 『멱등인화』

를 뽑아 함께 넣음으로써 '전등삼종'의 전파를 본격적으로 추진시켰다.

이 책은 1962년 상해 중화서국(中華書局)에서 중간(重刊)된 적이 있었으며 1981년 상해고적출판사에서 수정본을 냈다. 교주자의 이름도 주릉가(周楞伽)로 바꾸었다. 지금까지 새로운 판본은 나오지 않고 있으며 거의 유일본으로 『주릉가교주본』이 유통되고 있는 실정이다. 대만(臺灣)에서는 1974년에 세계서국(世界書局)에서 나온 '전등이종'이 널리 읽히고 있지만 1935년 '세계문고'본을 답습한 것이므로 교주(校注)가 없는 백문본(白文本)이다. 상해고적출판사에서 주릉가(周楞伽)의 교주본을 근거로 1995년 『백화본전등신화(白話本剪燈新話)』를 내서 널리 보급에 힘쓰고 있는데 오히려 주석(註釋)은 삭제하고 말았다.

3. 전등여화(剪燈餘話)와 멱등인화(覓燈因話)

1) 이창기(李昌祺)의 생애와 관직생활

『전등여화』의 작자 이정(李禎, 1376~1451)은 자를 창기(昌祺)라 하고 호를 교암(僑庵), 백의산인(白衣山人) 혹은 운벽거사(運甓居士) 등으로 썼는데 명(明) 태자(太子) 주정(朱禎)의 이름을 피휘하여 일반적으로 그의 자로 불렸다. 강서성 여릉(廬陵, 吉水) 사람으로 명 태조(太祖) 홍무(洪武) 9년(1376) 6월 26일에 태어나 대종(代宗) 경태(景泰) 3년(1452) 3월 25일에 향년 77세로 사망했다.[21] 그의 집안도 대대로 학문의 전통이 내려오고 있었지만 그의

21) 李昌祺의 생졸년대는 錢習禮의 「河南布政使李公墓碑銘」에 근거한 것이다. 기타 이창기에 관한 자료는 대체로 이 기록을 근거한 것이다. 明 徐紘 編, 『皇朝明臣琬琰錄』 권24에 있음(『明代傳記叢刊』 제43책, 臺北 : 明文出版社, 807면). 다만 이정의 나이를

선조는 원래 금릉(金陵)에 살았으나 남송초에 강서(江西) 길수(吉水)지역으로 이주하였고 원나라 때도 다시 인근으로 옮겨 살았다. 이정은 길수(吉水) 라천항(螺川巷)에서 태어났다. 그의 집안은 삼대(三代)째 의원을 지낸 가문이었다. 고조는 이량(李良)이라고 했고 조부 이연빈(李延賓)은 원나라 때 천임로의과(天臨路醫科) 교수(教授)를 지냈으며 부친 이규(李揆 : 자 伯葵)도 의업에 종사하였다. 부친 이규(李揆)는 당시 시(詩)로써 이름을 날렸는데 특히 오언시를 잘 지었다고 하여 이오언(李五言)으로 부르기도 하였다 한다.[22] 이정(李禎)은 부친의 영향을 받아 천부적인 시재(詩才)를 지니고 태어나 스무 살 때는 동향의 증계(曾棨)와 더불어 이름을 날렸다. 그의 가문에서는 그에 이르러 비로소 과거에 급제하고 한림원(翰林院)에 들어가 가문의 명예를 드날리게 되었다. 형제(兄弟)로는 장남인 자신을 비롯하여 모친 팽씨(彭氏)와 계모(繼母) 유씨(劉氏)에게서 모두 사형제(四兄弟)가 있었다.[23] 그는 어려서부터 문장에 뛰어나 향인(鄕人)들에게서 칭송이 자자하였으며 영락(永樂) 원년(1403)인 28세 때에 향시에 합격하였다. 이 해 3월에 병란(兵亂)으로 인하여 향시를 그르치게 되자 예부에 건의하여 8월 중에 보시(補試)를 치르자고 상소하였고 이러한 건의가 영락제(永樂帝, 朱棣)에게 받아들여지게 되어 그는 이때의 시험으로 향시에 합격하게 된 것이다. 향시에 오르자 이듬해인 영락(永樂) 2년(1404) 봄 그의 나이 29세 때에 곧바로 예부에서 시행하는 회시(會試)에 응시하였고 이어 정시(廷試)에 참가하여 3월 6일 진사로 급제함에 따라 입신양명의 길을 걷게 되었다. 그리고 동시에 한림원(翰林院) 서길사(庶吉士)로[24] 발탁되었다. 곧이어 『영

75세라고 하였으나 실제로는 77세가 정확한 것임. 游秀雲, 『元明短篇傳奇小說研究』, 90면 참조.

22) 李禎의 가문에 대한 내용은 楊榮이 쓴 묘지명 「故盤州李處士墓地銘」에 밝혀져 있다.

23) 李禎 이외에 李旭, 李循, 李芳 등의 아우가 있었음.

24) 庶吉士는 명나라 洪武 연간에 『尙書』의 "太史尹伯庶常吉士"의 구절에서 취하여 관직명으로 삼았은 것이다. 六科와 中書省에 모두 있었는데 永樂 2년부터는 翰林院에만 소속시켜 進士로서 서예와 문학에 능한 사람으로 임명하였다. 李禎은 한림원 소속으로

락대전(永樂大全)』의 중수(重修)작업에 참여하게 되었는데[25] 경사자집(經史子集)의 다양한 자료를 포함하여 패관소설 등에 이르기까지 방대한 분량의 문헌을 독파하여야 했지만 그는 이에 정통하였다. 그가 곧 예부주객사낭중(禮部主客司郎中)에 발탁된 것도 이때의 공로가 크다고 보여진다.

당시 영락제(永樂帝)는 정시(廷試)에 급제한 인재들을 한림원으로 불러들려 문연각(文淵閣)에서 함께 학문을 논하게 하였는데 이창기(李昌祺)는 그 중의 한 사람으로 선발되었다. 모두 28명을 채워 이십팔수(二十八宿)라고 지칭하였으며 영락제는 이들 인재들에게 상당한 희망을 걸고 기대를 가졌던 것으로 알려졌다.

그는 『영락대전』 편찬에도 참여하는 등 장래가 촉망되었지만 모종의 일에 연루되어[26] 중앙관서에서 밀려나 좌천되기 시작한다.

그의 나이 37세 되던 1412년부터 3년 간 그는 강녕(江寧) 장간사(長干寺)의 복원공사 감독을 맡았다가 예부낭중(禮部郎中)에 복직된다. 그가 불에 타버린 장간사의 복원공사를 위해 헌신하던 이 시기에 그는 지금은 남아있지 않은 계형(桂衡)의 소설 『유유전(柔柔傳)』을 보고 중편전기 「가운화환혼기(賈雲華還魂記)」를 짓게 된다. 그의 문학적 재능이 발휘되기 시작한 것이다. 그리고 얼마 후 그의 나이 43세 때인 영락 15년(1417)에는 마침내 지방장관인 광서포정사(廣西布政使)로 부임하게 된다. 그리나 그 뒤 영락 17년(1419)에는 또다시 무슨 연고인지 광서(廣西)의 임지인 계림(桂林)을 떠나 북경(北京) 근처의 방산(房山)으로 좌천되어 병역을 담당하는 수자리를 살게 된다. 그의 인생역정이 최악의 상황으로 치닫는 순간

된 첫 번째 庶吉士 그룹의 한사람이었다.

25) 『영락대전』은 원래 永樂 원년 解縉이 147명을 모아 편찬에 착수하여 이듬해 완성하였는데 영락제는 처음 『文獻大成』으로 명명하였다가 아직 완전하지 못하다고 생각되어 재차 重修를 명하였다. 이창기는 이때 편찬에 참여하게 된 것이다. 이 책은 永樂 5년(1407)에 완성되어 『영락대전』이라고 재명명하게 되었다.

26) 『明史 · 李禎傳』에 "坐事謫役, 尋宥還"이라고 되어 있으나 구체적으로 어떤 일이었는지는 지금까지 알려진 것이 없다.

이었다. 그가 「지정기인행(至正妓人行)」을 지은 것이나 『전등신화(剪燈新話)』를 얻어보고 영감을 얻어서 그것을 흉내내어 『전등여화(剪燈餘話)』의 스무 편 작품을 창작하게 된 것도 바로 이 무렵의 일이다. 이때 그는 세상의 부조리와 수많은 백성들의 울부짖는 소리를 듣게 되었던 것이다. 영락제(永樂帝)가 북경으로 천도하던 해인 영락(永樂) 19년(1421) 11월에 그는 부친상으로 강서(江西)로 내려갔다가 삼년상(三年喪)이 지나 북경으로 귀환하게 된다. 그의 나이 50세 되던 홍희(洪熙) 원년(1425) 인종(仁宗)황제로부터 하남좌포정사(河南左布政使)를 제수받게 되지만 이정의 능력을 알아주던 황제는 등극하던 그 해에 갑작스럽게 붕어하고 만다. 그는 크게 애통해하면서 자신을 알아준 인종의 은혜에 감복해 하였다. 하지만 그의 새로운 희망은 꺾이고 만 셈이었다. 이 해 여섯 살 난 아들도 요절하여 시 「곡자(哭子)」를 지었다. 선덕(宣德) 5년(1430) 모친상을 당하여 이창기(李昌祺)는 강서(江西)로 귀향하였으며 선종(宣宗)은 그를 대신하여 위원(魏源)으로 하여금 하남좌포정사(河南左布政使)를 맡도록 하였다. 그러나 얼마 후 상중임에도 불구하고 선종은 이창기에게 탈상을 명하고 복직하여 백성들을 구재(救災)하라고 하였다. 그는 위원(魏源), 허곽(許廓) 등과 더불어 재난을 당한 백성을 구휼하여 하남지방의 평정을 되찾았다. 선덕(宣德) 8년(1433) 유경(劉敬, 子欽)이 『전등여화(剪燈餘話)』의 서문(序文)을 지었으며 그 글에서 복건(福建) 건녕지현(建寧知縣)으로 있던 장광계(張光啓)가 이 책을 간행하였다고 되어 있다. 또 장광계(張光啓)의 서문에서도 그의 스승 유자흠(劉子欽)에게서 책을 받아 더욱 널리 전하도록 하기 위하여 각공(刻工)을 시켜 간행하게 되었다고 저간의 사정을 밝히고 있다.

정통(正統) 원년(1436)에 이정(李禎)은 하남(河南)을 떠나 북경(北京)으로 옮겼으며 양영(楊榮)에게 부친 이규(李揆)의 묘지명을 써줄 것을 청탁하였다. 정통(正統) 4년(1439) 그의 나이 64세가 되었을 때 그는 정사에 힘을 쓴 끝에 풍질(風疾)을 앓게 되었고 이를 이유로 벼슬자리를 그만두고 결국 고향으로 돌아가 은둔하게 된다. 향리(鄉里)에 돌아와서도 그는 조용하고 검소하게 생활하여 흔적을 남기지 않고 공사(公事)에 관여하지 않고 유유자적하였다. 그러나 때때로 향리의 관리들이 자문을 구하러 오면 정성껏 알려주었다고 한다.

정통(正統) 7년(1442) 국자감(國子監) 좨주(祭酒)인 이시면(李時勉)이 『전등신화(剪燈新話)』 등을 금지할 것을 주청(奏請)하였다. 당시 '전등이종(剪燈二種)'은 이미 합각본(合刻本)이 전해지고 있으므로 당연히 『전등여화』에게도 해당되는 것이었다. 이시면(李時勉)은 이창기(李昌祺)와 동년으로 「지정기인행(至正妓人行)」을 위해 발문을 지어주기도 한 인물이지만 정통(正統) 6년(1441) 국자감 좨주(祭酒)가 되었으므로 당시 국자감생의 해이한 규율을 바로잡고 정통 학문의 분위기를 해치는 전기소설의 탐독 붐을 저지하려는 의도에서 이러한 상소를 하게 되었을 것이다. 이시면(李時勉)은 젊은 시절 이창기(李昌祺)와 아주 절친한 친구 사이였지만 결국에는 문학의 관점과 인생의 길이 서로 달랐다. 가장 큰 이유는 이창기가 지방장관으로 나간 것과 달리 이시면은 중앙의 고관이었다는 점이었을 것이다. 그는 이창기의 시집에도 서문을 써준 적이 있는데[27]에서 전형적인 정통문인이면서 성리학의 깊은 영향을 받은 인물이었다. 당시 전기소설에 대한 서로 다른 견해를 야기시킨 것은 그러한 입장 차이 때문이었다고 본다.

경태(景泰) 3년(1452)에 이창기는 향년 77세로[28] 병사했으며 길수(吉水) 자운산(紫雲山)에 안장되었다. 그의 본처 애씨(艾氏) 사이에 아들 하나를 두었고 후처(後妻) 유씨(劉氏)와의 사이에 이남이녀를 두었다. 그가 죽을 무렵 손자와 손녀는 모두 오남육녀(五男六女)였다. 그의 묘지명은 「지정기인행(至正妓人行)」의 발문을 쓰기도 했던 전습례(錢習禮)에 의해 씌어졌다.[29]

---

27) 「李方伯詩集序」에서 "詩는 性情에 근본을 두고 學問으로 그를 실사구시하며 仁義로써 달성하고 돈독함으로 충족하게 한다"고 했다. 『明詩話全編』 「李時勉詩話」, 喬光輝의 「"意皆有所指"與「剪燈餘話」的受禁」 참조. 『中國小說論叢』 제17집, 韓國中國小說學會.

28) 錢習禮의 「墓碑」에서는 "時蓋景泰壬申歲也, 距生洪武丙辰七十有五"로 써서 75세라고 했지만 실제로 77세로 보아야 한다.

그가 죽은 후 경태(景泰) 연간에 어사(御史) 한옹(韓雍, 1421~1470)이 강서순무(江西巡撫)로 있을 때 선현(先賢)들을 모시는 사당(祠堂)에 이정(李禎)을 넣고자 하였으나 그가 일찍이 『전등여화』를 지었다는 이유로 포함시키지 못하게 되었다. 이러한 기록은 도목(都穆)의 『청우기담(聽雨紀談)』, 엽성(葉盛, 1420~1474)의 『수동일기(水東日記)』에 보인다. 축윤명(祝允明, 1461~1527)의 『구조야기(九朝野記)』(권9)에서도 이를 언급하고 있다. "젊어서 그가 지은 『전등여화』를 본 적이 있는데 비록 우언소설의 작품이지만 그 중에는 기롱하고 풍자하는 바가 적잖게 들어 있어 모두 의도적으로 쓴 글이었다. 당시 원로들은 대체로 직접 이를 알고 있어 마음이 언짢아했지만 이창기는 아랑곳하지 않았다. (… 중략 …) 한공(韓公)이 강서(江西)의 순무(巡撫)로 있을 때도 이공(李公)은 이 책으로 인해 향현사(鄕賢祠)에 배향(配享)하지 못하게 되었던 것이다." 이는 이창기(李昌祺)가 『전등여화』로 인해 여러 사람들의 미움을 받았음을 지적한 말이다.

1420년에 완성된 『전등여화(剪燈餘話)』에서 그는 공식적으로 광서좌포정사(廣西左布政使)로 언급되며 서발문을 쓴 가까운 동년(同年)이나 지인(知人) 사이에서는 방면대신(方面大臣) 혹은 방백(方伯)이란 말로 표현되고 있다. 비상한 머리로 치열한 경쟁을 뚫고 황제의 측근에까지 진출하였으나 곧 중앙정부의 권력 핵심에서 밀려나 지방의 방백을 맡거나 심지어는 다시 좌천되어 노역의 감독관을 하는 등 갖은 역할을 다 맡아보는 동안 그의 세계관은 점점 확대되고 있었던 것이다.

그의 교유(交遊)관계는 상당히 폭넓게 진행되었으며 『전등여화(剪燈餘話)』 등 그의 저술을 위해 씌어진 서문과 발문을 통해서 구체적으로 나타나고 있다. 당시에 씌어진 『전등여화』의 서문은 모두 6편인데 이창기(李昌祺) 자신의 자서(自序)와 훗날 이 책의 간행을 맡은 장광계(張光啓)의 서문을 제외하면 4명의 지인(知人)이 서문의 작자로 등장한다. 그들은 각

29) 錢習禮, 「河南布政李公禎墓碑」.

각 증계(曾棨), 왕영(王英), 나여경(羅汝敬), 유경(劉敬) 등 네 명으로 각각 한림시독학사(翰林侍讀學士)과 한림수찬(翰林修撰) 등의 고위관직을 맡고 있는 최고의 지식층이었다. 또 장편의 서사시인 「지정기인행(至正妓人行)」에 발문을 쓴 작가로는 앞에서 서문을 썼던 증계(曾棨, 1372~1432)·왕영(王英)·나여경(羅汝敬)·유경(劉敬)을 모두 포함하고 여기에 고정례(高廷禮)·이시면(李時勉)·전습례(錢習禮)·등시준(鄧時俊)·소시중(蕭時中)·주술(周述)·주맹간(周孟簡) 등 일곱 사람이 더하여 모두 11인에 달한다. 발문 자체에서 밝힌 이들의 관직만을 보더라도 각각 한림시강(翰林侍講)·한림검토(翰林檢討)·고공주사(考功主事)·한림수찬(翰林修撰)·한림서길사(翰林庶吉士) 등의 이름이 보인다. 그렇다면 1404년 그의 진사급제(進士及第) 때에 함께 공명을 얻은 동년(同年)과 그 직후 함께 한림원(翰林院)에 동료로 있었던 상당수의 인사들이 1419년 그가 방산(房山)에서 「지정기인행」을 짓고 『전등여화』를 엮을 때까지 여전히 긴밀한 왕래를 유지하고 있었음을 알 수 있다. 그가 비록 경사(京師)의 한림원을 벗어나 광서(廣西)의 계림(桂林)과 하북(河北)의 방산(房山)으로 옮겨 다니고 있었지만 그의 교우관계는 상당히 돈독하게 유지되었다고 하겠다. 더욱이 그의 저술은 전통적인 문인의 입장에서 보면 일개 퇴기(退妓)에 대한 동정심을 밝힌 서사시(敍事詩)이거나 통속문학으로서 대아지당(大雅之堂)의 자리를 차지하지 못하는 패관소설(稗官小說)에 불과함에도 불구하고 대부분의 동료는 이를 인정하고 긍정적으로 보고자 했던 것인데 명대(明代) 초기 아직 대각체(臺閣體)의 문체가 널리 유행하고 이학(理學)사상이 팽배해있던 문단의 분위기를 감안하면 특히 주목되는 일이라고 할 수 있을 것이다.

2) 이창기(李昌祺)의 저술과 전등여화(剪燈餘話)의 간행

이창기(李昌祺)의 저술은 『전등여화』를 제외하고도 『운벽만고(運甓漫稿)』

7권, 『용슬헌초(容膝軒草)』, 『교암시여(僑庵詩餘)』 2권, 『교암소령(僑庵小令)』 1권 등의 작품집이 전한다.

『운벽만고(運甓漫稿)』는 이창기(李昌祺) 사후(死後) 7년 뒤인 천순(天順) 3년(1459) 길안교수(吉安教授) 정강이 편찬한 이창기(李昌祺)의 시사집(詩詞集)이다. 이 책에는 이창기(李昌祺)가 지은 시(詩) 400여 수와 사(詞) 32수가 들어 있는데 오언(五言), 칠언(七言), 고체(古體), 율시(律詩), 절구(絶句) 등 각종 시체(詩體)가 망라되어 있다. 대부분의 내용은 자신의 회포를 풀거나 친구와 주고받은 시, 영물시(詠物詩), 제화시(題畵詩) 등도 들어 있다.[30] 이 책에는 이창기(李昌祺)가 하남(河南)에서 포정사로 있을 때 주헌왕(周憲王) 주유돈(朱有燉, 1379~1439)과 왕래하였던 연유로 주유돈의 제화시(題畵詩)가 상당수 실려 있어 역시 주목된다. 『운벽만고(運甓漫稿)』에 실린 이창기의 시사에는 그가 조정의 최고위 관직을 지내던 때의 심리와 벼슬을 떠나 재야에 묻힌 시절의 은일자적(隱逸自適)하는 심리가 다 함께 들어 있는 것으로 보인다.[31]

『사고전서총목제요(四庫全書總目提要)』에서도 그의 시에 대해서 "그의 시는 청신하고 화려하며, 진부함이 적은 작품이 많다"[32]고 나름대로 독특한 평가를 내리고 있다.

오늘날 문학사에서 그는 결국 자신이 쓴 전기소설 『전등여화』를 통해 이름을 남기고 있다. 그가 이 소설을 짓게 된 경위는 비교적 명확하게 기록으로 남겨져 있다. 강녕(江寧) 장간사(長干寺) 복원공사의 감독관으로 있던 그는 1412년 무렵 「가운화환혼기(賈雲華還魂記)」를 지었다. 그는 잠시 좌천되어 일하고 있던 때의 울적함을 달래기 위해 계형(桂衡)의 『유유전(柔柔傳)』을 읽었고 그것이 계기가 되어 자신의 새 작품을 쓰게 된

30) 游秀雲, 『元明短篇傳奇小說研究』, 70면 참조(臺北 : 中國文化大學 박사논문, 1997).

31) 喬光輝의 「游弋在臺閣與山林之間的孤獨者－李昌祺'運甓漫稿'的文化心理釋讀」 참조(中國南京明代文學研討會發表論文, 2002.11).

32) 『四庫全書總目提要』 集部 別集類第五.

것이다. 목인(睦人) 계형(桂衡)은 『전등신화』의 작자 구우(瞿佑)의 친구로서 홍무(洪武) 22년(1389)에 「전등신화서문」[33]을 쓴 바 있다. 그는 인화(仁和, 杭州)사람으로 홍무(洪武) 연간에 전당(錢塘)의 유학훈도(儒學訓導)를 지냈고 후에 산동(山東)을 전전하다가 장사(長沙)에서 죽었다는 것 이외에 더 이상의 자세한 생애는 알 수 없다. 『유유전(柔柔傳)』도 이창기의 서문에서만 언급되는 작품이므로 명초의 전기소설임을 알 수 있을 뿐 다른 어떤 책에도 언급되지 않은 작품이다.

이창기(李昌祺)는 그로부터 7년 후에 광서포정사(廣西布政使)에서 방산(房山)으로 귀양가던 도중 만난 퇴기(退妓) 여인의 이야기를 듣고 「지정기인행(至正妓人行)」을 지었다. 하지만 이 작품은 전기소설이 아니고 서사시(敍事詩)이므로 별도의 작품으로 전하고 있었으며 이창기의 여러 동료들이 발문을 써 주었다. 이와 별도로 그가 방산(房山)에서 귀양 생활 중에 그곳에서 멀지 않은 보안(保安)에 있던 구우(瞿佑)의 작품 『전등신화』를 구하여 전해주면서 폄적(貶謫)생활의 울적함을 달래도록 하였다. 이창기는 이 책을 읽고 마음에 느끼는 바가 많고 우울한 심사를 달래기 위해 『전등신화』와 동일한 체제로 유사한 전기작품 20편을 지었다. 작품의 소재나 재제 또는 주제가 유사한 것이 많았다. 그는 각 권 5편씩 안배하고 4권을 만든 다음 앞서 지은 중편소설 「가운화환혼기」를 제5권에 안배했다. 그렇게 해서 21편이 완성되었던 것이다. 마지막 작품은 편폭상 전혀 달랐으나 일단 편수로는 『전등신화』와 동일하게 21편이었다. 구우(瞿佑)도 자신의 자서전적인 작품 「추향정기」를 부록으로 넣어 21편이 되었기 때문이다. 그만큼 『전등여화』는 『전등신화』의 모든 것을 모델로 삼고자 노력하였다.

1419년 『전등여화』가 완성되고 처음 상당 기간 동안은 필사본으로 전해졌다. 후에 선덕(宣德) 8년(1433)에 이르러 복건성 건녕지현(建寧知縣)으로

33) 序文의 署名에는 “洪武己巳六月六日睦人桂衡書於紫薇深處”라고 하였다.

있던 장광계(張光啓)가 비로소 이를 간행하였다. 그의 간행(刊行)에 대해서는 그의 스승인 유자흠(劉子欽)이 그 경위를 상세히 밝히고 장광계(張光啓) 자신도 서문을 썼다. 장광계(張光啓)가 간행할 때는 원래 필사본의 체제를 약간 수정하여 이정(李禎)이 별도로 지은 장편시가(長篇詩歌) 「지정기인행(至正妓人行)」을 제4권에 부록으로 포함시켜 6편으로 만들고 「환혼기(還魂記)」를 단독으로 제5권으로 만들어 총 5권 22편의 형태로 만들었다. 이때 장광계(張光啓)는 『전등신화』와 『전등여화』를 합본(合本)하여 간행하였으며 그 후 '전등이종(剪燈二種)'은 동시에 더욱 널리 전파되었다.

그러나 실제로 『전등여화(剪燈餘話)』의 간행 시기를 장광계(張光啓)가 건녕부(建寧府) 건녕지현(建寧知縣)[34]으로 있던 선덕(宣德) 연간이 아니고 그가 정통(正統) 초년에 상항지현(上杭知縣)으로 옮긴 이후로 보는 견해도 많다. 왜냐하면 현존하는 명대간본(明代刊本)의 권두(卷頭) 서명(署名)에 "廣西左布政使廬陵李昌祺編撰, 翰林院庶吉士文江劉子欽訂定, 上杭縣知縣盱江張光啓校刊, 建陽縣縣丞何景春同校繡行"으로 되어 있어서 유경(劉敬, 子欽)이 그렇게 말은 했더라도 장광계(張光啓)의 관직이 상항현(上杭縣) 지현(知縣)으로 박혀 있기 때문이다. 『고본소설총간(古本小說叢刊)』(中華書局) 제5집 전언(前言)에서도 이렇게 설명하고 있고 일부 학자들도 이렇게 보고 있다.[35]

현재 통행본은 대체로 5권본인데 장광계(張光啓) 간본을 답습한 판본이다. 명대 헌종(憲宗) 성화(成化) 23년(1487)에 여씨(余氏) 쌍계당(雙桂堂) 중간본(重刊本)이 있다. "明 李禎撰, 張光啓校"라고 쓰고 있는데 현재 일본

---

34) 建寧府는 福建省 북부에 있으며 浙江 및 江西와 경계를 맞대고 있다. 建寧縣에 張光啓가 있고 바로 이웃한 建陽縣에 何景春이 있었던 것으로 보면 서로 긴밀한 협력하에 책을 간행한 것으로 알 수 있다. 아래 明간본의 권두 署名을 보면 명확해진다.

35) 이러한 착오가 어떻게 생긴 것인지에 대해서는 분명히 고찰이 안 되고 있다. 筆者는 좀 다른 방향으로도 생각해본다. 張光啓가 처음 간본을 建寧縣에서 찍었을 가능성이 없지 않다는 것이다. 劉子欽의 증언 연도가 명확하기 때문이다. 당시 建陽縣의 縣丞까지 揷圖제작에 참여한 것을 보면 더욱 그러하다. 혹은 초간본을 찍고 상항현으로 옮긴 이후에 다시 중간본을 내면서 직관을 바꾼 것은 아닐까 생각해본다.

(日本) 내각문고(內閣文庫)소장본이다. 이밖에 일본에는 에도(江戶) 초기에 간행된 활자 5권본이 있고 원화(元和, 1615~1623) 활자본도 있다.

『전등여화』는 『전등신화』와 동일 계열소설이며 작자가 특별히 관련성을 언급하였고 제목에서도 긴밀한 유사성을 지니고 있으므로 초기 판본이 나온 이후부터 곧바로 두 책의 합각본(合刻本)이 등장하였다. 다음의 몇 가지는 현존하는 합각본 목록이다. 가장 이른 것으로는 정통(正統) 7년(1442) 황씨(黃氏) 집의정사(集義精舍)에서 간행한 『신간전등여화사권속집일권(新刊剪燈餘話四卷續集一卷)』인데 일본 천리(天理)대학에 있다. 이시면(李時勉)이 『전등신화』 등의 금서(禁書)를 주청한 바로 그 해에 이 합각본(合刻本)이 나와 더욱 널리 유행하였던 것으로 보인다. 그 다음 정덕(正德) 6년(1511)에 청강서당(淸江書堂) 양씨(楊氏) 중교본(重校本) 『신증전상호해신기전등여화대전사권(新增全相湖海新奇剪燈餘話大全四卷)』과 명(明) 황정위(黃正位)간본인 『전등여화사권(剪燈餘話四卷)』은 모두 북경(北京)도서관에 소장중이다. 청나라 방각본인 『전등총화(剪燈叢話)』에는 『전등여화』 작품이 3권 포함되었으며 작품 수는 14편 혹은 15편에 불과하다. 청(淸) 건륭(乾隆) 8년(1743), 건륭(乾隆) 56년(1791), 함풍(咸豐) 원년(1851), 동치(同治) 10년 문성당(文盛堂) 등의 간본이 있다.[36] 소경첨(邵景詹)의 『멱등인화』까지 포함하고 있어서 '전등삼종'의 명성을 함께 널리 전하게 되는 계기가 되었다. 중국 방각본(坊刻本)으로 3권본이 있는데 모두 15편을 수록하고 있다. 1917년 동강(董康)의 송분실(誦芬室)간본으로 『전등신화(剪燈新話)』와 함께 나온 이후 계속 함께 유통되고 있다. 1957년 주이(周夷) 교주본에서는 서명은 『전등신화(剪燈新話)』(外二種)로 하여 『전등여화(剪燈餘話)』의 이름을 드러내지 않았다. 하지만 분량으로 보아서 훨씬 많은 까닭에 이 책의

---

36) 그 중에 臺灣 天一出版社영인본의 경우는 卷之一(5편), 卷之二(7편), 卷之三(3편) 등 15편을 싣고 있으며 「가운화환혼기」가 끝에 실려 있다. 권두에는 다른 서문은 없고 李昌祺의 서문만 수록되었다. 天一出版社, 「明淸善本小說叢刊初編第二輯短篇文言小說」.

중심을 이루고 있다. 명대(明代)에 합각본(合刻本)이 나온 이후 이시면(李時勉)에 의해 금지조치도 당하였지만 실제로 동아시아 각국으로 『전등신화』와 더불어 널리 전파되었다. 조선(朝鮮)에선 『용비어천가(龍飛御天歌)』의 주석으로 인용되었고 연산군에 의해 언급되었으며 한 차례 간행도 되었다. 어숙권(魚叔權)의 『고사촬요(攷事撮要)』 「팔도책판조(八道冊板條)」에서는 전라도 순창(淳昌)에서 『전등여화』가 간행되었다고 하였다.37) 이 목판본은 선조 9년(1576) 이전에 나온 책임을 알 수 있다. 순창판 『전등여화』는 국내 유일의 간본인데 지금 국내에는 어디에도 남아있지 않다. 그동안 『전등여화』 조선간본의 실체를 학계에 보고한 발표는 없었다. 최근 필자의 조사결과 일본 내각문고에 소장된 일본간본 5권본 『전등여화』의 후반부가 바로 조선간본임을 확인하였다. 목차의 권지사(卷之四)에는 5편의 작품 외에 '부록 지정기인행 제명공발(諸名公跋), 후서(後序)'의 순서로 기록하고 권지오(卷之五)에 가운화환혼기(賈雲華還魂記)의 제목을 밝히고 있다. 이는 후에 동강(董康)이 채택한 이른바 원화(元和)활자본의 판본 형태다. 일본의 다른 원록(元祿)간본은 7권본으로 되어 있어 이와는 다르다. 5권본 권두에는 「광서포정사 여릉 이창기편찬」, 「한림원서길사 문강 유자흠정정」, 「상항현지현 우강 장광계교간」, 「건양현현승 하경춘 동교수행」의 서명이 나란히 있는데 이는 원록(元祿)간본에서도 그대로 쓰여지지만 동강(董康)본에서는 생략되고 있다. 이 책의 중반부에 해당하는 제13편 「경노전(瓊奴傳)」의 중간에서 두 판본이 합철되어 있는데 '우애월야면지(右愛月夜眠遲)'의 구절부터 조선판본으로 시작되고 있다. 판형은 12행 22자로 되어 있으며 글자는 조선목판본 특유의 자체를 보이고 있다. 이 책은 임진왜란 무렵에 조선에서 일본으로 건너간 『금오신화』·『전등신화』·『전등신화구해』 등과 함께 전해졌을 것으로 추정되며 일본 원화(元和)간본의 저본이 되지 않았을까 추정해본다.

37) 이는 柳鐸一의 「전등신화 및 전등여화의 전래와 수용」에서 밝힌 내용이다.

연산군(燕山君)은 『전등여화』의 구해(句解)를 명한 바 있지만 실행되지 못했고 간행도 한차례에 그쳐 『전등신화』에 비하여 널리 전해지지 못했는데 그 나마 유일한 간본이 일본으로 유출되어 조선에서는 그 명맥이 끊어지게 되었다.

다행히 일본에서 원화(元和)활자본으로 온전하게 전하고 있어서 송분실(誦芬室)간본의 출현을 가능하게 했다. 7권본으로 간행된 판본은 5권본의 원화본을 근거로 체제를 바꾸어 낸 원록(元祿) 5년(1692) 경림구병위(京林九兵衛)간본이다.[38]

1917년 중국의 동강(董康)은 일본의 원화(元和) 활자본을 근거로 하고 건륭본(乾隆本)과 명간출상본(明刊出相本)을 참교(參校)하여 상해(上海)에서 송분실본(誦芬室本)을 간행했는데 이는 중국에서 완전한 판본이 전해지지 못하고 있었던 당시에 『전등신화』와 더불어 『전등여화』를 본격적으로 중국 내에서 '전등이종'의 이름으로 전해지도록 한 계기가 되었다. 그 후 1931년 상해(上海) 대통서국(大通書局)에서 이를 근거로 배인본(排印本)을 냈고 1935년 정진탁(鄭振鐸)이 『세계문고』에 포함시켜 상해 생활서국(生活書局)에서 간행하였다. 신중국 이후에 1957 상해 고전문학출판사(古典文學出版社)에서 낸 주이(周夷)교주본이 오늘날 통행본으로서 1981년 상해고적출판사(上海古籍出版社)에서 수정판을 간행하여 지금까지 유통되고 있다. 대만에서는 1974년 세계서국본이 가장 널리 유통되는 판본이다. 1995년에는 상해고적출판사(上海古籍出版社)에서 『백화본전등신화(白話本剪燈新話; 附剪燈餘話)』를 내어 일반 독자들의 수요에 응하였다. 서명에서 비록 괄호 속에 넣기는 했지만 그래도 책이름을 드러내어 『전등여화』

---

38) 이 판본의 권두에 曾棨, 王英, 羅汝敬, 劉子欽, 張光啓 등 5명의 서문 실려 있고 오히려 李昌祺의 自序는 없다. 체제는 중국본과 달리 卷一(3편), 卷二(4편), 卷三(4편), 卷四(4편), 卷五(3편), 卷六(3편), 卷七(1편) 등으로 분산 안배되어 있는데 편수는 역시 22편이다. 卷六에는 「附錄至正妓人行, 諸名公跋後序」도 포함되어 있는 상태다. 권말에 "元祿五年壬申十月之吉 / 京東洞院通夷川上町 / 林九兵衛壽梓"로 刊記가 있다. 이 판본은 우리나라 국립중앙도서관에도 소장되어 있다.

의 정체성을 높일 수 있었다고 보지만 원서에 있었던 주석은 모두 삭제하고 말았는데 오히려 현대적 주석이 있었으면 더 좋았을 것이다.

3) 소경첨의 『멱등인화』

『멱등인화(覓燈因話)』는 소경첨(邵景詹)의 작으로 알려지고 있다. 소경첨(邵景詹)에 대해서는 그의 필명이 자호자(自好子)라고 한다는 사실 이외에는 거의 알려진 것이 없는 상태다. 그가 남긴 서문에 의하면 『멱등인화』가 만들어진 과정을 이러하였다.

『전등여화』가 간행된 이후 160년이 지난 명나라 만력(萬曆) 연간의 임진년(壬辰年, 1592) 바로 우리나라에 임진왜란이 일어나던 그 해 자호자(自好子)라는 필명을 가진 소경첨(邵景詹)은 자신의 서재 요청각(遙靑閣)에서 독서를 하고 있었다. 마침 책상 위에 놓여 있던 『전등신화』를 지나던 객(客)이 보게 되었다. 한번 그 책에 빠져버린 객은 마침내 책을 손에서 떼지 못하고 한밤중이 되어서야 비로소 그만두었다. 이미 발을 들여놓은 마당이라 객은 자신이 귀로 듣고 눈으로 보았던 고금의 기이하고 비밀스런 이야기를 수천 마디나 겹겹이 토해냈다. 대부분이 저승세상의 인과응보에 관한 일이거나 도리와 명리에 대한 얘기였으며 괴이하였지만 속임이 없었고 올바르며 썩지 않았으며 아름다움을 느낄 수 있고 추악함을 곰곰히 생각하도록 하는 것이었다. 자호자(自好子)는 마음에 와 닿는 바가 많아 동자(童子)를 불러 불을 밝히도록 하고 객과 함께 그 중에서 골라 기록하니 무릇 2권 분량의 책이 만들어졌다. 객은 그것이 『전등신화』를 이을 만 하다고 말하면서 『멱등인화(覓燈因話)』라고 명명하였다. 아마도 꺼져버린 등불을 다시 찾아 켜고 『전등신화』를 읽다가 이로 인해 만들어진 것이라는 의미다. "모두 한 때의 즐거움으로 그 사실을 기록하는 것이니 설사 글 솜씨가 어색하다 한들 뭐가 어떠랴. 독자들은 문장이 서툴다고 병폐로 여기지 말기를 바랄 뿐이다." 작자의 말이다.

고대 문인들의 문답식 설문에는 언제나 객이 등장하지만 실상은 자문자답하는 경우가 대부분이다. 이점을 감안한다면 앞서 소경첨(邵景詹)이 객이 말하고 자신과 함께 골라서 만들었다고 하는 것을 곧이곧대로 믿을 필요는 없을 것이다. 소경첨은 그렇게 해서 2권 총 8편의 작품을 만들었다. 『전등신화』나 『전등여화』에 비하면 우선 양적으로 분명히 손색이 많다. 4권 20편의 전통적인 체제를 맞추지 못한 것도 그렇거니와 첫 번째 권에는 5편을 만들어 넣고 두 번째 권에 3편밖에 만들지 못한 성급함도 아쉬움이다. 그러나 그의 책상에 놓여있던 『전등신화』가 어떠한 형태의 판본이었는지 궁금하다. 그때까지 온전한 4권 21편의 작품이 남아있는 형태였는지 아니면 청대 방각본과 같이 이미 불완전한 것이었는지, 행여나 소경첨이 그러한 형태의 『전등신화』를 보고 모방의 대상으로 삼은 것은 아닌지 궁금하기도 하다.

『전등총화(剪燈叢話)』 12권 본에는 명나라 우순희(虞淳熙)의 제사(題詞)가 기록되어 있는데 그 편자를 자호자(自好子)로 지목하고 있다. 만약 여기서 말하는 자호자(自好子)가 곧 소경첨(邵景詹)이라면 그는 『멱등인화』를 창작한 것 이외에도 『전등신화』와 관련된 총서의 편집에도 적극적인 관심을 보였던 것이 분명할 것이다.

『멱등인화』의 규모나 창작기법에서도 앞서 '전등이종(剪燈二種)'의 그것을 따라잡지는 못하고 있다. 하지만 작자가 분명히 『전등신화』의 계열소설로서의 정체성을 밝혔고 내용이나 주제 등에서도 서로 일맥상통하는 점이 있으므로 연구자들은 이를 합하여 '전등삼종(剪燈三種)' 혹은 '전등삼화(剪燈三話)'라고 통칭하고 있는 것이다. 어쩌면 소경첨(邵景詹)으로서는 바로 자신이 소망하는 바를 이렇게 해서 이루게 된 것인지도 모른다. 그의 목적이 바로 천리마의 꼬리에 붙어 천리를 달려가고 싶은 파리의 욕망과 같은 것이었을까. 하지만 소설사상 결국 '전등삼종'은 이렇게 해서 명나라 일대를 아우르게 되었으니 『멱등인화』의 위치와 역할이 또한 바로 그러한 것인지도 알 수 없다.

4. 전등삼종(剪燈三種)의 제재와 사상

'전등삼종(剪燈三種)'에는 모두 단편소설 50편(장편서사시 1편 포함)의 작품과 중편소설 1편이 들어 있다. 현행 통행본인 주이(周夷)교주본에 들어 있는 『전등신화』의 「기매기(寄梅記)」는 이미 연구자들에 의해 구우(瞿佑)의 작품으로 인정받기 어려운 것으로 판명되었으므로[39] 이를 제외하면 『전등신화』의 단편 21편, 『전등여화』에 단편 20편, 장편서사시 1편, 중편소설 1편, 『멱등인화』에 단편 8편 등이다.

'전등삼종'의 편명을 고찰하면 전기소설의 전통적인 방식에 따라 전(傳)·기(記)·록(錄)·지(志) 등의 체제를 사용하고 있는데 통계를 보면 기(記)를 사용한 것이 22편으로 가장 많고 전(傳)과 록(錄)이 각각 13편과 12편으로 비슷하며 지(志)를 사용한 작품이 3편으로 가장 적다. 전(傳)은 대체로 인물 중심의 소설로서 당(唐) 전기에서 많이 사용되었지만 송원(宋元) 이후로는 사건의 서사를 중심으로 하는 기(記)와 록(錄)의 체제로 변화하고 있다. '전등'계열 소설이 비록 당전기(唐傳奇)를 모델로 삼고 있지만 실제로 송원(宋元) 이래의 전통에서 벗어나지 않고 있음을 보여주는 예라고 할 수 있다.

'전등삼종'의 내용을 전반적으로 고찰하면 중국소설의 전통적 분류방식에서 대부분 연분류(煙粉類)와 영괴류(靈怪類)에 속한다고 할 수 있으며

39) 陳益源은 『剪燈新話與傳奇漫錄之比較研究』(1990, 臺灣學生書局)의 「寄梅記并非剪燈新話的內容」 일절에서 周夷의 교주본에 「寄梅記」 수록이 잘못되었음을 상세히 논증하였으며 이 주장은 학계에서 널리 수용되고 있다.

그 중 대부분은 애정고사를 중심으로 하고 있다. 당대 전기소설과 비교하면 또 하나의 부류인 호협류(豪俠類)가 없는 것이 하나의 특징이라면 특징이다. 그보다는 오히려 역사나 사회문제에 대한 근본적인 관심이 증가했다고 하겠다. 따라서 이들 작품에서 소재를 다루는 기본 방식은 신비하고 괴이한 사건이나 인물을 통해 남녀의 애정문제와 동시에 사회문제를 제기하고 있다는 것이다. 여기서 말하는 신괴(神怪) 속에는 천상의 신선과 저승의 귀신, 수중의 용궁 혹은 꿈속의 몽환세계 등이 모두 포함되고 있으며 신괴를 주요 묘사대상으로 하거나 혹은 기괴한 묘사를 애정이나 사회문제 제기의 중요한 일부로 활용하는 경우가 있는데 이 두 경우가 전체의 80% 가량을 차지하고 있다. 이는 '전등삼종'의 작가들이 신비롭고 괴이한 사건과 인물의 묘사에 지대한 관심을 가지고 있다는 점을 증명한다. 하지만 명대의 소설작가들은 위진남북조의 지괴작자들과는 다르다. 그들이 지괴를 그리는 것은 그 자체에 목적이 있는 게 아니며, 괴이한 사태를 그대로 믿고자 하는 것도 아니다. 현실 생활에서 제대로 풀어낼 수 없는 답답한 심정을 이러한 방식을 통해 세상에 토로하고자 하는 것이다. 여기에 나오는 신선이나 귀신, 요괴 등은 무언가를 상징하고 있으며 때로는 작가의 대변자 역할을 담당한다. 「수궁경회록(水宮慶會錄)」이나 「용당영회록(龍堂靈會錄)」에서의 용왕, 「동천화촉기(洞天花燭記)」에서의 화양장인(華陽丈人) 등은 모두 선비를 대우하고 문예를 숭상하는 이상적인 통치자를 대변한다. 「영주야묘기(永州野廟記)」에 나오는 구렁이나 「신양동기(申陽洞記)」의 원숭이, 「태허사법전(太虛司法傳)」에서의 요괴들은 모두 선량한 백성을 해치는 사악한 세력의 대표들이다. 「화정봉고인기(華亭逢故人記)」에서 죽은 영혼이나 「부귀발적사지(富貴發跡司志)」에서의 판관, 「감호야범기(鑑湖夜泛記)」에 나오는 은하수의 직녀, 「수문사인전(修文舍人傳)」의 하안(何安), 「하사명유풍도록(何思明遊酆都錄)」에서의 하사명(何思明), 「청성무검록(青城舞劍錄)」의 두 인물, 「추석방비파정기(秋夕訪琵琶亭記)」의 여귀(女鬼)인 정완아(鄭婉娥) 등은 모두가 실제로 작자를 대신하여 세상을 향해 가슴에 맺혔던 말을 쏟아내고 있는 것이다. 작가는 그들의 형태나 신분을 상관하지 않고 다만 작가의 생각이나 이념을 전달하는 도구로서 활용할 뿐이었으므로 비록 진실성에 손상을 입기는 하지만 더 이상 자유로울 수 없는 절대 자유를 향유하고 있었음은 분명한 것이다. '전등삼종'에서 혼령의 세계나 몽환의 세계는 주로 스토리 전개나 의식의 심화과정에서 활용되었으며 왕왕 이 두 가지는 동시에 진행되기도 하였다. 「금봉차기(金鳳釵記)」와 「가운화환혼기(賈雲華還魂記)」에서의 환혼 모티프는 일맥상통하는 것이며 사랑이란 죽음을 초월하는 것이어서 진실한 사랑 때문에 죽을 수도 있으며 또한 죽은 영혼을 살릴 수도 있다는 절대적인 관념을 통해 이야기를 클라이맥스로 끌고 가는 것이다. 영혼이 꿈을 통해서도 교류할 수 있다는 사상이 극명하게 드러나고 있는 작품은 「위당기우기(渭塘奇遇記)」라고 할 수 있다. 왕씨 성을 가진 젊은이는 위당(渭塘)의 주점에서 우연히 눈이 마주친 주인의 딸과 단번에 사랑에 빠져 밤낮으로 잊지 못한다. 그리고 밤이면 꿈을 통해서 만나 사랑을 나누고 선물을 주고받으며 사연을 만들어간다. 모든 과정은 꿈에서만 이루어지지만 그것은 마침내 현실 속에서 증명되고 실현된다. 「삼산복지지(三山福地志)」와 「계천몽감록(桂遷夢感錄)」의 꿈도 동일한 틀이다. 모두 꿈을 통해 인과응보의 필연성을 느껴 결국 복수를 포기하도록 심리적 변화를 주게 하는 것이다. 한 순간의 마음을 바꾸면 복이 온다는 선의 응보를 강조하려고 한 것이다. 「정현승전(丁縣丞傳)」의 경우도 마찬가지다. 그는 어느 날 배를 타고 동행하던 스님의 재물을 탐내 그를 강물에 밀어 넣고 돈을 뺏는다. 아무도 그의 범행을 눈치채지 못했지만 스스로 후회하여 꿈속에서 중의 모습이 은은히 나타나면서 그의 정신을 어지럽힌다. 눈이 흐려지면서 언제 어디서나 모습이 드러나고 술잔을 들면 술잔 속에도 모습이 나타나 도저히 견딜 수가 없게 된다. 그리하여 마침내 죽을 때가 되었음을 알고 그는 처자식을 불러놓고 스스로 자백하고 아들에게 앞으로 절대로 나쁜 일을 저지르지 말 것을 당부한다. 효성이 지극했던 아들이 근처 관우(關羽) 사당에 가서 기도하고 돌아오니 문득 물에 빠졌던 스님이 나타나 자신은 죽지 않았으니 걱정 말라고 한다. 정현승(丁縣丞)은 원금을 이자와 함께 돌려주고 나서 청렴한 관리로 새 사람이 된다. 이 작품은 주로 주인공 정현승(丁縣丞)이 몽매간에 중의 모습이 드러나는 현상을 그리고 있는데 인물의 심리묘사를 심화시켜 작품의 감화력을 높이고 있다고 할 수 있다.

작가는 신괴(神怪)의 묘사를 통해 인생과 사회를 그려내는데 상당한 자유로움을 얻고 있다. 「영호생명몽록(令狐生冥夢錄)」에서 영호선(令狐譔)이 저승으로 잡혀간 이유는 불평불만이 너무 많다는 '말많은 죄목'이었다. 만약 작가가 저승의 염라대왕이라는 신괴적인 덮개를 씌우지 않았다면 작자 자신이 오히려 그러한 죄명으로 현실상의 법정에 서야 했을지도 모르는 일이다. 신선(神仙)이나 영괴(靈怪)를 통해 시간이나 공간적인 한계를 손쉽게 타파하여 고금(古今)의 시간적 거리를 없애고 유명(幽明)의 세계를 마음대로 오갈 수 있도록 하는 것이다. 「용당영회록(龍堂靈會錄)」이 가장 전형적인 작품이다. 용왕의 초청을 받아 용궁으로 간 주인공은 그곳에서 춘추(春秋)시대의 범려(范蠡)와 오자서(伍子胥), 진(晉)나라 때의 장한(張翰), 당(唐)나라 때의 육구몽(陸龜夢) 등의 인물을 한 순간, 한 자리에서 만나게 되는 것이다. 동시에 吳나라의 흥망을 논하고 술잔을 기울이고 시를 지으면서도 전혀 시간과 공간의 격차를 느끼지 못하고 있어 독자들에게조차도 착각을 일으키게 만들고 있는 것이다.

'전등삼종(剪燈三種)'의 애정관련 소재의 처리방식에는 남다른 특징을 가지고 있다. 이들 작품 중에는 인간과 신선의 사랑, 인간과 귀신의 사랑 그리고 현실적인 남녀의 애정혼인의 이야기가 다양하게 존재하지만 대부분 사랑과 윤리의 모순이나 충돌에서 야기되는 문제에서 멀찌감치 벗어나 있으며 주로 원말명초의 혼란스러운 격동의 사회문제와 결부시키고 있다는 점이다. 「추향정기(秋香亭記)」에서 양채채(楊采采)의 시에서 말한 대로 "전란을 원망할 뿐 하늘을 원망하지는 않는(只怨干戈不怨天)" 그런 상태가 많다는 것이다. 애정고사를 시대적 풍운과 맞물리게 안배를 하고 전란 속에서 사랑의 기승전결이 복잡한 양태를 띄도록 하는 것은 '전등삼종'의 경우가 거의 비슷하다고 할 수 있는데 이는 명대(明代) 문학의 진일보 발전된 모습일 터이다. 전체적으로 삼분의 일 가량이 애정에 속하는 작품이다. 애정이라고 하지만 비정상적인 관계로 인한 파멸과 지고지순한 사랑의 추구라는 두 가지 다른 유형으로 나눌 수 있을 것이다.

남녀간의 비정상적인 성애의 추구로 인해 남성이 여성으로부터 화를 입는 경우는 역대 소설에서 꾸준히 출현하던 유형으로 이른바 여성이 바로 남성의 파멸을 초래하는 화근(禍根)으로 보는 관념이다. 역대 제왕의 몰락은 언제나 정치적 역량 부족이나 미흡한 제도의 문제 등에서 원인을 찾기보다는 주색(酒色)과 관련을 지었던 것이 일반적이었다. 「모란등기(牡丹燈記)」의 교생(喬生)은 여귀(女鬼)와의 깊은 사랑을 나누다가 결국은 세상에 알려져 사랑의 종말에 이르게 되자 여귀에게 끌려 관속으로 들어가 죽음을 맞고 훗날 함께 악귀가 되었다가 도사로부터 제압을 당하게 된다. 「호미랑전(胡媚娘傳)」에선 여인으로 변한 여우 이야기를 쓰고 있는데 역졸인 황흥(黃興)에게서 그녀를 사들인 진사 소유(蕭裕)는 화를 입어 점차 몸이 마르고 행동이 비정상으로 되며 파국으로 치닫게 된다. 「강묘니신기(江廟泥神記)」에선 진흙으로 만든 네 신녀(神女)가 사련(謝璉)을 유혹하여 윤번으로 동침을 하니 그는 집으로 돌아와서도 그들을 못 잊어 결국 병을 얻고 만다. 「와법사입정록(臥法師入定錄)」에서는 철생(鐵生)이 친구인 호생(胡生)의 처를 사랑하려고 하자 그의 처 적씨(狄氏)가 먼저 호생(胡生)을 유혹하여 철생(鐵生)을 병들게 하였다. 하지만 끝내는 방탕을 일삼은 호생(胡生)이 골수가 다하여 죽게 되니 적씨(狄氏)가 바로 화근이었다는 것이다. 이처럼 비정상적인 성애의 결과는 언제나 남성이 위험에 빠지고 만다는 경고 메시지를 보내고 있으며 이럴 때 여성은 귀신이거나 여우이거나 적어도 본받을 수 없는 사악한 여인이라는 것이다.

하지만 '전등삼종(剪燈三種)'에 가장 많이 등장하는 작품의 내용은 연애와 혼인에 관한 것이다. 대부분의 이야기는 남녀의 만남이 자연스럽게 이뤄지고 첫 만남에서 사랑의 씨앗이 싹트게 되며 이어서 때로는 오랫동안 혹은 짧은 기간 서로의 애정을 확인하며 교제를 계속하다가 결국은 혼인으로 골인하거나 아니면 모종의 원인에 의해 헤어지고 만다는 줄거리를 가지고 있다. 여기에서 중요한 방해요인은 예교(禮教)라는 것이다. 전통적인 유가에서는 곱게 자란 집안의 딸은 부모의 명에 의하고 중매의 말에 따라서 일생을 함께 할 남자를 정하도록 되어 있다. 하지만 이러한 전통 규범은 언제나 그대로 지켜질 수 있는 것이 아니었다. 사전에 형식적인 예교가 있어서 두 사람의 실질적인 사랑을 촉진하는 경우가 있다. 「금봉차기(金鳳釵記)」에서 최흥가(崔興哥)와 오흥낭(吳興娘)은 이미 뱃속에서 부모에 의해 서로 부부로 맺어진 사이이다. 봉황이 새겨진 황금비녀를 혼약의 증표로 남기고 생전에 사랑이 이뤄지지 못하자 두 사람은 끝내 생사를 넘나드는 사랑을 이어간다. 「난난전(鸞鸞傳)」의 조난난은 부친이 이웃집의 재자(才子)인 유영(柳穎)에게 시집보내기로 허락한 상태였고 「봉미초기(鳳尾草記)」의 용생(龍生)과 조씨(祖氏) 딸의 사랑도 애초부터 용생을 사위로 맞고자하는 조씨의 생각으로부터 시작된 것이며 「경노전(瓊奴傳)」에서 경노(瓊奴)의 계부(繼父)가 서초랑(徐苕郎)을 사위로 택하였으며 「가운화환혼기(賈雲華還魂記)」에선 위붕(魏鵬)과 가운화(賈雲華)가 역시 뱃속에서 인연을 맺은 사이라는 점이다. 이들은 모두 진정한 사랑이 싹트기 전에 그들을 연결해주는 형식적 고리가 미리 있었다는 것이다. 이에 비하여 남녀의 사랑이 먼저 싹트고 사랑이 깊어져 동거생활에 들어간 이후 부모가 부득이 그들에게 혼인을 허락하여 형식적 틀을 갖춰주는 경우가 있다. 오늘날에도 흔한 예다. 「연방루기(聯芳樓記)」에서 난영(蘭英)과 혜영(蕙英) 자매는 몰래 정생(鄭生)과 깊은 사랑을 나눈다. 후에 그 사실을 알게 된 부모는 중매를 갖추어 정식으로 사위를 맞게 된다. 「위당기우기(渭塘奇遇記)」에서 주점 주인의 딸은 한번 왕생(王生)을 보고 사랑에 빠진 후 꿈속에서 서로를 만나 사랑을 한다. 끝내 상사병에 걸려 죽게 된 딸에게 왕생(王生)을 데려다 사위로 삼아 부부가 되게 한다. 「취취전(翠翠傳)」의 김정과 취취는 동창이었는데 친구들이 동갑내기는 부부가 될 것이라고 놀리는 말을 듣고 은근히 마음을 두고 있다가 후에 부모의 허락을 받아낸다. 「연리수기(連理樹記)」에서 상관수(上官粹)와 가봉래(賈蓬萊)는 함께 독서하고 그림을 배우다가 사랑을 가꾸는데 부모는 중매를 세워서 각각 허혼한다. 이상의 경우는 부모가 대체로 실제 상황을 잘 이해하고 먼저 이룬 사랑에 적절한 예교의 형식을 제공하는 형태를 띠고 있다. 예(禮)와 정(情)이 첨예하게 대립하는 다른 이야기와는 달리 상당히 조화롭고 슬기롭게 상보상생(相輔相生)하려는 의도가 있다고 하겠다.

물론 '전등삼종(剪燈三種)' 중에 예(禮)와 정(情)이 대립 충돌하는 경우가 없는 것은 아니다. 「가운화환혼기(賈雲華還魂記)」에서 가운화의 모친이 혼인을 후회하고 「난난전(鸞鸞傳)」에서 난난의 모친이 역시 허혼을 후회하여 다른 곳으로 시집가게 한 경우가 그렇다. 이러한 경우 오히려 당사자가 당당히 그 부당함을 역설하기도 한다. 「추천회기(鞦韆會記)」에서 속가실리(速哥失里)가 "약혼이란 곧 결의(結義)와 같아서 한 번 맺으면 결코 바꿀 수 없습니다. 저도 다른 자매들이 부유하게 살고 있는 것을 속으로 부러워하지 않는 것은 아니지만 마음에 한 번 정하면 귀신도 속일 수 없으니 어찌 빈천하다고 버릴 수가 있겠습니까?"라고 항변하는 것이 바로 그것이다. '전등삼종(剪燈三種)'의 시대에는 사랑의 결합이 이루어지지 못하는 경우가 대부분은 시대적 혼란에 따른 결과일 뿐이며 훗날 문제가 되고 있는 전통예교(傳統禮敎)의 정신적 속박에 의해 사랑하는 남녀가 사랑을 이루지 못하는 경우는 극히 적었다. 오히려 명말청초에 이르러 대량 출현한 화본소설과 재자가인소설에서 전통 예교의 속박 때문에 사랑의 파국을 맞는 경우를 보면 이는 갈수록 사상적 속박이 점차 강화되었음을 반영하는 것이라고 하겠다. 이 점은 우리가 '전등삼종'의 특색으로 새롭게 보아야 할 대목이기도 하다. 어쩌면 훗날 동아시아 각국에서 이들 작품에 많은 선비들이 매료되어 탐독하였던 것도 바로 이러한 점에 기인하지 않나 생각할 수 있을 것이다.

명말의 '삼언이박(三言二拍)'이 나오기 훨씬 이전에 이미 '전등삼종'에선 인간의 정욕을 긍정하고 찬양하며 남녀간의 진솔한 사랑을 적극적으로 칭송하고 있다는 점은 주목할 만한 점이다. 「연방루기(聯芳樓記)」에서 설씨네 두 딸이 연방루에서 그네에 두레박을 달아서 정생(鄭生)을 몰래 끌어올려 과감하게 사랑을 나누는 장면은 실로 독자로 하여금 시대를 착각하게 만든다. 「강묘니신기(江廟泥神記)」에서도 비록 신녀(神女)들의 행동이긴 하지만 노골적이고 선정적인 환상의 사랑 나누기는 인간의 원초적 욕망의 세계를 잘 파악하고 그것을 긍정하고 있다는 사실로 볼 수 있겠다. 생사를 초월하는 사랑의 완성 이야기도 많은 독자를 사로잡는 감동적인 이야기를 전하고 있다. 「금봉차기(金鳳釵記)」의 흥낭(興娘)은 생전에 이루지 못한 사랑을 나누고자 누이동생의 몸을 빌려 체험하며 끝내 자신을 대신하여 누이에게 혼인하도록 안배하고 있다. 「녹의인전(綠衣人傳)」의 녹색옷 입은 여자는 송나라 재상 가사도(賈似道)의 시비(侍婢)이지만 그때 마음을 둔 하인과의 사랑을 이어나가고자 시대를 훌쩍 뛰어넘어 다시 나타나 인간과 귀신간의 사랑으로 잇고자 하였다. 죽음으로도 막을 수 없고 세월로도 잊을 수 없는 사랑의 힘을 보여주고자 한 것이다. "바닷물이 마르고 바위 돌이 닳아 없어져도 사랑을 잊지 못한 이 한은 풀 길이 없구요, 하늘이 무너지고 땅이 꺼져도 내 마음의 사랑은 마를 수가 없어요." 그야말로 동해물과 백두산이 마르고 닳도록 사랑의 한을 외치는 그녀의 이 절규는 가슴 가득 사랑을 품은 세상 모든 사람들의 마음을 웅변으로 대신하고 있다.

이밖에도 '전등삼종(剪燈三種)'에서는 도덕성의 문제와 풍속에 대한 소재 즉 인과응보의 방식을 다루는 다양한 작품들을 포함하고 있다. 당시 민간에서의 신앙정신을 반영하는 불교와 도교에 대한 경배와 인과응보에 대한 믿음이 잘 드러나고 있는데 「영호생명몽록(令狐生冥夢錄)」·「하사명유풍도록(何思明遊酆都錄)」 등은 저승세계에 대한 구체적인 증명을 보이고자 하였다. 「만정우선록(幔亭遇仙錄)」이나 「천태방은록(天台訪隱錄)」·「동천화촉기(洞天花燭記)」·「수궁경회록(水宮慶會錄)」 등에서 보여주는 민간 신앙적인 요소는 당시의 삼교합일(三敎合一)의 사상적 배경을 보여주고 있다. 영혼불멸(靈魂不滅)이나 생사윤회(生死輪回), 인과응보(因果應報)의 관념은 불교(佛敎)로부터 확장되어 널리 퍼졌던 것인데 「태허사법전(太虛司法傳)」·「위당기우기(渭塘奇遇記)」·「계천몽감록(桂遷夢感錄)」 등에서 잘 드러나 있다.

5. 전등삼종(剪燈三種)의 후세 영향

'전등삼종(剪燈三種)'의 작품들은 세상에 나온 직후부터 당시 혹은 후세의 문인들에게 지대한 영향을 끼치게 되었다. '전등삼종' 자체가 선행 작품의 영향하에 만들어진 것이지만 이를 제외하고도 『효빈집(效顰集)』과 『화영집(花影集)』 등의 문언소설 창작에 직접적인 계기를 마련하기도 하였다. 명대 후기부터 청대에 이르는 동안에 나온 『전등기록(剪燈奇錄)』, 『전등기훈(剪燈紀訓)』, 『전등속록(剪燈續錄)』, 『전등총화(剪燈叢話)』, 『추등총화(秋燈叢話)』, 『추등쇄억(秋燈瑣憶)』, 『야우추등록(夜雨秋燈錄)』 등의 작품집에 거의 다 등불과 이야기라는 소재를 가진 명명법을 사용하고 있는데 앞서 나온 '전등삼종'에 대한 명확한 모방의 형태라고 할 수 있다. 시와 소설이 함께 섞여있고 변문과 산문이 동시 사용되는 시문소설의 유파는 이렇게 형성되었다. 문학사에서 그 예술적 성과는 높이 평가되지 못하고 있지만 분명한 개성을 가지고 일세를 풍미한 문체로 주목받아야 마땅하리라고 본다.

문학사적으로 '전등삼종'의 탄생은 하나의 시대적인 지표가 되고 있다. 당대에 이미 고도로 발전한 전기(傳奇)소설은 송원대를 거치면서 차츰 쇠락의 길을 걷고 있었고 새로 흥하는 화본소설이나 희곡 등의 통속문학에 자리를 내주고 있었다. 송대에도 전기소설은 있었지만 이미 시대적 아픔이나 진솔한 사랑의 감정을 전하지 못하고 과거의 이야기에 매달려 있었기 때문이었다. 그러다 원초 송매동(宋梅洞)의 『교홍기』가 나오면서 새로운 전기소설의 기운이 움트기 시작하였고 이러한 기운을 이어받은 명초 구우(瞿佑)에 의해 『전등신화』가 만들어지면서 본격적으로 명대 전기소설의 새로운 영역이 구축되었던 것이다.

'전등삼종'의 후대 영향은 실로 지대한 것이었다. 실질적인 영향관계는 구체적인 작품 내용의 활용에서 찾아볼 수 있는데 그것은 대부분 명대 후기에 폭발적인 인기를 얻으면서 사회 저변으로 확산되고 있던 단편백화소설 즉 화본소설에 소재로 사용되었다는 점이며 또한 동시에 명청대에 이어 수없이 양산되고 있는 희곡작품에도 그대로 원용되었다는 사실이다. 여기서는 기존에 연구자들에 의해 거론되고 인정되었던 관련사항을 열거하여 향후 구체적인 연구의 자료로 삼고자 하며 구체적인 비교분석은 생략한다.

「明代 話本小說에 끼친 剪燈三種의 영향관계 對照表」40)

新話(2)「三山福地志」→二刻(24)「庵內看惡神善神, 井中談前因後果」
新話(4)「金鳳釵記」→初刻(23)「大姐魂遊完宿願, 小妹病起續前緣」
新話(15)「翠翠傳」→二刻(6)「李將軍錯認舅, 劉氏女詭從夫」
餘話(7)「田洙遇薛濤聯句記」→二刻(17)「同窓友認假作眞, 女秀才移花接木」入話
餘話(19)「芙蓉屛記」→初刻(27)「顧阿秀喜捨檀那物, 崔俊臣巧會芙蓉屛」
餘話(20)「鞦韆會記」→初刻(9)「宣徽院仕女鞦韆會, 淸安寺夫婦笑啼緣」

---

40) '剪燈三種'은 각각 新話, 餘話, 因話로 대치하며 뒤의 숫자는 각 작품의 순서다. 후세 작품집의 경우 警世는 『警世通言』, 初刻은 『初刻拍案驚奇』, 二刻은 『二刻拍案驚奇』, 西湖는 『西湖二集』을 나타낸다.

餘話(22)「賈雲華還魂記」→西湖(27)「灑雪堂巧結良緣」
因話(1)「桂遷夢感錄」→警世(25)「桂員外途窮懺悔」
因話(2)「姚公子傳」→二刻(22)「癡公子狠使喿脾錢, 賢丈人智賺回頭婿」
因話(6)「唐義士傳」→西湖(26)「會稽道中義士」
因話(7)「臥法師入定錄」→初刻(32)「喬兑換胡子宣淫, 顯報施臥師入定」

「明淸 戱曲作品에 끼친 剪燈三種의 영향관계 對照表」

新話(4)「金鳳釵記」→『墜釵記』(沈璟), 『人鬼夫妻』(傅一臣), 『金鳳釵』(范文若)
新話(5)「聯芳樓記」→『蘭蕙聯芳樓』(佚名)
新話(10)「渭塘奇遇記」→『王文秀渭塘奇遇記』(佚名), 『渭塘夢』(葉憲祖)
新話(15)「翠翠傳」→『金翠寒衣記』(葉憲祖), 『領頭銜』(袁聲)
新話(20)「綠衣人傳」→『紅梅記』(周朝俊)
餘話(2)「聽經猿記」→『龍濟山野猿聽經』(佚名)
餘話(10)「鸞鸞傳」→『劉穎』(佚名)
餘話(13)「瓊奴傳」→『瓊奴傳』(佚名)
餘話(19)「芙蓉屛記」→『芙蓉屛記』(佚名)
餘話(20)「鞦韆會記」→『玉樓春』(謝宗錫)
餘話(22)「賈雲華還魂記」→『灑雪堂傳奇』(梅逢己) 『賈雲華還魂記』(溧陽人)
因話(1)「桂遷夢感錄」→『人獸關』(李玉)
因話(4)「貞烈墓記」→『雙烈記』(佚名)
因話(6)「唐義士傳」→『冬靑記』(卜世臣), 『冬靑樹』(蔣士銓)

이상 간략하게 나열한 도표만을 보아서도 중국문학사에서 명초 이후 나온 '전등계열 소설'은 문언소설과 백화소설, 희곡 등에 폭넓은 영향을 끼치고 있음을 한 눈에 알 수 있게 한다. 동아시아에서의 영향은 주로 우리나라와 일본, 베트남에 집중되어 있는데 일본의 경우 『오도기보코(伽婢子)』 등의 작품을, 베트남의 경우 『쥬엔끼 만룩(傳奇漫錄)』 등의 작품을 만들어내어 각각 자국의 실정과 인정에 걸맞는 새로운 유형의 소설을 유행시키고 있다. 15세기 이후 한국이나 일본 등의 영향은 실로 자국인 중국문학에의 영향에 못지않을 만큼 심대한 것이었다.

6. 전등삼종(剪燈三種)의 전래와 번역

1) 우리나라에의 전래 기록

조선에 처음으로 전해진 『전등신화』는 대체로 『전등여화』와 함께 간행된 합간본이었을 것으로 추정하고 있다. 1443년에 『용비어천가』 주석을 만들 때 『전등여화』의 한 대목이 인용되고 있으므로 적어도 이시면(李時勉)의 금서 주청(奏請)이 있기 이전에 이미 전래되었을 것으로 생각된다. 당시 세종(世宗)의 명을 받고 이 책을 편찬하던 집현전(集賢殿) 학사들은 주석 속에 『전등여화』의 「청성무검록(靑城舞劍錄)」의 한 구절을 다음과 같이 인용하였던 것이다.

> 오대(五代)의 난은 전에 없던 혼란으로서 영웅이 일어나서 평정하지 않았으면 난이 언제나 끝이 났겠습니까? 진도남(陳圖南)은 천기를 살피고 큰 일에 뜻을 두어 관중(關中)과 낙양(洛陽)을 왕래하였는데 어찌 그저 유랑한 것이었겠습니까? 조광윤(趙匡胤)이 천자의 자리에 올랐다는 소리를 듣고 나귀에서 떨어지도록 크게 웃었답니다. 그래서 "돼지띠 사람이 이미 황포를 입었도다"라는 시구가 있는 것입니다. '이미'라는 말을 보면 가히 알 수가 있지요. 그리고 나서 소매를 털고 산으로 돌아가 흰 구름 속에 높다랗게 눕고 들꽃 피고 새소리 들리는 봄 경치 속에 멀리 떠가고 높이 올라가 흔적을 드러내지 않았습니다. 이른바 "큰 교묘함을 지극한 졸열함에 깃들이게 하고 큰 지혜를 지극한 어리석음 속에 숨긴다"는 것으로 천하의 후세 사람들은 그가 신선이고 은자(隱者)라고만 알 뿐 누가 그 오묘함을 살펴 알 수 있겠습니까? 장자방에 견준다면 지나침은

있어도 부족함은 없을 것입니다. 세상에 "영웅이 돌아서면 곧 신선이다"라는 말이 있으니 어찌 바른 말이 아니겠습니까?[41]

『용비어천가』는 세종 27년(1445)에 완성하여 간행했으므로 이 주석은 당연히 그 보다 앞서 집현전 학사들에 의해 삽입되었을 것이며 그 이전에는 『전등여화』가 전래되었을 것이라는 점이다. 당시 『전등신화』와 合刻된 판본이 들어왔을 가능성이 가장 크다고 할 수 있다.

이어서 『전등여화』는 『전등신화』와 더불어 구체적으로 김시습(金時習, 1435~1493)의 『금오신화(金鰲新話)』의 창작에 영향을 주었을 것으로 생각되며 또 김시습이 쓴 장시(長詩) 「제전등신화후(題剪燈新話後)」에도 일정한 작용을 끼쳤을 것으로 보인다. 이 시(詩)에서 김시습은 『전등신화』에 대한 정확한 이해와 깊은 인식을 드러내고 있는데 당시 문인들의 관심사항을 보여주고 있다. 예를 들면 전기소설의 창작심리, 전기소설의 교육적 효용, 전기소설의 허구성에 대한 해석 등 다방면의 관심이 보인다. 『전등신화』의 권두와 권말에 수록된 여러 편의 서문과 발문도 김시습의 시 창작에 많은 참고가 되었을 것으로 보인다. 『주역(周易)』이나 『서경(書經)』의 고사인용, 한유(韓愈)의 「모영전(毛穎傳)」, 유종원(柳宗元)의 「하간전(河間傳)」 등에 대한 언급이 동시에 출현하고 시문(詩文)과 가사(歌詞)가 동시에 출현한다는 작품의 특징도 동일한 인식을 가지고 있다. 계형(桂衡)의 서문(序文)에 보이는 시구(詩句)에 "산양의 재주꾼 누구와 짝이 되랴. 입만 열면 지금의 일도 모두 옛일이 되는 것을(山陽才人疇爲侶, 開口爲今闔爲古)"이란 구절이 보이는데 김시습의 "산양군자가 문장의 구상을 잡아가니 손으로 등불 자르며 기이한 말들 모아놓았네(山陽君子弄機杼, 手剪燈

41) "五代之亂, 古所未有, 不有英雄起而定之, 則亂何時而已乎? 圖南窺見其幾, 有志大事, 往來關, 洛, 豈是浪遊, 及聞趙祖登基, 墜驢大笑, 故有'屬猪人已著黃袍'之句, 就已字觀之, 蓋可見矣. 旣而拂袖歸山, 白雲高臥, 野花啼鳥, 春色一般, 遠引高騰, 不見痕迹, 所謂寓大巧于至拙, 藏大智于極愚, 天下後世, 知其爲神仙而已矣! 知其爲隱者而已矣! 孰得而窺其窔奧." 『龍飛御天歌』 卷十, 九(後面, 小注).

火錄奇語)"도 그와 유사한 발상이라고 하겠다.

김시습은 급기야 이를 계기로 새로운 창작의욕을 일으켜 그의 나이 서른한 살 무렵 금오산(金鰲山)에 거처하고 있던 시기(1465~1471)에 『금오신화(金鰲新話)』를 썼을 것으로 추정된다. 구우(瞿佑)와 김시습(金時習)은 거의 비슷한 나이인 30대에 각각 『전등신화』와 『금오신화』를 지었다. 어쩌면 그 시기가 가장 감수성이 예민하면서 세상을 보는 눈이 날카로워지는 때인지도 모른다. 용궁의 이야기를 다룬 「수궁경회록(水宮慶會錄)」과 「용궁부연록」, 천상의 신선을 만나는 「감호야범기」와 「취유부벽정기」, 저승세계를 찾아보는 「영호생명몽록」과 「남염부주지」, 애절한 사랑을 그린 「취취전」과 「이생규장전」 등등 소재의 유사성을 보이고 있으나 우리나라의 여러 지역과 역사를 배경으로 삼고 기발한 아이디어를 활용하여 변별성을 드높인 것은 김시습(金時習)의 뛰어난 감각이라고 할 만 하다.

1464년에 이변(李邊, 1391~1473)이 당시의 한어교재인 『훈세평화(訓世評話)』를 편찬할 때에도 『전등신화』에서 한 대목을 인용하였는데 바로 「애경전(愛卿傳)」이다. 이 책은 원문을 그대로 절록하고 이를 다시 백화로 풀어 대조하여 볼 수 있도록 하였는데 최초의 백화 번역문으로서도 주목할 만하다. 조선초기에는 또 『태평광기』의 체제를 본받아 만든 『태평통재(太平通載)』가 있는데 성임(成任, 1421~1484)이 엮었다. 고금의 이문(異聞)을 수집 분류하여 편찬한 이 책은 총 100권[42] 중에서 현재 겨우 8권이 남아있다. 그 중에 『전등신화』 5편, 『전등여화』 2편, 『효빈집』 1편이 보인다. 『멱등인화』는 시간상으로 아직 출현되지 않았을 때이므로 실려 있지 않다. 원문 작품을 그대로 옮겨놓고 있지만 원제를 바꾸어 작중 인물로 목차를 삼았는데 『전등신화(剪燈新話)』에서 「모란등기(牡丹燈記)」가 「철관도인(鐵冠道人)」으로, 「태허사법전(太虛司法傳)」이 「풍대이(馮大異)」로, 「등목취유취경원기(滕穆醉遊聚景園記)」가 「등목(滕穆)」으로, 「수문사인전(修文舍人傳)」이 「하

42) 원본의 정확한 간행 권수는 미상이다. 80권이라고도 하고 100권이라고도 한다.

안(夏顔)」으로, 「화정봉고인기(華亭逢故人記)」가 「전가이자(全賈二子)」로 바꾸어져 있으며 『전등여화(剪燈餘話)』에서 「전수우설도연구기(田洙遇薛濤聯句記)」는 「설도(雪濤)」로, 「장안야행록(長安夜行錄)」은 「무마기인(巫馬期仁)」으로 바꾸어 놓았다. 당시 성임(成任)에게는 『전등신화』와 『전등여화』 그리고 함께 인용한 『효빈집』 등의 작품집이 비교적 익숙한 책이었을 것으로 보인다.

'전등이종'의 이름이 국왕의 입에 오르내린 것은 연산군(燕山君) 때였다. 연산군은 그의 말년에 『전등신화(剪燈新話)』와 더불어 『전등여화(剪燈餘話)』, 『효빈집(效顰集)』, 『교홍기(嬌紅記)』, 『서상기(西廂記)』 등의 책을 사들여오도록 명하고 또 『신화(新話)』와 『여화(餘話)』는 간행하여 진상하라고까지 명을 내리고 있다.[43] 특히 「연방루기(聯芳樓記)」와 「가운화환혼기(賈雲華還魂記)」 등 『전등신화』와 『전등여화』의 구체적인 작품내용까지 언급한 대목이 있어서 주목을 끈다.

> 傳教에 「聯芳集」과 다른 볼 만한 책을 연경으로 가는 자에게 사오도록 하라 하시었다. 승정원이 「香臺集」과 「遊藝錄」, 「麗情集」의 책을 말씀드리니 전교에 이러한 책은 어디에서 알고 올렸느냐 하셨다. 승지가 아뢰길 「향대집」과 「유예록」은 『전등신화』에 이름이 실려 있고 「麗情集」은 姜渾이 들은 것이라고 했다. 전교에 「여정집」을 널리 구하여 들이라 하시고 일찍이 『重增剪燈新話』를 읽으니 난영과 혜영이 서로 창화하며 지은 시 백수를 「연방집」이라 했다 하고 당시 호방한 선비들이 많이들 읊었다고 했으니 지금 사오거라 했다. 또 위생(즉 魏鵬)이 잠시 밖을 나갔을 때 빙빙(즉 賈雲華)이 시녀 난초를 데리고 들어가 보니 『교홍기』가 한 권 있더라고 했는데 지금 하책이 바로 이 작품집(즉 전등여화)이다. 전교에 "대나무 창 그윽한 대문이 아직 여전하여라"하는 구절이 여기에 있다. 하지만 간혹 漢語(즉 통속백화)가 많이 나와 해독하기 어려우니 文字(즉 한문)로 주해를 하여 간행하도록 하라고 하셨다.[44]

---

43) 『朝鮮王朝實錄』 「燕山君日記」 62(十二年丙寅四月, 1506.4). '壬戌 …… 傳曰「剪燈新話」「剪燈餘話」「效顰集」「西廂記」等, 令謝恩使貿來.' '傳曰「剪燈新話」「餘話」等書印進.'

당시 구우(瞿佑)의 저술에 대해서는 지금도 남아있는 서발문의 기록을 통해서 알게 되었을 것이다. 「연방루기」나 「가운화환혼기」에 대한 구체적인 언급이 이들 작품에 대한 깊은 관심과 독서체험을 보여주는 사례라고 할 수 있다.

2) 우리나라에서의 간행 전파

'전등이종(剪燈二種)'은 조선에 전래된 이후 이처럼 많은 영향을 끼치면서 곧바로 조선문인들의 애호를 받아 조선에서도 간행본이 나오기에 이르렀다. 조선간본 『전등신화』로서 현재까지 알려진 판본으로는 두 종류가 있다. 하나는 충남대(忠南大) 소장본이고 다른 하나는 일본 동양문고(東洋文庫)소장본이다. 모두 주석본 『전등신화구해』가 간행되기 이전에 조선에서 나온 이른바 백문본(白文本)이다. 하지만 이 두 가지 판본은 체제가 다르다. 충남대본은 사권본(四卷本)이고 동양문고본은 상하(上下) 이권본(二卷本)이다. 그러나 각 권의 제명하단에 '전당구우종길저(錢塘瞿佑宗吉著)'의 서명은 동일하다. 이는 이보다 후에 나오는 『전등신화구해』에서 모두 '산양구우종길저(山陽瞿佑宗吉著)'로 되어 있는 것과 관적을 다르게 적고 있어서 주목된다. 충남대본의 경우 「전등신화권지일(剪燈新話卷之一)」부터 「전등신화권지사(剪燈新話卷之四)」까지 나눠지고 별도로 「전등신화부록(剪燈新話附錄)」의 제명하에 '전당구우종길저(錢塘瞿佑宗吉著)'의 서명이 있고

44) 『朝鮮王朝實錄』 「燕山君日記」 63(十二年丙寅八月, 1506.8) "甲寅 …… 傳曰『聯芳集』與他可見書, 令赴京人貿來。承政院以『香臺集』『遊藝錄』『麗情集』書啓。傳曰此等書何所據而書啓耶。承旨等啓『香臺集』『遊藝錄』則載在『剪燈新話』, 『麗情集』則姜渾以所間書啓。傳曰『麗情集』廣索以入嘗覽。『重增剪燈新話』有蘭英蕙英相與唱和有詩百首, 號『聯芳集』。當時豪士多傳誦之。故令貿來耳。且魏生常在室娉攜持侍姬蘭苕見有『嬌紅記』一冊云云, 故知有『嬌紅記』, 今下冊乃此集也。前教竹窓幽戶尚如初之句, 亦在于此。但間有漢語多不可解, 其以文字注解開刊。"

제삼행에 「추향정기(秋香亭記)」의 제목이 나온다. 고증에 의하면 임진왜란 이전에 나온 목활자본으로 보이며 전체적으로 많이 손상되어 부정확한 곳이 많다.

한편 동양문고본은 「전등신화권상(剪燈新話卷上)」, 「전등신화권하(剪燈新話卷下)」의 제목으로 상하 두 책으로 나누어져 있고 판심(版心) 상단에도 「신화상(新話上)」, 「신화하(新話下)」로 제목을 달았으며 「추향정기」의 경우 상단에 별도의 부록이란 글자가 없이 그대로 수록하고 있다. 다만 특이한 점은 하권의 권말에 구우(瞿佑)가 쓴 「중교전등신화후서(重校剪燈新話後序)」와 「제전등록후절구사수(題剪燈錄後絶句四首)」가 실려 있고 마지막 행에는 「질구섬간행(姪瞿暹刊行)」 다섯 글자도 찍혀있다는 점이다. 전체적으로 이 책은 비교적 완전하게 보관되어 있으며 갑인자체를 모사한 목판본이 아닌가 한다. 이 책은 여러 가지 면에서 『전등신화구해』와의 긴밀한 관련성을 연상시킨다. 우선 상하(上下) 이권이책(二卷二冊)으로 구분된 체제가 그러하고 구우(瞿佑)의 「후서(後序)」를 담고 있음이 또한 그러하다. 『전등신화구해』에는 구우의 「서문」에서부터 「후서」까지, 조선 임기와 윤춘년의 발문까지 담고 있다. 구체적인 상관관계는 앞으로의 연구과제다.

동아시아 『전등신화』 전파사의 중요한 계기가 되는 것이 조선 명종(明宗, 1546~1567) 때 간행된 『전등신화구해』다. 소설에 주석을 가하는 일은 이전에 별로 시도되지 못한 일이다. 일찍이 연산군(燕山君 : 재위 1495~1506)이 중국소설에 나오는 어려운 전고(典故)나 난해한 한어(漢語)를 쉽게 풀어서 간행할 것을 요청했던 적이 있었기는 하지만 실행된 적이 없었다. 『전등신화』의 주석 작업을 시작한 사람은 윤춘년(尹春年)과 임기(林芑)였다. 윤춘년(1514~1567)은 당대 최고의 권력을 가진 문인 대표로서 교서관(校書館) 제조(提調), 예문관(藝文館) 제학(提學), 대사간, 대사헌, 이조판서, 예조판서 등의 고관을 역임했다. 그는 평소에 김시습을 지극히 존경하여 매월당 시문을 수집, 간행하는데 힘써 일찍이 『금오신화(金鰲新話)』

조선간본을 편집, 간행하기도 하였고 『전등신화구해』의 주석작업과 간행에 직간접적으로 적극 참여하였다. 현재 『구해』의 권두에 창주정정(滄洲訂正)의 네 글자가 보이는 것은 당시 그의 참여도를 그대로 보여주는 대목이라고 할 수 있다. 그러나 실질적인 주석 작업은 대부분 임기(林芑, 생졸년 미상)에 의해 완성되었는데 1547년 예부영사(禮部令史) 송분(宋糞)에게 간행을 부탁하였다. 그러나 시간상 여유가 없어 목활자로 간행하니 1449년의 일이었다. 하지만 잘못된 곳이 많고 불만스러웠다. 후에 윤춘년이 교서관 제조가 되자 관원인 윤계연(尹繼延)이 재간행을 품의하였고 임기는 초간본의 주석을 재정리하고 윤춘년이 정정하여 1559년 윤계연(尹繼延)에 의해 교서관(校書館)에서 목판(木板)으로 간행하였다. 임기(林芑)는 오랫동안 중국을 드나들던 이문학관(吏文學官)으로 서얼출신이었지만 중국 문헌에 밝아 수많은 전고를 일일이 찾아내 주석을 완성하였던 것이다. 현재 규장각에는 수호자(垂胡子) 임기(林芑)의 발문이 말미에 수록된 『전등신화구해(剪燈新話句解)』가 소장되어 있는데 이 책의 간행과정을 상세하게 알려주고 있다. 또한 작자 구우(瞿佑)를 비롯한 당대(當代)의 문인들이 쓴 서문과 발문을 모두 수록하고 있고 가장 완벽한 판본으로서 손색이 없다. 1559년 목판본에는 임기의 발문까지 있는데 그 후 1564년 예문과 제학으로 있던 윤춘년이 다시 발문을 썼다. 하지만 이 발문이 들어간 판본은 국내에 남아있지 않고 일본 내각문고소장본에 그 흔적이 보인다. 내각문고본은 규장본을 모본으로 하여 복간한 판본으로 보이며 서문과 발문은 당시 일본의 문인 하야시 라산(林羅山)이 자신의 필체로 필사한 것이다. 그곳에는 윤춘년(尹春年)의 「제주해전등신화후(題註解剪燈新話後)」가 들어 있으며 또 자신이 1602년 겨울에 쓴 제기(題記)도 함께 들어 있다.

『전등신화구해』는 동아시아의 소설 주석서(註釋書)로서는 대표적이라고 할 수 있으며 특히 『전등신화』 자체로서는 20세기 중반 주이(周夷)의 교주본(校注本)이 나오기 이전 사백여 년 간 각국에서 널리 애용한 유일한 주해본(註解本)이기도 했다. 조선 후기에도 이 책은 문인들의 광범위한 환영을 받아 중앙기구인 교서관을 비롯하여 전국 각지의 지방관서나 기관에서 끊임없이 간행되었는데 주로 초급 한문 공부를 위한 보충도서로 활용되었고 물론 문인들의 소일거리 독서용으로도 쓰였다.

규장각(奎章閣)소장본은 반엽(半葉)에 11행 20자의 형태를 띠고 있으며 상권에 11편의 작품, 하편에 10편의 작품을 안배하고 있다. 부록으로 되어 있는 「추향정기」로 인해 분량상의 안배를 위해 이렇게 나눈 것이다.

『전등신화구해』의 주석을 분석하면 대부분 구체적인 풀이에 속하며 실제로 작품 내용에 대한 분석이나 비판, 심리묘사 등의 견해는 거의 없다. 대체적으로 구분하면 연호에 대한 해석이나 지명에 대한 설명, 인물의 성씨나 유래에 대한 소개, 난해한 발음과 글자에 대한 구체적인 풀이 그리고 관련 고전문헌의 원문 인용 등이 주류를 이룬다.

주석의 분량을 보면 상권이 9백여 조목, 하권이 5백여 조목으로서 전체적으로 1,400조목이 넘는다. 하지만 작품마다 분량이 일정치 않아 「수궁경회록(水宮慶會錄)」에서는 120조목에 달하지만 「녹의인전(綠衣人傳)」에서는 20여 조목에 불과하다. 각 주석의 길이도 천차만별이어서 한 두 글자로 풀이를 하는가 하면 심지어 백여 자 이상으로 길게 설명하거나 원문을 인용하기도 하여 일정치 않다. 당시 문인들에게 최대한의 자료를 제공하려는 주석자의 친절한 배려가 돋보인다고 할 수 있다. 또 우리나라의 독특한 상황을 고려하여 중국의 전고에 대한 상세한 주석을 달고 부가 설명을 붙이기도 하였다.

하지만 시대가 지나면서 새로 간행된 방각본에서는 주석이 일부 삭제되거나 달라지기도 하는 등 변화를 보이고 있다. 조선 중기까지에는 11행 20자본이 나오다가 차츰 다양한 판형이 나타나기 시작하여 10행 18자본, 10행 19자본, 10행 24자본, 11행 18자본, 11행 21자본, 12행 18자본, 12행 20자본, 12행 27자본 등등 복잡한 형태를 띠고 있다. 어숙권(魚叔權)의 『고사촬요(攷事撮要)』와 근년의 『한국책판목록총람』 등에 의하면

이 책이 간행된 지역만도 전국적으로 12곳 이상이 나타나고 있으니 얼마나 많은 지역에서 다투어 간행하였는지 알 수 있다. 또 일제 시기에는 『언문현토전등신화(諺文懸吐剪燈新話)』가 등장하여 널리 유행하였는데 신활자 연인본(鉛印本)으로 당시 시대적 대세를 타고 한글로 토를 달아 읽기에 편하게 만들었던 것이다.

3) 우리나라에서의 번역

'전등삼종'에 대한 번역은 다른 백화소설의 번역이 널리 전해지고 있었던 것에 비하면 매우 희귀한 상태다. 하지만 부분적으로 일찍부터 일부 번역이 시도되었으며 후기에 이르러서는 완역을 시도한 적이 있었음도 확인할 수 있다.

『전등신화』 속의 한 작품인 「녹의인전(綠衣人傳)」에 관한 기록이 일찍이 17세기인 효종, 현종 연간의 인선왕후(仁宣王后)의 언간(諺簡)기록에 분명하게 나타나고 있어 단독 작품의 번역문이 널리 전해지고 있었음을 확인할 수 있다. 다만 그 실체는 아직 드러나지 않고 있다.[45)]

단독의 작품으로 널리 전해진 것으로는 『전등여화』의 「가운화환혼기」의 경우가 더욱 두드러진 예라고 할 수 있다. 이 작품은 『빙빙전』의 이름으로 번역되어 낙선재문고에 4권(제2~5권), 김완진(金完鎭) 교수 소장으로 1권(제1권)이 전해오고 있다.[46)] 완산이씨 『중국소설회모본』에 『전등총

---

45) 仁宣王后 張氏(1618~1674)의 諺簡[1652~1674]에 "글월 보고 무양ᄒᆞ니 깃거ᄒᆞ며 보ᄂᆞᆫ ᄃᆞᆺ 든든 반기노라. 그리 나간디 여러날이 되ᄃᆞ록 아마도 섭섭 무류ᄒᆞ여 ᄒᆞ노라. 「녹의인뎐」은 고텨 보내려ᄒᆞ니 깃서 ᄒᆞ노라」의 기록이 있다. 『親筆諺簡總覽』(金一根 編註, 景印文化社, 1974), No.56 참조.

46) 표제를 한자로 『聘聘傳』으로 달았으나 실제로는 여주인공 가운화의 본명인 娉娉을 따서 『빙빙뎐』이란 한 것인데 겉표지에 한자로 적는 과정에서 다른 한자로 잘못 쓴 것이다.

화』, 『문원사귤』 등과 함께 『빙빙전』의 이름이 들어 있어 늦어도 1762년 이전에 나온 것이며 특히 고어의 사용빈도에 의거하여 18세기 초에는 이미 번역되어 전해지고 있었을 것으로 보고 있다. 이야기의 골격에서는 같으나 실제로 후반에서 세부적인 내용이 다르게 나타나 이 작품이 「가운화환혼기」의 줄거리를 중심으로 새로 부연한 소설이 아니었을까 추정되기도 한다.[47)]

또 최근에는 조선시대 『전등신화』의 번역본이 몇 종류 발굴되어 주목을 끈다. 하나는 서울대 소장본이고 다른 하나는 단국대 소장본이다. 현재 서울대학교 일사(一蓑)문고에 남아 있는 『전등신화』의 일부 번역본이 원래 궁중에서 필사되었을 가능성이 있어 이것이 낙선재번역본의 일부가 아니었을까 추정을 가능하게 한다. 일사본 『전등신화』 번역본은 모두 5권 5책으로 되었으나 현재는 그 중 1권과 2권이 보이지 않고 나머지 3권만 보존되어 있다. 표지에 정교한 해서체로 『전등신화(剪燈新話)』를 표제로 쓰고 그 아래 각 책마다 예(禮), 지(智), 신(信)의 글자가 보이므로 원래는 각 책이 인의예지신(仁義禮智信)의 오륜(五倫)을 따랐음을 알 수 있다. 우철(右綴)에 오침공(五針孔)이며 하단에 공오(共五)로 책수를 표시하였다.

현존본은 권지삼(卷之三)에 「모란등기(牡丹燈記)」에서 「영주야묘기(永州野廟記)」까지 4편, 권지사(卷之四)에 「신양동기(申陽洞記)」에서 「취취전(翠翠傳)」까지 3편, 권지오(卷之五)에 「용당영회록(龍堂靈會錄)」부터 「추향정기(秋香亭記)」까지 6편으로 나누어져 있는데 전체 5권으로 총 21편의 작품을 完譯하였음을 알 수 있다. 다만 부분적으로 일부 자구나 내용을 뭉뚱그려서 번역한 곳은 가끔 보인다. 어쨌든 우리나라에서 『전등신화』의 완역본이 있었다는 사실은 지금까지 알려지지 않았던 일인데 이제라도 확인되어 다행스러운 일이다. 안타깝게도 남아있는 것이 13편에 그치고 있지만 번역 방식과 양상에 대해서는 충분히 고찰할 만 하다고 본다.

---

47) 朴在淵, 「聘聘傳 解題」, 『빙빙뎐』, 학고방, 1995.

이경선(李慶善) 번역본의 권두 해설에서 "언해로 된 책은 판본으로는 없었던 것 같고 필사본으로는 오권(五卷)으로 된 정음문고(正音文庫) 장서본이 있다고 한다"고 했는데 혹시 서울대 소장본과 동일형태의 번역본이 아니었는지 궁금하다.

단국대(檀國大)소장본 『전등신화』 번역본은 19세기 말 민간에서 번역 유통되던 책인데 현재 절반 가량의 번역문이 남아있다. 목록에는 10번까지 번호가 있으나 8번이 빠졌으므로 총 9편이다. 번역문의 수록 순서대로 밝히면 「삼산복지지」(一), 「금봉차뎐」(二), 「녕호찬명몽녹」(三), 「모란등긔」(四), 「부귀발젹ᄉᆞ지」(五), 「신양동긔」(六), 「이경젼」(七), 「취취뎐」(九), 「풍ᄃᆡ이젼」(十) 등이다. 이상한 것은 번역 작품이 원서의 수록순서가 아니라 한 작품씩 건너뛰어 있다는 점이다. 따라서 첫 번째 작품인 「수궁경회록」이나 세 번째 작품인 「화정봉고인기」 등이 없다. 편명도 일부 달라져서 「금봉차기」가 「금봉차전」으로 고쳐졌고 「영호생명몽록」은 주인공의 이름을 직접 넣으면서 발음을 달리 하여 「영호찬명몽록」(선을 찬으로 잘못 발음)이 되었으며 「태허사법전」의 경우는 아예 주인공의 이름을 따서 「풍대이전」으로 고쳐 놓았다. 일찍이 조선 초기 성임(成任)이 『태평통재(太平通載)』를 편찬할 때 이 편을 수록하면서 「풍대이(馮大異)」의 제목으로 옮겼는데 조선후기에도 그러한 영향이 있었는지도 알 수 없다. 단국대 소장본은 원문의 본문은 물론 시사를 빠짐없이 번역한 완역에 속하지만 원본이 한문을 썼던 이면지에 베낀 것이어서 상태가 그리 좋지 못하다. 하지만 서울대본과 더불어 고찰하면 19세기 『전등신화』의 번역양상을 고찰하는데 도움을 줄 것이다. 현재 이상 두 종류의 번역본을 합치면 21편의 작품 중에서 총 16편의 번역문이 남아있는 셈이 된다. 두 번역 모두 완역이지만 때에 따라 의역의 정도가 서로 다르므로 좋은 비교가 될 것이다.

이밖에 『태평광기』 언해에 일부 『전등신화』 번역문이 섞여있는 것으로 알려지고 있어 시대적으로 이른 시기가 되므로 주목되지만 극히 적은 양이어서 실질적인 비교, 고찰은 쉽지 않을 것이다.

현대 번역본으로는 1950년 간행된 윤태영(尹泰榮)의 『(中國怪談)전등신화(剪燈新話)』(眞誠堂)가 가장 이른 것으로 보이지만 안타깝게도 상권만 나오고 하권은 한국전쟁으로 인해 간행되지 못했다. 모두 11편이 실려 있는데 『전등신화구해』의 상권 부분을 번역한 것으로 보인다. 서언(序言)에서 역자 스스로 밝혔듯이 이 책은 독자들이 쉽게 접근할 수 있도록 취사선택하였으며 다소 원작을 윤색하거나 장황한 부분은 삭제한 부분도 있어 학술적으로 완전한 번역본으로 보기에는 미흡하지만 최초의 현대역본이라는 점에서 가치가 있다. 다만 전쟁으로 말미암아 널리 전해지지 못하고 별다른 주목도 받지 못했다. 각 편의 제목은 원문과 번역을 함께 대비하였는데 예를 들면 「삼산의 살 곳을 찾아서(三山福地志)」, 「용궁 잔치이야기(水宮慶會錄)」, 「화정에서 죽은 사람을 만나다(華亭逢故人記)」와 같은 것이다.[48] 본문 가운데 가끔 들어 있는 삽화는 김의환(金義煥)의 그림이다.

이병혁(李炳赫)의 『전등신화』 번역문은 일찍이 1968년 『경남매일신문(慶南每日新聞)』에 연재되었다가 최근 새롭게 수정하고 역주를 달았으며 규장각본 『전등신화구해』를 대본으로 하여 원문을 부록으로 넣어 2002년 태학사(太學社)에서 간행하였다. 최신의 번역문에 비교적 상세한 주석이 달려 있어 독자에게 편의를 제공하며 규장각본의 서발문을 원문으로 수록하여 필요한 경우에 참고할 수 있도록 하였다.

이경선(李慶善)의 『전등신화』는 1971년 을유문화사(乙酉文化社)에서 나와 국내에 오랫동안 많은 영향을 끼쳤다. 일제 시기에 나온 유일서관

48) 상권 10편의 편명은 다음과 같다. 一. 삼산의 살 곳을 찾아서(三山福地志), 二. 용궁 잔치 이야기(水宮慶會錄), 三. 화정에서 죽은 사람을 만나다(華亭逢故人記), 四. 금비녀 이야기(金鳳釵記), 五. 연방루의 가약(聯芳樓記), 六. 영호생의 황천 구경(令狐生冥夢錄), 七. 산신령을 만나서(天台訪隱錄), 八. 등목이 취경원서 취하여 놀다(滕穆醉遊聚景園記), 九. 모란등을 쫓는 교생(牡丹燈記), 十. 꿈으로 맺은 연분(渭塘奇遇記), 十一. 힘쓰지 않고 얻은 부귀는 뜬 구름(富貴發跡司志).

『언문현토전등신화』를 주요 대본으로 하였다고 했다. 당시에는 규장각본의 존재가 알려지지 않았고 중국 통행본도 전해지지 않았으므로 가장 널리 전파되고 있던 현토본을 사용하였을 것이다.

최근 정용수에 의해 『전등신화구해역주(剪燈新話句解譯註)』(푸른사상, 2003)가 나온 것은 하나의 성과라고 하겠다. 정용수는 학계에서 주목되어 왔던 일본 내각문고본 『전등신화구해』의 원판에 해당하는 규장각본 『전등신화구해』에 주목하고 이를 역주하고 또한 부록으로 원전을 영인 수록하였다. 『전등신화구해』에 실린 수호자(垂胡子) 임기(林芑)의 주해를 모두 번역하여 연구자들에게 많은 편의를 제공하고 있다. 오랫동안 재번역이 나오지 않았던 『전등신화』의 번역이 비로소 다양해졌다고 할 수 있다.

외국어 번역으로서는 일본어(日本語) 번역이 일찍부터 나왔는데 반총랑(飯塚朗)이 번역한 『전등신화』, 『전등여화』가 평범사(平凡社, 1969년 初版, 1994년 初版15刷)에서 나온 '중국고전문학대계(中國古典文學大系)'에 포함되어 널리 유통되고 있다. 체제를 보면 역시 주릉가본(周楞伽本, 번역 당시는 1957년 周夷本)을 저본으로 삼았는데 두 작품집의 서문(序文)은 공히 삭제하였고 『전등여화』의 「지정기인행(至正妓人行)」 발문 11편도 역시 번역하지 않았다. 그리고 『전등신화』의 부록으로 실린 「기매기(寄梅記)」는 주이의 견해를 따라 역시 넣어 번역하였다. 번역의 형태에 있어서도 원문은 모두 삭제하였으며 심지어는 시사(詩詞)의 원문조차 대역(對譯)으로 하지 않고 역문만 두었다. 주석은 주릉가(周楞伽)의 주석과 동일하지는 않으며 미주로 처리하였다.

우리나라의 경우 아직 『전등신화』와 함께 『전등여화』, 더 나아가 『멱등인화』까지 함께 번역한 경우는 지금까지 한 번도 시도된 적이 없었다. 따라서 명대 전기소설의 중심에 서 있는 이 세 작품집을 이번 기회에 함께 소개하고자 하는 것이다.

역자 후기

역자가 처음 『전등신화』를 접한 것은 대학시절에 을유문화사에서 나온 이경선 번역본이었다. 후에 중국 고전소설을 전공하고 한중비교문학에도 관심을 갖게 되면서 이 소설이 우리나라 고전에 지대한 영향을 끼치고 수많은 문인들이 언급했었던 점에 비하면 실제로 연구와 번역이 매우 미흡하다고 생각하게 되었다. 조선조에는 번역 자체가 없었던 것으로 알았는데 근년에 이르러 겨우 단국대 소장본과 서울대 소장본의 존재가 있음을 알게 되어 매우 다행으로 여겼지만 역시 희귀한 예에 불과한 것이었다. 이 책에 대한 연구는 한국이나 일본에서 관심의 대상이었고 오히려 중국에서는 그 동안 별로 관심을 쏟지 않았다. 그래서 새로운 간행본의 출현도 거의 없었다. 1957년판을 1981년 거의 그대로 찍어낸 것이 전부였다. 본 번역본도 자연히 그것을 저본으로 삼을 수밖에 없었으며 다른 교감본을 구할 수가 없었다. 우리나라의 『전등신화구해』가 가장 중요한 판본 중의 하나로 부각되고 있음이 자랑스러웠지만 역시 제대로 유통되지 않고 있어서 역자가 별도로 영인하여 참고하였다. 본서를 탈고할 무렵 정용수 번역본이 나온 것은 비로소 이 분야에 대한 적극적인 관심의 표명이라는 점에서 크게 위안이 된다.

하지만 여전히 관심의 대상은 『전등신화』에게만 제한되었고 그에 이어 나온 『전등여화』, 『멱등인화』에 대해서는 연구도, 번역도 우리나라에서는 완전히 전무한 상태이며 중국에서도 겨우 한 두 사람을 찾을 수 있을 뿐이었다. 그러나 기왕에 주릉가교주본에서 '전등삼종'을 함께 묶어 놓은 마당이므로 이를 동시에 번역하여 우리 학계에 선뵈어야 하겠다는 생각은 처음부터 변함이 없었다.

이미 수년 전부터 역자는 이를 준비하여 오면서 대학원 강의에서 토론도 거치고 학부강의에서도 강독과 역주를 함께 진행하기도 했다. 처음에 학생들은 비교적 난해한 문언문에다 수없이 쏟아져 나오는 전고 때문에 애를 먹었지만 차츰 세상에 이야기는 어떻게 만들어지고 전파되며 재생산되어 가는가 하는 것을 어렴풋이 이해하게 되었다. 기이하고 괴상하지 않으면 이야기가 될 수 없다는 평범한 진리를 깨달아 가면서 왜 이 시대에 여전히 고스트와 마법과 괴담이 난무하고 있는지를 생각해보게 되었다. 서구적 소설의 패턴에 익숙해져 버린 현대인에게 동양적 이야기의 틀과 글쓰기의 방식에 대해 좀더 진지한 생각도 하게 되었다. 중국소설사에서 당대 전기소설에만 집중하던 문언소설 연구가 송원을 거쳐 명대 문언소설의 세계에서 어떻게 전승되고 변모되었는가, 그리고 청대로 어떻게 전해주고 있는가를 살펴보는 계기도 마련하게 되었다. 등불의 심지를 자르면서 밤이 이슥하도록 환상적 이야기의 세계에 빠져들던 서생들의 모습을 살펴볼 수 있게 된 것이다.

본 번역본이 나오게 되기까지 많은 사람들의 도움이 있었다. 『전등신화』에 대한 역자의 지대한 관심을 옆에서 지켜보면서 필요한 자료를 조사하여 찾아주고 초고의 번역에 많은 힘을 써준 김태훈 동학에게 특히 고마움을 표하며 개인적인 사정으로 끝내 공부의 길을 접게 된 것을 가장 마음 아프게 생각한다. 인생에는 여러 가지 길이 있으므로 반드시 성공할 것으로 믿는다. 지난 수 년 동안 역자와 더불어 작품을 감상하고 주석을 달아가며 함께 공부해준 고려대 중문과 대학원 및 학부학생들과의 즐거운 시간도 잊을 수 없다. 그것을 계기로 『전등여화』를 자신의 연구과제로 삼아 구체적으로 도와준 이승연 동학이 더 넓고 깊은 연구 성과를 얻게 되길 기대하며 함께 도와준 여러 동학에게도 고맙게 생각한다. 어려움과 불편함을 견뎌준 가족들에게 미안함과 더불어 고마움을 전하며 아직도 조석으로 자식 걱정하고 계시는 구순(九旬)의 노모께서 오래오래 강건하시길 빈다. 평소 동방문학비교연구회에서 늘 따뜻하게 가르침을 주시는 존경하는 정규복(丁奎福) 선생님은 교정지를 받아보시고 너무나 반가워하시며 꼼꼼하게 읽어보시고 흔쾌히 「축간사(祝刊辭)」를 써 주셨다. 이 책을 더욱 빛나게 해 주신 선생님께 크나큰 감사의 마음을 올린다.

끝으로 무엇보다도 동서양학술명저 번역지원으로 실질적인 계기를 주고 채찍질해준 한국학술진흥재단에게 감사드리며 한자투성이의 동양학 고전 명저의 간행에 힘을 기울이고 있는 소명출판에 경의를 표하고 특히 꼼꼼하게 편집을 맡아주신 편집부에 고마운 마음을 전한다.

교정의 서편 누각 위에 자리잡은 역자의 작은 연구실에선 앞으로도 밤늦게 등불을 밝히고 '전등삼종'의 흥미로운 세계를 계속 천착해나가게 될 것이다.

2005년 가을

연등루(硏燈樓)에서

최용철

전등신화

ㅅ

ㅊ

멱등인화